名家名译世界文学名著

梅里美中短篇小说经典

（上）

〔法〕梅里美◎著
李玉民◎译

Classic Works of Prosper Merimee

北京理工大学出版社
BEIJING INSTITUTE OF TECHNOLOGY PRESS

图书在版编目（CIP）数据

梅里美中短篇小说经典 /（法）梅里美著；李玉民译. — 北京：北京理工大学出版社，2015.7

ISBN 978-7-5682-0539-9

Ⅰ. ①梅… Ⅱ. ①梅… ②李… Ⅲ. ①中篇小说–小说集–法国–近代 ②短篇小说–小说集–法国–近代 Ⅳ. ①I565.44

中国版本图书馆CIP数据核字（2015）第141413号

出版发行 / 北京理工大学出版社有限责任公司
社　　址 / 北京市海淀区中关村南大街 5 号
邮　　编 / 100081
电　　话 /（010）68914775（总编室）
（010）82562903（教材售后服务热线）
（010）68948351（其他图书服务热线）
网　　址 / http: //www.bitpress.com.cn
经　　销 / 全国各地新华书店
印　　刷 / 三河市金元印装有限公司
开　　本 / 700 毫米 × 1000 毫米　1/16
印　　张 / 29.5
字　　数 / 365千字
版　　次 / 2015年 7 月第 1 版　2015 年 7 月第 1 次印刷
定　　价 / 55.00元（全2册）

责任编辑 / 刘永兵
文案编辑 / 刘永兵
责任校对 / 周瑞红
责任印制 / 边心超

边缘的神话

李玉民

梅里美（1803—1870）的小说非常好看，一个半世纪流行至今，始终受到广大读者的青睐。它们吸引读者的一个突出特点，借用当下流行的字眼，就是富有“刺激性”。梅里美和雨果、巴尔扎克都是同时代人，当时在文坛上也是齐名的。从作品的数量和深度来看，如果把雨果、巴尔扎克的著作比作“大型超市”的话，那么，梅里美的小说就是“精品小屋”了。

梅里美仅以其《卡门》《高龙芭》《伊勒的维纳斯》等十余部中短篇小说，就跻身大家的行列，必然有他的独到之处。仅就《卡门》而言，1847年一经发表，便成为经典之作。而经比才作曲改编的歌剧《卡门》，又成为西方歌剧经典中的经典，久演不衰，与小说并举双赢。

梅里美的小说篇幅不长，数量又不多，而且反映社会的深度和广度，也远远比不上雨果、巴尔扎克、司汤达的作品，却能显示出永恒的艺术魅力，成为“梅里美现象”，这就值得仔细探究了。

我看梅里美小说所产生的印象，大抵可以借用《卡门》中这样一段话来描述：

“敲响晚祷钟的几分钟前，一大群妇女欢聚在高高的河堤脚下，没有一个男人敢混迹其中。晚祷钟声一敲响，即表明天黑了，等到钟敲最后一响，所有女人便脱光衣裙，进入水中。于是欢叫声、嬉笑声响成一片，真是沸反盈天。男人都站在堤岸上面，眼珠瞪得要冒出来，观赏那些浴女，但是却看不真切。然而，暗蓝色的河面上朦胧浮现的白色身影，足能引起有诗意的头脑浮想联翩。而且，只要略微想象一下，也不难把那看成狄安娜和仙女们在沐浴……”

这种现象，既不像看雨果的《悲惨世界》中的一幕幕悲剧那样真切，也不像看巴尔扎克《人间喜剧》的一场场表演那样清晰，而是朦朦胧胧，雾里观花；望见那白影憧憧的浴女，恍若狩猎女神和仙女们在沐浴。换言之，就仿佛在异常的时间、异常的地点，看到异乎寻常的情景，如同神话一般。

如同神话，又不是神话，至少不是神界的神话，而是发生在人间的神话；但又不是发生在人间的正常生活中，而是发生在人世的边缘。

读几篇梅里美的小说就不难发现，他本人虽然生活在主流社会中，却让他的小说人物远离巴黎等大都市，远离人群密集的场所。他这些故事的背景，虽不能说与世隔绝，但大多也是化外之地、梦想之乡，是社会力量几乎辐射不到的边缘地区。

例如《查理十一世的幻视》的怪诞故事，发生在17世纪的瑞典，时空都很遥远。《勇夺棱堡》的战役则远在俄罗斯，其余的故事也都是在西班牙、意大利，甚至是在浩瀚的大海上展开的。至于马铁奥大义杀子，高龙芭设计复仇，全是科西嘉人的所作所为。须知在当时，科西嘉岛刚从意大利并入法国版图不久，全岛自成一统，有自己的语言、文化和习俗。总之，有一种独特的科西嘉精神，是法兰西文明的化外之地，就连法国本土人，在岛上也被归入“四等公民”的外国人之列。岛上大部分荒野丛林、高山峻岭，还受着原始强力的控制。

原始的强力，这正是梅里美所偏爱发掘并描绘的。他在《伊勒的维纳斯》中写道：“强力，哪怕体现在邪恶的欲望中，也总能引起我们的惊叹和不由自主的欣赏。”不过，性格的原始动力，在现代文明社会中已经异化了，只有到社会的边缘、时间的边缘去寻觅了。

因此，梅里美的第一篇故事，就塑造了马铁奥·法尔科恩这样一个铁汉，一个传奇式人物。他住在强盗出没的丛林边缘，浑身涌动着江湖义气，不管什么问题都以刀枪解决，是一个受绿林好汉敬重、军警也不敢招惹的豪杰。可是，偏偏他的独苗儿，被他寄予极大期望的十岁的儿子，为贪图一块银表，出卖了被军警追捕而受了伤的一名强盗。马铁奥得知实情，不由分说，亲手处决了年幼的儿子。

支配这种大义灭亲之举的原始冲动，不仅任何社会力量和秩序都限制不住，就连亲情也无法遏制。这是不能以现代人的目光来判断的事情，既新奇又神奇，对现代社会中过着平庸生活的人们，恰恰极富刺激性。

文学批评家勃兰兑斯就谈到，梅里美十分厌恶一些作家为了愉悦公众，剖析在自己身上泛滥的半真半假的感情，“漫无节制地满足庸俗群众的低俗趣味的好奇心理”。梅里美则有意向流行的趣味挑战，选取同现代文明社会尽可能没有联系的题材。

梅里美不愿意像巴尔扎克那样，描述大家都熟悉的周围的生活现象，而是到现代社会生活的边缘去寻找稀有事物，寻找具有振聋发聩的冲击力，能让多愁善感的市民热血沸腾的奇人奇事。他正是沿着这种取向，舍规弃矩，自成方圆，又塑造出高龙芭、卡门这两个神话般的女性形象。

如果说像马铁奥这样的汉子，受原始动力的驱使，做出惊天动地之举还不足为奇的话，那么两个美得出奇的女子——一个科西嘉姑娘、一个吉卜赛女郎，也做出了石破天惊的事情，就不能不叫人叹为观止了。

高龙芭是个村野姑娘，但是拿小说结尾时一个农妇的话来说："那位小姐长得多美，可是不一般！我敢肯定，她长了一对毒眼。"所谓毒眼，即目光能令人着魔。高龙芭的这双毒眼，正是她那颗复仇女神的心灵的窗口。她这一生，仿佛只有一个目的：为父报仇，除掉仇家。为此，她千方百计迫使她哥哥奥尔索，一个接受了现代文明的退役军官就范，终于借奥尔索之手，打死了仇家的两个儿子。最后那个仇家，一个当村长的老律师，因承受不了打击而发疯了，她还是不放过，要亲自去看看他受痛苦折磨的悲惨相。

在高龙芭看来，社会、法律、文明、道德，既然不能为她报仇，就全都毫无意义。她一生只干了一件事，一件大事。杀父之仇一报，今后是生是死就无所谓了。

这种性格的原始动力，比生命还重要，谁敢碰一碰就要倒霉，甚至可能同归于尽。

与高龙芭带有野性的美不同，卡门的美带有一种邪性。"她笑的时候，谁见了都会神魂颠倒"，美色和她的巫术、狡诈一样，都是她的武器。她利用美色将唐何塞拉下水，成为强盗和杀人犯。唐何塞骂她是"妖精"，她也说自己是"魔鬼"，"越是不让我干什么事儿，我就越急着干"。她不再爱唐何塞时，任唐何塞怎么哀求，甚至拔出刀来相威胁，她也无动于衷。卡门绝不求饶，连讲句假话应付也不愿意，她中了两刀，“一声未哼就倒下去”。卡门我行我素，不择手段，蔑视和反抗来自社会和他人的任何束缚：“宁可把整座城市烧掉，也不愿去坐一天牢。”哪怕拼了性命，她也要维护个性的自由，保持吉卜赛人的本色。

梅里美笔下的人物形象，都生活在社会的边缘，远非典型人物，为什么在文学史中还占有鲜明的地位？说起来情况比较复杂，笔者在这里仅仅指出，他们有个突出的共同点：都率性而为，一意孤行。非洲酋长塔曼戈将同胞卖给黑奴贩子勒杜船长，在醉酒中甚至把妻子送给人家，酒醒后追上贩奴船反而身陷魔窟。于是，原始的暴力与文明的暴力，在海上展开了殊死搏斗。再如唐璜，他不是单纯的生活放荡，而是以其放荡向整个社会挑战，向宗教挑战，还直接向上帝挑战。他们受原始动力所支配，表现出来的狂热激情，具有毁坏的力量，往往轻易地毁掉自己的梦想、自己所爱与希望（杀子杀妻），甚至轻易地毁掉自身（唐何塞、卡门、塔曼戈），将命运也视同儿戏。他们极其自然的举动，在世人看来就是惊世骇俗的行为了。

因而，梅里美的这些故事，大多充满血淋淋的场面，冷酷无情的毁灭，不知惨死了多少人。不过，梅里美并没有把这悲剧题材写成悲剧，至少没有写成真正意义上的悲剧。

悲剧的命运，都是由社会、宗教（或其他信仰）、自然力造成的。悲剧人物的悲壮之美，正是体现在他们同其中一种力量所进行的不屈不挠的抗争中。如《悲惨世界》的主人公冉·阿让，由贫困和社会的法律造成不幸，他在苦役犯监狱度过前半生，出狱后化名才得以回归社会，还受尽追捕、屈辱和误解，但仍然不懈地为他人的幸福而牺牲自己，成为一个品德高尚的人，化为社会道德和良心的标准像，完美地完成了命运赋予他的使命。

然而，梅里美笔下的这些人物，根本不肩负任何使命，与世人所诠释的命运无涉。他们处于人世的边缘，游离于社会之外。他们处于现实和神话的边缘，现代文明和原始野蛮的边缘，犹如荒原的野草、丛林的杂木，随生随灭。他们生也好，死也好，无所谓悲剧不悲剧，无所谓意义不意义，不能以常人常理去判断。他们有的只是生命的冲腾与勃发，以及生命所不断呈现的炫目的光彩，在常人看来无异于神话。每个人物都是唯一的，并没有社会代表性。卡门就是卡门，高龙芭就是高龙芭，马铁奥就是马铁奥，就连伊勒的维纳斯，也是独一无二的，不可复制。《伊勒的维纳斯》中的叙述者，要临摹这尊雕像的头部，怎么也把握不准那神态，这不是令人深长思之吗?

神话人物都是生命的原始动力的产物，梅里美小说中的人物溢涌着原始的动力，他们的故事也就成了现代神话，即边缘人的神话。

梅里美叙事手法高超，善于营造一种似真又幻、若无还有的神秘气氛，故事自始至终往往扑朔迷离，往往只有谜面而没有谜底。《伊勒的维纳斯》中新婚之夜的惨剧，读者即使看了新娘的证词，仍难断定新郎就是被维纳斯雕像给勒死的。至于《阴错阳差》，朱莉的悲剧虽然同神话搭不上边，而且唯有这个中篇故事发生在巴黎社交界。但是毋庸置疑，人总有一种可悲的甚至是可笑而愚蠢的倾向，往往在误会的沙滩上，建起自己感情的神话殿堂。

走进梅里美神奇的小说世界，应当怀着欣赏时装表演的心情，或者怀着参观博物馆的心态，来阅读他这些神话般的故事。走在博物馆里，就不会担心美神的雕像忽然走下基座来掐人脖子；同样，我们也不会想象马铁奥忽然离开化外之境的科西嘉岛，跑到巴黎的街头，在埃菲尔铁塔下枪杀他的儿子。称马铁奥为好汉、硬汉、铁汉都可以，但是不要把他的行为（其他人物的行为亦然）同社会意义联系起来，说什么“大义灭亲”，或者“舍子取义”，他很可能只是在维护自己的名誉和生存状态。

这里还要讲两句有关译名的问题。译名不同，由来已久，不同的译者各有偏好，尤其还有译自英语的名称来捣乱，往往把读者搞晕了。

“嘉尔曼”这个名字就不错，从法文音译过来，但是恐怕许多读者不知道它就是“卡门”。“卡门”之名来自歌剧，译者大概不是学法语的。这个名字用在一个美丽的吉卜赛女郎身上，尽管并不怎么文雅，但是流传甚广，为读者计，这个译本只好舍高就低，沿用“卡门”了。至于是“高龙芭”还是“科隆芭”，“马铁奥·法尔科恩”还是“马特奥·法尔戈内”，都近似音译，则并不以词言义。至于《阴错阳差》，又译《错中错》《双重误会》，也都取义相近。这里简略交代一下本书的篇名与别名，以免译者和读者发生双重误会。

2005年7月

于北京花园村

目录
Contents

马铁奥·法尔科恩

出韦基奥港西北方向去本岛的腹地，行客会发现地势陡然升高，山路蜿蜒崎岖，时有乱石阻塞，沟壑隔断，走上三个钟头，便来到一大片丛林的边缘。这片丛林正是科西嘉牧羊人和强盗的家园。要知道，科西嘉农民往往放火烧荒，烧毁一片树林，田地就省得施肥了，哪怕火势蔓延也在所不惜。不管怎么样，反正一个好收成完全有把握，树木烧成灰肥沃了土地，只要撒下种子就行了。收获时也只割麦穗，不去费那劲割麦秸。地里的树根烧不死，来年开春又发出嫩枝，密密麻麻，用不了几年，就长到七八尺高，形成茂密的矮树林，这便是丛林。各种树木和灌木混杂疯长，纠结在一起，枝繁叶茂，密不透风，连野羊都钻不进去，而人只有抡起斧头，才能打开一条通道。

你若是杀了人，那就躲进韦基奥的丛林去吧，带上一支好枪，备足火药和子弹，你就可以安心地在那里生活。也别忘记带一件连着风帽的褐色斗篷，睡觉时可以当铺盖。牧羊人自会给你鲜奶、奶酪和栗子吃。除非要补充弹药，你不得不进趟城，此外就根本不用怕法庭或死者家属的追查了。

一八××年我在科西嘉逗留期间，马铁奥·法尔科恩就住在离这片丛林半法里[①]远的地方。在当地他算得上富裕，日子过得非常自在。也就是说什么也不用干，靠羊群的产品生活，只需雇些游牧的人替他赶羊群上山，到处放牧就行了。我见到他时，我要讲述的事件已经发生两年了。看上去他也就五十来岁，你不妨想象一下，那是个敦实健壮的汉子，一头鬈发黑如墨玉，鹰钩鼻子。薄薄的嘴唇，大眼睛炯炯有神，肌肤的颜色就跟皮靴衬里一样。他的枪法极准，就在这好枪手比比皆是的地方，他也是超群出众的。譬如说打野羊，马铁奥向来不用霰弹，在一百二十步开外，他能一枪命中，瞄头打头，瞄肩打肩。他夜晚摆弄枪，也同白天一样得心应手。他这种神奇的枪法，我听人介绍过，而没有到过科西嘉的人恐难相信。据说点燃一根蜡烛，放到八十步远的一张餐盘大小的透明纸后面，他举枪瞄准，待人吹灭蜡烛一分钟之后，他在伸手不见五指的黑暗中开枪，四发也有三发射穿那张纸。

马铁奥·法尔科恩有这样超人的本领，自然名气特别大。据说他可以成为你的好朋友，也可能成为你的危险敌人；他为人倒是热心肠，乐善好施，在韦基奥港一带，同所有人都能和睦相处。不过，据说他在科尔特城讨老婆的时候，手段就非常凌厉，结果了一个在战场上和情场上的劲敌：

---

① 1法里≈4千米。

那人正对着挂在窗上的镜子刮胡子，突然被一颗飞弹击毙，这一枪，人们总算在马铁奥的账上。这件事平息之后，马铁奥结婚了。他妻子吉玉色帕头三胎给他生的都是女儿（气得他发疯），最后才算生了个儿子，取名福图纳托：这是全家的希望，唯一的香火继承人。几个女儿都找了个好人家：万一有事，父亲可以指望几个女婿的匕首和火枪。儿子刚到十岁，但已经看出是棵好苗子。

且说秋季的一天，马铁奥一清早就同妻子出门，去丛林的一片空地瞧瞧自家的一群羊。小福图纳托也要跟去，但是路途太远，再说，也总得留个人看家，父亲没有答应：下面会看到，他不带儿子去该不该后悔。

父亲走了有几个钟头了，小福图纳托安安静静地躺着晒太阳，望着一座座青山，心里盘算星期天要进城，到叔父“伍长”家吃饭的事儿，他的冥想猛然被一声枪响打断。他站起来，转向传来枪声的那片平川。接着又有几声枪响，间隔时间长短不一，但是越来越近。在平川通向马铁奥家的小道上，终于出现一条汉子，他头戴山区人戴的尖顶帽，满脸胡须，浑身衣衫褴褛，拄着长枪，吃力地迈着步子——他的大腿刚刚挨了一枪。

此人是个“强盗”，他夜间进城去买火药，路上中了科西嘉轻步兵的埋伏。他经过顽强抵抗，终于脱身撤离，但士兵紧追不舍，他便从一块岩石到另一块岩石地进行阻击。然而，他没有把追兵落下多远，自己又受了伤，逃不到丛林就要被追上。

他走到福图纳托面前，问道：

“你是马铁奥·法尔科恩的儿子？”

“对。”

“我是吉亚内托·桑皮埃罗。黄领子追来了，我走不动了，把我藏起来。”

“我没有经过爸爸同意就把你藏起来，他会怎么说呢？”

“他会说你干得好。”

“谁知道呢？”

“快藏起我，他们来了。”

“等我爸爸回来再说吧。”

“让我等着？真该死！再有五分钟他们就赶到了。好了，藏起我，要不我就宰了你。”

福图纳托极为镇定地回答：

“你枪里没子弹了，皮带里也没有弹药了。”

“我还有匕首呢！”

“可你跑得有我快吗？”

他一下子就跳开了。

“你不是马铁奥的儿子！你就眼看着我在你家门口被人抓走吗？”

孩子似乎动心了。

“我把你藏起来，你给我什么？”他又凑到跟前问道。

“强盗”伸手摸摸挂在腰带上的皮袋，掏出一枚五法郎的硬币，这无疑是他留着买火药用的。福图纳托一见银币，就眉开眼笑，他一把抓过来，对吉亚内托说：

“一点儿也不用担心。”

他走到住宅旁边的干草垛，立刻扒出一个洞，等吉亚内托钻进去缩成一团，孩子再把洞填死，既留点儿空隙呼吸，又不会让人看出里边藏了人。他还想出个鬼点子，去抱来猫妈妈和几个猫崽儿，放到草垛上，好让人相信刚才没人动过草垛。继而，他又发现靠近家的小道上有几处血迹，就仔细地用尘土盖住，全布置妥当，他这才若无其事，重又躺下晒太阳。

几分钟之后，六名身穿棕褐色黄领军服的士兵，由一名军士带领，来到马铁奥家门前。这名军士还同马铁奥家沾点儿亲（众所周知，在科西嘉论亲要比别的地方论得远），他名叫蒂奥道罗·冈巴，是个干事卖力的家伙，强盗都惧他几分，有好几个已经被他逮住。

“你好哇，大侄子，”他走上前对福图纳托说道，“你长这么高啦！刚才你瞧见有人经过吗？”

“嗳！我还没有长到你这么高呢，小叔。”孩子傻里傻气地答道。

“将来就有我这么高了。哎，告诉我，你没看见有个人过去吗？”

“问我看没看见有个人经过？”

“对，一个戴黑丝绒尖顶帽、穿红黄两色条纹短外套的男人，你见到了吗？”

“一个戴黑丝绒尖顶帽、穿红黄两色条纹短外套的男人？”

“对，快点儿回答，别重复我问的话。”

“今天早晨，本堂神甫先生骑着他的马皮埃罗，打我们家门口经过，他问我爸爸身体好吗，我回答说……”

“嘿！小鬼头，你跟我要什么花招儿？快点儿告诉我，吉亚内托跑哪儿去啦，我们就是在追他呢，我可以肯定，他走了这条道儿。”

“谁知道呢？”

“谁知道？我就知道你看见他了。”

“睡觉的时候，还能看见过路的人吗？”

“你没有睡觉，小懒蛋，枪声早把你惊醒了。”

“你还真以为你们的枪声那么响吗，小叔？我爸爸的大枪可响得多。”

“见你的鬼去吧，该死的坏小子！没错，你见到了吉亚内托。也许就是你给藏起来了。喂，伙计们，进屋里去，瞧瞧我们追的人在不在里面。那浑蛋只有一条好腿了，他不会那么糊涂，一瘸一拐往丛林赶。况且，血迹到这儿就没了。”

“爸爸会怎么说呢？”福图纳托嘿嘿冷笑，问道，“有人趁他出门，就闯进他家里，他知道了会怎么说呢？”

“小无赖！”冈巴军士揪住孩子的耳朵，说道，“我只要吭一声，就能让你变变腔调，你知道吗？用刀背抽你二十下，也许你就说了。”

福图纳托一直在冷笑。

“我爸爸是马铁奥·法尔科恩！”他用夸张的口气说道。

“小鬼头，我可以把你带到科尔特或者巴勒蒂亚，你知道吗？如果你不说出吉亚内托·桑皮埃罗在哪儿，我就把你关进地牢，让你戴上脚镣睡草铺，把你送上断头台。”

孩子听了如此荒唐可笑的恐吓，不禁咯咯大笑。他又说了一遍：

“我爸爸是马铁奥·法尔科恩。”

“军士，”一名士兵低声说道，“咱们不要跟马铁奥闹翻了。”

冈巴显然十分尴尬，他小声同查看过整个住宅的士兵商量。搜查花不了多大工夫，科西嘉人的住宅，不过是一间四方小屋而已，家具也只有桌子、凳子、木箱以及猎具和生活用具。这时，小福图纳托抚摩着他的那只大猫，仿佛在幸灾乐祸，看为难的士兵和那叔叔的热闹。

一名士兵走到草垛跟前，他看了看母猫，漫不经心地往草垛里捅了一刺刀，随即耸了耸肩膀，似乎觉得自己这样疑神疑鬼未免可笑。一点儿动静也没有，而孩子的脸上也丝毫不动声色。

军士和他的小队士兵垂头丧气，认真地望了望平川，好像要原路返回了。这时，小队长已确信，恐吓马铁奥的儿子不会产生一点儿作用，就想最后试一试套近乎和给好处有没有效力。

“大侄子，”他说道，“我觉得你这孩子还真机灵！将来肯定有出息。可是，你却跟我捣蛋。若不是怕惹我那表哥马铁奥伤心，我不把你带走才见鬼呢！”

“哼！”

“等我表哥回来，我就把这事儿告诉他，他一定会惩罚你说谎，用鞭子抽得你流血。”

“真的吗？”

“等着瞧吧……喏，你听着……要当个诚实的孩子，我就送给你一样东西。”

“小叔啊，我倒要劝你一句：你们再这样耽误工夫，那个吉亚内托可就要钻进林子了，再要去那里抓他，就得好几个有你这样胆量的人。”

军士从兜里掏出一只银怀表，足以值十埃居[1]，他见小福图纳托瞧着表眼睛一亮，便拿着挂在钢链上的银表，对孩子说道：

“小滑头！你很想有这样一只表，挂在脖子上，到韦基奥港的大街上走走，像孔雀那样得意吗？如果有人问你：‘几点钟啦？’你就可以回答：‘瞧瞧我的表嘛。’”

“等我长大了，我那伍长叔叔会送给我一只表。”

“不错，可是，你叔叔的儿子早就有了一只……老实说，不如这一只漂亮……然而，他可比你年龄小啊。”

孩子叹了一口气。

“怎么样，你想要这只表吗，大侄子？”

---

① 埃居：法国古货币。

福图纳托侧目瞟着那只表，犹如一只猫盯着主人送到眼前的一整只烧鸡，只因感到是在逗它，才未敢伸爪子去抓，还不时移开目光，免得经不住诱惑，但总是舔着嘴唇，似乎在对主人说："开这种玩笑也太残忍啦！"

军士冈巴递过表，倒显得诚意奉送。福图纳托没有伸手去接，只是苦笑一下，对他说道：

"你为什么要戏弄人呢？"

"我以上帝发誓，并不戏弄人！只要你告诉我吉亚内托在哪儿，这只表就是你的了。"

福图纳托不由得怀疑地微微一笑，他那对黑眼睛盯着军士的眼睛，要极力看出对方的话有几分可信。

"我若是不按照这个条件把表给你，"军士叫起来，"就让我丢掉这军衔！这些伙伴都是证人，说过的话我也不能改口。"

他这么说着，怀表也越送越近，几乎要触到孩子苍白的面颊。贪欲和待客的信义，在这个孩子的灵魂深处所展开的搏斗，流露到他的脸上。他那袒露的胸脯剧烈地起伏，仿佛要憋死了。这工夫，那怀表一直在他眼前摇晃、旋转，几次擦到他的鼻尖。终于，他的右手渐渐抬起，伸向那只表，手指刚刚触到，整个儿怀表就沉甸甸地压在手上了，但是军士还没有放开表链那一端……表盘是天蓝色的……表壳新擦过……太阳一晃，它就像一团火……这诱惑太大了。

福图纳托又抬起左手，用拇指从肩头指了指他靠着的草垛。军士立刻会意，他放开表链。福图纳托感到表只属于他一人了，他像黄鹿一样，敏捷地站起身，离开草垛十来步远。士兵们马上动手翻草垛。

不一会儿就看见里面的草动起来，爬出一个手持匕首、浑身是血的汉子。他挣扎着要站起身，可是伤口的血凝固了，根本站不住，随即又跌倒了。军士扑上去，夺下他的匕首。他抵抗也没用，众人立刻将他捆了个结实。

吉亚内托躺倒在地，浑身被绑得像一捆柴草，他的头转向又走到身边的福图纳托。

“兔崽子！……”他骂了一句，声调透着愤怒，更含着蔑视。

孩子又把先前接受的银币扔给他，感到自己不该再拿人家的钱了。然而，那个逃亡者似乎并没有注意孩子的这一举动。他十分冷静地对军士说：

“我亲爱的冈巴，我走不了路了，你只好把我背进城了。”

“刚才你可跑得比鹿还快，”军士残忍地接口道，“不过你放心，把你逮住我太高兴了，就是背你走上一法里也不累。话是这么说，我的老伙计，我们这就用树枝和你的外衣给你做副担架，到了克雷斯波利农场，我们就能弄到马了。”

“好吧，”被捕的人说道，“担架上再铺点儿干草，我躺着好受点儿。”

有的士兵忙着用栗树枝绑担架，有的则给吉亚内托包扎伤口，这工夫，马铁奥·法尔科恩和妻子突然出现了。他们正走到通向丛林的小道的拐弯处：妻子扛着一大袋栗子，压弯了腰，吃力地往前走，而丈夫则昂首阔步，手里拿杆枪，肩上还斜挎一支，须知一个男子汉只拿自己的武器，背负别的东西是丢脸的事。

马铁奥一见有大兵，头一个念头就以为是来抓他的。为什么会产生这种念头呢？难道马铁奥同司法机构有什么过节吗？没有。他一向名声不错，正如人们所说，他是个“声望很高的人”。然而，他是科西嘉人，又是山里人，但凡科西嘉的山里人，仔细搜索一下记忆，总能想起动刀动枪之类的小过失。比起别人来，马铁奥倒是问心无愧，十多年来，他的枪口就没有对准什么人了。不过，他是个遇事谨慎的人，先进入戒备状态，一旦有事就能自卫。

“老婆，”他对吉玉色帕说道，“放下袋子，做好准备。”

妻子立刻照办。他怕斜挎在肩上的大枪碍事，便摘下来交给妻子，又给手中的枪上了子弹，便顺着路边一棵棵树，慢慢朝自己的家走去，好一发现敌对的情况，就闪身躲到最粗大的树干后面还击。妻子紧跟在身后，拿着替换用的枪支和子弹袋。在战斗中，一个能干的妻子，就是可以给丈夫上子弹。

而另一方，军士见马铁奥枪口向前，手指扣着扳机，一步一步朝前走，心里就忐忑不安。

“万一马铁奥是吉亚内托的亲戚，”军士心中暗道，“或者是他朋友，想要保护他，那么两支枪的子弹就会撂倒我们两个人，就像把信投进信筒那样准确无误，万一他不顾亲情，枪口瞄向我……”

他正束手无策，忽然做出一个十分勇敢的决定：单独一人走向马铁奥，像老熟人那样打招呼，对他讲讲事情的经过。可是这一小段路，他走起来就觉得无比漫长。

“喂！嘿！我的老伙计，”他叫道，“你怎么样啊，我的朋友？是我呀，我是冈巴，你的表弟。”

马铁奥站住了，没有应声，但是他随着军士的话音，轻轻抬起枪口，待军士走到跟前，枪口已经朝天了。

“你好，大哥，”军士伸出手去，说道，“好久没有见面了。”

“你好，兄弟。”

“我顺道来向你和表嫂佩帕问个好。我们今天可跑了远路了，不过累点儿也不冤枉，总算抓到一个大家伙。我们刚刚逮住了吉亚内托·桑皮埃罗。”

“谢天谢地！”吉玉色帕嚷道，“上周他还偷了我们一只奶羊呢。”

冈巴听了这话真高兴。

“可怜的家伙！”马铁奥说道，“他那是饿的。”

“这小子像狮子一样顽抗，”军士只好又说道，“他打死了我们的一名士兵，这还不算，他还打断了下士夏尔冬的胳膊。那倒没有多大关系，下士不过是个法国人……后来，他藏了起来，鬼也休想发现他藏在哪儿。要是没有我这大侄子福图纳托，我绝不可能找到。”

“福图纳托！”马铁奥叫了一声。

“福图纳托！”吉玉色帕也跟着重复。

“对，吉亚内托那小子躲进那边的草垛里。可是，我的大侄子向我点破了他的鬼花招儿。因此，我要把这事儿告诉他那伍长叔叔，好让那位伍长奖赏给他一件好礼物。在写给代理检察长先生的报告中，我也要列上你们父子的名字。”

“该死！”马铁奥低声诅咒。

他们走到小队跟前。吉亚内托已经躺在担架上，等待被押走，他一瞧见马铁奥由冈巴陪伴走过来，便咧嘴怪笑一下，随即扭过头去，朝门槛啐了一口，骂道：“叛徒窝！”

只有不要命的人，才敢把“叛徒”的字眼安到法尔科恩的头上。这笔污辱账，一匕首下去就能清算，不必来第二下。然而，马铁奥只是抬手捂住额头，仿佛已经累垮的人那样。

福图纳托一见父亲回来，便进屋去了。不大工夫他又出来，手上端着一大碗奶，低垂着眼睛送到吉亚内托面前。

“滚开！”逃亡者冲他一声雷吼。

接着，吉亚内托转向一名士兵：

“伙计，给我点儿水喝。”他说道。

那名士兵将自己的水壶放到他手上，“强盗”接过刚才还同他交火的人的水喝下去。然后，他请求他们不要反绑他，把他双手捆在胸前。

“我喜欢舒服点儿躺着。”他说道。

士兵们赶紧满足他的请求，接着，军士发令动身，他向马铁奥道别，不见对方应声，便急速朝平川走去。

马铁奥过了有十分钟还不开口。孩子眼神惶恐，忽而看看母亲，忽而望望父亲。而父亲则拄着大枪，注视着他，那表情显然憋了一肚子火。

“你真是出手不凡啊！”马铁奥终于说话了，他语调平静，但是在了解他的人听来却很可怕。

“爸爸！”孩子叫了一声，眼里含着泪，上前就要跪下。

可是，马铁奥却喝道：“离我远点儿！”

孩子站住了，一动不动，在离父亲几步远的地方哭泣。

吉玉色帕走过来。她刚刚发现福图纳托衬衫里露出的表链。

“这表是谁给你的？”她严厉地问道。

“我那军士小叔。”

马铁奥一把抓过那只怀表，用力往一块石头上摔去，摔得粉碎。

“老婆，”他说道，“这孩子是我生的吗？”

吉玉色帕棕褐色的脸当即变成砖色。

“你这是什么话，马铁奥？你明白是在跟谁说话吗？”

“那好，这孩子是家族里第一个有叛卖行为的人。”

福图纳托抽噎得更厉害了，法尔科恩那山猫般的眼睛一直盯着儿子。最后，他拎起枪把往地下一磕，又扛在肩上，喝令福图纳托跟着他，便重又踏上通往丛林的小道。孩子就乖乖地跟在后面。

吉玉色帕追上来，抓住马铁奥的胳臂。

“他是你儿子呀！”她声音颤抖地说，那双黑眼睛注视着丈夫的眼睛，似乎要看透他的心思。

“放开，”马铁奥回答，“我是他父亲。”

吉玉色帕搂住儿子亲了亲，哭着回屋去了。她一下跪到圣母像面前，虔诚地祈祷起来。这工夫，法尔科恩沿小道走出去二百来步，下到一条小山沟才停住。他用枪托敲了敲地面，觉得泥土松软好挖，认为这地点适合，便执行他的计划。

“福图纳托，到这块大石头旁边来。”

孩子照他的命令做了，然后又跪下。

“念祈祷经吧。”

“爸爸，爸爸，可别杀我呀。”

“念祈祷经吧！”马铁奥又说了一遍，声音很可怕。

孩子边抽泣边结结巴巴地背诵《天主经》和《信经》。每背完一段祈祷经，父亲就朗声和一句：“阿门！”

“你会的祈祷就这些吗？”

“爸爸，我还会背《圣母经》和婶子教我的连祷文。”

“这可够长的，没关系，背吧。”

孩子声音微弱，背完了连祷文。

“背完了吧？”

“噢！爸爸，饶命！饶了我这次吧！我再也不干这种事啦！我会恳求小队长叔叔，非得放了吉亚内托不可！”

孩子还在说，马铁奥子弹已经上了膛，举枪瞄准，同时对他说：

“愿上帝宽恕你！”

孩子拼命挣扎一下，要起来抱住父亲的双膝，可是已经来不及了。马铁奥开了枪，福图纳托倒下毙命。

马铁奥看也不看一眼尸体，又踏上回家的路，要取一把铁锹来埋葬儿子，没走出几步，就撞到闻声赶来的吉玉色帕。

“你干了什么事呀？！”吉玉色帕嚷道。

“判决。”

“他在哪儿？”

“在小山沟。我这就把他埋了。他临死按基督徒的方式祈祷了。我会请人给他做弥撒的。派人去告诉我女婿蒂奥多罗·比昂希，让他们来同我们一起住吧。”

伊勒的维纳斯

我说这雕像和常人一样，

但愿它又保平安又善良。

——卢奇安

我走下卡尼古山最后一道丘坡，夕阳已经西沉，但是还能看清此行的目的地——平原上伊勒小城的房舍。

“您知道吧，”我问从昨天就给带路的卡塔卢尼亚人，“您大概知道德·佩尔奥拉德先生的住宅吧？”

“问我知道不知道！”那人高声说道，“我熟悉他的住宅，就像熟悉我自己的家！天要是不这么黑了，我就能指给您看看。那是伊勒最漂亮的宅子。当然了，他有钱，德·佩尔奥拉德先生，他给儿子找的一门亲，比他还有钱。”

“很快就要办喜事了吧？”我又问道。

“快啦！婚礼的乐师没准都定好了。也许就在今晚，或者明天、后天，难说啊！婚礼要在普伊加里那儿举行，因为，那位少爷娶的正是德·普伊加里小姐。对，一定非常热闹！”

我是由朋友德·P先生介绍给德·佩尔奥拉德先生的，他说那是一位考古学家，学识渊博，又非常好客，肯定乐意带我观赏方圆十法里的所有古代遗迹。因此，我就打算请他陪我参观伊勒城周围，早就知道那一带有大量的古建筑，都是中世纪的。可是，这次婚礼，我却头一次听说，恐怕要打乱我的全盘计划了。

我心中暗道，自己怕是要成为不速之客了。可是，我不去又不行，人家得到德·P先生的通知，已经在等候我了。

“咱们打个赌吧，先生，”我们走到了平川，向导对我说道，“赌一支雪茄好吧，让我猜猜您去德·佩尔奥拉德府上做什么？”

“这事儿嘛，倒也不算多么难猜，”我回答，同时递给他一支雪茄，“在卡尼古山里走了六法里的路，时间这么晚了，最重要的事情当然是吃晚饭了。”

“是啊，可是明天呢？……喏，我敢打赌，您到伊勒来是看一尊神像吧？看您描绘塞拉博纳的圣徒像，我就猜出来了。”

“神像！什么神像？”他这话倒激发了我的好奇心。

“怎么！您在佩皮尼昂没有听说，德·佩尔奥拉德先生如何从土里挖出一尊神像？”

“您是说用黏土烧制的塑像吗？”

"哪儿呀。真的，那是铜铸的，化了能造许多许多铜钱。有教堂一口钟那么重，在土里埋得很深，我们是在一棵橄榄树下挖出来的。"

"这么说，当时您在挖掘现场啦？"

"对，先生。那是半个月前的事儿，德·佩尔奥拉德先生让我和约翰·科勒刨掉一棵老橄榄树。您也知道，去年冬天特别冷，那棵树冻死了。当时我们在刨树根，约翰·科勒干得正起劲，一镐下去，我就听见'当'的一声响……好像敲在钟上。我还纳罕：是什么东西呀？我们接着往下刨，再往下刨，忽然露出一只黑手，可吓着我了。我跑去找先生，对他说：'有死人啊，东家，埋在橄榄树下！还得请神甫来。''什么死人？'他问道。他就来到现场，一看见那只手便嚷道：'古物！一件古物！'您若是听见，准以为他发现了财宝。好家伙，他亲手抓起镐头刨起来，还真卖劲儿，一个人顶我们两个人。"

"最后挖出什么来啦？"

"一个高大的黑色女人雕像，恕我直言，先生，几乎光着身子，完全是铜铸的。德·佩尔奥拉德先生对我们说，那是异教徒时期……喏，是查理曼大帝时期的神像！"

"我大概知道是什么……肯定是一所被毁的修道院的圣母青铜像。"

"圣母像！哎！得啦！……如果是圣母像，我早就认出来了。跟您说吧，那是一尊神像，从那神态就能看出来。她那对大白眼睛盯着您……仿佛在打量您。是的，谁看着她，都要垂下眼睛。"

"白眼睛？那一定是镶嵌在铜像上的。也许那是一尊罗马雕像吧。"

"罗马！对啦，德·佩尔奥拉德先生说那是个罗马女人。嘿！看来，您同他一样，也是位学者。"

"雕像保存得好吗？完好无损吗？"

“唔，先生，什么也不缺。又漂亮，又完美，胜过市政厅的那尊路易·菲利浦彩色石膏半身像。尽管如此，那神像的面孔，我怎么也看不顺眼。一副凶相……事实上，她也真够凶的。”

“凶？她对您又怎么凶啦？”

“准确地说，倒不是对我，您往下听就明白了。我们拼了好大劲儿，才把雕像立起来。德·佩尔奥拉德先生也跟着拽绳索，尽管这位可敬的人已经累得没有缚鸡之力了。最后，雕像总算立起来了。我拾了一块瓦片，正想把她垫稳，不料当啷一声，她整个儿仰面摔倒了。我刚说一句：‘当心砸着！’还是晚了点儿，约翰·科勒腿没来得及抽开……”

“伤着他啦？”

“好可怜的腿，像葡萄架一样，咔嚓一声给砸断啦！真惨！我一见就火了，操起铁镐就想砸烂雕像，但是被德·佩尔奥拉德先生给拦住了。他给科勒一笔钱治伤，可是出事儿有半个月了，人还躺在床上。医生说，这条腿永远也不会像从前那样走路了。多可惜，原先，他是我们当中跑得最快的，网球也打得很棒，仅次于少东家，常陪着少东家打球，因此他出了事儿，阿尔封斯·德·佩尔奥拉德少爷很伤心。他们对打特别有看头，球飞来飞去，啪！啪！都不沾地。”

我们这样说着话，步入了伊勒城，我很快就见到了德·佩尔奥拉德先生。老先生个头儿矮小，但人还很硬朗，很精神，戴着扑粉的假发，鼻子红红的，一副又快活又爱打趣的样子。他没有拆开德·P先生的推荐信，就请我入席，坐到摆好佳肴的餐桌前，还介绍我认识他的夫人和儿子，并说我是个出色的考古学家，能让受学者冷落的鲁西戎地区摆脱被人遗忘的境况。

没有什么比山区清新的空气更让人心旷神怡的了，我的胃口极佳，边吃边端详他们一家人。关于德·佩尔奥拉德先生，我已经介绍了两句，还应当补充一点，他人异常活跃，边吃边讲，有时还站起来，跑到书房，给我拿来书籍，指给我看版画，还不断给我斟酒，连两分钟也安稳不下来。他夫人身体偏胖，类似大部分年过四旬的卡塔卢尼亚妇女，看样子是个典型的外省女子，一心操持家务。晚餐的菜肴虽然够六个人食用，她还是亲自下厨房，吩咐人杀鸽子，烤玉米糕，不知又开了多少瓶果酱。不大工夫，餐桌上便堆满了盘子和酒瓶。让我吃的东西，我若是每样都尝一点儿，也非得撑死不可。每当我谢绝一样菜，他们就连连道歉，总担心我在伊勒待不惯，说外省东西就是少，而巴黎人又特别挑剔！

父母这样来回忙碌，儿子阿尔封斯·德·佩尔奥拉德先生却端坐不动，活似一根界桩。这个青年有二十六岁，高个头儿，生得五官端正，相貌俊美，可惜表情呆板。他的身材和运动员般的体魄，证实了当地人送给他的“不知疲倦的网球手”的称号。这天晚上，他的衣着很考究，照搬最新一期《时装杂志》的款式。然而我觉得，这身服装他穿着很不自在，脖颈在天鹅绒领子里僵硬得像根木桩，要扭头就得带动全身。他那双大手很短，晒得特别黑，同这身装束形成奇特的对比：正是从公子哥儿的锦衣袖里，伸出一双庄稼汉的粗手。此外，他虽然十分好奇，从头到脚打量我这巴黎人，但是整个一晚上，也只同我说过一次话，问我表链是在哪家商店买的。

“就这样啦！我亲爱的客人，”晚餐快结束时，德·佩尔奥拉德对我说道，“您到我家来，就得听我的安排，不看完我们山区所有新奇的东西，我是不会轻易放您走的。您必须善于了解我们鲁西戎，为这地方说句公道话。您想象不出我们让您看的是什么。这里有腓尼基、凯尔特、罗马、阿拉伯、拜占庭的古建筑，从最大的直到最小的，您全要看到。我要带您跑个遍，连一块砖头也不会让您漏掉。”

他一阵咳嗽，只好住了口。我这才有机会对他说：“我非常抱歉，不该在如此特殊的日子来打扰。该游览哪些地方，如蒙他给予宝贵的指点，我就不用烦劳他陪同了……”

“哦！您指的是这孩子的婚事，”他高声打断我的话，“无足挂齿，喜事后天办。到时候您同我们在一起，婚礼就在家里举办，因为，新娘刚死了一位姑妈，她是继承人，要戴孝，也就不欢庆，不举行舞会……真可惜……要不然，您就能欣赏我们卡塔卢尼亚姑娘的舞姿了……她们都非常美丽，您见了，也许就要效仿我的阿尔封斯。常言道：婚姻一桩能引几桩来……到星期六，这对青年一结婚，我就自由了，我们就可以到处转转。实在抱歉，让您赶上外省的一次婚礼，乏味得很。对一位厌倦了欢乐场面的巴黎人来说……还是不举办舞会的婚礼！不过，您总归能见到一位新娘……一位新娘……您见了就会赞不绝口……然而，您是个严肃的人，不再瞧女人了。我还有更好的给您看呢，要给您看一样东西！……我这得意的东西留待明天，让您惊叹不已。”

“上帝啊！”我对他说道，“家里珍藏了宝贝，不让外人知道就太难了。我想我能猜得出您要让我开眼的东西。如果指的是您那尊雕像，那么我的向导已经向我描述过了，听他那么一讲，我产生了极大的好奇心，只想一饱眼福。”

“哦！他对您谈了这尊神像，他们就这样叫我这美丽的维纳斯……不过，现在我还不想对您说什么。等明天，在阳光下，您瞧瞧，再告诉我有没有道理认为这是一件杰作。真的！您来得太是时候啦！有些铭文，我就按照自己的方式解释，我这可怜的无知者的理解……可是，一位巴黎学者！……对我的解释，您也许会嗤之以鼻……因为，我写了一篇论文……

我当您面讲这话……外省的一个喜爱考古的老家伙，我还真要大胆地干一把……要让印刷机吭哧吭哧干一阵……如果您肯费神看一看，给我改一改，我就可以有望……例如，我很想了解，您怎么翻译雕像基座上这句铭文：CAVE……算了，现在我还不想问您什么！明天吧，明天再说！今天，一个字也不要再提维纳斯了。”

“你说得对，佩尔奥拉德，”他妻子说道，“别谈你那尊神像了。你应当注意到，你都妨碍先生吃饭了。算了，先生在巴黎看到的雕像，比你那尊漂亮多了。在杜伊勒里宫就有几十尊，也全是青铜的。”

“这就是无知了，外省人自以为是的无知！”德·佩尔奥拉德先生接口说道，“竟然拿库斯图平庸的雕像，来比一件出色的古代艺术品！内人谈论神灵，口气如此不敬！

“您知道吗？我这位夫人要让我把铜像炼了，给我们教堂铸一口钟，她就可以主持这口钟的命名仪式。先生，这可是米隆的一件杰作啊！”

“杰作！杰作！这铜像倒有一个呱呱叫的杰作！把一个人的腿给砸断啦！”

“我的老娘子，你看见了吧？”德·佩尔奥拉德口气坚决地说道，同时把穿着花条纹丝袜的右腿伸过去，“假如我的维纳斯将我这条腿砸断，我是绝不会痛惜的。”

“仁慈的上帝啊！佩尔奥拉德，你怎么能讲这种话？幸而那人的伤势渐好……可是，我仍然下不了这个决心，去看那个害人的铜像。可怜的约翰·科勒！”

“被维纳斯所伤，先生，”德·佩尔奥拉德先生放声大笑，说道，“被维纳斯所伤，哪个傻瓜才抱怨：你不会懂维纳斯的馈赠。谁没有被维纳斯伤过？”

阿尔封斯先生的法语水平比拉丁文高，他会意地眨了眨眼睛，而且看着我，仿佛在问："您呢，巴黎人，您听得懂吗？"

晚餐结束了，结束前一小时我就不吃了。我浑身疲惫，忍不住连连打哈欠。德·佩尔奥拉德夫人头一个发现这情形，指出时候不早了，该去睡觉了。于是，主人又一连串道歉，说给我提供的客房太差，比不得在巴黎，到外省就是太受罪！对鲁西戎的居民只能多多包涵。我一再说赶了山路之后，铺一捆麦秸就能美美睡一觉，但怎么讲也没用，他们还是不住嘴地请我原谅，说山区人对我招待不周，也是心有余而力不足。我终于由德·佩尔奥拉德先生陪同，上楼来到给我准备的客房。楼梯最上面几级是木制的，通到一条走廊的正中，沿走廊两侧有好几个房间。

"右面那套房间，"主人对我说，"就是给我要过门的儿媳阿尔封斯夫人的。您的房间在走廊的另一端。您能体会出，"他摆出一副有经验的样子，补充说道，"您一定觉得应当把新婚夫妇隔离起来才对。您的房间在这一头，他们的房间就在另一头。"

我们走进屋子，只见家具相当齐备，首先映入我眼帘的，是一张长七尺、宽六尺的大床，而且特别高，要踩着板凳才能爬上去。主人指给我看有事要拉铃的位置，还亲自检查糖罐是否满着，香水瓶是否摆在梳妆台上，又一连问我好几遍是否还缺什么，这才道了晚安离去。

窗户全关着，我脱衣之前打开一扇，呼吸一下夜晚清新的空气，在时间拖长的晚餐之后就觉得非常舒畅。对面便是卡尼古山，风光终年旖旎，而今天晚上皓月当空，那山色在我看来是世间最美的了。我对着奇妙的山影，观赏了好几分钟，正要关上窗户，目光垂下来时，忽见那铜像连同基座，伫立在离楼房约四十米远的绿篱角上。那道绿篱将小园子同一块平整宽阔的方形场地隔开。后来我得知，那片场地是该城的网球场，原本是德·佩尔奥拉德先生的产业，只是在他儿子再三恳求下，才让给了社区。

我离得较远，难以看清那铜像的姿态，只能估计它约有六尺高。这工夫，城里两个淘气的小青年正巧经过网球场，嘴里吹着口哨，吹着鲁西戎当地的一支美妙的曲子《巍峨群山》，走到篱笆旁边就站住了，开始打量那铜像，其中一个还大声骂了一句。他讲的是卡塔卢尼亚语，不过，我在鲁西戎地区毕竟逗留了很长时间，大致能听懂他讲的话。

“原来你在这儿呀，婊子（这个字眼在卡塔卢尼亚语中更厉害）！原来你在这儿呀！”他说道，“就是你砸断了约翰·科勒的腿！假如你是我的，我非打断你的脖子不可！”

“算了吧，你拿什么打呀？”另一个说道，“它是铜铸的，特别坚硬，艾蒂安想用锉刀锉它，结果连锉刀也给弄断了。那是异教徒时期的青铜器，比什么都要坚硬。”

“我若是带着冷凿（看来他是锁匠学徒），当场就能把那对大白眼珠给剜出来，就像砸杏仁那样。那是银的，能值上五法郎。”

他们正要离去，刚走了几步，那个身高的学徒工猛地又站住，说道：“我得跟这位偶像道一声晚安。”

他说着，就俯下身去，大概拾了个石子儿，只见他一扬手臂，扔出个什么东西，铜像随即当啷一声，十分响亮。就在发出响声的同时，那名学徒用手捂住头，疼得叫起来。

“她把石子儿给我扔回来啦！”他嚷道。

两个淘气鬼撒腿就逃掉了。石子儿撞到金属上，显然弹了回去，惩罚了那个冒犯女神的家伙。

我开心地大笑，关上了窗户。

“又一个旺达尔人受到维纳斯的惩罚！但愿破坏我们古老文物的人，

脑袋都这样开了花！”

说完这句良好的祝愿，我便进入了梦乡。

一觉醒来，天已大亮了，忽见床两边立着两个人，一边是身穿睡袍的德·佩尔奥拉德先生，另一边是他妻子派来送一杯巧克力的仆人。

“喂，巴黎人，起床吧！京城来的人，个个都这么懒！”在我匆忙穿衣裳的时候，我的这位主人又说道，“已经八点钟了，还躺在床上！我六点钟就起来了，上来瞧了三次，踮着脚走到您的门口，不见人影，也听不到一点动静。在您这年龄，觉睡多了反而不好。您还没有见到我的维纳斯呢。好了，快把这杯巴塞罗那巧克力喝下去……地地道道的走私货。巴黎也买不到的巧克力。多添点儿力气，要知道，您一走到我那维纳斯跟前，谁也休想把您拉开了。”

五分钟我就打扮好了，也就是说，胡乱刮了一下脸，衣扣有扣好的有没扣好的，三口两口喝下滚热的巧克力，嘴烫得生疼。然后我下楼，来到花园，面对铜像惊叹不已。

果然是一尊维纳斯铜像，美极了，上半身裸露，古人通常都是这样表现天神的。那只右手抬到乳房的高度，手心向内，伸出拇指、食指和中指，另外两指微微弯曲。另一只手接近臀部，拉住遮着下半身的裙布。铜像的这种姿势，令人联想到不知为何取名为日耳曼尼库斯的划拳者的形象，也许雕塑家要表现这位女神在玩划拳游戏吧。

不管怎么说，不可能见到比这维纳斯像更完美的躯体了。只见全身的线条无比曼妙，极其性感；衣裙也无比华美，格外高雅。我原来估计可能是罗马帝国后期的作品，一看才明白这是雕塑艺术鼎盛时期的一件杰作。我尤为惊讶的是，形体如此美妙逼真，简直就是按照真人实体的模子铸造的，假如大自然能创造出如此完美的模特儿的话。

那头发绾到额头上，当时仿佛是镀了金的，如同大多数希腊雕像那样，头略小，稍往前倾。那张面孔特征奇异，我怎么也描摹不出来，脸形不同于我所能想起的任何古雕像。根本不是希腊雕塑家们所创造的那种平静而庄严的美：他们塑造的面部线条，总是一副毫无表情的肃穆神态。这尊雕像则相反，我惊奇地看出艺术家明显的创意，让狡黠的表情达到极致，接近于残忍了。所有线条都略微绷紧：眼睛微斜，嘴角有点儿上翘，鼻孔稍稍张开。这张面孔呈现一种令人难以置信的美，但又流露出轻蔑、嘲笑而残酷的神情。老实说，一种绝色的美貌居然没有一点儿善意，这样美妙绝伦的雕像，越观赏就越感到难受。

“这样的模特儿，世上如果真有过，”我对德·佩尔奥拉德先生说道，“我不相信上天能造出这样一位女人，世上如果真有过，那我特别可怜迷恋上她的人！她肯定要无情取乐，让她的情人一个个绝望而死。她的表情显得有点儿凶，可我又从未见过如此美的造物。”

“这正是全身心系恋猎物的维纳斯！”德·佩尔奥拉德见我激动起来，便朗声说道。

也许是这双嵌着白银而非常明亮的眼睛，同雕像因年代久远而全身生了黑绿色铜锈形成的反差，更增加了这种阴毒的嘲弄的表情。这双明亮的眼睛给人一种幻觉，仿佛真的存在，是个大活人。我又想起向导对我说过的话，她能让看她的人垂下眼睛。情况差不多就是这样，我本人面对这尊青铜像，都感到有点儿不自在，心中不禁生起自己的气来。

“您上下都仔细欣赏过了，”主人对我说道，“我的鉴赏古物的同行，现在您若是愿意，我们就举行一场科学讨论会吧。这句铭文您还没有注意，您怎么看呢？”

他指了指铜像基座，我看见上面刻了这样两个词：

“您学识渊博，有何高见？”他搓着双手问道，“看看我们两人的理解是否一致！”

“可是，”我答道，“这有两层意思。可以翻译成：‘当心爱你的人，防着你的情人。’然而，我若是取这种意思，却又不知cavea mantem是不是规范的拉丁文。若看女神狠毒的表情，我倒认为艺术家要让观众当心这个可怕的美人，因此这句话可以译作：‘如果她爱你，你千万当心。’”

“哦！”德·佩尔奥拉德先生说道，“对，这种解释可以接受。不过，请别见怪，我还是喜欢头一种译法，我还要再发挥一点儿。您知道维纳斯的情人是谁吗？”

“她有好几个情人。”

“不错，但头一个是伏尔甘，这不分明是说：‘别看你长得这么美，一副傲慢的神气，可你将来只能找个又丑又瘸的铁匠当情人。’对不对，先生？那些风骚的女人应当引以为鉴！”

我不禁微微一笑，觉得这种解释太牵强附会了。

“拉丁文太简练，这种语言费解极了。”我这样指出，以免正面驳斥这位考古学家。继而，我退后几步，再仔细观赏这尊铜像。

“等一等，我的同行！”德·佩尔奥拉德先生说着，拉住我的胳臂，“您没有看全呢，另外还有一句铭文。请您登上基座，瞧瞧那右臂。”他这样说着，还扶我登上基座。

我倒也不客气，干脆搂住维纳斯的脖子，开始同她熟不拘礼了，甚至还贴近她的脸注视片刻，觉得她更凶，也更美了。继而，我认出她胳臂下刻的几行字，可能是古体草书，并借助于眼镜一字一词拼读。德·佩尔奥拉德先生则跟着重复每个字，同时用手势和声调表示首肯。我这样念道：

VENERI TVRBVL...

EVTYCHES MYRO

IMPERIO FECIT

在第一行TVRBVL一词后面，似乎还有几个字母，但是模糊不清了，而TVRBVL倒还很清晰。

“这意思是……”我的这位主人问道，他狡黠地微笑着，一脸扬扬得意之色，心里准想我对付起这个词来也不会轻松。

“有个词我还弄不明白，”我对他说道，“余下的倒很容易理解。厄蒂切斯·米隆遵命将此礼物敬献给维纳斯。”

“对极了。可是，TVRBVL怎么办？这个词究竟是什么意思？”

“这个词还真把我给难住了。我想找个用于维纳斯的已知的修饰语来帮忙，可是都解决不了问题。对了，您看，TVRBVLENTA怎么样？乱人方寸、搅人不安的维纳斯……您看得出来，我还念念不忘她这阴毒的表情。对于维纳斯来说，TVRBVLENTA这个修饰语还不算太坏。”我谦虚地补充一句，只因这种解释，连我本人都不满意。

“好胡来的维纳斯！爱吵闹的维纳斯！哼！难道您以为我的维纳斯是小酒馆里的维纳斯吗？根本不是，先生，这是出入上流社会的一位维纳斯。让我来给您解释一下TVRBVL这个词吧……不过有一点，您得答应我，在我的论文付梓之前，不要将我的发现透露出去。要知道，我想凭借这个发现也风光风光……巴黎的学者先生们，你们太富有了！总得给我们外省这些可怜虫留几个麦穗拾一拾。”

我一直站在高高的基座上，庄严地向他保证，绝没有窃取他的发现的卑鄙念头。

“TVRBVL……先生，”他凑近前来，压低声音，仿佛怕另外一个人听见似的，“应当读成TVRBVLNERAE。”

“我还是照样不明白。”

“您听好了。离这里四公里①处的山脚下，有一个村庄，叫布勒特奈尔，正是TVRBVLNERA这个拉丁词的讹音。字母这种颠倒位置的情形再平常不过了。先生，布勒特奈尔，从前是罗马帝国的一座城市。我一直这样认为，但就是没有找到证据。现在，证据找到了。这个维纳斯，正是布勒特奈尔城的保护神。‘布勒特奈尔’这个词，我刚才指出了词源，它还证明一个更有趣的情况，就是说布勒特奈尔先是腓尼基的城市，后来才成为罗马帝国的城市。”

他停了一下，喘口气儿，得意地玩味我的惊讶。我却差一点儿没有憋住笑出来。

“其实，”他接着说道，“TVRBVLNERA纯粹是腓尼基语，TVR应读为TOUR……TOUR和SOUR是同一个词，对不对？SOUR是腓尼基语的Tyr，这意思就无须我告诉您了。BVL应是Baal、Bal、Bel、Bul，发音也只是略有差异。NERA却叫我费些脑筋，在腓尼基语中找不出一个相应的词，想必是来自希腊语νηρσδ，意思是潮湿的、沼泽的，恐怕是个混合词。为了确认这个希腊语词，等到了布勒特奈尔那里，我就让您看看溪水如何从

① 1公里=1千米。

山上流下来，积成一个个腐臭的水塘。再说，NERA是个词尾，大概很晚才后加上去的，以示敬重泰特里库斯的妻子奈拉·彼维苏威拉，很可能因为她给图尔布勒城做了什么善事。不过，我倒看重这些水塘，认为词源应当是这个希腊语词。”

他得意扬扬，捏了一撮鼻烟。

“我们先把腓尼基人放一放，再回到这句铭文上。我这样翻译：‘米隆遵维纳斯之命，将自己的作品，这尊雕像，献给布勒特奈尔的维纳斯。’”

我避而不去批评他这种词源的说法，但也不妨显示一下自己的洞察力，于是对他说道：

“且慢，先生，米隆的确敬献了什么，但是我根本看不出指的是这尊雕像。”

“什么！”他高声说道，“难道米隆不是希腊著名的雕塑家吗？这种才华在他家族是代代相传的。这尊雕像，肯定是他的一个后裔创作的。再也没有比这更确凿无疑的了。”

“可是，”我反驳说，“我发现这手臂上有一个小洞。我想这一定是用来戴什么东西的，比方说，一只手镯吧，作为米隆的赎罪供品献给维纳斯。米隆是个不幸的情人，惹维纳斯生气了，为了平息她的怒火，他就敬献一只金手镯。您要注意，fecit这个词往往与consacravit通用，二者是同义词。我手头上若是有一本格鲁泰或奥赖利的著作，就能给您举出几个例子。说起来是很自然的，一位情人梦见了维纳斯，并想象维纳斯命令他给雕像戴上一只金手镯。于是，米隆就献给她一只手镯……后来，蛮族或者欺天的盗贼……”

“哎！显而易见，您这是构思小说！”主人一边扶我下来，一边高声说道，“不对，先生，这是米隆学派的一件作品。只要瞧瞧这做工，您就会承认了。”

一开始我就给自己定了一条规矩，不要过分驳斥那些固执己见的古物鉴赏家，于是我低下头，表示心悦诚服，说道：

“的确是一件令人赞叹的艺术品。”

“噢！我的上帝，”德·佩尔奥拉德先生又叫起来，“又让人破坏了一处！一定是有人扔石头砸我的雕像！”

他刚发现维纳斯胸部靠上有一个白印儿。我看到右手指上也有一个类似的印痕，估计是石子儿掷过来时擦的，或者撞击的碎片反弹到手指上。我向他讲述了亲眼所见，有人如何侮辱铜像，又如何当即受到了惩罚。主人听了开心大笑了好一阵，并把那学徒比作狄俄墨得斯，祝愿他像那位希腊英雄那样，眼看着自己的伙伴全化为白鸟。

这场引经据典的谈话，让午饭的钟声给打断了，还像昨晚那样，我不得不吃下四个人的饭菜。继而，德·佩尔奥拉德先生接见来谈事的佃户，他儿子就带我去看一辆从图卢兹买的给未婚妻的马车，自不待言，我大大赞美了一番。然后，他又带我进马厩，足足用了半小时向我炫耀他的马匹，大谈它们的世系，在省里赛马会上所获的奖项，最后谈到他要送给未婚妻的灰牝马，随即话题又转到他的未婚妻身上。

“今天我们就能见到她，”他说道，“不知您见了，会不会觉得她漂亮。你们巴黎人眼光太高，不过在这地方和佩皮尼昂，大家都认为她很迷人。好就好在她特别富有。住在普拉德的姑妈给她留下一笔财产。啊！我就要成为一个非常幸福的人了。”

一个年轻人更看重的是未婚妻的嫁妆，而不是她美丽的眼睛，我见了就不禁心生憎恶之感。

“您是首饰的行家，”阿尔封斯先生接着说道，“您看这件怎么样？这只戒指，明天我要送给她。”

他说着，就从小指的头一节上摘下一只大钻戒，只见几颗钻石镶成双手相握状，我觉得极富诗意。这是一只古戒指，不过照我的判断，后来为了镶嵌钻石又加了工。戒指内侧有一行哥特体的文字“sempr’ab ti”，意思是“永远和你在一起”。

“这只戒指挺漂亮，”我对他说道，“然而，镶上这些钻石，原有的特点就丧失了几分。”

“哎！这样就好看多了，”他微笑着回答，“这些钻石价值一千二百法郎。这只戒指是传家宝，非常古老……是骑士时代的制品，家母传给了我。我祖母戴过，而我祖母又是从她祖母那儿接过来的。天晓得是什么时代制作的。”

“照巴黎的习惯，”我对他说道，“是送一只造型简单的戒指，通常是用两种金属，如黄金和白金打成。对了，您手上戴的另外那只就非常合适。而这只镶了钻石，又是隆起的握手形，太粗大了，戴手套恐怕戴不上去。”

“唔！那是阿尔封斯夫人的事儿了，随她怎么解决吧。我想她得到了总归很高兴。一千二百法郎戴在手指上，毕竟是件快活的事儿。另外这只小戒指嘛，”他得意地看着手指上戴的那只毫无装饰的戒指，又补充说道，“这是巴黎那次狂欢节最后一天，一位女子送给我的。哈！那是在两年前，我在巴黎玩得多痛快呀！在那里玩乐才开心呢！……”他惋惜地叹了口气。

这天，我们要到女方普伊加里家吃晚饭。我们上了四轮轿车，驰向离伊勒六公里远的庄园。我被作为男方家的朋友介绍给主人，并受到款待。

这顿晚餐以及餐后的谈话，在此就不赘述了，反正我不大开口。阿尔封斯先生坐在未婚妻身边，每隔一刻钟便贴近她耳畔说句话。那姑娘不怎么抬眼睛，每当未婚夫对她说话，她就满脸羞红，但是回答倒也落落大方。

德·普伊加里小姐年方十八岁，身材苗条而曼妙，同骨骼粗大而身强力壮的未婚夫形成鲜明的反差。她不仅美丽，而且迷人。我十分赞赏她答话时完全自然的神态，而她那善气迎人的样子，又略带几分慧黠，令我不由得联想到那尊维纳斯铜像。我比较两者，心中不禁思忖，不能不承认雕像更美些，这是不是主要因为雕像有一种母老虎的情态呢？要知道，强力，哪怕体现在邪恶的欲望中，也总能引起我们的惊叹和不由自主的欣赏。

在离开普伊加里家的时候，我心中暗道：

“这样一位可爱的姑娘，只可惜太有钱了，她的嫁妆只能招来一个配不上她的男人！”

在返回伊勒的路上，我认为应当同德·佩尔奥拉德夫人说说话，但又不知说点儿什么好。

“你们鲁西戎人可真有主见啊！”我高声说道，“怎么，夫人，你们居然选星期五这日子办喜事！我们巴黎人可迷信多了，谁也不敢挑这日子娶亲。”

“上帝啊！您就别提了，”她答道，“这事儿若是完全由我做主，当然会选另外一天了。可是，佩尔奥拉德执意如此，就只好由着他的性子了。不过，我总是提心吊胆，万一惹来什么祸呢？这里面总有个道理吧，要不然，为什么人人都害怕星期五啊？”

“星期五呀！”她丈夫高声说道，“就是维纳斯的日子。正是结婚的吉日！您都瞧见了，我亲爱的同行，我一心想着我的维纳斯。以名誉担保！我是冲她考虑才选中星期五的。如果您愿意，明天举行婚礼之前，我们小规模地祭祀她一下，供上两只斑尾野鸽，如果我知道去哪儿能买到香烧一烧……”

“算了吧你，佩尔奥拉德！”他妻子气到极点，打断他的话，“烧香拜铜像！简直太荒唐啦！这地方的人会怎么议论我们啊？”

“至少你该允许我，”德·佩尔奥拉德先生说道，“给她戴一顶玫瑰和百合编的花冠吧！要满把地献上百合花。

“您瞧见了，先生，宪章是一纸空文，我们并没有信仰的自由！”

第二天做了这样的安排：上午十点整，大家必须准备妥当，穿好节日的服装。喝完巧克力之后，就驱车去普伊加里庄园。先到乡政府登记结婚，再到庄园的小礼拜堂举行宗教仪式，然后用午餐。午餐后直到晚上七点钟，自由活动。晚上七点钟，乘车回伊勒，两家人在佩尔奥拉德府上共进晚餐。其余活动自便。反正不能跳舞，大家就尽量多吃东西。

从八点钟起，我就手握铅笔，坐在维纳斯雕像的对面，画她的头部，但不知画了多少遍也把握不准她的表情。德·佩尔奥拉德先生在我周围踱来踱去，给我出主意，反复对我讲他找出的腓尼基语词源，继而又往雕像的基座上放几朵孟加拉玫瑰，还以悲喜剧的声调，祈求维纳斯保佑要来到他家生活的新婚夫妇。约莫九点钟，他回屋去梳洗打扮，阿尔封斯先生却跟着出现了，新郎穿一套崭新的紧身礼服，戴着白手套，穿着漆皮鞋，只见上衣缀着雕花纽扣，扣眼儿还插了一朵玫瑰花。

“您能给我妻子画一幅肖像吗？”他俯身观赏我的画，说道，“她也很美。”

这时，一场球赛在我谈到过的那个网球场上开始了，当即引起了阿尔封斯先生的注意。而我呢，也画累了，已无望画出这张带点儿邪气的脸，就很快丢下画，也去看打球了。网球手中，有几个是昨天到的西班牙骡夫，他们是阿拉贡人和纳瓦拉人，差不多个个身手不凡。因此，伊勒人虽有阿尔封斯先生当场鼓劲和指导，但是面对新来的高手，一个个很快败下阵来。本地观众看得目瞪口呆。阿尔封斯先生瞧了瞧表，才九点半钟。他母亲还没有梳好头呢。他不再犹豫了，脱下礼服，要了一件运动服，便向西班牙人挑战了。我微笑着注视他的举动，觉得有点儿出乎意料。

“应当维护地方的荣誉。”他说道。、

我这时看他的确英姿勃勃，热情奔放。刚才他还把心思放在一身打扮上，现在却满不在乎了。就在几分钟前，他扭扭头，都可能担心弄歪了领带，现在却顾不得自己的鬈发和齐刷刷的皱褶襟饰了。那么，他的未婚妻呢？……老实说，如果有此必要，我认为他也会推迟婚期的。我看着他麻利地换上一双运动鞋，挽起袖子，站到败方阵前，指挥若定，犹如恺撒当年在都拉基乌姆重整溃军那样。我跳过绿篱，到一棵朴树的树荫下，舒舒服服地观看两军对垒。

阿尔封斯先生有负众望，头一个发球没有接住。老实说，头一发力大惊人，球擦地飞来，而发球者是阿拉贡人，看样子是西班牙人的队长。

那人四十来岁，身高六尺，肢体精瘦而有力，深深的橄榄色的肌肤赛似维纳斯的青铜色。

阿尔封斯先生火冒三丈，将球拍往地上一摔。

“就怪这倒霉的戒指，”他嚷道，“手指箍得这么紧，一个有把握的球却没接住！”

他好不容易褪下钻石戒指。我刚要走上前去接过来，他却抢先一步跑向维纳斯，将钻戒戴到她的无名指上，反身又回到伊勒队来闯阵。

他面色苍白，但是神态镇静而坚定，此后就再也没有失误，终于把西班牙人打得落花流水。观众欢欣鼓舞，场面十分壮观：一些人不断地欢呼，还把帽子抛向空中；另外一些人则同他握手，说他为地方增了光。即使他击退一次外族入侵，我想他得到的祝贺，也不过如此热烈而诚挚吧。战败的一方垂头丧气，又给他增添了胜利的光彩。

“伙计，我们再打几场吧，”他以不可一世的口气，对那个阿拉贡人说道，“不过，我还得让您几分。”

我真希望阿尔封斯先生态度谦虚一点儿，心里也几乎为受辱的对手感到难过。

那个西班牙巨人深深感到这种侮辱。我看出他那晒得黝黑的脸也气白了，只见他咬着牙，阴沉着脸注视自己的球拍，嘴里小声地咕哝了一句：“我会跟你算这笔账的！”

德·佩尔奥拉德先生的喊声，搅了他儿子胜利的喜悦。他非常诧异，儿子没有指挥人套那辆新买的轿车，更为诧异的是，看到儿子竟然满头大汗，手里还拿着球拍。阿尔封斯先生赶紧跑回家，洗了一把脸，重又穿上新衣服和皮鞋。五分钟之后，我们就飞驰在前往普伊加里的大道上。全城所有网球手和一大群观众欢呼着追我们，而我们那几匹健壮的马拼命奔跑，才没有让那些勇敢的卡塔卢尼亚人追上。

我们到达普伊加里，参加婚礼的行列正要向乡政府进发，阿尔封斯先生忽然用手一拍脑门儿，低声对我说道：

“我真糊涂！戒指忘拿啦！还戴在维纳斯的手指上呢，真是活见鬼！您可千万不要告诉我母亲。也许她什么也不会看出来。”

“您可以派个人取来嘛。”我对他说道。

“算了！我的贴身仆人留在伊勒了，这几个我可信不过。一千二百法郎的钻石啊！不少人都经不住这种诱惑。况且，这里人一知道我这样粗心大意，又会对我产生什么看法呢？他们会笑话死我了，会管我叫‘雕像的老公’……那戒指，但愿不要被人偷走！幸而我那些浑蛋下人都怕那雕像，不敢靠近。算了！也没什么，我还有一枚戒指呢。”

世俗和宗教的两场仪式相继举行，排场也较适当。德·普伊加里小姐收到的是某巴黎时装店老板娘的那枚戒指，殊不知未婚夫将一件定情物割舍给她。接下来，宾主入席，大家又吃又喝，甚至还唱起歌来，闹腾了好长时间。我真为新娘难受：她被阵阵欢笑戏谑的声浪包围，不过沉稳自若的神态倒出乎我的意料，她即使有点儿发窘，也不显得笨拙或者做作。

人处于困难的境地，也许就会产生勇气吧。

谢天谢地，午宴终于结束，时间也已到下午四点钟了。男宾客到景色优美的园子散步，或者去观赏身穿盛装的普伊加里农妇在庄园的草坪上跳舞。我们就这样打发掉几个小时。女眷们则簇拥在新娘周围，欣赏新郎送的礼物。继而，新娘就去换了装，只见她那秀发上戴了软帽和饰有羽翎的帽子，因为女人按照习俗，做姑娘时有些饰物不能戴，一旦出嫁就急不可待地戴上了。

将近八点钟，准备回伊勒了。可是未待动身，又出现一个感人的场面。德·普伊加里小姐的姑妈待她如亲生女儿，现在年事已高，又十分虔诚，不能同我们一道进城，因此分手时，她就对侄女讲了一大套做妻子的责任，同时眼泪哗哗地流淌，没完没了地拥抱。这种离别场面，德·佩尔奥拉德先生把它比作萨宾女人被劫的情景。最后我们总得起程，一路上每人都尽量为新娘排解伤感，逗她发笑，但是无济于事。

到了伊勒，晚宴已经摆好，这是什么样的晚宴啊！如果说午宴上粗鲁的谈笑令我很反感的话，那么晚宴上拿这对新人开玩笑，句句影射，我就更觉不堪入耳了。入席之前，有一阵新郎不见了，现在他却脸色刷白，冷若冰霜，连连喝科利尤尔陈酿，而这种酒的烈性赛过烧酒。我坐在他身边，自觉有责任提醒他：

“当心啊！据说这种葡萄酒……”

我也是人云亦云，不知对他讲了什么蠢话。

他触了触我的膝盖，声音极低地对我说：

“等宴席散了……但愿我能同您说两句话。”

他的口气这样郑重其事，我不免惊讶，便更加注意观察，发现他神情怪异。

“您觉得不舒服吗？”我问他。

“没事儿。”

他又喝起酒来。

这工夫，一个十一岁的小男孩钻到桌子底下，从新娘脚踝上解下一条粉白两色的美丽绸带，拿出来给宾客看，大家又是欢叫又是鼓掌，说这是新娘的吊袜带，立刻把绸带剪成许多段，由年轻人分掉，并沿袭一些世族之家还保持的古老传统，将小段绸带挂在礼服的扣眼上。新娘羞得连眼白都红了……令新娘窘到极点的，还是德·佩尔奥拉德的一个举动：他让大家安静，接着用卡塔卢尼亚方言给新娘唱了一段，据他说是随口吟唱的诗句。如果我理解得对的话，唱词的意思如下：

朋友们，究竟是怎么回事儿？酒一喝下，我两眼就昏花？这里有两个维纳斯……

新郎满脸惊惧，猛一扭头，惹人哄堂大笑。

“不错，”德·佩尔奥拉德继续唱道，“有两个维纳斯在我家，一个如块菰，我从地下挖；另外一个从天降，分给我们腰带的正是她。”

他指的当然是新娘的吊袜带。

“我的儿子呀，一边是罗马的维纳斯，一边是卡塔卢尼亚的维纳斯，你喜欢哪个就挑哪个。小滑头挑了这个卡塔卢尼亚的，选中了最好的。罗马的那个黑如漆，卡塔卢尼亚的这个白如玉。罗马的那个冷冰冰，卡塔卢尼亚的这个火热情，一接近她就激动。”

结尾很精彩，引起雷鸣般的欢呼、鼓掌和狂笑声浪，我觉得屋顶都要给震塌下来。在座的只有三张脸表情严肃：新婚夫妇和我本人。我头疼得厉害，而且不知何故，婚礼总令我黯然神伤。不仅如此，这场婚礼还颇令我反感。

我应当指出，最后几节格调低俗，由副镇长帮唱之后，大家就移到客厅，欢送新娘入洞房，因为很快就到午夜了。

阿尔封斯先生拉我到窗口，然后移开目光对我说道：

“我说了您会笑话的……但不知怎么了……我中了邪啦！简直活见鬼！”

我头一个念头，就是他感到自己受到威胁，要发生蒙田和德·塞维尼夫人所谈的那种倒霉事：

“爱情王国遍地充斥着悲剧故事……”

我心中暗道：这类意外事，唯有聪明人才能碰到。

“亲爱的阿尔封斯先生，科利尤尔酒您一定是喝多了，”我对他说道，“我先前就提醒过您。”

“嗯，也许吧。说起来，事情特别可怕。”

他话语说不连贯，我想他是完全喝醉了。

“我那枚戒指，您很清楚吧？”他沉默片刻，又继续说道。

"怎么，给人偷走啦？"

"没有。"

"这么说，您取回来了？"

"没有……我……这个邪门的维纳斯，我从她手指上取不下来了。"

"哦！您用的劲儿还不够大吧。"

"哪里呀……不料这个维纳斯……手指头却收紧了。"

他一脸惊愕，注视着我，身子靠着窗子的长插销，以免跌倒。

"乱说什么！"我对他说道，"您准是把戒指戴得太靠下了。等明天，您用钳子就能拔下来，不过得当心，别损坏雕像。"

"跟您说了，不行。维纳斯的手指弯回去了，手攥起了拳头，您听明白了吗？……看来她成了我妻子，既然我把戒指给了她……她不肯还给我了。"

我猛然打个寒噤，顿时惊起一身鸡皮疙瘩。接着，只听他叹了口气，一股酒臭扑鼻而来，又完全打消了我内心的惊恐。

这个可怜虫，怕是完全醉了，我心中暗道。

"先生，您是考古学家，"新郎可怜巴巴地又说道，"这类雕像您很了解……会不会有什么弹簧，有什么鬼机关之类的，我可一点儿也不懂……还是您去瞧瞧，好吗？"

"好哇，"我说道，"您跟我来。"

"不行，您最好还是一个人去。"

我走出客厅。

用晚餐这工夫，天气骤变，雨开始下大了。我正要去要一把雨伞，忽一转念，又停住了，心中不禁暗想："听了一个醉汉的话，我就去察看，岂不成了个大傻瓜！谁知道他是不是有意捉弄我，好给那些厚道的外省人落下笑柄，至少，也会把我淋成落汤鸡，得一场重感冒。”

我站在门口，望了一眼往下淌雨水的铜像，没有再回客厅，干脆上楼回房间睡觉。可是，我躺在床上，久久难以成眠。这一天发生的各种场面，又在我的脑海里浮现。我想到这位少女，多么美丽而纯洁，竟落到一个粗暴的醉鬼手里。我心中不免感慨，讲求门第的婚姻，多令人憎恶啊！一位披着三色绶带的乡长、一位披着襟带的本堂神甫，就这样把世上一位最纯真的少女献给了“弥诺陶洛斯”！在这个两情相许的恋人愿以生命换取的吉日良辰，两个并不相爱的人，相互间又有什么话可说呢？一位女子，一旦看到一个男人粗鲁的样子，还能够爱他吗？最初的印象抹不掉，我敢断言，这个阿尔封斯先生将来为妻子所恨，也是咎由自取……

我的内心独白在此大部分略去，而当我心里这样胡思乱想的时候，就听见楼里人来人往，听见开门关门的声音，以及马车启动的声响。继而，又似乎听见好几个女人上楼的轻微脚步，到上面便朝与我房间相反的另一端走去。那大概是护送新娘入洞房。过了一会儿，那些人又下楼去了。德·佩尔奥拉德夫人的房门关上了。我又不禁思忖，可怜的姑娘一定心慌意乱，局促不安啦！我心中抑郁，在床上辗转难眠。一个单身汉，在办喜事的人家里，总扮演一个傻瓜的角色。

楼里寂静下来，过了一阵工夫，楼梯又响起沉重的脚步声，楼板吱咯吱咯响。

“十足的粗汉子！”我高声说道，“我敢打赌，他非摔在楼梯上不可。”

周围又恢复了平静。我想换换思路，便拿起一本书，原来是本省的统计手册，上面还附了德·佩尔奥拉德先生的一篇文章，是关于普拉德地区德落伊教的历史建筑的。我看到第三页就睡着了。

我睡得不实，多次醒来。鸡叫的时候，我已经醒了二十多分钟，大概是清晨五点钟吧，天就快亮了。这时，我又清晰地听见睡觉前的那种沉重脚步，以及楼板吱咯吱咯的响声，觉得事情有点蹊跷。我一边打哈欠，一边猜想阿尔封斯先生为何起得这么早，想象不出有什么必要性。我正要再闭眼眯一会儿，忽又听见怪异的声响，引起我的注意：除了急促的脚步声，又响起丁零零的铃声和咣当咣当开门的声响；继而，我又听见混乱的喊叫。

“准是那醉鬼放了火！”我这样想一想，便跳下床。

我匆忙穿上衣服，来到楼道。另一头传来呼叫和哀号，最突出的是一个撕肝裂胆的声音：“我的儿呀！我的儿呀！”显然阿尔封斯先生出事了。我跑到新房，只见屋里已经挤满了人。闯入我视线的第一个景象，便是年轻的新郎半裸着身子横躺在压塌的木床上，面无血色，一动也不动。他母亲坐在旁边号啕呼叫。德·佩尔奥拉德先生正在忙活，又是往儿子太阳穴上擦香水，又是往鼻子下放嗅盐。唉！他儿子已死去多时了。新娘则在房间另一端，在长沙发上岔声地叫嚷，身子剧烈地痉挛，两个健壮的妇人拼了全力才勉强将她按住。

“上帝啊！”我喊道，“出了什么事啦？”

我走到床前，抱起这个不幸的年轻人：他身子已经僵硬而冰冷了，牙关紧闭，脸色发黑，显出暴死时惶恐的表情，但是衣服上没有一点儿血迹。我解开他的衬衣，发现他胸脯上有一道紫青印痕，一直延伸到两肋和后背，就好像是被铁箍勒死的。我的脚在地毯上踩着一件硬东西，俯身一看，正是那只钻石戒指。

我把德·佩尔奥拉德夫妇拉到他们的房间，再叫人把新娘抬进来。

“你们还有一个女儿呢，”我对他们说道，“应当好好照看她。”说罢，我便丢下他们三人。

在我看来，阿尔封斯先生无疑是被人谋杀的，凶手趁黑夜潜入新房。然而，胸脯上的伤痕围身子绕了一圈儿，却令我大惑不解，这种创伤不可能是用木棒或铁棍造成的。我忽然想起听人说过，在瓦朗斯一带，只要有人付钱，一些亡命之徒就用装满细沙的长条皮口袋置人于死地。我随即联想到发出威胁的那个阿拉贡骡夫，但是我很难想象，他会因为一个小小的玩笑，竟然如此残忍地报复。

我在楼里到处寻找，丝毫不见闯入的痕迹；接着又到花园查看，凶手会不会从这里潜入，也没有发现明显的迹象。而且夜晚下过雨，不可能留下清晰的脚印。不过，我还是观察到地上有两行深深的脚印，方向相反，但在同一条线上，从挨着网球场的篱笆角落直到楼房的门口，有可能是阿尔封斯先生去雕像手指上取戒指时留下的。此外，这里的绿篱不如别处茂密，凶手也许是从此处进来的。我踱来踱去，又停下片刻端详雕像。老实说，我这次注视她那透着阴毒的嘲弄的神态，真有点儿胆战心寒。我满脑子还装着刚见到的可怕的场面，看雕像的这种神态，就觉得是一个地狱阎君在幸灾乐祸，欢呼这家人遭此劫难。

我回到房间，一直待到中午。然后，我又出来询问这家人的情况。他们稍微平静了一点儿。德·普伊加里小姐，应当说阿尔封斯的孀妇才是，她已经恢复了知觉，甚至还同佩皮尼昂的检察官谈过话。那位司法官员正巧到伊勒视察，便听取了她的证词，还听取了我的证词。我把我知道的情况全讲了，连我对那个阿拉贡骡夫的怀疑，也没有对他隐瞒。他立即下令拘捕那名骡夫。

我在证词记录上签字之后，便问检察官：

“您从阿尔封斯夫人的口中，问出什么情况来了吗？”

“这个不幸的少妇已经疯了，”他苦笑着对我说道，“疯啦！完全疯了。她讲述了这样的情况：

“她说她上了床，放下幔帐，躺了几分钟之后，忽听房门打开，走进个人来。当时，她躺在床里侧，面朝墙壁，一动也不动，确信是丈夫进屋了。过了片刻，床铺咯咯响，仿佛压上来很重的东西。她害怕极了，但是不敢回头。又过了五分钟，也许有十分钟……究竟有多长时间，她也算不清了。然后，她不由自主地动了动，或者床上的那个人活动了一下，她感到接触了冰冷的东西，这是她的说法。她浑身发抖，蜷缩在床里侧。不大工夫，房门又打开，进来一个人，还说了声：‘晚安，我的小娘子。’过了片刻，有人拉开幔帐。她听见一声被扼住的叫喊。躺在她身边的那个人坐起来，似乎伸出手臂。于是她回过头来……而且看见了，据她说，看见她丈夫跪在床边，头与枕头一样高，被一个深绿色的巨人用力搂着。可怜的女人，她说，而且重复了二十次，说她认出来了……您猜得到吗？是维纳斯铜像，德·佩尔奥拉德先生的那尊雕像……自从雕像在这地方出土，人人都梦见过。不过，还是回到可怜的疯女人的叙述上吧。她看到这一场面，便吓昏过去，也许她丧失神志有一阵工夫了。她根本无法确定自己昏迷了多久。她醒过来，又看见那幽灵，或者像她一口咬定的，又看见那雕像始终一动不动，腿和下半身在床下，上身前倾，双臂搂住她丈夫，而她丈夫也一动不动。只听一声鸡鸣，雕像下了床，丢下尸体，走出房间。阿尔封斯夫人这才拼命拉铃，后来的情况您都知道了。”

那个西班牙人被传来了。他十分镇定，为自己辩护时也非常冷静，脑子转得很快。他并不否认说过我听见的那句威胁的话，但解释说没有别的意思，只想表明休息好之后，第二天再打一场网球赢回来。我记得他还补充了这样一段话：

“阿拉贡人受到侮辱，要马上报仇，绝不会等到第二天。我若是认为阿尔封斯先生有意侮辱我，当场就会照他肚子捅上一刀了。”

他的鞋也拿去比对花园里的脚印，但是他的鞋要大得多。

最后，旅店老板也证明，这名住客整夜都在给他一头生病的骡子按摩和喂药。

此外，这个阿拉贡人名声不错，在当地颇有知名度，每年都来做生意。因此，检察官向他道歉后，就把他放了。

我忘了一名仆人的证词。出事之前，这名仆人是最后一个见到阿尔封斯的人。那是少爷准备上楼进洞房的时候叫来这名仆人，神色不安地问他是否知道我在哪里。仆人回答说根本没有见过我。于是，阿尔封斯先生叹了口气，沉默了足足有一分多钟，然后才说道：“哼！他也非得见鬼去不可！”

我还问了这名仆人，阿尔封斯先生同他说话时，手上有没有戴那只钻戒。仆人颇为犹豫，半晌才回答说，他觉得没有戴，而且，他也根本没留意。

“如果他手上戴着钻戒，”他定了定神儿，又补充一句，“那我肯定就注意到了，因为，我以为他已经送给了阿尔封斯夫人。”

我盘问这名仆人时，心里又感到带几分迷信的恐惧。而阿尔封斯夫人的证词，早已使全楼充满了这种恐怖气氛。检察官微笑着瞥我一眼，我就不好再刨根问底了。

阿尔封斯先生的葬礼结束之后几小时，我就准备离开伊勒城。德·佩尔奥拉德先生的马车要送我到佩皮尼昂。可怜的老人不顾虚弱的身体，非要把我送到花园门口。我们默默无言，穿过花园。他扶着我的手臂，非常吃力地拖着脚步。分手的时候，我最后又望了一眼维纳斯。我完全可以料想到，维纳斯已经引起这家一部分人的恐惧和仇恨，接待我的主人虽然绝无同感，也肯定要处理掉时时令他想起这桩惨祸的东西。我想劝他将维纳斯送进博物馆，意欲启齿，正犹豫间，德·佩尔奥拉德先生却机械地扭过头去，瞧瞧我所注视的方向，一见雕像便老泪横流。我再也不敢讲一句话，拥抱了他就登上马车。

我离开之后，没有听说有什么新情况澄清这场神秘的灾难。

德·佩尔奥拉德先生在儿子死后数月，也与世长辞了。他通过遗嘱将他的手稿留给我，也许有朝一日我会拿出去发表。不过在手稿中，我没有找见论述维纳斯雕像上的铭文的那篇文章。

附记：

我的朋友德·P先生从佩皮尼昂写信来，告诉我那尊雕像已不复存在。丈夫死后，德·佩尔奥拉德夫人头一个举措，就是将铜像化了，铸了一口钟，于是，维纳斯就以这种新的面貌为伊勒的教堂效劳。然而，德·P先生又补充说，厄运似乎一直追逐这个青铜物的拥有者：自从这口钟在伊勒敲响以来，当地的葡萄已经冻坏过两次了。

查理十一世的幻视

霍拉旭，天地间有多少事情，

都不在你们哲学的梦想中。

——莎士比亚：《哈姆雷特》

对幻视、幻觉和鬼魂的出现，一般人都不以为然。不过，这类现象有一些得到充分证明，再不相信，那就势必全盘鄙弃所有的历史见证了。

这里有一份正式笔录，由四位诚信可靠的见证人签署，这就保证了我下面讲述的事件的真实性。我还要补充一句：这份笔录中记载的预言早就为人所知并引用，又被如今发生的事件完全证实了。

声名显赫的查理十二世之父查理十一世是瑞典最专断也最贤明的一位

君主。他限制了贵族过分的特权，废除了元老院的权力，还一手制定并颁布法律。总之，他改革了在他之前寡头当权的国家体制，强迫各个等级都赋予他绝对的权威。不过平心而论，他是个开明的人，勇气十足，笃信路德宗派，性格刚强，非常务实，完全缺乏想象力。

他妻子乌不里克·艾雷奥诺尔刚刚去世。尽管有人说，是他冷酷无情的态度，促使王后早断香魂；但他其实敬重妻子，因不幸丧妻而十分悲痛。心肠如此冷酷的人会这样哀伤，这大大出乎人们的意料。这件丧事之后，他变得更加忧郁、更加沉默寡言了，全力投入工作，处理国事，显然是要强行排遣心中的极痛深悲。

一个秋天的夜晚，在斯德哥尔摩王宫的书房里，查理十一穿着睡袍和拖鞋坐在燃得正旺的炉火对面，由他宠信的内侍布拉厄伯爵和医生博姆加坦陪伴。顺便交代一句：这位医生自命不凡，他主张人除了医学，可以怀疑一切。那天晚上，国王不知什么缘故，觉得有点儿不适，便传来医生问问。

夜已深了，可是国王却一反平日的习惯，始终不道一声晚安，以致让他们意识到该是告退的时候了。他垂着头，眼睛凝视着尚未燃尽的劈柴，深深地保持沉默，既烦他的伴臣，又不知为什么，害怕独自一人形影相吊。布拉厄伯爵明明白白地看出，他在这里不大受欢迎，便几次表示担心，别耽误了陛下歇息。可是，国王一个手势，就让他老实待着了。医生也谈到熬夜有损健康，然而，查理却咕哝一句回答他：

“别走，我还不想睡觉。”

于是，他们又变换好几个话题，结果每个话题刚说两三句话，就无以为继了。显而易见，陛下的心情非常恶劣，医生碰到这种情况，就只有小心侍候的分儿了。布拉厄伯爵则揣度，国王的悲伤必是丧偶所致，他对着挂在书房里的王后画像观赏了一会儿，就长叹一口气，高声说道：

“这幅肖像多像本人啊！就是这种表情：无比高贵，又无比温柔！……”

“唉！”国王生硬地回答，他每次听人当面提起王后，就认为是一种责备，“这幅像画得太美了！王后容貌很丑。”

说罢，他又暗自气恼，觉得这话太阴损，于是站起身，在屋里走了一圈，以便掩饰自己为之脸红的一种愧疚心情。他走到朝向庭院的窗户前站住。夜色朦胧，一弯新月挂在天空。

如今瑞典国王居住的王宫，当时尚未竣工，是查理十一世开始动工修建的，他那时住的旧王宫，坐落在莫勒湖对面的里达尔霍勒姆岬角。那是一座马蹄铁形状的巨大建筑。御书房位于一角的末端，几乎正对着议会大厅，各级议员就是在大厅里聚会，聆听国王的旨意。

那座大厅的窗户，此刻好像由一道强烈的灯光照亮。国王觉得很诧异，开始他还以为，那光亮是哪个侍从拿着的一支火炬。然而，那间大厅很久没有打开了，半夜三更去那里干什么呢？何况，那光特别明亮，不可能是一支火炬。说是着火了倒有可能，可又不见冒一点儿烟，玻璃窗也没有打碎，而且也听不到一点儿声响。所有迹象都表明，那必是神明显灵。

查理一言不发，对着那些窗户望了半晌。这时，布拉厄伯爵伸手正要拉铃，想唤来一名少年侍从，打发去弄明白那奇怪的亮光是怎么回事，但是当即被国王制止了。

“我要亲自到大厅去看看。”国王说道。

他讲这句话时，明显脸上没有血色，呈现一种宗教恐惧的神情，不过，他仍然步伐坚定，走出书房。内侍大臣与医生紧随其后，每人拿着一支明烛。

保管钥匙的门房已经睡下。博姆加坦奉国王之命，前去把他唤醒，并让他立刻打开议会大厅的每道门。这命令突如其来，令门房惊诧不已，他急忙穿好衣服，带上那串钥匙去见国王。他先打开长廊上的门。那长廊是议会大厅的前厅和通道。国王走进去一看，不禁大吃一惊：两侧墙壁挂满了黑色帷幔。

“这是谁下的命令，前厅挂了这些帷幔？”国王怒冲冲地问道。

“陛下，据小人所知，没人下这样的命令。”门房不胜惶恐，答道，“上次小人安排人打扫这条走廊，墙壁还像早先一样，镶着橡木护壁板……可以肯定，这样的帷幔绝不是御用储藏室中的物品。”

这工夫，国王脚步很快，长廊已经走过三分之二。伯爵和门房则紧紧跟随，医生博姆加坦稍微落后一点儿，他既怕单独丢下他一人，又担心前面情况异常，难免有凶险。

“陛下，不要再往前走了！”门房高声说道，“小人以灵魂担保，大厅里肯定有妖魔作怪。在这深夜时分……陛下的爱妃去世之后……据说她总在这条长廊散步……愿上帝保佑我们！”

“停下吧，陛下！”伯爵也高声说道，“议会大厅传来的喧哗声，您没有听见吗？真难说陛下会遇到什么危险！”

“陛下，”博姆加坦也说道，他手中的蜡烛刚被一阵风吹灭，“至少，您也应当让臣下去召来二十名持钺卫士。”

“我们都进去吧，”国王停在大厅门口，语气坚定地说道，“看门人，你快点儿打开这道门。”

他还抬脚踹了一下门扇，咚的一声巨响，由拱顶传递出的回音，像放炮似的震荡长廊。

门房抖得厉害，手拿着钥匙直磕打锁孔，怎么也插不进去。

“一名老兵，竟然发抖！”查理耸了耸肩膀，说道，“喂，伯爵，您来把这道门打开。”

“陛下，”伯爵退缩一步，答道，“如果陛下命令臣迎着丹麦的或者德国的炮口前进，臣毫不犹豫，一定从命；然而此刻，陛下，您让我对付的是地狱。”

国王一把将门房手中的钥匙夺过去。

“我算明白了，”他以鄙夷的口气说道，“这事儿只有我来做。”

随从哪儿来得及上前阻拦！国王当即打开厚重的橡木大门，举步走进大厅，口中还讲了一句：“愿上帝助佑。”三名随从虽然恐惧，但是更受好奇心的驱使，也许丢下国王会心中愧疚，于是他们也随同进入。

大厅烛火无数，通明透亮。黑色帷幔取代了有人物图案的古壁毯。墙壁上还像往常一样，整齐地悬挂着德国、丹麦和莫斯科的旗帜，全是古斯塔夫 - 阿道夫的将士获取的战利品。那中间有瑞典战旗，蒙着黑纱也都清晰可辨。

大会议厅座无虚席，四个等级的议员，各就其位。人人都一身黑服，而那些人的面孔，在黑底的衬托下，都显得特别明亮，十分耀眼，因而目睹这奇异景象的四个人，谁也没有在这群人当中发现一张熟悉的面孔。就好比一个演员面对黑压压的一片观众，他的眼睛连一个人也分辨不出来。

在国王通常向议会发表演说的讲坛上，他们看见一具血淋淋的尸体，但是佩戴着王室的徽章。尸体右边站着一个头戴王冠、手拿权杖的孩子；左边则是一个老人，确切地说是另一个鬼魂，身子靠在宝座上。他穿着大礼袍，那正是在瓦萨将瑞典建成王国之前的总督的装束。御座对面坐着几位法官模样的人物，他们身穿黑色长袍，举止凝重而威严；他们面前的桌子上摆着几份大开本的羊皮书文件。在御座和议员所坐的长椅之间，放着一个蒙有黑纱的大木砧，并排还有一把大斧。

参加聚会的这些幽灵，似乎没有一个发觉查理及其三名随从到场。他们刚进入大厅，只听见一片窃窃私语声，耳朵难以捕捉住一句清晰的话语。穿黑袍的法官中的年纪最长者，似乎是主持审议的那一位，这时站起来，用手在摊在面前的一本羊皮书卷上敲了三下，全场立刻肃静下来。只见从查理十一刚才打开的那道门对面的另一道门，走进几个双手被捆绑在背后的年轻人，他们衣着华丽，面色红润，目光坚毅，昂着头走进大厅。随后是一个健壮的大汉，身穿紧身棕色皮外衣，手上拉着捆绑几个年轻人双手的绳索。走在最前面的囚犯，看来是罪魁祸首，他走到大厅中央站住，凛然的目光轻蔑地看了看脚下的木砧。与此同时，那具尸体似乎抽搐抖动起来，伤口汩汩流出殷红的鲜血。那年轻人跪下去，伸出了头颅。大斧在半空寒光一闪，又急速落下，咔嚓一声，一股鲜血喷射到讲坛上，同那具尸体的鲜血相混。砍下的头颅在鲜血染红的石板地上弹跳了几下，一直滚到查理的面前，将他的脚也染红了。

查理惊讶万分，目瞪口呆，直到这时未发一语。可是，一看到这种恐怖的场景，他那舌结却打开了。他朝讲坛走了几步，对着身穿总督服的那个人，大胆地讲了后来广为流传的一句话：

“如果是上帝派遣来的，你就说话；如果是魔鬼派来的，你就走开。”

那幽灵声调庄严，缓慢地回答他：

“查理王！这鲜血，不会在你在位的时期流淌……（说到这里，声音变得模糊不清了），那要等到五朝之后。瓦萨的后代要遭殃，遭殃，遭殃啊！”

事情至此，参加这场惊人聚会的众多人物，形体开始虚幻了，完全变成了彩色的身影，很快就化为乌有。奇幻的烛火也全熄灭，只有查理及其随从手中的蜡烛，还映照着被微风轻轻拂动的古老壁毯。有一阵工夫，还听得见一种相当悦耳的声响，一个见证人将那比作树叶间的风声，而另一个见证者，则说是竖琴调音时的断弦声。大家一致认为，幻象持续的时间约为十分钟。

黑色的帷幔、砍下的头颅、染红地面的汩汩鲜血，无不随着幽灵一同消逝。唯独查理的拖鞋上，还留着一块红色的血迹，仅此就足能唤起他的记忆，假如那夜的场景没有深深刻在他的脑海里的话。

国王回到书房，命人记述下他所见的幻景，并让几个随从签了名，他本人也签字了。这一笔录的内容，尽管采取了谨慎措施向公众隐瞒，不料就在查理十一生前便很快传得沸沸扬扬。这份文件保留至今，而时至今日，对于它的真实性，还没有任何人提出质疑。笔录的结束语十分精彩：

> 我刚才讲述的情况，假如有一言虚妄，那么我情愿完全放弃进入天国的希望；而天国的生活我理应向往，不仅因为我做了一些善事，更是因为我热忱为民众谋福利，并捍卫先古就信奉的宗教。

如今，有人再想起古斯塔夫三世之死，以及对刺杀他的凶手安卡斯特洛姆的判决，就一定会发现这一事件，不止一处应验了笔录中这一奇异的预兆。

在各级议员面前被砍头的那个年轻人，就预示着安卡斯特洛姆的命运。

那具头戴王冠的尸体，应是古斯塔夫三世。

那孩子，则是他儿子及继承人古斯塔夫－阿道夫四世。

还有那位老者，想必是古斯塔夫四世的叔父德·苏德马尼公爵，他在侄儿被废黜之后，便登基为王了。

勇夺棱堡

我有一位军人朋友，几年前开赴希腊，死于热病。生前他给我讲述过他初次参加的战斗。他讲的战事，给我留下特别鲜明的印象，因此一有闲暇，我就凭记忆写出来。故事的内容如下：

九月四日晚上，我到团里报到，在宿营地见到上校。他刚接待我时，态度相当粗暴，但是看了B将军的推荐信之后，他的态度有所改变，特意对我讲了几句客气话。

上校把我介绍给刚刚侦察回来的上尉。这位上尉长得人高马大，一头棕发，相貌不善，难以接近。不过，战事也没有容我进一步了解他。他刚投军时，只是名普通士兵，因作战勇敢而晋级，荣获十字军功章。他的声音沙哑细弱，同他那高大的身躯极不相称。他嗓音这么怪，听人说是在耶拿战役中，喉咙被子弹打穿的缘故。

上尉一听我来自枫丹白露军校，便做了个鬼脸，说道：

“我的中尉昨天刚刚阵亡……”

言下之意，我自然领会：“本该您接替他，但是您胜任不了。”

一句刻薄的话已经滑到我唇边，又被我咽下去了。

舍维里诺棱堡是当时俄国抵御法军的防线，有两处堡垒，其一是施瓦第诺（而非舍维里诺），距我们的营地约有两炮程。当时月亮从棱堡后面升起，跟每次初升一样，又大又红。可是那天晚上，我觉得月亮大得出奇。一时间，在月轮的光华衬托下，棱堡的黑影突显，就像要爆发时火山的圆锥峰顶。

我身边的一名老兵注意到月亮的颜色，他说道：

“月亮好红啊，这可是个信号，要攻占那个著名的堡垒，恐怕得牺牲很多人！”

我一向迷信，尤其在这种时刻，这一征兆足令我心惊肉跳。我躺下睡不着，起来又走了一阵，遥望舍维里诺村后面的高地，只见营火连绵不断。

夜风寒气袭人，我感到周身的血液差不多冷却了，便回到篝火旁边，用斗篷紧紧将身子裹住，闭上眼睛，希望一觉睡到天亮。可是，久久没有睡意，我的神思不知不觉又蒙上一层凄怆的色彩。我暗自思忖，十万大军遍布这片平野，却没有一个是我的朋友。我一旦受伤，就会被送进医院，接受那些不学无术的外科医生胡乱的治疗。从前听说的外科手术的事故，此刻又浮现在我的脑海里。我的心不禁怦怦狂跳，下意识地将手帕和皮包当作铁甲，护在胸前。我困倦已极，不时打盹，但是不祥的念头愈演愈烈，每次袭来，都蓦然将我惊醒。

最后，还是困倦占了上风，等敲响起床鼓时，我睡得正酣。我们排成散队形，点完名，就将枪支架起来了。种种迹象表明：我们会平静地度过这一天。

将近三点钟，一位副官来传达命令。我们奉命又操起武器，狙击兵又在平野散开，我们则缓缓跟进。二十分钟之后，我们就望见，俄军前哨全部撤回到棱堡。

一支炮队开来，布置在我们右侧，另一支则布置在我们左侧，不过，两支炮队都远远地在我们前方开始猛烈炮轰敌阵。敌军也给予有力的还击，舍维里诺棱堡很快就消失在滚滚的硝烟里。

我们一团兵力有一条洼地做掩护，能躲避俄军炮火。他们的炮弹主要射向我们的炮兵阵地，大多从我们头上呼啸飞过，只有少数几颗打过来，将炸飞的泥土和小石子抛给我们。

我们连队一接到前进的命令，上尉就格外注意我，逼使我两三次捋了捋刚留的小胡子，尽量装出满不在乎的样子。况且，我并不害怕，唯一的担心就是别人以为我害怕。那些毫无威胁的炮弹反倒给我壮了胆，让我保持沉着冷静的英勇姿态。自尊心也在提醒我，毕竟处于炮火之下，我所冒的危险是实实在在的。我能如此镇定自若，真是喜不自禁，想到日后去普罗旺斯街德·B夫人沙龙，可以讲讲如何攻占舍维里诺棱堡，心里就更高兴了。

上校来看我们连队，他对我说道：

“怎么样！您刚一上阵，就碰到硬仗了。”

我微微一笑，摆出一副十足英武的样子，掸了掸落在三十步开外的一颗炮弹抛在我衣袖上的一点尘土。

俄国人似乎发现他们的炮击毫无威力，便改用开花弹，它能打到洼地，击中我们。这时，飞来相当大一块弹片，掀掉我的军帽，打死了我身边的一名士兵。

“祝贺您啊，”上尉见我拾起军帽，就对我说道，“这一天，您就平安无事了。”

我知道军中这种迷信，即相信“罪不二罚”的格言，它不仅适用于法庭，而且适用于战场。我十分得意，又戴上军帽。

“也不打声招呼，就让人脱帽致敬。”我尽量说得快活一些。

这句笑话并不高明，但是在那种场景讲出来，还是相当绝妙的。

“祝贺您啊，”上尉又说道，“您再也不会有什么事儿了，今天晚上，您就会指挥一个连了。因为我有明显的感觉，事情冲我来了。我每次受伤，身边的军官就中弹身亡，而且，”他压低声音，几乎面有愧色，又补充说道，“他们的姓名，全是以字母P开头的。”

我装作意志坚强。碰到这种情况，许多人也会像我这样；许多人听了这种预言，也会有我这种反应。我初来部队，意识到自己必须时刻显得冷静，显得英勇无畏，不能把自己的感觉告诉任何人。

半小时之后，俄军的炮火明显减弱了。于是，我们走出掩蔽的地带，准备攻取棱堡。

我们团由三个营组成。第二营负责包抄，进袭棱堡的入口。其余两营兵力从正面进攻，而我属于第三营。

我们一冲出隐蔽的洼地，就迎面遭遇好几阵火枪齐射，但是伤亡不大。子弹的呼啸声令我吃惊，我频频回头，从而招来几句玩笑话。我那些战友更为熟悉枪炮声。

“归根结底，打仗也并不那么可怕。”我心中暗道。

狙击兵打前阵，我们跑步前进。猛然间，俄军高呼三声“乌拉”，三声“乌拉”清清楚楚，然后就肃静了，还停止了射击。

“我可不喜欢这种寂静，”上尉说道，“这对于咱们绝非好兆头。”

我觉得我们的人有点儿太吵闹了，不由得在心中做了个比较：我们这边乱哄哄的，而敌人却一片肃静，显得很威严。

我们很快就冲到棱堡脚下，而我军的炮火早已摧毁了周围的护栏，炸烂了那里的地面。士兵们高呼“皇帝万岁”，冲进这片刚刚制造的废墟，而且出人意料的是，他们叫喊了那么久，高呼万岁的声音还是那么响亮。

我举目观望，所见的景象终生难忘。硝烟大部分已经升起，离棱堡二十来尺高，宛如华盖悬在半空。透过淡蓝色烟雾，只见俄军精锐部队排列在半毁的护墙后面，举着枪肖然不动，好似一尊尊雕像。那场面还恍若在我眼前：每个士兵都用左眼注视我们，右眼被举着的步枪遮住。离我们仅有数尺的炮眼里，一名士兵手执点火棒，伫立在一门大炮旁边。

我一阵战栗，预感自己的最后时刻到了。

“舞会要开场了，”上尉嚷道，“晚安。”

这是我听到的他讲的最后一句话。

棱堡内一通军鼓响起，只见所有步枪放低，枪口一齐朝前。我闭上眼睛，听见枪声大作，接着便是一片呼号和呻吟声。我又睁开眼睛，发现自己还活在世上，真是惊叹不已。棱堡又被硝烟团团围住。我周围尽是死伤人员。上尉就倒在我脚下，他的头被圆炮弹打烂，脑浆和鲜血溅了我一身。全连只存活我们七个人。

这场杀戮之后，紧接着一阵惊愕。上校将军帽挑在剑尖上，喊着“皇帝万岁”，头一个登上护墙。所有幸存者都立刻跟上去。随后发生的情况，我记得不太清楚了。我们冲进棱堡，也记不得是怎么冲进去的了。硝烟弥漫，彼此看不见却展开肉搏。想来我是砍了人，因为军刀上沾满了鲜血。终于，我听见有人欢呼胜利！硝烟逐渐散去，我看见棱堡满地尸体，血流成河。尤其是那些大炮，都掩埋在死人堆下面了。法国部队活下来两百来人，大家乱哄哄聚在一起，有的给枪上弹药，有的在擦拭刺刀。旁边还有俘获的十一名俄国兵。

上校满身是血，仰面倒在棱堡入口处的一辆毁坏的弹药车上，有几名士兵正忙着救护，我也凑到近前。

“资格最老的上尉在哪儿？”上校问一名中士。

中士耸了耸肩膀，表情明白无误。

“资格最老的中尉呢？”

“就是这位先生，昨天刚来的。”中士回答，语气十分平静。

上校苦笑了一下。

“好吧，先生，”他对我说道，“部队就由您来指挥，赶紧加固阵地，用这些军车将堡垒口堵死，敌人增援部队要来反扑。不过，C将军也会派部队来支援你们。”

“上校，”我问他，“您伤得很重吗？”

“哼……亲爱的，棱堡毕竟攻下来了。”

菲德里哥

从前有一位少爷，名叫菲德里哥，他仪表堂堂，又彬彬有礼，为人十分宽厚。不过，他生活放荡不羁，形同酒色之徒，酷爱赌博、美酒和美色，尤其嗜赌。他从不去做忏悔，光顾教堂也只是为了寻找作孽的机会。且说这个菲德里哥，曾让十二个富家子弟在赌场输个倾家荡产（结果这十二个人走投无路，落草为寇，后来在同朝廷雇佣军的一次激战中丧命，临终也未能忏悔）。但时过不久，他本人也把赢的钱输个精光，连祖宗留下的家业也全搭进去，只剩下一座小小的庄园，坐落在卡瓦镇那片山峦的背后。他只好去小庄园避居，打发穷日子。

他就这样隐居了三年，白天去打猎，夜晚同佃户打打纸牌。有一天打猎满载而归，他从未打过这么多猎物，心中正喜不自禁，忽见耶稣基督率众圣徒上门求宿。菲德里哥慷慨好客，正好这天有野味佳肴，可以大大款待客人，自然喜出望外。于是，他将几位行客让进屋来，以极为热情的态度，接待他们用餐住宿，并说仓促间难求齐全，如果招待不周，还请客人见谅。我主耶稣基督心知这次运气好，见菲德里哥如此好客，也就不计较他出于虚荣心理的这种小客套。

“有什么就吃什么，我们不挑拣，”耶稣说道，“您还是吩咐人尽快做好晚饭，一来天色晚了，二来我们这位也饿得要死。”他指了指圣彼得，又补充一句。

菲德里哥二话不说，立刻照办。他不仅要给客人品尝野味，还吩咐佃户宰掉仅余的一只小山羊，立马放到火上烧烤。

晚饭做好了，宾主入座用餐。菲德里哥还感到美中不足，酒还不够档次。

“先生，”他对耶稣基督说道，“先生，多希望我这酒是佳酿，为心诚，薄酒也当玉液琼浆。”

我主闻听此言，就品尝了一口：

“您还抱什么歉呢？”他对菲德里哥说道，“您这酒十分香醇，我就请这个人来品味。”（他指了指圣彼得。）

圣彼得品尝之后，便连称“好酒好酒”，说“味道好极了”，他还请主人同饮。

菲德里哥只当这是客气之言，但还是陪使徒饮酒，这一喝吃惊不小，只觉得无比香醇，胜过他最富有时喝过的任何一种美酒。真是奇迹，他这时才知道救世主来到面前，他立即站起来，似乎不配与如此神圣的客人共餐。可是，我主却吩咐他重新坐下，他不再客气就从命了。晚餐由佃户夫妇侍候，饭后，耶稣基督及其门徒便告退，去了为他们准备的套间。菲德里哥则和佃户单独留下，还像往常那样打牌，同时喝着剩余的神奇的酒。

次日，那些神圣的旅客下楼来，到客厅与主人见面。耶稣基督对菲德里哥说道：

“我们非常满意你对我们的招待，就想报答你。你可以按自己的心愿，向我们要求三种恩典，我们都会满足你，因为我们掌握天上、人间和地狱的一切权力。”

菲德里哥听了这话，就从兜里掏出随身携带的纸牌说道：

“主啊，您就让我用这副纸牌，每赌必赢吧。”

“如你所愿！”耶稣基督答道，“满足你这要求。”

这时，站在菲德里哥身边的圣彼得，就悄声对他说：

“可怜的罪人啊，你在想什么呢？你就应当请求主拯救你的灵魂呀。”

“我可不大在乎这个。”菲德里哥回答。

“你还能得到两种恩典。”耶稣基督说道。

“主啊，”菲德里哥接口说道，“既然您大慈大悲，那就请您施法力，让任何爬上我家门前这棵橙树的人，没有我的允许就下不来。”

“如你所愿！”耶稣基督又说道。

使徒圣彼得听到这里，就用胳膊肘用力捅了捅身边的菲德里哥。

“可怜的罪人，”他对菲德里哥说道，“你作了那么多孽，就不怕下地狱吗？赶快求主在他那神圣的天堂给你留个位置吧，趁现在还来得及……”

“根本用不着。”菲德里哥说着，就从圣徒的身边走开。这时，我主又问道：

“第三个恩典，你有什么愿望？”

“我希望不管是谁，”菲德里哥答道，“只要坐到我这壁炉旁边的板凳上，没有我的同意就再也站不起来。”

我主还像对待前两个愿望那样，同意了这第三个愿望，这才率领众门徒离去。

最后一位使徒刚一跨出门槛，菲德里哥就想试一试他这副纸牌的神力，于是唤来佃户赌一把，他拿什么牌连瞧也不瞧。他当即赢了第一盘，第二盘和第三盘也果然赢了。他确信许愿灵验之后，就动身进城，住进一家最好的旅馆，租下最豪华的套房。他进城的消息不胫而走，很快传遍全城。他从前那些赌友，都蜂拥来看望他。

“我们还以为你永远不露面了呢，”唐吉乌塞波高声说道，“人人都说，你已经隐居起来了。”

“说得对呀。”菲德里哥回答。

“三年不见了，你怎么打发你那鬼日子呀？”其他所有人都异口同声地问道。

“祈祷呗，亲爱的弟兄们，”菲德里哥语气虔诚，应声答道，“这就是我的祈祷书。”他补充说道，还从衣兜里掏出他珍藏的那副纸牌。

这种回答引起哄堂大笑，每个人都认定菲德里哥去了外国，在不大机灵的赌客身上捞回了本钱。而现在，这帮精明的赌友又和他重聚，都急不可待，要再次在赌桌上让他倾家荡产。有几个人更是心痒难耐，当时就要拉他上赌桌。但是，菲德里哥恳求他们将牌局推迟到晚上，接着便请大家移步到餐厅，只见按照他的吩咐，早已摆上丰盛的酒宴，他们无不啧啧称赞。

这顿酒宴比使徒们的那顿饭欢乐得多：不错，他们所喝的酒，也无非是莫奈姆瓦夏酒和基督之泪酒，但是在座的除了一人，谁也没有喝过更好的酒。

客人未来之前，菲德里哥另外还准备了一副牌，同原有那副完全一样，以便在必要时换着使用，玩三四局也输掉一局，免得对手怀疑他作弊。这两副牌，他分别放在左右两侧。

晚宴之后，这帮高贵的赌友便围着绿台布桌子坐下，菲德里哥先将那副普通牌放在赌桌上，确定当晚的赌注数额比较适当。他要激发自己的赌兴，测试一下自己的实力，头两局便全力投入，结果两局皆输，不禁暗自气恼。接着，他又叫人拿酒来，趁着几个赢家为已赢的牌局和将赢的牌局祝酒的时机，他一只手拿开普通牌，另一只手换上由神祝福的那副牌。

第三局一开始，菲德里哥就毫不注意手中的牌，而是从容地观察对手，发现他们都在暗中搞鬼。这一发现令他喜出望外，从此可以心安理得，干脆掏空对手们的钱袋。从前他输得倾家荡产，正是他们作弊的结果，而不是他们牌技有多精，手气有多好。如此看来，他对自己的牌技可以有个更好的估计，早先赢牌也证明了这一点。自尊心的恢复、复仇的信念和必赢的信心，这是人心十分惬意的三种感觉，现在菲德里哥全尝到了，不过，他又想到从前的赌运，忆起那十二个富家子弟，他是靠赢他们的钱才发了财。他确信在赌友中，唯独这十二个青年才是诚实的赌客，有生以来他头一次后悔赢了他们的钱。一片阴影，蒙住他脸上本来喜悦的神色。他赢了第三局时，长叹了一口气。

接着又赢了好几局，而且菲德里哥有意尽量多赢一些，这样头一个晚上所敛的钱，就足够付这顿酒宴和一个月的房费。这一天他就想达到这个目标，适可而止。牌友都颇为失望，临走还撂下话儿，第二天一定再来。

第二天和随后几天，菲德里哥掌握赢输极有分寸，短时间就发了大财，但并没让任何人看出这其中真正的奥秘。于是，他离开旅馆，搬进了气派的府邸，不时大摆宴席。那些绝色的佳人无不想博得他的青睐，餐桌上每天都摆满美酒佳肴。菲德里哥的府邸便闻名遐迩，成为寻欢作乐的中心。

他小心谨慎，一年赌下来，才决心来一个彻底报复，要让当地几个最大的财主输得片瓦无存。为此，他先将大部分金币换成了宝石，一周前就向他们发出邀请，出席一次特殊的盛会，还请来最有名的乐师、艺人前去助兴。盛会的压轴戏就是豪赌。于是，缺少现钱的人就向犹太人借贷；其他人则罄其所有，结果无不输个精光。菲德里哥赢了金币和钻石，当夜就带走了。

此后，菲德里哥给自己定下一条规矩：只有跟心术不正的人赌博，才用那副有把握的牌；至于其他人，他认为凭自己的能力，就足可以对付了。他就这样跑遍了世界各个城市，到处赌博，每赌必赢，而且每到一处，就享用当地最好的物产。

不过，他还念念不忘被他害了一生的十二个人，他们的身影不时浮现在他的脑海，败坏了他的所有乐趣。终于有一天，他决心去拯救他们的灵魂，否则就舍命去陪他们。

此意已决，他便拄根棍子，背上行囊，起程前往地狱，身边仅带上自己的宠物，名叫马驰赛拉的母猎犬。到达西西里岛，他又登上吉贝尔山，再从火山口往下走，深入地下，从山基往下所抵达的深度，相当于从皮埃蒙特平地到山顶的高度。从那里到普路同的居所，必须穿过由刻耳柏洛斯看守的庭院。趁着刻耳柏洛斯向他的母猎犬献殷勤的时机，菲德里哥穿过院子，没有遇到任何障碍。他上前敲普路同的门。

菲德里哥被带到普路同的面前。

“你是谁？”冥王问道。

“我是赌徒菲德里哥。”

“真见鬼，你跑这儿来干什么？”

“普路同，”菲德里哥答道，“如果你认为，人世间第一赌徒还配得上同你赌一把的话，那我就向你提出这样的建议：咱俩赌一赌，你想赌几局都成。我只要输一局，我这颗灵魂就理所当然归你了，加入遍布你的属地的所有灵魂之列。不过，我若是赢了，就有权在你的臣民中挑选一个，每赢一局我就带走一个。”

“好吧。”普路同答应了。

说着，他就吩咐拿一副牌来。

“我带着一副。”菲德里哥急忙说道，他从衣兜里掏出那副由天主施了法力的纸牌。

他们开始赌博。

菲德里哥赢了第一局，就向普路同索取了斯特法诺·帕加尼的灵魂，这是他想拯救的十二人中的一个。他从普路同的手中接过此人的灵魂，便装进自己的行囊里。同样，他又赢了第二局，随后又胜第三局，一连赌了十二局都胜了。每赢一局，他就索取一个他所关切的灵魂，放进自己的行囊中。等十二颗灵魂都齐了，他还向普路同提议接着赌下去。

“可以呀，”普路同回答（其实他已经输得十分败兴），“不过，咱们先出去一下，这里也不知道有一股什么臭味儿。”

其实，普路同就是找个借口，要摆脱菲德里哥。果然，菲德里哥背着他那一行囊灵魂，刚一跨出门去，普路同便扯着嗓子大喊，让人随后赶紧关门。

菲德里哥重又穿过地狱的庭院，仍旧没有引起刻耳柏洛斯的注意，只因那条恶犬早就被他的母猎犬迷住了。菲德里哥又十分艰难地爬上吉贝尔山顶。然后他呼叫爱犬，不大工夫，马驰赛拉就赶上来了。于是，他重又下山，返回墨西拿，这次赌博赢得了灵魂，欢喜的心情远远超过他在人世间的任何一次赢局。到了墨西拿，他又上船重返大陆，回到自己的小庄园，从此金盆洗手，结束了赌博生涯。

（过了数月，马驰赛拉产下了一窝小怪物，其中有几只甚至长出三个脑袋，便被投进水中溺死。）

且说又过了三十年（此时菲德里哥年已七旬），死神上门索命，让他做好思想准备，只因他的大限已到。

“我准备好了，”临终之人说道，“不过，死神啊，在你把我带走之前，还求你爬上我家门前这棵果树给我摘一个果子。满足了这一小小的口福，我就死而无憾了。”

“如果只有这点要求，”死神答道，“那我倒是乐意满足你。”

说罢，死神便上了橙树，摘了一个橙子，讵料再想下来，却万万不能了：菲德里哥不准许。

“噢！菲德里哥，你骗了我，”死神嚷道，“现在我受你的法力控制了。你就放了我吧，我保证给你增寿十年。”

“十年！好大的口气呀！”菲德里哥说道，“老兄啊，你想下来不难，必须再大方点儿。”

“再给你二十年寿命。”

“别逗了！”

“给你三十年。”

“还不到三分之一呢？”

“怎么，你还想再活一个世纪？”

“一点儿不差，亲爱的。”

“菲德里哥，你这是胡闹。”

“有什么办法啊！我爱生活嘛。”

“好吧，就给你一百年，”死神说道，“真拿你没办法。”

死神刚一应诺，立马就能从树上下来了。

等死神一走，菲德里哥跃身而起，只觉体格状况极佳，开始了新生活，既有青春活力，又有老年的人生经验。他的新生活究竟如何，所知不多，无非是尽情满足自己的七情六欲，尤其是肉体的欲望，当然有机会也要做些好事，但是还像头一世那样，并不怎么考虑自己灵魂的救赎。

一百年过去了，死神再度来敲他家的门，看到他卧病在床。

“你准备好了吗？”死神问他。

“我打发人去请我的忏悔师了，”菲德里哥回答，“就等他来了，你先在火炉旁坐一坐吧。我只等做完临终忏悔，就随你奔赴阴间。”

死神非常和善，便坐到板凳上等待，足足等了一小时，也不见神甫的影子，终于有些不耐烦了，就对菲德里哥说道：

“老家伙，这可是第二次了，咱们有一个世纪没见面了，你就没有花点儿时间反省吗？”

“老实说，哪儿有时间啊，我要做的事儿多着呢。”老人一脸讪笑，回答道。

“那好哇！”死神见他对宗教大不敬，非常气愤，便接口说道，“你连一分钟的活头儿也没有了。”

“得了吧！”菲德里哥见死神怎么也站不起来了，也接口说道，“我凭经验就知道，你特别随和，一定还会宽限我几年。”

“几年？无赖！”死神说着，还在徒然挣扎，要离开壁炉。

“对，毫无疑问。不过这次，我没有过高的要求，这第三世嘛，我也不想活到老年了，有四十年的寿命就满足了。”

死神明知还像从前上橙树那样，自己这次又被一种超凡的法力所控制，钉在板凳上了，但是他恼羞成怒，什么也不肯答应。

“我知道有一种办法，能让你变得通情达理。”菲德里哥说道。

他立刻叫人抱来三捆柴火，扔进炉膛里。一时间，壁炉里烈焰熊熊，烤得死神叫苦不迭。

“饶命啊！饶命啊！”死神连声叫嚷，就觉得自己这把老骨头给烤焦了，“我答应再给你四十年阳寿。”

菲德里哥听了这话，就解除了魔法，而死神被烤得半焦，赶紧逃之夭夭。

到了期限，死神又来索命，只见菲德里哥背着行囊，挺立在那里等候。

“这回没的说，你的死期到了，”死神猛然冲进来，对他说道，“再也无路可退了。咦，你背这口袋干什么？”

“这里装着我十二个赌友的亡灵，是我从前到地狱里解救出来的。”

“那就让他们和你一同下地狱吧！”死神说道。

他当即揪住菲德里哥的头发，腾空而起，向南方疾飞，并且一头扎进吉贝尔火山口，将他的猎物带到地狱门前，连敲了三下大门。

“谁呀？”普路同问道。

“赌徒菲德里哥。”死神回答。

“别开门，”普路同嚷道，只因他猛然想起赌输了的那十二局，“那个无赖会把这帝国的臣民全带走。”

普路同不肯打开地狱之门，死神无奈，又将他的死囚带到炼狱门前。然而，守门的天使却拒不放人，认定菲德里哥罪孽深重。死神万不得已，怀着极大的遗憾，还是带他前往天国，尽管是那么憎恨菲德里哥。

死神将菲德里哥撂到天堂入口，圣彼得便问菲德里哥：

“你是何人？”

“我就是早年招待过你们的人，”菲德里哥回答，“曾用打来的野味款待你们的人。”

“你处于眼下这种状态，还敢到这里来亮相吗？”圣彼得朗声说道，“怎么，难道你不认为，天堂的大门是向你这类人关闭的吗？什么！你连进炼狱都不够资格，还想到天堂来要个位置？”

“圣彼得，”菲德里哥则说道，“大约一百八十年前，你们和你们的圣主到寒舍投宿的时候，我也是这样接待你们的吗？”

“这一切倒是千真万确的，”圣彼得又说道，他虽然心念旧情，但仍不改责备的口气，“可我不能自作主张，说放就把你放进来。我这就去告诉耶稣基督一声，说你到了，就看他怎么说了。”

天主得到这一消息，便来到天堂门口，只见菲德里哥跪在门槛前，十二颗灵魂分别列在两侧，他不禁动了恻隐之心。

“你进天堂倒也罢了，”他对菲德里哥说道，“而这十二颗灵魂，是地狱索要的，我不能昧着良心放他们进来。”

“这是什么话！主啊，”菲德里哥说道，“当年您光临舍下，不是也有十二位随从吗？我不是照样尽地主之谊，尽我所能款待你们吗？”

“真没法儿拒绝这个人，”耶稣基督说道，“你们既然来了，就都进来吧；不过，你们千万不要向人炫耀我给你们的恩典。坏例不可开，此风不可长啊。”

高龙芭

请放心，为你报仇，

有她一人就足够。

——《尼奥洛挽歌》

一

一八一七年十月初，爱尔兰人托马斯·奈维尔先生，美国军队的优秀上校军官，携女儿游意大利归来，在马赛上岸，下榻在博沃饭店。满怀激情的游客的一片赞扬声，也引起了一些人的逆反心理，如今许多观光客为了显得与众不同，往往以贺拉斯的一句话——“见什么也不惊讶”作为座右铭。上校的独生女莉狄娅小姐，便是这类总不满足的游客。在她看来，

《耶稣显圣容图》是平庸之作，喷发的维苏威火山，比伯明翰工厂的烟囱也高不出多少。总而言之，她对意大利最大的指责，就是说这个国家缺乏地方色彩，也缺乏个性。这些词的含义，随人怎么解释去吧，几年前我还完全理解，如今却不明白了。起初，莉狄娅小姐兴致勃勃，以为过了阿尔卑斯山脉，会发现前人未见的景物，回去就可以像儒尔丹先生那样，“同体面的人”高谈阔论了。然而她很快就发觉，处处都让她的同胞抢了先，根本没有见到鲜为人知的事物，她就大失所望，站到了反对派一边。的确，一谈起意大利的名胜古迹，就总会有人对您说：某某地方的某某宫殿陈列的拉斐尔那幅画，您一定观赏过了吧？那是意大利最美的东西了。而您又偏偏没有注意看那幅画，这种场面实在让人很尴尬。什么都看，花时间太长，最简单的办法，就是先入为主，全盘否定。

在博沃饭店，莉狄娅小姐又受到一次打击，十分沮丧。她在塞尼城欣赏佩拉斯吉式城门，又称蛮石城门时，以为没人画过，便作了一幅速写带回来。她到马赛，又碰巧遇见弗朗西丝·芬维克夫人。那位夫人给她看自己的画册，上面恰好有一幅画的也是这道城门，使用了锡耶纳鲜艳的土黄色，旁边写了一首十四行诗，另一边还有一朵干枯的花。莉狄娅小姐一回去，便把自己那幅塞尼城门速写送给侍女，完全丧失了对佩拉斯吉式建筑的兴趣。

奈维尔上校也同样跟着烦恼，自从妻子去世之后，他看世间的事物，就只是通过莉狄娅的眼睛了。他觉得意大利罪莫大焉，竟惹他女儿郁闷，因而也就成了最无聊的国家。不错，对意大利的绘画和雕塑，他也无可挑剔。但是他可以断言，在这个国家打猎实在惨，要顶着烈日，在罗马的乡野奔波四五十公里，才能打死几只可怜巴巴的红胸山鹑。

抵达马赛的第二天，他就请给他当过副官的伊莱斯上尉吃饭。上尉到科西嘉游历了六周，刚刚离开，他绘声绘色地给莉狄娅小姐讲了一段绿林好汉的故事，而且有趣得多，根本不像从罗马到那不勒斯的旅途上，别人一再对她讲述的那种强盗故事。到了最后吃甜食的时候，餐桌上只剩下两个男人，由几瓶波尔多葡萄酒陪伴，便谈起了打猎。上校这才听说，在什么地方打猎，也不如在科西嘉岛，那里飞禽走兽种类繁多，数量也特别大，哪里也比不上。

“在那里，能看到大批野猪，”伊莱斯上尉说道，“必须学会分辨，野猪和家猪像极了。如果误打死家猪，那么猪倌就要找您大麻烦。他们会全副武装，从他们称为‘莽林’的矮树林里冲出来，向您索要他们牲畜的赔偿费，再嘲笑您一番。您还能见到岩羊，那种动物太奇异了，别的地方没有，所以特别珍稀，但是很难猎到。什么黄鹿啊、野鸡啊、小山鹑啊，猎物都集中在科西嘉，种类根本就数不清。您若是喜欢射击的话，那就去科西嘉吧，上校，在那里，正如我的一家旅馆老板所讲，您可以向所有可能存在的猎物射击，从斑鸫一直到人。”

喝茶的时候，上尉又讲了一个族间仇杀、殃及远亲的故事，比前边那段绿林好汉的故事更加离奇，让莉狄娅小姐听得简直入了迷。接着，上尉又向她描绘了当地蛮荒的奇绝景象，当地居民的古怪性格，以及他们热情好客和原始的古风，终于激起莉狄娅小姐对科西嘉的向往之情。最后，上尉又将一把漂亮的小匕首奉送给小姐。这把匕首的来历，比它的造型与铜柄更为出奇。伊莱斯的这把匕首，是一个有名的大盗割爱相赠，并保证它结果了四条人命。莉狄娅小姐立刻将它插在腰带上，回到客房就放到床头柜上，临睡前还两次从鞘里拔出来瞧了瞧。上校那边，在睡梦中射杀了一只岩羊，羊主人让他赔钱，他也欣然同意，只因这只动物十分奇异，像头野猪，却还长出鹿角，还有野鸡尾巴。

“据伊莱斯讲，科西嘉岛上猎物多极了，”上校和女儿共进早餐时说道，“如果不是那么远，我真想去那里逗留半个月。”

“那好哇！”莉狄娅小姐说，“我们为什么不去科西嘉呢？您放开打猎，我就画画。伊莱斯上尉说波拿巴小时候，曾在一个岩洞念书，能把那岩洞画进我的画册，那我该多高兴啊！”

也许这是头一回，上校表示的愿望得到女儿的同意。这种不谋而合实在意外，他心中窃喜，头脑却保持冷静，提出几点异议，故意刺激莉狄娅偶发的兴致。他说那是蛮荒之地，一位女子去旅行多么艰难。但他女儿却什么也不怕，她尤爱骑马旅行，对野外露宿也是乐不可支，还威胁说不成此行，她就要去小亚细亚。总而言之，什么异议她都有应对，就因为还从来没有英国女子去过科西嘉，那她就应该前往。等回到圣詹姆斯广场，将自己的画册拿给别人欣赏，那有多惬意啊！

“亲爱的，这幅素描多好看，您怎么就翻过去了？”

“唔！没什么，这幅素描，我画了一个在科西嘉给我们当向导的有名大盗。”

“怎么！您去过科西嘉吗？……”

在法国本土和科西嘉之间，那时还没有横渡的汽船。莉狄娅小姐要去那个岛屿，大家就打听有什么船即将起航。而且，上校当天就往巴黎写信，退掉预订的客房，又同一位船长讲好，搭乘他那条要驶往阿雅克修的科西嘉双桅船，船上正好有两间舱室。大家把食物搬上船，船长拍着胸脯保证，他的一名老水手是个值得赞扬的厨师，做出的鲜鱼汤举世无双。他还保证小姐一定会很舒服，一路上也会浪静风顺。

此外，上校还让船主满足女儿的愿望，不再接待任何乘客，并设法靠近海岸绕行，好能观赏岛上山峦的景色。

二

到了起航的日子，一清早就全部准备就绪，都装好船了：双桅帆船要乘暮晚的轻风上路。在等待开船的这段时间，上校就带着女儿在卡纳比埃尔大街散步，忽见船长跑来找他，请他允许自己的一个亲戚搭乘。船长说那是他长子教父的外甥，因急于赶回家乡科西嘉，一时又找不到别的船。

“他是个讨人喜欢的青年，”马泰船长还说道，“也是军人，近卫军步兵军官，假如那一位还是皇帝的话，他早就提升为上校了。”

“既然是军人……”上校说道，接下来他就要讲，“我愿意他来和我们……”不料莉狄娅却用英语高声说道：

“步兵军官！……（须知她父亲是在骑兵部队服役，因而她鄙视其他所有兵种。）大概是个没有教养的人，别再晕船，那就大煞风景，把我们航海的乐趣全搅了！”

英国话船长一句也听不懂，但是他见莉狄娅小姐那美丽的小嘴噘起来，她说话的意思也就猜个八九不离十，于是他就大夸特夸那位亲戚，最后还打保票，说是那人十分文雅，出身于伍长家庭，绝不会妨碍上校，因为他船长自有安排，让那人待在没人注意的角落。

上校和莉狄娅小姐觉得奇怪，科西嘉有些家庭竟然世袭伍长。不过他们倒是由衷地想，不就是个步兵下士嘛，可以断定是个可怜的家伙，船长发善心才让他搭船。果真是军官，那就不能回避，要同他交谈，一起相处；然而，对一名下士就不必拘礼，只要他不是带领一小队士兵，不是枪上了刺刀，硬要把您带向您不愿去的地方，那么他就是个微不足道的人。

“您那位亲戚晕船吗？”莉狄娅小姐语气生硬地问道。

“从不晕船，小姐。那颗心像岩石一般坚强，在海上就像在陆上一样。”

“好吧！您可以让他搭船。”莉狄娅小姐说道。

“您可以让他搭船了。”上校随声附和。父女二人又接着散步。

约莫傍晚五点钟，马泰船长去招呼他们上船。他们到了码头，看见船长的划艇旁边站着一个身材高高的年轻人；蓝色的礼服纽扣一直扣到领口，肌肤晒成棕褐色，又长又大的黑眼睛炯炯有神，那副神态又坦诚又机灵。瞧他那侧肩而立的姿势，看他那翘起的小胡子，不难认出他是军人，因为那个时代，蓄留胡子并不多见，而国民卫队也还没有将近卫军的举止习惯引入每个家庭。

年轻人一见上校，便脱帽致意，感谢他帮了忙，神态落落大方，措辞又很得当。

“很高兴能帮您做了点儿什么，年轻人。”上校说着，友好地向他点了点头，便登上划艇。

“您这位英国客人，倒也无拘无束。”年轻人用意大利语悄声对船长说道。

船长将食指放到左眼下方，同时两边嘴角往下一撇。懂得这种动作语言的人，马上就明白英国人会意大利语，而且是个怪人。年轻人微微一笑，用手指触了触额头，回答马泰船长的手势，似乎对他说，英国人的脑袋都有点儿毛病。然后他坐到船长身边，便开始端详那位美丽的旅伴，虽然专注却毫不放肆无礼。

“这些法国兵，都这么风度翩翩，”上校对女儿讲英语，“因此很容易就提升为军官。”

他随即又用法语对年轻人说道：

“告诉我，小伙子，您在什么部队里服过役？”

小伙子用臂肘捅了捅他的小表亲的父亲，忍住那种讥讽的微笑，回答说他曾在近卫军轻步兵部队，现在刚刚从第七步兵团退役。

“您到过滑铁卢吗？您还很年轻啊。”

“对不起，上校，那是我参加过的唯一战役。”

“那可抵得上两场战役啊。”上校说道。

这个科西嘉青年咬了咬嘴唇。

“爸爸，”莉狄娅小姐用英语说道，“您问一问他，科西嘉人是否热爱他们那个波拿巴？”

未待上校将这个问题译成法语，年轻人却用英语回答，虽然口音重些，但是讲得相当流利：

“您知道，小姐，俗话说，本乡无圣人。我们这些拿破仑的同乡，也许还不如法国人那么热爱他。至于我嘛，虽说我的家族和他的家族是宿敌，我还是喜欢他、钦佩他。”

“您会讲英语啊！”上校高声说道。

“讲得很糟，这您听得出来。”

莉狄娅小姐听他这满不在乎的口气，虽然有点儿反感，但是想到一名下士与皇帝之间竟然有私仇，她又不禁哑然失笑。人还未到科西嘉，好像先就品味到了当地的古怪风俗，她心下打算要将这一点写进日记。

“想必您在美国当过俘虏吧？”上校问道。

“不，上校，我还是小时候，跟贵国在法国的一个俘虏学的英语。”

他随即又对莉狄娅小姐说道：

“马泰对我说，您刚从意大利旅行回来，一定能讲一口纯正的托斯卡纳语喽。小姐，可是我担心，您听起我们那儿的方言来，就要犯点儿怵了。”

“我这女儿懂意大利所有的方言，”上校回敬道，“她有语言天赋，跟我不同。”

“那么比方说，小姐是否懂得我们科西嘉一首民歌中的这几句歌词？这是牧羊人对牧羊女说的话：

“纵然走进了神圣的、神圣的天堂，
如找不到你，那我还要另觅他乡。”

莉狄娅小姐听懂了，她觉得引用的歌词很大胆，而引用时的目光更为大胆，于是她脸红了，答道：“我懂。”

“您这趟回乡，是获准半年的长假吧？”上校又问道。

“不是，上校。他们让我领半饷退役了，大概是因为我上过滑铁卢战场，又是拿破仑的同乡吧。我这次回乡，正如歌中所唱：希望空空，囊中空空。”

说着，他仰天一声长叹。

上校把手伸进自己的口袋，用手指摆弄一枚金币，寻思着用一句恰当话，以礼貌的方式，将金币悄悄塞进这个落难的敌人手中。

“我也如此，”他以开朗的语气说道，“他们也让我领了半饷，真的……拿这半饷，您都不够抽烟的。拿着吧，下士。”

上校随着话音，就试图将金币塞进年轻人紧按船舷的手里。

科西嘉青年一下子涨红了脸，挺直身子，咬起嘴唇，看样子要冲对方发火。还好，他脸色陡然一变，哈哈大笑。上校手里还拿着那枚金币，一时瞠目结舌。

“上校，”年轻人恢复严肃的表情，说道，“请允许我向您指出两点：头一点，您见到科西嘉人，千万不要给钱，因为我有些同乡不讲礼貌，会把钱摔到您脸上；第二点，就是不要把别人根本不想要的头衔给人家。您叫我下士，而我是中尉。当然了，两者差别倒不大，然而……”

“中尉，”托马斯先生高声说道，“中尉！然而船长告诉我，您是下士，还有令尊以及家族的所有男人，均为伍长。”

闻听此言，年轻人不由得仰天大笑，笑得十分开心，引得船长和两名水手也都朗声大笑起来。

“对不起，上校，”年轻人终于说道，“这种误会真是妙不可言，我也是刚刚明白过来。不错，我的家族先辈，有些以伍长的头衔为自豪，但是我们科西嘉的伍长，从来就没有戴肩章。大约基督纪元一一〇〇年，一些乡镇起来反抗山区领主的暴政，推举出来几位首领，就称为‘伍长’。在我们岛上，作为这种护民官的后裔，我们深感荣幸。”

“对不起，先生！”上校高声说道，“万分抱歉。您既然理解我产生误会的原因，就能够多多包涵了。”

说着，他就伸手给年轻人。

“上校，我年轻气盛，也是咎由自取，”年轻人还一直笑着说道，同时热情地握住上校的手，“我丝毫也不怪您。既然我的朋友马泰介绍我如此不力，那就请允许我做个自我介绍吧。我叫奥尔索·德拉·雷比亚，领半饷的中尉。我一瞧见这两条漂亮的猎犬，就料定您去科西嘉是要打猎，我十分高兴能向您提供我们的丛林和群山……假如那些山林我还没有忘却。”他叹了口气，又补充一句。

这时，划艇靠上双桅帆船。中尉伸手先搀扶莉狄娅小姐，再帮助上校登上甲板。上了大船之后，托马斯先生还因这场误会，深感过意不去，不知该怎么办，才能让家世可上溯至一一〇〇年的一个人原谅他的无礼，于是不待征求女儿的同意，就邀请中尉共进晚餐，还连连同人家握手重申歉意。莉狄娅小姐微微皱了一下眉头，但毕竟知道了一名伍长是什么身份，也就没有理由气恼了。再说，她并不讨厌这位客人，甚至觉得他身上还有几分说不出来的贵族气质，只不过他太直率，也太快活，不适合做小说的主人公。

“德拉·雷比亚中尉，”上校端起一杯马德拉葡萄酒，以英国方式敬酒说道，“我在西班牙见过您的许多同胞，他们都属于那个有名的狙击步兵团。”

“不错，许多人都留在西班牙了。”年轻的中尉神态严肃地答道。

“我永远也不会忘记在维多利亚战役中，一个科西嘉营的英勇表现，”上校继续说道，“那情景还历历在目，”他揉着胸口，又补充说道，“他们分散在一座座花园里，一道道篱笆后面，狙击了一整天，不知打死了我们多少人马。他们决定撤离的时候，就重新集合，飞快地溜走。追到平原旷野，我们就希望趁机报复一下，不料那些鬼东西……对不起，中尉——我是说那些勇敢的人却已经组成方阵，怎么也冲不开。方阵正中挺立一个骑着小黑马的军官，至今我好像还看得清清楚楚，他守在鹰旗旁边抽着雪茄，如同在咖啡馆里那样悠闲自在。有时他们还奏起军乐，就仿佛向我们挑战似的……我就先派两队骑兵冲击他们……唉！我们的龙骑兵没能冲破方阵的正面，却斜插过去，兜了半圈又折回来，队伍已经大乱，不少战马只有空鞍……而那鬼音乐还一直在示威！等到笼罩那个营的硝烟散开，我又望见那个军官仍然抽着雪茄，立在鹰旗旁边。我怒不可遏，就亲自率队，发起最后一次冲锋。他们的步枪因频频射击，枪管堵塞而发射不了，那些士兵就排成六列，刺刀都对准我们的马头，真像一堵墙壁挡在那里。我狂呼，激励我的龙骑兵，而且一马当先，忽然看见我所说的那位军官终于拿掉雪茄，用手一指我，让他的一个下属瞧，我还隐约听见有人说了一声：‘瞄准白帽子！’当时我的军帽上插了一束白羽毛，下面的话我就听不见了，一颗子弹已经射穿我的胸膛。——那营军队真出色，德拉·雷比亚先生，是第十八轻步兵团第一营，后来我听说，全部由科西嘉人组成。”

“是的，”奥尔索说道，他听这段讲述时，眼睛闪闪发亮，“他们掩护撤退，带回了鹰旗；可是，全营的勇士有三分之二的人，如今还在维多利亚的平原上长眠。”

“世事难料啊！指挥那个营的军官的姓名，也许您知道吧？”

“那正是家父。当时他在十八团为少校，而在那极惨烈的一天，就升为上校了。”

“是令尊啊！老实说，他是个勇敢的人！能见见他，我会很高兴，我肯定能认出他来。他还健在吧？”

“不在了，上校。”年轻人回答，同时微微面失血色。

“滑铁卢战役他参加了吗？”

“参加了，上校，但是他没有运气战死在沙场……两年前……他是在科西嘉去世的……我的上帝！这大海多美啊！有十年我没见到地中海啦！”

“您不觉得，小姐，地中海比大西洋更美吗？”

“我觉得地中海太蓝……波涛也不够壮观。”

“您是喜爱犷野之美吧，小姐？如此说来，我认为您会喜欢科西嘉的。”

“我女儿喜欢一切异乎寻常的东西，”上校说道，“因此，她不大喜欢意大利。”

“意大利我只熟悉比萨，”奥尔索说道，“我在那里念了一段时间中学。真的，一想起那里的墓园、那圆顶教堂、那斜塔……我心中就赞叹不已，尤其是那墓园。您还记得奥尔卡尼亚所作的《死神图》吧……那幅画深深地刻在我的脑海里，我相信要动手，现在还能默画出来。”

莉狄娅小姐不免担心，中尉先生别再大发感慨。

“那画非常美，”她打着哈欠说道，“对不起，父亲，我头有点儿疼，就先回房间了。”

她吻了吻父亲的额头，又神态庄严地冲奥尔索点了点头，便走开了。两个男人留下来，话题于是转到打猎和战争上面。

他们一说才知道，在滑铁卢战场上，两人曾经对阵，彼此也许发射了不少子弹，因而现在话就更加投机了。他们逐个儿品评了拿破仑、威灵顿和布吕歇，然后又畅谈一起去打黄鹿、野猪和岩羊，一直谈到深更半夜，最后一瓶波尔多葡萄酒也已喝得不剩一滴，上校这才又握了握中尉的手，祝了晚安，并祝愿以如此可笑的方式开始的相识，能够培植下去。两人分手，各自回舱休息了。

三

夜色美景，月光在碧波上嬉戏，船帆乘着轻风缓缓行驶。莉狄娅毫无睡意，只是碍于一个俗客在眼前，当此海上明月的夜晚，她才不能像任何心中稍有诗意的人那样，领略触景生情的激动心潮。等她估计不解雅兴的年轻中尉已经酣然入睡了，她就起身，披上大衣，唤醒侍女，登上甲板。甲板上空荡无人，只有掌舵的水手正用科西嘉方言哼唱一首哀歌，曲调犷野而单调；而在这宁静的夜晚，这种奇特的歌声，听来倒有其魅力。只可惜，莉狄娅小姐不能完全理解水手所唱的内容，许多段落也很普通。忽然有一句歌词力道十足，引起她的强烈好奇心，可是，正听得入迷的时候，又出现她不懂的几句土语。不过大体来说，她明白唱的是一件谋杀案。有的词语诅咒凶手，有的威胁复仇，还有的歌颂死者，这些内容都混杂在一起。她还是记住了一些，我试着把这些歌词翻译如下：

无论大炮，无论刺刀，
他都毫不畏怯，面不改色，
在战场上气定神闲，
宛若夏日的晴空。
他是大隼，鹰的好友，
对朋友是沙漠的蜂蜜，
对敌人是大海的怒涛；
性情比月亮还温柔，
飞得比太阳还要高。
法兰西的敌人闻风逃窜，
不料家乡的杀手，
却从背后将他暗算，
如同维托洛杀害桑皮埃罗，
他们从不敢正视他一眼。
……
我立功所得的荣誉十字章，
请挂到我床头的墙上。
勋章绶带是红色，
更红啊我的衬衣。
我的勋章和血染的衬衣请保存好，

交给我儿子，在远方的儿子。

他会看到血衣上的两个弹孔。

每个弹孔要由另一件衬衣的弹孔相抵。

这样是否就算报了仇？

我还要开枪的那只手，

还要瞄准的那只眼睛，

还要生此恶念的那颗心……

水手的歌声戛然而止。

“您为什么不唱下去呢，我的朋友？”莉狄娅小姐问道。

水手摆了摆头，示意她从帆船大舱口出来一个人，那正是出来赏月的奥尔索。

“您把这支哀歌唱完吧，”莉狄娅小姐说道，“我非常爱听。”

水手探过身去，悄声对她说道：

“我不会给任何人rimbecco。”

“您说什么？……”

水手不予回答，却吹起口哨。

“让我撞见了，奈维尔小姐，您正在欣赏我们的地中海呢。”奥尔索走上前去，说道，“应当承认，这种月色在别处根本见不到。”

“我没有看月色，而是抓紧学习科西嘉话呢。这位水手唱一支特别凄惨的哀歌，唱到最动人之处却停下了。”

水手低下头，仿佛要仔细看罗盘，却用力拉了拉奈维尔小姐的大衣。很显然，当着中尉的面，他不能唱这支哀歌。

“你刚才唱的是什么，帕奥洛·弗朗塞？”奥尔索问道，“是西海岸的哭丧歌，还是东海岸的哭丧歌？小姐听得懂，想要听完。”

“下面的词儿我忘记了，奥尔斯·安东。”水手说道。接着，他立即声嘶力竭，唱起一支圣母颂。

莉狄娅心不在焉地听着颂歌，也不再催逼歌手唱完那支哀歌了，但是心下暗自决定，过些时候再解开这个谜。然而她的侍女虽是佛罗伦萨人，听科西嘉方言也并不比女主人强，她也十分好奇，想多了解情况，便向奥尔索请教，女主人用臂肘捅她想阻止也晚了。

“长官先生，”侍女问道，“给人rimbecco是什么意思？”

“给人rimbecco！”奥尔索回答，“这可是对一个科西嘉人最要命的侮辱，也就是指责他没有复仇。这话是谁对您讲的？”

“是昨天在马赛的时候，”莉狄娅小姐赶忙抢着回答，“这艘双桅帆船的船长用过这个词。”

“他是谈论谁呀？”奥尔索急不可待地问了一句。

“唔！他是给我们讲一个古老的故事……那时代是……对了，我想讲的是瓦妮娜·德·奥尔纳诺的事情。”

“瓦妮娜之死，我猜想，小姐，也许让您不大喜欢我们的英雄，勇敢的桑皮埃罗吧？”

“请问，您觉得那种行为很英勇吗？”

“他的罪过也情有可原，是野蛮习俗造成的。当时，桑皮埃罗正和热那亚人殊死一战，如不惩罚这个试图同热那亚和谈的女人，又怎么能取信于他的同胞呢？”

“瓦妮娜没有得到丈夫的准许，”那名水手插言道，“桑皮埃罗就该处死她。”

“然而，”莉狄娅小姐又说道，“她也正是为了救丈夫，出于对丈夫的爱，才去求热那亚人宽恕他呀。”

“请求宽恕他，就是侮辱他！”奥尔索高声说道。

“还亲手杀害妻子，”莉狄娅小姐继续说道，“多么残忍的恶魔啊！”

“要知道，她是作为一种恩典，请求死在丈夫手下。那么奥赛罗呢，小姐，您认为他也是恶魔吗？”

“怎么能同日而语！奥赛罗生性忌妒，而桑皮埃罗仅仅出于虚荣心。”

“忌妒，不也同样出于虚荣心吗？这是爱情上的虚荣心，您认为动机好，也许就原谅了这种虚荣心吧？”

莉狄娅一副凛然难犯的神情，瞥了奥尔索一眼，便转向水手，问他航船何时抵港。

“后天吧，”水手答道，“如果风不停的话。”

“我希望现在就见到阿雅克修，在这船上我已经厌烦了。”

她说着就站起身，挽起侍女的手臂，往前甲板走了几步。奥尔索一时呆立在船舵旁边，不知道自己该陪她散步，还是终止看来惹她不快的一场谈话。

“以圣母的血起誓，这姑娘真美啊！”水手说道，“我床上的跳蚤如果长得都像她，那么怎么咬我，我也毫无怨言！”

这样天真地赞美她的容貌，莉狄娅小姐也许听见了，她不免有些心慌，几乎立刻就下舱回房间了。过后不大工夫，奥尔索也走开了。等他一离开甲板，侍女重又上来，盘问了一阵那名水手，把了解的下述情况传达给女主人：被奥尔索的出现打断的这支哭丧歌，是在奥尔索的父亲德拉·雷比亚上校两年前遇害的时候作的。那名水手毫不怀疑，奥尔索此番回科西嘉，就是“为了报仇”，这是水手的原话，他还肯定地说，用不了多久，皮埃特拉纳拉村就会有“鲜肉”上市了。把当地这种说法翻译出来，就是奥尔索大人准备杀掉两三个人：他们被怀疑是杀害他父亲的凶手，当时也确实受到司法当局的通缉，但是他们买通了法官、律师、省长和警察，最后又被宣布像雪一样清白了。

“在科西嘉没有司法，”水手补充说道，“我有一支好枪，比一名法庭推事还管用。一个人有了仇敌，就必须在三个S中间做出抉择。[①]”

这些情况相当有趣，莉狄娅小姐因而也大大改变了对德拉·雷比亚中尉的态度和看法。从即刻起，在这个充满浪漫情绪的英国姑娘心目中，奥尔索就变成了不同凡响的人物。他那副无所谓的神态，那种直率而欢快的声调，起初引起她的反感，现在倒成了一个优点，因为他这颗坚毅的灵魂掩饰极深，不让任何情绪流露出来。在她看来，奥尔索类似菲耶斯基那种人物，轻浮的表象下隐藏宏大的计划，尽管杀几个坏蛋不如解救祖国那么崇高，但是一次漂亮的复仇，也不失为一种美谈；况且，女人往往希望一位英雄不是政客。直到这时，莉狄娅小姐才注意到，年轻的中尉眼睛特别大，牙齿非常白，身材英挺，又有教养，又懂得社交礼数。到了第二天，她就经常同中尉说话了，也很有兴趣听他讲话，问了许多他家乡的事情，他也娓娓道来。他年少时就离开了科西嘉，先是去念中学，后来又进了军校，但是在他的心目中，家乡一直充满了诗情画意。一谈起家乡他就神采飞扬。他给她描绘那些山峦与丛林，描绘当地居民独特的风俗习惯。不难想象，在他的讲述中，不止一次出现“复仇”这个词。因为只要谈起科西嘉人，那么对于他们这种尽人皆知的仇杀的豪情，就不可能回避，不是抨

---

① 这是科西嘉人特有的说法，三个S代表三个科西嘉词汇：schioppetto，stiletto，strada，意即枪、刀、逃。——原注

击就是为之辩解。对他的同胞无休无止的冤冤相报，奥尔索在总体上也予以谴责，这种态度颇令莉狄娅小姐惊讶。不过，这种仇杀发生在农民之间，他倒认为情有可原：仇杀是穷人的决斗。

“这是千真万确的，”奥尔索说道，“农民总是照规矩发出挑战之后，才彼此进行谋杀，‘你当心点儿，我也提防着呢’，这就是仇敌相互设埋伏之前，郑重其事警告对方的话。我们家乡的谋杀发案率，比任何地方都高，”他又补充说道，“然而，您绝找不出卑鄙无耻的犯罪动机。不错，我们那里有很多犯了命案的凶手，但是没有一个小偷。”

他每每说到“复仇”和“谋杀”这类字眼时，莉狄娅小姐就注意观察他，但是从他脸上的表情，却看不出丝毫激动。她从而断定，除了她那双慧眼，谁也看不透这样一颗坚强的灵魂，她也就继续坚信用不了多久，德拉·雷比亚上校的在天之灵就会如愿以偿了。

在双桅帆船上已经能望见科西嘉了。船长将沿岸的主要地名娓娓道来，莉狄娅小姐虽然对此完全陌生，但光是了解名称就令她感到了几分乐趣——观赏一处风景而不知其名，应当是最煞风景的事情了。上校举着望远镜，有时就望见一个身穿棕褐色衣服的岛民，挎着长枪，骑着小马奔驰在陡峭的山路上。莉狄娅每看见一个人，都以为是一名强盗，或者是替父亲去报仇的儿子。奥尔索却明确说，那不过是附近乡镇的安分居民外出办事，携枪并无什么必要，只是为了追求时髦，有点儿“派头”，就跟一个公子哥儿出门，要拿一根漂亮的手杖一样。尽管一杆枪不如匕首那么高贵而富有诗意，莉狄娅小姐还是觉得，一个男子携枪，总比拿手杖更威风。她还记得拜伦笔下的所有主人公，都饮弹身亡，而不是死在传统的匕首之下。

航行历时三天，他们靠近桑吉奈尔群岛了，阿雅克修海湾的美景，完全展现在游客眼前。有人把它与那不勒斯海湾相提并论，也不无道理。这只双桅帆船进港的时候，正巧山林失火，烟雾笼罩了吉拉托峰，令人联想到维苏威火山，越发增加了两者相似之处。假如阿提拉大军再洗劫那不勒斯一带，那就难分彼此了，因为阿雅克修周围所呈现的景象，是一片荒凉。在那不勒斯海湾一带，从卡斯特拉马雷到米塞诺角，到处都能发现园林中的华美建筑。而在阿雅克修海湾周围，却见不到一座别墅、一个居民，唯有黑的丛林，以及后面一座座秃山。在环绕城市的山冈上，零星可见几座白色建筑，由绿荫显衬出来，那是举行葬礼的小教堂和家族的陵墓。这些景物处处显示一种庄严的凄美。

这座城市的外观，尤其在这个时期，更加深了郊区的给人荒疏的印象。街上毫无动静，只能见到几个闲汉，而且总是那么几张面孔。根本没有女人的影子，除了几个进城卖食品的农妇。这里跟意大利城市不同，听不见有人高声说话、欢笑和唱歌。有时，在散步的林荫路的一棵树下，聚了十一二名带着武器的农民，有的赌牌，有的观战。他们既不喊叫，也不争吵。如果赌急了，就响起枪声：总是先开枪后威胁。科西嘉人天生就那么严肃，沉默寡言。黄昏时分，有些人出来乘凉，可是林荫大道上的散步者，几乎全是异乡人。岛上的居民都伫立在自家门口，每个人都仿佛高度戒备，犹如巢上的鹰隼。

四

拿破仑出生的故居参观过了，一些壁纸也多少通过天主教的方式弄到了[1]，在科西嘉上岸刚过两天，莉狄娅小姐就深深感到愁闷了。一个外

---

① 传说拿破仑死于有毒的壁纸，但不是在科西嘉岛。

国游客，来到一个当地居民没有交际习惯的国家，势必陷入完全孤单的状态，自然会产生这种心情。悔不该自己头脑一时发热，然而马上离去，又不免损害她那“无所畏惧的旅行者”的美名。无奈之下，莉狄娅小姐就只好耐心等待，尽量消磨时间。她做此决定之后，就准备好了画笔和颜料，勾画了几幅海湾风景图，还给一个卖甜瓜的农民画了幅肖像：那农民像大陆的菜农，但是长了白胡子，那模样活似极凶残的坏蛋。这些营生还不足以自娱，她又决定把这个伍长的后人搞得神魂颠倒，这事儿并不难，只因奥尔索在阿雅克修虽无亲友，却似乎很愿意在此逗留，根本不急于回去看自己的家园。此外，莉狄娅小姐还给自己规定了一项高尚的任务，即教育开化山里来的这头熊，让他放弃回这岛屿后将怀有的恶念。自从留神观察奥尔索之后，她心里就总想，任这个青年去毁掉自己实在可惜，如能让一个科西嘉人改弦更张，这实在是一件光荣的事情。

我们这几位旅行者是这样打发时日的：上午，上校和奥尔索出去打猎，莉狄娅画画或者给自己的女友写信，以便让她的信件盖阿雅克修的邮戳寄走。约莫晚上六点钟，两个男人满载猎物回来。他们用晚餐，莉狄娅小姐唱唱歌，上校打打盹，两个年轻人则一直倾谈到深夜。

不知护照还缺什么手续要办，上校不得不去拜访省长。这位省长和大部分同行一样，平时百无聊赖，忽听来了一位英国阔佬，一位携着漂亮女儿的上流社会人士，真是喜出望外，立刻热情接待，并且满口答应帮忙。更有甚者，没过两天，省长又来回访了。当时，上校刚吃完晚饭，正舒舒服服地躺在沙发上，已经睡意蒙眬了。他女儿则边唱歌边弹着一架破钢琴，奥尔索站在旁边替她翻乐谱，眼睛偷闲欣赏这位弹琴姑娘的肩膀和金发。饭店侍者通报省长先生来访。钢琴戛然止声，上校坐起来，揉了揉眼睛，给女儿介绍了省长，接着说道：

“这位德拉·雷比亚先生，就用不着我来介绍了，您一定认识吧？”

“先生就是德拉·雷比亚上校的公子吧？”省长问道，神情略显尴尬。

“是的，先生。”奥尔索回答。

“我有幸认识令尊大人。”

应酬话很快就讲完了。上校控制不住，不时打个哈欠。而奥尔索作为自由党人，也不愿意同当局的爪牙多说什么。只有莉狄娅小姐独自撑着谈话。至于省长，更不能让谈话冷场了，他显然谈兴极高，乐得向一位熟悉欧洲所有名流的女士大谈巴黎和上流社会。说话间，他还不时察看一眼奥尔索，显得格外好奇。

“你们是在大陆上认识德拉·雷比亚先生的吧？”他问莉狄娅小姐。

莉狄娅小姐微有窘态，回答说他们是在驶往科西嘉的船上认识的。

“这个年轻人很有教养，”省长低声说道，“他对您说过没有，”他声音压得更低，问道，“他回科西嘉有什么打算吗？”

莉狄娅换上庄严的神色，答道：

“我根本没有问过他。您不妨亲口问一问。”

省长一时沉默无语，片刻之后，他听见奥尔索用英语跟上校谈话。

“看得出来，先生，”省长插言道，“您游历过许多地方，大概已经忘了科西嘉……以及这里的风俗习惯吧？”

“的确如此，我还很年少时，就离开了科西嘉。”

“您还一直在军中服役吧？”

“我退役领半饷了，先生。”

“您在法国军队里服役那么久，必然成为地地道道的法国人了，对此我毫不怀疑，先生。”

他讲最后这句话，语气明显夸张。

提醒科西嘉人属于伟大的民族，这绝不是什么恭维话。他们还是愿意自成一个民族，他们不仅有这种愿望，而且身体力行，并得到了承认。奥尔索觉得这话有点刺耳，便回敬道：

“依您的高见，省长先生，一个科西嘉人，必须到法国军中服役，才能成为体面的人吗？”

“不，当然了，”省长说道，“我的想法绝非如此，我只是讲这地方的某些习俗，是一名行政长官所不愿意看到的。”

他特别强调“习俗”这个词，脸上还配以极严肃的表情。片刻之后，他起身告辞，并带走莉狄娅小姐的许诺，一定去省府拜会他的夫人。

等省长一走，莉狄娅便说道：

“我来科西嘉这趟还真值得，了解省长是何等样子了。我觉得这一位相当平易近人。”

“要我说嘛，可不见得如此，”奥尔索则说道，“我倒觉得他挺古怪的，那么装模作样，又故弄玄虚。”

上校已经昏昏欲睡了。莉狄娅小姐朝父亲那边瞥了一眼，压低声音说道：

“可是我觉得，他并不像您说的那么故弄玄虚，因为，我想我已经听明白了他的意思。”

“您当然了，明察秋毫嘛，奈维尔小姐。您在他刚才讲的话里，如果听出什么思想，那么毫无疑问，一定是您添加进去的。”

“这句话，德拉·雷比亚先生，我想是德·马斯卡里勒侯爵讲的。不过……您要不要我证明一下我的洞察力呢？我可通点儿巫术，无论谁，只要见过两面，我就能知道他们心里想的是什么。”

“我的上帝啊！您可真叫我害怕。如果您能看透我的心事，我还真不知道自己应当高兴还是悲伤……”

“德拉·雷比亚先生，”莉狄娅小姐脸一红，继续说道，“我们相识仅仅数日，但是在海上，在野蛮的地方——我希望，您会原谅我这样讲——在野蛮的地方，大家交朋友要比在社交界快得多……因此，我以朋友的口气，向您谈一些外人也许不该过问的私事，您也不要见怪。”

“嗳！奈维尔小姐，您不要用‘外人’这个词，我更爱听‘朋友’这个字眼。”

“那好哇！先生，我应当告诉您，我无意探听您的秘密，就已经偶然了解了一部分，有的挺让我伤心。我知道，先生，您的家庭遭遇了不幸，我也听说了很多情况，关于您的同胞报复的性格、报复的方式……省长所暗示的，难道不就是这个吗？”

“莉狄娅小姐怎么能这样想！……”奥尔索脸色陡变，跟死人一样苍白。

“不，德拉·雷比亚先生，”她接口说道，“我知道您是一位正人君子。您也亲口对我讲过，在您的家乡，现在只有平民百姓之间才有‘仇杀’……您还喜欢把这称为一种决斗方式……”

“难道您认为，有朝一日我会成为杀人凶手吗？”

“奥尔索先生，既然我向您说起这事，那么您就应当明白，我并不怀疑您，而且，我既然对您说了，”她垂下眼睛继续说道，“就是因为我明白，您一旦回到家乡，就可能被野蛮的偏见所包围，到那时请您记住，有一个人敬佩您有勇气抵制那些偏见。——好了，”她站起身来说道，“这种讨厌的事儿别说了，说得我头都疼了，而且时间已晚。您不会怪我吧？就按英国的方式，祝您晚安。”说着，她就把手伸给奥尔索。

奥尔索紧紧握住她的手，脸上一副严肃而深沉的神态。

“小姐，”他说道，“您知道吧，乡土的本能，在我心中有时也会苏醒。每每想起我那可怜的父亲……就心生恶念，挥之不去。多亏了您啊，我才得以永远解脱。谢谢您了，谢谢！”

他还要讲下去，可是，莉狄娅小姐弄掉一个茶匙，响声惊醒了上校。

“德拉·雷比亚，明天五点钟还要去打猎呢！您要准时啊。”

“好吧，上校。”

五

次日，在两位猎人回来之前不久，奈维尔小姐在海边散完步，正带着侍女回饭店，忽见一位身穿黑衣裙的年轻女子，骑着一匹矮小而健壮的马进城来。她身后跟随一个也骑着马的农民模样的汉子，身穿肘部磨破的褐色呢外套，肩上挎着一只水壶，腰带上挂着一支手枪，手里还端着一杆长枪，而枪托就插在鞍鞯上一个皮囊里。总而言之，全身那套打扮，活脱脱一个舞台上的强盗，或者一名出门的科西嘉居民。那女子出众的美貌，首先吸引了奈维尔小姐的注意。看样子她有二十岁，高挑个头儿，肌肤雪白，眼睛深蓝，红唇中齿如珐琅。她那神情同时显露出骄矜、不安和忧伤。她戴的黑色丝巾人称“美莎罗”，是由热那亚人带进科西嘉的，最适于妇女佩戴了；栗色的长辫盘到头顶，犹如包头巾；衣着十分整洁，又极为朴素。

奈维尔小姐从容地打量头戴“美莎罗”的女子，只因她停在当街向人打听，从她那副眼神看出，她对了解的情况很感兴趣。她得到回答之后，便用冬青条鞭抽了一下坐骑，飞驰而去，直到托马斯·奈维尔先生和奥尔索下榻的饭店门口才停下。那年轻女子同饭店老板交谈了几句，便飞身下马，坐到大门旁的一条石凳上，而她的马夫则将两匹马牵进马厩。莉狄娅小姐一身巴黎时装，从面前走过，那陌生女子都没有抬眼瞧一瞧。一刻钟过后，莉狄娅小姐打开窗户，望见头戴“美莎罗”的女子仍然坐在原地，连姿势都没有变一变。时过不久，上校和奥尔索打猎归来。店主一见到他们，就对那一身丧服的女子说了几句话。那小姐脸立时红了，抢上几步，却又猛地停下，就仿佛愣住似的。奥尔索已经走到她跟前，不禁好奇地打量她。

“您是，”那小姐声音激动地问道，“奥尔索·安东尼奥·德拉·雷比亚吧？我是高龙芭呀。”

“高龙芭！”奥尔索叫了起来。

他一把将她搂在怀里，深情地吻她。见这情景，上校父女颇感奇怪，因为在英国，没有当街拥抱亲吻的习惯。

“哥哥，”高龙芭说道，“我没有您的吩咐就来了，还请您原谅。我听朋友说您到了，能见到您，对我真是莫大的安慰……”

奥尔索又吻了吻妹妹，这才转身，对上校说道：

“这是舍妹，如不自报姓名，我也绝认不出她来。——高龙芭，托马斯·奈维尔上校先生。——上校，还请多多原谅，今天我实在不能承情和你们共进晚餐了……舍妹她……”

“哎！我亲爱的，你们还能到什么鬼地方用餐呢？”上校朗声说道，“您也知道，在这家该死的旅馆，只有一桌晚餐，正是给我们准备的。小姐如能和我们一起吃饭，小女一定会非常高兴。”

高龙芭看了哥哥一眼，奥尔索也没有太谦让。于是，大家走进饭店，最大的那间屋，是给上校兼做客厅和餐厅用的。德拉·雷比亚小姐被介绍给奈维尔小姐时，只是深施一礼，一句话也没有讲。看得出来她非常怕生，也许她有生以来，这是头一回同上流社会的外国人接触。然而，她的举止丝毫也不让人感到土气。在她身上，怪异弥补了拘谨。正因为这一点，她深得奈维尔小姐的青睐。自从上校一行人住进来，这家小饭店就没有空客房了。莉狄娅小姐就好人做到底，或者受好奇心的驱使，主动收留了德拉·雷比亚小姐，让店家在她的客房再搭一张床。

高龙芭结结巴巴，讲了几句感谢的话，便赶紧跟随奈维尔小姐的侍女去梳洗一下：顶着烈日骑马，一路扬尘暴土，稍稍打扮一下也是必要的。

高龙芭回到客厅，一眼就看到上校的几支枪，那是两个猎人刚才放在角落里的，她在枪支跟前站住，赞叹道：

“好枪啊！都是您的吗，哥哥？”

“不是，这是上校的几支英国枪。这些枪又好使又美观。”

“我真希望您也有一支这样的枪。”高龙芭说道。

“这三支枪里，当然有一支是属于德拉·雷比亚的了，”上校朗声说道，“他的枪法太好了。今天，他打了十四枪，就打了十四只猎物！”

双方随即谦让客气起来，最后还是奥尔索松口了，他妹妹才大大如愿，这一点从她脸上的表情就很容易看出来：刚才还神情严肃，现在像孩子一样，突然喜笑颜开了。

“您就挑吧，我亲爱的。”上校说道。

奥尔索还是不肯挑选。

“那好！就让令妹，高龙芭小姐为您挑选吧。”

高龙芭可不等人家说第二遍，她当即挑了一支装饰最少，但制作精良的大口径曼顿枪。

她哥哥忙不迭地感谢，不知说什么好了，晚餐来得真及时，使他摆脱了窘境。莉狄娅小姐又高兴地看到，高龙芭还有点儿碍难，不肯入座就餐，可是一见哥哥使个眼色，也就顺从了，而且在吃饭之前又画了十字，不失为一个虔诚的天主教徒。

“好哇，”莉狄娅小姐心中暗道，“这才是古朴的本色。”

于是她暗自打算，一定要好好地观察代表科西嘉古老风俗的这个姑娘。奥尔索则显然不大自在，唯恐妹妹言行有不当之处，乡土气太重了。然而，高龙芭总在观察哥哥，一举一动以哥哥为标准。她有时定睛注视着他，那种忧伤的表情十分古怪；恰好这种时候，奥尔索的目光如果与妹妹的目光相遇，他总要头一个移开，好像有意回避妹妹默默向他提出的，他也心领神会的一个问题。现在大家都讲法语了，只因上校用意大利语表达不清楚。高龙芭听得懂法语，跟主人交谈也能憋出几句，发音还相当清楚。

上校已经注意到兄妹二人之间显得有些拘谨，晚饭之后，他便以惯常的直率态度，问奥尔索要不要同高龙芭小姐单独聊一聊，他可以行个方便，带女儿到隔壁房间去。奥尔索急忙道谢，说他们回到皮特拉纳拉村，交谈的时间多得很。这个村子，也正是他要回去定居的家乡。

于是，上校又照老习惯，坐到沙发上。奈维尔小姐则试着引话，开了几次头，见美丽的高龙芭总不接茬儿，无奈之下，只好求奥尔索念一段但丁的诗篇，但丁是她偏爱的诗人。奥尔索便选了《地狱篇》中的一章，写的是弗朗塞斯卡·达·里米尼的故事。他尽量以抑扬顿挫的声调，开始朗诵描写两人同读一本言情小说有多危险的三行一节的出色诗章。高龙芭听他朗诵，也渐渐靠近桌子，她那一直低垂的头扬起来，美丽的眼也瞪大了，放射出异样的光芒。她的脸色时红时白，坐在椅子上也不时地躁动。令人赞叹的意大利人的天性啊，无须学究给她指出诗歌之美，就能理解诗意！

一念完这段诗章，高龙芭就高声问道：

“多美啊！这是谁作的，哥哥？”

奥尔索觉得有点唐突，莉狄娅小姐就微笑着回答说，那是一位佛罗伦萨诗人，死去已经有好几个世纪了。

“等我们回到皮特拉纳拉之后，”奥尔索说道，“我就教你读但丁的诗篇。”

“我的上帝，简直太美了！”高龙芭仍赞不绝口。接着她背诵当场记住的三四节诗，开始声音很低，继而激动起来，放声朗诵，比她哥哥还富有感情。

莉狄娅小姐十分惊讶，不禁说道：

“看来您很喜爱诗啊。我还真羡慕您的福气，能把但丁的诗作为新书来读！”

“您瞧啊，奈维尔小姐，”奥尔索则说道，“但丁的诗有多么大感染力，都能打动一个只会念《天主经》的乡野小姑娘……唔，是我糊涂了，现在想起来了，高龙芭也是行家，她小时候就努力写诗，家父在给我的信中还说，她在皮特拉纳拉村，以及方圆近十公里，是作挽歌最有名气的人。”

高龙芭向哥哥投去哀求的目光。奈维尔小姐早就听说，科西嘉女子能即兴作挽歌，就特别渴望一饱耳福，于是赶紧央求高龙芭展示一下她的才华。这时奥尔索却出面挡驾，他恨自己没事儿添乱，提起妹妹作诗的本领。他一口咬定，科西嘉的挽歌再单调平淡不过了，还断言欣赏过但丁的诗歌之后，再朗诵科西嘉的诗，就等于给他的家乡出丑。可是，他说破大天也无济于事，只会更加刺激奈维尔小姐偶发的兴致，最后没办法，就对他妹妹说道：

“那好吧！你就随口说几句吧，要短一点儿。”

高龙芭叹了口气，对着桌布注视了一分钟，再望望房梁，最后用手捂住双眼，就像那些鸟儿一般，看不见自身就放心了，以为绝不会被别人看见。她开始唱了，确切地说，她是以颤颤巍巍的声音，朗诵了我们要读到的这支歌：

少女和林鸽

在那群山背后遥远的深谷，
每天太阳只是露一露；
深谷里有一间幽暗的小屋，
荒草一直长到了门口。
终日关着门和窗，
屋顶也不见冒炊烟。
可是中午阳光一射来，
一扇窗户就打开；
小孤女面对着纺车，
一边纺纱一边唱歌，
唱的是一支伤心曲，
却没有歌声来应和。
有一天，春季的一天，
屋旁树上飞来一只林鸽，
它听见小姑娘的歌声，就对她说：
“小姑娘，哭泣的不是你一个；
一只残暴的鹰抓走我伴侣。”

“鸽子啊，指给我看那只鹰强盗，
它就是飞上云端也难逃，
我很快就会把它打落地上。
而我这个可怜的姑娘，
谁又能把哥哥给我找回来？
如今我哥哥在遥远的异乡！”
“姑娘啊，告诉我你哥哥在何方，
我展翅就能飞到他身旁。”

“还真是一只有教养的林鸽！”奥尔索搂住妹妹，高声说道，他那激动的情绪，同他假装戏谑的口吻极不相称。

“您的歌太动听了，”莉狄娅则说道，“我想让您把歌词写在我的画册上。我再译成英文，配上乐谱。”

善良的上校一句也没有听懂，却也跟着女儿赞扬。可是，他随后又加了一句：

“小姐，您歌唱的那只林鸽，是不是我们今天烤着吃的这种鸟儿？”

奈维尔小姐拿来自己的画册，她看到即兴的歌手写下歌词时特别省纸，便大大感到意外。歌词非但不分行，首尾相连，一行写下来，而且一直顶到页码边上，根本不合乎众所周知的作诗的格式：行短，长度不齐，两侧留有空白。高龙芭的拼写也有点随心所欲，不止一次令奈维尔小姐微笑起来，当然都可以指正，不过作为兄长，奥尔索实在觉得脸上无光。

到了该就寝的时候，两位姑娘便回客房。莉狄娅小姐一边往下摘项链、耳环和手镯，一边偷眼观察女伴，只见她从连衣裙里取出一样东西，长长的好似裙撑，但是形状极不相同。高龙芭十分仔细地，几乎偷偷地将那东西塞到桌子上她那条“美莎罗”下面，然后跪下虔诚地祈祷。两分钟之后，她就上床躺下了。莉狄娅小姐天生就特别好奇，而且作为英国闺秀，宽衣又不紧不慢，等高龙芭上床之后，她就走到桌子前，佯装找别针，掀起那条“美莎罗”，看见一把相当长的匕首，样子很独特，镶嵌了螺钿与白银，做工非常精细，由一位收藏家来鉴赏，也一定会认为是一件价值很高的古老兵器。

“这是当地的习惯吗？”奈维尔小姐笑着问道，“姑娘们都在胸衣里边，藏着这样的小玩意儿？”

“有这种必要，”高龙芭叹息道，“到处都有坏人！”

“碰到事儿，您真敢下手吗？”

奈维尔小姐说着，就像舞台上演戏那样，手持匕首一扬，又往下扎去。

“敢啊，如果逼到那份儿上，”高龙芭以她那温柔而优美动听的声音回答，“为了自卫，或者保护我的朋友……可是，这样拿着不行，您要刺的那个人如果往后一闪，您就可能伤着自己。”说着她就坐起来，“喏，要这样，从下往上捅。据说，这样一下子就能要人命。用不着带这种武器的人，该有多幸运啊！”

她叹息一声，脑袋又倒在枕头上，合起了眼睛。再也不可能见到如此美丽、如此端庄，又如此纯洁的睡容了。菲迪亚斯当年雕塑密涅瓦女神像时，如果见到过这副面容，就绝不会另觅模特儿了。

六

我遵从贺拉斯的遗训，先从“题材的中心”开花。现在，无论美丽的高龙芭，还是上校及其女儿，都已进入梦乡，我就要抓住这一时机，交代几点特殊情况，全是想要深入了解这一真实故事的读者不可不知的。大家已经知道奥尔索的父亲德拉·雷比亚上校被人杀害了。然而，在科西嘉被杀害，绝非法国本土的凶杀案可比：在法国，随便一个越狱的苦役犯，只要没有更好的办法窃取您的银器，就把您干掉了；而在科西嘉，则是被仇家所杀，可是结仇的原因，往往说都说不清楚。许多家族都有世仇，而仇恨的缘起，却完全湮没无闻了。

德拉·雷比亚上校的家族仇视好几个家族，尤其恨巴里契尼家族。有人说，早在十六世纪，德拉·雷比亚家族一个青年勾引了巴里契尼家族一个姑娘，结果被受了玷污的姑娘的一位亲戚给捅死了。另一些人却说，其实情况正相反，是德拉·雷比亚家族的一位姑娘被勾引，而被捅死的则是巴里契尼家族的一名男子。不管怎样，有一种说法大家都承认，两个家族之间有血债。不过，这笔血债并没有按习俗那样，又连续引发血案，只因两个家族同样受到热那亚政府的迫害，青年男子都背井离乡，一连几代都没有强悍的代表人物了。直到上世纪末，德拉·雷比亚家族有一名在那不勒斯军中效力的军官，在赌场同几名军官发生争执：那几个人辱骂他，其中一句说他是科西嘉放羊倌。他一怒拔出剑来，但是一人对付三个，寡不敌众，眼看就要吃大亏了，幸好一名在场的陌生赌客出手相助，并且大喊一声：“我也是科西嘉人！”那个外乡人正是巴里契尼家族的，根本就不认识他这个同乡。事后两人一经介绍，方始明白，但是彼此相敬礼赞，发誓永远做好朋友。因为，科西嘉人到了大陆，很容易结为同乡之谊，而在家乡的岛上，情况则完全相反。这从下面的事件中，就能看得一清二楚。德拉·雷比亚和巴里契尼两个人，只要在意大利就是相知密友，可是一回到科西嘉，尽管住在同一个村庄，也极少见面，据说到了去世的时候，两个人已有五六年没讲话了。他们的子侄辈，照岛上人的说法，老死也不相往来。有一个叫吉伏齐奥的，即奥尔索的父亲，当上了军人；巴里契尼家族有一个名叫吉乌狄科的，则成为律师。他们分别当了族长，却因隔行隔山，几乎毫无机会碰面，也完全未听说对方的情况。

然而有一天，约莫是一八〇九年，吉乌狄科在巴斯蒂亚看报，得知吉伏齐奥上尉荣获勋章，便说对此消息他并不感到意外，因为上尉一家有某某将军做后台。这话被某位在场的人传出，一直传到远在维也纳的吉伏齐奥耳中。吉伏齐奥则对一个老乡说，回到科西嘉准会发现，吉乌狄科发了大财，因为他给人打赢官司赚钱，而打输官司挣的钱更多。谁也弄不清他讲这话，是说那名律师出卖了自己的客户，还是仅仅指出这种普遍的事实，即打输官司能给律师带来更大的收益。不管怎样，巴里契尼律师还是听说了这句挖苦话，对此始终耿耿于怀。在一八一二年，他请求任命他为他那乡村的村长，而且差不多如愿以偿了。不料某某将军写信给省长，推荐了吉伏齐奥妻子的一个亲戚，省长忙不迭地满足将军的愿望。巴里契尼功败垂成，他毫不怀疑这是吉伏齐奥搞的鬼。到了一八一四年，皇帝垮台了，有将军撑腰的那个村长，被人揭发是波拿巴分子，就被巴里契尼取代了。接下来又是“百日”时期，巴里契尼又被撤职。然而，那场暴风雨过后，他又大张旗鼓，收回村公所的印把子和户籍簿。

此后，巴里契尼就福星高照了。德拉·雷比亚上校领半饷退役，回到皮特拉纳拉村，不得不穷于应付向他不宣而战的一场花样不断翻新的战争：忽而，他的马跑进村长的园子里，被要求赔偿损失；忽而，村长又借口修补教堂前的路面，让人到德拉·雷比亚家族一个成员的墓前，起走一块刻有族徽的破石板。如果上校田地里的青苗被羊啃了，羊主人就会得到村长的庇护。还有，本来兼顾皮特拉纳拉邮所的杂货店老板和充当乡警的一名残废老兵，他们俩都是德拉·雷比亚的党羽，因而相继被免职，被巴里契尼家族的人取而代之。

上校的妻子临终遗愿，渴望葬在她生前爱去散步的那片小树林里，而村长则宣称他没有收到单独建坟墓的许可证，死者必须葬在本村的公墓里。上校怒不可遏，声明在等待批准的期间，他妻子就先葬在自己选定的地点，并且让人动手挖墓穴。村长也吩咐人在本村公墓里挖了一个，还召来宪兵，说什么法律必须显示威力。出殡那天，双方对峙起来，一时火药味十足，为了争夺德拉·雷比亚夫人的遗体，恐怕要大打出手了。死者的亲戚带领四十多名全副武装的农民，胁迫从教堂出来的本堂神甫去那片树林；而村长则率领两个儿子、自己的党羽和宪兵挡住去路。村长挺身而出，责令送葬队伍折回去，得到的回答却是一片嘘声和威胁，显然对方人多势众，绝不肯退让；而且一看到村长，好几支枪子弹都上了膛，据说，甚至有个羊倌枪口对准了他，不过上校把羊倌的枪往上一抬，说道：“没有我的命令，谁也不许开枪！”村长也是巴汝奇一类人，“天生怕挨打”，他不敢硬拼，就带队撤退了。于是，送殡队列开始行进，还故意绕最长的路线，打村公所门前经过。队列行进中，有一个傻子加入进来，还胡乱喊了一嗓子：“皇帝万岁！”随声附和的有两三个人。雷比亚的这些拥护者情绪越来越激愤，看到村长的一头牛挡道，就想杀掉。幸好上校制止了这种暴力行为。

不难想象，村长立刻将这件事情记录在案，还用生花妙笔给省长打了个报告，描述天理和法理如何受到践踏——他这个村长的尊严、本堂神甫的尊严，如何遭遇蔑视和侮辱——德拉·雷比亚上校带头滋事，纠集波拿巴余孽，阴谋改朝换代，煽动公民相互械斗，其罪状触犯了刑典第八十六条和第九十一条。

这纸诉状夸大其词，效果适得其反。上校也分别给省长和检察官写了信。他妻子的一位亲戚与本岛一位议员是姻亲，还有一位亲戚是法院院长的表兄弟。多亏这些靠山，谋反的罪名就化为乌有了。德拉·雷比亚夫人仍旧在那片树林中安息，唯独那个傻子被判了半个月监禁。

这个事件如此了结，巴里契尼律师十分不满，便掉转炮口，换个方向进攻。不知他从哪里搜罗出一份旧地契，并以此作为依据，力图对上校设置水磨的一条溪水的所有权提出异议。于是，旷日持久地打起了一场官司。一年之后，法院即将判决，而且从种种迹象来看，会对上校有利。不料，巴里契尼先生又出新招儿，将一封信交给检察官。信上署名的阿戈斯蒂尼是个著名的大盗，他以杀人放火相威胁，逼使村长撤回无理要求。众所周知，在科西嘉，得到强盗的保护是难能可贵的；他们为了报答朋友，也常常插手私怨纷争。村长正想利用这封信大做文章，不料又横生枝节，使案情变得复杂起来。大盗阿戈斯蒂尼本人给检察官写了信，指控有人模仿他的笔迹，让人以为他是拿自己的影响做交易的一个人，从而使人对他的品性产生了怀疑。他在信的结尾这样写道："我一旦发现那个假冒我笔体的家伙，就严惩不贷，以儆效尤。"

显而易见，给村长的那封恐吓信，并非出自阿戈斯蒂尼之手。这样一来，德拉·雷比亚家族就指控巴里契尼家族造假，对方亦然，双方都发出威胁，法院也难判定造伪证的罪犯是哪一方的人。

正是在这种节骨眼上，吉伏齐奥上校遭人暗杀。下面就是司法调查笔录的案情：

一八××年八月二日，太阳已经落山，一个名叫玛德莱娜·皮特里的妇女，背着粮食回皮特拉纳拉村，忽听近处两声枪响，好像是从一条进村的低洼路上传来的，离她所在的地点约有一百五十步远。几乎紧接着，她瞧见一个男人弯着腰，沿着葡萄园小径往村子里跑。那人还停了一下，回头张望，但是离得太远，皮特里的女人没看清楚他的模样。况且他嘴上还叼着一片葡萄叶，几乎把脸全遮住了。那人向目击证人看不见的同伙招了招手，便消失在葡萄园中了。

皮特里的女人放下粮食，跑上那条小径，发现德拉·雷比亚上校身中两枪，倒在血泊里，但是还有一口气。他那支上好弹药的枪就在身边，看来他正举枪自卫，迎击正面来犯之敌，不料身后有人偷袭，一枪把他撂倒。他呼吸艰难，正与死神搏斗，张开口却一句话也说不出来，这种现象按医生的解释，是肺部被子弹打穿了，一下子充血，堵住了气管。红色泡沫般的血缓慢地流了出来。皮特里的女人把他扶起来，问了他几句话，可是徒劳，明明看出他在说话，但是无法让人明白他的意思。她注意到上校的手试图往兜里摸，就赶忙从他兜里掏出一小本活页纸夹，翻开来送到他面前。受伤者从活页纸夹里抽出铅笔，试图写什么。目击者的确看到，他十分困难地画出好几个字母，但她不识字，也就看不明白意思。上校这一折腾，已然精疲力竭，将小纸夹放到皮特里的女人手中，还用劲握她的手，同时眼神古怪地注视她，好像要对她说，以下是证人的话：“这很重要，是杀我的凶手的名字！”

皮特里的女人沿上坡路进村，正巧碰见巴里契尼村长和他儿子万桑泰洛。当时天几乎完全黑了。她讲述了目睹的情景。村长收了活页纸夹，跑到村公所，挎上肩带，叫上他的秘书和乡警。玛德莱娜·皮特里单独和年轻的万桑泰洛留在原地，她提议去救护上校，有可能人还活着。可是万桑泰洛却回答说，那是他家的死对头，如果他靠近跟前，准会有人控告他是凶手。不大工夫，村长回来了，他发现上校已经咽气，便吩咐人抬走尸体，并且做了笔录。

出了这种命案，巴里契尼先生自然有些慌乱，但他还是赶忙将上校的活页纸夹封存起来，并尽职尽责，各处搜寻，却没有发现任何重要线索。

预审法官来了，他打开活页纸夹，只见在一页血染的纸上，有几个字母，是由一只虚弱无力的手画出来的，但字迹尚可辨认，写的是：阿戈斯蒂……法官并不怀疑，上校是要指出阿戈斯蒂尼是杀害他的凶手。高龙芭由法官传讯到场，她要求检查活页纸夹。她翻看了半晌，忽然伸手指向村长，大喊一声："他就是凶手！"她虽然极度悲痛，但是思路却明确而清晰得令人惊讶，她讲述父亲数日前接到儿子的一封信，看过就烧掉了，但是在烧毁之前，他将奥尔索刚刚调防的新地址，用铅笔记在了活页纸上。可是现在，纸夹中的地址不见了，高龙芭从而断定，写有地址的那页让村长撕掉了，很可能就是她父亲写出凶手名字的那一页。按照高龙芭的说法，村长偷换了名字，补上了阿戈斯蒂尼。法官果然看到，写有名字和地址的那一页缺失了；不过他很快又注意到，纸夹中其他小活页本也有缺页，于是有人证明，上校确实有这种习惯，从活页本上撕纸点雪茄烟，很可能不经意就撕下烧了写有地址的那一页。此外，还有人见证，村长从皮特里的女人手中接过活页夹时，天色很黑，无法看清上面写的字。村长也证明自己走进村公所之前，片刻也没有停留，乡警小队长一直陪伴着，看到他点亮灯，将纸夹装进信封，当场盖了封印。

小队长陈述完了，高龙芭悲愤至极，扑倒在他膝下，恳求他以世间最圣洁之物的名义声明，他一刻也没有离开过村长。小队长显然被姑娘的大痛大悲所打动，迟疑了一下，终于承认他曾到隔壁房间去拿一张大纸，但是离开不到一分钟，而且在他摸黑在抽屉里找纸的工夫，村长也一直在跟他说话。此外，他还可以证明，他回到办公室，看见那个血染的纸夹，仍在村长一进屋就扔到上面的办公桌上。

巴里契尼先生极其镇定地做了证。他说他谅解德拉·雷比亚小姐的冲动，也愿意说明自己的清白。他证明整个傍晚那段时间，他一直在村子里，发生罪案的时候，他和儿子万桑泰洛一起站在村公所门前，而他另一个儿子奥兰杜齐奥正巧发烧，一整天也没有下床。他家中的所有枪支都摆了出来，没有一支近来使用过。他还补充说，他当即意识到活页纸夹很重要，因而马上就封存了，交给自己的副手保管。还说他当时就预见到，鉴于他和上校情绪对立，他很可能受到怀疑。最后，他还提示一点，阿戈斯蒂尼曾发出威胁，要杀掉敢于假冒他的名义写信的人，他随即又暗示说，那个坏蛋很可能怀疑是上校干的，便将他杀害了。这是强盗干事的习惯，出于类似的动机搞这种报复，也不是没有先例。

德拉·雷比亚上校遇害五天之后，阿戈斯蒂尼遭遇巡逻队的袭击，他负隅顽抗，结果被击毙了。从他身上搜出高龙芭写给他的一封信，信上敦促他声明，究竟承认不承认别人安在他头上的凶手的罪名。强盗并没有答复，因而一般人认为，他没有勇气向一个姑娘承认杀害了她父亲。然而，也有些人自称非常了解阿戈斯蒂尼的性格，私下里说他若是真打死了上校，肯定要大肆吹嘘。另一个人称布兰多·拉齐奥的强盗，交给高龙芭一份声明，说他以“名誉”担保，他的伙伴在这件血案上是清白的，不过他拿出的唯一证据，就是阿戈斯蒂尼从未对他讲过怀疑上校。

结果，巴里契尼一家没有惹上麻烦，预审法官大大赞扬了村长。而村长又锦上添花，主动撤回了以前对那条溪流的一切要求，了结同德拉·雷比亚上校的这场官司。

高龙芭按照当地的习俗，当着众亲友的面，在父亲的遗体前即兴唱了一首挽歌，尽情发泄对巴里契尼一家人的仇恨，公开指控他们是凶手，还威胁说她哥哥一定会找他们报仇。这支挽歌广为传唱，而那名水手在莉狄娅小姐面前唱的，也正是这支挽歌。得知父亲的噩耗时，奥尔索还在法国北方，他请假而未获准。起初，他单凭妹妹的信，就认为巴里契尼父子罪责难逃；可是不久，他又收到案件调查的全部材料的抄件，还收到法官的一封私人信件，看过就差不多相信，强盗阿戈斯蒂尼是唯一的罪犯。高龙芭每隔三个月就给他写一封信，向他复述一遍她对证据的怀疑。他作为科西嘉人，每次看了信，都不由得热血沸腾起来，有时几乎就要赞同妹妹的偏执之见了。不过，他每次回信，也还是向妹妹重复，她的推测太武断，毫无事实依据，令人难以置信。他甚至不许妹妹再提这件事，但是他的话毫无效果。就这样两年过去了，奥尔索奉命领半饷退伍，遂生返乡之念，但不是为了寻仇，报复那些他认为清白无辜的人，而是要嫁出他妹妹，卖掉家中不多的房地产，只要这份产业还值几个钱够他去大陆定居就行。

七

或许妹妹的到来勾起了奥尔索强烈的思乡之情，或许高龙芭那种乡野的打扮和举止，在文明的朋友面前使他有点儿挂不住脸面，因此第二天他就宣布，准备离开阿雅克修，返回皮特拉纳拉村。不过，他也要上校许诺，一旦去巴斯蒂亚，务必到他那小庄园住一住，而作为酬谢，他也保证陪上校去打黄鹿、野鸡、野猪和别的飞禽走兽。

起程的前一天，奥尔索提议不打猎了，去海湾沿岸散散步。他递出胳臂给莉狄娅小姐挽上，这样就可以同她无拘无束地交谈了，高龙芭留在城里买些东西，上校则不时地跑开，去打什么海鸥与鲣鸟，过路人见了都大为惊诧，不明白居然还有人为这种猎物糟蹋弹药。

他们踏上通往希腊人教堂的路，在那里能欣赏到最美的海湾景色；可是，他们的心思根本没有放在赏景上。

“莉狄娅小姐……”奥尔索沉默了许久，不免有点尴尬地问道，“坦率地讲一讲，您觉得舍妹怎么样？”

“我很喜欢，”奈维尔小姐答道，“要胜过喜欢您，”她微笑着补充道，“因为，她是个地道的科西嘉人，而您这个野蛮人，则太文明化了。”

“太文明化啦！……那好哇！自从踏上这个岛屿之后，我就身不由己，觉得又恢复了野性。无数可怕的念头烦扰我，搅得我心神不宁……我在深入那片荒漠之前，真需要同您谈一谈。”

“是得鼓起些勇气，先生。瞧瞧令妹那种隐忍的精神，她给您做出了榜样。”

“哎！您得弄明白，不要以为她多么隐忍。别看她一句话都没有对我讲，可是她那每一个眼神，都让我领会她对我的期待。”

“她到底要您做什么？”

“唔！没什么……只不过要我试一试家父的那支枪，射人是不是同射山鹑一样好用。”

“什么念头啊！亏您想得出来！刚才您还承认，她还什么也没有对您讲。您往这上面想，真是骇人听闻。”

“假如说，她真的不想报仇，那么一见面就会先谈我们的父亲，可是她只字不提。她也应该说出她视为……我知道，当然是错怪……她视为凶手的那些人的名字。可是不然，还是只字未讲。要知道，这是因为我们科西嘉人啊，是一个狡黠的民族。舍妹心里明白，她还没有完全控制我，先别吓着我，担心我会一下子跑掉。她一旦把我引到悬崖边上，等我头晕目眩的时候，再一把将我推下深渊。”

接着，奥尔索又向奈维尔小姐介绍了一些他父亲遇害的情况，列举出一些主要证据，汇总起来就使他把阿戈斯蒂尼视为凶手。

“怎么也说服不了高龙芭，”他补充说道，“这一点，我从她最后那封信中就看出来了。她发誓定要巴里契尼父子的命……喏，奈维尔小姐，瞧我多么信赖您……她受了野蛮教育形成的偏见，也情有可原，如果她不是出于偏见，认为报仇是我这一家之长的责任，事关我的名誉，那么巴里契尼父子恐怕早就不在这人世了。”

“老实说，德拉·雷比亚先生，”奈维尔小姐说道，“您这是诬蔑自己的妹妹。”

“不对，您亲口说过……她是科西嘉人……科西嘉人怎么想，她也怎么想。昨天我那么忧伤，您知道为什么吗？”

“不知道，不过近来，您的情绪时常这样低落……我们最初相识的日子，您可开朗得多啊。”

“昨天则相反，我比往常更欢喜、更快乐。我是看到您对舍妹特别和气，特别宽容！……上校和我，我们是乘船回来的，一个船夫用讨厌的土语跟我说话，您知道他对我说什么话：‘您打了这么多野味，奥尔·安东，不过，奥兰杜齐奥·巴里契尼打猎可是比您棒多了’。”

“怎么！这话又有什么大不了的？是您就那么大抱负，非要一个高超猎手的名声不成？”

“您就不明白那家伙话里有话，是说我没胆量杀死奥兰杜齐奥吗？”

“可您知道吗？德拉·雷比亚先生，您真叫我害怕。看来贵岛的空气不仅让人发烧，还会让人发疯。幸而我们就要离开了。”

“一定要去了皮特拉纳拉村之后再走，您答应过舍妹。”

“假如我们没有履行这一诺言，那也毫无疑问，我们要遭到报复吧？”

“有一天家父对我们讲过，那些印度人提出要求，如果东印度公司的主管不予以满足，他们就威胁绝食而死，这话您还记得吗？”

“这就是说，您也要绝食啦？对此我表示怀疑。哪怕您一天不吃东西，高龙芭小姐就会拿给您一块bruccio[1]，那么美味可口，您也就只好放弃绝食计划了。”

“奈维尔小姐，您嘲笑起人来，嘴就跟刀子一样。您对我应当口下留情。您瞧，我在这里孤单一人，也就只有您能阻止我，使我不至于像您说的那样发疯。您原本是我的守护天使，而现在……”

“现在嘛，”莉狄娅小姐口气严肃地说道，“您还有男子汉和军人的荣誉感，用以支撑这种摇摇欲坠的理智，还有……”她转身摘了一朵花，接着说道，“到时候您就想一想您的守护天使，如果对您有什么帮助的话。”

“唔！奈维尔小姐，您若是能这么想，对我真的有几分关心……”

“您听着，德拉·雷比亚先生，”奈维尔小姐颇为激动地说道，“既然您还是个孩子，我就把您当作孩子对待。我小时候强烈渴望得到一条漂亮的项链，母亲给我的时候却对我说：‘你每次戴上这条项链，就想一想你还不会法语。’这条项链在我眼里，也就丧失了一部分魅力，变成了一种令我愧疚的东西。但我还是戴上了，并且学会了法语。您看到这只戒指了吧？雕有埃及圣甲虫像的宝石，据说是在一座金字塔里发现的。这个图形很怪，也许您会看成一只瓶子，其实它的意思就是‘人生’。我国有些人觉得象形文字非常贴切。接下来的这个图形是一面盾牌，还有一条执长矛的胳膊，是‘搏斗、战斗’的意思。因此，这两个象形字就构成这句我认为相当精辟的格言：‘生命就是一场战斗。’您可不要以为我能这样流

① 音译“布吕奇奥”，一种科西嘉风味乳酪。

畅地翻译象形文字，这是我国的一位学者给我解释的。拿着吧，这只圣甲虫像宝石戒指赠给您。您一旦产生科西嘉人的那种坏念头，就瞧一瞧我这个护身符，心中念念有词，在恶念的冲动向我们展开的战斗中，必须赢得胜利。怎么样，老实说，我传授得不错吧？”

“我一定想着您，奈维尔小姐，我会在心里念叨……”

“您在心里念叨：您有一位女友，她若是听说……您被绞死……就会十分伤心。况且，这也会让您的祖先，那些伍长先生痛苦不堪。”

说罢，奈维尔小姐咯咯大笑，丢开奥尔索的手臂，朝她父亲跑去。

“爸爸，”她说道，“饶了这些可怜的鸟儿吧，跟我们一起走，到拿破仑的岩洞去作诗。”

八

离别，即使小别数日，也总是弥漫着庄严的气氛。奥尔索兄妹一大早就得上路，他不想让莉狄娅小姐为了送行而打破睡懒觉的习惯，昨天晚上就向她辞行了。他们道别时彼此态度又冷淡又严肃。自从海边那场谈话之后，莉狄娅小姐害怕对奥尔索表现出过分的关心，而奥尔索也心存芥蒂，怪她的戏谑嘲讽，尤其怪她那种无所谓的口吻。有一阵子，他从这位英国姑娘的言谈举止中，似乎分辨出一种初萌的感情；而现在，受了她一番嘲笑，不免怅然若失，想想自己在她眼里，只不过是泛泛之交，人一走茶就凉了。不料早晨，他正同上校坐着一起喝咖啡，忽见莉狄娅小姐和他妹妹一前一后走进来，心里真是万分惊讶。莉狄娅小姐居然五点钟就起来了，对于一位英国女士，尤其是对于奈维尔小姐来说，为此要做出多大努力啊！奥尔索的虚荣心从而得到几分满足。

“实在抱歉，这么早就打扰您了，”奥尔索说道，“一定是舍妹不顾我的叮嘱，把您给吵醒了。您真该诅咒我们。也许您心里在盼望我已经‘被绞死’了吧？”

“哪里哪里，”莉狄娅小姐用意大利语悄声说道，显然不想让她父亲听见，“我是看您因为我随口开的玩笑，昨天就跟我生了闷气，我不愿意让您带着坏印象同在下分手。你们科西嘉人啊，可真不好对付！好了，就此道别，希望不久又能见面。”

她说着，就向奥尔索伸出手去。

奥尔索只是叹了口气，没有回答。高龙芭走到哥哥跟前，拉他到一个窗洞下，指了指用“美莎罗”盖住的一样东西，低声对他说了几句话。

“小姐，”奥尔索对奈维尔小姐说道，“舍妹要送给您一件特殊的礼物。其实，我们科西嘉人也没有什么东西好赠送的……只有我们的心意……而且经得起时间的消磨。舍妹对我说，您出于好奇，看了这把匕首。这是家传的一件古物，从前很可能是挂在一位伍长腰带上的，也多亏了那些伍长，我才荣幸地认识了您。高龙芭觉得这把匕首特别珍贵，请求我允许她把它送给您，而我也拿不准该不该同意，只因害怕您又要笑话我们了。”

“这把匕首很招人喜欢，”莉狄娅小姐说道，“但这是一件家传的武器，我不能接受。”

“这不是我父亲的匕首，”高龙芭急忙高声说道，“它是国王泰奥多尔赏给我母亲的一位祖父辈的人的。小姐如果愿意收下，会让我们非常高兴。”

“喏，莉狄娅小姐，”奥尔索说道，“可别看轻了一位国王的匕首啊。”

在一个收藏家看来，泰奥多尔王的遗物，要比最强大的君主的遗物珍贵无数倍。这种诱惑太大了，莉狄娅小姐已经恍若看到，这件武器放在圣詹姆士广场的宅邸中的一张油漆桌上所产生的效果。

“可是，”她拿起匕首说道，那样子又想接受又犹豫，冲高龙芭极可爱地微微一笑，“亲爱的高龙芭小姐……我不能……我可不敢让您没了武器，就这么上路。”

“我有哥哥在身边，”高龙芭自豪地答道，“我们还有您父亲送的这支好枪。奥尔索，您上好子弹了吗？”

奈维尔小姐收下了匕首。高龙芭要了一苏钱，算是交易，以便驱除将刀剑等利器送给朋友所孕育的危险。

最后，总该动身了。奥尔索再次握住奈维尔小姐的手，高龙芭拥抱了她，接着又把朱唇伸给上校，令上校对科西嘉的这种礼节惊叹不已。莉狄娅小姐站在客厅的窗前，看见兄妹二人上了马。她看到高龙芭的眼睛放射着光芒，充满她还从未注意到的狡黠的喜悦。这个高个子的健壮姑娘，狂热地信守着野蛮人的荣誉观念，额头洋溢着骄傲的神情，微弓的双唇则透出冷笑。正是这样一个姑娘将这位武装的年轻人带走，仿佛踏上险恶的征途。莉狄娅小姐见此情景，不禁想起奥尔索的担心，她仿佛看到奥尔索被邪恶天使引向毁灭。奥尔索已经跨上马，抬起头来望见她。或许猜出了她的想法，或许要最后一次向她道别，奥尔索拿起吊在绳子上的埃及指环，放到嘴唇上。莉狄娅小姐羞红了脸，立刻离开窗口，但是很快又回来，望见两个科西嘉人骑着矮小的壮马，向着山峦飞驰而去。半小时之后，上校用望远镜指给女儿看，他们正沿着海湾向远处飞奔，她还看到奥尔索频频回首，向城里的方向张望。他跑过那片沼泽地，终于隐没了。那片沼泽地如今已变成了漂亮的苗圃。

莉狄娅小姐一照镜子，发现自己脸色苍白。

“那年轻人会怎么看我呢？”她说道，“我又是怎么看待他的呢？我为什么偏要想这事儿呢？……不过是旅途上认识的一个人！……我到科西嘉来做什么？……唔！我根本就不爱他……不爱，不爱。况且，这事儿也不可能……还有高龙芭……我，做她的嫂子！一个哭丧女！怀揣一把大匕首！”她发觉自己手中正拿着泰奥多尔王的匕首，便扔到梳妆台上，“高龙芭，在伦敦阿尔马克大厅跳舞！上帝啊！真是狮派人物！太酷了！也许她会红极一时……奥尔索爱我，这一点我能肯定。他是个小说中的主人公，但是冒险生涯被我遏止了……不过，他真的渴望按科西嘉方式替父报仇吗？……他这个人，本来介乎康拉德和时髦青年之间……经我改造，就成了一个地道的时髦青年，一身科西嘉打扮的时髦青年！……”

她扑到床上想睡觉，但就是睡不着，还在继续她那内心独白，上百遍地重复。对她而言，德拉·雷比亚先生原本就不算什么，他们永远也不会有什么关系。这种独白我就不赘述了。

九

这工夫，奥尔索兄妹还在赶路。起初快马疾驰，也不容他们交谈。后来，道路越来越陡，他们便放慢速度，这才谈起他们刚刚离开的朋友。高龙芭特别兴奋，夸赞奈维尔小姐容貌美丽，夸赞她那头金发和优雅的举止。接着她又问道，上校是否像表面看上去那么富有，莉狄娅小姐是不是他的独生女儿。

“看来是一门好亲事，”她说道，“她父亲好像对您非常友好……”

她见奥尔索不搭腔，便继续说道：“咱们家族，从前也很富有，至今在岛上还最受敬重。所有那些领主老爷，都是私生子，只有伍长的家族才是贵族。您知道，奥尔索，您是岛上头一批伍长的后代。您也知道，咱们家族起初是在山那边，是因为内战迫不得已才迁移到这边来。奥尔索，我若是您，就不会犹豫，就会向上校求婚要他女儿……（奥尔索耸了耸肩膀。）用她的嫁妆，可以买下法尔塞塔一带的树林，以及咱们庄园坡下的葡萄园。还可以用石头盖一座很气派的房子，将古塔楼加高一层。当年在美男子亨利伯爵时期，桑布库齐奥就是在那里杀死了多少摩尔人。”

“高龙芭，你真是个疯丫头。”奥尔索应了一声，便催马飞奔。

“奥尔·安东，您是个男子汉，您当然要比一个女人懂得该做什么。我呢，只是想弄明白，那个英国人有什么理由反对与咱们联姻。英国有伍长吗？……”

兄妹二人就这样一直闲聊，走了很长一段路，到达博科尼亚诺附近的一座小村庄，去一户世交人家投宿用餐。他们受到热情款待。不亲身体验，就很难评估科西嘉人的好客。那家主人早年与德拉·雷比亚夫人有交情。次日他送兄妹二人上路，送出去有四公里远。临分手时，他对奥尔索说道：

“您瞧，那一片片树木、丛林，一个人‘惹了祸’，就可以躲进去，生活十年也平安无事。无论乡警还是巡逻队，都不会钻进那里去追捕。这些树林连着维扎沃纳大森林，只要在博科尼亚诺城或者附近有朋友，就什么也不会短缺。您有一支好枪，想必射程很远。圣母马利亚啊！口径这么大！用这家伙能打比野猪还大的猎物。”

奥尔索冷淡地回答，他这支枪是英国造，射程很远。大家拥抱告别，便分道扬镳了。

兄妹二人继续赶路，距离不远就是皮特拉纳拉村了，他们忽然发现必经的山口有七八条汉子，都带着枪支，有的坐在石头上，有的躺在草地上，还有几个站着，仿佛在放哨。他们的马匹也在近处吃草。高龙芭从科西嘉人旅行必备的大皮囊中，取出望远镜，朝那帮人观察了一会儿。

“那是咱们自己人！”她兴冲冲地嚷道，“交代的事皮鲁齐奥干得真不错。”

“那是什么人？”奥尔索问道。

“咱们的牧羊人，”高龙芭回答道，“前天傍晚，我让皮鲁齐奥回去召集这些弟兄，好护送您回家。您进皮特拉纳拉村，不能没有护卫队，而且您也应当知道，巴里契尼那家人什么都干得出来。”

“高龙芭，”奥尔索口气严厉，说道，“我求过你多少回，不要再跟我提起巴里契尼那家人，也不要提起你那种缺乏根据的怀疑。我绝不想这样出丑，带一帮闲汉回家。我对你也很不满意，事先不跟我说一声就召集他们来了。”

“哥哥呀，您忘掉了自己的家乡。您这么大意会有危险，我有责任保护您。我做了我该做的事。”

这时候，那些牧民望见他们，就都冲向各自的马匹，跨上马飞驰下山迎接他们。

“奥尔·安东万岁！”一位花白胡子的健壮老汉嚷道。他不顾天气炎热，仍然穿着那件比山羊皮还厚的科西嘉粗呢的带风帽外套。“跟他父亲长得一模一样，只是更高大，也更强壮。多棒的枪啊！大家都会谈论这支枪，奥尔·安东。”

“奥尔·安东万岁！”所有牧民都异口同声地跟着喊道，“我们就知道他迟早都会回来！”

“喂！奥尔·安东，”一个红砖肤色的彪形大汉说道，“您父亲若是活着，亲自来接您，那他该多高兴啊！那是多好的人啊！当初他若是肯听我的，让我去办了吉乌狄科那茬子事儿，今天您就能见他面了……他真是个大好人啊！当时他没有听我的，现在他完全清楚我是对的。”

“没关系！”老人接口说道，“让吉乌狄科等一等，什么也跑不了。”

“奥尔·安东万岁！”

这片欢呼，伴随着十二声枪响。

这帮骑马的人把奥尔索围在中央，七嘴八舌争相说话，还争先恐后同他握手。好一阵子，奥尔索说话谁也听不见，不免怒形于色。最后，他拿出当年站在队列前训斥部下、要关人禁闭的姿态，对他们说道：

“朋友们，我感谢你们对我、对家父所表现出来的深情厚谊。然而，我心里自有主张，用不着谁给我出主意。该做什么我知道。”

“他说得对，他说得对！”牧民都嚷道，“您完全清楚，我们这些人都靠得住。”

“对，我是靠大家。不过这会儿，谁我也用不着，我的家没有任何危险。现在，你们就掉过头去，回去照看你们的羊群吧。回皮特拉纳拉村我知道怎么走，用不着你们带路。”

“您丝毫也不必担心，奥尔·安东，”那老汉说道，“他们啊，今天是不敢露面的。猫一回来鼠钻洞。”

“你才是猫呢，白胡子老头儿！”奥尔索说道，“你叫什么名字来着？”

“怎么，您不认得我啦，奥尔·安东？当年就是我，时常在那头咬人的骡子后面驮着您啊！您不认得波洛·格里弗了吗？您瞧着吧，一个忠厚的人，全心全意为德拉·雷比亚一家人效劳。您只要说句话，您这杆大枪只要发出声响，我这把老火铳，跟它主人一样老的火铳就不会默不作声。您就放心吧，奥尔·安东。”

“好哇，好哇，可是，都别装神弄鬼啦！你们全走吧，让我们继续赶路。”

那帮牧民终于走开，朝村子的方向飞奔而去。不过，他们一路每到高处就停一停，好像要观察周围有没有埋伏。而且，他们离奥尔索兄妹始终比较近，一旦有事就能驰援。波洛·格里弗老汉对他那伙人说道：

“我懂他心里想什么，我懂他心里想什么！要干什么他不讲，到时候就干了。真像他父亲。好哇！你就说谁也不怪吧！你是向圣内加许了愿。太棒了！依我看，村长的狗皮值不了一个无花果。不出一个月，剥下他那张皮，做个水囊都不够用。”

德拉·雷比亚家族的后人，就是在这支侦察队之后进了村，回到了他那些伍长先祖的老庄园。久无族长的雷比亚族人，现在集结起来迎接奥尔索；而保持中立的村民也都站到门口看他经过。巴里契尼家族的人则待在家中，从百叶窗的缝隙向外窥视。

科西嘉所有村镇的布局都极不规则，要想看到像样的街道，只有去德·马尔伯夫建造的卡尔热斯城。皮特拉纳拉村自然也不例外：房舍乱建一通，排列毫无秩序，都拥挤在一块小高地的顶上，准确地说是在山间的一块平地上。村镇中央高耸着一棵绿葱葱的大橡树，只见树旁边有一个花岗石砌成的水槽，泉水通过一条木管引入槽内。这个公用的水槽是德拉·雷比亚和巴里契尼两家出资修建的。但是，要把这视为当初两个家族修好的标志，那就大错特错了。恰恰相反，这倒是两家争斗的一种产物。起初，德拉·雷比亚上校捐给村委会一小笔钱，作为修建一个公共水池的费用。于是，巴里契尼律师赶紧拿出同样数额的捐款。正是两家争相慷慨出资，皮特拉纳拉村才有了一个公共水池。水池和绿葱葱的橡树周围的空地，大家称为广场。一到傍晚，这里就聚集了一帮闲汉。广场上还常有人打牌，一年一度举行狂欢节，它又是跳舞的场所。广场两端矗立着很高而偏窄的建筑，用花岗石和石板岩建造，这便是德拉·雷比亚和巴里契尼两个家族对峙的“塔楼”。建筑样式相同，高度相等，足见双方长期以来，始终势均力敌，命运还没为他们判定高下。

这里也许应当交代一句，何谓“塔楼”。塔楼是座方形建筑，约四十尺高，如果是在别的国度，就只能称为鸽楼。楼门很窄，离地面八尺，要登上极陡的阶梯才能抵达门口。门上方开了一扇窗户，窗前的阳台类似突堞，在上面毫无危险，就能击毙不速之客。在门和窗之间，还看得见两幅雕工粗糙的盾形纹章。其中一幅当初雕有热那亚十字徽，但是屡遭击打，面目全非，只有考古学家才能辨认。另一幅上则雕刻着塔楼主人的族徽。应当补充一句，盾形纹章和窗框上弹痕累累。这样，中古世纪科西嘉的形神兼备的庄园，读者就能想象出来了。我还漏掉一点，紧邻塔楼的住宅，往往有暗道与它相通。

德拉·雷比亚家族的塔楼与住宅，坐落在皮特拉纳拉村广场的北侧；巴里契尼家族的塔楼与房舍，则占据了广场的南边地盘。从北塔楼到水池这一段，是德拉·雷比亚家族人的散步场所；而对面那一段，便是巴里契尼家族人散步的区域。自从上校的妻子安葬之后，两个家族就界线分明，似乎形成默契，双方成员谁也没有越雷池一步。奥尔索不想绕道，他要从村长的家门前经过，妹妹就提醒他，让他走一条小巷回家，免得穿越广场。

“何必绕路呢？”奥尔索说道，“广场不是大家伙的吗？”他说着，就催马前行。

“一条硬汉！……”高龙芭咕哝道，“父亲啊，你的大仇一定能报啦！”

到了广场，高龙芭就走在巴里契尼的住宅和她哥哥之间，眼睛还死盯着仇家的窗户。她发现那些窗户新近都封死了，但是留了“箭眼”。所谓“箭眼”，就是用粗木头从里面堵死窗户而留出枪眼似的空隙。担心遭受攻击的时候，就这样用木头堵死窗户以为掩体射击来犯之敌。

“胆小鬼！”高龙芭说道，“您瞧，哥哥，他们已经开始防备了，窗户堵得严严实实！可是总有一天，他们要出来啊！”

奥尔索出现在广场的南端，这在皮特拉纳拉村引起巨大轰动，被人视为近乎鲁莽的大胆行为。傍晚时分，中立的村民聚集在葱绿的大橡树周围，对此无休无止地议论：

“幸好巴里契尼那两个儿子还没有回来，”有人说道，“他们可没有律师那么大忍耐力，不会坐视仇人经过他们的地盘，要让对方为张狂付出代价的。”

“邻居呀，记住我对您说的话吧。”村里最善于料事的一个老者接口说道，“今天我观察了高龙芭那张脸，看出她准有了主意。我闻到了空气中的火药味。不出几天，皮特拉纳拉村的肉铺就有便宜的鲜肉了。”

十

奥尔索少小离家，与父亲相处时间不长、了解不多。他年仅十五，就离开皮特拉纳拉村，到比萨念书，随后又进入军校，而他父亲吉伏齐奥在那个时期，正高举帝国的鹰旗转战欧洲各地。在大陆，奥尔索只有在难得的短暂的空隙，同父亲见见面。直到一八一五年，他才调进他父亲指挥的那个团里。但是上校治军纪律严明，对儿子和所有年轻尉官一视同仁，也就是说非常严厉。奥尔索对父亲保留的记忆有两种。一种是在皮特拉纳拉村的情景，父亲打猎归来时将马刀交给他，让他退出猎枪中的子弹；还有第一次让他这小孩子上餐桌，同全家人一起吃饭。第二种就是后来的德拉·雷比亚上校的形象，他因为冒失行为被父亲关禁闭，而且处罚时父亲总是叫他德拉·雷比亚中尉：

“德拉·雷比亚中尉，您不在自己的作战岗位，三天禁闭。——您的狙击兵与后备队的距离拉大了五米远，五天禁闭。——中午十二点过了五分钟，您还戴着军便帽，八天禁闭。”

只有一回，在四臂村，父亲对他说道：

“很好，奥尔索，但还是要多加小心。”

应当说，这后一类记忆，绝非是皮特拉纳拉村勾引起来的。看到儿时熟悉的地方，看到他深爱的母亲用过的家具，他心中都激发起一阵阵又甜美又痛楚的情怀。继而，呈现在他面前的却是暗淡的前途、由妹妹引起的隐忧，尤其还有奈维尔小姐要来家做客的事：如今他就觉得，自己的家太窄小、太寒酸，实在不适于接待过惯豪华生活的姑娘，也许会引起她的轻蔑。这种种念头，在他脑海里乱作一团，令他深深地沮丧。

吃晚饭时，奥尔索坐到从前全家用餐时父亲坐的主位——一张已经污黑的橡木大扶手椅。他见高龙芭还犹豫，不肯入座和他一起吃饭，就不禁微笑起来。他很感激妹妹在餐桌上保持沉默，而且匆匆吃完就离席了，因为他心中百感交集，再难抵挡妹妹无疑准备向他发起的进攻。还好，高龙芭先放过他，容他一些时间寻回自我。他用手撑着头，在座位上坐了好久。回想这半个月来自己亲历的种种场面，想到每个人都似乎期待他对巴里契尼一家采取行动，他心中就不免一阵惶恐。他已经发觉，对他来说，皮特拉纳拉的舆论开始成为全世界的舆论了。此仇不报，他必定被人视为懦夫。可是找谁去报仇呢？他不相信巴里契尼父子会是杀人凶手。不错，他们是家族的仇敌，然而，要说他们犯了杀人罪，可就是家乡人粗鄙的偏见了。有几次，他注视奈维尔小姐给的护身符，反复低声念叨这句格言："生命就是战斗！"最后，他又口气坚决地自言自语："我一定能够胜出！"他有了这种乐观的念头，便起身拿灯，正要上楼回卧室，忽听有人敲门。这么晚了，不是接待客人的时间。可是，高龙芭马上跑出来，身后跟着侍候他们的女仆。

"没什么事儿。"高龙芭边说，边往门口跑去。不过，她开门之前，还是问了一声是谁敲门。

"是我呀。"一个轻柔的声音回答。

高龙芭抬起插门的大木杠，马上就带着一个小姑娘走进餐厅。那小姑娘约有十岁，赤着双脚，衣衫褴褛，头上扎着一条破手帕，露出几绺乌鸦翅膀一般的黑头发。孩子瘦骨嶙峋，脸色苍白，皮肤晒成古铜色，但是那双眼睛却闪烁着聪慧的光芒。她瞧见奥尔索，便怯生生地站住，按照乡下人的习惯施了一礼，然后就低声同高龙芭说话，塞给她一只刚打的野鸡。

"谢谢，齐莉娜，"高龙芭说道，"谢谢你叔叔。他身体好吧？"

"很好，小姐，愿意为您效劳。我没有能早点儿来，是他拖得很晚。我在林子里等了他三个钟头。"

"你还没吃饭吧？"

"当然没吃了，小姐！没有工夫。"

"这就给你拿点儿吃的来。你叔叔那儿面包还有吗？"

"还剩一点点，小姐。他最缺的还是火药。现在栗子下来了，就缺火药了。"

"我这就拿面包和火药，你带给他。火药贵着呢，告诉他省着用。"

"高龙芭，"奥尔索用法语问道，"你这是救济什么人啊？"

"是给本村的一个可怜的强盗，"高龙芭也用法语回答，"这小姑娘就是他侄女。”

“我觉得你该救济些好人。火药为什么送给一个坏蛋，让他拿去犯罪呢？就是这一点不好，这里人好像都同情强盗。如果不是这样，科西嘉早就没有强盗了。”

“咱们家乡最坏的人，并不是在荒山野林的人。”

“你想送给他们面包就给吧，谁要面包都不能拒绝；但是，我不同意向他们提供弹药。”

“哥哥，”高龙芭口气严肃地说道，“您是这里的主人，家里一切都属于您。但是我也要告诉您，我这‘美莎罗’，就是给这小姑娘拿去卖掉，我也不在乎，更不能拒绝向一个强盗提供火药了。拒绝给他火药，就等于把他交给警察！除了弹药，他们拿什么保护自己、对付警察呢？”

这工夫，小女孩一边大口啃着面包，一边轮番注视高龙芭和她哥哥，想从他们的眼神里看出他们说的话是什么意思。

“这个强盗到底干了什么？他犯了什么罪，才躲进丛林里去了？”

“布兰多·拉齐奥根本就没有犯罪，”高龙芭朗声说道，“他干掉的那个吉奥瓦尼·奥皮佐，是趁他从军在外时杀害了他父亲。”

奥尔索扭过头去，拿起油灯，再没应声就上楼回房间了。于是，高龙芭拿了火药和食物给小女孩，还一直把她送到门口，反复叮嘱她：

“千万叫你叔叔保护好奥尔索！”

十一

奥尔索久久未能入睡，因而醒来就很晚了，至少违反了科西嘉人的习惯。他一起床，首先闯进他眼帘的，正是仇家的住宅和堵死窗户留出的“箭眼”。他下楼问他妹妹在哪儿。

“她在厨房铸子弹呢。”女仆萨瓦丽雅答道。

他看到高龙芭坐在凳子上，周围摆满了刚铸出来的子弹，正忙着给子弹削平毛边。

“你在这儿搞什么鬼名堂？”哥哥问她。

“有了上校这支枪，还没有子弹呢。”妹妹以温柔的声音回答，“我找到一个直径合适的模子，哥哥，今天您就有二十四颗子弹用了。”

“感谢上帝，我用不着！”

“奥尔·安东，可别让人家打个措手不及呀。您忘记您的家乡和您周围都是些什么人了。”

“就算我忘记了，您也会很快提醒我的。告诉我，是不是有一只大箱子，几天前就运到了？”

“有哇，哥哥。要不要我把它扛到您的房间去？”

“就你，扛上去？你根本搬不动啊……这里就没个男人干这活儿吗？”

“我可没有你以为的那么单弱。”高龙芭说着，就捋起衣袖，露出圆滚滚的胳臂，白净而结实，显得特别有力气，“来一下，萨瓦丽雅，”她召唤女仆，“来帮我一把。”

她不待人来，就已经独自提起沉甸甸的大箱子，奥尔索急忙上前帮忙。

“我亲爱的高龙芭，”奥尔索说道，“这箱子里，有几样东西是给你的。你要原谅我给你带回来这么点儿礼物。要知道，一个领半饷的中尉，钱包可不鼓啊。”

说话间，他就打开箱子，取出几件连衣裙、一条披肩和几样少女用的物品。

“这些东西真漂亮啊！”高龙芭叫起来，“我得赶紧收好，免得弄坏了。我要留着结婚时候穿，”她凄然一笑，补充了一句，“因为现在，我还戴孝呢。”

说罢，她就吻了吻哥哥的手。

“妹妹，这么久还戴孝，就有点儿太勉强了吧。”

“我发过誓，”高龙芭口气坚决地说道，“要我脱下孝服，只有……”她眼睛盯着巴里契尼家的住宅。

“只有到了你结婚的那一天吧？”奥尔索接口说道，力图避免高龙芭将这句话讲完。

“一个男人要娶我，”高龙芭说道，“必须完成三件事……”她脸色阴沉，眼睛死盯着仇家的住宅。

“高龙芭，我真奇怪，你这么美丽的姑娘，怎么还未结婚呢。好了，告诉我谁在追求你吧。不过，我早晚能听到向你求爱的小夜曲的。一定非常美妙，才能打动你这样出色的挽歌女。”

“谁愿意娶一个孤苦伶仃的姑娘呢？……再说，要我脱下孝服的男人，就得让那边的女人披麻戴孝。”

“简直要发疯了。”奥尔索心里咕哝一句。但是他没有再吭一声，免得引起争论。

“哥哥呀，”高龙芭甜嘴甜舌地说道，“我也有些东西要送给您。您这身衣服太漂亮了，在这里穿不合适。这样华丽的礼服，如果穿着进丛林，两天下来，就得扯成碎片。还是留着等奈维尔小姐来时再穿吧。”

她去打开衣柜，取出一整套猎装，又说道：

“我给您做了一件天鹅绒外套，还有这顶便帽，是本地爱美的男人戴的。好久以前我就给您绣上花了。您试一试好吗？”

接着，她就给哥哥穿上绿色天鹅绒外套，非常肥大，后背还缝了个大口袋。她又往他头上扣了一顶黑天鹅绒便帽，镶缀着墨玉，并用黑丝线绣了花，尖尖的顶还束了个大帽缨。

“这是父亲的子弹袋，”她说道，“他那把匕首就放在您的外套兜里。还有手枪，我这就给您拿去。”

奥尔索接过萨瓦丽雅递上来的一面小镜子，照了照，说道：

“我这副模样，真像滑稽剧院舞台上的强盗。”

“您这种打扮好极了，奥尔·安东，真是大派头。”老女仆说道，“博科尼亚诺村或者巴斯特利卡村最帅的‘尖帽族’，也好不到哪儿去。”

奥尔索就这样一身新打扮去吃早饭，他在餐桌上告诉妹妹，他箱子里有不少书，是特意从法国和意大利运回来的，好让她用功读书。他还补充说：

“你都长成大姑娘了，还不懂大陆上刚断奶的孩子都知道的事情，这就太丢人了。”

“哥哥，您说得对，”高龙芭应声说道，“我知道自己缺什么，巴不得好好学学呢，特别是如果您肯教我的话。”

一连几天相安无事，高龙芭提也未提巴里契尼的名字。她始终无微不至地照顾哥哥，经常跟他谈起奈维尔小姐。奥尔索让她读些法文和意大利文著作，有时惊讶她的理解很准确，有时又惊讶她连极普通的事也一无所知。

有一天吃过早饭，高龙芭离开了一会儿，回到餐厅时没有拿着书和纸，头上却扎了“美莎罗”，神情比平时要严肃。她对哥哥说道：

“哥哥，我要请您和我一起出去一趟。”

“让我陪你去哪儿啊？”奥尔索问道，同时伸出胳臂让她挽上。

“哥哥，我不要挽您的胳臂，而是要您带上枪和子弹盒。一个男子汉，出门不能不带武器。”

“好吧！回乡就得随俗。咱们去哪儿？”

高龙芭没有回答，她紧了紧头上的“美莎罗”，又叫了看家狗，便带着哥哥出门了。她大步流星离开村子，然后踏入葡萄园中曲里拐弯的一条低洼小道，还打了个手势让狗先去探路。而狗似乎会意，立刻沿曲径跑开，在葡萄园中忽而左冲，忽而右突，但是跟女主人始终保持五十步的距离。有几次还停在路中央，摇着尾巴望望女主人。显然它出色地完成了侦察任务。

“一听木斯盖托叫起来，”高龙芭说道，“您就给枪上子弹，哥哥，站在原地别动。”

不知拐了多少弯，走出村子约一公里，到了一个拐角处，高龙芭忽然站住。只见那里有一堆树枝，堆成一个小小的金字塔形，树枝有的还残留着绿色，有的已经干枯，堆起有三尺来高，顶部露出一个漆成黑色的十字架的顶端。在科西嘉的好多区县，尤其在山区，还保存着一种极为古老的习俗，大概同异教的迷信有关。凡在有人暴卒的地点，过路人都必须投上一块石头，或者一根小树枝。在漫长的岁月里，只要这一暴卒的惨事还留在人们的记忆中，这种奇异的祭礼就日复一日、年复一年地持续下去。祭品越积越高，最后就称之为某某人的墓冢。

高龙芭停到这堆树枝前，折了一根野草莓树的枝丫，添到这座金字塔上。

“奥尔索，”她说道，“咱们父亲就死在这里。咱们为他的灵魂祈祷吧，哥哥。”

高龙芭说着，就双膝跪下。奥尔索也随着跪下去。恰好这时，村里教堂响起悠缓的钟声，因为昨天夜里有人死了。奥尔索失声痛哭。

几分钟过后，高龙芭站起身，她眼中无泪，但是满脸激愤。她用拇指匆匆画了个十字：家乡人都熟悉这种做法，一般还配以庄严的誓言。然后，她就拉着哥哥回村，两人都沉默无语。回到家中，奥尔索上楼去了自己房间。过了一会儿，高龙芭也随后进去了，她将一只小盒子放到桌子上，打开盒子，取出一件染有大片血迹的衬衣。

“这是您父亲的衬衣，奥尔索。”

她随即将血衣扔到哥哥的双膝上。

“这是击中他的铅弹。”

她又将两颗长了锈的子弹放到血衣上。

“奥尔索，我的哥哥！”她喊叫着，扑进奥尔索的怀中，紧紧地搂住他，“奥尔索！你一定要给他报仇啊！”

她发狂一般吻了吻奥尔索，又吻了吻两颗子弹和那件血衣，便走出房间，丢下愕然呆坐在椅子上的哥哥。

奥尔索好一会儿一动也不动，不敢拿开这些骇人的遗物。最后，他振作一下，将遗物收回盒里，跑到房间的另一头，扑倒在床上，脸转向墙壁，脑袋埋进枕头里，就仿佛不想看见一个幽灵一样。妹妹最后讲的几句话，还不断在他的耳畔回响，恍若听见一道无法避开的命定的神谕，要他讨血债，向无辜者讨血债。这个不幸的年轻人就像疯子一样，头脑一片混乱，那种种感觉，这里就不一一赘述了。他保持这种姿势，躺了许久，不敢翻身回头。最终他还是起来，盖上盒子，急匆匆地走出家门，奔向旷野，毫无目的地漫游。

旷野的清风渐渐抚慰了他。他的情绪开始平静下来，能稍微冷静地考虑自己的处境和解脱的办法了。他根本没有怀疑巴里契尼父子杀了人，这一点大家已经了解。但是他内心里在责怪他们不该假托强盗阿戈斯蒂尼的名义，伪造了那封信，导致他父亲的死亡，至少他是这样认为的。然而，告他们伪造信件罪吗？他也感到这样行不通。家乡的偏见，或者天性本能，时而又咄咄逼来，给他指出在一条小道的拐角很容易报仇，但他随即又厌恶地排除这些念头，缅怀起团队中的战友、巴黎的沙龙，尤其想到奈维尔小姐。继而，他又想起妹妹的责备，而他性格中仅存的一点科西嘉人气质还随声附和，因而这种责备就更加刺痛他的心。良知和偏见的这场搏斗，只给他留下一线希望，就是找碴儿同律师的一个儿子争执起来，再与之决斗，一枪或者一剑结果对方的性命，这样他脑子里的科西嘉观念和法兰西观念也就协调起来了。一确定这种方式，他就考虑实施的办法了，便有了如释重负的感觉，而且较为轻松的一些念头，更有助于安抚他躁动的情绪。西塞罗失去爱女图利娅而悲痛欲绝，便回忆所有美好的事情来悼亡，从而忘记悲痛。同样，项狄先生在生与死的问题上大发议论，也从中得到安慰，以平复丧子之痛。奥尔索想，如果对奈维尔小姐诉说一番，激愤的心情也就能安稳下来，而他描述自己的心境，也必然会引起那位美人的强烈兴趣。

不知不觉中，他远离了村子。往回走的时候，忽听一个小姑娘在唱歌。那小姑娘走在丛林边缘的小路上，大概以为周围没人，就以徐缓而单调的挽歌曲调，这样唱道：

“我的勋章和血染的衬衣请保存好——交给我儿子，在远方的儿子……”

“你在这儿唱什么呢，小丫头？”奥尔索突然出现，气冲冲地问道。

“是您啊，奥尔·安东！……”孩子有点儿惊慌，高声说道，“这是高龙芭小姐的一支歌。”

“我不许你唱这支歌！”奥尔索声色俱厉，又说道。

小姑娘左右瞧瞧，似乎要看准往哪边逃跑。要不是舍不得丢下放在脚边草地上的一只大篮子，她一定早就跑掉了。

奥尔索不禁为自己这么粗暴而感到惭愧。

“你这是拿的什么呀，小姑娘？”他尽量和气地问道。

他见齐莉娜迟疑不答，就掀起包住篮子的布，看见里面装着一个面包和其他食物。

“这面包给谁送去呀，我的小乖乖？”奥尔索问道。

“这您知道，先生，送给我叔叔。”

“你叔叔不是强盗吗？”

“为您效劳，奥尔·安东先生。”

“如果碰到警察，问你去哪儿……”

“那我就告诉他们，”孩子毫不犹豫地答道，“我是给在林子里伐木的意大利人送饭去。”

“如果碰到打猎的人饿得要命，要吃你的东西，拿走你的食物呢？”

“他不敢，我会说是给我叔叔的。”

“那倒是，他那个人，自己的饭食岂能容别人抢走……你叔叔很喜欢你吗？”

“唔！喜欢啊，奥尔·安东。我爹死了之后，就是叔叔照看全家，照看我妈、我，还有我妹妹。我妈没生病那会儿，他就介绍我妈给有钱人家干活儿。我叔叔还跟村长和本堂神甫打了招呼，村长就每年给我一条连衣裙，本堂神甫就教我识字，给我上教理课。不过，对我们最好的，还是您的妹妹。”

这时，小路上忽然出现一条狗。小姑娘把两根手指放在口中，打了一声尖厉的呼哨。那条狗立刻跑过来，跟小姑娘亲热几下，接着它又突然钻进林子里。不大工夫，就在离奥尔索几步远的丛林边，走出来两个衣衫褴褛但是全副武装的汉子。他们就好像游蛇一般，是从长满爱神木和岩蔷薇的丛莽中爬过来的。

“哦！奥尔·安东，欢迎欢迎。”两个汉子中的年长者说道，“怎么，您认不出我来了？”

“认不出了。”奥尔索注视着他，答道。

“真奇怪，留起胡子，戴上尖帽，就变了一个人！喂，中尉，您再仔细瞧瞧。滑铁卢的老兵，难道您都忘了？您不记得布兰多·萨维利了吗？就在大难临头的那天，他在您身边，撕开了多少弹药纸卷啊？”

“怎么！是你呀！”奥尔索说道，“一八一六年你开小差啦！”

“您说得不错，中尉。哼，当兵当腻了。再说，我在这地方，还有一笔账要清。——哈！哈！齐莉娜，你真是个好姑娘，快拿出吃的来，我们都饿了。您想象不出来，中尉，在野林子里多能吃东西。这是谁给我们的，是高龙芭小姐还是村长？”

“都不是，叔叔，是磨坊的老板娘让我给你们送来的。她还给了妈妈一条毯子。”

“她想让我干什么？”

“她说她雇来开荒的那些意大利人，现在要求每天给他们开三十五苏，还要栗子，因为皮特拉纳拉下面那里流行疟疾。”

“一帮懒蛋！……我问问看。——别客气，中尉，要不要和我们一起吃饭？咱们那位可怜的老乡还没让人裁下去的时候，咱们的伙食更差。”

“多谢了。——我也让人给裁下来了。”

“是啊，我听说了。不过，我敢打赌，就算裁下来您也不怎么恼火。正好办事，您也有账要清算。——好了，神甫，”强盗对他的伙伴说道，“入席吧。奥尔索先生，我来给您介绍，这是神甫先生，说起来，我也不太清楚他究竟是不是本堂神甫，但学问是足够了。”

“先生，我是个读神学的普通学生，”第二个强盗说道，“有人挡道，不让我朝这个志向走下去。天晓得，如果不改行，没准我都当上教皇了。”

“是什么原因，使教会丧失了您智慧的光照呢？”

“微不足道的一件事，拿我朋友布兰多·拉齐奥的话来说，要清算一笔账。我在比萨大学啃书本的时候，我的一个妹妹跟人闹出了风流事儿，我不得不回乡把她嫁出去。不料，未婚夫太性急，在我到达的三天前就得疟疾死了。于是，我就找那死鬼的兄弟，换了您也会这样做。结果人家说已经结婚了。怎么办呢？”

“这事儿确实不好办。您是怎么办的？”

“碰到这种情况，就得动刀动枪了。”

“您是说……”

“我照他脑袋给了一枪。”强盗冷静地说道。

奥尔索感到惊讶。然后，他出于好奇，也许还由于渴望晚点儿回家，也就待在原地未动，继续同这两个人交谈，而他们每人都至少有一件命案在身。

在伙伴说话的工夫，布兰多·拉齐奥取了面包和肉，放到面前吃起来，也喂给狗一份。他的狗名叫布鲁斯科，仿佛天生就有特异功能，不管巡逻军警怎么伪装，也能分辨出来。最后，他又切了一块面包和一片生火腿，给了他侄女。

“当强盗，生活真够美的！”修神学的大学生吃了几口之后，高声感叹道，“德拉·雷比亚先生，等哪天您不妨试一试，您会发现这样随心所欲，该有多么惬意啊。”强盗一直讲意大利语，忽然改用法语，继续说道：“科西嘉这地方，对年轻人来说并不怎么好玩，但是对强盗来说，就大不相同了！女人都发疯似的爱我们。别看我这样子，却有三个情妇，分别在三个区县，我走到哪儿都像到了家。其中一个还是警察的老婆呢。”

“您可通晓好多种语言啊，先生。”奥尔索语气严肃地说道。

“我讲起法语，是因为，您也明白，‘对孩子应当最大限度地尊重’。布兰多·拉齐奥和我，我们想法一致，让这小姑娘好好成长，要走正道。”

“等她长到十五岁，”齐莉娜的叔叔说道，“我就把她嫁出去，我相中了一个人家。”

“到时候你去提亲吗？”奥尔索问道。

“当然了。如果我对本地一个财主说，‘我布兰多·萨维利，如果能看到令郎娶齐莉娜为妻，会非常高兴的’，您以为他还要等我揪他耳朵才答应吗？”

“我也会劝他别等到那时候。”另一个强盗也一唱一和，“我这伙计下手可有点儿重。”

“假如我是个无赖，”布兰多·拉齐奥继续说道，“是个恶棍，或者是个虚伪的家伙，那么，我只要打开我的褡裢，面值一百苏的银币就会像雨点似的投进去。”

“你这褡裢里，有什么东西能吸引钱币吗？”奥尔索问道。

“根本没有。可是，假如我也像有人干过的那样，给一个有钱的人写封信去——‘我需要一百法郎’，他就会忙不迭地把钱如数给我送来。然而，中尉，我是一个看重名誉的人。”

“您知道吗，德拉·雷比亚先生？”被伙伴称为神甫的那名强盗也说道，“我们凭借自己的通行证（他指了指自己的枪），赢得人们的尊重。可是，在这民风淳朴的地方，还是有些坏蛋盗用我们的威望，模仿我们的笔体，去勒索钱财，这您知道吗？”

“这我知道，”奥尔索口气生硬地回答，“请问，他们怎么勒索钱财？”

“半年前，”强盗接着讲下去，“我在奥雷扎村附近散步，忽见一个村民老远就摘下帽子，走过来对我说：‘噢！本堂神甫先生（他们总是这样称呼我），请您原谅，再多容点儿时间吧，我只搞到五十五法郎。可是老实说，我就凑到这个数。’我十分诧异，便对他说：‘你这蠢货，你说什么，五十五法郎？’‘我是说六十五，’他回答道，‘可是，您向我要一百法郎，我实在弄不齐。’‘什么，你这怪物！我向你要一百法郎？我并不认识你呀。’于是，他拿给我一封信，确切地说，是脏兮兮的一张破纸，上面写明让他将一百法郎放到指定地点，否则他就得眼看着吉奥坎托·卡斯特里科尼，这是我的名字，烧掉他的房子，杀死他的奶牛。简直无耻透顶，竟然假冒我的签名！最让我气愤的是，信是用土语写的，还错字连篇……而我念大学那会儿，什么奖都拿过，我还写错字！我一抬手，就给了那家伙一个耳光，打得他原地转了两圈。‘哼！你把我当成匪徒，你这浑蛋！’我对他说道，还狠狠给了他一脚，踹到您知道的部位。我的气稍微消了一点儿，又对他说道：‘让你什么时候把钱送到指定地点？’‘就是今天。’‘那好！你就送去吧。’地点标得很清楚，是在一棵松树下。他带了钱去，埋到松树脚下，又回来找我。我就埋伏在那附近，我和他在那里足足等了六个钟头。德拉·雷比亚先生，如果需要，哪怕等三天也行。六个钟头之后，来了个巴斯蒂亚佬，是一个厚颜无耻的放高利贷的家伙。他俯下身去拿钱，我就开了火，打得真准，他的脑袋正巧倒在他挖出来的钱币上。‘现在，你这怪物！’我对那农民说道，‘把你的钱拿回去吧，再也不要胡乱怀疑，吉奥坎托·卡斯特里科尼会干出这种卑鄙的事。’那个可怜虫浑身颤抖，赶紧拾起他那六十五法郎，也顾不上擦一擦了。他向我道谢，我向他道别，又结结实实给了他一脚，而他还是撒腿跑掉了。”

“啊！神甫，”布兰多·拉齐奥说道，“我真羡慕你那一枪。一定乐得你够呛吧？”

“正中那个巴斯蒂亚佬的太阳穴，”强盗继续说道，“我当时就想起维吉尔的这两行诗：

> 他用熔化的铅弹打出脑浆，
>
> 那人当即毙命，横尸在那片沙地上。

“‘熔化的铅弹’！奥尔索先生，您相信一颗铅弹穿过空气，能由于速度太快而熔化吗？您是研究过弹道学的，一定能告诉我这是一种谬误，还是一个真理呢？”

同这位学士，奥尔索宁可探讨这个物理问题，也不愿品评他的行为是否合乎道德。然而，对这种科学的探讨，布兰多·拉齐奥却不大感兴趣，便打断话头，提醒说太阳快要落山了。

“奥尔·安东，既然您不肯和我们一起吃饭，”他对奥尔索说道，“那我就劝您不要让高龙芭小姐等得太久了。再说了，太阳落山之后赶路，可不是什么好事。您出门怎么不带枪呢？这一带可有坏人啊，您要多留神。今天，您倒无须担心，巴里契尼他们将省长请到了家里，他们是在路上碰到的。省长要在皮特拉纳拉停留一天，再去科尔特，据说是到那里去主持一个奠基仪式……蠢不蠢啊！今晚他就在巴里契尼家里过夜。不过，明天他们就有工夫了。万桑泰洛，那小子很坏，奥兰杜齐奥也好不到哪儿去……您要设法分别对付他们哥儿俩，今天这个，明天那个。总之，您要多加小心，我只能对您说这些了。”

“多谢指点，”奥尔索说道，“我和他们没有什么事要见个分晓。我是没有什么话要对他们讲，除非他们来找我。”

强盗一副嘲讽的样子，舌头伸向旁边，顶着腮帮子咂咂作响，但是没有再说什么。奥尔索站起身来要走了。

“对了，”布兰多·拉齐奥又说道，“我还没有感谢您给的火药呢，拿来得正是时候。现在我什么也不缺了……说起来，就缺鞋子了……不过等哪天，我就用岩羊皮做一双。”

奥尔索将两枚五法郎硬币塞到强盗手里。

“送给你火药的是高龙芭，这是给你买鞋的钱。”

“别干蠢事啊，中尉，”布兰多·拉齐奥嚷着，并将两枚硬币还给他，“您把我当成要饭的啦？面包和火药我接受，别的一概不要。”

“老战友嘛，我认为总可以相互帮一帮。好了，再见！”

可是临走时，奥尔索趁强盗不注意，又偷偷把钱塞进他的褡裢里。

“再见，奥尔·安东！”读神学的大学生也说道，“没准这两天，咱们还会在丛林里见面呢，那时咱们再接着研讨维吉尔吧。”

奥尔索同两个老实厚道的伙伴分手有一刻钟了，忽听身后有人拼命地奔跑。来者是布兰多·拉齐奥。

“真有点儿过分了，中尉，”他上气不接下气，嚷道，“真有点儿过分了！给您这十法郎。换了别人搞这种恶作剧，我绝不会答应。代我多多问候高龙芭小姐。您害得我都喘不上气来了！晚安。”

十二

奥尔索发觉，高龙芭见他出去久了有点儿慌神，妹妹一见他回来，就恢复了平时的表情，透着忧伤的那副沉静的神态。在晚饭桌上，兄妹二人只说些无关痛痒的事儿。奥尔索见妹妹平心静气，就壮起胆子向她讲述，他如何遇见那两名强盗。甚至还随便讲几句笑话，打趣说小齐莉娜要在道德和宗教上接受教育，这事由她叔叔和叔叔的那位可敬的同事——卡斯特里科尼先生操办。

“布兰多·拉齐奥可是个正派人，”高龙芭说道，“至于卡斯特里科尼那个人，我听说他不讲什么道德原则。”

“我倒是认为，”奥尔索说道，“他跟布兰多·拉齐奥比是半斤八两，而布兰多·拉齐奥跟他比也是八两半斤。两个人都公开对抗社会；犯了一次罪就打不住，每天都要犯下新的罪行。然而他们的罪行，也许大不过许多不住在丛林里的人。”

妹妹听了这话，不禁喜形于色。

“是的，”奥尔索继续说道，“这些不幸者自有他们的荣誉感。逼他们走上这条生活道路的，是残酷的偏见，而不是一种卑劣的贪欲。”

一时间，两人都默不作声。

“哥啊，”高龙芭给他倒咖啡，又说道，“也许您知道了吧？夏尔·巴蒂斯特·皮特里昨夜死了，是患了疟疾死的。”

“皮特里是谁呀？”

“就是本村人，玛德莱娜的丈夫，咱父亲临死那会儿，就是把活页纸夹交到玛德莱娜手里的。现在人家死了丈夫，来找我一起去守灵，唱唱挽歌。您也应当露露面，大家好歹都是邻里乡亲，这种礼节是免不了的，咱们这儿毕竟是小地方。”

“高龙芭，守什么灵，见鬼去吧！我绝不愿意看到我妹妹那样当众去献丑。”

“奥尔索，”高龙芭反驳道，“哀悼亲人，各有各的方式。哭丧是祖传下来的，是一种古老的习俗，咱们就应当尊重。玛德莱娜没有这种天分。菲奥狄斯皮娜大妈唱挽歌哭丧，在本乡倒是最棒的，可是她病了。总得有人哭丧啊。”

“你以为没有人在他的灵柩旁唱歪诗，夏尔·巴蒂斯特就找不到上天的路了吗？高龙芭，你若是愿意，就去守灵吧。你认为有必要，我也可以同你一起去，但是，你不要即兴唱挽歌，这种事不适合你这种年龄的姑娘，而且……我求求你了，妹妹。”

“哥哥，我已经答应了人家。您也知道，这是当地的习俗。我再跟您说一遍，这里只有我能即兴唱挽歌。”

“愚昧的习俗！”

“其实我去唱挽歌，心里也非常难受。我那样唱着，就会想起咱家的所有不幸。明天，我非得病倒不可，就是这样也得去。您就让我去唱吧，哥哥。您还记得在阿雅克修的情景吗？当时那位英国小姐嘲笑我们的古老习俗，您就让我即席唱一曲，好博得她一笑。今天我怎么就不能即兴唱挽歌，帮助这些可怜的人呢？他们在伤痛中得到点儿宽慰，就会感激我的。”

“好吧，你看着办吧。我敢打赌，挽歌你已经作好了，不愿意白费劲儿。”

“没有，哥哥，我不可能事先就作出来。我要到死者的跟前，想着留在世上的人，眼泪就禁不住流下来，这才能唱出心中的歌。”

她这话讲得十分直率自然，根本不可能让人觉得高龙芭小姐有一丝的虚荣心，要炫耀作诗的才华。奥尔索被说动了，就跟妹妹去了皮特里家。尸体停放在最大房间的桌子上，面孔没有遮盖。门和窗户大敞四开，停尸桌四周点着好多支蜡烛。死者脑袋旁守着他的遗孀，而她身后有一大帮妇女，占了半间屋子。屋子另一边则站着几排男人，他们光着头，眼睛盯着尸体默哀。新来吊唁的人走到桌前，都拥抱一下死者，向遗孀和她儿子点点头，然后加入吊唁者中，一句话也不讲。不过，也有人不时打破这种庄严肃穆，对死者讲几句话：“你有这么好的老婆，怎么就撒手了呢？”一位村妇说道：“难道她没有很好地侍候你吗？你还缺什么呢？为什么不再等一个月呢？等儿媳给你生个孙子呀！”

一个高个子青年，皮特里的儿子，紧紧握住他亡父冰凉的手，高声说道：

“唉！你为什么就不死于非命呢？那样我们也好为你报仇呀！”

这是奥尔索进门时听到的话。吊唁的人群见他进来，就闪开一条路，并且好奇地窃窃私语。大家情绪高起来，终于等来了挽歌女。高龙芭拥抱了一下死者的遗孀，拉起她的一只手，垂下眼睛默想了几分钟。接着，她将“美莎罗”往后一掀，目不转睛地看着死者，那脸色跟死人一样惨白。她俯下身去开始唱道：

夏尔·巴蒂斯特啊！

愿基督接受你的灵魂！

活着，就是受苦受难。

你要去的那个地方，
既无阳光，也不严寒。
砍柴的刀、沉重的镐，
你再也用不着。
从此每日都是星期天。
夏尔·巴蒂斯特，
愿基督接受你的灵魂！
你的儿子当了你的家。
我见过大橡树倒下，
是被热风吹得枝叶干枯。
我以为它死了，大橡树。
后来我又经过那里，
看见它的根又发出新枝。
新枝又长成一棵橡树，
又是一大片绿荫。
玛德莱娜，休息吧，
在粗壮的枝丫下，
并且怀念已经不在的那棵橡树。

高龙芭唱到此处，便放声大哭。在场的两三个汉子，如果真有必要，他们能像打山鹑那样镇定地开枪打基督徒，现在却开始擦拭晒黑的面颊上流下的大滴眼泪。

高龙芭就这样连续唱了好大一阵工夫，时而向死者哭诉，时而劝慰死者的家属。还有好几次照挽歌中常用的拟人法，让死者现身安慰他的朋友，或者向他们提出忠告。随着歌唱，她那张脸呈现出庄严的神色，肌肤也逐渐变为透明的玫瑰色，越发突显她那副牙齿的光洁、她那对瞪大的眸子中的烈火。那副形象，就像古希腊坐在三脚架上的女预言家。簇拥在她周围的人都鸦雀无声，唯闻几声叹息、几声哽咽。奥尔索比起别人来，虽然不大接受这种俗诗野调，但是在群情哀伤的气氛中，他也很快受到感染，于是躲到昏暗的角落，像皮特里的儿子那样哭起来。

突然，听众微微一阵骚动，围成一圈儿的人闪开一条路，好几个陌生人走进来。众人都向他们表示敬意，殷勤地给他们让位置。显而易见他们是重要人物，亲自来吊唁，能给这家人增添极大的光彩。但是，大家都敬重挽歌，谁也没有跟他们说话。进来的一行人打头的有四十来岁，穿一身黑礼服，戴着有红绶带的玫瑰花形勋章，脸上一副威严而自信的神态，让人一眼就能猜出是省长。跟在后面的是一个驼背老人，他脸色发黄，那副绿色眼镜难以遮住胆怯而不定的眼神。他穿的一身黑礼服尽管还崭新，但是太肥大，显然是好几年前做的。他一直紧跟在省长身边，就好像要躲在省长的阴影里似的。跟在他身后进来的两个青年，身材魁伟，皮肤晒成古铜色，满脸络腮胡子，眼神傲慢而目中无人，肆无忌惮地表现出一种好奇心。奥尔索离开家乡已经很久，早已忘却本村人的相貌，但是一见面，戴绿色眼镜的老头儿就立刻唤醒了他早年的记忆。老头儿跟在省长身边，就足以表明他的身份。他正是巴里契尼律师，皮特拉纳拉村的村长。他们父子三人陪同省长来看看哭丧的场面。奥尔索此刻的心情难以描摹，父亲的仇人来到面前，引起他的憎恶之感，他比以往任何时候都更相信他长期抵制的怀疑。

高龙芭一见到早已恨之入骨的死敌，那张富于变化的脸上，立刻换上一副阴森可怖的表情。她面失血色，声音嘶哑，到了嘴边的歌词也化为乌有……但是很快，她又充满新的激情，哭丧的挽歌又接着唱下去：

正当鹰隼伤悲，
对着自己的空巢，
燕雀却围着乱飞，
对其痛苦侮辱嘲笑。

这时，大家听见了抑制的笑声，原来是两个刚来的青年发出的，他们一定觉得这种譬喻太露骨了。

鹰隼会猛醒，展开双翅，
要在血泊中洗自己的喙！
而你呀，夏尔·巴蒂斯特，
朋友们在向你最后道别。
他们已经流了许多眼泪，
唯独可怜的孤女没有哭你。
她有什么必要哭你呢？
你已经得享天年，
安息在亲人中间，
一切准备就绪，
要去见万能的上帝。
可怜的孤女要哭她父亲，
那些卑鄙的凶手，
是从身后对他偷袭。

父亲倒在绿荫之下，

流淌着殷红的鲜血。

但是孤女将父亲的血收起，

那高贵而无辜的鲜血，

洒在皮特拉纳拉的土地上，

为使鲜血变成致命的毒药。

而皮特拉纳拉将沾满血迹，

直到那罪人的鲜血，

将无辜者的血迹洗去。

唱完这一段，高龙芭便瘫倒在椅子上，她将“美莎罗”拉到脸上，放声痛哭起来。泪流满面的妇女都围拢着这位挽歌女；好些男人则向村长父子投去愤怒的目光；几位老人低声埋怨他们不该贸然前来搅场。死者的儿子冲开人群，打算请求村长尽快离开。村长也不等人催促，就朝门外走去，而他的两个儿子已经到了街上。省长对小皮特里讲了几句“节哀顺变”之类的话，也紧跟着出去了。奥尔索走到妹妹跟前，搀起她的手臂，带她走出大房间。

“送送他们吧，”小皮特里对他的几个朋友说道，“当心点儿，别让他们出什么事！”

两三个青年动作麻利，将匕首装进外套左袖筒里，护送奥尔索兄妹二人，一直走到他们家门口。

十三

高龙芭气喘吁吁，浑身绵软无力，连一句话也说不出来了。她的头偎在哥哥的肩上，双手则紧紧抓住哥哥的一只手。奥尔索在内心里颇不满意挽歌的那段结尾，但是见妹妹这种状态，就不免惊慌失措，便没有对她讲半句责备的话。妹妹似乎正陷入这种神经质的发作中不能自已，他就默默等待妹妹激愤的情绪平静下来。这时忽听有人敲门，萨瓦丽雅慌慌张张地进来禀报："省长先生来了！"高龙芭一听这个称呼，就立刻挺起身来，仿佛为自己这样意志薄弱感到惭愧。她手扶椅子站起来，但是手下的椅子明显在抖动。

省长先生泛泛地讲了两句道歉的话，说不该这么晚来打扰，并且安慰高龙芭小姐，说过分激动会有危险，还贬责守灵哭丧的这种习俗，说挽歌女越有才华，越让在场的人伤心。说话间，他还巧妙地塞进一句委婉的责备，觉得即兴挽歌最后一段不对头。然后，他口气一变，又说道：

"德拉·雷比亚先生，您的英国朋友托我向您问好。奈维尔小姐也问候令妹。她还写给您一封信，要我转交给您。"

"奈维尔小姐的一封信？"奥尔索高声说道。

"可惜我没有带在身上，但是过五分钟，您就能拿到了。她父亲身体不舒服，有一阵我们担心他别感染上我们这里的恶疾。幸好他现在没事儿了，到时候您亲自判断一下吧。我想，您不久就会同他见面了。"

"奈维尔小姐当时一定很担心吧？"

"幸好完全没事了，她刚刚才了解那种病的危险。德拉·雷比亚先生，奈维尔小姐谈起您和令妹，话总是很多。"

奥尔索颔首。

"她同你们二位结成深厚的友谊，而且完全出于理性，只是以优雅的举止、潇洒的言谈这种表象来掩饰罢了。"

"她是个非常可爱的姑娘。"奥尔索说道。

“我来这里，先生，几乎是应她的请求。如果没有十分必要，我实在不愿意向您重提那件不幸的事，其中原委谁也不如我更了解。既然巴里契尼先生还是皮特拉纳拉的村长，而我又是本省的省长，不用我讲您也明白，我十分重视某些猜疑。而且，据我所知，有些不慎重的人把这种猜疑也告诉了您。不过我也知道，鉴于您的身份和性格，您不会辜负人们的期望，一定气愤地坚拒了那些猜疑。”

“高龙芭，”奥尔索在椅子上坐不稳了，便说道，“你很累了，应当回屋睡觉了。”

高龙芭摇了摇头，她已经恢复平日的镇定，火辣辣的目光紧紧盯着省长。

“巴里契尼先生强烈渴望停止这种敌对状态……”省长继续说道，“换句话说，停止彼此的猜忌……就我个人而言，如能看到您与他建立起相互敬重的人所应有的关系，我会非常高兴……”

“先生，”奥尔索声音激动，接口说道，“我从未指控巴里契尼律师杀害了我父亲，但是他的一个举动将永远阻止我同他建立任何关系。他伪造了一封恐吓信，假借一个强盗的名义……至少他有意暗示是家父干的。也许正是这封信，先生，间接导致家父遇害了。”

省长沉吟片刻，然后说道：

“令尊性子急躁，认准是这种情况，起诉了巴里契尼先生，这还情有可原；然而，您再如此盲目妄断，可就不应该了。您考虑考虑，巴里契尼伪造这封信，捞不到任何好处……且不说他的性格……您根本不了解他，而是先入为主，对他抱有成见……您总不能设想一个熟悉法律的人……”

“可是，先生，”奥尔索站起来说道，“请您也想一想，对我说这封信不是巴里契尼伪造的，无异于说是出自家父之手。先生，家父的名誉，就是我的名誉。”

“谁也不如我这么确信，先生，德拉·雷比亚上校的名誉……”省长接口说道，“可是……伪造这封信的人，现在已经查出来了。”

“谁？”高龙芭走向省长，高声问道。

“一个罪行累累的坏蛋……他所犯下的罪行，你们科西嘉人是不会饶恕的。他是个匪徒，名叫托马索·比安齐，现在关押在巴斯蒂亚监狱里，他交代是他伪造了那封酿成人命案的信件。”

“我不认识这个人，”奥尔索说道，“他伪造信能有什么目的呢？”

“他是本地人，”高龙芭说道，“是咱们从前一个磨坊主的兄弟，人很坏，又满口谎言，他的话不值得信。”

“你们马上就会明白，”省长继续说道，“他这样干能有什么好处。令妹提到的这个磨坊主，我想名叫泰奥多尔，他向上校租的一个磨坊，就坐落在巴里契尼先生质疑令尊的所有权的那条溪流上。上校对人一向慷慨，出租磨坊几乎不要什么钱。然而，托马索则认为，那条溪流一旦易主，巴里契尼先生就要收高额租金，因为大家知道他相当爱钱。总之，托马索为了帮哥哥的忙，就伪造了那封强盗的信，事情的原委就是这样。您也了解，家族的关系，在科西嘉特别紧密，有时就能导致犯罪……检察长写给我的这封信，请您看一看，它就能证实我刚才对您讲的话。”

奥尔索快速浏览着信上详述的托马索的供词，高龙芭站在哥哥身后，隔着他的肩膀也同时看了信。她一看完信，就高声叫起来：

“一个月前，得知我哥哥要回乡，奥兰杜齐奥·巴里契尼就去了巴斯蒂亚，他肯定是去见托马索，花钱买他做伪证。”

“小姐，”省长不耐烦地说道，“无论什么您都以极坏的臆断来解释，难道这是发现真相的方法吗？您，先生，您能保持冷静的头脑，现在说说您的想法吧。莫非您也像小姐这样，认为一个犯罪不重而无须担心重判的人，会去帮助一个陌生人，心甘情愿地承担做伪证的罪名吗？”

奥尔索重读检察长的信，特别仔细地斟酌每句话的分量。因为自从见了巴里契尼律师一面之后，他就感到比起几天前，自己更难被说服了。可是，他最终不得不承认，这样解释还说得过去。然而，高龙芭却大叫起来：

“托马索·比安齐是个骗子。我敢肯定他帮了忙，就不会被判刑，或者能越狱逃掉。”

省长耸了耸肩膀。

“先生，我所了解的情况都告诉您了。”他说道，“就此告辞，还是您自己考虑吧。我等待理智照亮您的头脑，但愿您的良知的力量超过……令妹的种种推测。”

奥尔索替高龙芭讲了几句道歉的话，重申他现在认为托马索是唯一的罪人了。

省长站起身告辞。

“如果觉得时间不算太晚的话，”他说道，“我倒建议您随我去取奈维尔小姐的信……趁此机会，您见到巴里契尼先生，把您刚才对我讲的话对他再说一遍，那么整个这件事就了结了。”

“奥尔索·德拉·雷比亚绝不会进巴里契尼家的门！”高龙芭声色俱厉地嚷道。

“看来，小姐是这一家主事的喽。”省长说道，脸上呈现一副讥笑的神态。

“先生，”高龙芭声调坚定地说道，“有人欺骗您。您不了解那位律师，他那人极其狡诈，又极其虚伪。我恳求您了，别让奥尔索干一件蒙受耻辱的事。”

“高龙芭！”奥尔索喝道，“你太偏激，都不讲道理了！”

“奥尔索！奥尔索！我求求您了，看在我交给您的那个盒子的分儿上，就听我一句话吧。您与巴里契尼一家有血债，您不能去他们家！”

“妹妹！”

“不，哥哥，您绝不能去，否则我就离开这个家，您再也见不到我了……奥尔索，可怜可怜我吧。”

她说着，就双膝跪下。

“我很遗憾，”省长说道，“德拉·雷比亚小姐竟然如此缺乏理智。我相信，您一定能够说服她。”

他将房门打开一条缝儿，却停在那里，仿佛在等待奥尔索跟他走。

“这会儿我不能离开她。”奥尔索说道，“明天吧，如果……”

“我一早就走。”省长说道。

“哥哥，”高龙芭双手合十，高声说道，“无论如何，您也要等到明天早晨。让我再看一看父亲的文件……您总不能拒绝我这点儿要求。”

“那好吧！今天晚上你就看，至少你看完之后，就不要再拿这种荒唐的仇恨来折磨我了……万分抱歉，省长先生……我本人也感到心烦意乱……最好还是明天吧。”

“夜静主意生，”省长边说边往外走，“但愿到了明天，您举棋不定的念头就彻底排除了。”

“萨瓦丽雅，”高龙芭高声唤道，“提上灯送送省长先生，他会交给你一封信，给我哥哥带回来。”

她又悄声说了两句话，唯独萨瓦丽雅听得见。

“高龙芭，”等省长一走，奥尔索说道，“你让我十分难堪。难道你要永远无视明摆着的事实吗？”

“您答应过我等到明天。”高龙芭回答，“我的时间很少，但还是抱有希望。”

她随即拿起一把钥匙，跑进楼上一个房间。听得见她在房间里急速地拉开抽屉，在一张写字台里翻找德拉·雷比亚上校从前存放的重要文件。

十四

萨瓦丽雅迟迟不归，奥尔索正等得十分焦急，忽见她终于回来，手里拿着一封信，身后跟着小姑娘齐莉娜。她揉着双眼，应该是睡着没有多久就被叫起来了。

“孩子，”奥尔索问道，“这么晚你来干什么？”

“是小姐叫我来的。”齐莉娜回答。

“叫她来又要搞什么鬼名堂？”奥尔索心中暗道。不过，他还是急忙拆开奈维尔小姐的信。在他看信的工夫，齐莉娜就上楼找他妹妹去了。奈维尔小姐在信中写道：

先生：

家父偶染小恙，况且，他也最懒得写信，只好由我来充当他的秘书了。您也知道，那天在海边，他没有同我们一起观赏美景，却去赤足涉水，而在迷人的贵岛上，沾一沾海水就足以感冒发烧了。我在这里也能看见您那副沮丧的神情：您一定在寻找自己的匕首，但愿您再没有别的匕首了。还是拉回话题，家父发了点儿烧，却把我吓死了。那位省长，我一直觉得他很热情，他给我们派来一位同样非常热情的医生。只用两天，这位医生就给我们排忧解难了：症状没有再次出现，家父又要去打猎了，但是我还不准许他乱动。——您觉得您那座山中古堡如何？您那座北塔楼还始终在原来的位置吗？那里经常有鬼魂出没吗？我问起您这些，是因为家父想起您答应过他去打黄鹿、野猪、岩羊……那种怪兽是叫这个名字吧？我们在巴斯蒂亚上船，打算拜访贵府，而您说德拉·雷比亚古堡极其古老，破烂不堪，但愿别坍塌下来砸到我们头上。省长那人倒是特别和蔼可亲，我们和他在一起总有说不完的话题。但是顺便说一句，我真高兴把他说得晕头转向。——我们还谈起您这位大老爷。巴斯蒂亚法律界人士将在押的一个坏蛋的口供，给省长寄去了。那口供应该能清除您最后的疑虑。您对所谓的仇家怀有的敌意，有时真令我不安，现在总该消释了。您恐难想象这让我多高兴。您同美丽的挽歌女走的时候，手持长枪，眼神那么阴沉，在我看来，您比往常更像个科西嘉人了……甚至犹有过之。好了，我在信上给您写了这么多，是因为我实在烦闷。唉！省长要起程了。我们临行去你们山里时，还会发信给您。我还会冒昧写信给高龙芭小姐，请她特意为我做科西嘉特色乳酪。眼下，先代我向她致以最亲切的问候。她这把匕首，我拿它派上了大用场，用来裁开我带来的一本小说的连页。可是，这把利刃觉得被大材小用了，一气之下，把我的书页割得很可怜。再见，先生，家父向您表达他最深厚的情谊。您就听听省长的话吧，他能给人出好主意，而且，他是为了见您才绕道走的。他去科尔特，要主持一个奠基仪式。想象得出，那个仪式一定很隆重，非常遗憾我不能参加。哈！一位身穿绣花大礼服、挎着白肩带、下面套着长丝袜的先生，举起大瓦刀！……

还来一篇演说。仪式结束时，众人就千遍万遍地高呼：“国王万岁！”——这回您一定非常得意，害得我写了满满四页。不过我再重复一遍，我十分烦闷。先生，为此缘故，我允许您给我写长信来。对了，我觉得有点异乎寻常，您还没有写信告诉我，您顺利抵达皮特拉纳拉古堡的消息。

莉狄娅

又及：我请您听听省长怎么讲，按照他的意思去做吧。我们一同做出了决定，您应当如此行动，这样会让我很高兴。

这封信，奥尔索反复看了三四遍，每看一遍，心里都会浮想联翩。然后，他写了一封长长的回信，让萨瓦丽雅交给一个当晚要动身的村民带到阿雅克修。同巴里契尼一家的仇恨，究竟有没有事实根据，他不太想跟妹妹争论了。看完莉狄娅小姐的信，他再看什么都是一片粉红色，无论怀疑还是仇恨，都顿时化为乌有。他等了一会儿，不见妹妹下楼，便回房休息，心情很久没有这样轻松了。再说高龙芭，她打发齐莉娜去执行密令之后，大半夜都在翻阅旧文件材料。天快亮的时候，就听见小石子击打窗户的九下声响。这是暗号，她立刻下楼，来到花园，打开一扇暗门，将两个样子很凶的汉子引进屋里。先是带他们进厨房，给他们吃的。这两条汉子究竟是什么来路，一会儿就见分晓。

十五

约莫早晨六点钟，省长的一名仆人来敲奥尔索家的门。他对出来接待的高龙芭说，省长要走了，正等她哥哥去见一面。高龙芭毫不犹豫地告诉他，她哥哥刚才在楼梯上跌倒，崴了脚腕，一步路也走不了，恳请省长原谅。如蒙省长屈尊，光临舍下，他不胜感激。那个传信的人走后不久，奥尔索就下楼来，问他妹妹省长是否派人来找过他。

“他请您在这里等他。”高龙芭十分镇定地说道。

半小时过去了，仍不见巴里契尼住宅那边有什么动静。奥尔索则问高龙芭，查阅材料可有什么发现，高龙芭回答她会在省长面前讲清楚。她装出一副平静的样子，但是她的脸色和眼神却揭示出她内心的躁动。

巴里契尼家的大门终于打开了，只见省长一身旅行装打扮，头一个走出来，身后跟随着村长和他的两个儿子。皮特拉纳拉的村民从日出就出来守望，他们要目送本省最高行政长官起程，不料却看到省长由巴里契尼父子三人陪同，穿过广场，径直走进德拉·雷比亚的家。众人无不目瞪口呆。“他们和好啦！”村里有政治头脑的人纷纷嚷道。

“我早就跟你们说过，”一个老汉还补充说道，“奥尔索·安东尼奥在大陆生活得太久了，做事儿就不像个血性汉子了。”

“然而，”雷比亚家族的一个支持者回敬道，“请注意，是巴里契尼父子主动登门找他。他们去求饶了。”

“那是省长好说歹说，将他们全拉到一起了。”那老汉又反驳道，“如今的人啊，连点儿胆量都没有了，年轻人好像全是私生子，把父辈的血统置于脑后了。”

省长也同样十分惊愕，奥尔索居然站立如常，行走毫无困难。高龙芭则直截了当，承认说了谎，请省长原谅。

“省长先生，”高龙芭说道，“假如您在别处下榻，那么我哥哥昨天就会前去拜见您了。”

奥尔索则连声道歉，申明这种可笑的伎俩与他毫无关系。他感到无地自容。省长和巴里契尼老头看到奥尔索满面羞愧，连声责备他妹妹，便认为他是由衷地感到遗憾。可是，村长的两个儿子看样子很不满意：

“这不是耍我们吗？！”奥兰杜齐奥说道，他的声音相当高，好让别人听得到。

“换了我妹妹，跟我开这种玩笑，”万桑泰洛也说道，“我马上就打消她的念头，让她再也不敢胡来。”

这两个人的话，以及说话的语气，奥尔索听了颇为不悦，诚意也就消减了几分。他和巴里契尼兄弟俩对视了几眼，彼此的目光都不怎么友善。

这工夫，大家都坐下来，唯独高龙芭靠近厨房门口站着。省长讲话了，先泛泛讲了几句当地存在的偏见，提醒说根深蒂固的仇怨，大多是由误会肇始的。接着，省长转身对村长说，德拉·雷比亚先生始终不相信，巴里契尼一家直接或间接参与过那场夺去他父亲性命的悲惨事件。不错，他曾心存过一些疑虑，觉得两家所打的官司很蹊跷。但那种猜疑也是可以理解的，只因奥尔索先生长期生活在外，获取的信息又不见得准确。而现在案情有了新的进展，真相大白，他心中的猜疑也就完全消释，愿意同巴里契尼先生父子建立起睦邻友好的关系。

奥尔索勉强地欠了欠身，巴里契尼先生咕哝了两句谁也听不清的话，他那两个儿子则扬着头，眼望棚顶的梁木。省长还继续侃侃而谈，正要换个对象，再对奥尔索讲一遍他刚对巴里契尼先生说的那番话。恰好这时，高龙芭忽然从头巾下面抽出几张纸，神情庄重地走上前，来到准备和解的双方之间。她说道：

“果真能看到两家的争斗从此结束，那我当然欢欣鼓舞。但是，和解要做到真心诚意，就必须把话完全说开，不留下丝毫疑虑……省长先生，托马索·比安齐那人声名狼藉，他的供词，理所当然会被怀疑。我说过，巴里契尼先生的儿子，也许去巴斯蒂亚监狱探望过那个罪犯……”

“没有那回事儿，”奥兰杜齐奥接口说道，“我根本就没有见过他。”

高龙芭鄙夷地瞥了他一眼，仍然十分沉着，又接着说道：

“省长先生，托马索假借一个杀人不眨眼的强盗的名义，写信恫吓巴里契尼先生，您解释说他此举的意图，就是想让他哥哥继续廉价承租家父的磨坊，是这样吧？……”

“显然是这样。”省长答道。

“恐吓信出自比安齐那样一个坏蛋之手，那么整件事就不言而喻了。”奥尔索说道，他被妹妹的克制态度蒙蔽了。

“伪造的信，”高龙芭眼睛开始炯炯放光，继续说道，“落款的日期为七月十一日。那天，托马索应该在他哥哥那里，也就是在磨坊。”

“对。”村长颇为不安地应了一声。

“那么，托马索·比安齐伪造信是图什么呢？”高龙芭得意扬扬地高声说道，“他哥哥的租契已经到期，家父七月一日就通知他另谋出路。这是家父的登记簿，契约期满通知书的底稿，以及阿雅克修的一位商人向家父推荐新磨坊主的信件。”

高龙芭边说边把文件材料一件件交到省长手中。

一时间，在场的人无不愕然。村长脸色陡变。奥尔索皱起眉头，走上前去要看省长正仔细审阅的几份文件。

“这不是耍我们吗？！”奥兰杜齐奥愤然站起身，又高声说道，“咱们走吧，父亲，压根儿咱们就不该来这儿！”

只片刻时间，巴里契尼先生就定下神来。他要求看一看文件材料。省长一言未发，就把材料交给他。于是，村长将绿镜片眼镜往额上一推，浏览起几份文件来，还显出一副不以为然的神情。而高龙芭这时则在定睛观察他，她那眼神就像雌虎看到一头黄鹿走近虎崽儿的洞穴。

“不过，”巴里契尼先生又放下眼镜，将文件材料还给省长，说道，“托马索深知……已故的上校心地善良……当时他想……他大概想上校会收回成命，续签租契……事实上，他哥哥至今还经营着磨坊，因此……”

“是我让他哥哥继续经营的，”高龙芭语气轻蔑地反驳道，“家父遇害，我主持家事，应当照顾一点儿我家的租户。”

“然而，”省长说道，“那个托马索却承认，信是他写的……这一点很清楚。”

“在我看来，”奥尔索接口说道，“有一点很清楚，就是整个案件中，隐藏着重大卑鄙的阴谋。”

“我还要驳斥这些先生的说法。”高龙芭说道。

她打开厨房的门，只见布兰多·拉齐奥、那位神学士和那条名叫布鲁斯科的狗，立刻从厨房走进客厅。两名强盗都没有拿武器，至少不是明火执仗。他们腰上扎着子弹袋，但是没有带着配套的手枪。而且，两人走进客厅时，还恭恭敬敬地摘下了便帽。

可以想见，他们的突然出现产生了何等效果。村长险些仰身倒下去，他的两个儿子蹿上来，挺身挡在父亲前面，手都探进口袋里摸匕首。省长向门口移步。这时，奥尔索上去一把揪住布兰多·拉齐奥的衣领，喝问道：

“坏蛋，你到这儿来干什么？”

“这是陷阱！”村长一边叫嚷，一边企图开门。不料房门被萨瓦丽雅反锁上了，读到下文便知是强盗吩咐她这样做的。

“各位乡亲！”布兰多·拉齐奥说道，“不必怕我，别看我皮肤黑，我绝非魔鬼，我们也毫无恶意。省长先生，在下愿为您效劳。——我的中尉，您轻点儿，简直要把我掐死了。

——我们是来这里做证的。好了，你说吧，神甫，你说起话来口若悬河呀。”

“省长先生，”神学士说道，“我无比荣幸与您相识。我名叫吉奥坎托·卡斯特里科尼，不过，本堂神甫这个名字更为人所知……啊！您想起我来啦！这位小姐，先前我也不认识，是她派人求我向她提供些情况，事关一个名叫托马索·比安齐的人。三个星期前，我曾同他一起关在巴斯蒂亚监狱里。下面就是我要向诸位提供的……”

“不必费心了，”省长说道，“像您这类人说的话，我连一句也不想听……德拉·雷比亚先生，我愿意相信，您同这场丑恶的阴谋毫无关系。您在自己的家，到底做不做主？让人把这扇门打开。令妹同强盗保持不正当关系，日后也许要交代明白。”

“省长先生，”高龙芭朗声说道，“烦请您听一听这个人要讲的话。您到这里来，是要主持公道，而您的职责就是查明真相。吉奥坎托·卡斯特里科尼，您讲吧。”

“不要听他胡说！”巴里契尼父子三人齐声嚷道。

“大伙儿都这样同时说话，”那强盗微笑道，“那就没法儿听清楚了。我同那个托马索仅仅是狱友，而不是朋友。他经常接待奥兰杜齐奥先生的探视……”

“胡说八道！”兄弟俩又齐声嚷道。

“两个否定就等于肯定，”卡斯特里科尼冷冷地指出，“托马索在牢里还有钱，吃最好的菜，喝最好的酒。我一向喜欢美味佳肴，这是我的最小的毛病，因此，我虽然讨厌同那小子称兄道弟，还是身不由己，吃了他好几顿美餐。为了表示感谢，我就向他提议同我一起越狱……是一个我曾经帮助过的小姑娘……向我提供了越狱的工具……我可不愿意连累任何人。托马索谢绝了，他对我说他对自己的案子有把握，巴里契尼律师跟所有法官打了招呼，准保无罪释放他，还能让他腰包里揣满钱出狱。至于我，我还是想早点儿出去透透气儿。我说完了。”

“这个人一派胡言。”奥兰杜齐奥不容置疑地重复道，“如果是在旷野，我们每人手里都有枪，他就不敢这样讲了。”

“又讲蠢话啦！”布兰多·拉齐奥高声说道，“您可不要同本堂神甫闹翻了，奥兰杜齐奥！”

“您到底放不放我出去，德拉·雷比亚先生？”省长说道，急得他连连跺脚。

“萨瓦丽雅！萨瓦丽雅！”奥尔索喊道，“活见鬼啦，还不快开门！”

“且慢，”布兰多·拉齐奥却说道，“我们得先开溜，我们走我们的路。省长先生，大家在共同的朋友家相遇，分手时按照惯例，要休战半个钟头。”

省长鄙夷地瞥了强盗一眼。

“各位，在下失陪了。”布兰多·拉齐奥说道。

接着，他伸出手臂，对他的狗说道：

“来吧，布鲁斯科，跳过去，给省长先生看看！”

狗果然一纵身，从他手臂上跳过去。两名强盗也急忙取了放在厨房的枪支，从花园逃离。随着一声呼哨，客厅的门仿佛着了魔，一下子洞开了。

“巴里契尼先生，”奥尔索强压满腔怒火，说道，“我认定您就是伪造那封信的人。今天，我就要向检察官递诉状，控告您与比安齐合谋伪造证据。也许我还要控告您更大的罪行。”

“那么我呢，德拉·雷比亚先生，”村长说道，“我也要告您设置骗局，勾结强盗。在立案之前，省长先生也会先让警察把您拘留。”

“省长会尽自己的职责，”省长厉声说道，“他要严密监视，不能让皮特拉纳拉村乱了秩序，还要保证伸张正义。我这话，先生们，是讲给你们所有人听的！”

村长和万桑泰洛已经走出客厅，奥兰杜齐奥则跟随他们倒退着往外走。奥尔索低声对他说道：

“令尊已经老态龙钟，我一巴掌就能把他拍倒在地上。我是要找您算账，找您和您的兄弟。”

奥兰杜齐奥不屑于回答，干脆动手，他抽出匕首，发狂一般扑向奥尔索。然而，高龙芭不待他逞凶，一把就抓住他的胳臂，用力一扭。奥尔索挥拳就打了他个满脸花。他连退几步，身子重重地撞到门框上，匕首也脱了手。这时，万桑泰洛又挥着匕首，返回客厅。高龙芭赶紧操起一支长枪，让对方明白双方力量悬殊。与此同时，省长则挺身而出，将冲突的双方隔开。

“奥尔·安东，回头见！”奥兰杜齐奥嚷道，他又砰的一声，猛力将门带上，还把门从外面反锁起来，争取撤退的时间。

奥尔索和省长待在客厅的两端，有一刻钟谁也没讲话。高龙芭撑在决定胜利的那支大枪上，一副得意扬扬的样子，忽而端详这个，忽而打量那个。

“这是什么地方呀！什么地方呀！”省长猛地站起身，终于说道，“德拉·雷比亚先生，您不该这么冲动。我要求您保证，不要再使用任何暴力，等待司法出面解决这桩可恶的案子。”

“是啊，省长先生，我错了，不该打那个坏蛋。可是，既然打了，我就不能拒绝，要满足他提出的决斗。”

“嗳！不对，他可不想同您决斗！真的，如果他暗杀您……那您可完全是自食其果。”

“我们会提防的。”高龙芭说道。

“我看，奥兰杜齐奥倒是个勇敢的小伙子，”奥尔索说道，“我可比您看好他，省长先生。他抽出匕首动作极快，不过换了我，也许我也会那么干。我真高兴，舍妹不是娇小姐，腕力了不得。”

“你们不能决斗！”省长高声说道，“我明令禁止！”

“请允许我告诉您，先生，事关名誉，除了我的良心，我不承认别的权威。”

“我也告诉您，不能决斗！”

“您可以下令拘捕我，先生……换言之，假如我束手就擒的话。不过，即便如此，您得到的结果，也只是推迟一件现在就不可避免的事情。省长先生，您是个重名誉的人，您完全清楚，这种事不可能改变。”

“假如您派人拘捕我哥哥，”高龙芭补充一句，“村里就会有一半人站出来，就会发生一场激烈的枪战。”

“我可有话在先，先生，”奥尔索又说道，“当然我也恳求您不要以为我这是虚张声势，我可有话在先，假如巴里契尼先生滥用村长的权力，派人逮捕我，那我一定自卫。”

“从今天起，”省长便说道，“巴里契尼先生就暂停职务……他要把自己的事讲清楚，但愿他做得到……喏，先生，您这个人，挺让我关切的。我要您做的事情很简单，您就老老实实待在家中，一直等到我从科尔特返回。我只离开三天，同检察官一起回来，到那时，我们就把这个不幸的案件查个水落石出。您能向我保证在这段时间内，不采取任何敌对行动吗？”

“这我不能保证，先生，如果不出我所料，奥兰杜齐奥一定会向我提出会一会。”

“什么！德拉·雷比亚先生，您，一位法国军人，您居然肯同一个您怀疑做伪证的人决斗？”

“我毕竟打了他，先生。”

“那么，假如您打了一名苦役犯，他要求赔礼道歉，难道您也同他决斗吗？算了吧，奥尔索先生！那好！我再降低点儿要求，您不主动去找奥兰杜齐奥……假如他来约您，我就允许您去决斗。”

“他肯定会来同我决斗，这一点我毫不怀疑。但是我向您保证，绝不再扇他耳光来挑事。”

“这是什么地方呀！”省长大步踱来踱去，反复咕哝道，“什么时候我才能回法国呢？”

“省长先生，”高龙芭以极其温柔的声调说道，“时候可不早了，您肯赏光，在我们这里吃饭吗？”

省长忍不住笑起来，答道：

“我在这里待的时间太久了……显得有些偏向了……还得去主持那讨厌的奠基仪式！……我该走了……德拉·雷比亚小姐……您今天惹的祸，要酿成多少不幸啊！”

“省长先生，至少您应该说句公道话，舍妹认定的事看得很透。现在我确信，您本人也认为她是完全有根据的。”

“再见，先生，”省长说着，向他挥了挥手，“我可先告诉您，我要命令警察队长监视你们的所有行动。”

等省长一离去，高龙芭就对她哥哥说道：

“奥尔索，此地可绝非大陆，奥兰杜齐奥根本不懂您所说的决斗。何况，让那个坏蛋死得像个勇士，他也不配。”

“高龙芭，我的好妹妹，真是巾帼不让须眉。我得大大感谢您，让我躲过那凶猛的一刀。让我亲亲你的小手。可是，你要明白，还是让他去处理。有些事情你不懂。先让我吃饭吧。等省长一上路，你就派人把齐莉娜小姑娘叫来。她办事看来挺稳妥的，我要让她送一封信。”

在高龙芭去督促准备上午餐的工夫，奥尔索便上楼回房间，写了这样一封便笺：

> 想必您急于会一会我，我又何尝不是？明天早晨六点钟，我们可以到阿夸维瓦山谷见面。我使手枪十分熟练，因此不向您建议采用这种武器。听说您善用长枪，我们就各拿一支双响步枪吧。我带一个本村人前去。假如令弟要陪同，您就再请一位证人，并且通知我。只有在这种情况下，我才会找两位证人。
>
> 奥尔索·安东尼奥·德拉·雷比亚

省长在副村长家中逗留了一小时，又去巴里契尼家里待了几分钟，便仅由一名宪警护送，动身去科尔特了。一刻钟之后，齐莉娜拿着我们看到的这封信，直接交到奥兰杜齐奥手上。

久久不见回信，直到傍晚才收到。回信是由巴里契尼老先生签署的，告知奥尔索，他已经将威胁他儿子的那封信转呈给检察官。他在信的结尾还补充一句：“我问心无愧，只等司法判处您诽谤罪。”

高龙芭还召集来五六个牧人，守卫德拉·雷比亚塔楼。大家不顾奥尔索极力反对，在朝向广场的窗户都开了“箭眼”。整个晚上，村里不少人陆续来表示愿意帮忙。那位神学士强盗甚至还写来一封信，以他本人和布兰多·拉齐奥的名义保证，假如村长敢动用宪警，他们就会出面摆平。他还在附言中写道：“我要冒昧问您，对于他的朋友给予他的狗布鲁斯科的出色教育，省长先生作何感想？除了齐莉娜，我还没有见过比布鲁斯科更驯顺、更有天赋的学生。”

十六

次日一整天，大家相安无事，双方都采取守势。奥尔索没有走出家门，而巴里契尼的住宅，也终日大门紧闭。只见在皮特拉纳拉村留守的五名宪警，在广场和附近一带巡逻，协助他们的也只有护林员——城镇民兵的唯一代表。副村长始终没有取下肩带。然而，除了敌对的两家窗户的箭眼，还没有任何开战的迹象。唯独科西嘉人才会注意到，在广场上翠绿的橡树周围，只有一些女人在游荡。

到了吃晚饭的时候，高龙芭喜气洋洋，把刚收到的奈维尔小姐的一封信交给她哥哥。信的内容如下：

亲爱的高龙芭小姐：

我十分高兴，从令兄的来信中获悉，你们的仇怨解开了。请接受我的祝贺。自从令兄走后，再也无人同家父讨论战争和打猎，家父在阿雅克修就待不下去了。我们今天就起程，并且凭着一封信，到贵亲戚家投宿。后天约十一点钟，我就到府上，我要去品尝一下山区的特色乳酪，您说那美味远非城里的乳酪能相比的。

再见，亲爱的高龙芭小姐。

您的朋友

莉狄娅·奈维尔

“她还没有收到我的第二封信呀？”奥尔索高声说道。

“您瞧，从她写信的日期就能看出，等您的信寄到阿雅克修，莉狄娅小姐已经上路了。您在信上说不让她来了吧？”

“我告诉她这里戒严了。我觉得这种局面不宜接待客人。”

“唉！那些英国人全都有些怪异。我在她的客房度过最后一夜时，她就对我说，如果不见识一场精彩的家族仇杀就离开科西嘉，她会感到非常遗憾。奥尔索，您若是愿意，咱们就让她开开眼，观赏攻打咱家仇敌住宅的情景好吗？”

“高龙芭，”奥尔索说道，“你知道自己错生为女儿身吗？否则的话，你一定能成为一名优秀的军人。”

“有可能。但是不管怎样，我还得去做乳酪。”

“不必了。要派个人去通知他们，拦住他们，让他们别上路了。”

“是吗？这种坏天气，您还想派人送信，就不怕山洪连人带信全冲走？……这种暴风雨天气，我真可怜那些受罪的强盗！幸好他们穿着带风帽的厚呢子大衣……奥尔索，您晓得应当怎么办吗？干脆等暴风雨停了，明天一大早动身，赶在您的朋友起程之前到达咱们亲戚家。您这样安排，事情就容易了，反正莉狄娅小姐早上总是很晚才起床。您把咱们这里发生的情况告诉他们。如果他们执意要来，那咱们也热烈欢迎他们。”

奥尔索当即同意了这个方案。高龙芭沉默了片刻，又接着说道：

“奥尔索，我刚才说攻打巴里契尼的住宅，您大概以为我是开玩笑吧？您知道咱们在人数上占优势吗？起码是两个对一个。自从省长让村长停职后，这里所有人都站到咱们一边。咱们能把他们碎尸万段。要挑起事端很容易。如果您同意，我就到水池那里，嘲笑他们的女人，他们就会出来……也许……因为他们胆小如鼠！也许他们会从箭眼里朝我开枪，但是他们打不中我。那样就大功告成了，因为是他们先开枪的。谁输了就活该倒霉，要知道在一场混战中打死了人，怎么辨认是谁的枪打中的？相信您的妹妹吧，奥尔索，身穿黑长袍的那些司法官员来了，只会在纸上乱涂一通，再说一大堆废话。什么结果也不会有。看那只老狐狸还要要什么花招，除非他们在大中午望见满天星星。唉！如果不是省长挡在万桑泰洛的前面，我当时就除掉一个敌人了。”

高龙芭讲这番话时，就像她刚才说要做科西嘉乳酪那样，完全镇定自若。

奥尔索不胜惊愕，他注视着妹妹，目光充满赞赏，也含几分隐忧。

“高龙芭，我的小妹，”他从餐桌站起来，说道，“恐怕你就是魔鬼的化身。不过，你就放心吧，我不能把巴里契尼父子送上绞架，也另有办法干掉他们。不是滚烫的枪弹，就是冰冷的利刃！你瞧，我并没有忘记科西嘉语。”

“还是越早越好啊！”高龙芭叹息道，“明天您要骑哪匹马，奥尔·安东？”

“那匹黑马吧。为什么问起这事儿？”

“好让人喂它大麦呀。”

奥尔索回房间休息了，高龙芭也打发萨瓦丽雅和那些牧人去睡觉，她独自留在厨房做科西嘉乳酪，但不时侧耳细听，仿佛焦急地等待她哥哥上床睡觉。等到确信哥哥终于睡着了，她就操起一把刀，试了试刀刃是否锋利。接着，她那双纤足蹬上两只大号鞋，悄无声息地走进园子。

园子有围墙，挨着一片圈着篱笆的宽敞空地，那是用来养马的。科西嘉的马都没有马厩，一般就放在空地上，自己觅食，自己想法躲风避雨，遮挡严寒。

高龙芭同样小心翼翼地打开园门，走进空地，又轻轻地打了个呼哨，把马招呼过来。因为她时常拿盐和面包来喂马，那马很听她的话。等那匹黑马来到她够得着的地方，她就一把揪住它的鬃毛，用刀割破它的耳朵。那马猛然跳开，长嘶一声，就像同类牲口忽然感到一阵剧痛那样，飞快地逃掉。高龙芭感到满意了，便反身回到园子。这时，奥尔索已经打开窗户，厉声喝问："什么人？"随着喝问声，她又听见子弹上膛的声响。所幸园门完全笼罩在黑暗中，一部分还被一棵高大的无花果树遮住。不大工夫，她就望见哥哥的房间里忽闪着光亮，可以断定奥尔索想要点灯。她慌忙关上园门，贴着墙根往回走，好让她的黑衣服隐没在沿墙种植的果树暗黑的枝叶中。她终于赶在奥尔索出来之前，提早一会儿跑回了厨房。

"出什么事儿啦？"她问奥尔索。

"好像有人打开了园门。"奥尔索答道。

"不可能。狗会叫的。不过，还是出去看看吧。"

奥尔索在园子里巡视了一圈，看到园门关得严严的，他这样一惊一乍，不免有点儿羞愧，就准备回房间。

"哥哥，"高龙芭说道，"我倒是愿意看到您变得谨慎些，您在当前的处境下，就应该这样。"

"是你教的嘛，晚安。"奥尔索答道。

天一亮，奥尔索就起来，准备出发了。他那身装束显示两个特点：既非常讲究，就像一个男人去见他喜欢的女人那样；又特别灵便，不失为一个要报家仇的科西嘉人。他穿着紧身的蓝色礼服，斜挎的绿丝带上吊着个白铁小盒，内装子弹。匕首揣在旁边的兜里，那支子弹上膛的漂亮的曼顿枪则提在手上。他匆匆喝下高龙芭给他倒的一杯咖啡，这工夫一名牧人去给他备马。奥尔索和妹妹也随后走进马棚。牧人已经抓住了那匹马，可是鞍鞯和辔头全扔在地上，他脸上呈现出惊恐的神态。而那匹马还记得昨夜受伤，真怕另一只耳朵再给割破，于是就竖起前蹄，拼命嘶叫，发狂似的乱蹦乱跳。

“喂，快点儿呀！”奥尔索冲牧人嚷道。

“嘿！奥尔·安东！嘿！奥尔·安东！”牧人连声叫嚷，“圣母马利亚的血啊！”如此等等，变换着花样儿，不住嘴地咒骂，大多是无法翻译的话。

“这是怎么啦？”高龙芭问道。

他们走近前，只见马的一只耳朵给割破了，还血淋淋的，大家又吃惊，又气愤，同声叫起来。须知对科西嘉人来说，伤害仇敌的马，就意味着报仇、挑战、发出死亡的威胁。“这种罪恶只能用枪子儿来抵偿。”奥尔索虽说久居大陆，不如别人那样能痛切感受到这种奇耻大辱，但是这会儿，真有哪个巴里契尼的人出现在面前，他就很可能立刻动手，拿那人洗刷仇家施与的耻辱。

“一帮孬种！”奥尔索嚷道，“不敢直接来找我，竟然在可怜的牲口身上进行报复！”

“咱们还等什么？”高龙芭声色俱厉，也嚷道，“他们上门来向咱们挑衅，残害咱们的马匹，咱们还忍气吞声！你们还是男子汉吗？”

“报仇！”牧人都应声喊道，“牵着马在村里遛一遛，然后就攻打他们的住宅！”

“有一个茅草顶的谷仓，紧挨着他们的塔楼，”波洛·格里弗说道，“我抬一抬手，就能把它点着。”

另一个人提出，去教堂将那架梯子搬来；第三个人则建议，放在广场上准备盖房的大梁，正好可以抬去撞开巴里契尼家的大门。在群情激愤的怒吼声中，却听见高龙芭向手下人宣布，在动手之前，她将敬每人一大杯茴香酒。

高龙芭对那匹马的残害，可惜对奥尔索，准确些说幸好对他影响不大。奥尔索并不怀疑这种野蛮之举是出自仇家之手，他尤其怀疑是奥兰杜齐奥干的。然而，他也不相信那个年轻人遭他挑衅而挨了打，只是割伤马耳朵就算雪耻了。这种卑劣而可笑的复仇，反而加深了他对仇家的鄙视。现在，他的想法倒跟省长相一致：这种人就不配同他较量。因此，他等大家能听到他说话的当口，就向大惑不解的支持者声明，要他们放弃好战的意图，等司法官员来了，一定能替他报了割马耳之仇。

“我是这里的主人，”他口气严厉地补充道，“我要求大家服从我的命令。谁胆敢再提杀人放火，我就先把他扔进火堆里。好了！给我备鞍，就骑那匹灰马吧。”

“怎么，奥尔索，”高龙芭将他拉到一旁，说道，“人家侮辱咱们，这口气您也咽得下去！咱父亲在世的时候，巴里契尼家的人从来就不敢伤害咱家的一头牲口。”

“我向你保证，他们一定会后悔不迭。不过，那些只有胆量对牲口下手的坏蛋，要由警察和狱卒去惩罚。我对你说过，司法会替我报仇，惩罚他们的……不然的话……也用不着你来提醒，我究竟是谁的儿子……”

“还得忍耐啊！”高龙芭说道，叹息一声。

“你要牢记，妹妹，”奥尔索继续说道，“我回来的时候，如果发现有人去向巴里契尼家的人挑衅，我就绝不原谅你。”

随即他口气又转为温和些，补充说道：

“很可能，甚至极有可能，我要带上校和他女儿一起回来，你把他们的客房收拾整洁，午饭做些好吃的。总之，对咱们的客人，要尽量招待得好一点儿。高龙芭，人有胆量当然是好事，不过，一个女人还必须会料理家务。好了，拥抱我吧，一定要听话。喏，那匹灰马备好鞍了。”

“奥尔索，”高龙芭说道，“您千万不要一个人出门。”

“我用不着人陪伴，”奥尔索说道，“我可以向你保证，绝不让人把我耳朵割掉。”

“嗳！在这种开战时期，我绝不让您一个人去。喂！波洛·格里弗！吉安·弗朗塞！梅莫！你们拿上枪，陪我哥哥走一趟。”

经过一番相当激烈的争论，奥尔索只好接受几个人护送。他从最活跃的牧人中，挑了主张开战嚷得最凶的几个，然后又对他妹妹和留下的牧人叮嘱一番，这才上路，而且这次特意绕行，避开了巴里契尼的住宅。

他们走出皮特拉纳拉村已经很远了，正匆匆赶路，经过一条流入沼泽地的小溪时，波洛·格里弗老汉忽然瞧见有几头猪舒舒服服地躺在泥水中，既晒太阳，又泡清凉的溪水。他立刻瞄准那头最肥的，一枪打中头部，当场击毙。其余几头爬起来逃窜，动作敏捷得令人惊叹。另一个牧人虽然也开了枪，可是那几头猪再无一伤亡，钻进灌木丛中不见了。

“蠢货！”奥尔索嚷道，“你们把家猪当成野猪了。”

“没有错，奥尔·安东，”波洛·格里弗答道，“那群猪是律师家的，这是给他点儿教训，看他还残害咱们的马！”

“什么，浑蛋！”奥尔索怒不可遏，吼道，“你们学我们的仇敌，也干这种卑鄙的勾当！你们走吧，坏东西，我不需要你们。你们只会跟猪打架。我向上帝起誓，你们若是敢跟在后面，我就打烂你们的脑袋！”

两个牧人面面相觑，愣在了原地。奥尔索一磕马刺，催马飞驰而去。

“好家伙！”波洛·格里弗说道，“简直开玩笑！你就去爱护这些人吧，他们就这样对待你！那次他那上校爹怪罪你，就因为你举枪瞄准了律师……大笨蛋，瞄准还不开枪！……还有这儿子……你瞧我都为他做了什么……他却说要打烂我的头，就好像要打烂一个再也盛不了酒的葫芦。全是从大陆学来的那一套，梅莫！”

“可不是，你打死这头猪的事，让人知道了就会告你，可是奥尔·安东是不会向法官求情，也不会赔给律师猪钱的。幸好没人看见，圣女内嘉保佑你平安无事。”

两个牧人稍一商议，就认为最稳妥的办法，还是把猪扔进沼泽地里。说干就干，当然每人先割下几块肉回家好烧烤，不能轻易放过德拉·雷比亚和巴里契尼两家仇杀的无辜牺牲品。

十七

奥尔索摆脱了不守纪律的护送队，独自继续赶路。他并不害怕遇见仇人，一心憧憬着再与奈维尔小姐见面。

“我要同巴里契尼那帮无赖打官司了，”他心中想着，“就必须前往巴斯蒂亚。我何不陪同奈维尔小姐去那里游玩呢？何不从巴斯蒂亚，再一起去奥雷萨温泉呢？”

童年的记忆忽然涌现，他又清晰地想起那处风景名胜，恍若又置身于那一株株百年老栗树脚下的芳草绿茵上。绿油油的草坪，点缀着宛如明眸冲他微笑的兰花，他恍若看见莉狄娅小姐就坐在他身边。她摘了帽子，那头金发细柔如丝，闪着金光，就像透过叶丛的阳光。他觉得她那双明净的眼睛，比碧空还要蓝。她手托香腮，一副若有所思的神态，听他用颤抖的声音向她倾诉着情话。她仍然穿着在阿雅克修分手那天他所见的那件细布连衣裙，裙褶下面则露出一双穿着黑缎子鞋的纤足。奥尔索心中默想，就算是亲亲那纤足，也该是多么惬意的事啊！然而，奈维尔小姐还有一只手没有戴手套，拿着一枝雏菊。奥尔索接过那枝雏菊，莉狄娅忽然握住他的手，他亲吻雏菊，接着又亲吻她的手，而她也没有生气……他这样浮想联翩，根本没有注意所走的道路。不过胯下的坐骑还一直在匀速奔跑。他在想象中，正要第二次亲吻奈维尔小姐那雪白的手，实际上就是俯下身吻马头，不料马突然停下。原来是小齐莉娜挡住去路，拉住了缰绳。

“奥尔·安东，您这是去哪儿？”她问道，“怎么，您不知道您的仇敌就在这附近吗？”

“我的仇敌！”奥尔索嚷道，他正沉浸在如此甜美的时刻，却被打断了思路，不禁十分恼火，“他在哪儿？”

“奥兰杜齐奥就在这附近，他正等着您呢。您回去吧，还是回去吧。”

“哦！他在等我？你看见他了？”

“是啊，奥尔·安东，我就趴在乱草丛里，看见他走过去了。他还对着望远镜四处张望。”

“他朝哪边走了？”

“他刚下坡，就朝您要去的那个方向走了。”

“谢谢。”

“奥尔·安东，您就不能等一等我叔叔吗？他一会儿就来了，您和他一道走就没事儿了。”

"不要怕，齐莉娜，我不等你叔叔。"

"您若是愿意的话，我就走在您前头。"

"不用了，谢谢。"

说罢，奥尔索一催马，就朝小姑娘所指的方向飞奔而去。

他最初的反应就是怒不可遏，心想这是天赐良机，正好教训一下那个仇敌，那个挨了耳光便拿马撒气的懦夫。他往前走着，忽又想起他对省长的承诺，尤其担心别耽误了时间，迎不到奈维尔小姐。于是改变了初衷，反而希望最好不要撞见奥兰杜齐奥了。可是，他很快又想起父亲，想起割马耳之辱，以及巴里契尼父子的威胁，因而胸中重又燃起怒火，又急切地寻找他的仇敌，要向仇敌挑战，并迫使对方同自己决斗。相互冲突的决定就这样闹心。他继续赶路，不过现在，他多加了一分小心，注意观察灌木丛和树篱，有时甚至还勒住马，停下来倾听旷野隐约可闻的声响。离开小齐莉娜已有十分钟了（约莫早晨九点钟），他走到一座山冈脚下。只见山坡十分陡峭，脚下的道路，准确点儿说是一条荒径，通向一片烧过不久的树林。这里的地面覆盖着发白的灰烬，到处都有叶子烧光的榛荆和大树，虽然已经死掉，但是焦黑的树干还挺立在那里。眼前这片树林焚毁的景象，使人感觉像置身于北国隆冬。山火余烬的焦土，同周围生机勃勃的茂叶繁枝形成极强烈的反差，就倍加显得悲惨和荒凉。然而，奥尔索在这片景象中，此刻只想到一件事。当然，在他的处境中，有一点是非常重要的——地面光秃秃的，不可能设置埋伏。本来他时刻担心，会突然看到树丛里探出一支枪管，瞄准他的胸膛，而现在这片一览无余的地块，无异于沙漠中的一片绿洲。过了烧毁的树林，便是几块庄稼地，照当地的习惯，每块地都用干垒的石墙围起来，有半人多高。小路就从那些田地的围墙之间穿过，田地里杂乱无章地长着高大的栗树，远远望去，倒像一片茂密的树林。

坡路太陡，奥尔索只好下马，把缰绳搭在马脖子上，踏着灰烬快速向下滑行。距离路左侧一道石墙约有二十五步远，他忽然发现正对着他的墙头上，先是露出一根枪管，随后探出一颗脑袋。只见枪口往下一压，奥尔索马上认出准备开枪的是奥兰杜齐奥，他也当即拉开还击的架势。两个人都在瞄准，彼此对视，这种惊心动魄的程度，也只有最英勇的无畏者在生死关头才能体会得到。

“卑鄙的懦夫！”奥尔索嚷道。

他话音未落，就看见奥兰杜齐奥的枪火光一闪，几乎同时，第二枪也从他左侧射来。那人他看不见，是掩藏在小路的另一侧围墙后面，向他瞄准开枪的。两颗子弹都击中了。奥兰杜齐奥那一枪打穿他的左臂，只因他瞄准时左臂在前，另一枪击中他的胸膛，穿透外衣，幸亏撞到他的匕首刃儿上滑开了，只擦破了他一点儿皮。他的左臂顺着大腿耷拉下去，动弹不得，他的枪口一时间也垂了下去，但是他又立即抬起来，仅用右手持枪对准奥兰杜齐奥开火。他的敌人只露出眼睛以上半个头，随着枪声就消失在石墙后面了。奥尔索又往左面一转身，朝那个笼罩在硝烟中几乎看不见的家伙开了第二枪。那张面孔也消失了。四声枪响连成一串，速度之快令人难以置信，连训练有素的士兵也不可能那么密集地连续射击。在奥尔索最后一枪过后，田野又重归寂静。从他枪口冒出的硝烟冉冉升空，那石墙后面毫无动静了。如果不是胳膊疼痛难忍，他真会以为他刚刚枪击的那两个人，不过是他臆想的幽灵。

奥尔索防备再有第二次射击，就走了几步，躲到焚毁的树林中一根兀立的焦木后面，用双膝夹住枪，又急忙装上弹药。这时左臂疼得特别厉害，仿佛压着重物。他那两个对手究竟怎么样了？他不得而知。假如他们逃跑了，假如他们受了伤，他总归能听见点儿声响，枝叶间总归会有点儿响动。莫非他们死了？抑或躲在石墙后面，恐怕还在伺机再向他射击吧？他难以判定，而且感到体力渐渐不支，于是右膝跪到地上，用左膝托住受伤的胳臂，再把枪架在烧焦的树干的一根枝丫上。他手指勾着扳机，眼睛死盯着那石墙，耳朵则捕捉着细微的动静，这样一动不动待了几分钟，就仿佛苦度了一个世纪。终于，他身后远远传来一声喊叫，不大工夫，一条狗如离弦之箭，飞快地从山丘上冲下来，到他跟前站住，不停地摇着尾巴。原来是布鲁斯科，那两名强盗的信徒与伙伴，它无疑是打前站的，表明主人随后就会到。哪个正派人，也从来没有被奥尔索如此焦急地盼望过。那只狗仰起鼻子，并转向最近的那道石墙，神色不安地嗅着。它忽然低吼了一声，纵身跃过石墙，随即又反身跳到墙头上，站在那儿注视奥尔索，狗也能那么明显地流露出吃惊的眼神。接着，它又仰起鼻子，这回则转向另一片园地，又跃过围墙。过了一秒钟，它重又跳到墙头上，表露出同样惊讶与不安的神情。然后，它夹着尾巴，钻进那片焚毁的树林，仍目不转睛地望着奥尔索，侧着身子慢慢走开。走出了一段距离，它才飞跑上山，几乎跟下山的速度一样快，去迎接一个不顾坡陡飞奔而来的汉子。

“布兰多，快来救我！”奥尔索估计他听得见了，便大声呼唤。

“噢！奥尔·安东！您受伤了！”布兰多·拉齐奥跑得气喘吁吁，问道，“伤在躯体还是胳膊和腿？……”

“伤了胳膊。”

“伤了胳膊！不算什么。对手呢？”

“估计是让我打中了。”

布兰多·拉齐奥跟随狗跑到最近那块田地里，俯身瞧了瞧石墙另一边。他站在原地，脱下帽子。

“给奥兰杜齐奥老爷请安了。”他说了一句。

然后，他又转向奥尔索，一本正经地敬了个礼，说道：

“好家伙，收拾一个人，这才叫干净利落呢。”

“他还活着吗？”奥尔索问道，说话时呼吸困难了。

“哎！活着也不想活了，您这一枪打中眼睛，他伤透心了。圣母马利亚的血啊，好大的洞呀！真的，一支好枪啊！这么大口径！这能把人脑袋打开花！说起来，奥尔·安东，我先是听见‘噗！噗！’两声，心想糟了！他们准是对中尉下黑手了。紧接着，我又听见‘砰！砰！’两声，我就说：‘那是英国枪发言了，还击了……’嘿！布鲁斯科，你这么纠缠我干什么？”

狗把他带到另一块田地里。

“好家伙！”布兰多·拉齐奥惊叫起来，“弹不虚发啊！真干脆！嘿！您可真够省的，看来火药贵得很啊。”

“到底什么情况，看在上帝的分儿上，快说呀！”奥尔索问道。

“算了！我的中尉，您就别逗闷子了！您打的猎物就丢在地上，还让别人给您捡回来呀……又是一个，给今天的餐桌添了一道野味佳肴！这可是巴里契尼律师家的。刚屠宰的鲜肉，要不要，你瞧吧！现在鬼才知道谁来继承家业？”

“什么！万桑泰洛也死啦？”

“一命呜呼了。但愿我们大家身体康健！死在您的手下，就有这样一点好处，根本不遭罪。过来瞧瞧吧，万桑泰洛还跪在这儿，头靠在石墙上，就像睡着了。这样子真可谓‘睡得跟死人一样’，哼，可怜虫！”

奥尔索不胜惶恐，扭过头去，说道：

“你能肯定他死了吗？”

"手法就跟桑皮罗·科尔索一样，永远只打一枪，就在那儿……胸脯偏左，您看到了吧？喏，就跟万西列奥纳在滑铁卢中弹的情况相同。我敢打赌，子弹离心脏不远。一箭双雕！唉！从今往后，我再也不吹嘘枪打得准了。两枪撂倒俩！……一枪一个……兄弟俩！……如果打了第三枪，就连老爸也干掉……等下一次更好些……好枪法呀，奥尔·安东！……真想不到，连我这样一个棒小伙子，也休想一枪一个，一连撂倒两个警察！"

强盗一边说话，一边检查奥尔索的胳膊，并用匕首划开他的衣袖。

"这伤不算什么，"他又说道，"不过这件礼服，倒是给高龙芭小姐添麻烦了……咦！这又怎么啦？胸口这儿怎么破了？……没有打进去什么吧？不可能，不然的话，您也不会这样挺着。试试看，活动一下手指……我咬您小手指的时候，您感到我的牙齿用力了吗？……感觉不太明显？……不要紧，算不了什么。让我拿出您的手帕，解下您的领带……您这件礼服算是毁了……真见鬼，干吗穿这么漂亮衣服，是去参加婚礼吗？……给您喝口葡萄酒吧……您干吗不带着酒葫芦呢？科西嘉人出门，哪有不带酒葫芦的道理？"

他正在包扎，忽然住了手，又高声感叹：

"一箭双雕！这哥儿俩，全挺尸啦！……这回本堂神甫该笑了……一箭双雕！唔！齐莉娜这个小乌龟，终于爬到了。"

奥尔索没有搭腔，他脸色同死人一样惨白，而且浑身不住地打冷战。

"齐莉娜，"布兰多·拉奇奥高声叫道，"你去瞧瞧这围墙里面。怎么样？"

小姑娘手脚并用爬上墙头，她一发现奥兰杜齐奥的尸体，就立刻画了个十字。

"这不算什么，"强盗继续说道，"你再去远点儿，到那边瞧一瞧。”

那孩子又画了个十字。

“是您打的吗，叔叔？”她怯声怯气地问道。

“是我！我不是已经老了，变成毫不中用的东西了吗？齐莉娜，这是先生干的活儿。快向他道喜吧。”

“小姐知道了该多欢喜呀，”齐莉娜说道，“可是，她看到您受伤了，奥尔·安东，也会很伤心的。”

“好了，奥尔·安东，”强盗给他包扎完了，又说道，“齐莉娜也把您的马追回来了。您就上马吧，跟我一起去斯塔佐纳树林吧。谁若是能到那儿找着您，那可是太精明了。我们在那儿尽量给您治伤。我们走到圣克里斯蒂娜十字架那儿，您就得下来，把马交给齐莉娜，让她去通知小姐，还有什么事儿要她去办，在路上就说吧。奥尔·安东，有什么话您都可以跟这孩子讲，就是把她剁成肉酱，她也不会出卖朋友。”

接着，他又改为温和的口气，说道：

“去吧，你这坏丫头，但愿你被逐出教会，但愿你遭到惩罚，小骗子！”

布兰多·拉齐奥跟许多强盗一样迷信，对孩子不敢讲祝福的话或赞扬的话，怕给孩子带来灾祸。因为众所周知，冥冥中那个神秘的力量主宰偏偏有个坏习惯，专门做和我们的祈愿背道而驰的事。

“你要让我去哪儿，布兰多？”奥尔索声气微弱地问道。

“还用问！您必须选择，要么坐牢，要么落草为寇。要知道，德拉·雷比亚家族，没有一个人进过监狱。那就投入丛林吧，奥尔·安东！”

“那么，我的所有希望就全落空了！”受伤者痛苦地叫起来。

“您的希望？活见鬼！有了一支双响枪，您还会有什么更好的希望呢？……哦，怪了！他们怎么会打中您呢？看来他们的命比猫还要大呀。”

“是他们先开枪的。”奥尔索说道。

“对了，我倒忘记了……噗！噗！砰！砰！……单手开两枪！……谁能比这干得更好，我就去上吊！好！现在您上了马……先瞧瞧你的活儿再走。不同人家告别就离开，可不礼貌啊！”

奥尔索催马便走，说什么也不愿瞧瞧他刚才打死的那两个倒霉鬼。

“喂，奥尔·安东，”强盗抓住马缰绳，说道，“您愿意听我坦率地说两句吗？……好吧！不怕冒犯您，看到这两个可怜的年轻人死了，我很难过，还请您原谅……多么英俊……多么健壮……又多么年轻！……奥兰杜齐奥，他和我一起打过多少次猎啊！……四天前，他还给了我一盒雪茄……万桑泰洛，总是那么快活！……不错，您做了自己该做的事情……况且，又干得这么漂亮，无须遗憾……然而我呢，同您的复仇毫不相干……我知道您做得对。有了仇敌，就应当除掉。不过，巴里契尼毕竟是个古老的家族……这回也断了根儿了！而且一枪一个！这哪儿能让人受得了。”

布兰多·拉齐奥一边向巴里契尼家族致悼词，一边急忙赶路，带领奥尔索、齐莉娜和狗儿布鲁斯科，走向斯塔佐纳丛林。

十八

且说高龙芭，等奥尔索动身不久，便派耳目去打听，当得知巴里契尼兄弟已去野外守候了，她就开始惴惴不安。只见她手忙脚乱，在整个房子里乱窜，从厨房走到为客人准备的房间，好像一直在忙碌，却什么也没干。她不时停下来瞧瞧，村子是否有异常的动向。约莫到了十一点，一队数目可观的人马，开进皮特拉纳拉村，正是上校父女、几名仆从和他们的向导。高龙芭迎接他们，开口头一句话便问："你们见到我哥哥了吗？"接着，她又问向导他们走的是哪条路，几点钟动的身。她听了向导的回答，就着实不明白，他们为何没有在途中相遇。

"您哥哥也许走了山上那条路，"向导回答，"而我们是从山下这条路来的。"

然而，高龙芭还是摇了摇头，又重复了一遍她的问题。她尽管性格刚强，又碍于骄傲的心理，绝不愿意在外人面前显得软弱，但是她那种不安的神色，也很难掩饰得住。她很快就告诉两位客人，他们如何力图与仇家和解而结果特别糟糕，于是她的不安情绪就感染了上校，尤其感染了莉狄娅小姐。这位小姐也坐不住了，希望派人出去四处寻找。她父亲还自告奋勇，要重新上马，和向导一起去寻找奥尔索。客人这样担心，倒提醒了高龙芭作为女主人的待客之道。她强颜欢笑，赶紧请上校用餐，还找出许多可能的理由，来解释她哥哥为何迟迟未归，可是刚一讲完，她自己又推翻了。上校身为男子汉，自认为有责任设法让妇女安心，也说出了他的猜测。

"我敢打赌，"上校说道，"德拉·雷比亚一定是碰到了猎物，抵制不了诱惑，待会儿我们就会看到，他背着猎物袋满载而归。"接着，他又补充道："就是啊！我们在路上，还听见了四声枪响。有两声特别响亮，当时我就对我女儿说：'肯定是德拉·雷比亚在打猎。也许只有我那支枪，声音才这么响。'"

高龙芭脸色陡变，而莉狄娅小姐一直注意观察她，这时不难看出，上校的猜测引起她什么样的疑虑。高龙芭足足沉默了几分钟，又猛然询问更响亮的那两声枪响，究竟在另外两声之前还是之后。然而这关键的一点，无论上校、他女儿，还是向导，当时都没太留心。

快到一点钟了，派出去打听情况的人，一个也没有回来，高龙芭只好鼓起全部勇气，非逼客人上桌用餐不可。不过，除了上校，谁也吃不下。广场上只要传来一点点动静，高龙芭就急忙跑到窗口张望，随后又反身坐下，神色惨苦。更为惨苦的是，她还得强打精神同客人交谈。大家有一搭无一搭地讲些毫无意义的话，谁也心不在焉，经常出现长时间冷场。

突然间，大家听见急促的马蹄声。

“啊！这回可是我哥哥了。”高龙芭站起身来说道。

可是，她一看见是齐莉娜骑在奥尔索的马上，便惨叫了一声：

“我哥哥死啦！”

这一惊非同小可，上校手中的杯子掉落，奈维尔小姐也失声大叫，所有人都跑向大门口。未待齐莉娜跳下马，高龙芭就像拿根羽毛似的，将她提下马，紧紧搂住，压得她喘不上气来。孩子一见高龙芭骇人的目光，便立刻明白了，因此她讲的头一句话，就是《奥赛罗》中合唱的第一句歌词：“他还活着！”于是高龙芭放开手臂，齐莉娜就跟小猫一样，轻捷地跳到地上。

“那些人呢？”高龙芭声音沙哑，问道。

齐莉娜用食指和中指画了个十字。高龙芭的脸色，由惨白立时变得鲜红。她那火焰一般的目光，扫了一下巴里契尼家的住宅。然后，她微笑着对客人说道：

“咱们回屋喝咖啡吧。”

强盗信使伊里斯要传的话可长了。她讲方言，先由高龙芭一字一句译成意大利语，再由奈维尔小姐译成英语，上校听着，不时咒骂一句，莉狄娅小姐也不时地叹息一声。然而，高龙芭却毫不动容，只是双手揉搓着餐巾，把缎纹的餐巾都弄破了。有五六次，她打断孩子的叙述，让孩子重复布兰多·拉齐奥的话：他说奥尔索伤势没有危险，这种情况他见得多了。齐莉娜讲到最后，又转达奥尔索的话：他要求务必给他信纸，还委托他妹妹恳求一位可能到了他家的女士，务必等收到他的信之后再离去。“这件事他最放心不下了，”孩子还补充道，“我已经上路了，他又把我叫回去，再叮嘱我一遍，这事他已经向我重复三次了。”

高龙芭听到哥哥如此叮嘱，不禁微微一笑，同时紧紧握住英国姑娘的手。这时，莉狄娅小姐也潸然泪下，她认为这部分叙述，就不必翻译给她父亲听了。

“是啊，您会留下来陪伴我的，我亲爱的朋友。”高龙芭一边拥抱奈维尔小姐，一边高声说道，“您会帮助我们的。”

随后，她又从衣柜里掏出一大堆旧床单，开始裁成绷带和纱团。她的眼睛熠熠闪光，神色那么得意，情绪时而忧虑，时而镇定。看她那样子，很难说她更关切哥哥的伤势，还是更欣喜打死了仇敌。她时而给上校倒咖啡，大肆赞扬自己煮咖啡的高超技艺，时而又给奈维尔小姐和齐莉娜派活儿，催促她们缝制并卷好绷带。她问了不下二十次，奥尔索的伤口是否很疼。她在干活的间隙，总是停下来，对上校说道：

“那两个人非常机灵！十分厉害！……而他独自一人，还受了伤，只能用一条胳臂……他把那两个人全撂倒了。多么勇敢啊！上校。称不上英雄吗？唉！奈维尔小姐，在你们那样安定的国家生活，该有多么幸福啊！……我能肯定，您还不了解我哥哥！……我早就说过，苍鹰就要展开翅膀！……看他样子那么温和，您就产生了错觉……他那是在您身边，奈维尔小姐……唔！他若是知道您在为他忙活……可怜的奥尔索！”

莉狄娅小姐并不怎么忙活，也想不出一句话来搭腔。她父亲却问，为什么不赶紧去告状。他还谈到必须请“验尸官”检验，以及许多在科西嘉同样没有见识过的事情。最后，他还要了解救护伤者的那位好心的先生——布兰多·拉齐奥的乡间别墅离皮特拉纳拉村是否很远，他能否亲自去探望他的朋友。

高龙芭则照常平静地回答说，奥尔索是在丛林里，由一名强盗护理，在确知省长和法官的态度之前，他如果露面，就可能冒极大的风险。最后她表示，设法请个能干的外科医生秘密地给他治疗。

“上校先生，”高龙芭叮嘱道，“您千万记住，您听见四声枪响，而您对我说过，奥尔索是后开枪的。”

上校根本弄不懂这个案子，他女儿也只顾叹气和抹眼泪。

天色渐晚，只见一行人悲哀惨切，走进山村，他们给巴里契尼律师运回了他两个儿子的尸体。每具尸体搭在一头骡子的背上，由两个农民牵着骡子行进，后面则跟随一帮巴里契尼家的佃户和闲人。跟随他们一起的，还有一向姗姗来迟的警察。副村长双臂举向天空，反反复复地叹道：“省长先生会怎么说呀！”队列中有几个女人，其中一个曾是奥兰杜齐奥的乳母，她们悲痛欲绝，揪着头发，呼天抢地那样号叫。不过比较起来，另一个人无言的悲痛，则更能吸引所有目光。那是可怜的父亲，他从一具尸体前走到另一具尸体前，扶起沾满泥土的脑袋，亲吻那紫青的嘴唇，还扶住他们已经僵硬的肢体，仿佛要使其免遭路上的颠簸。有时，他也张口想说话，但是没有发出一声叫喊，没有说出一句话来。他双眼总那么死死地盯着尸体，因而走起路来一会儿绊在石头上，一会儿撞在树上，碰到什么障碍物都不知躲避。

一望见奥尔索的住宅，女人的悲号、男人的咒骂越发变本加厉了。雷比亚家的几名牧人，还冒冒失失地发出一阵胜利的欢呼。那些对头一听，更是忍无可忍，好几个人便怒吼道：“报仇啊！报仇啊！”于是就有人扔石头，还开了两枪，飞来的子弹正中高龙芭和客人所在的房间的窗户，打透了护窗板，击碎的木渣儿飞到两位姑娘身边的桌子上。莉狄娅小姐惊叫一声，上校当即操起一支枪，而高龙芭动作更快，未待上校阻拦，她就冲向楼门口，猛地把门打开，站在高高的门槛上，双手伸向前方，朗声诅咒她的仇敌：

“孬种！你们朝女人开枪，朝外国客人开枪！你们还是科西嘉人吗？你们还是男子汉吗？无耻之徒，只会从背后下黑手，你们过来呀！我就不怕你们。我哥哥远离家门，只有我一个人。你们杀我吧，杀害我的客人吧，你们也只有这么点儿本事……你们这帮孬种，谅你们也不敢！你们知道，我们一定会报仇雪恨。去吧，去哭吧，像女人似的，你们还得感激我们，没有让你们流更多的血！”

高龙芭的声音和架势，极富威慑力。众人一看见她，就惶恐地纷纷后退，就好像在科西嘉冬夜经常讲的鬼怪故事中的那种女妖，突然出现在他们面前一样。副村长、警察和不少妇女，趁机往前一冲，将双方隔开了，只因雷比亚家的牧人已经操起家伙，一时间，广场上恐怕要爆发全面冲突。不过，对立的双方都群龙无首，而科西嘉人即使怒火冲天，也很守规矩，在主要当事者不在场的情况下，极少会真正动起手来。再说，因大仇得报，高龙芭也变得谨慎了，约束住她那小小的驻守部队。

“让那些可怜的人痛哭流涕吧，”她说道，“让那老家伙保住一条命吧。那老狐狸没牙咬人了，干吗杀他呢？——吉乌狄科·巴里契尼！要记住八月二号这一天！要记住沾满鲜血的活页夹子，你亲手在活页上写假证！我父亲在那上面记下你欠的血债，你两个儿子偿还了。我给你开清单，老巴里契尼！”

高龙芭叉着手臂，嘴角带着轻蔑的微笑，望着那两具尸体被人抬进她的仇人家中，继而人群逐渐散去。她关上楼门，又回到餐厅，对上校说道：

“先生，请您多多原谅我的同乡。我万万没有想到，科西嘉人居然会朝有外国客人的房子开枪。我实在为我的家乡感到羞愧。”

晚上，莉狄娅小姐回房休息，上校也跟了进去，问她是不是最好明天就离开。在这村里脑袋随时都有挨枪子儿的危险，而这种只见谋杀与叛卖的地方，还是尽早离开为妙。

奈维尔小姐半晌没有答话，显然父亲的提议让她很为难。她终于说道：

“这个不幸的姑娘，现在最需要人安慰了，咱们怎么能离开她呢？父亲，咱们这样做，您不认为心太狠了吗？”

“我的女儿，我这样说，完全是考虑您啊。”上校说道，“假如我知道您住在阿雅克修的旅馆十分安全，那么我向您保证，我一定要同勇敢的德拉·雷比亚见面握手之后，才会离开这个该死的岛屿，否则就太遗憾了。”

“那好吧！咱们要等等看，先认准咱们帮不上他们一点儿忙了，再走也不迟。”

“心真好啊！”上校说着，亲了亲女儿的额头，“我很高兴看到你能这样子，肯为减轻别人的痛苦而做出牺牲。那咱们就留下吧，人绝不会为做了好事而后悔。”

莉狄娅小姐在床上辗转反侧，难以成眠。时而隐约听见有声响，就以为有人要攻打这座房子；时而对自身的安全放了心，又想起受了伤的奥尔索，此刻大概就躺在冰凉的地上，仅有一名强盗好心给予救护。她想象奥尔索满身是血，在难以忍受的伤痛中挣扎。不过奇怪的是，奥尔索的形象每次在她的脑海中浮现，总仿佛是分手时她所见到的那副样子：把她送的护身符紧紧贴在他的唇上……继而，她又想到他多么勇敢。她在心中念道，他绝处逢生，也是为了早点儿见到她，才甘愿冒那么大危险。她差不多确信也是为了保护她，奥尔索才被打伤了胳臂。为此她深深自责，而且也越发敬佩他了。尽管在她看来，那令人赞叹的两发两中，并不像在布兰多·拉齐奥和高龙芭的眼里那么神乎其神，可是她毕竟看到，面临如此巨大的危险，小说中的主人公，也极少能表现得如此英勇无畏和沉着冷静。

这是高龙芭的房间，让给她住了。在一张祈祷用的橡木跪凳上方的墙壁上，挨着一片祝福过的棕榈叶悬挂着一小幅肖像，是穿着少尉军装的奥尔索。奈维尔小姐摘下那幅肖像，久久地端详，最后把它放在床边，没有挂回原处。一直到天蒙蒙亮，她才睡着。一觉醒来，太阳已经升起很高了，忽见高龙芭就站在床前，正一动不动地等待她睁开眼睛。

“怎么样！小姐，您来到寒舍，不会觉得太不舒服吧？”高龙芭说道，“我真怕您睡不着觉。”

“您有他的消息吗，我亲爱的朋友？”奈维尔小姐问道，同时从床上坐起来。

她瞧见了奥尔索的肖像，就赶紧扔上一条手帕盖住。

“有哇，有他的消息了。”高龙芭微笑着回答。接着，她拿起肖像，又问道：

“您看画得像他吗？他本人可比这像强多了。”

“我的上帝！……”奈维尔小姐满面羞惭，说道，“这幅画像……我顺手……就摘下来了……我这人有个毛病，什么都动一动……又不放回原处……您哥哥怎么样啦？”

“还好。今天凌晨还不到四点钟，吉奥坎托就来到这里。他给我送来一封信……是写给您的，莉狄娅小姐。这封信，奥尔索不是写给我的。地址倒是写了‘高龙芭收’，可是下面又写着：‘转交奈××小姐’。姐妹间嘛，一点儿也不会忌妒。吉奥坎托说他写信时伤口疼得厉害。吉奥坎托能写一手好字，就提议按奥尔索口授代为书写。但是他不肯。他拿着铅笔，仰身躺着写信。布兰多·拉齐奥给拿着信纸。我哥哥总想坐起来，谁知稍一动弹，胳臂就疼得要命。吉奥坎托说，看他那样子真可怜。这就是他的信。”

信是用英文写的，无疑是多加了一分小心。奈维尔小姐看了信，内容如下：

小姐：

我落到这一步，是厄运使然。不知我那些仇敌会讲些什么，又要编造什么流言蜚语。然而，小姐，那种诽谤，只要您不予置信，对我就无足挂齿。自从与小姐相识，我就耽于不可思议的梦想中。许是这次降临的灾祸才让我猛醒，明白自己多么荒唐。现在我理智了，知道等待我的是什么前途，也只好认命。您赠予的这枚戒指，我一直视为福符，现在却不敢保存了。奈维尔小姐，只因怕您嗟悔所赠非人，换言之，怕我睹物忆起想入非非的日子。由高龙芭原物奉还……别了，小姐，您即将离开科西嘉，我再也见不到您了。不过请您告诉舍妹，我仍然保有您的敬重，而我也可以断言，我始终无愧于您的敬重。

O.D.R.

莉狄娅小姐转过身去看信，而高龙芭一直在注意观察，这时将那枚埃及戒指交给她，并以目光询问她究竟是怎么回事。可是，莉狄娅小姐却不敢抬头，她神色凄婉，注视着戒指，忽而戴上，忽而又摘下来。

“亲爱的奈维尔小姐，”高龙芭问道，“能不能让我知道，我哥哥对您说了些什么？他向您谈了他的状况吗？”

“这个嘛……”莉狄娅小姐脸红了，支支吾吾地答道，“他没有谈……他的信是用英文写的……他是让我告诉家父……他希望省长出面处理……”

高龙芭狡黠地微微一笑，她坐到床边，拉起奈维尔小姐的双手，以锐利的目光端详她，又说道：

“您能行行好吗，给我哥哥回一封信？您会让他高兴坏了！信送到时，有一阵我真想叫醒您，但我又没敢叫。”

“您根本没必要顾虑，”奈维尔小姐说道，“假如我讲一句话就能让他……”

“这会儿我就不能给他送信了。省长到了，皮特拉纳拉村里全是他的武装随从。等一等看吧。唔！您若是了解我哥哥，奈维尔小姐，您就会像我一样爱他……他多么善良！多么勇敢！想想看，他干得多漂亮！独自对付两个人，还带着伤啊！”

省长回来了。他接到副村长的急报，带来了宪警和轻步兵，还带来检察官、法院书记和其他人等，以便调查刚刚发生的惨案：皮特拉纳拉村家族之间的仇杀，因这一血案而更趋复杂，或者可以说最终了断了。省长到达不久，就会见了上校父女，他并不向他们掩饰自己的担心，认为这案子要往坏的方面转化。

“你们也知道，”省长还说道，“这场战斗没有目击证人，而那两个可怜的小伙子，在本地也是响当当的，身手好，又勇敢。因此谁也不相信没有强盗的协助，德拉·雷比亚先生能打死他们两个。而且，据说事后，他也逃到强盗那里去了。”

“这不可能，”上校高声说道，“奥尔索·德拉·雷比亚这个年轻人，特别看重名誉。我愿意为他担保。”

“这我相信，”省长说道，“可是，检察官（这些先生总是在怀疑）的意向在我看来不太有利。他手头掌握一件证据，对您的朋友十分不利。那是您的朋友写的一封恐吓信，约奥兰杜齐奥见面……而这次约会，检察官认为是设下的埋伏。”

“那个奥兰杜齐奥，”上校说道，“不像个堂堂的男子汉，他拒绝了决斗。”

“决斗不是这里的习俗。本地做法，就是设埋伏暗算，从背后下黑手。倒是有一个证词很有利：一个小姑娘明确说，她听见四声枪响，后两枪声响更大，应当是德拉·雷比亚先生的那种大口径枪发射的。可惜那孩子是一名强盗的侄女，而那强盗被怀疑是同谋，结果小姑娘挨了一顿训斥。”

“先生，”莉狄娅小姐急得满脸通红，打断了省长的话，“开枪的时候，我们正在路上，听到的情况完全一样。”

“真的呀？这很重要。您呢，上校，这种情况，您也一定注意到了吧？”

“当然了，”奈维尔小姐又抢着说道，“家父使惯了各种枪支，当时他说：‘听啊，德拉·雷比亚先生用我那支枪射击呢。’”

“您听出您那支枪的两响，确实是后发射的吗？”

“是后发射的两枪，对不对呀，父亲？”

上校的记性不太好，但是无论什么事，他都不会同女儿唱反调。

“这一情况，上校，必须马上告诉检察官。而且，我们还在等一位外科医生，他今晚就来验尸，能查证枪伤是否就是那件武器所致。”

“那支枪是我赠给奥尔索的，”上校说道，“就是沉入海底，我也希望弄个水落石出……也就是说……那勇敢的小伙子，当时他手里拿着那支枪，我真高兴。因为，没有我那支曼顿枪，就难说他能不能脱险了。”

十九

外科医生稍微迟到了一点儿，只因路上出了点儿意外。途中撞见吉奥坎托·卡斯特里科尼，后者恭恭敬敬地请他去给一个人疗伤。他被带到奥尔索身边，给伤口做了第一次包扎。然后，强盗送了他很长一段路，向他谈起比萨最著名的一些教授，说那全是他的至交，让医生大长见识。

“大夫，”神学家同他分手时还说道，“我十分敬重您，因此认为没有必要提醒您，医生跟忏悔师一样必须守口如瓶。”说着，他就摆弄一下手上步枪的扳机，“您已经忘掉了我们幸会的地点。再见，认识您三生有幸。”

高龙芭恳求上校到场观看尸检。

“您比谁都了解我哥哥那支枪的性能，”她说道，“您在场很有用。尤其这里恶人太多，如果没有人维护我们的利益，那么我们就要处于非常危险的境地。”

莉狄娅小姐单独留下来，高龙芭就哀叹头疼得厉害，提议到村外散散步。

“到野外走走，我可能就好些，”她说道，“有多久我没有出去呼吸新鲜空气了！”

她一边走，一边娓娓谈论她哥哥。莉狄娅小姐听得津津有味，不知不觉远离了皮特拉纳拉村。太阳要落山了，她才注意到走远了，催促高龙芭回去。高龙芭就说认识一条近路，可以大大缩短路程。于是两人离开所走的小道，踏上另一条明显人迹罕至的荒径。不久，又开始攀登一座十分陡峭的小山丘。高龙芭只好不断倒着手，一只手始终抓住树枝，另一只手拉她身后的女伴。艰难攀援了一刻钟，她们终于爬上一小块高地，上面长满了爱神木和野草莓树，周围则怪石林立。莉狄娅小姐疲惫不堪，仍不见村子的踪影，而天色又几乎黑了。

“亲爱的高龙芭，”莉狄娅小姐说道，“您知道吗，怕是我们迷路了吧？”

“不用怕，”高龙芭回答，“跟住我，尽管往前走。”

“但是，我可以肯定，您走的路不对，村子不可能在这个方向。我敢打赌，我们走的方向正相反。喏，我们还望得见，那些灯火多远，那肯定就是皮特拉纳拉村。”

“我亲爱的朋友，”高龙芭非常激动地说道，“您说得对。可是，再走二百步远……就在那片丛林里……”

“怎么样？”

“我哥哥就在那儿。如果您同意，我们就可以见到他、拥抱他了。”

奈维尔小姐大吃一惊。

“因为跟您在一起，”高龙芭继续说道，“我走出皮特拉纳拉村才没人注意……要不然，准会有人跟踪了……就近在眼前了，还能不去看他！……您为什么就不能跟我一起去，探望我那可怜的哥哥呢？您去看望，会让他多高兴啊！”

“可是，高龙芭……我这样做恐怕不合适。”

“我明白，你们城里的女子，总是顾虑合适不合适，而我们乡下女子，就只想合意不合意。”

“然而，天这么晚了！……还有您哥哥，他会对我产生什么想法呢？”

“他会想自己并没有被朋友抛弃，也就有了勇气，能忍受伤痛了。”

“可是我父亲，他一定会非常不安……”

“他知道您和我在一起……好了，您快点儿决定吧……今天早晨，您还看他的肖像来着。”高龙芭补充一句，还狡黠地微微一笑。

“不是……真的，高龙芭，我不敢……那里有强盗……”

“哎！那些强盗又不认识您，有什么关系呢？当初您不是还想见识见识！……”

“我的上帝啊！”

“好了，小姐，拿个主意吧。把您一个人丢在这里，我可不能这么办，真难说会发生什么情况。咱们去看奥尔索吧，要不就一道回村子……以后我再想见我哥哥……天晓得会是什么时候……也许永远见不着面了……”

“您说什么，高龙芭？……那好吧！咱们去！但是只待一分钟，咱们马上就回去。”

高龙芭紧紧握住她的手，再没应声，抬脚就走，而且脚步极快，莉狄娅小姐几乎跟不上。幸好走了不一会儿，高龙芭就站住，对女伴说道：

“别再往前走了，先得通知他们一声。要不然，咱们就可能挨枪子儿了。”

说完，高龙芭就用手指打了个呼哨。一瞬间，就听见狗叫，强盗的前哨很快就出现了。来的正是我们的老相识，狗儿布鲁斯科，它马上认出了高龙芭，便给她带路。在丛林的小径上七拐八拐，终于有两个全副武装的人迎上前来。

“是您吗，布兰多·拉齐奥？”高龙芭问道，“我哥哥在哪儿呢？”

“就在那儿！”强盗回答，“不过，你们的脚步轻点儿。他睡着了，这可是他出事之后，头一次睡着觉。感谢上帝！显而易见，魔鬼能到的地方，一个女人也到得了。”

两位姑娘轻手轻脚走过去，只见在一堆篝火旁边，奥尔索躺在干草铺上，身上盖着一件大衣。为谨慎起见，篝火周围干垒了一小圈石墙，以便遮蔽火光。奥尔索脸色十分苍白，听得出他呼吸很急促。高龙芭在他身边坐下，合拢双手，默默注视他，仿佛在心中祈祷。莉狄娅小姐则紧靠着高龙芭，用手帕捂住脸，但不时抬起头，从高龙芭肩上瞧一瞧受伤的人。就这样过了一刻钟，谁也没有开口讲话。神学家打了个手势，便和布兰多·拉齐奥一起钻进丛林。莉狄娅小姐这才大大松了一口气，有生以来第一次她觉得，强盗们的大胡子和那身打扮具有极浓的地方色彩。

奥尔索终于动了一动。高龙芭立即俯下身去，一连吻了他好几下，又一句接着一句问他伤势如何，疼不疼，还缺什么东西。奥尔索回答说自己好多了，接着就反问奈维尔小姐是否还在皮特拉纳拉村，是否给他写了回信。高龙芭俯身对着哥哥，把他的视线完全挡住了，因而他看不见奈维尔小姐。况且夜色浓重，即使看见人影也难以辨认。她拉住女伴的一只手，另一只手则轻轻托起受伤者的头。

“没有，哥哥，她没有给您写信托我带来……怎么，您总想着奈维尔小姐，莫非您很爱她？”

“还用问，我爱她，高龙芭！……不过，她呢……现在她也许瞧不起我了！”

这时候，奈维尔小姐用力要把手抽回来，但是想挣脱谈何容易：高龙芭的手虽小巧玲珑，却力大无比，在前面我们已经见识过了。

“瞧不起您！”高龙芭大声说道，“在您的出色表现之后……恰恰相反，她可说了您好话……喂！奥尔索，提起她来，我有好多事情要告诉您。”

女伴总想把手抽走，而高龙芭却抓着它，使它越来越接近奥尔索。

“真的，”奥尔索问道，“到底为什么不给我回信呢？……哪怕只写一行字，我也就满足了。”

高龙芭一直拉近奈维尔小姐的手，终于把它放进哥哥的手中。于是，她突然闪开，咯咯大笑，高声说道：

“奥尔索，要当心，千万别讲莉狄娅小姐的坏话，她可完全听得懂科西嘉语。”

莉狄娅小姐立刻把手抽回去，讷讷讲了两句话，但是含混不清。奥尔索真以为在做梦。

“您在这儿，奈维尔小姐！我的上帝啊！您怎么敢来呢？啊！您让我感到多幸福！”

他挣扎着要站起来，想尽量靠近她。

“我是陪您妹妹来的……”莉狄娅小姐解释说，“好不让人怀疑她要去什么地方……再说，当时我也想……亲眼看看……唉！您在这儿多不舒服啊！”

高龙芭坐在奥尔索身后，她小心翼翼地扶起他，将他的头放在自己膝上，再用手臂搂住他脖子，并示意莉狄娅小姐靠近前去。

“再近点儿！再近点儿！”她说道，“别让受伤的人扯着嗓门说话。”

见莉狄娅小姐还在犹豫，高龙芭就抓住她的手，硬把她拉过去坐下，而且靠得很近，连衣裙都擦到了奥尔索。她那只手也被高龙芭拉着，放到奥尔索的肩上。

“这样他就舒服多了。”高龙芭喜形于色，说道，“奥尔索，在这样一个美好的夜晚，能在丛林里宿营，是不是一件很快意的事儿？”

“唔，是啊！多美好的夜晚！”奥尔索说道，“此情此景，我永远也不会忘记！”

“您一定忍受了极大的痛苦！”奈维尔小姐说道。

“我这会儿感觉不到痛苦了，真希望就这样死去。”奥尔索说着，就把手伸向莉狄娅那只被高龙芭抓住不放的手。

“无论如何，也必须把您转移到合适的地方，好能给您治伤啊，德拉·雷比亚先生。”奈维尔小姐说道，“现在看到您睡在露天……条件这么糟糕……我就再也睡不着觉了。”

“当时如果不是害怕遇见您，奈维尔小姐，我早就打算回皮特拉纳拉村投案自首了。”

“嘿！您干吗害怕遇见她呢，奥尔索？”高龙芭问道。

“我没有听从您的话，奈维尔小姐……那时我真不敢见您的面。”

“您知道吗？莉狄娅小姐，我哥哥对您可是唯命是从啊！”高龙芭笑道，“今后我就不能让您见他了。”

“我希望这个不幸事件最后完全查清楚，”奈维尔小姐说道，“用不了多久，您就丝毫也不必担心了。等我们走的时候，如果能知道给了您公正的判决，并且承认您光明磊落，英勇无畏，那么我会非常高兴的。”

“您还得走啊，奈维尔小姐！您先不要说走这个字了。”

“有什么办法呢……家父又不能总打猎呀……他要走了。”

奥尔索的手本来触碰到莉狄娅的手，一听这话，便又颓然地落下去，半晌谁也没讲话。

“嗳！”高龙芭重又拾起话题，说道，“我们不会让你们这么匆忙就走的。在皮特拉纳拉村这一带，我们还有很多东西你们没有看呢……再说了，您还答应给我画像，现在还没有动笔呢……我也答应过，要给您谱一支小夜曲，有七十五段歌词……还有……咦，布鲁斯科怎么哼哼起来？……那不是布兰多·拉齐奥吗？跟着狗跑去了……瞧瞧怎么回事。”

她立刻站起身，老实不客气地把奥尔索的头放到奈维尔小姐的膝上，朝着强盗跑的方向追去。

奈维尔小姐则不免有点儿惊讶，自己竟然在丛林深处，同一个英俊青年单独在一起，还托着人家的头。她一时不知如何是好，因为，若是猛然抽身，又怕弄疼了奥尔索的枪伤。不过，奥尔索倒是主动离开了妹妹给他枕的软垫，用右臂撑起身子：

“这么说，莉狄娅小姐，您很快就要走了？我从未想过，让您在这个不幸的地方多逗留些时日……然而……看到您来到这里之后，一想到要同您道别，我心里就万分难受……我是一个可怜的中尉……前程已毁……现在成了逃犯……莉狄娅小姐，要对您说我爱您，现在真不是时候……可是，恐怕我只有这一次机会向您表白了。我把心里话讲出来，现在倒觉得不那么痛苦了。”

莉狄娅小姐扭过头去，就好像夜色还不足以掩饰她脸上的羞赧。

“德拉·雷比亚先生，”她说话的声音有点颤抖，“我怎么能来这里，如果不是……”

她一边说着，一边又将埃及护身符放到奥尔索手中。然后，她竭力克制一下，又恢复平常那种戏谑的口吻：

“奥尔索先生，您这么讲可不大厚道……这是在丛林里，周围全是您那些好汉，您分明知道我绝不敢同您翻脸。”

奥尔索动一下身子，想亲吻送还给他护身符的那只手。不料莉狄娅小姐的手抽回去快了些，奥尔索便失去平衡，身子压在受伤的胳臂上，疼得不禁呻吟一声。

“压疼您了吧，我的朋友？”姑娘高声说道，当即把他扶起来，“怪我不好！请您原谅……”

两人靠得更紧了，开始窃窃私语。过了一阵，高龙芭急匆匆跑回来，看到他们还是她离开时的那种姿态。

“巡逻队来了！”她大叫道，“奥尔索，撑着站起来离开，我来搀着您。”

“别管我，”奥尔索回答，“叫那两位好汉快逃吧，我让他们抓住没有关系。快把莉狄娅小姐带走，看在上帝的分儿上，别让人瞧见她在这里！”

“我不会丢下您的，”跟随高龙芭来的布兰多·拉齐奥说道，“巡逻队的那个小队长的教父，就是巴里契尼律师，他不是来逮捕您的，而是要打死您，回去就说他失手了，不是有意的。”

奥尔索试着站起来，甚至还走了几步，但是很快就停下了。“我走不了路，”他说道，“你们都快逃吧。别了，奈维尔小姐，您把手给我，别了！”

“我们不会离开您的！”两位姑娘嚷道。

“如果您走不动了，我就只好背着您了，”布兰多·拉齐奥说道，“好了，我的中尉，您就挺着点儿。我们来得及，就从那后边的山沟跑掉。本堂神甫先生会跟他们周旋一阵的。”

“不行，丢下我，”奥尔索说道，干脆躺倒在地，“看在上帝的分儿上，高龙芭，快把奈维尔小姐带走！”

“您很有劲儿，高龙芭小姐，”布兰多·拉齐奥说道，“您就抓住他的双肩，我来抬他的双脚。好！就这样，往前走！”

也不管奥尔索怎么反对，他们抬起他就快步走了。莉狄娅小姐跟在后面，忽听一声枪响，紧接着又有五六声枪响回应，吓得莉狄娅小姐魂飞魄散，不禁惊叫一声。布兰多·拉齐奥则咒骂了一句，随即又加快了脚步。高龙芭也照样奔跑，根本不顾密林的枝条抽打脸颊，划破连衣裙：

“您弯下腰，亲爱的，弯下腰，”她对女伴说道，“子弹可能会打中您。”

他们不是在走而是在跑，就这样跑出五百多步远，布兰多·拉齐奥忽然说他走不动了，说着就躺到地上，任凭高龙芭怎么激励和责备。

“奈维尔小姐在哪儿？”奥尔索问道。

奈维尔小姐被枪声吓坏了，加上林深树密，步步受阻，很快她就无法看清在前边逃跑的几个人的踪迹，结果走散了。她孤单一人，早已吓得魂不附体。

“她落在后面了，”布兰多·拉齐奥说道，“不过，她丢不了，女人走丢了也总能找到。您听啊，奥尔·安东，本堂神甫拿您那支枪，闹腾得多欢。只可惜，黑夜里看不清人，相互射击，造成不了多大伤亡。”

“嘘！”高龙芭高声说道，“我听见一匹马的声音，咱们得救了。”

果然，有一匹马在丛林里吃草，被枪声惊吓，正朝他们这边跑来。

“咱们得救了！”布兰多·拉齐奥也说道。

于是，他朝马跑去，一把抓住鬃毛，打了一个绳结勒住马嘴，就权当笼头。有高龙芭协助，眨眼工夫，强盗就将马备好。

“现在，要和本堂神甫打声招呼了。”他说道。

他打了两声呼哨，远处响起一声呼哨，回应这个信号，那支曼顿长枪的大嗓门也停止了叫嚷。这里，布兰多·拉齐奥纵身上马，高龙芭再将哥哥扶到马上，横在强盗前面。布兰多·拉齐奥一只手抓紧奥尔索，另一只手挽住缰绳，在马肚子上磕了两脚。那马虽然驮着两个人，照样轻快地跑起来，冲下陡峭的山冈：这是科西嘉种马，换了别种马，早就摔得粉身碎骨了。

高龙芭沿原路返回，扯着嗓门呼叫奈维尔小姐，但是根本没人答应。她乱走了一阵，又找不到原来走的路了，正走在一条小径上，忽然撞见两名巡逻兵，他们冲她大喝一声："口令！"

"怎么！先生们，"高龙芭以讥笑的口吻说道，"刚才可真热闹。死了多少啊？"

"刚才您跟强盗在一起，"一名士兵说道，"您就得随我们走一趟了。"

"那好哇，"高龙芭回答，"不过，我还有一个女友在这儿，先得把她找到才行。"

"您那女友已经被捕了，您就同她一起坐牢吧。"

"坐牢？那就走着瞧吧。不过，还是先带我去见她吧。"

于是，巡逻兵带她到了强盗的宿营地。他们把战利品集中起来，有奥尔索盖的那件大衣、一口锅和一只盛满水的陶罐。奈维尔小姐也在那里。她迷路时撞见巡逻兵，吓个半死，问她有多少强盗，逃往什么方向等等，她什么都不知道，就知道流眼泪。

高龙芭投入她的怀抱，贴在耳朵上告诉她："他们都逃脱了。"接着她又转身，对巡逻队的小队长说道：

"先生，您完全明白，您问这位小姐的事儿，她什么也不知道。还是让我们回村子吧，家里人等我们该有多着急。”

“当然要带你们回村子，而且，我的小妞，比您盼望的还要早。”小队长说道，“回去你们得交代清楚，三更半夜的，你们到丛林里来，跟刚刚逃跑的那些强盗在一起干什么？真邪门了，那些坏蛋用了什么妖术，总能迷惑住女人，因为，哪里有强盗，哪里就准能发现漂亮妞儿。”

“您挺会献殷勤的，中士先生，”高龙芭说道，“不过，您说话注意点儿可没坏处。这位小姐是省长的亲戚，不能乱跟她开玩笑。”

“省长的亲戚！”一名巡逻兵低声对头头说道，“不错，她还戴着帽子呢。”

“戴帽子说明不了什么，”小队长说道，“她们两个都跟本堂神甫在一起，那可是当地最大的采花贼，而我要尽自己的职责，将她们押回去。况且，我们在这里也搞不出什么名堂了。都怪那个该死的托潘下士……还未等我们包围丛林，那个法国佬就暴露了……若不是他，咱们就能把他们一网打尽。”

“你们才七个人吧？”高龙芭问道，“你们知道吗，先生们，假如刚比尼、萨罗齐和泰奥多尔·波利三兄弟，碰巧和布兰多·拉齐奥与本堂神甫一起，都在圣克里斯蒂娜十字架那里，那么你们的麻烦可就大了。你们若是跟‘旷野司令官’聊天，我可不想奉陪。黑夜里，枪子儿可没长眼睛。”

听说真可能遭遇那些悍匪，巡逻兵们无不心惊。小队长还是大骂托潘下士“法国佬那条狗”，并且下令撤退。他率领小队人马返回皮特拉纳拉村，带上缴获的战利品：大衣和旧锅。至于那个水罐，就一脚踢碎了完事。有个巡逻兵想要揪住莉狄娅小姐的胳臂，高龙芭一把将他推开，说道：

“谁也不准碰她！你们以为我们还想逃跑吗？好了，莉狄娅，我亲爱的，靠在我身上走吧，别像个孩子似的哭哭啼啼。这是一次奇遇，结局一准坏不了。再过半个钟头，咱们就能吃上晚饭了。我嘛，可真是饿坏了。”

“别人对我会怎么想呢？”奈维尔小姐悄声说道。

“别人会想，您在丛林里迷了路，无非如此。”

“省长会怎么说呢？……尤其是我父亲，又会怎么说呢？”

“省长？……您就回敬一句，让他管好省政府吧。您父亲吗？……看您同奥尔索密谈的样子，我倒是认为，您肯定有话要对您父亲说。”

莉狄娅小姐没有回答，只是掐了她胳臂一把。

“我哥哥很值得人爱呀，对不对？”高龙芭对着她耳朵悄声说道，“您不是有一点点爱他吗？”

“噢！高龙芭，”奈维尔小姐虽然害羞，还是微笑着回答，“人家那么信任您，可是您却把人家出卖了！”

高龙芭伸出胳臂搂住她的腰肢，亲了亲她的额头，小声说道：“我的好妹妹，您能原谅我吗？”

“这么厉害的姐姐，敢不原谅吗？！”莉狄娅答道，同时还了她一个吻。

省长和检察官留在皮特拉纳拉，就住在副村长家中。上校因担心女儿，极度不安，不知跑去多少趟，向他们打听消息。忽然，一名被小队长派来先报信的巡逻兵回来了，他讲述了巡逻队如何同强盗遭遇，经过一场激战，敌我双方都没有伤亡，但是缴获了一口锅、一件大衣和两个姑娘。他还说两个姑娘不是强盗的情妇，就是他们的密探。通报完，两名女俘便由武装人员押解上来。当时的情景可以想见，高龙芭那神色有多得意，而她的女伴有多羞愧，省长有多诧异，上校又是多么欢喜和惊奇。检察官则拿人取乐，审问可怜的莉狄娅，一直问得她方寸大乱，不知所云，方才作罢。

“我认为，”省长说道，“所有人都可以释放了。天气这么好，两位小姐出去散步，是极其自然的事。路上她们遇到一个受了伤的可爱青年，也是再自然不过的事了。”

然后，他就把高龙芭拉到一旁，对她说道：

“小姐，您可以转告令兄，他的案子大有转机，超出我的预料。尸检和上校的证词，都表明他仅仅是还击，而且交火时，他是孤身一人。问题会全部解决的，不过，他必须尽快离开丛林，回来投案自首。”

将近半夜十一点钟，上校父女和高龙芭才坐下来用晚餐。菜已经凉了，高龙芭却胃口大开，边吃边嘲笑省长、检察官和巡逻队大兵。上校一言不发，边吃边目不转睛地注视女儿。他见女儿一直低头吃饭，不抬眼睛，就终于开了口，语气温和而严肃：

“莉狄娅，”他用英语说道，“怎么，你跟德拉·雷比亚定了终身啦？”

“是的，父亲，从今天开始。”莉狄娅羞红了脸，但是回答的语气很坚定。

说罢，她就抬起眼睛，见父亲毫无恼怒之色，就投入父亲的怀抱，亲了他一下。在类似的情况下，有教养的大家闺秀无不如此。

“好哇，”上校说道，“他是个正派的小伙子。不过，上帝保佑！咱们可不能待在他这个鬼地方！否则，我就一口拒绝。”

“我不懂英语，”高龙芭十分好奇，注视着他们，不禁说道，“但是我敢打赌，我猜出了你们在说什么。”

“我们在说，”上校回答，“我们打算带您去爱尔兰旅行。”

“那好哇，我就成了‘高龙芭小姑’了。这事儿定了吧，上校？我们击掌好吗？”

“碰到这种情况，应当拥抱亲吻。”上校说道。

二十

那次两发两中的事件，真让皮特拉纳拉全村人不胜惊愕（报纸是这样报道的）。数月之后，一天下午，一个左臂用绷带吊在胸前的年轻人，骑马出了巴斯蒂亚城，朝卡尔多村跑去。那村子以山泉水著称，每年夏季，就向娇气的城里人提供清凉解暑的山泉水。一位身材修长、容貌出众的姑娘，骑着一匹小黑马，伴随着那个青年。行家一眼就能看出，那小黑马是匹好马；行家也会赞赏其矫健的英姿，只可惜小黑马的一只耳朵有豁口，不知出了什么意外而受了伤。进了卡尔多村，那年轻姑娘轻捷地跳下马，去扶旅伴从马上下来，然后卸下几个沉甸甸的皮囊，再将两匹马交给一个农民看管。那女子将皮囊藏在自己的“美莎罗”下面，那青年则扛起一支双筒枪，两人便踏上一条陡峭的小径，朝山里进发了。这条小径似乎并不通向任何人家。他们爬上凯尔西奥山的一块平地，便停下脚步，席地而坐，不时朝山里眺望，仿佛在等待什么人。那年轻女子还经常瞧瞧一块漂亮的金表，大概既是欣赏刚得到不久的一件玩物，也想知道是否到了约会的时间。没有等多久，一条狗便从莽林中蹿出来，一听那姑娘叫“布鲁斯科”，它赶紧跑过来同他们亲热。不大工夫，又出现了两条汉子，他们胡子拉碴，腋下夹着长枪，腰间的子弹袋上还别着手枪。他们打满补丁的褴褛衣衫，同大陆名牌货的闪亮武器，形成极大的反差。这四个人地位尽管明显不同，可是聚到一起，却像老朋友那样亲热。

“喂！奥尔·安东，”那个年纪大些的强盗说道，“您的案子算是结了。裁定免予起诉，祝贺祝贺。真可惜律师不在岛上了，看不见他那气急败坏的样子。您这胳臂伤怎么样了？”

“据大夫说，”小伙子回答，“再过半个月，我就可以取下三角绷带了。——布兰多老兄，明天我就动身去意大利，特来向你，也向本堂神甫先生告别。因此，我请你们来见面。”

“您也太急了点儿，”布兰多·拉齐奥说道，“您昨天才无罪释放，明天就走了？”

“要去办事，”那名年轻女子快活地说道，“两位先生，我给你们带来了晚饭，请吃吧，别忘了我的朋友布鲁斯科。”

“布鲁斯科让您惯坏了，高龙芭小姐，但是，它也感恩图报。等一下您瞧瞧。来，布鲁斯科，”他说着，就把那支大枪往前一伸，“你跳过去，给巴里契尼那家人表演一下。”

可是，狗舔着嘴唇，瞧着主人，却一动也不动。

“那就给德拉·雷比亚一家表演一下吧！”

于是，狗一跃而过，比横放的枪还高出两尺。

“你们听着，朋友，”奥尔索说道，“你们干的这行实在糟糕。你们的生涯，如果不是在我们望得见的那边广场上结束，那么你们最好的下场，也就是在丛林中，成为宪兵的枪下之鬼。”

“那又如何！”卡斯特里科尼说道，“反正也是一死，总比得了疟疾死在床上要好，那还得听着你的继承人几分真情、几分假意的哭泣。我们这些人，在大自然中自由生活惯了，拿我们村里人的话说，只能站着死。”

“我倒希望你们离开这地方……”奥尔索继续说道，“能过上一种安定的生活。比方说，你们的好多伙伴都去了撒丁岛，你们也去那里定居，有何不可呢？为此，我能为你们提供各种方便。”

“去撒丁岛！”布兰多·拉齐奥高声说道，“那些可怜的撒丁岛人！让他们连同他们的土语见鬼去吧！同那些人为伍，也太糟蹋我们了。”

“在撒丁岛并没有什么活路，”神学家则补充道，“我嘛，就瞧不起撒丁岛人。他们剿匪，还组织了什么民团骑队，结果既招强盗骂，又引起民怨。去他的撒丁岛吧！德拉·雷比亚先生，您品位高雅，又见多识广，尝过我们的绿林生活之后，居然不喜欢这种生活，这事儿真令我深感诧异。”

“不错，”奥尔索微笑道，“我是有幸与你们为伴，但并不十分欣赏你们的生活方式。而且，一想起那个美好的夜晚，我像个包裹似的，横放在没有鞍子的马上，由布兰多·拉齐奥骑着马奔跑，一想起那情景，我的肋骨就疼痛。”

“还有逃脱追捕的那种乐趣呢，您就忽略不计啦？”卡斯特里科尼接口说道，“在我们这样气候特别好的地方，完全逍遥自在地生活，这是何等美妙，您怎么能无动于衷呢？有了这个令人敬畏的玩意儿（他指了指自己的大枪），无论到哪儿，只要在射程之内，就可以称王称霸。是啊，发号施令，见义勇为……这种消遣，先生，完全合乎道义，又十分惬意，我们何乐而不为呢！比起唐·吉诃德来，如果武器更精良，头脑更理智，那么做一个游侠骑士，生活不是无比美妙吗？就说有一天吧，莉拉·吕吉那个小姑娘的叔叔，那个老吝啬鬼，不肯给侄女办嫁妆。于是我就给他写了一封信，也没有恐吓，那不是我的作风。嘿！一封信就搞定，他立刻被说服了，将侄女嫁了出去。我成全了两个人的幸福。请相信我这话，奥尔索先生：什么也比不上强盗的生活。唉！如果没有那个英国姑娘，您也许就入伙了。那个姑娘，我只是晃了一面，而在巴斯蒂亚，所有人对她都赞不绝口。”

“我那未来的嫂子可不喜欢深山老林，”高龙芭笑道，“她进过林子，简直吓坏了。”

“痛快一句话，”奥尔索问道，“你们还愿意留在这里吧？那好。请告诉我，还能为你们做点什么呢？”

“什么也不用，”布兰多·拉齐奥说道，“只要记住我们一点点就行了。你们对我们已经好到家了。这不，连齐莉娜的嫁妆都有了，将来要嫁人，也不用我的朋友本堂神甫写恐吓信了。我们也知道，经营你们庄园的佃户会按照我们的需要，给我们面包和火药的。那么，再见了，但愿有朝一日，我还能在科西嘉见到你们。”

“碰到危急情况，”奥尔索说道，“有几枚金币也很顶用。现在，咱们都是老相识了，你们总不会拒绝吧：这点儿‘弹药’能帮你们搞来所需弹药。”

“咱们之间，可别用钱，中尉。”布兰多·拉齐奥斩钉截铁地回答。

“在这世界上，金钱能办所有事。”卡斯特里科尼说道，“然而在丛林里，只看重一颗英勇无畏的心，一支百发百中的大枪。”

“我真不愿意就这么离开你们，连一点念心儿也没留下。”奥尔索又说道，“说说看，布兰多，我能给你留下点什么呢？”

强盗搔着头，侧目瞥了一眼奥尔索的长枪，说道：

“真的，我的中尉……我若是贸然……不行，您太珍视了。”

“你到底要什么呀？”

“不算什么……东西不算什么……还要看怎么使用了。我总想那次两发两中，而且只用一只手……唔！这种事不会有第二次了。”

"你想要这支枪吧？……我这不给你带来了！不过，你可要尽量少用啊。"

"哦！我不能向您保证用得像您那样。但是也请您放心，等这支枪落入别人手中，您尽可以断言，布兰多·萨维利已经不在人世了。"

"您呢，卡斯特里科尼，我能给您什么呢？"

"您非要给我留下一件纪念物不可，那么我也就不客气了。请您给我寄一本贺拉斯的作品，开本越小越好。我没事儿看看书消遣，也免得把我的拉丁文忘掉。在巴斯蒂亚码头，有一个卖雪茄的小姑娘，您把书交给她就行了，她会转交给我的。"

"学者先生，您会收到一本埃尔泽维尔版的《贺拉斯集》。我打算带走的书籍中，恰巧有一本。——好了，朋友们，该分手了。咱们握手告别吧。以后有那么一天，你们若是想去撒丁岛，就给我写信。N律师会把我在大陆的地址告诉你们。"

"我的中尉，"布兰多又说道，"明天，等你们的船离港时，您就朝山上这个位置张望，我们会在这里，向你们挥手帕送别。"

于是，他们就此分别，奥尔索兄妹沿原路回卡尔多，两名强盗则进山去了。

二十一

四月间一个阳光明媚的上午，上校托马斯·奈维尔勋爵和数日前出嫁的女儿、奥尔索和高龙芭兄妹，一同乘坐四轮敞篷轿车出了比萨城，要去参观一座伊特鲁里亚地下古墓。那座古墓是新发现的，外国游客无不想先睹为快。他们下到墓穴，奥尔索和妻子就掏出铅笔，动手临摹墓穴中的壁画。上校和高龙芭二人对考古都没有多大兴趣，于是，他们丢下奥尔索和他妻子，干脆到附近散步。

“亲爱的高龙芭，”上校说道，“回比萨吃午饭，时间已经来不及了。您饿不饿？奥尔索夫妇钻进古物堆里，他们俩在一起临摹起来，就没有完的时候了。”

“对呀，”高龙芭则说道，“可是，他们连一小幅画也拿不回来。”

“依我看，那边有一座小农舍，咱们就去那里，”上校继续说道，“一定能弄到面包，也许还有托斯卡纳紫葡萄酒，天晓得？甚至还能弄到乳酪和草莓呢，咱们就边吃边耐心地等待那两位临摹画家。”

“您说得对，上校。您和我，都是家里通情达理的人，而这对情侣完全沉浸在诗意中，咱们大可不必一味迁就他们，过分亏待了自己。把您的胳臂给我挽上。我这不是在训练吗？我要挽上胳膊，戴上帽子，穿上时髦的连衣裙，还要戴首饰，多少美妙的事儿我都学会了，再也不是乡下野姑娘了。你瞧，我披上这条披巾，还有那么两分优雅……那个金发青年，就是来参加婚礼的您那团队的那位军官……我的上帝！他的名字我就是记不住，那个高个头儿，鬈发，我一拳就能打倒在地的青年……”

“是查特沃斯吧？”上校说道。

“就算是吧！可是这名字，我永远也叫不上来。嘿！他狂热地爱上我了。”

“哈！高龙芭，您变得爱俊俏了……过不了多久，我们又要举行婚礼了。”

“我！结婚？那么等奥尔索给我生一个侄儿……我的侄儿谁来教养啊？谁教他说科西嘉语呀？……对，将来孩子要说科西嘉语，我还要给他做一顶尖尖帽戴上，好把您气疯了。”

“等您有了侄儿再说吧。而且，您还可以教他玩匕首，如果您觉得好玩的话。”

“匕首就再见了，”高龙芭兴奋地说道，“现在我有一把扇子，如果听到您讲我家乡的坏话，我就用扇子敲您的手指头。”

他们就这样闲聊着，走进了一家农舍，有了葡萄酒、草莓和乳酪。上校坐在那里喝托斯卡纳葡萄酒，高龙芭则帮助农妇采摘草莓。她沿一条小径拐过弯去，瞧见一个老头儿坐在草垫椅上晒太阳。看样子他有病，面颊深陷，两眼眍进去，整个身子骨瘦如柴。再看他一动不动，脸色惨白，眼神凝滞，真让人以为不是活人，而是一具死尸。高龙芭十分好奇，打量了足有几分钟，这引起了农妇的注意。

“这个可怜的老头儿，”农妇说道，“还是您的同乡呢，因为，听您说话我就知道，您是科西嘉人，小姐。他在家乡遭了难，儿子都死了，死得很惨。请您别见怪，小姐，听说您家乡的人报起仇来，手下可不留情啊。结果，这个可怜的先生只剩下他一个人，孤苦伶仃，就来比萨投靠他一个远亲，也就是这个农场的主人。这老人精神有点儿不正常了，也是不幸的遭遇，过度伤心造成的……夫人要接待很多客人，他在那儿就不大方便，于是把他送到这里。他倒是老老实实的，并不碍事，一天也讲不了三句话。是啊，脑袋已经糊涂了。大夫每星期都来一趟，说他活不了多少日子了。”

“啊！他没救了吗？”高龙芭说道，“既然病成这样子，死了也是福。”

“小姐，您可以跟他讲讲科西嘉话，他听到家乡话，也许会精神起来。”

“试试看吧。”高龙芭说道，嘴角泛起一丝冷笑。

她走近老头儿，身影将他前面的阳光完全遮住。可怜的痴呆这才抬起头来，眼睛直直地看着高龙芭；而高龙芭也同样注视他，嘴角还一直挂着微笑。过了一会儿，老人就抬手捂住额头，闭上眼睛，就好像要逃避高龙芭的目光。继而，他又双眼圆睁，嘴唇直颤动，还想伸出双手，但是他被高龙芭震慑住，仿佛钉在椅子上，既说不出话来，也动弹不得。终于他眼里流出大滴大滴泪水，胸中也发出几声抽泣。

“我这是头一回看见他这样，”农妇说道，“小姐是您的同乡，特意来看望您。”她对老人说道。

“饶人吧！”老人声音嘶哑地叫起来，“饶人吧！你还不满足吗？那张活页纸……我烧掉的那张……那上面的字你是怎么看到的？……两个人的命，为什么全拿走了？……奥兰杜齐奥，你对他没有什么可指责的呀……总该给我留一个……只留一个……奥兰杜齐奥……活页纸上你又没有看到他的名字……”

“两个人的命我全要，”高龙芭压低声音，用科西嘉方言说道，“树枝全砍了，树根如果还不烂，那我也要连根拔掉。好了，你就别发怨声了。你也受不了几天罪了。而我呢，却痛苦了两年！”

老人叫了一声，脑袋垂到胸前。高龙芭掉头离开，缓步走向房舍，嘴里哼唱着一首挽歌中几句难以理解的歌词：

“我还要开枪的那只手，还要瞄准的那只眼睛，还要生此恶念的那颗心……”

农妇赶紧上前去救护老人，这工夫，高龙芭神色异常激动，目光火辣辣的，她坐在餐桌上，正对着上校吃饭。

“您这是怎么啦？”上校说道，“看您这表情，我就想起那天在皮特拉纳拉村，我们正吃午饭，突然飞来子弹时您那副样子。”

“我这是又想起了科西嘉的往事。不过，全都结束了。我要当教母了，对不对？哈！我给他取的名字多漂亮，叫吉伏齐奥·托马索·奥尔索·莱奥纳！”

这时，农妇回到屋里。

“怎么样？”高龙芭十分冷静地问道，“他死了吗，还是只是昏过去了？”

“没什么事儿，小姐。可是，说起来也怪了，他一见到您，怎么有那么大反应。”

“大夫说他活不长了吧？”

“也许活不过两个月。”

“死了也不算什么大损失。”高龙芭说道。

“真见鬼，你们在谈谁呢？”上校问道。

“谈我家乡的一个白痴，”高龙芭表情漠然，答道，“他寄居在这里。隔三岔五，我会派人来了解他的情况。对了，奈维尔上校，草莓别吃了，给我哥哥和莉狄娅留着吧。”

高龙芭走出农舍去上车了，农妇目送她离去，继而回头对自己女儿说道：

“你瞧那位小姐，长得多美，可是不一般！我敢肯定，她长了一对毒眼。”

塔曼戈

勒杜船长是个出色的海员。他从普通水手做起，后来当上了副舵手。在特拉法尔加角一役中，他的左手被一块碎木严重击伤，不得不截肢，然后拿上有良好评语的服役证书复员了。他是个闲不住的人，一遇机会便重操旧业，上了一艘海盗船，充当二副。他抢劫了几次钱财，得了应得的那份，便买了书籍，研究起航海理论来，而对航海实践，他早已是行家里手了。过了一段时间，他成为游弋在近海的三桅海盗船船长。那条船安装了三门大炮，拥有船员六十人，战功赫赫，在泽西岛近海行船的人至今还记忆犹新。他在战争期间，聚敛了一小笔钱财，希望再坑坑英国人，增添点儿数额，不料两国签订了和约，他大失所望。无奈之下，只得为和平时期的商人效力，好在他行事果断，经验丰富，很有名气，有人愿意把船交给他指挥。当时严禁贩卖黑奴，如若偷运，不仅要骗过法国海关官员警惕的眼睛（这还不算太难），还必须逃过英国巡洋舰的追逐，那才是最最凶险的。因此，在从事乌木生意的商人眼里，勒杜船长是不可多得的人才。

长期地位卑微的海员，大多养成惰性，极端憎恶革新，即使升任高职，也往往带上这种因循守旧的思想。勒杜船长则不然，他对革新毫无成见，而且恰恰相反，是他首先建议船主采用铁箱盛水和贮水。一般贩奴船都备有手铐和脚镣，而他船上的手铐脚镣则是新型的，还精心涂了漆，以防生锈。不过，他在奴隶贩子中最出彩的，还是他亲自指导建造了一艘双桅贩奴船。那条帆船制造精巧，像战舰一般狭长，能装载大量黑奴。他给船取名为“希望”号。照他的设计，统舱又狭窄又低矮，高度仅有三尺四寸，他断言这种高度足能坐下个头儿正常的奴隶；况且，他们又没有必要站起身。

“到了殖民地，”勒杜说道，“他们就会一直站着了。”

黑奴背靠着船舷，面对面坐成两排，中间还空出一条空地。在所有贩奴船上，这条空地只能用作过道。可是，勒杜却想到，这条空地还能塞些黑奴，只要躺成一长溜，与两侧的黑奴构成直角。这样一来，在船的吨位相同的情况下，他的船就比别的船多装十余名黑奴。当然，还可以多塞进一些，不过，总得讲点儿人道。横渡大洋要用六个多星期，每个黑人至少有五尺长二尺宽的空间，好能活动活动。勒杜向船主解释他这种宽大措施，说道：

“因为，不管怎样，黑人也跟白人一样，毕竟也是人啊。”

“希望”号从南特起航，迷信的人后来注意到，那天是星期五。验关人员仔细检查了这条双桅帆船，却没有发现那六口大箱子。箱子里恰恰装满手铐、脚镣，即不知为何被称作“法庭栏杆”的这些刑具。他们看到“希望”号储存了大量淡水，也并不感到惊讶，尽管这条航船所持的证件，只是去塞内加尔做木材和象牙生意，路程不算长，但是有备无患，万一海上无风滞留，船上缺水怎么办呢？

且说“希望”号帆缆索具装备齐全，在一个星期五起航了。勒杜也许还嫌桅杆不够结实，但是船由他指挥，他也就毫无怨言了。一路顺风，船横渡大洋，很快就抵达非洲海岸，趁英国巡洋舰不在这一带巡逻之机，就在若阿勒河口（我想是此地）停泊。当地掮客闻风来到船上。真是天缘凑巧，那个著名的武士和人贩子塔曼戈，刚好将一大批奴隶带到海滨，准备廉价出手。他自信有能力和办法，一旦缺货就能立刻补充。

勒杜船长应邀上岸，去拜会塔曼戈。船长走进临时为塔曼戈搭建的窝棚里，只见他左右簇拥着两个妻子、几个中间商以及黑奴押送员。为了接待白人船长，塔曼戈还特意打扮了一番，穿上一件蓝色军服，已然很旧了，倒是还有下士的饰绦，但是每个肩头扛着两块肩章，系在同一颗扣子上，一前一后摆动。他人高马大，军服有点短，里面又没穿衬衣，结果军服白衬里和几内亚粗布短裤之间，露出一大块黑皮肤，好似一大条宽皮带。他手执一支精制的英国造双管步枪，身侧挎着一把大马刀，悬挂在腰间的一根绳子上。这位非洲武士如此打扮，以为自己帅呆了，胜过巴黎和伦敦的那些顶尖的花花公子。

勒杜船长一言不发，打量了他好一会儿，塔曼戈则笔直地站立在那里，活似一名士兵在接受一位外国将军的检阅。而他那得意的神情正表明，他很满意自己的这身打扮。勒杜以行家的眼光，把他上下打量完了，便回头对大副说道：

“这条大汉，我若能把他安然无恙运到马提尼克岛上，我就至少能卖一千埃居。”

大家坐下来，一个略通沃洛夫语的水手充当译员。双方寒暄几句之后，一名见习水手用篮子提来几瓶烧酒。大家开始祝酒畅饮。船长为了激发塔曼戈的好兴致，就送给他一个礼物：一个有拿破仑浮雕像的精美的铜火药壶。对方收下礼物，适当谢过，他们又移到树荫下，几瓶酒摆在面前。这时塔曼戈才示意，让人把他要卖的奴隶带上来。

奴隶被拉成一长列走过来，他们又累又怕，都佝偻着身子。每个人脖子上都套着一把六尺多长的叉子，两根叉齿在颈后用一根横棒固定。走路时，押送的人将打头的那个奴隶的叉柄扛在肩上，那个奴隶再把第二个奴隶的叉柄扛起来，第二个再扛第三个奴隶的叉柄，如此类推。如果要站住，领头的人将叉子的尖柄往地上一插，整个队列就全停下来了。不难判断，脖子上套着六尺多长的粗棍，谁也休想在行进中逃走。

这些男女奴隶，每从船长面前走过去一个，船长就耸耸肩膀，觉得男的太瘦弱，而女的不是太老，就是太小，他连声抱怨黑种人已经退化。

“一代不如一代，”他说道，“从前可大不一样。那时女人身高五尺六寸，而男的有四个就能推动绞盘，拉起三桅战舰的主锚。”

不过，他一边挑肥拣瘦，一边还选出头一个最健壮、最漂亮的黑人。挑出的这些人，他可以按普通价钱买下来，其余的必须大打折扣。塔曼戈当然要维护自己的利益，他不停地吹嘘自己的商品，还说男人货源奇缺，这种生意要冒极大风险。最后他开了价，多少钱不得而知，要白人船长照这个价往船上装那些奴隶。

译员刚把塔曼戈开的价译成法语，勒杜就不胜惊愕，气愤得几乎仰面倒下去。继而，他喃喃讲了几句恶言恶语，起身要走，仿佛碰到一个如此不讲道理的人，只好中断一切交易。这时，塔曼戈一把拉住他，好不容易才让他重新坐下，又打开一瓶酒，重新开始讨价还价。现在轮到这个黑人觉得白人还的价太离谱、太荒唐可笑了。他们又喊又叫，争论了好长时间，同时喝下大量烧酒。不过，烧酒对买卖双方产生的作用却大相径庭。法国人越喝越压价，而非洲人越喝越退让，就这样，一篮子烧酒入肚，买卖就成交了。用劣质的纺织品、打火石、三桶烧酒、五十支没修好的步枪，就换取了一百六十名奴隶。船长这才同有了七八分醉的黑人拍手成交，并且立即交割。法国水手把奴隶接收过来，急忙给他们卸下木叉，戴上手铐、脚镣，由此充分表明欧洲文明的优越性。

还剩下三十来名奴隶，全是老人、孩子和病弱女人。船上的货舱已经装满了。

剩下这些废物，塔曼戈不知如何安置，干脆处理给船长，一件货换一瓶烧酒。这个价钱很吸引人。勒杜想起从前在南特观看《西西里晚祷》演出的情景：剧院大厅已经满员，他看见又挤进许多又肥又胖的人，居然全坐下了，人体的伸缩性太大了。于是，在三十名奴隶中，他又挑了二十个身体瘦削的。

剩下这十个，塔曼戈只开价一杯烧酒一个。勒杜想到孩子乘公共马车不花钱，只占半个座位，因此，他又要了三个孩子，还当即宣布再多一个也不要了。塔曼戈一见七个奴隶还窝在手里，便抓起枪，对准站在前头的一名妇女，那女人正是那三个孩子的母亲。

“你不买，我就打死她。”他对白人说道，“只要一小杯烧酒，不然我就开枪了。”

“真见鬼，我要她有什么用？”

塔曼戈开枪了，那女奴应声倒下死了。

“好了，下一个！”塔曼戈嚷道，又对准一个衰弱不堪的老头儿，“一杯烧酒，不然就……”

他其中一个妻子推了一下他的胳膊，结果子弹打飞了。那女人刚好认出，丈夫要打死的老头儿是一位“基里奥”，即魔法师，那魔法师曾向她预言，她能当上王后。

塔曼戈酒劲儿上来了，十分狂躁，他见有人胆敢违忤他的意志，就再也控制不住，狠狠打了他妻子一枪托，随即又转身对勒杜说道：

“喏，这个女人，我送给你了。”

这个女人长得很美。勒杜微笑着注视她，接着又拉起她的手。

“我会好好安置她的。”勒杜说道。

译员富有人性，他把硬纸板做的一个鼻烟壶送给塔曼戈，换了余下的六名奴隶，然后卸下他们颈上的木叉，放了他们，随便他们去哪儿。他们立刻四处逃散，可是家乡离这海岸有八百公里，谁也不知道如何回去。

这工夫，船长向塔曼戈告别，他要尽快将货物装上船。在运河上不宜逗留太久，恐怕巡洋舰又驶回来，而且，他准备次日就起航。至于塔曼戈，他正躺在树荫下的草地上呼呼大睡，慢慢醒酒呢。

塔曼戈醒来的时候，那条船已经拉起风帆，沿河而下了。昨天饮酒过量，醒来脑袋还昏昏沉沉，他要找妻子艾榭。有人回答说，艾榭不幸惹恼了他，他就把她当礼物送人了，白人船长已经带她上船了。塔曼戈一听就蒙了，连连捶自己的脑袋，接着，他操起步枪就追去。这条河拐了好几道弯儿才入海，他抄一条最近的路，直奔离河口两公里的一个小海湾，希望到那里能弄到一只小船，驾小船追上那艘沿弯曲的河道行驶而耽误时间的贩奴船。果不出所料，他及时跳上小船，赶上了那只帆船。

勒杜一见塔曼戈，不禁大吃一惊，听他说想要回妻子，更是惊讶不已。

“给出去的东西，就不能再要回。”他回答一句，便掉头不再理塔曼戈。

黑人不肯善罢甘休，愿意还回去一部分卖奴隶所得的东西。船长听了哈哈大笑，夸艾榭这个女人好得很，他想留着了。于是，可怜的塔曼戈泪如雨下，扯着嗓子哀号，就好像一名患者在动大手术似的。他忽而在甲板上打滚，呼叫他妻子艾榭的名字，忽而用头撞击船板，仿佛要自杀。船长却始终无动于衷，他指着河岸，示意塔曼戈赶快走人。塔曼戈还执意不走，甚至愿意让出他的金肩章、步枪和军刀。可是，说什么都是白费唇舌。

正闹得不可开交的时候，“希望”号的大副过来对船长说道：

“昨夜咱们船上死了三名奴隶，腾出点儿地方。这个浑蛋身强力壮，一个人就抵得上死去的三个，咱们干吗不把这个家伙逮住呢？”

勒杜考虑到，塔曼戈能卖上千埃居，这次贩运，他虽然估计获利不小，但很可能是他最后一次了。总之，自己发了财，就洗手不干这贩奴的生意了，在几内亚海岸一带留下的名声好与坏，对他都无所谓了。况且，岸上荒无人烟，这个非洲武士完全由他摆布了。不过他还有武器，对他下手就有危险，只要拿下他的武器就算万事大吉了。于是，勒杜要过他的枪，仿佛要仔细检查一下，值不值得拿美丽的艾榭来交换。他在摆弄扳机的时候，有意将导火索的火药倒掉。大副则拿过军刀把玩。塔曼戈就这样被解除了武装。突然，两个壮汉水手扑上来，将他仰面按倒在地，准备把他捆起来。黑人的反抗十分英勇。猛然遭袭，他立刻反应过来，虽然处于不利地位，还是同两名水手搏斗了很长时间。而且，他力大无比，最终挣扎着站了起来，打出一拳，就把揪他脖领的一个人击倒了。他又甩掉另一个只扯下他一片上衣的水手，然后疯狂扑向大副，要夺回军刀。不料，头上却挨了大副一刀。刀口很长，但伤得不深。塔曼戈第二次倒下了，手和脚立刻被人结结实实捆起来。他拼命挣扎，连声咆哮，如同一头落网的野猪乱蹬乱踹。不过，等到他明白怎么反抗都无济于事了，他就闭上眼睛，一动也不动了，只有喘着粗气的急促呼吸表明他还活着。

“太妙啦！”勒杜船长嚷道，“被他卖掉的黑人，一看见他同样成了奴隶，准会开心地哈哈大笑。他们一下子就会明白，老天有眼啊。”

这工夫，可怜的塔曼戈流了不少血。那个心善的译员，即前一天救了六个奴隶性命的那个人，这时走到他身边，给他包扎了伤口，还对他讲了几句安慰的话。到底对他讲了什么，我不得而知。黑人犹如一具死尸，躺在那儿一动不动。两名水手像抬货包那样，将他抬到统舱，放到给他留的位置处。一连两天，他不吃也不喝，连眼睛几乎也不睁开。他的从前的囚徒，如今成了同一牢笼的难友，看到他出现在他们中间，都惊得目瞪口呆。对这个一手造成他们苦难的人，他们还怕得要命，现在看到他落难，谁也未敢骂一声。

顺着陆上吹来的风，这艘贩奴船迅速驶离非洲海岸。船长不再担心撞见英国巡洋舰了，一心盘算着到达这次航行的殖民地，就能获得巨额利润。他的乌木完好无损。船上没有发生任何传染病，只有十二名身体虚弱的黑奴热死了。这无足挂齿。为了尽量减轻这批人航程中的劳顿之苦，船长安排每天让奴隶们上甲板放放风。这些苦命人儿分成三批，轮流出来，每次一小时，吸足一整天所需要的空气。一部分船员荷枪实弹，在一旁监视，以防他们暴动；还多加了一道防范，那就是从来不全部卸下他们的手铐、脚镣。有一名会拉小提琴的水手，有时也演奏一段音乐，给他们开开心。于是就出现一个有趣的场面：只见一张张黑面孔转向拉琴的人，脸上绝望的呆滞表情也逐渐化开，粗声大气地哭起来，戴着锁链的手还尽量拍打着。——运动对健康必不可少，作为保健的一种措施，勒杜船长就经常让他的奴隶跳舞，就好像远途运送马匹，时常拉出来遛遛一样。

“来吧，孩子们，跳舞吧，乐和乐和吧。”船长说道。他洪声如雷，同时又啪啪地抽着赶驿车的大马鞭。

可怜的黑人就立刻乱蹦乱跳，手舞足蹈。

塔曼戈因为有伤，有一段时间没有离开底舱。后来，他终于出现在甲板上。在畏惧的奴隶中间，他昂首傲然挺立，眼神平静而凄迷，望了望船四周无边无际的海洋，然后就躺倒。准确点儿说，是颓然倒在甲板上，就连镣铐硌着身子也不想挪一挪。勒杜坐在艉楼上，悠然自在，抽着烟斗。艾榭未戴镣铐，身穿漂亮的蓝布衣裙，足蹬好看的羊皮拖鞋，手端着托盘，正站在勒杜身边，随时准备给他斟托盘上的各种酒。显而易见，艾榭在船长身边受到重用。一个憎恨塔曼戈的黑人，示意塔曼戈瞧瞧那边。塔曼戈转过头去，望见艾榭，便大叫一声，跃身而起，冲向艉楼。这一严重违反航海纪律的行为来得十分突然，连监视的水手都来不及上前制止。

“艾榭！”他的喊声好似霹雳，吓得艾榭惊叫一声：“你以为在白人的国家，就没有Mama Jumbo了吗？”

这时，几名水手举着棍棒赶来。然而，塔曼戈却叉起胳臂，旁若无人，不慌不忙走回原来地方。这时，艾榭失声痛哭，仿佛被这句神秘的话吓掉魂儿了。

Mama Jumbo是什么可怕的东西，一提名字就把人吓成这样，且听那位译员的解释。

“这是黑人用来恫吓人的妖怪，”他解释道，“一个丈夫如果担心妻子不守妇道，干出法国和非洲的许多女人所干的那种事，就用Mama Jumbo来威胁她。跟您说吧，我是亲眼见过的，一看就明白，那是骗人的把戏。然而，黑人……只因头脑简单，什么也弄不明白。——您想想看，等哪天夜晚，女人正在跳舞作乐，拿他们的土话来说，就是搞一场Folgar，忽然从一片非常茂密、非常幽暗的小树林传来一阵奇怪的音乐，但是不见一个演奏的人，他们全躲藏在树林里。乐器有芦笛、木鼓、木琴，以及用半个葫芦制作的吉他。演奏的乐曲，都能把鬼吓死。而那种乐曲，妇女刚一听见，就都吓得浑身打哆嗦。她们要逃走，却被丈夫拉住，她们知道倒霉的事情要发生了。猛然间，从树林里走出一个高大的白鬼，身形足有咱们船上的顶桅那么高，脑袋大如斗，眼睛圆睁如锚孔，魔鬼一般的大口往外喷火。那怪物走得很缓慢，很缓慢，走出树林不足百米。

“女人都纷纷叫喊：‘Mama Jumbo来啦！’

“她们像卖牡蛎的贩子那样大嚷大叫，于是，做丈夫的就盘问她们：

“‘喂，贱女人，快说实话，你们是不是规规矩矩过日子？你们是不是说谎了？Mama Jumbo就在跟前，如果不说实话，它就要把你们活活吞下去。’有的女人头脑还真够简单的，就如实招认了，结果被丈夫打个半死。”

“那个大白鬼，那个Mama Jumbo究竟是什么东西啊？”船长问道。

“没什么！那是装神弄鬼，骗人的把戏。上边顶一个掏空的大南瓜，里边插根棍儿，棍儿顶端再插一根蜡烛，整个形体蒙着一大块白布。那种伎俩并不高明，但是不用动多少脑筋就能骗过黑人。不管怎样，Mama Jumbo还真是一个不错的发明，但愿我老婆也相信。”

“至于我老婆嘛，”勒杜说道，“她即使不惧怕Mama Jumbo，也惧怕马尔丹大棒。她心里也明白，如果跟我要什么花招，看我怎么修理她。我们勒杜家族的人，可没有那么大耐性，别看我只有一只手，但是抽起鞭子来，还相当带劲儿。至于那个家伙，拿Mama Jumbo吓唬人的家伙，您就去告诉他放老实点儿，别再吓唬这个小妞儿了，否则的话，我就狠抽他的脊梁骨，让他后背由黑变红，就像生牛排一样。”

说罢这番话，船长就回自己的舱室了，并且叫去了艾榭，试图劝慰她。可是怎么哄也没用，哄得不耐烦揍她也不成，这个黑美人儿一点盐酱不进，只是一个劲儿地哭，泪如泉涌。船长情绪糟透了，他又登上甲板，见到当值的副手，劈头骂了一通，说是指挥不当。

夜里，差不多所有船员都熟睡之后，守卫听见从船舱里传出深沉的歌声，庄严而凄凉，接着是女人极为尖厉的叫声，随后便是勒杜的粗嗓门儿，又是骂又是威胁，而他那条可怕的鞭子噼噼啪啪的声响，在全船回荡。过了一会儿，周围又复归寂静了。第二天，塔曼戈登上甲板，只见他满脸伤痕，但是不改从前的神态，仍然那么高傲，那么坚毅。

艾榭在艉楼上，坐在船长的身边，她一瞧见塔曼戈，就立刻飞跑过去，跪到他面前，以痛不欲生的声调哀求道：

“宽恕我吧，塔曼戈，宽恕我吧！”

塔曼戈定睛注视她一分钟，接着，他发现译员不在近前，便说了一句：

“弄把锉刀！”

说罢，他就倒在甲板上，不再理睬艾榭。船长过来，狠狠骂了她一通，越骂越气，还打了她几记耳光，不准她再跟前夫说话。不过，对她和塔曼戈的简短对话，勒杜根本没有怀疑会有什么深意，也就提也未提这件事。

这期间，塔曼戈同其他奴隶关在一起，他日夜激励他们，要重获自由，就必须做一次大胆的尝试。他向这些奴隶指出，白人数目很少，看守也一天比一天麻痹大意。然后，他说能把他们带回家乡，但又不明确解释，只是吹嘘他精通黑人所迷信的法术，还威胁说谁不肯协助他举事，必遭魔鬼的报复。他说这些话时只讲珀尔族土语，译员听不懂，而大部分奴隶都能听明白。这个鼓动者一向很有声望，奴隶们也一向惧怕他并服从他，因此他的话能产生奇异的效果。黑人还都纷纷催促他赶快确定解放他们的日子，但是他说不能操之过急，举事尚待时机，并且告诉他的同伙，给他托梦的魔鬼还没有通知他，不过他们要准备好，一有信号就动手。这期间，他不放过任何机会，试探看守们的警惕程度。有一次，一名水手将步枪斜靠在船舷上，开心地观赏尾随航船的一群飞鱼。塔曼戈拿起枪摆弄，还笨拙地模仿水手们操练的动作。过了一会儿，枪就被人要回去，然而他已经探明，他能接触武器而不至于立即引起怀疑，等时机一到，他就操起来使用，再想从他手中夺走武器，那一定是吃了豹子胆。

有一天，艾榭扔给他一块硬饼，同时递给他一个唯独他能领会的眼色。饼里藏着一把小锉刀，而这一小小的工具，则决定这次密谋的成败。起初，他还加一分小心，不让同伙看到锉刀。到了夜晚，他口中就念念有词，咕哝的话模糊不清，还伴随着一些奇怪的动作。继而，他越来越激动，甚至还叫起来。听他那起伏变化的声调，像正在同一个肉眼难见的人热烈地交谈。所有奴隶都吓得魂不附体，毫不怀疑此刻魔鬼就在他们中间。最后，塔曼戈欢叫一声，便结束了这场戏。

“伙计们，”他嚷道，“我拘束的精灵，终于把答应我的东西给我了，我手里拿的就是解放我们的工具。现在，你们只要拿出点儿勇气，就能获得自由了。”

他让旁边几个人摸了摸锉刀。他这种骗术虽然很粗劣，但还是能取信于更为愚笨的人。

等了好长一段时间，终于盼来复仇和解放的伟大日子。举事的人庄严盟誓，同舟共济，并且经过反复讨论，制订了行动计划。以塔曼戈为首，态度最坚决的一些人，轮到他们上甲板的时候，就去夺取看守的武器。另外几个人赶紧去船长室抢夺存放在那里的枪支。来得及锉断锁链的人，就率先发起攻击。可是，一连几夜加紧干，大多数奴隶仍然受镣铐的束缚，无法投入行动。因此一举事，三名健壮的黑人就专门负责打死那个兜里装着镣铐钥匙的看守，立即去给同伙打开锁链。

那一天，勒杜船长心情特别好，他一反常态，饶了一名应当挨鞭子的见习水手，还夸奖了值班的高级副手，说他驾驶技术好，甚至向全体船员宣布他十分满意，眼看就要到达马提尼克岛了，他决定给每人发一笔额外奖赏。所有水手都乐不可支，脑袋里早就在盘算如何花这笔钱了。当塔曼戈和另外一些密谋者被带上甲板的时候，水手们满脑子想的都是美酒和马提尼克岛的绝色美女。

塔曼戈他们仍然戴着镣铐，让人看不出已被锉断，但稍一用劲就能挣开。而且，他们把锁链弄得哗哗山响，听着就像重量增加了一倍。他们畅快地呼吸一阵新鲜空气之后，就手拉手跳起舞来，塔曼戈唱起本族的战歌，那是他每次出战之前必唱的歌曲。跳了一会儿舞后，塔曼戈仿佛筋疲力尽，就躺到一名闲靠在船舷的水手脚下。其他所有密谋举事者也都纷纷躺倒，结果每个水手都被好几个黑人围住。

塔曼戈悄悄将镣铐弄断，突然大喊一声，这便是举事的信号。他立刻抓住身边水手的双腿，猛力将人掀翻，一脚踏到肚子上，夺过步枪，一枪撂倒值班的军官。与此同时，每名值勤的水手都遭受攻击，被夺走武器，也立刻被干掉。船上喊杀声四起。掌握镣铐钥匙的看守长，是头一批遇害者，于是，黑人蜂拥冲上甲板。有些人找不到武器，就操起绞盘的木杠、救生艇的木桨。不一会儿，欧洲船员就大势已去。不过，艉楼上的几名水手还在负隅顽抗，但是他们既缺少武器，也缺乏决心。勒杜倒还活着，丝毫也没有丧失勇气。他发现塔曼戈就是这场阴谋暴乱的灵魂，便抱着希望，如能将塔曼戈除掉，那些同党就好对付了。于是，他挥刀冲过去，大叫塔曼戈的名字。塔曼戈立刻迎战，他倒拖一支步枪，当作大棒来使用。在艏楼通艉楼的窄道上，两个首领狭路相逢。塔曼戈首先动手。白人轻轻一闪身，便躲过这一击。枪托重重砸在板壁上，断成两截，而且反弹力极大，枪支也从塔曼戈的手中震飞。勒杜一见他手无寸铁了，便狞笑一声，抬起手臂，就要把他刺个透心。可是，塔曼戈跟他家乡的豹子一样敏捷，一下子就撞进勒杜的怀里，抓住他握刀的手。一个要极力地握紧刀，另一个想极力夺过去。两相拼命搏斗，一齐倒地，但是非洲人被压在下面。就算这样，塔曼戈也不气馁，用尽全身力气抱住对手，狠命咬住他的喉咙，如同狮子大开口，咬得船长鲜血喷涌，他渐渐无力，军刀脱手了。塔曼戈一把抓住军刀，站起身来，从血淋淋的口中发出胜利的欢呼，往已经半死的敌人身上连扎九刀。

胜利再也毋庸置疑了。剩下少许几名水手，还试图哀求暴动者饶命。但是所有人，甚至包括从未伤害过黑人的译员，都惨遭杀害了。大副死得很英勇。他退到船尾，站到能转动的一尊发射霰弹的小炮旁边，左手转动炮身，右手挥刀自卫，吸引来大批黑人。于是，他按动炮栓，一声轰鸣，在密集的人群中开出一条血路，黑人死伤无数。不大工夫，大副就被剁成肉酱。

最后一名白人的尸体被扯烂，砍成碎块，扔进海里，黑人终于报仇雪恨了。这时，他们才抬起眼睛，望着船帆，只见这艘船一直乘风破浪，似乎还听命于他们的压迫者，根本不理睬得胜的黑人，还要把他们运往受奴役的地方。

“咱们白拼命了，”他们伤心地想道，“白人信奉的这个大物神，知道我们杀死了它的驾驭者，还肯把我们送回家乡吗？”

有几个人说，塔曼戈能让它听话的。于是，大家立刻高声呼唤塔曼戈。

塔曼戈并不急着应声露面，大家在船尾的舱室找见他。他一只手撑着船长那血淋淋的大刀，另一只手漫不经心地伸出去，任由跪在他面前的妻子艾榭亲吻。胜利的喜悦并不稍减心中隐隐的不安，这从他整个神态中流露出来。他不像别人那么粗鲁，能更清楚地感到自己处境的艰难。

他终于走上甲板，心下没有底气，却装出一副镇定自若的样子。上百人声音嘈杂，纷纷催促他指挥航行。他脚步缓慢，走向船舵，仿佛要拖延一下时间。这一决定性的时刻，能让他本人和别人看到，他究竟有多大法力。

全船上的黑人再怎样愚笨，也无不注意到一个轮状的装置和它前面的盒子，正在对航船起着作用。但是这种机械，在他们看来始终神秘莫测。塔曼戈久久注视着罗盘，嘴唇翕动着，仿佛要读出上面的文字；继而，他抬手按住额头，像是在用心思索与盘算。所有黑人都聚拢在他周围，无不张着大嘴，睁圆了眼睛，十分忧虑地注视着他最细小的一举一动。最后，他怀着因无知而产生的恐惧和自信的复杂心理，猛然转动一下舵轮。

美丽的“希望”号双桅帆船，猛遭这种前所未闻的操作，犹如一匹烈马在驰骋中，忽被鲁莽的骑手用马刺乱蹬一脚便竖起前蹄那样，从浪涛上腾跳起来，似乎暴跳如雷，要和无知的舵手同归于尽。风帆的方向与船舵的方向，两者必要的协调关系突遭破坏，船体就猛烈倾斜，势欲沉入海底。长长的桅桁已经没入水中。好多人摔倒了，有几个人滚落海中。不过，船很快又挺立起来，骄傲地迎击风浪，要与毁灭做最后一搏。风力越来越猛，突然一声骇人的巨响，两根大桅杆在离甲板几尺高处折断，帆片、断木和帆索宛若沉重的大网罩住甲板。

黑人都惊恐万状，吓得号叫着逃进底舱。这时，风没了对手，船体又正过来，随波逐浪轻轻地漂荡。于是，最有胆量的黑人又上到甲板，清理掉堵塞通道的断木残帆。塔曼戈还待在原地不动，臂肘支在罗盘柜上，而脸则埋在肘弯里。艾榭守在他身边，但是不敢跟他说话。那些黑人又慢慢靠拢过来，都在窃窃私语，私语很快就变成一场指责谩骂的暴风雨。

“你这坑人的家伙！你这个大骗子！”众人嚷道，“我们的苦难，就是你一手造成的，是你把我们卖给了白人，还是你鼓动我们起来造他们的反。你向我们吹嘘有多少学问，你向我们许诺能带我们回家乡。我们都相信了你，我们真是糊涂透顶啊！这回我们差一点儿全完蛋，就因为你冒犯了白人的这个物神。”

塔曼戈又傲慢地抬起头，吓得四周的黑人纷纷后退。他拾起两支大枪，示意妻子跟他走，便从闪开一条路的人群中穿过，朝船头走去。他在那里用空桶和木板做了个工事，自己坐到这种掩体中间，两杆大枪则探出令人胆寒的刺刀。谁也不敢去打扰他。这些造反的人，有的在啼哭，有的举手向苍天，祈求他们的神和白人的神保佑。他们就跪在罗盘前，在赞叹指针不停摆动的同时，哀求罗盘将他们送回家乡。而那些哭泣的人，都躺在甲板上，一个个沮丧到了极点。那些痛苦绝望的人，可以想象得出，有吓得乱叫的妇女和儿童，以及二十多名虽然哀告却无人救护的伤员。

一个黑人忽然跑到甲板上，高兴地宣布他刚刚发现白人储藏烧酒的地方。他那兴奋得意的神态，足以证明他已经品尝过了。一听到这个好消息，这些身陷绝境的人当即停止呼号，纷纷冲向储藏室，畅饮起烧酒来。一小时之后，只见他们在甲板上欢蹦乱跳，大叫大笑，尽情表现喝醉酒后的各种粗野的丑态。他们的乱舞和狂歌，伴随着受伤者的呻吟与哀号。后半晌和整个夜晚就这样度过了。

早晨醒来，黑奴们重又陷入绝望。在夜间，受伤的人大多相继死去。漂荡的船上到处横尸。大海波涛汹涌，天空雾蒙蒙的。众人聚首商议。有几个人曾略学一点儿法术，原先在塔曼戈面前绝不敢卖弄，现在要一个一个献技。他们试了好几种驱魔大法。每失败一次，颓丧的情绪就增加几分。最后，大家又提起塔曼戈，他始终待在掩体里不出来。不管怎样，在他们中间，他毕竟是最有学问的，解铃还须系铃人，是他把他们引入绝境，也唯独他能把他们解救出去。一位老人走到他近前，带去了和解的建议，恳求他去谈谈他的主意。然而，塔曼戈像科里奥拉努斯那样坚定不移，无论老人怎么恳求他也充耳不闻。到了夜晚，他趁乱备足了饼干和咸肉，似乎决意离群索居，待在他的掩体中了。

烧酒还未喝光，至少酒能让人忘掉大海，忘掉奴役，并且忘掉逼近的死亡。喝完酒睡觉，梦回非洲，又见到橡胶树林、小茅屋、浓荫能罩住整个村子的榕树。次日又像前一天那样，喝个一醉方休。就这样一连混过数日。先是叫喊啼哭，揪自己的头发，然后喝醉了睡觉，这就是他们过的日子。有好几个人因饮酒过量而一命呜呼，还有几个人投海自尽，或者用匕首自杀了。

一天早晨，塔曼戈走出自己的堡垒，一直走到主桅的残桩旁边。

“奴隶们，”他说道，“神灵在梦中指示我用什么办法，才能把你们从这里解救出去，送你们回家乡。看你们忘恩负义，我本来就该丢弃你们，但是我真可怜这些又哭又叫的女人和孩子。我宽恕你们了，现在都听我说。”

所有黑人都垂下头，恭恭敬敬地簇拥在他周围。

“只有白人才知道强大的咒语，”塔曼戈接着说道，“让大木房子移动。但是那些轻便的小艇，倒是跟咱们家乡的小船差不多，咱们能够随意驾驶。”

他说着，用手指了指那只救生艇，以及吊在船帮上的其他小艇。

“咱们往小船上装满食物，上去顺着风往前划，我的保护神和你们的保护神，一定会让风把我们刮向家乡。”

大家都相信他的话。可是这计划简直荒唐透顶。他既不会用罗盘，又不了解天气，只能盲目地漂流。他以为只要一直往前划，最终就能抵达黑人居住的一片土地。因为，黑人拥有大地，而白人生活在船上，这是他从前听母亲讲的。

很快就准备就绪，可以登船了。但是还能使用的，也只有救生艇和一只小艇，根本装不下还存活的八十名黑人，必须丢下伤病号。大部分伤病号则请求他们离开大船之前，先把自己杀掉。

两只艇大大超载，费了九牛二虎之力才放下水。离开大船一到海面，就随时可能被汹涌的波涛吞没。小艇首先划开。塔曼戈和艾榭乘坐救生艇。救生艇可重得多，运载的人数也多得多，因而大大落在后面。乘坐救生艇的人，还听得见大船上几个被遗弃的不幸者的哀号。忽然一道巨浪从侧面打来，救生艇里灌满了水，不到一分钟就沉没了。小艇上的人眼看着他们遇难，桨手就加劲划桨，生怕要打捞落水的人。上了救生艇的人，几乎全淹死了，仅有十来个人游回大船，其中就有塔曼戈和艾榭。日头落下去的时候，他们望见那只小艇隐没在天际中了，此后便不知所终。

我何必还多费笔墨来烦扰读者，描绘遭受饥饿折磨的不堪入目的场景呢？二十来个人，困在狭小的空间，时而受怒涛的颠簸，时而受烈日的烤灼，每天相互争夺仅余的那一点点食物。每一小块饼干，都要引起一场搏斗，弱者丧命，但并非被强壮者所杀，而是被饿死的，几天工夫下来，

“希望”号双桅帆船上，就只剩下塔曼戈和艾榭了。

一天夜晚，狂风怒吼，海浪滔天，夜色漆黑一片，从船尾都望不见船头。艾榭躺在船长室的床铺上，塔曼戈就坐在她脚边。两人一直沉默着，谁也不开口讲话。

“塔曼戈，”艾榭终于高声说道，“你受了多少罪，而你所受的罪，全是因我而起……”

“我并不受罪。”塔曼戈口气生硬地回答，并随手将他仅余的半块饼干扔在妻子身边的床垫上。

“你留着吃吧，”艾榭说着，轻轻将饼干推开，“我已经不觉得饿了。再说了，何必还吃东西呢？我的末日不是到了吗？”

塔曼戈没有应声，起身踉踉跄跄登上甲板，走到桅杆的残桩旁边坐下。他的脑袋耷拉到胸前，用口哨吹起他家族的歌曲。猛然间，风浪喧嚣声之外，传来一声大喊，接着又出现一道亮光。他又听见几声喊叫，而一艘黑乎乎的大船，从他这艘船旁边疾驶而过，近在咫尺，横桁就从他头顶掠过去。他只望见挂在桅杆上的一盏灯笼，照出两张面孔。那两个人又惊叫一声，但是，那艘船很快被狂风卷走，在黑暗中消失。瞭望的水手一定是看到了失事的这条船，但是在惊涛骇浪中，难以掉转船头。过了一会儿，塔曼戈望见大炮的火光，又听到爆炸的轰鸣。接着，他又瞧见另一门大炮的火光，但是没有听见一点儿声响。继而，他再也看不见什么了。次日，天边没有出现一条船的影子。塔曼戈又回到舱室，躺到床铺上。他妻子艾榭昨夜已经死了。

不知又过了多长时间，一艘英国三桅战舰“战神”号，望见一艘断了桅杆的帆船，看情景它已被船员遗弃了，于是派人划一条小艇去察看一下。上船发现一具黑人女尸，一个瘦骨嶙峋、形同木乃伊的黑人男子。那名男子已经失去知觉，不过还剩下一口气。战舰上的外科医生收留了他，并且给他治疗。“战神”号驶达金斯敦港口的时候，塔曼戈已经完全康复了。他应人们的要求，讲述了他的经历。岛上的种植园主人认为他是叛逆的黑奴，主张把他绞死。但总督是个富有人道精神的人，他对塔曼戈产生了兴趣，认为他的行为可以理解。归根结底，他无非使用了正当防卫的权利，再说，他杀掉的也只是法国人。人们对待他，就像对待劫获的贩奴船上的黑奴那样，给了他自由。换言之，让他为政府效力，每天能挣六苏，还管吃饭。他是个外表英俊的男子，被七十五团的团长看中了，团长便调他进乐队当了铙钹手。他学会讲点儿英语，但是平时沉默寡言。他嗜酒如命，喝起朗姆酒和塔非亚酒毫无节制。后来患了肺炎，死在医院里。

名家名译世界文学名著

梅里美中短篇小说经典

（下）

〔法〕梅里美◎著
李玉民◎译

Classic Works of Prosper Merimee

北京理工大学出版社
BEIJING INSTITUTE OF TECHNOLOGY PRESS

卡门

女人常幽怨，良辰唯两段。

一是上床时，二是赴黄泉。

——帕拉达斯

一

我总怀疑，关于门达古战场，地理学家们的看法不知所云。他们将它划定在巴斯图利—帕尼一带，即马尔贝拉以北八公里处，如今的蒙达附近。根据无名氏所著的《西班牙战记》文本，以及在德·奥苏纳公爵珍贵的藏书中所搜集的资料，我推测应当到蒙蒂利亚一带寻找那个值得纪念的地点，想必历史上恺撒正是在那里孤注一掷，同共和国卫士们最后决一死战的。一八三〇年初秋，我正巧到了安达卢西亚，便远足考察，走了很大一片地方，以便澄清我心中尚存的疑虑。不久我将发表一篇论文，但愿能够尽释求实的考古学家头脑中的悬疑。在我这篇论文解决全欧洲学术界悬而未决的地理问题之前，我要先给诸位讲述一个故事。不过，这个故事不是推断什么，是无关乎门达地理位置的有趣问题。

我在科尔多瓦雇了一名向导和两匹马，上路带的全部行装，也只有一部恺撒的《高卢战记和内战记》以及几件衣衫。有一天，我在卡尔切纳流域一片高地游荡，走得人困马乏，而且骄阳似火，渴得要命，心中直骂，要让恺撒和庞培的两个儿子都见鬼去。正当这时，我忽然发现离我们走的小路颇远的前方，有一小块绿草地，上面零星地长着灯芯草和芦苇，那表明附近有水源。走近一看，所见的绿地正是一股溪水注入而形成的沼泽，溪水似乎来自卡布拉山脉两道高高的山梁间的峡谷。我断定若溯流而上，会见到更加清冽的溪水，也没有这么多蚂蟥和青蛙，也许在岩石间还能找见一点可乘的阴凉。刚进山口，我的马就一声长嘶，而有一匹我看不见的马立即回应。再往前走了百步，山口豁然开阔，眼前出现一座天然形成的圆形竞技场，四周尽是高高的峭壁，圆形竞技场完全笼罩在阴影之中。行客再也找不到比这更惬意的歇脚地点了。陡峭的山岩脚下，泉水滚滚涌出，泻入一个小池中。池底白沙如雪，池边挺立着五六棵橡树，终年不受寒风袭击，又总受山泉滋润，因而枝繁叶茂，浓荫遮盖着泉水池。而且，四周芳草萋萋，绿油油一片，胜似床榻，就是方圆几十公里的客店也都难与之相比。

但是，发现如此清幽的胜地，我还不能居功自傲，因为已经有一个汉子捷足先登，躺在这里，想必在我进入山谷时正睡得香甜。那匹马趁主人睡觉，便吃起周围的青草来，饱餐一顿后，忽然一声嘶鸣，将主人唤醒。

主人起身朝马走去，他是个壮年汉子，中等身材，有着一副强健的体魄，目光深沉，傲气十足。他的肌肤原本应该很中看，但是被太阳晒黑，比头发的颜色还深。他一只手拉住坐骑的笼头，另一只手则端着一支铜制喇叭口火铳。老实说，我一见火铳和那个人的凶相，还颇感惊讶。不过，总听人提起强盗而又从未碰到过，我也就不再相信有什么盗匪了。况且，我见过多少极安分的农民去赶集，都全副武装，这会儿见到一支火铳，也没有理由怀疑这陌生人就有恶意。“再说了，”我心中暗道，“他抢我这几件衬衣，抢我这部埃尔泽维尔版本的《高卢战记和内战记》，又有什么用呢？”于是，我自然地点了点头，向持枪的人致意，并且微笑着问道，我是否打扰了他的睡眠。他没有回答，只是从头到脚打量我一番，觉得满意了之后，再同样专注地审视我那走过来的向导。我看见向导面失血色，停下脚步，明显地流露出惊慌之态。我心中暗想：碰上歹人啦！但是，我随即接受谨慎心理的劝告，丝毫也没显出不安之色。我跳下马，吩咐向导卸下辔头，然后跪在泉水边，双手和头探进水中。接着，我又匍匐在地上，喝了一大口水，如同基甸手下那些坏兵。

这工夫，我也在观察我的向导和那个陌生人：向导很不情愿地走过来，而那陌生人对我们也似乎并无恶意，只见他放开了马，开始平端的火铳，现在枪口冲下了。

对方似乎不理不睬，我倒觉得不必强求，于是往草地上一躺，掏出雪茄烟盒，随意地问一声他是否带着火石。陌生人始终一言不发，他摸索口袋，掏出火石，赶紧给我打着火。显而易见，他的态度和缓多了。现在他已经在我们对面坐下来，只是枪还没有离手。我点燃雪茄，又从余下的雪茄中挑了最好的一支，问他是否抽烟。

“抽烟，先生。”他回答。这是他开口讲的第一句话，我注意到他发

S音跟安达卢西亚人口音不同，因而断定他和我一样，也是一位过客，只差不是考古学家了。

“这一支，您抽着一定会觉得好。”我对他说道，并递给他一支真正上好的哈瓦那雪茄。

他向我微微颔首，用我的雪茄点着他的那支，又点了点头，对我表示感谢。接着，他开始抽起来，看那样子兴趣极高。

“唔！”他吸了第一口，让烟雾从嘴和鼻孔里慢慢喷出来，感叹了一句，“我很久没有吸烟了。”

在西班牙，接受对方递来的一支雪茄，就建立起了友善的关系，如同在东方分给对方吃面包和盐一样。真没想到，这个人挺健谈。他虽然自称居住在蒙蒂利亚地区，但是对这个地区似乎很不熟悉。我们所在的这个幽美的峡谷，他不知道叫什么名称，四周有什么村庄，一个也举不出来。最后我问他，在这一带是否见过残垣断壁、卷边的宽瓦、雕刻的石头。他承认从来就没有留意过那类东西。反之，在相马方面他倒挺内行，说我的马怎么不好，这当然不难。紧接着，他又向我讲解他那匹坐骑的族谱，说它出生在著名的科尔多瓦养马场。这匹马确系良种，据主人说特别耐劳，有一天曾跑了一百二十公里，时而飞驰，时而疾行。这个陌生人侃侃而谈，讲到兴头上，却戛然住声，仿佛又吃惊又恼火，嫌自己的话讲得太多了。“当时我正急着赶路，要去科尔多瓦。”他带着几分尴尬的神情补充一句，“有一场官司我要去求求法官……”他边说边注视我的向导安东尼奥，看得向导垂下了眼睛。

在树荫下、泉水边，我感到心旷神怡，忽然想起从蒙蒂利亚动身时，我的朋友往向导的褡裢里塞了好几大片优质火腿。于是，我让向导拿出来，并请这个陌生人和我们一起随便吃些。如果说他很久没吸烟了的话，那么我还觉得他很可能至少有四十八小时没有吃东西了。他那副吃相，好似一匹饿狼。我不免想到：这个可怜的家伙，碰上我真是天意。然而，我的向导吃得很少，酒喝得更少，一句话也不讲了，尽管一上路，他就显露出是个没人能比的爱饶舌的家伙。有这位生客在场，他好像很不自在。这两个人保持距离，彼此都怀有几分戒心，让我猜不出到底是何缘故。

面包和火腿都吃光了，连一点残渣也没有剩下，我们每人又抽了一支雪茄。我吩咐向导，将我们两人的马套上。我正要向我新交的这位朋友道别，他却先问我打算到哪里过夜。

我还没有注意到向导朝我丢来的眼色，就脱口回答说，准备去库埃尔沃客店。

“那客店糟透了，先生，不适合您这样的人……我也去那地方，如果您不介意，我就和您结伴，一路同行吧。”

“那好极了。”我边说边上马。

向导趁着给我扶脚镫的当儿，又给我丢个眼色。我耸耸肩膀权当回答，借以明确告诉他，我丝毫也不担心。就这样，我们上路了。

安东尼奥那神秘兮兮的眼色，那不安的神情，还有那陌生人脱口而出的几句话，尤其说他跑了一百二十公里的路，解释去干什么又不大合情理，凡此种种，都促使我对这位旅伴产生了一些看法。我并不怀疑自己遇到了一个走私者，也许还是个强盗。可是，这又有什么关系呢？我相当了解西班牙人的性格，完全确信对一个和自己吃过饭并抽过烟的人，根本不必害怕。有他这样一个人在身边，甚至可以起保护作用，不会有什么歹人来找麻烦。况且，我倒乐得见识见识，一个强盗究竟是什么样子，那可不是天天都能碰得到的。能和一个危险人物相伴，尤其还感到他善气迎人，还真有几分情趣。

我希望逐步取得信任，引导这个陌生人向我吐露真情，因而不顾向导一再向我丢眼色，主动把话题引向剪径的大盗。当然，我讲话的语气怀着敬意。当时，安达卢西亚有一个著名的大盗，名叫何塞 - 马利亚，他的事迹有口皆碑。“假如我身边这个人就是何塞 - 马利亚呢？”我思忖道……于是，我就讲述这位英雄好汉的故事，全是颂扬的话，我也高度称赞他既勇敢，又慷慨仗义。

“何塞 - 马利亚不过是个怪人。”陌生人冷冷地来了一句。

“他这是自我评价，还是过分谦虚呢？”我心中暗自琢磨。因为，我仔仔细细地审视了这位旅伴，越看越觉得他符合何塞 - 马利亚的相貌特征，而那些相貌特征，我在安达卢西亚许多城门张贴的布告上看到过。“对呀，正是他……金发，碧眼，大嘴巴，牙齿整齐洁白，手很小，穿一件细布衬衫，天鹅绒的外套，裹着白皮子护腿，骑一匹枣红马……毫无疑问啦！不过，人家不露真相，咱们也要守规矩。”

我们到达小客店。正如他所说，这是我见过的最简陋的客店。只有一间大屋，既是厨房，又当餐厅，又做客房。在屋子中央一块石板上生火，烟就从棚顶一个窟窿冒出去，准确说来，升到离地面几尺高的地方形成一片云雾。挨墙根铺着五六张旧骡毯，就算是旅客的床铺了。离那座房子，也就是离我刚描述的大屋二十步远，有一个棚子，就当马厩了。这个美妙的居所，除了一个老太婆和一个十一二岁的小姑娘，再没有其他人了，至少在当时是如此。这一老一小，肌肤黝黑，破烂的衣衫难以遮体。我心中不禁感叹：“眼前这一切，难道就是古代门达 - 勃蒂卡居民所留下的后裔？恺撒啊！塞克斯图斯·庞培啊！你们如能死而复生，一定会深感诧异！”

那老太婆一见我的旅伴，不由得惊叫一声：“啊！唐何塞老爷！”

唐何塞一皱眉头，威严地抬了抬手，立刻制止了老太婆。我回头瞧瞧我的向导，暗暗地向他示意，关于我要与之一起过夜的这个人，我完全了解，他没有什么新情况可告诉我的。晚饭比我预料的要好，主人给我们做了老公鸡块烩米饭，放了大量辣椒，还做了油煎辣椒，最后还有“加斯帕乔”，即辣椒拌的沙拉，都端到独脚小高桌上。三道菜都这么辣，我们不得不频频喝羊皮酒囊装的蒙蒂利亚葡萄酒，而酒的味道相当香醇。吃完饭，我瞧见墙上挂着一把曼陀铃，那是西班牙到处可见的乐器，我便问侍候我们吃饭的小姑娘，她是否会弹琴。

“不会，”小姑娘回答，“唐何塞弹得可好了！”

“您就赏光给我们唱点什么，”我对他说道，“我特别爱听你们的民族乐曲。”

“先生如此与人为善，给我如此名贵的雪茄抽，提出什么我也不能拒绝。”唐何塞高声答道，一副欣然领命的神态。他接过曼陀铃，自弹自唱起来。他的声音相当粗哑，但是听来悦耳。曲调忧伤，有点古怪，至于歌词，我一句也听不懂。

“假如我没有听错的话，”我对他说道，“您刚才唱的不是西班牙歌曲，倒像左尔兹科斯曲，我在特区省份听过，歌词全是巴斯克语。”

“对。”唐何塞神情黯然地答道。他将曼陀铃放到地上，叉起胳膊，以格外忧伤的表情，开始观赏奄奄一息的火堆。他那张面孔让小桌上的灯光一照，显得又高贵又凶顽，让我联想到弥尔顿笔下的撒旦。我这位旅伴也许同那个撒旦一样，正想着他失去的乐园，想着他一次失足就遭受的流亡生活。我试着重新活跃气氛，可是他却不接话茬儿，还沉浸在感伤的思绪中。这工夫，老太婆已经在一个角落睡下了：那里拉了一根绳子，搭上一条破被罩，就算间隔开了。小姑娘也随后钻进女性专用的睡榻。我的向导忽然站起身，请我跟他去马厩一趟。唐何塞一听这话，似乎猛然惊醒，粗声粗气地问他去哪里。

“去马厩。”向导答道。

“去干吗？马都有草料。你就睡在这里吧，先生会允许的。”

“我担心先生的马别是病了，就想让先生去亲眼看一看，也许先生知道该怎么办。”

显而易见，安东尼奥要单独同我谈谈，但是，我不想引起唐何塞的疑心，觉得我们处于当时那种境况，最好的做法就是显示极大的信任。于是我回答安东尼奥，说我根本不懂马，只想睡觉了。唐何塞陪他去了马厩，不大工夫就独自回来了。他对我说马没什么毛病，可是我的向导把那畜生当成宝贝，用自己的外套给马擦身，一直擦出汗来，他爱干这种活，打算干个通宵。这工夫，我已经躺在骡毯上，把身子严严实实地裹住，生怕沾着毯子。唐何塞请我原谅他冒昧躺到我身边，便对着门口躺下，还把他重新上好火药的火铳仔细塞进当作枕头的褡裢下面。我们互道晚安，五分钟后，就都呼呼大睡了。

我想自己旅途劳顿，在这种地方应该也能睡着觉。不料刚睡了一个小时，浑身就奇痒难忍，把我闹醒了。我一弄明白醒来的原因，就觉得这不是人睡的地方，还不如到户外消磨这后半夜。我蹑手蹑脚走向门口，从酣睡的唐何塞身上跨过去，动作特别轻，出了屋也没有把他惊醒。房门旁边放着一张宽面木条凳，我躺到上面，将姿势尽量摆舒服了，好度过这残夜。我正要第二次合上眼睛的时候，恍惚看见一个人影和一匹马的影子从我面前经过，但是一点声响都没有。我翻身坐起来，认出那是安东尼奥，心中不禁纳罕，在这种时辰，他离开马厩干什么。于是我起身朝他走去。他一开始就发现了我，已经停下了。

“他在哪儿？”安东尼奥悄声问我。

“在客店里，正睡着呢，他不怕臭虫。您牵马干什么？”

我这才注意到，为了出棚子不弄出动静，安东尼奥用破毡片将马蹄仔细包起来了。

“看在上帝的分上，说话小声点儿！”安东尼奥对我说道，“您不知道这个人是谁。他就是何塞·纳瓦罗，安达卢西亚最为传奇的大盗。一整天我都向您暗示，您就是不肯理会。”

“是不是强盗，跟我有什么关系？”我回答道，“他又没有抢我们财物，我敢说他也没有打劫的意思。”

“这倒是，然而，谁能告发他，谁就能得到二百杜卡托[①]的赏钱。我知道离这里六公里，有一处枪骑兵哨所。天亮之前，我就能带几个壮汉赶回来。我很想骑他的马，可是那畜生凶得很，除了纳瓦罗，谁也近前不得。”

“见鬼去吧你！”我对他说道，“这个可怜的人，坑害我们什么了，你要去告发他呢？再说了，你怎么就能一口咬定，他就是强盗呢？”

“完全肯定，那会儿他随我到了马棚，对我说：‘看来你认识我，如果你告诉那位好心肠的先生我是谁，我就一枪把你脑袋打开花。’您留下，先生，留在他身边，您什么也不要怕。只要您人还在这儿，他就不会产生丝毫的怀疑。”

我们边说边走，已经远离那家客店，客店里的人不可能听见马蹄声了。一眨眼工夫，他就把裹马蹄的破毡片扯掉，准备上马了。我连恳求带威胁，还试图拉住他。

---

① 杜卡托：金币或银币，金币每个值10到12法郎，银币减半。

“我是个穷光蛋，先生，”他对我说道，“二百杜卡托金币，不能白白丢掉，况且还能为这地方除一大害。不过，您得当心，如果纳瓦罗醒来，他就要抄起他那火铳，您可得当心啊！我呢，已经走得太远，退不回去了。您就好自为之吧。”

这家伙说话间已经上了马，双腿一夹马肚子，在黑夜中很快就消失了。

见我的向导这么干，我十分恼火，还颇感不安。我略微考虑片刻，便做出决定，回到客店。唐何塞还在呼呼大睡，无疑是要补一补几天冒险生涯的劳累和缺少的睡眠。我只好用力把他摇醒。我永远也忘不了他醒来时的凶狠目光，以及要抄火铳的动作，幸而我采取了防范措施，先把他的火铳从睡铺上拿开了。

“先生，”我对他说道，“我把您叫醒，还请原谅，我只是想问您一个尴尬的问题：如果您看到这儿来了五六名枪骑兵，是不是无所谓呢？”

他跃身而起，厉声问道：

“是谁告诉您的？”

“消息从哪儿来的无关紧要，只要这个警告有用就好。”

“您的向导把我出卖了，这笔账一定得算，他在哪儿？”

“不知道他……在马厩吧，我想……可是有人告诉我……”

“谁告诉您的？……总归不是那老太婆……”

“是我不认识的一个人……别再说了，您愿意等那些士兵到来吗？如果有事儿，那就别耽误时间了；如果没事儿，那好，晚安，请原谅我打断了您的好梦。”

“哼！是您的向导！您的向导！一开始我就觉得不对头……不过……会找他算账的！再见，先生。您好心帮忙，上帝会保佑您的。我并不完全像你们以为的那么坏……是的，我身上还有一点儿人性，值得一位绅士的怜悯……再见，先生……我只有一点遗憾，就是未能报答您。”

“要报答我也容易，唐何塞，你答应我不去怀疑任何人，也不想去找人报仇。拿着这些雪茄，您路上抽吧。一路平安！”说罢，我向他伸出手。

他没有回答，只是同我握了握手，便拿起火铳和褡裢，用我听不懂的土话，跟那老太婆说了几句，然后跑向马棚。不大工夫，就听见他策马奔驰在旷野上了。

我重又躺到条凳上，但是根本睡不着了，心里总在掂量，我从绞刑架上救下一名强盗，也许还是一名杀人犯，只因我同他一起吃过火腿和瓦伦西亚式烩饭，究竟做得对不对呢？我这样做，岂不是出卖了我那位维护法律的向导，岂不是给他招来一个罪犯的报复吗？可是，总得讲求待客之道啊！……我心中暗想，真是无知的偏见。对这个强盗将来所犯的罪行，我都难逃责任……然而，根本不讲道理的一种良心的本能，能说是一种偏见吗？我当时的处境左右为难，也许不管怎么脱身都难免愧疚。

关于自己的行为是否合乎道德，我正对此左右摇摆、无法判定的时候，忽然望见来了六名枪骑兵，后面小心翼翼地跟着安东尼奥。我迎上前去，主动告诉他们，那强盗逃之夭夭，已有两个多小时了。老太婆受小队长的盘问，回答说她认识纳瓦罗，但自己一个孤身老妇，哪里敢不顾命去告发他呢？她还补充说，纳瓦罗每次到她这儿来，照习惯总是半夜就走了。我的事还没完，必须跟着去十几公里之外的地方，出示我的护照，在一位法官面前签署一份声明，这才获准继续进行我的考古研究。安东尼奥心中恨我，怀疑是我阻挠他获得那二百杜卡托。然而在科尔多瓦，我们却像好朋友一样分手了。我在那儿尽我的财力，给了他一大笔酬金。

二

我在科尔多瓦停留数日。有人向我指出，多明尼各会的图书馆中有一部分手稿，我能从中查到有关古门达的有价值的记载。我受到和善的神甫们的热情接待，白天就待在他们的修道院，晚间则在城中散步。落日时分，科尔多瓦城总有一大批闲人，聚集在瓜达基维尔河右岸。那里能闻到从一家皮革场传出的气味，当地还保留制革的传统。不仅如此，那里还能欣赏到一种令人开眼的景观。敲响晚祷钟的几分钟前，一大群妇女欢聚在高高的河堤脚下，没有一个男人敢混迹其中。晚祷钟声一敲响，即表明天黑了，等到钟敲最后一响，所有女人便脱光衣裙，进入水中。于是欢叫声、嬉笑声响成一片，真是沸反盈天。男人都站在堤岸上面，眼珠瞪得要冒出来，观赏那些浴女，但是却看不真切。然而，暗蓝色的河面上朦胧浮现的白色身影，足能引起有诗意的头脑浮想联翩。而且，只要略微想象一下，也不难把那看成狄安娜和仙女们在沐浴，还不用担心会遭遇阿克特翁那样的命运。——听说有一天，几个坏小子凑钱买通大教堂的敲钟人，让他不按规定的时间，提前二十分钟敲晚祷钟。尽管天色还大亮，瓜达基维尔河的仙女们却毫不犹豫，她们更信赖晚祷钟而不是太阳，都心安理得地纷纷换上泳装，而那泳装总是最单薄的。那一次我没有在场。我在这里的日子，敲钟人根本不接受贿赂，况且暮霭迷蒙，恐怕只有猫才能分辨出哪个是最年迈的卖橘子的老太婆，哪个又是科尔多瓦最漂亮的小女工。

有一天晚上，正是什么也看不见的时候，我在河边凭栏，优哉吸烟，忽见一位女子沿着通向河流的石阶走上来，坐到我的身旁。她的头上插着一大束茉莉花，那花瓣在夜色中散发出迷人的芳香。她衣着很简朴，也许还有点寒酸，一身黑色衣裙，如同夜晚出来的大部分小女工那样。有身份的妇女，只在上午才穿黑色衣裙，到了晚上，全身就是法兰西式穿戴了。走到我身边的浴女，还故意让盖在头上的纱巾滑落到肩上。“借着星辰洒下幽幽的光亮”，我看见她很年轻，身材娇小，长得很好看，那对眼睛特别大。我马上丢掉手上的雪茄。她明白这种纯法国式礼貌的表示，就急忙对我说，她非常爱闻烟草的气味，如果有特别柔和的香烟，她还能吸呢。正巧，我的烟盒里有几支柔和的烟卷，我就殷勤地递上去。她还真给面子，取了一支，对着一个小孩送上的火绳点着烟，付了一苏钱。我们吞云吐雾，聊了很长时间，到后来，河边差不多只剩下我和这位浴女了。我觉得请她去冷饮店吃点冰激凌，总归不算冒昧吧。她略微迟疑一下，便接受了，不过，在决定之前，她想问一问时间。我掏出怀表一按，就响铃报时，她听见铃响，感到特别新奇。

“外国先生，你们国家发明的东西多妙啊！您是哪国人，先生？一定是英国人啦？”

“在下是法国人，愿为您效劳。您呢，称您小姐还是夫人，您大概是科尔多瓦人吧？”

“不是。”

“至少您是安达卢西亚人。我似乎听出来了，您说话声调很柔和。”

“您若是能听出别人说话的口音，就一定能猜出我是哪里人。”

“我认为您是耶稣国度的人，离天堂只有两步路。”

（这一个隐喻指安达卢西亚。我是从一位朋友——著名的斗牛士弗朗西斯科·塞维利亚那里学来的。）

“算了吧！天堂……这地方的人说，天堂不是为我们建造的。”

“这么说，莫非您是摩尔人，或者……”我就此打住，不敢说出犹太人。

“得了，得了！您完全看出来了，我是波希米亚人。要不要我给您算一卦呢？您听人提到过卡门小姐吗？就是我呀。”

那时候，说来有十五年了，那时候我根本不信鬼神，就是碰到一个巫婆，也不会吓得退缩。“好哇！”我心中暗道，“上个星期，我和一个剪径的强盗共进晚餐，今天，再和魔鬼的一名女仆去吃冰激凌吧。既然游历，那就什么都应当见识见识。”我还另有一种动机，想进一步了解她。说起来还真惭愧，我完成学业之后，花了些时间研究秘术，还多次尝试召神驱鬼之术。热衷于这种研究的劲头早已过去，这种怪癖虽然已治好，但凡是迷信的东西，对我还有一定的诱惑力。看一看波希米亚人的法术究竟达到多么高超的程度，对我也是一件痛快事。

说话间，我们走进冷饮咖啡馆，拣一张小餐桌坐下，桌上照亮的一根蜡烛罩在一个球形玻璃罩里。直到这时，我才能从容地端详这位茨冈姑娘。店内几个喝冷饮的顾客，见我有这样一个妙人儿相伴，都显得十分惊诧。

我很怀疑，卡门小姐并非纯血统的波希米亚人，至少，比起我见过的她那些同族女子，她的容貌要美上百倍。照西班牙人的说法，一位女子要称得上美，必须具备三十个条件。换言之，必须有十个形容词适用于她，每个形容词又适用于她身体的三个部位。譬如说，她必定得有三处黑：眼睛、睫毛和眉毛；必定得有三样纤巧：手指、嘴唇和头发，如此等等，详见布朗托姆的著作。我眼前的这位波希米亚姑娘当然称不上十全十美。她的肌肤接近古铜色，但是特别光润柔滑。她那眼睛虽然吊眼梢儿，但是又大又好看。那两片嘴唇稍嫌厚些，不过线条优美，一口雪白的牙齿赛过杏仁。那头发也许偏粗一些，但是一抹黑，又长又亮，好似乌鸦的翅膀闪着蓝光。为了不让读者生厌，我就不这样冗长地描绘了，只概括为一句话：她身上每样缺点都配上一个优点，因对比强烈，优点也许就更为彰显了。她体现一种奇异而带野性的美，那张面孔，初见令人很惊讶，但是过后却忘不掉。尤其她那双眼睛，一副又淫荡又凶狠的神色，有那种眼神的人，后来我没有见过第二个。“波希米亚人的眼睛，就是狼的眼睛”，西班牙这句谚语说得十分准确。如果您没有时间去动物园观察狼的眼神，那么您就注意看看，您家的猫盯着麻雀的眼神吧。

在咖啡馆里让人算命，不免显得可笑。因此，我请求美丽的女巫允许我去她的住处。她满口答应！但是还要看一看时间，求我再次按响我的怀表。

“真是一只金表吗？”她问道，而且看得异常仔细。

我们出了咖啡馆，又走在街上。已经夜色弥漫了，大部分店铺都已关门，街道上几乎没有行人了。我们穿过瓜达基维尔河大桥，走到城边，在一所外观绝非像宫殿的房子前面停下。一个小孩给我们开了门。波希米亚姑娘用我听不懂的语言对他讲了几句话，后来我才知道她讲的是茨冈土语，即罗曼尼语或者希普卡利语。那孩子随即走开了，相当宽敞的屋子里只剩下我们两人了。屋里的全部陈设，就只有一张小桌、两张圆凳和一个木柜。我也不应当忘记，还有一个水罐、一堆橘子和一捆葱头。

等到屋里只有我们两人了，波希米亚姑娘就从木柜里掏出一副用旧的纸牌、一块磁石、一条干枯了的变色龙，以及算卦必备的其他几件物品。她让我用一枚钱币在自己左手上画个十字，接着她就作起法来，口中念念有词。她那些预言就不必在此赘述了，而她作法的方式，显见她并非半瓶子醋的女巫。

可惜刚开始不久，就被搅局了。房门咚的一声猛然打开了，一个汉子冲进来。他全身裹着棕色斗篷，仅仅露出眼睛，张口就大声呵斥波希米亚姑娘，那样子相当粗鲁。他说什么我不明白，但是从声调听得出来，他的情绪十分恶劣。茨冈姑娘一见是他，既不惊讶，也不生气，而是跑着迎上去，用的还是她刚才在我面前讲的那种语言。多次重复的“外国佬”，是我唯一听懂的词儿，我知道波希米亚人见到任何异族人都这么称呼。我猜想是在谈我，料定要有一场大麻烦，于是我把手放下去，抓住凳子一条腿，冷眼旁观，准备瞅准时机就抄起来，朝那不速之客的脑袋砸过去。这时，他却一把推开波希米亚姑娘，朝我走来，随即又后退一步，说道：

“咦！先生，是您啊！”

我也注意看他，认出他正是我的朋友唐何塞。这时我还真有点儿后悔，那次不如让人把他抓走绞死。

“嘿！是您啊，老兄！”我笑着高声说道，尽量掩饰那股醋意，“这位小姐正要告诉我很有趣的事，却被您打断了。”

“总是那一套！该收起来了。”他咕哝道，又狠狠瞪了她一眼。

这工夫，波希米亚姑娘用自己的语言，继续对他说着什么，而且越说越激动，眼珠子充了血，放射出凶光，那张脸也扭曲了，还气得直跺脚。看那样子，她是硬逼着唐何塞干什么事，而他还犹豫不决。到底什么事，我觉得再明白不过了，看她那只小手在脖子上快速抹来抹去，我就自然想到是要割人脖子，也大致猜得出那个人可能就是我。

她说起话来滔滔不绝，而唐何塞说话短促，只回答两三句。于是，波希米亚姑娘极度蔑视地瞥了他一眼，便走到房间一个角落盘腿坐下，捡起一个橘子，剥开皮吃起来。

唐何塞拉起我的胳膊，打开房门，带我来到街上。我们俩都沉默不语，走了二百多步。接着，他忽然一抬手，说道：

“您一直往前走，就到那座桥了。”

说罢，他一转身，就快步走远了。我心中怅然，感到相当郁闷，回到了旅馆。还有最糟的事：我脱衣服时发现，怀表不翼而飞了。

碍于种种考虑，次日我没有去讨要，也没有去请求市长干预并派人寻找。我查阅完多明尼各会修道院图书馆的手稿，便动身去了塞维利亚。算来我在安达卢西亚已经奔波了好几个月，就想返回马德里，那就还得再次经过科尔多瓦。我本无意在科尔多瓦久留，只因对这座美丽的城市和瓜达基维尔河中的浴女，已经感到憎恶了。然而，我还有几位朋友要拜访，还有几件受人委托的事情要办，便身不由己。在这座曾在伊斯兰教君主统治下的古都，我还要逗留三四天。

我到多明尼各会修道院重一露面，一位始终热心帮助我研究门达遗址的神甫，就张开手臂欢迎我，并且高声说道：

“感谢上帝啊！欢迎您，我亲爱的朋友。我们还以为您死了呢，我实话告诉您，为了救赎您的灵魂，我诵念过多少回《天主经》和《圣母经》，当然我也不后悔。这么说，您没有被杀害，因为，失窃的事我们知道了，您失窃了吧？”

“这话从何说起？”我颇感意外，便问了一句。

“不错，您完全清楚，那只会报时的漂亮的怀表，您在图书馆查阅资料时，每次我们对您说该去听唱圣诗了，您就掏出怀表报一下时。嘿！怀表又找回来了，会有人还给您的。”

“也就是说，”我接口说道，不免有点儿狼狈，“那怀表我失落了……”

“那坏蛋已经被关进大牢，众所周知，他那号人，为抢一枚小钱，也不惜向一名基督徒开枪。我们担心得要命，以为他把您杀害了呢。等一下我陪您去见市长，领回那只漂亮的怀表。这样，您回国之后，就不要讲西班牙的司法没本事了！”

“不瞒您说，”我对他说道，“我宁可丢掉那只表，也不愿意出庭做证，把一个可怜的家伙送上绞刑架，尤其是因为……因为……”

“哎！您丝毫也不必担心，他死有余辜，应该两次被送上绞刑架了。我说得不对，还不是一般的绞刑。抢您物品的那个家伙，还是个贵族呢，后天他就要受铁环绞刑，绝不赦免。您应当明白，多抢一件还是少抢一件物品，根本改变不了他的案情。他若只是抢抢东西，那就谢天谢地了！他还有好几条人命案，杀人一次比一次凶残。”

“他叫什么名字？”

“在当地，只知道他叫何塞·纳瓦罗。其实，他还有一个巴斯克名字，可是，你我都根本发不了那个音。真的，这个人值得一见，而您喜欢了解这地方的奇人奇事，就不应该错过机会，要去开开眼，坏蛋在西班牙是如何离开人世的。现在他在小教堂，马丁内斯神甫可以带您到那里。”

这位多明尼各会神甫一再劝我，一定要看一看“非常美妙的小绞刑”，最后说得我动了心。我带了一盒雪茄去探视，希望那囚犯见了雪茄，就能原谅我的冒昧行为。

我被人带到那里时，唐何塞正在吃饭。他相当冷淡地冲我点了点头，很有礼貌地感谢我给他带去的礼物。他从我手中接过那盒雪茄，数了一遍，挑出一定数量，将剩下的还给我，说他不需要这么多。

我又问他，要不要我花点儿钱，或者托朋友关照，改善一点儿他的处境。乍一听，他凄然地一笑，耸了耸肩膀，但是很快他又改变了主意，求我请人做一场弥撒，救赎他的灵魂。

“您肯不肯，”他又怯声怯气地说道，“您肯不肯请人另做一场弥撒，为一个曾经冒犯过您的人？”

“当然可以，亲爱的朋友，”我答道，“可是，据我所知，这地方没人冒犯过我。”

他表情严肃，拉起我的手，紧紧握住。沉默了片刻，他又说道：

“不好意思，我还能求您帮个忙吗？……在您回国的路上，也许要经过纳瓦拉，至少会经过离那儿不太远的维多利亚。”

“对。”我回答说，“我肯定要途经维多利亚，就是绕点儿路，去潘普洛纳，也不是不可能。我想为了您，情愿绕这段路。”

“那好！您若是去潘普洛纳，定能看到不少您会感兴趣的东西……那是一座美丽的城市……这枚徽章（他指给我看他脖子上戴的一小枚银质章）我交给您，您用纸包好……”他停顿一下，尽量控制内心的激动……“您亲手交给，或者转交给一位老妇人，等一下我告诉您地址。——您就说我死了，怎么死的就不要讲了。”

我满口答应，一定给他办到。第二天我又去看他，陪他度过大半天，听他亲口讲述了悲惨的经历。下面读到的就是他的故事。

三

他说，我生于巴斯坦谷地的埃利松多镇，名叫唐何塞·利萨拉本戈亚。您很熟悉西班牙，先生，一听名字就知道我是巴斯克人，家中世代为老基督教徒。我有权在姓氏前加上“唐”字，假如是在埃利松多，我会给您看写在羊皮纸上的家谱。家里希望我进教会，送我上学，但是我不大用功。我酷爱打网球，结果这毁了我一生。我们纳瓦拉人，一打起网球，什么都丢在脑后了。有一天我赢了球，阿拉瓦省的一个小青年找碴儿跟我打架，我们操起了铁皮棍，又是我占了上风。可是斗殴伤了人，我不得不离开家乡。路上碰见龙骑兵，我就投了军，编入阿尔曼萨骑兵团。我们这些山民干当兵这行，学得非常快。不久我就成为下士，长官已经许诺提拔我为中士了。但是不幸的是，我被派到塞维利亚卷烟厂当警卫。您若有机会去塞维利亚，就一定能望见城墙外瓜达基维尔河边那栋大建筑。至今我似乎还能看见卷烟厂的大门，以及大门旁的警卫室。西班牙人值勤时，不是打牌就是睡大觉，而我这个老实厚道的纳瓦拉人，总得找点儿什么事干干。有一天，我正用黄铜丝做链条，拴住我枪上的通针，忽听弟兄们说道："打钟了，姑娘们要回厂干活啦！"

跟您说吧，先生，卷烟厂有四五百名女工，她们在一个大车间里卷雪茄，男人没有"二十四号"的准许证就休想闯入，因为天热的时候，尤其年轻的女工，穿戴就特别随意了。女工午饭后一回厂子，好多小伙子就守在路上看她们走过，对她们讲各色各样调情的话。那些姑娘很少有人会拒收一条塔夫绸头巾，而那些猎艳者，要钓这种鱼儿，真可谓俯拾皆是。别人都在观赏，唯独我仍然坐在大门旁边的凳子上。那时我还年轻，总想念家乡，也从不相信漂亮姑娘是不穿蓝裙子、发辫不垂到肩上的。况且，安达卢西亚姑娘也让我害怕，她们的作风我还看不惯：总好挖苦人，从来没有一句正经话。因此，我仍然埋头做我的链条。这时，听见一些市民说道："瞧啊，那个茨冈女孩来啦！"我一抬眼便看见她了。那天是星期五，我永远也忘不了。我看到卡门姑娘，正是您认识的那个，几个月前，我正巧在她家遇见您。

卡门穿的红裙很短，露出来的白色长丝袜破了好几个洞，一双小巧的摩洛哥红皮鞋，系着火红色绸缎鞋带。她撩起头巾，亮出自己的肩膀和插在衬衫里的一大束金合欢。她嘴角还叼着一朵金合欢花，扭动着腰臀，款步往前走，活脱脱一匹科尔多瓦养马场的骒马驹儿。如果是在我的家乡，见这样打扮的一个女人走过，大家都得赶紧画十字。可是在塞维利亚，人人都赞赏她那副浪相。不管是谁挑逗她都应声，媚眼随处乱抛，而且拳头叉在腰眼儿上，那副骚样儿，不愧是一个地道的波希米亚女人。起初，我并不喜欢她，又接着干我的活儿。然而，她的习性，也跟所有女人和猫一样：召唤不来，不招自来。她停到我面前，跟我拉话：

“伙计，”她以安达卢西亚方式对我说道，“你这链条，给我拴钱箱的钥匙好吗？”

“我是用来系枪的通针的。”我回答道。

“通针！”她咯咯笑着，高声说道，“哈！先生需要通针，也钩花边呀！”

在场的人一阵哄笑，我感到脸红了，却想不出一句话来回敬她。

“好吧，我的心肝，”她又说道，“钩出七尺黑色花边，给我做头巾吧，我心爱的通针师傅！”

她取下嘴里叼着的那朵金合欢花，用拇指一弹，正巧弹到我的眉眼之间。先生，这一击，我真像中了一颗子弹……我一时愣在那里，呆若木鸡，简直无地自容。等她进了车间之后，我才瞧见那朵金合欢花，掉在我双脚之间的地上。我也不知道怎么回事儿，一俯身拾了起来，还没有让弟兄们看到，宝贝似的塞进军衣口袋里。这是我干的头一件蠢事！

两三个小时之后，我心中还在想这件事，忽见一个看门人满脸惊慌，上气不接下气地跑到警卫室。他对我们说，卷雪茄的大车间里，有一个女人被杀了，必须马上派警卫去处理。中士要我带两名弟兄去看看。我带着人上了台阶。您想象一下，先生，我一走进大车间，头一眼就看见三百名女工只穿衬衫，或者差不多穿得这么少，她们都吵吵嚷嚷，指手画脚。全场甚嚣尘上，就是打雷也听不见了。有一名女工四脚朝天躺倒在地，浑身是血，脸上刚被人划了两刀。心肠较好的几名女工在忙着救护。我还看见伤者前边，卡门被五六名女工扭住胳膊。受伤的女工直叫唤：

“快叫神甫！忏悔！忏悔啊！我要死了！”

卡门一声也不吭，她咬紧牙关，眼睛像变色龙那样滴溜乱转。“怎么回事儿？”我问道。可是女工们七嘴八舌，都争着讲述，我费了好大劲儿才弄明白事情的原委。那名受伤的女工大概夸口说，她兜里装了很多钱，足够到特里亚纳集市上买头驴了。“哼！”嘴不饶人的卡门接口说，“你有一把扫帚还不够吗？”对方被这话刺伤，也许还因为“扫帚”这个词犯了她的大忌，于是她回敬道，她不懂得怎么用扫帚，自己没有这份荣幸，生为波希米亚女人，也当不上撒旦的干女儿，哪里比得了卡门小姐，很快就熟悉她的驴了，并且由市长带着去遛街，身后还跟着两名仆人给轰苍蝇。“那好哇，”卡门又说道，“我就在你脸蛋儿上，挖几条给苍蝇饮水的槽，还要在上面画个棋盘。”她说着就下了手，只听“吱哩、吱啦”，她用切雪茄头儿的刀在对方脸上划了个斜十字。

这事件调查清楚了，我就抓住卡门的胳膊，很客气地对她说道：“大姐，跟我走一趟吧。”

她瞥了我一眼，就好像认出我来似的。不过，她还是一副顺从的样子，对我说道：“咱们走吧。我的头巾放哪儿了？”

她扎上头巾，只露出她的一只大眼睛，接着跟在我的两个弟兄身后，好似一头绵羊那样温顺。到了警卫室，中士说这事很严重，必须把她押送监狱。还是由我押送。我就让她走在两名龙骑兵中间，而我身为士官，则按照押解犯人的规矩走在后面。我们就这样起身进城。起初，波希米亚姑娘一直沉默不语，但是进入蛇街——那条街您熟悉，七拐八弯的，真是名副其实——进入蛇街，她就故意将头巾抖落到肩上，好让我瞧瞧她那张媚人的小脸，同时尽可能扭过头来，对我说道：

“长官，这是要把我带哪儿去呀？”

“去监狱，可怜的孩子。”我答道，声调尽量放温和些。一个和善的士兵对待一名囚犯，尤其对待一位女子，就应当这样讲话。

“唉！那我要成什么样子啦？长官老爷，可怜可怜我吧。您这么年轻，又这么和气！……”接着她放低声音，又说道，“您放我逃掉吧，我会给您一块bar lachi，它能让所有女人爱您。”

先生，她所说的bar lachi，就是磁石，据波希米亚人称，如果会使用它，它就能大施法术。刮下一点儿粉末，放进白葡萄酒杯里，女人喝下去就让人随意摆弄了。可是我，极力摆出一副严肃的神态，回答她说：

“咱们走在这里，可不是闲聊天，必须去监狱，这是命令，谁也没办法。”

我们巴斯克人讲话有口音，很容易听出和西班牙人不同；可是，西班牙人中找不出一个会讲一句ba ijaona[①]的。因此，卡门一下子就猜出我来自巴斯克的省份。您也会知道，先生，波希米亚人没有祖国，总是到处流浪，会讲各种语言，大部分定居在葡萄牙、法国、巴斯克各省和加泰罗尼亚。他们甚至同摩尔人和英国人也能彼此谈话。卡门的巴斯克语说得相当好。

“我心爱的朋友，我的心肝伙伴，”她突然问我，“你和我是同乡人吗？”

先生，我们家乡的方言实在好听，使得我们在外乡听见了，就不由得战栗起来……

① 巴斯克语，意思是：是的，先生。

谈到这里，那个大盗低声加上一句：“我希望有一个原籍特权省的神甫听我忏悔。”

然后沉默了一阵，他继续说下去：

“我是埃利松多人。”我用巴斯克语回答她，我听见人家讲巴斯克语非常激动。“我嘛，我是埃查拉尔人，”她说，“这地方离我的家乡有四个钟头路程，我被波希米亚人骗到塞维利亚。我在烟厂做工想赚一点路费回纳瓦拉去扶养我的母亲，她只靠我一个人，她只有一个小barratcea[①]，里面有二十棵可供酿酒的苹果树！啊！要是我能回到家乡，站在那座白色大山的前面，该有多好啊！在这里人家都欺负我，因为我不是本地人，同这些专卖烂橙子的骗子商贩不是同乡。所有这些臭娘儿们都反对我，因为我说过哪怕她们塞维利亚的所有Jacques[②]们都带着刀子，也吓不倒我们家乡一个头戴鸭舌帽、手拿马基拉的小伙子。老乡，朋友，你不能对一个同乡女子帮点忙吗？”

她说谎，先生，她老说谎。我不知道这个姑娘一辈子有没有说过一句真话。可是只要她说话，我就相信她，真是毫无办法。她说了几句不三不四的巴斯克语，我就相信她是纳瓦拉人。其实她那双眼睛、她的嘴巴和肤色，已经说明她是一个波希米亚女人了。我那时真是疯了，什么都没有注意到。我想，如果西班牙人胆敢说我家乡的坏话，我也会划破他们的脸，就像她刚才对付她的同事一样。总之，我像喝醉了酒一样，开始说些傻话，也快要做些傻事了。

“如果我把您一推，您就跌倒在地，同乡，”她又用巴斯克语说，“这两个卡斯蒂利亚新兵就抓不到我了……”

① 巴斯克语，意思是：园子，花园。

② 巴斯克语，意思是：勇士，说大话的人。

我的天，我已经忘记了命令和其他一切，对她说：

“好吧！我的朋友，同乡，试试看吧，但愿我们山里的圣母帮助您！”

这时，我们正走到一条窄巷前面，在塞维利亚有很多这样的窄巷。突然卡门猛一转身给我当胸一拳，我故意翻倒在地。她一跳就跳过了我的身子，开始飞快地奔跑，我们只看见她的两条大腿！……人家常说“巴斯克人的腿”，她的腿，的确厉害……不但跑得快而且好看。我马上站起来，可是我横拿着长枪，挡住了路，把我的两个同伴先给耽搁了一会儿。然后我开始追赶，他们则跟在我的后面。可是要赶上她吗？我们穿着刺马靴，挂着军刀，拿着长枪追赶，谁都保险逃得脱！转眼工夫，比我对您讲述的时间还短，女犯已经跑得没了踪影。再说，那个街区的婆娘都助她逃跑，嘲笑我们，往错路上指引我们。我们来回兜了几个圈子，只好空手回到警卫室，没有拿到典狱长的收条。

我那两名士兵为免遭惩罚，就说卡门用巴斯克语对我说过话。况且，实话实说，一个小姑娘就那么轻而易举，一拳就击倒我这样的壮小伙子，也显得太不自然了。整个这件事十分可疑，确切说来极为明显。我下了岗之后，就被降了级，还蹲了一个月监牢。入伍以来头一回受处分，本来以为到手的中士衔，也同我永别了。

坐牢的头几天，我过得伤心透了。我入伍当兵时，就想着自己至少能升到尉官。我的同乡隆加、米纳，早就当上了统帅、将军。查帕兰加拉同米纳一样，是个自由党人，也同他一样逃亡到贵国，后来成为上校。我和他兄弟一起，不知打过多少场网球。他兄弟同我一样，也是个穷鬼。我在牢房里盘算着：“你受惩罚之前的功夫全白下了。现在你有了污点，要想让长官改变对你的看法，你得比新兵多努力十倍！”可是，我究竟为了什么受惩罚呢？为了一个戏弄我的波希米亚臭婊子。此刻她准在城里什么地方偷东西呢。然而，我还控制不住总想她。说起来您相信吗，先生？她逃走时让我完全看到的那双破长丝袜，还一直浮现在我的眼前。我从铁窗望出去，看到街上走过的女人，真是没有一个比得上这个鬼丫头。而且，我还不由自主，总能闻到她抛给我的那朵金合欢的芳香。花虽然枯萎了，还一直保持香味……若这世上真有巫婆的话，这丫头就准是一个！

有一天，狱卒走进牢房，给我一个阿尔卡拉面包，他说道："拿着，是您表妹给您送来的。"我接过面包，心中十分诧异，我在塞维利亚并没有什么表妹，莫非是给错人了？但是看那面包太馋人了，闻着特别香，我也就不管是谁送来的，是送给谁的，干脆吃了再说。我拿刀要切开，却碰到硬东西，仔细瞧瞧，发现一把英国造的小钢锉，是和面时就放进去了。随同面包还送来一枚价值两皮阿斯特的金币。毋庸置疑了，这是卡门的礼物。对于她那种族的人，自由就是一切。如能少坐一天牢，他们宁可放火烧掉一座城市。何况，这个女人又特别精明，用一个面包骗过了狱卒。拿这把小钢锉，只需一小时，就连最粗的铁条也能锉断。再到最近一家旧衣店，加上这枚两皮阿斯特的金币，我就能用军装换一套老百姓衣服。您也能想得到，在我们家乡一个常爬上岩壁掏鹰巢的人，要从三十多尺高的窗户溜下去，恐怕也不算什么难事。可是，我并不想越狱。我还有军人的荣誉感，认为开小差是一桩大罪。不过，这种念别人好处的表示，也挺让我感动。一个人坐了牢，就希望外面有朋友关心自己。那枚金币倒让我有点儿气恼，我很想给退回去，可是哪儿能找到给我钱的主儿呢？想想这事儿就不容易。

降级的仪式结束后，我以为这下苦尽甘来了，殊不知还要忍受耻辱。出狱之后长官给我派了班，让我像个普通士兵那样站岗。您想象不出一个血气方刚的人，落到那种地步是什么感觉。我想倒不如把我枪毙了，那样至少可以独自一人走在一队士兵的前头，让大家瞧着，感到自己还是个人物。

我被派到上校家门口站岗。上校是个富家子弟，性格开朗，最爱寻欢作乐。青年军官无不是他家的常客，许多市民也常去，还有女宾，据说是些女演员。给我的感觉，就是全城人相约到他家聚会，到他家门口来瞧我。喏，上校的马车驶到了，他的跟班坐在车夫身边。我看见什么人从车上下来了……是那个茨冈姑娘。这次她打扮得花枝招展，满身丝绸彩带、金属片，真是绚丽夺目。她那条连衣裙缀满闪亮的金属片，蓝鞋子也镶满同样的亮片，浑身上下，不是鲜花就是饰带。她拿着一个巴斯克小鼓。陪同她前来的一老一少，也是波希米亚女人。一般来说，总要由一个老太婆带领，还有一个波希米亚老头儿，弹吉他为她们跳舞伴奏。您也知道，那种社交聚会要有娱乐活动，往往叫去波希米亚姑娘，让她们跳自己的舞蹈，即罗马利斯舞，还常常干别的事儿。

卡门认出了我，我们相互交换了一下眼色。在那种时刻，也不知道为什么，我恨不能一头扎进深深的地缝儿里。

“Ager laguna[①]，”卡门说道，“我的长官，你也跟新兵一样，站起岗来啦！”她不待我反应过来，就扭身走进去了。

所有宾客都在庭院里，尽管人数众多，我隔着铁栅门，也差不多看得清里面的情形。我听见响板声和手鼓声，也听见欢笑声、喝彩声。有时卡门打着手鼓蹦跳起来，我还能瞧见她的头。继而，我还听见几名军官对她讲的那些话，不由得满脸通红。她如何回答的我就不得而知了。我想，就

① 巴斯克语，意思是：“你好，同伴。”

是从那天起，我着实爱上她了，因为我三番五次起了意念，要闯进庭院，拿着我的马刀，照所有调戏她的那些花花公子的肚子捅几下。我忍受这种折磨足足一个小时。后来，波希米亚人都出来了，乘车离去。卡门从我面前经过时，还用您熟悉的那双大眼睛瞧我一瞧，悄声对我说道：

“老乡，喜欢吃美味的炸鱼，就得去特里亚纳，到利拉斯·帕斯蒂亚饭馆。”

说罢，她扭身钻进车子里，那动作就像山羊一样敏捷。车夫鞭子一扬，赶起骡车，一帮人欢声笑语，不知去哪里了。

您准能猜得到，我一下岗便赶往特里亚纳。不过，我还是先刮了胡子，刷干净军服，如同接受检阅的日子。卡门果然在利拉斯·帕斯蒂亚那里。那个卖炸鱼的老头儿，也是波希米亚人，黑皮肤赛似摩尔人。他的炸鱼招来许多市民，尤其在卡门住进他家之后。

“利拉斯，”卡门一瞧见我，就对老头儿说道，“我今天就干到这儿。明天还有天亮的时候！走吧，老乡，咱们出去遛遛弯儿。”

她戴上头巾，遮住半张脸，我们就来到街上，可是我还不知道去哪儿。

“小姐，”我对她说道，“我还应当向您表示感谢，谢您在我坐牢时送去的礼物。我吃了面包，小钢锉我就用来磨枪尖，还留作您的一个念想儿。不过，这枚金币嘛，还是给您吧。”

“哦！钱还留着呢。”她咯咯大笑，说道，“也好，反正我也没什么钱。真的，这又能怎样呢？狗只要走，就饿不死。好吧，咱们把它全吃掉，算你请我。”

我们又踏上回塞维利亚市区的路。一走进蛇街，她就买了一打橘子，要我用手帕包起来。再往前走一段路，她买了面包、香肠，还买了一瓶曼萨尼亚葡萄酒。最后，我们走进一家糖果店，她把我还回的那枚金币和从口袋里掏出的另一枚金币以及散碎银币，全往柜台上一掷。这还嫌不够，她又要我把钱全拿出来。我只有一枚银币和几个铜子，都掏给了她，多了没有，心中十分惭愧。我以为她要把店铺里的糖果全买走。她是专挑最好吃的、最贵的买，如糖渍蛋黄、杏仁糖、蜜饯，等等，直到把钱花光为止。一样一样装进纸袋，全由我拿着。油灯街您大概知道吧，那里有正义者唐佩德罗国王的头像。那头像本可以启发我考虑一些问题。我们沿着这条街一直走到一座老房前。卡门往里走，去敲一楼的房门。前来给我们开门的波希米亚老婆子，真是名副其实的撒旦的女仆。卡门用罗曼尼语跟她讲了几句话。一开始老太婆还嘟嘟囔囔。卡门为了让她消停些，就给了她两个橘子、一把糖果，还让她尝了葡萄酒。接着，卡门又把自己的斗篷给她披上，这才算把她请出门，随后就用木闩将房门插上。屋里只有我们两人了，卡门立刻发疯一般，跳起舞来，还边笑边唱道：

“你是我的rom（罗姆），我是你的romi（罗米）。”①

我呢，抱着一大堆买来的食品，站在屋子中央，不知往哪儿放好。她倒干脆，统统把食品扔到地上，扑上来搂住我的脖子，说道：

“我现在来还欠的债，现在来还欠的债！这是卡莱人的规矩！”

啊！先生，那一天！那一天！我一想起来，就把明天置于脑后了。

四

强盗讲至此处，沉默了片刻。接着，他又抽了一支雪茄，才继续说道：

---

① 波希米亚语，rom是丈夫，romi是妻子。

我们在一起过了一整天，又吃又喝，尽情欢乐。她像个六岁孩子，吃够了糖果，又抓起几把，塞进老太婆的水罐里，说道："这样给她做果味冰糕。"她还把糖渍蛋黄摔在墙上，说什么："这样苍蝇就不来烦我们了。"……总之，什么恶作剧，什么蠢事她都干得出来。我说想要看她跳舞，可是哪儿有响板啊？而她呢，当即操起老太婆仅有的一只瓷盘，一下子打破，便敲着两块残片，跳起了罗马利斯舞。瓷片声音清脆，比得上乌木或者象牙制的响板。我敢向您打保票，谁跟那姑娘在一起都不会感到无聊。已是傍晚时分了，我听见敲响了归营的鼓声。

"我得回去，军营要点名了。"我对她说道。

"回军营？"她一脸不屑地说道，"你是个黑奴怎么的，就这么让人赶来赶去？看你这身衣裳，看你这性格，真是一只金丝鸟。走就走吧，你这胆小如鼠的家伙。"

我还是留了下来，已准备好回去关禁闭了。次日早晨，倒是她先提出该分手了。

"你听着，小何塞，"她说道，"我欠你的都还清了吧？按照我们的法律，本来我什么也不欠你的，因为你是个'土老帽儿'。不过，你这小子长得挺英俊，引起我的好感。咱们就算两清了。再见了。"

我问她什么时候再见面。

"等你不这么傻的时候。"卡门笑着回答。随后，她口气转为严肃："你知道吗？我的乖孩子，我觉得有点爱上你了。可是，这种情况长不了。狗和狼不可能长久在一起过日子。假如你接受埃及法则，也许我愿意成为你的romi。真的，这是说傻话，这种事根本不可能。算了，小伙子，相信我吧，这次你讨回了便宜。你撞上魔鬼了，对，魔鬼。不过，魔鬼也不总是黑脸的，而且也没有扭断你的脖子。我身披羊皮，可不是什么绵羊啊。你去点支蜡烛，供你的majari[①]吧，她显灵了。好了，再说一声再见。不要再想卡门姑娘了，否则，她就会让你娶一个木肢的寡妇。”

说罢，她拿掉门闩，一到了街上，就用头巾把脸裹起来，转身扬长而去。

她说得在理，我就应该明智一点，不要再想她了。然而，自从在油灯街度过那样一天之后，除了她，我就再也不想别的事了。我整天转悠，就是希望能碰见她。我还向那个老太婆，向那个卖炸鱼的打听过，他们都说卡门去拉洛罗了，这是他们对葡萄牙的叫法。他们这样回答，很可能是卡门指使的。不久我也就明白他们在说谎。油灯街那天过后几周，我被派去守城门。离城门不远的城墙有一处豁口，那里白天有人干活，夜晚则设岗哨严防走私。白天，我瞧见利拉斯·帕斯蒂亚几次接近岗亭，同我的几名弟兄拉话。所有人都认识他，当然更熟悉他卖的炸鱼和煎饼了。他也凑到我面前，问我是否知道卡门的消息。

“不知道。”我回答道。

“那好，伙计，很快就有消息了。”

他没有说错。当天夜晚，我被派到豁口站岗。班长刚一离开，我就望见一个女子朝我走来，心声对我说那是卡门。但我还是大喝一声：

“走开！这里禁止通行！”

“您别那么凶啊。”她知道是我，就是让我听出是她来。

“怎么！是您，卡门！”

“不错，老乡。少说闲话，赶紧谈正事。你想挣一枚杜罗[②]吗？一会儿有人带几捆东西来，你就放行吧。”

---

① 圣处女，指圣母。

② 杜罗，西班牙古银币，想当于5个西班牙本位币。

“不行，”我答道，“我不能放过去，这是命令。”

“命令！命令！在油灯街那会儿，你就不想命令了。”

“唔！”我回答道，一提起这事儿我就心慌意乱了，“那次嘛，忘掉命令也还值得；现在，我可不收走私商的钱。”

“说说看，你不想要钱，那咱们再到多罗特那老太婆家吃晚饭好吗？”

“不行！”我极力控制自己，连说话都哽咽了，“我做不到。”

“那好哇。既然你这么难说话，我知道找谁好办事。我邀请你的长官去多罗特家。看他那样子特别和气，他会派一个懂事的小伙子来站岗，懂得该看什么不该看什么。再见，金丝鸟。等到下命令绞死你的那一天，我会乐个痛快。”

我意志薄弱，还是叫她回来，说是只要能得到我渴望的回报，就答应放行。如果需要，全体波希米亚族人都可以通过。卡门当即发誓，次日就履行诺言。然后她跑去通知躲在附近的同伙。包括利拉斯·帕斯蒂亚在内，他们一共五个，每人身上都背满了英国货。卡门放风，一发现有巡夜的就打响板报信，但是没有这种必要了。转眼工夫，那些走私者就过了关。

次日，我到了油灯街。卡门却姗姗来迟，而且情绪相当坏。

“我不喜欢做事还得让人求的人，”她开口就说道，“你头一次帮了我很大的忙，因为你并不知道会不会捞到什么好处。昨天，你却跟我讨价还价。真不知道为什么我还要来，因为我不爱你了。给你，拿了就走吧，这一枚杜罗币算是你的辛苦费。”

我恨不得把那枚银币摔到她脸上，我强压怒火，才没有动手揍她。我们争吵了一个钟头，最后我被气走了。我在城里游荡了一阵，东奔西窜，像发了疯似的，最后进入一座教堂，躺在最黑暗的角落，痛哭起来。忽然，我听见有人说道：

“龙掉泪啦！我得接了用来制春药。”

我抬起眼睛，只见卡门站在面前。

“好了，老乡，您还怨我吗？”她对我说道，“我虽然厌烦了，可是肯定还是爱您，这不，您离开我之后，我就不知道自己怎么了。您瞧，现在是我来问你，愿不愿意去油灯街了。”

于是，我们又和好了。可是，卡门的脾气，就跟我们家乡的天气一样。在我们山区，阳光最灿烂的时候，暴风雨往往就近在咫尺了。她答应我再到多罗特家相会一次，她却没有去。多罗特明明白白告诉我，卡门到卡洛罗办埃及的事情[①]去了。

我已经有经验了，知道该怎么对付，凡是卡门可能去的地方，我都去寻找，每天去油灯街不下二十次。我不时地请多罗特喝杯茴香酒，几乎完全把她笼络住了。一天晚上，我正在多罗特家中，忽见卡门走进来，身后还跟着一个年轻人，那是我们团的一名中尉。

“你快走吧。”卡门用巴斯克语对我说道。

我万分惊愕，愣在原地，心中火冒三丈。

“你在这儿干什么呢？”中尉冲我说道，“滚蛋，从这儿滚出去！”

我却一步也挪不动，仿佛全身瘫痪了。那军官见我不走，甚至连军帽也不摘下，就勃然大怒，一把揪住我的脖领，狠命地摇晃我。我一时昏了头，也不知道对他说了什么，他抽出剑来，我也拔剑对阵。老太婆抓住了我的胳膊，不料，中尉一剑刺来，伤了我的脑门，落下个伤疤至今还有。

---

① 指波希米亚人的神秘买卖。

我往后一退，一甩胳膊肘，就把老太婆摔了个四仰八叉。中尉直逼过来，正撞到对准他的剑尖上，自己找死。卡门一口气吹灭油灯，用波希米亚语让多罗特快逃。我也逃到街上，也不知往哪儿逃，就拼命跑起来，总觉身后有人追赶。等到惊魂稍定，我才发现卡门一直跟在后面。

“金丝鸟，”她对我说道，“你这个大傻瓜，净干蠢事。我不是对你说过嘛，我会给你带来不幸。好了，只要交上了一个罗马的佛兰德女人，什么事都有补救的办法。先用这手绢包扎一下头，再把这条皮带扔掉，在这路上等我，过两分钟我就回来。”

她一闪身就不见了，但是不大工夫便回来了，还不知从哪儿弄来一件大斗篷。她让我脱掉军装，把斗篷直接披在我的衬衣上。我的头本来已经包扎了手帕，再这样一换装，还真有点儿像瓦伦西亚的农民，这种农民经常到塞维利亚城里叫卖地栗浆茶。接着，卡门又把我带进一条深巷，到了跟多罗特家差不多的一所房子里。她和另一个波希米亚女人给我洗伤口，再包扎好，做得比一名军医还专业。最后又让我喝了点儿什么，就扶我躺在一条床垫上，我便昏昏睡过去。

两个女人在我喝的饮料中，大概掺了秘制的安眠药，我睡了好久，直到第二天很晚才醒来，感到头疼得厉害，还有点发烧。好半天我才回想起来，昨晚自己闯了大祸。卡门和她的女伴给我包扎好伤口之后，就蹲在我的床垫旁边，用波希米亚语交谈了几句，估计是商议如何给我治伤。接着，两个人都劝我放心，说我的伤不久即可痊愈，但是刻不容缓，必须尽快离开塞维利亚。因为我在本城一旦被捕，就必定遭枪决，绝无赦免的可能。

“小伙子，”卡门还对我说，“你也该干点儿什么事。现在，国王不供给你米饭和鳕鱼了，你就得考虑自谋生路了。可是你人太笨，不会妙手窃取，也不会硬抢，然而，你动作敏捷，身体又强壮，如果再有胆量的话，就到沿海一带走私货物吧。我不是说过让人把你绞死吗？那样总比枪毙好。何况你若是会干，不让民团和海岸警卫队抓住，就会一直过着王爷一般的生活。”

这个鬼丫头，就以这种诱人的方式，向我描绘了她为我安排的新生活。老实说，我既已犯了死罪，也只有这一条活路了。先生，还用我对您说吗？她无须费什么口舌，就把我说服了。我倒觉得由于过上这种冒险和反叛的生活，我同她的关系更紧密了。从此以后，我认为这也确保了她对我的爱情。从前我也时常听人说，一些走私的好汉骑着快马，手持火铳，马后驮着情妇，驰骋在安达卢西亚地区。我也想象自己的马后背，驮着这个可爱的波希米亚姑娘，飞奔在群山峡谷之间。卡门一听我说到那个情景，就捧腹大笑起来。她对我说，最美的事，也莫过于野营露宿，用三个桶箍支起一条被子，每个rom带着自己的romi钻进去，美美过一夜。

“假如是在山区，”我对她说道，“我对你就有把握了！在山里，就没有什么中尉来跟我争抢了。”

“哦！你还吃醋呀，”卡门回答道，“爱吃你就吃吧。你怎么会愚蠢到这种地步？你还看不出来吗？我爱你呀，从来没有向你要过钱。”

每当她讲这种话，我真想上去掐死她。

长话短说吧，先生。卡门给我弄来一套平民服装，我换上之后，便溜出塞维利亚，没有被人认出来。我带着帕斯蒂亚的一封信，前往赫雷斯去找一个卖茴香酒的商贩，他家就是走私贩子聚会的地点。我被介绍给那些人，他们的头儿绰号为“当卡伊尔”，接纳我入伙了。我们动身去高辛，卡门约我在那里见面。每次行动，她都充当探子，而且再也没有比她出色的探子了。她这次是从直布罗陀过来的，在那里她已经和一位船主商量好了，装船运送我们要在海岸接收的英国货物。我们再去埃斯特波纳附近等待接货。然后，我们将一部分货藏在山中，带上其余的货去龙达。卡门则打前站，还是由她指定我们进城的时间。这第一趟货，以及随后几趟货，走得都很顺利。比起当兵的生活来，我更喜欢走私贩的生活。我不时地送给卡门礼物：钱有了，情人也有了。想想我也并不怎么后悔，波希米亚人说得对：活得欢畅，癣也不痒。我们所到之处总受款待。我的那些伙伴对我都非常好，甚至表现出几分敬重，只因为我杀了个人，而他们中间有些人还不够狠，没有这种业绩。不过，这种新生活更让我称心的是，我能经常见到卡门。她对我从来没有这么亲近过。然而，在伙伴面前，她并不承认是我的情人，甚至还让我发了各种各样的誓言，绝不当众讲她的事儿。我在这女人面前太软弱了，她怎么任性我都顺从。况且，她在我面前，也是头一回表现出一位正经女子的那种矜持态度，而我头脑也比较简单，以为她真的改掉了从前的习性。

我们这个走私团伙，共有八九个，乃至十个人。只是到关键时刻才聚一聚。平时我们就三三两两分散在城里和乡下。每人都自称干一种行业，这个人是锅匠，那个人是马贩子，而我则是卖针线的货郎，但是，碍于塞维利亚那桩命案，我不怎么到人多的地方露面。有一天，确切地说是一天夜晚，我们相约在维赫尔山城脚下见面。我和当卡伊尔先到了。看样子他特别高兴。

“咱们又要添一名弟兄了。”他对我说道，“卡门这手真绝了，刚刚帮她的rom逃出了塔里法监狱。”

我已经开始懂得波希米亚语了，因为我的同伙几乎全讲这种语言。听到“rom”一词，我的心一揪。

“什么！她丈夫！这么说，她已经嫁人了？”我问头儿。

“对呀，”头儿回答，“她嫁给了独眼龙加西亚，也是波希米亚人，同她一样机灵。那可怜的小伙子成了苦役犯，卡门把监狱的医生迷得神魂颠倒，终于让他放了她的rom。嘿！这个姑娘，真是价值千金啊。两年前，她就设法帮她的rom越狱，但是没有得手，直到换了狱医才算成功。看来她很快就跟狱医拉上关系，把事情搞定了。”

您想象一下，这条消息让我多难受。很快我就见到了独眼龙加西亚。那家伙真是波希米亚族生育的最大的丑鬼，他皮肤黑，心肠更黑，是我有生以来见到的最恬不知耻的恶魔。卡门带他一起来了，在我面前叫他rom，可是一等加西亚扭过头去，她就向我使眼色，还向我做鬼脸。我十分气愤，整个夜晚都没有搭理她。早晨，我们打好货物上路了，忽然发现十二三名骑警追了上来。我们团伙的几个安达卢西亚人，平时吹破大天，说什么来多少杀多少，现在一见大事不妙，便大惊失色，都争相逃命了。只有当卡伊尔、加西亚、一个名叫“和事佬”的从埃西哈来的漂亮小伙子以及卡门还保持镇定。其他人丢下驮货的骡子，连滚带爬地逃进山沟里，那样骑马就无法追赶了。牲口算是保不住了，我们赶紧卸下最值钱的货物，扛起来就走，准备从岩石之间，顺着最陡峭的山坡逃命。我们先把货包抛下去，人紧随其后往下出溜。这工夫，敌人开始狙击我们。我头一回听见子弹呼啸而过，但是并不怎么在乎。有个女人看着你，视死如归也不算难事。我们终于逃脱，只有可怜的“和事佬”腰上中了一枪。我扔下货包，想去背他。

“傻瓜！”加西亚冲我嚷道，“咱们弄个僵尸怎么办？把他结果了，别丢了那些棉袜。”

“丢下他！丢下他！”卡门也对我喊道。

我也筋疲力尽，把“和事佬”撂在一块岩石后面，先歇一歇。加西亚走过来，冲他的脸就给了几枪。

“现在谁能认出他来，谁就算有本事。”他边说边看。那张脸已被他装满膛的十二发子弹打烂了。

唉，先生，这就是我过的美好日子。天黑的时候，我们来到一大片荆棘丛地，全都疲惫不堪，而且没吃没喝，骡队又丢掉了，全赔进去了。可是，加西亚那魔鬼干什么呢？他从兜里掏出一副纸牌，借着他们点着的一堆篝火的光亮，就同当卡伊尔赌起钱来。我没事干，就躺在地上，仰望星空，想起那个“和事佬”，心里甚至嘀咕，自己宁愿替他死了。卡门盘腿坐在我旁边，不时打一阵响板，哼唱一段小曲。继而，她又凑到跟前，对着我的耳朵说话，还不管我愿意不愿意，吻了我两三下。

“你是个魔鬼。”我对她说了一句。

“对呀。”她答道。

歇息了几个小时之后，卡门就去高辛了。第二天早晨，一个牧羊童给我们送来面包。我们在原地又隐藏了一整天，到了夜晚才靠近高辛城，但是还要等待卡门的消息。可是一点消息也没有。直到天亮，我们才望见一名骡夫赶着两头骡子，上面坐着一位穿戴很像样的女子，还举着一把阳伞，伴随她的一个小姑娘，看样子是她的仆人。

“瞧啊，”加西亚对我们说道，“圣尼古拉给咱们送来两头骡子和两个女人。我更希望是四头骡子；也无所谓，我就照收了！”

他操起火铳，在荆棘丛的掩蔽下，朝坡下那条小路走去。当卡伊尔和我，我们隔不远的距离跟在后面。一到射程之内，我们就冲出去，喝令骡夫站住。那女子看到我们吓人的打扮，非但毫无惧色，而且还咯咯大笑起来。

“哈！几个笨蛋，把我当成贵夫人了！”

原来是卡门，她装扮得太像了，如果再说另一种语言，我就很可能认不出她了。她跳下骡子，跟当卡伊尔和加西亚悄声交谈了一会儿，然后，她又对我说道：

“金丝鸟，在你被绞死之前，咱们还会见面的。现在我要去直布罗陀办埃及的事情。不久我就跟你们通消息。”

她指给我们一个地点去躲几天，这才离开我们。这个姑娘，真是我们团伙的福星。时过不久，她果然派人给我们送来钱，还送来一个更有价值的消息：两位英国勋爵要从直布罗陀去格林纳达，某日要走某一条路。明眼人一看便明白。那两位行客肯定带着不少货真价实的英国金币。加西亚主张杀掉他们，但是当卡伊尔和我却反对。结果，我们仅仅要了他们的钱财和怀表，当然还收下我们急需的衬衣。

先生，一个人不知不觉就会变坏。一个美丽的姑娘会让你昏头，你为她决斗，闯了祸就只好躲进山里，连想都没有想，就从走私贩变成了强盗。我们既然抢了两位英国勋爵，就认为不宜在直布罗陀一带久留，于是我们钻进了龙达那一带的山中。——对了，您向我提起过何塞－马利亚，我正是在那里认识他的。他每次行动都带着他的情人。那是一个美丽的姑娘，又稳重，又谦虚，言谈举止很文雅，从不讲一句粗话，而且还特别钟情！……反之，何塞－马利亚却让她吃尽苦头，他虐待她，见着别的女人就追，有时还装作醋意大发，居然有一回还动了手，刺了姑娘一刀，可是那姑娘反而更爱他了。女人天生就如此，安达卢西亚女人就更突出了。那姑娘胳膊落个伤疤，倒还引以为荣，把它当作世上最美的东西让人观赏。不仅如此，何塞－马利亚还是个最不讲义气的伙伴！……有一次我们合伙走货，他却精心安排，独吞了收益，让走私带来的打击和麻烦全落到我们头上。对了，我接着讲自己的经历。我们再也得不到卡门的消息了。

“咱们当中，必须有个人去直布罗陀打听一下消息，”当卡伊尔说道，“卡门大概安排了什么买卖。我倒是愿意跑一趟，可是在直布罗陀，认识我的人太多了。”

“我也一样，”独眼龙也说道，“那里的人我都认识，我捉弄了多少回那些‘龙虾’！再说，我瞎了一只眼，也很难化装。”

“那就得我去了，”我接口说道，一想能再见到卡门，我就乐不可支，“说说吧，要做些什么呢？”

“你乘船去，还是取道圣罗克，怎么着都行。”他们对我说道，“一到直布罗陀，就去码头打听，有个叫罗劳娜的女人，住在卖巧克力的小贩那里。只要找到她，你就能了解到那里的情况。”

我们三人商量决定，先一道去高辛的山中，我再把两个同伙留在那里，自己装扮成水果商贩前往直布罗陀。到了龙达，我们的一个同伙给我搞到一份护照。到了高辛，有人又给了我一头驴，我往驮包装满橘子和甜瓜，就赶着上路了。到了直布罗陀我发现，那里的人都认识罗劳娜，不过，她不是死了，就是进了监狱。这个女人失踪了，在我看来，我们同卡门联系的线也就断了。我将驴拴在一个牲口棚里，背起橘子满城叫卖，当然是为了看看，能不能碰见熟人。那里聚集了世界各地来的歹徒土匪，简直是一座巴别塔。在街道走上十步，就准能听到十种语言。我也见到不少埃及人，但是还不大敢轻易相信别人。我试探他们，他们也试探我，彼此都猜得出来，我们都是黑道上的人，但关键是要了解我们是不是属于同一团伙。我白跑了两天，关于罗劳娜和卡门的消息一无所得，于是买了些东西，准备去和同伴商量。就在日落时分，我正沿一条街溜达，忽听窗口一个女人叫我：

“喂！卖橘子的！……”

我抬头一看，只见卡门凭栏站在阳台上，身边有一名穿红军服、戴金肩章、满头鬈发的军官，一副大爵爷的派头。再仔细一瞧，卡门穿戴非常华丽，肩上披着大披肩，头上插着把金梳子，满身绫罗绸缎。这个浪货，总是老样子！那英国人用蹩脚的西班牙语喊我上楼，说是夫人要买橘子。卡门又用巴斯克语对我说：

“上来吧，别大惊小怪的。”

五

的确，卡门行事，无论怎么怪，我都不应以为怪。我又找到她，真说不好心中是喜多还是悲多。门口站着一名身材高大的英国仆人，脸上还扑了粉，他引我走进豪华的客厅。卡门当即用巴斯克语对我说道：

“你就装作西班牙语一句也听不懂，也不认识我。”

她随即又转过身去，对那英国人说道：

“我不是跟您说了吗？我一眼就看出他是巴斯克人。您听他讲的语言特别逗。瞧他那样子多蠢，对不对？活像在食橱里偷嘴的猫被主人捉到。”

“那么你呢，”我用家乡话回敬道，“你这副样子，整个儿一个恬不知耻的荡妇，我真想就在你相好的面前，拿刀在你脸上划几道口子。”

“我的相好！”她说道，“怎么，你就这样猜测的？你还忌妒这个蠢货？咱们在油灯街过了那几夜之后，你变得更傻了。你这个小傻瓜，还没有看出来，我这会儿正在做埃及的生意，而且干得出色极了。这所房子是我的了，而且这只‘龙虾’的金币，也要收入我的囊中。现在是我牵着他的鼻子走，我要把他牵到有去无回的地方。”

“我不管这套，”我又对她说道，“如果你还以这种方式做埃及人的买卖，我可就不客气了，叫你断了这个念头。”

“嗬！真的呀！你是我的rom吗？敢这样命令我？独眼龙觉得这样干很好，这里有你什么说话的份！唯独你才能自称是我的minchorrò①，难道你还不满意吗？”

“他说什么了？”英国人问道。

“他说他渴了，很想喝一杯。”卡门回答道。说罢，她仰身倒在长沙发上，对自己的翻译咯咯大笑。

先生，当这个姑娘嬉笑的时候，就没法谈什么理性了。大家都跟随她大笑起来。这位高个子英国人也笑了，纯粹一个傻瓜，他还吩咐人给我拿酒来。

在我喝酒的时候，卡门又说道：

“他手上戴的那只戒指，你瞧见了吧，你想要，我一定把它给你。”

“我宁愿拿一根手指换你这位阔佬：我把他弄到山里，我们各自拿着Maquila②较量较量。”

“Maquila，是什么意思？”英国人问道。

“Maquila嘛，”卡门还大笑不止，说道，“就是橘子。管橘子叫Maquila，这词儿是不是太逗了？他说他想请你吃Maquila。”

“是吗？”英国人说道，“那好啊！明天再送Maquila来吧。”

我们正这样说着话，仆人进来禀报晚餐备好了。英国人便站起身，给了我一枚银币，他又伸胳膊搀扶卡门，就好像她走不了路似的。卡门一直咯咯笑着，对我说道：

“小伙子，我不能留你吃晚饭了。不过明天，你一听见敲响检阅鼓

---

① 情人、临时的相好之意。

② 即本文第三节中所说的“铁皮棍”。

声，就带着橘子来吧。你来这里看到的卧室，比油灯街那儿的好多了，你也会看到，我还是不是你原先的小卡门。然后，咱们再谈埃及买卖。”

我一句话也没有回答，又回到街上，忽听那个英国人又冲我喊道：

“明天您再送来一些Maquila！”随即又传来卡门的笑声。

我离开时也不知道自己该怎么办，晚上没有睡好觉，早晨起来，我还十分恼恨这个负心的女人，就决定不再去见她，干脆离开直布罗陀。然而，当我听见第一通军鼓，便勇气顿失。我扛起一篓橘子，直奔卡门的住所。我望见在那半开的百叶窗前，卡门守望我的那双又大又黑的眼睛。脸上扑了粉的仆人立刻引我进去，卡门随即打发他外出办事了。等屋里只剩下我们两人，卡门就像鳄鱼张口，一阵大笑，还扑上来搂住我的脖子。我从未见过她打扮得这样漂亮，比得上一尊圣母像，还满身香气……椅子、沙发都有丝绸包面，窗帘帷幔也全是绣花的锦缎……噢！……而我呢，还不改一副盗匪的样子。

“我的心肝！”卡门说道，“我真想把这里的东西全砸烂，一把火把房子烧掉，然后逃进山里去。”

接着，就是千娇百媚！……接着，又是咯咯大笑……又是翩翩起舞，又是撕破裙子的花边。她欢蹦乱跳，频频做鬼脸，搞恶作剧，那种淘气劲儿连猴子都自愧弗如。闹了一通之后，她才正经起来，对我说道：

“你听好，这是埃及生意。我要他带我去龙达，我有个姐姐在那里做修女……（说到这里，她又失声大笑。）我们要经过一个地点，到时候我会派人告诉你。你们埋伏在那里，扑上去把他抢个精光！最好还是要了他的小命。不过，”她又补充一句，还鬼模鬼样地笑一笑，她在特定时刻的这种狞笑，谁也不愿意模仿，“不过，你知道应当怎么做吗？还是让独眼龙抢先一步，你稍微偏后一点儿。这只‘龙虾’很勇敢，也很敏捷。他还有一对好手枪……你明白吗？”

她住了口，又咯咯大笑起来，笑得我毛骨悚然。

“不，”我对她说道，“我是恨加西亚，但他毕竟是我的同伙。也许有那么一天，我会替你除掉他，可是我们这笔账，必须按照我们家乡的方式清算。我成为埃及人纯属偶然，在一些事情上，正如谚语所说，我始终是个真正的纳瓦拉人。”

卡门又说道：

“你真是一个傻瓜，一个笨蛋，一个真正的土老帽儿，你正像那个自认为痰吐得远，就个头儿高的小矮人。你走吧，你并不爱我。”

听她对我说“你走吧”，我却迈不动步。我终于答应动身，回到同伙那里，并等候那个英国人。卡门也答应我装病不让他碰，一直装到离开直布罗陀前往龙达为止。我在直布罗陀又逗留了两天。卡门胆子还真大，化了装到旅馆来看我。我离开了，但是心中也有自己的打算。那个英国人和卡门要经过的地点和时间，我已经掌握了。我回到约定的地方，见到了正等候我的当卡伊尔和加西亚。我们在一片树林中过夜，用松果点了一堆旺旺的篝火。我向加西亚提议赌牌，他接受了。赌到第二局时，我说他作弊，他却哈哈大笑。我把牌摔到他脸上。他要操起枪，我一脚踩住，对他说道：

“据说你的刀术有两手，比得上马拉加最棒的小伙子，要不要跟我比试比试？”

当卡伊尔想拉开我们，但是我已经给了加西亚两三拳。加西亚一怒之下，也就上来了勇气，他抽出刀来，我也横刀在手。我们两人都让当卡伊尔闪开，给我们腾出场子决一胜负。当卡伊尔见此情景，无法制止我们，便闪到一旁。加西亚已经弓起腰，像猫扑老鼠那样，蓄势待发。他左手拿着帽子以便虚晃，尖刀则直指对手，这是安达卢西亚刀术的招式。我则摆开纳瓦拉刀术的架势，挺身站在他面前，左胳膊抬起，左腿在前，腰刀贴在右腿上，自觉比个巨人还要强悍几分。加西亚一个箭步扑向我，我前腿用力一转，就让他扑了个空，而我的刀只是一抬，正中他的咽喉，深深刺进，我的手都碰到他的下颏儿了。我就势猛力一扭腕子，咔嚓一声，刀刃断在里面。手臂粗的血柱喷出，竟将断刀冲了出来。他形同木桩，直挺挺地扑倒在地。

“你这是干了什么呀？”当卡伊尔对我说道。

“听我说，”我答道，“我和他势不两立。我爱卡门，就想独自一个人跟她好，再说了，加西亚是个坏蛋，我还记得他怎么杀害了那个可怜的‘和事佬’。现在只剩下咱们两人了，不过，咱们是两条好汉。喏，你愿意交我这个朋友，和我生死与共吗？”

当卡伊尔向我伸出手来。毕竟他已是五十岁的人了。

“什么男欢女爱，统统见鬼去吧！”他大发感慨，“你要向他讨卡门，给他一枚银币，他就会把人让给你。现在可好，只剩下咱们俩了，明天怎么应付呢？”

“让我一个人去应付吧，”我回答道，“现在，就算天下的人全来我也不在乎。”

我们将加西亚埋了，然后到二百步开外的地方宿营。次日，卡门和那个英国佬经过那里，随身带着两个骡夫和一名仆人。我对当卡伊尔说道：

“我对付那个英国佬，你去吓唬其他人，他们手中都没有武器。”

那个英国人很勇敢，他的胳臂要不是让卡门推了一下，那就非一枪打死我不可。总之，那一天，我又夺回了卡门，我对她讲的头一句话，就是她变成了寡妇。她了解了事情的经过之后，就对我说道：

“你永远是个傻瓜！加西亚本该要你的命。你这种纳瓦拉防守架势，只不过是个花架子，比你身手好的人都让他送进地狱了。大概是他的死期到了。你的也不远了。”

“你也一样。”我回敬道，“如果你不老老实实做我的romi的话。”

“那好哇，”她接口说道，“我从咖啡渣里就不止一次看出咱俩要一起完蛋。哼！走着瞧吧！”

说着，她就打起响板——每次要驱赶什么烦人的念头，她总是有这种举动。

人一谈起自己来就忘乎所以了。所有这些细枝末节，一定让您听烦了，不过，我这就讲完了。我们过的那种生活，持续了相当长时间。当卡伊尔和我，又招了几个人入伙，比原先的同伙更可靠些，主要是走私货物，但是也应当承认，到了走投无路、万不得已的时候，也打劫过几次。然而，我们并不伤害客商，只劫下财物。有那么几个月，我对卡门挺满意。她继续寻找好买卖，给我们通风报信，对我的行动帮助很大。她时而去马拉加，时而到科尔多瓦，时而又在格林纳达，但是只要我打声招呼，她就全撂下所有事情，赶来和我相会，也不管我是住在偏僻的小客栈，还是睡在帐篷里。只有一次，那是在马拉加，她引起我几分不安。我知道她瞄上了一个富商，要故伎重演，再开一次直布罗陀的那种玩笑。我不顾当卡伊尔的极力劝阻，执意前往马拉加，大白天就闯进城去，找到了卡门，当即把她带走。我们大吵了一架。

“你知道不知道，”她冲我嚷道，“自从你真正做了我的rom之后，我就不如你是我的情郎那会儿那么爱你了。我不愿意让人烦我，尤其不愿意让人对我发号施令。我要的是自由自在，爱干什么就干什么。你得当心，别把我逼急了。如果你把我弄烦了，那我就找个棒小伙子对付你，就像你对付独眼龙那样。”

经当卡伊尔规劝，我们又和好了，但是彼此都讲了寒心的话，关系就远不如从前了。后来不久，我们遭了难，让军队发现了，当卡伊尔和两名弟兄丢了命，另外两个被擒。我身受重伤，如果不是马跑得快，我也非落入敌手不可。打伤我的子弹还在身上，我跑得精疲力竭，同我的唯一幸免于难的弟兄躲进一片树林。我一下马便昏迷过去，以为这回完了，就像中了铅弹的野兔那样死在荆棘丛里。那位弟兄把我背进我们熟悉的一个岩洞，又马上去找卡门。卡门在格林纳达，一得知消息就火速赶来。她时刻不离开，连觉也不睡，护理我长达半个月之久，显得那么灵巧而无微不至，超过了任何女人照顾最心爱的男人的程度。等我能够站立起来了，卡门就极为隐秘地带我去格林纳达。波希米亚女人到处都能找到可靠的藏身之处，我在一座房子里住了六个多星期，与通缉我的市长仅隔两扇门。我躲在百叶窗后面，不止一次看到市长走过去。我的枪伤终于养好了。在养伤期间，我考虑了很多事，暗暗打算改变一下生活。我对卡门说，不如干脆离开西班牙，去新大陆生活。卡门对我嗤之以鼻，说道：

“我们天生就不适合种菜，我们就是这个命，要靠那些糊涂虫生活。对了，我同直布罗陀的纳坦·本－约瑟夫安排好了一桩买卖。他有一批棉织品，只等你偷运走。他知道你还活着，也就指望你了。如果你失信了，咱们在直布罗陀的那些关系户会怎么说呢？”

我没了主张，又重操肮脏的旧业了。

我藏匿在格林纳达养伤期间，城里有斗牛表演。卡门去观看了，回来大谈一个名叫卢卡斯的斗牛士，说他动作特别敏捷。就连他那匹马的名字，他那身斗牛士绣花服花多少钱，她都一清二楚。开始我并没有在意，直到我那唯一大难不死的弟兄胡安尼托告诉我，他在萨卡提纳大街，看见卡门和卢卡斯一起进一家商店，这才引起我的警觉。我盘问卡门，怎么认识的，又为什么要认识那个斗牛士。

“那小伙子有用，”卡门对我说道，“可以打他主意。他斗牛赚了一千二百里亚尔[①]。二者必居其一：或者要他这笔钱，或者要他入伙，他毕竟是个好骑手，又是个勇敢的小伙子。咱们弟兄一个一个送了命，得补充人手，就把他收下吧。”

“他的钱我不要，人也不要。”我回答道，“我还不准你跟他说话。”

“说话留点儿余地，”卡门对我说道，“越是不让我干什么事儿，我就越急着干。”

幸好那个斗牛士去了马拉加，而我也忙于将那犹太人的棉织品偷运入境。跑这趟货麻烦事很多，我忙，卡门也忙，我就把卢卡斯丢在脑后了，也许卡门也把他忘了，至少暂时如此。大约就在这个时期，先生，我同您相遇，先是在蒙蒂利亚，然后在科尔多瓦。最后那次见面，就不必我讲了，恐怕您所知比我还详细。卡门偷了您的怀表，还想要您的钱，尤其是我看到您手上戴的这枚戒指，据她说是魔戒，务必要弄到手。我们激烈争吵起来，我还打了她。她脸色顿时煞白，哭起来了。那是我头一次见她哭泣，给我极大震动。我请求她原谅，但是一整天她都跟我赌气。我动身要回蒙蒂利亚，她甚至不愿意和我拥抱。——我心里十分难过，可是三天之后，她就来找我了，就像燕雀一样欢快。不愉快的事忘得一干二净，我们好似刚刚热恋的一对情人。这次分手时，她对我说道：

“科尔多瓦欢庆节日，我要去看热闹，也顺便了解哪些人出门身上带

---

① 里亚尔：西班牙银辅币。

钱，然后告诉你。”

我让她走了。我独自一人，就琢磨起这个节日，以及卡门情绪的变化来，心中暗道：

“她又主动来找我，肯定觉得出够了气。”

一个农民告诉我，科尔多瓦有斗牛表演。我一听血液就沸腾起来，发了疯似的赶到现场。有人指给我看哪个是卢卡斯，接着，我又看到卡门就坐在紧靠护栏的那排座上。我只需瞧她一分钟，便确知我所怀疑的事情。果然不出我所料，卢卡斯斗第一头公牛时，就大献殷勤，从公牛身上夺下花结，赶紧献给卡门。卡门接过去，当即戴在头上。不过，那头公牛却替我报了仇。它一头撞到卢卡斯的马的肚子上，连人带马撞翻了，它又从人和马的身上踏过去。我再看卡门，座位上已经不见她的人影儿了。我周围挤满了观众，根本无法离开，只好等到斗牛结束。我径直去了您见过的那所房子，一晚上都在发呆，直到后半夜。约莫凌晨两点钟，卡门才回来，一见到我颇感意外。

“跟我走吧。”我对她说道。

“好吧！”卡门应声说道，“咱们走！”

我去牵马，让卡门坐我身后。下半夜我们就赶路，谁也没有讲一句话。拂晓时分，我们到了一家孤零零的客店歇脚，附近还有一个小隐修院。在那里我对卡门说道：

“你听着，我打算全忘掉，绝不向你再提一个字。但是，你得对我发个誓，你随我去美洲，到那里消消停停过日子。”

“不，”她赌气地回答，“我不愿意去美洲。我觉得在这里很好。”

“这是因为你不想离开卢卡斯。但是你要好好想想，他即使伤治好了，也活不长久。再说了，我又何必找他算账呢？你的情人我全杀，已经杀腻了，这次该杀掉你了。”

她那充满野性的眼神凝视着我，对我说道：

“我一直有这个念头，你迟早会杀了我。我头一次见到你的时候，正巧在我家门口碰到一位神甫。还有，夜里出科尔多瓦城的时候，你什么也没有看见吗？一只野兔横穿大道，从你的马腿之间钻过去，这是命数。”

“小卡门，”我又问她，“莫非你不爱我了？”

她根本不应声，只是盘腿坐在席子上，用手指在地上画道道。

“咱们变变生活吧，卡门，”我用恳求的语气说道，“咱们到别处去生活，永远不分离。你也知道，离这儿不远的一棵橡树下，埋藏了一百二十盎司金子……另外，咱们在犹太人本－约瑟夫那里还有资金。”

卡门微笑起来，对我说道：

“先是我，然后轮到你。我完全清楚，事情准会这样了结。”

“你再想想吧，”我继续说道，“我的耐心和勇气都到了极限。你拿主意吧，要不我就拿主意了。”

我离开卡门，无意中到了一个隐修院，看见隐修士正在祈祷，就一直等到他祈祷完了。本来我也很想祈祷，但是静不下心来。我见隐修士站起来了，便走过去，对他说道：

“神甫，您肯为一个身处极大危难中的人祈祷吗？”

“我为所有受难的人祈祷。”他回答道。

“你能做一场弥撒吗，为一颗也许即将归天的灵魂？”

“可以呀。”他答道，同时定睛看着我，由于看出我神色有异，就想要引我开口：

“看您面熟，好像在哪儿见过。”他说道。

我将一枚银币放到他的跪凳上，并且问他：

“你什么时候做弥撒？”

“半小时之后吧。那家客店老板的儿子要来当助手。请告诉我，年轻人，您是不是有什么良心不安的事儿呢？您愿不愿意听一个基督徒的劝告呢？”

我感到眼泪要流出来了，赶紧对他说我过一会儿再来，随即溜走了。我躺在杂草上，直到听见钟声响起。于是，我又走近小教堂，但是停留在外面。等到弥撒做完，我又回客店，暗暗希望卡门已经逃走。她完全可以骑我的马逃命去……然而，她还待在那里。她不愿意让别人说她害怕我了。我出去的工夫，她拆开裙边，取出里面的铅条，把铅条熔化了之后，就倒进盛满水的瓦盆里，现在正全神贯注，观察熔化的铅在水中凝结成形，心思全放在自己的魔法上，竟未发现我回来了。她神情忧伤，时而拿起一块铅，翻看各个角度，时而唱起一支施法的歌曲，呼唤马利亚·帕狄利亚，唐佩德罗的情妇，据说她就是波希米亚人至高无上的女王。

“卡门，”我对她说道，“您能跟我走一趟吗？”

她站起身，扔下水盆，扎上头巾，准备好要走的样子。有人把我的马牵来，卡门上马坐在后面，我们就走了。

“这么说，我的卡门，”走出一段路，我就对她说道，“你愿意跟我走了，对不对？”

“我愿意跟你去死，对，但是不再和你一起生活了。”

我们走到一个僻静的山口，我勒马停下。

“就在这儿吗？”卡门问了一句。

她飞身下马，摘下头巾，掷到脚下，一只拳头叉在后腰上，站在那里一动不动，定睛看着我。

“我完全明白，你想要杀我，”卡门说道，“这是命数，但是要我让步也休想。”

“求求你了，”我对她说道，“要通情达理嘛。听我说啊！过去的事，全部一笔勾销。按说你也知道，是你把我给毁了，也正是为了你，我才变成盗匪，成为杀人凶手。卡门！我的卡门！让我来拯救你，并且同时也拯救我自己。”

“何塞，”卡门答道，“你这是要求我做不可能做到的事情。我不爱你了，而你还爱我，正因为如此，你才要杀我。我倒是还可以跟你讲几句谎话，但我不愿意费这个劲儿了。咱俩之间全部结束。你是我的rom，有权杀死你的romi。然而，卡门永远是自由的。她生为卡莱人，死为卡莱鬼。”

“这么说你爱卢卡斯了？”我问道。

“对，我爱过他，像爱你一样，但只是一阵工夫，也许还不如爱你。现在，我什么也不爱了，而且恨自己怎么爱过你。”

我扑到她的脚下，抓住她的双手，如泉的泪水将她的手打湿。我向她提起我们共度的幸福时光。我还主动表示为了讨她欢喜，我还会继续做强盗。一切，先生，一切！我什么都答应，只求她还愿意爱我！

她却对我说道：

“还爱你，这不可能。和你一起生活，我不愿意。”

我怒不可遏，拔出刀来，真希望她一害怕，就向我求饶。哪知这个女人就是个魔鬼。

“最后问你一句，”我高声说道，“你愿意留在我身边吗？”

“不！不！不！”她连声回答，还连连跺脚，并且把我从前送给她的戒指从手指上捋下来，扔到荆棘丛中了。

我捅了她两刀，刀子原先是独眼龙的，我自己那把已经断了。捅第二刀时，卡门一声未哼就倒下去了。现在我还恍若看见，她那双大大的黑眼睛死死盯住我，接着眼神散乱了，终于闭上了眼。我心如死灰，对着这具尸体足足愣了一小时，这才想起卡门对我说过，她喜欢安葬在树林里。于是，我用刀挖了坑，把她安放进去。我寻找她扔掉的戒指，找了好久才终于找到，又放在她身边，还放了一个小十字架，我这样做，未必合适。然后，我又上了马，一直奔驰到科尔多瓦，碰到一支警卫队就自首了。我说是我杀死了卡门，但是拒不讲出她埋葬的地点。那位隐修士是一位圣人。他为卡门祈祷了！还为她的灵魂做了一场弥撒……可怜的姑娘！这全是卡莱人的过错，把她培养成这样的人。

六

大家熟知的这些流浪民族，诸如波希米亚人、茨冈人、吉卜赛人、齐格奈尔人，早已散布在整个欧洲地区，西班牙至今还是拥有人数最多的国家之一。他们大部分在南部和东部各省，即安达卢西亚地区、穆尔西亚王国的埃什特雷马杜拉地区定居，准确地说过着一种流浪生活。加泰罗尼亚也有很多，他们经常跑到法国，因而在法国南方各个集市上随处可见。男人所干的行业，一般是贩马、当兽医、给骡子剪毛，还有修补铁锅铜器。至于走私和其他非法行当，就不在话下了。女人则给人算卦、乞讨、兜售各种各样有害或无害的药物。

波希米亚人的外貌特征，容易辨认却难以描述。只要见过一个人，那么在上千人当中，也能把这个种族的一个人分辨出来。尤其看相貌和表情，最容易把他们和同一地区的其他种族的人区别开来。他们的肌肤黝黑，比当地其他种族人的肤色总要深一些。这就是“卡莱”名称的由来，即黑皮肤人，他们也往往自称“卡莱”。他们的眼睛很黑，长而大，眼梢儿明显吊起，睫毛又密又长。他们的目光只能与野兽相比拟，同时流露出大胆与怯懦，而且从这个角度看，他们的眼睛在很大程度上显示出他们的民族性格：狡猾、胆大妄为，但是像巴汝奇那样，“天生怕挨打”。男人大多体形健美，身材修长而灵活，在我的印象里，从未见过一个大腹便便的。在德国，波希米亚女子一般容貌很美；反之，西班牙的茨冈女人，美貌者则寥寥无几。那些少女长得丑点儿，还算看得过去，她们一旦做了母亲，就变得不堪入目了。而且无论男女，都肮脏得令人难以置信，没有见过波希米亚主妇头发的人，就很难想象出脏到什么程度，就是比作最粗硬、最油腻、满是尘土的马鬃也不为过。在安达卢西亚的一些大城市，那些还算中看的女孩子，就比较注意打扮自己了。她们靠跳舞赚钱，跳的那些舞颇似我们狂欢节公众舞会所禁止的舞蹈。英国传教士博罗先生有两本十分有趣的著作，是写西班牙波希米亚人的。他得到圣经会的资助，试图引导他们改宗。他就明确说，绝无一个茨冈姑娘爱上异族男人的事例。不过我认为，他这样赞美她们的贞洁，未免太夸张了。首先，她们绝大部分都遭遇过奥维德笔下那个丑女人的尴尬：“没有人求爱的女人自然贞洁。”至于那些有姿色的，也就跟所有西班牙女人一样，选择情人十分挑剔，非得要她们喜欢的，非得要配得上她们的不可。博罗先生举出一个事例，证明她们的贞操，倒也证明他本人的品德，尤其证明他的天真。他说他所认识的一个风流浪子，遇到一位美丽的茨冈女郎，出几盎司黄金也未能得手。一个安达卢西亚人听我讲了这件事，就说那个风流浪子如果拿出两三枚银币，成功的把握就大得多。只因给黄金是个笨办法，不能让一个波希米亚女人相信，就如同许诺给客店的女招待一两百万那样。——但是话又说回来，可以肯定茨冈女人特别忠于丈夫，如果丈夫落难，需要救助，她们就是赴汤蹈火也在所不辞。波希米亚人的一种自谓：Rome，就是夫妻的意思。在我看来，这种称谓足以表明，这个种族多么看重婚姻。总体来说，他们的主要美德就是重视族亲之情，也就是与同族人交往中的所谓的忠诚，彼此热心相助，出了事情能够守口如瓶，绝不泄密牵连同伙。不过，凡是非法的秘密帮会也无不如此。

数月前，我到孚日山区，走访了居住在那里的波希米亚人群落。在一位老妇人的小房里，住着一个与她非亲非故的波希米亚男子。那人患了不治之症，离开了给他精心治疗的医院，死也要死在同胞之间。他在这个家里一住就是十三个星期，受到的待遇远胜过老妇人的儿子和女婿。他躺在用干草和苔藓铺成的床铺上，相当舒服，铺的床单也相当干净。可是，家中其他十一口人，都睡在长不过三尺的木板上。由此可见他们的待客之道。那位老妇人对待卧床不起的客人极其真诚，当着他的面就对我说道："没两天了，没两天了，他准得死去。"说到底，那些人的生活十分悲惨，提到死一点儿也不惧怕。

波希米亚人的性格有一个突出的特点，就是对宗教抱着无所谓的态度。这倒不是因为他们有多么坚强的思想，或者持有怀疑的态度。他们从来就不主张无神论。不仅如此，他们居住在哪里，就信奉哪里的宗教，他们一换地方，就改换宗教信仰了。粗野的民族就以迷信代替宗教感情，但是波希米亚人并不迷信。专靠欺骗别人为生的人，迷信其实就是他们的手段。不过，我发现西班牙的波希米亚人特别忌讳接触尸体，没有什么人肯为钱就同意将死人抬到墓地。

我也说过，波希米亚女人大多染指算卦，而且干得蛮不错。但是，她们更大的生财之道，却是兜售魔法和春药。她们抓住蛤蟆腿以便固定轻薄的心，或者利用磁石粉末让感情冷漠的人爱上你。不仅如此，必要时她们还能念咒施法，拘来魔鬼协助她们。去年，一位西班牙女郎对我讲述了这样一个故事：有一天，她神色怏怏，心事重重，走在阿尔卡拉大街上。一个蹲在人行道上的波希米亚女人忽然叫她："美丽的夫人，您的情人背弃了您。"这的确是事实。"您愿意让我设法使他回到您身边吗？"自不待言，她多么欣喜地接受了这个提议，又是多么信赖一眼就看透内心秘密的一个人。可是，在马德里这条最繁华的大街上，不可能就地作法，于是两人约定第二天见面。"让那个薄情郎回来，匍匐在您的脚下，这件事易如反掌。"那个波希米亚女人说道，"您还留着他送给您的手帕、披肩或者头巾什么的吗？"对方就交给她一块丝巾。"现在，"那个波希米亚女人又说道，"您用深红色丝线，将一枚皮阿斯特银币缝在丝巾一个角上。——再将半皮阿斯特银币缝在另一个角上。这儿，还得缝上一枚两里亚尔硬币。然后，在丝巾正中，必须缝上一枚金币，最好是一枚多布朗。"西班牙女郎将多布朗金币和其他钱币，都一一缝在丝巾上。"现在，把这块丝巾给我，等午夜的钟声敲响，我就拿着它进墓地。您若是愿意随我进去，就能看到施法的精彩场面。我向您保证，明天您就又能见到您所爱的人了。"那个波希米亚女人还是独自一个去了墓地，因为西班牙女郎特别怕魔鬼，哪里敢陪同前往。那位被遗弃的可怜女人，是否又见到她的丝巾和她那薄情郎，还是请您自己猜想去吧。

波希米亚人尽管穷困，惹人反感，但是他们在比较愚昧的人群中，却享有一定的声望，因而自视极高。他们感到自己这个种族智慧过人，便小看容纳他们的民族。孚日山区的一名波希米亚女子就对我讲过这样一件事："那些异族人简直蠢透了，捉弄他们根本不算什么能耐。就说有一天吧，一个农妇在街上叫住我，让我进她家。她的火炉冒烟，求我作一作法给治一下。我呢，先要她给我一大块肥肉，然后用波希米亚语咕哝几句，意思是说：'你真蠢，生来是笨人，死去是笨鬼……'我挪步到了门口，就用规范的德语对她说：'要让炉子不冒烟，最保险的办法就是别生火。’说完我撒腿就跑掉了。”

波希米亚人的历史，仍然是个待解之题。其实大家都知道，直到十五世纪初，他们才出现在东欧，而且只有极少几个群落。但是，谁也说不出他们来自何方，又为什么来到欧洲。更为奇异的是，没有人知道他们分散在相距甚远的好几个地区，何以在短时间内能如此神奇地繁衍。波希米亚人自身也没有保留任何关于他们起源的传说。诚然，他们大都声称他们最初的家园是埃及，但这仅仅是他们接受了从前广为流传的有关他们的一则寓言的说法。

大多研究过波希米亚人语言的东方学家，都认为他们起源于印度。罗曼尼语的大量词根和许多语法形式，的确都能在梵文派生出的方言中找到。不难想象，波希米亚人长期漂泊流浪，也大量吸收了外族的词语。在罗曼尼语的所有方言中，能发现大量希腊语词，例如骨头，cocal；马蹄铁，petalli；钉子，cafi；等等。波希米亚人的群落散居各地，相互隔绝，有多少群落，就几乎有多少种方言。他们讲当地的语言，反而比讲本族的土语更流利，也只有外族人在场的时候，他们才讲本族语，以便回避那些人。德国的波希米亚人和西班牙的波希米亚人，断绝往来长达几世纪，但是比较一下二者的土语，就能发现有大量通用的词汇。即便是他们的母语，虽然程度不同，也有明显的变异。这是同更加文明的语言接触的缘故——各个群落不能不使用当地的语言。一方面是德语，另一方面是西班牙语，极大地改变了罗曼尼语的根基，结果黑森林地区的波希米亚人，就很难同一个安达卢西亚的同胞交谈，尽管他们只需交谈几句话，就能辨认出二者讲的土语同出一源。我认为，有些常用词，在所有方言里都通用。因此，我在各个方言的词汇表中，能看到同样的词，诸如：pani，是“水”的意思；manro，意为“面包”；mas，意为“肉”；lon，意为“盐”。

数词各处都大致相同。在我看来，德国的波希米亚方言，要比西班牙的纯得多，只因其中保存了大量原初的语法形态，而西班牙的茨冈人则采用了卡斯蒂利亚语的语法形式。然而，也有几个词例外，证明波希米亚语从前是一体的。在德国的方言中，命令式始终是动词的词根，而过去时态要在命令式末尾加tum。西班牙的罗曼尼语动词变位，完全照搬卡斯蒂利亚语动词第一变位法。原形动词jamar（吃），通常就应当变为jamé（我吃了）；原形动词pillar，则应当变成lillé（我拿了）。不过，一些波希米亚老人却例外，他们说成mayon或lillon。我不知道是否还有别的动词也保持这种古语形式。

我是如此卖弄有关罗曼尼语的这点儿浅薄知识。同时还要指出，法国黑话的一些词，也是我国盗匪借用波希米亚人的。《巴黎的秘密》告诉了上流社会，chourin是“刀子”的意思。这纯粹是罗曼尼语的一个词。还有tchouri，也是所有方言通用的一个词。维道克把“马”称作grès，这又是一个波希米亚语词：gras，gre，grast，gris。再说romamichel这个词，在巴黎黑话中指波希米亚人，是rammané tchave（波希米亚小伙子）的变音。我感到自豪的是找到了frimousse（脸色，脸蛋）这个词的词源，这是我念小学时，乃至现在所有小学生常讲的一个词。首先要注意到，乌丹于一六四〇年所编的那本有特色的词典，就收入了firlimousse这个词。须知firla、fila，在罗曼尼语中，就是“脸”的意思，mui也有同样的含义，恰恰是拉丁文中的os（骨）。这个合成词filamui，一位力主语言纯洁的波希米亚学者一看就领会了，我认为这种合成正符合他本族语的特性。

就此打住，《卡门》的读者对我在罗曼尼语言方面的研究，想必有了一个好印象。结束此文，恰好可以引用这句谚语：“嘴巴闭紧，苍蝇难进。”

阴错阳差

金发碧眼的少女，
肌肤比花还白皙；
你要爱就放情去爱吧，
既已失足又何足惜！

一

算起来，朱莉·德·沙维尼结婚约有六年时间，但早在五年半之前，她就已确认，自己对丈夫不仅难以产生爱，而且还难以产生几分敬意。

她丈夫不可谓不正派，既不是傻瓜，也不是蠢货。然而在他身上，这几种成分也许会有那么一点儿。回首往事，朱莉倒可能忆起，当初觉得他人还算可爱，现在他却让她厌恶了。丈夫身上的一切，无不令她反感。他无论吃饭、喝咖啡，还是说话的姿势神态，都刺激她的神经。夫妇二人也只是在餐桌上见面，说说话，可是一周里，总有好多次共进晚餐，这就足以让朱莉的憎恶情绪持续不断了。

按说，沙维尼相貌还挺英俊，只是发福早了点儿，脸色特别红润，由于性格的缘故，他不会庸人自扰，不似爱想象的人那样往往徒自烦恼。他由衷地相信，妻子对他有一种温情的友谊（这点道理他还明了，不会以为妻子还像初入洞房时那样爱他），而他确信的这一点，无所谓喜悦，也无所谓痛苦。反之，如果相爱如初，他也同样安之若素。他在骑兵团里曾经服役多年，后来继承了一大笔遗产，也就厌倦了军旅生涯，退役之后便结婚成家了。两个毫无共同思想的人结婚，这似乎难以解释。一方面，世上总有福劳辛那样的老一辈人以及喜欢撮合的人，能让威尼斯共和国嫁给土耳其大苏丹。他们为了解决利益的问题，自然也就不遗余力了。另一方面，沙维尼是贵族子弟，当时还没有这么肥胖，人也很活跃，确实是个“好小伙子”。朱莉见他来母亲家做客很高兴，因为他能讲述他那骑兵团队中的一些故事。那些故事虽滑稽，但有时也难免粗俗，经常逗得她咯咯大笑。朱莉觉得他可爱，因为在所有舞会上，他总和她跳舞，而且每次都有充分理由，说服朱莉的母亲停留久些，或者再去看戏，再去布洛涅树林兜风。最后一点，朱莉认为他是个英雄，因为他同人决斗过两三次，表现得很出色。但是，沙维尼最终能赢得芳心，还是他向她描绘了自己要亲自设计，请人建造一辆什么样的花车，如果朱莉同意嫁给他，他就要亲自驾驶那辆车来迎娶她。

结婚不过几个月，沙维尼所有这些讨人喜欢的优点，都大大丧失其成色了。他不再同妻子跳舞了——这一点自不在话下。他那些逗乐的故事，统统都讲过三四遍了。现在他抱怨舞会拖得太晚。他在剧院里连连打哈欠，并认为晚上到这些场合要穿礼服的习惯，是一种令人难以忍受的约束。他的最要命的缺点就是懒惰。他若是想讨人喜欢，也许还能办得到，但是受约束，在他看来无异于受刑罚。这一点，几乎是所有胖人的通病。他讨厌了社交界，因为在那里要受到款待，就必须做出相应的努力讨人喜欢。在他看来，粗俗的欢乐胜似那些高雅的娱乐。他在趣味相投的人中间，要想显得突出，不费吹灰之力，只要喊叫声高出别人就行，而他的肺活量那么大，做到这一点并不难。此外，他还炫耀，喝起香槟酒来，一般人比不上，而且他骑马能轻松地跃过四英尺①高的障碍。因此，他在他那圈子中，理所当然赢得敬重，须知他那圈子很难界定，统称年轻人。每到傍晚五点钟左右，他们就充斥我们的林荫大道。凡是组织狩猎、郊游、赛马，或者举办单身汉的晚餐会、夜宴，他总是削尖脑袋参加。一天不知道他要讲多少遍，他是天下最幸福的男人。朱莉每次听他这样讲，就举目望天，小嘴一撇，做出难以描摹的鄙夷之状。

朱莉年轻貌美，却嫁给一个她不喜欢的男人，可想而知，她一定被垂涎者的曲意逢迎重重包围了。不过，她一直能抵制住交际场上的各种诱惑，除了受到她母亲，一位特别谨慎的女人的保护之外，她还有自身的缺点——生性骄傲这道护身符。再说，婚后所产生的失望，使她有了一种人生经验，就是难以再生激情了。她看到社交界为她鸣不平，把她视为安身守命的典型，还颇引以为荣。不管怎样，她几乎还很得意，因为她没有爱上任何人，而丈夫却给了她完全的自由。她爱打扮得俏丽（应当承认，她有点喜欢向别人证明，她丈夫有眼不识金镶玉），完全出于本能，就像孩

① 1英尺=30.48厘米。

子爱美一样。这一点同她那种不是出于假正经的骄矜之态，可以说相得益彰。总而言之，她对所有人，都善于表现出几分热情，但又一视同仁。有人想中伤，也找不出一点点可以指责她的地方。

二

朱莉的母亲德·吕桑夫人要去尼斯，女儿女婿来吃晚饭顺便送行。沙维尼在岳母家中百无聊赖，很想上大街去找他那帮朋友，可是又不得不在这里陪坐一晚上。饭后，他选个舒服的沙发坐定，整整两个钟头未置一词。原因很简单，他睡着了。倒也不失态，他坐在那里，头向一旁倾斜，一副津津有味听人谈话的姿态，还不时醒来，插上一言半语。

后来，他不得不移到桌前，打惠斯特牌。打这种牌要费些脑筋，这是他讨厌打牌的原因。一打上牌，时间就拖得相当晚了。时钟刚敲过十一点半，这一晚上没有约会，沙维尼真不知道如何打发了。他正不知如何是好，忽然来人通报他的马车到了。如果回家，他就得带上妻子，想到要同妻子在车里单独待上二十分钟，心里简直怕得要命。无奈他口袋里没有雪茄了，心里还惦念着他刚要出门去吃晚饭，正巧收到从勒阿弗尔寄来的一盒雪茄，现在多想抽一支过过瘾，也只好回家了。

沙维尼拿着披肩，给妻子披上，这时他从镜子里看到，一个丈夫正在完成每周的职责，就不禁微笑起来。平常他几乎视而不见，这会儿在镜子里端详起妻子来，觉得她今天晚上比平时更漂亮，于是就多花点儿时间给她整理好披肩。朱莉也同丈夫一样，担心两人回家时相对无言的场面，小嘴不由得噘起来，两道弯眉也不觉微微靠拢。她这副情态十分动人，即使丈夫见了，也不可能无动于衷。就在整理披肩的过程中，两人的目光在镜中相遇了，彼此都有几分窘迫。为了打破这种尴尬的局面，沙维尼便微笑着，吻了吻妻子抬起来整理披肩的手。“多么恩爱的一对夫妻！”德·吕桑夫人喃喃说了一句。无论是妻子鄙夷的冷淡态度，还是丈夫满不在乎的神情，这位夫人统统没有看到。

他们两人坐上马车，彼此几乎触碰得着。起初一段时间，谁也没有开口讲话。沙维尼觉得自己应当说点儿什么，可是一时又什么也没有想出来。而朱莉保持沉默，好像就是要给人难堪。沙维尼打了三四个哈欠，自己都心生愧意，最后一次打完哈欠，他认为自己必须向妻子道歉。“这晚上在那儿待的时间太久了。”他补上一句话，表示歉意。

可是，朱莉从这句话里，只听出他是故意批评她母亲组织的晚会，故意对她讲点儿难听的话。长期以来她就养成一种习惯，凡事不向她丈夫做出任何解释，于是，她继续保持沉默。

沙维尼则不然，这天晚上憋不住，就想讲话，两分钟过后，他又接着说道：

“今天晚饭我吃得很好，不过，我倒想顺便告诉您，您母亲的香槟酒太甜了。”

“什么？”朱莉扭过头去，满不在乎地问道，佯装根本没有听见。

“我刚才讲，您母亲的香槟酒太甜了。这话我忘记对她说了。这种事真让人奇怪，不过一般人总以为，选香槟酒容易得很。还别说，恐怕没有比这更难的事儿了。香槟酒的质量，有二十种糟糕的，也总有一种是好的。”

“唔！”朱莉惊叹一声，就算不失礼，然后扭过头去，张望窗外了。沙维尼则把身子往后一仰，两腿搭到马车前座的垫子上。他颇为气恼，自己千方百计地要拉起话头，而妻子却不理不睬。

然而，他又打了两三个哈欠之后，便朝朱莉挪了挪身子，接着说道：

“您这件连衣裙太合身了，朱莉，是在哪里买的？”

“他准想给他情妇也照样买一条。”朱莉心中暗道，于是她微微一笑，随口答道：

“在布尔蒂服装店。”

“你笑什么？”沙维尼问道。他把双脚从坐垫上放下来，身子又朝朱莉近前凑了凑，同时抓住连衣裙的一只袖子，开始摩挲，那动作颇像达尔丢夫。

“我是笑您注意起我的装束来了，”朱莉答道，“你要当心，别把衣袖弄皱了。”她说着，就从沙维尼手中抽回衣袖。

“我可以保证非常关注您的衣着打扮，也特别欣赏您的品位。老实说，真的，有一天，我还向一位女士提起来……那位女士穿戴总不合体……尽管她用在打扮上的花费大得惊人……那样下去她会破产的……我向她提起……举您为例……”

朱莉在玩味他这种窘态，并不想打断他的话从而结束这种场面。

“您的几匹马太差劲了，走路磨磨蹭蹭！我非得给您另换几匹。”沙维尼完全不知所云了。

下半段路程，这种谈话也同样半死不活，彼此一问一答，多一句话也不讲。

夫妇二人终于到了坐落在×××街的住宅，互道晚安后便分手了。

朱莉开始脱衣服，她的使女不知出去做什么了，卧室的门猛地打开，沙维尼走进来。朱莉急忙遮住肩膀。

“对不起，”沙维尼说道，“我要看看书才好入睡，我想司各特最新出版的小说……书名叫《昆丁·杜华德》，对不对？”

“应该在您的房间，”朱莉回答，“这里并没有书。”

沙维尼在端详妻子，女人处于卸妆时的这种凌乱状态，显得尤其有姿色。他觉得妻子“很刺激”，恕我在此使用我讨厌的一个字眼。他心中暗道：她的确是个非常漂亮的女人！他手里拿着烛台，站在妻子面前一动不动，一句话也不讲。朱莉也在他对面站着，手里揉搓着睡帽，显然盼望他快点走开。

“今晚您很迷人啊，迷住我心窍啦！”沙维尼终于高声说道。他跨前一步，放下烛台。“我格外喜欢头发散乱的女子！”他说着，就一把抓住披散在朱莉肩上的长发，一条胳臂带几分温情地搂住她的腰身。

“噢！上帝啊！您这么大烟味，熏死人啦！”朱莉扭过头去，高声说道，“放开我的头发，您要是给弄上这种烟味，我就再也洗不掉了。”

“哎！这话您是随口讲的，因为您知道有时我也抽支烟。您就别这么挑我的毛病了，我的小宝贝！”朱莉还未来得及挣脱他的手臂，肩膀就让他亲了一口。

幸而这时使女回来了，朱莉才算脱身。须知对一个女人来说，这种亲热最讨厌了，无论接受还是拒绝，几乎同样显得可笑。

“玛丽，”德·沙维尼夫人说道，“我这件蓝色连衣裙的上身太长了。今天我见到了德·贝吉夫人，她的品位总是那么出色，而她那连衣裙的上身，比我的肯定要短足有两指。拿着，你用别针别上一块，再看看效果如何。”

接着，使女和女主人进行了一场极为有趣的对话，内容就是讨论一件连衣裙上身究竟该有多大尺寸。朱莉心中有数，沙维尼最恨听人谈论时装了，这一招准能把他赶走。果然不出所料，沙维尼来回走了五分钟之后，看看朱莉心思全用在衣服上，便打了一个惊人的大哈欠，又拿起烛台走了，这次一去就不复返了。

三

佩兰少校坐在一张小桌子前，正在聚精会神地看书。他身上的礼服刷得干干净净，头戴橄榄帽，尤其胸脯那么昂然地挺着，这一切都表明，他是一位老军人。整个房间也整齐干净，但又十分简朴。桌子上摆放着一个墨水缸、两支削尖的鹅毛笔，旁边还有一本信纸，但至少有一年时间，连一张也没有用过。别看佩兰少校不写什么，他看的书却很多。此刻，他叼着海泡石烟斗，正在看《波斯人信札》，他做这两件事都全神贯注，竟然没有一下发觉夏多福少校走进房间。这位年轻军官与他是同一团队的，人长得非常帅，十分可爱，只是有点自命不凡，他格外受到国防大臣的提携。总而言之，几乎从所有方面来看，他都同佩兰少校截然相反。然而，他们俩却成了好朋友，天天见面，我也不知道是何缘故。

夏多福拍了拍佩兰少校的肩膀。佩兰扭过头来，但是仍然叼着烟斗。他的头一种表情，是见了朋友高兴；第二种表情是遗憾，这可敬的人要放下手中书本了；第三种表情，则是决意倾其房中所有来款待客人。他从口袋里摸出钥匙，打开柜子，从柜子里取出一盒名贵的雪茄，但是少校本人却不抽，而是一支一支给了他的朋友。这种待客的动作，夏多福见过上百次了，这次他高声说道："您别忙乎了，佩兰老兄，您的雪茄留着吧，我身上带着呢！"他说着，就从墨西哥麦秸编织的精美烟盒里，取出一根两头尖尖的桂皮色雪茄。点燃之后，就倒身往佩兰少校从不使用的小长沙发上一躺，头靠在枕头上，双脚则搭在另一面的扶手上，开始吞云吐雾，同时闭着双眼，似乎在考虑自己要讲的事情。他满脸喜悦的神色，仿佛藏不住心中幸福的秘密，非要一吐为快，并渴望别人能猜出来。佩兰少校将椅子移到小沙发对面，抽了半晌烟，一言未发，看看夏多福也不急于开口讲话，他便随口问道："乌里卡怎么样？"

乌里卡是一匹黑色骒马，让夏多福用得有点过分，怕是要患气喘病了。“很好。”夏多福也没有听清楚问的什么，就随口答道。“佩兰！”他提高嗓门说道，同时将搭在沙发扶手上的一条腿伸向对方，“您知道吗，有我这样的朋友是多大的福分？……”

老少校搜索枯肠，回忆认识夏多福究竟给他带来什么好处。他想起夏多福曾送给他几磅美洲烟草，还曾挑起一场决斗，把他拖进去关了几天禁闭，此外再也想不起什么了。不错，这位朋友多次对他表示信赖，每次值勤要他替班，每次需要帮手，总是找到他的头上。

夏多福没有想多久，就伸手递给少校一封短简，只见英国制造的信纸上，写着娟秀的蝇头小字。佩兰少校做了个鬼脸，这在他脸上就相当于微笑了。寄给他朋友的这种光滑纸上写满蝇头小字的信件，他也经常见到。

“拿着，您就念念吧，”夏多福说道，“您这可是多亏了我呀。”

佩兰读信，内容如下：

亲爱的先生：

务请赏光前来舍下用晚餐。德·沙维尼先生本该亲自去登门相邀，但是他身不由己，不得不同人一起打猎去了。我不知道佩兰少校的住址，不能写信去恳请他与您相伴前来舍下。经您介绍，我很渴望同他结识。如果您能约他同来做客，那么我会加倍感激您。

朱莉·德·沙维尼

又及：非常感谢您费心为我抄来乐谱。乐曲美妙动人，您的鉴赏力，一直令人赞佩。我们每星期四接待朋友，却不见您光临了。然而您十分清楚，我们见到您，总是一件极大的乐事。

“真是一手好字啊，只是稍嫌纤巧，”佩兰看完信，便说道，“真见鬼！去她家用晚餐简直活受罪，我必须穿上长筒丝袜，饭后还没有吸烟的地方！”

“真的，多美妙的不幸！舍掉烟斗，一睹巴黎绝色女子的芳容！……您以怨报德，真叫我佩服。我给您带来这样的眼福，您还不感谢我？”

“感谢您！其实，邀我去赴晚宴，并不是看您的面子……假如真有面子的话。”

“那么看谁的面子？”

“看在沙维尼的面子上，他在我们团里当过上尉。他一定对他妻子说：邀请佩兰吧，他可是个大好人。您不想一想，一位美丽的女子，同我只有一面之缘，怎么会想到邀请我这样一名老兵呢？”

夏多福微微一笑，同时对着一面窄窄的镜子照了照。这面镜子是老少校房间的唯一装饰。

“佩兰老兄啊，今天您可没有洞察力了。这封信您再读一遍，也许会发现初读时没有看出来的东西。”

少校拿着信，翻过来掉过去，还是什么也没有看到。

“什么，您这老龙骑兵！”夏多福嚷道，“您就没有看出来，她邀请您，就是要讨我喜欢，仅仅是为了向我证明，她看得起我的朋友……她就是想向我表明……”

“表明什么？”佩兰接口问道。

“表明……您知道表明什么。”

“表明她爱您吗？”老少校反问道，一脸怀疑的神态。

夏多福吹了声口哨，也不回答。

“这么说，她是爱上您啦？”

夏多福又吹了声口哨。

“她对您讲过了？”

“还用问……我觉得，这事一目了然。”

“什么？……在这封信里？”

“当然了。”

这回轮到佩兰吹口哨了。他这声口哨意味深长，比得上托比叔叔那著名的《小调》。

“什么！”夏多福嚷道，一把夺过佩兰手中的信，“您就没有看出信里所表达的……浓浓的……对，浓浓的情意？对‘亲爱的先生’这一称呼，您怎么说？要知道，在另一封信里，她只是简单地称我为‘先生’。还有，‘我会加倍感激您’，语气十分肯定。您瞧，这后面擦掉了一个字，就是‘千’字，她本来要写上：‘千种友谊’，可是又不敢。如果写上‘千般敬意’，又觉得不够……这封信她没有写完……唔！我的老前辈啊！难道您以为，一位像德·沙维尼夫人那样出身高贵的女士，能像放浪的小女工那样，随便就投入在下的怀抱里吗？……我要对您说，她的信很迷人，只有瞎子才看不出这里表露的激情……还有信的结尾这种责备，只因某个星期四我没有去，您说何以如此呢？”

“可怜的小女子！”佩兰高声叹道，“千万别迷恋上这个家伙，否则很快，你就悔之莫及了！”

对佩兰这句过火的感叹，夏多福并没有注意，他反倒压低声音，娓娓说道：

“您知道吗，亲爱的，您可以帮我一个大忙呢！”

“帮什么忙？”

“这件事您务必帮我。我知道她丈夫对她很不好——那是个畜生，弄得她很不幸……您呢，佩兰，您早就了解他，您就明确告诉他妻子，那家伙非常粗暴，而且声名狼藉……”

“噢……”

“一个好色之徒……您是知道的，他在部队里就有好几个情妇，那都是什么女人啊！那些情况，您都告诉他妻子。”

“哎！这种话怎么讲呢？人家毕竟是夫妻……”

“我的上帝！什么话都有办法说！……尤其要多讲我几句好话。”

“这倒容易些。然而……”

“也不那么容易啊，您要听好，因为，如果让您放开讲，您就要胡吹我一通，也解决不了我的问题……您就对她说，近来一段时间，您注意到我很忧伤，不爱说话，也吃不下饭了……”

“好家伙！”佩兰高声说道，同时哈哈大笑，烟斗也随着跳动，滑稽到极点，“这种话，当着德·沙维尼的面，我绝难开口。就说昨天晚上，伙伴们请咱们吃饭，您还差不多是让人给抬回来的。”

“就算是吧，但也没必要对她讲这个。只要让她知道我爱上她了就好；而且，搞小说的那些人已经让女人相信，一个男人能吃能喝，就不可能害相思病。”

“我可不然，说不出世上有什么东西，能让我不吃不喝。”

“好了，我亲爱的佩兰，”夏多福边说边戴上帽子，拢了拢发卷，“一言为定，下星期四我来接您。到时候，您穿好皮鞋和长丝袜，一身礼服！千万别忘了多讲她丈夫的坏话，多讲我的好话。”

说罢，他十分优雅地舞动手杖，径自去了，丢下佩兰少校一个人，既为收到的邀请费思量，更为要他穿长丝袜和全身礼服而迷惑不解。

四

受邀请的客人，有好几位因故不能前来，德·沙维尼夫人举办的这顿晚宴便冷清了几分。夏多福坐在朱莉身边，一如往常那样殷勤，热情地照顾她。沙维尼上午骑马溜达了好长时间，此刻食欲惊人，见他那样大吃大嚼，开怀畅饮，连病得最严重的人也要胃口大开。佩兰少校相陪，给他斟酒，每每随着主人粗野的欢乐也纵声大笑，几乎要把玻璃酒杯震碎。沙维尼只要同军人重聚，便立刻恢复在部队时的那种快活情绪与举止。况且，在说笑方面，他从来就不讲究什么高雅。每次听他讲了一句出格的俏皮话，他妻子便露出一副冷淡的鄙夷神色，随即转向夏多福，开始同人家窃窃私语，佯装根本没有听见她深恶痛绝的笑谈。

下面就是一个事例，表明这对典型夫妇的文雅。晚宴临近结束时，大家又谈到歌剧院的演出，品评好几名女舞蹈演员的演技，尤其大加赞赏×××小姐。夏多福就这个话题，更是添枝加叶，特别称颂她的妙丽、她的风采、她的雍容典雅。

几天前，佩兰由夏多福带着，去歌剧院看演出，他有生以来只有这一次，还清清楚楚地记得×××小姐。

“是不是那个身穿粉红色衣裙，像只小山羊似的欢跳的小姑娘？……”佩兰说道，“她那两条腿很美，您总挂在口头上吧，夏多福？”

“啊！您谈论过她的腿！”沙维尼高声说道，“可是您知道吗？假如您总将它挂在口头上，那么您非得同您的将军德·丁公爵闹翻了不可！您千万当心啊，我的伙计！”

“可是照我的推想，他的醋劲不会那么大，居然不准别人用观剧镜看那两条腿。”

“情况正相反，那两条腿他很为之得意，就好像最早是他发现的。对此您有何高见，佩兰少校？”

“我只熟悉马腿。”老军人谦逊地回答。

“那两条腿的确很出色，”沙维尼又说道，“全巴黎再也找不出更美的了，除了……”他戛然住声，开始轻轻地捻自己的小胡子，一副戏谑的神态注视他妻子，看得妻子的脸立刻红到双肩。

“除了D小姐的那两条腿吧？”夏多福提到另一名女演员，接口说道。

“不对，”沙维尼用哈姆雷特式的凄惨声调答道，“——你就瞧瞧我妻子吧。”

朱莉气得脸都紫了，她疾如闪电，朝丈夫瞥了一眼，投去鄙夷和恼怒。随后，她又极力克制自己，猛然朝夏多福转过身去，声音略微颤抖着说道：“我们应当琢磨琢磨《马哈默德》的二重唱，这一定非常适合您的歌喉。”

沙维尼可不会轻易泄气。“夏多福，”他又接着说道，“您知道吗？从前我还想叫人把我所说的那两条腿铸成模型，但是人家说什么也不允许。”

如此放肆地泄露隐私，夏多福听了喜不自胜，但是表面上他却装作没有听见，仍然同德·沙维尼夫人谈论《马哈默德》。

“我要说的那个人，”毫不留情的丈夫继续说道，“在这方面只要有人讲她一句好话，她总是很气愤，但是在内心里，她并没有恼火。您知道，她还让袜商给她的脚量尺寸呢……我的夫人，您可别生气……我说的那个商人是位女士。那次我去布鲁塞尔，随身带着三页纸，上面密密麻麻全是她写的买什么袜子的详细说明。”

然而，他这么讲也白费劲，朱莉决意充耳不闻。她仍与夏多福交谈，还装出兴致勃勃的样子，而她那娇媚的微笑也极力让他相信，她只专心听夏多福的讲话。夏多福也很识趣，注意力似乎全部倾注在《马哈默德》上，却又一句也没有漏掉沙维尼那种放肆无礼的话。

晚饭后，便弹起了乐曲，由钢琴伴奏，德·沙维尼夫人和夏多福开始二重唱。钢琴一掀开盖，沙维尼就溜之大吉。接连又来了好几位客人，但这并不妨碍夏多福经常对朱莉低语。告辞出来，夏多福便明确对佩兰说，这一晚上他没有虚度，他的事情大有进展。

佩兰倒觉得，丈夫赞美妻子的腿是极其自然的。因此，两位朋友一来到街上，他就以叹服的口气对夏多福说道：

“你怎么能够忍心去搅扰如此和睦的一个家庭呢？那丈夫多爱他的娇妻啊！”

五

一个月以来，沙维尼一门心思想当王室贵族。

也许有人会感到诧异，一个好逸恶劳、特别懒惰的胖子，怎么会产生这样雄心勃勃的念头。不过，他这种打算也不乏充分的理由。他常对朋友们说：“首先，我请女士们看戏，要花不少钱订包厢。我在宫廷里一有了差事，就不必花一文钱，随便要几个包厢都行；而且大家知道，有了包厢又能得到多少东西。此外，我很喜欢打猎，王室狩猎也就成我的了。最后一点，我现在不穿军装了，去参加公主的舞会就不知穿什么好了。我不喜欢侯爵那身装束，而王室贵族的服装，我穿上一定非常合适。”出于这种种考虑，他就努力争取，也特别希望他妻子为他活动，怎奈妻子虽有好几位极有权势的女友，却执意不肯出力。沙维尼曾为德·H公爵办过几件小事，而公爵在朝廷很有权势，因而他就倚重公爵施加影响。他的朋友夏多福也有几个硬关系，以极大的热情为他奔走，那样尽心尽力，如果您有一位美丽的妻子，想必您也会碰到这种热心人。

有一个情况大大推动了沙维尼的事情的进展，但也可能给他带来相当严重的后果。歌剧院有一个首场演出，德·沙维尼夫人费了好大周折，才弄到那天的一个包厢。包厢有六个座位。她丈夫起初还强烈责备，随后又破例同意陪她去看演出。朱莉是要给夏多福一个座位，但又不便单独同他去歌剧院，只能逼着丈夫一同前往。

第一幕刚一演完，沙维尼就离开包厢，丢下他妻子单独陪他朋友。开始，两个人都颇感拘谨，谁也不讲话。近来一段时间，朱莉每次单独面对夏多福，自己先就拘束起来；而夏多福呢，出于私心的打算，认为自己最好要显出动情的样子。他瞥了一眼大厅，欣喜地看到好几个熟人的观剧镜，都瞄向他这个包厢。他产生一股强烈的满足感，心想好多朋友都羡慕他的艳福，而且看样子远远高估了他的桃花运。

朱莉一连闻了几次她的香匣和鲜花，随后说起天气多炎热，说起这场演出和衣着服饰。夏多福心不在焉地听着，坐在那里叹口气，又躁动不安地瞧了瞧朱莉，再次叹气。朱莉开始担起心来。突然，夏多福高声感叹一句：

“多可惜呀，现在不是骑士时代了！”

“骑士时代！何出此言？”朱莉问道，“想必是因为中世纪服装您穿着合适吧？”

“您认为我这个人自命不凡，”夏多福语调酸溜溜，伤感地说道，“我怀念那个时代……因为那时候……一个人只要勇武……就能渴望获取……许多东西。说到底，哪怕是腰斩一个巨人，以便取悦于一位美人儿……喏，就是楼座的那个大块头，您看到了吗？真希望您吩咐一声，我就去把他的胡子揪下来，然后冒昧地对您说出三个字，不至于惹恼您。”

“真荒唐！”朱莉脸一下子红到耳根子，高声说道，只因她猜出了那是三个什么字，“您倒是看呀，德·圣埃尔米娜夫人都那么大年纪了，穿着大开领的衣裙，那身打扮就像要去参加舞会！”

“我只看出一件事，就是对我的话您充耳不闻，我早就发现了这一点……您这是成心的，我住口就是了。不过……”他叹了口气，声音压得很低，又加了一句，“你明白我的心意……”

“不明白，真的，”朱莉冷淡地说道，“可是，我丈夫到底去哪儿了呢？”

恰巧这时，进来一位客人，给她解了围。夏多福也不开口了，他脸色苍白，仿佛深深受了伤害。等来访者走了之后，他才无关痛痒地评论几句演出。两人每说完几句话，就要冷场许久。

第二幕就要开场了，包厢的门忽然打开，沙维尼带了两个人进来。走在前面的是一个大美人，头戴华丽的粉红羽翎，浑身打扮得花枝招展，跟在后面的则是德·H公爵。

“亲爱的朋友，”沙维尼对妻子说道，“我发现公爵先生和夫人的包厢很偏，角度太差，看不见布景。他们很给面子，肯坐到我们的包厢来。”

朱莉欠了欠身，态度冷淡，她不喜欢德·H公爵。公爵和头戴粉红羽翎的夫人连声致歉，生恐打扰她。于是，包厢乱了一阵，彼此让座。夏多福趁着混乱的场面，凑到朱莉的耳边，快速地悄悄对她说道：

“看在上帝的分上，您千万别坐在包厢前排。”

朱莉十分惊讶，便留在原座未动。等大家坐定之后，她就回过身去，用略微严厉的目光询问夏多福，要他解释这句谜语。但是夏多福却坐在那里梗着脖子，抿住嘴唇，整个一副老大不高兴的姿态。朱莉仔细思之，倒认为夏多福的叮嘱居心叵测，肯定是要在演出过程中，对她窃窃私语，继续讲些莫名其妙的话，假如她留在前排，就不可能这样做了。她再回过头来，扫视大厅，注意到好几位女士举着观剧镜瞄向她的包厢。不过，但凡出现新面孔，总会要发生这种情况。那些人又是微笑，又是窃窃私语。然而，这有什么可大惊小怪的呢？歌剧院是个多小的天地！

那位陌生的夫人探身看朱莉那束鲜花，接着媚颜一笑，说道：

“您这束花漂亮极了，夫人！我敢说，在这种季节，一定很贵，至少也得花十法郎。对了，是别人送给您的！想必是送的礼物吧？尊贵的夫人从来不自己买花。”

朱莉睁大了眼睛，真不知道身边这位是哪儿来的乡下女人。“公爵，”那位夫人无精打采地说道，“您就一束花也没有送过我。”沙维尼闻听此言，当即朝包厢外冲去。公爵本想阻拦，那位夫人也想阻拦，她已经不想要花了。这时，朱莉则和夏多福交换一下眼色，分明是表示：“多谢您了，可是现在太迟了。”然而，她还是没有猜对意思。

在整个演出过程中，那位头戴羽翎的夫人用手指伴着节奏，但总是不合拍。她还信口开河，一点谱也没有却胡乱谈音乐。她还询问朱莉这身连衣裙、所戴的首饰，还有她的马匹，都花了多少钱。朱莉从未见过这种举止言谈，因而断定这个陌生女子无疑是公爵的一位亲戚，近日从下布列塔尼来的。夏维尼抱着特大一束鲜花回来，比他妻子那束花好看多了，于是引起一片赞美声，接着是没完没了地表示感谢和歉意。

“德·沙维尼先生，我不是个忘恩负义的人，”那位被断定为外乡的女子讲了一大通感激的话之后，又说道，“为了向您证明这一点，可否像波蒂埃说的那样：‘您要让我想着我答应了您什么事。’真的，我答应过给公爵绣一个钱包，等绣好了再给您绣一个。”

歌剧终于演完了，朱莉大大松了一口气。身边坐着这样一个古怪的女人，她感到太受罪了。公爵伸胳臂让朱莉挽上，而沙维尼则挽住那位夫人的手臂。夏多福神色怏怏，阴沉着脸，跟在朱莉身后，在楼梯上遇见熟人，也是极不情愿地打声招呼。

几位女士从他们身边经过，朱莉看着面熟。一个青年男子讪笑着对她们低语几句，于是她们立刻回过头来，十分好奇地注视沙维尼和他妻子。其中一个女子还高声说了一句：“这可能吗？”

公爵的马车驶来了，公爵向德·沙维尼夫人躬身告辞，热情地重申万分感谢对他们的接待。沙维尼则一定要把那陌生的夫人送上公爵的马车。这样，夏多福和朱莉就单独待了一会儿。

“那个女人是谁呀？”朱莉问道。

“我不便告诉您……因为，这事非同小可啊！”

“什么？”

“而且，所有认识您的人，早晚会了解是怎么回事……然而沙维尼！我万万没有料到。”

“到底是怎么回事啊？看在老天的分上，您说！那女人到底是什么人？”

沙维尼反身回来，夏多福压低声音答道：

“她是梅拉妮·R夫人，德·H公爵的情妇。”

“仁慈的上帝啊！”朱莉高声叹道，一脸惊愕地注视夏多福，“这不可能！”

夏多福耸了耸肩膀，送她上马车时，又补充说道：

“我们下楼碰见的那几位夫人，议论的就是这事。这样一个女人，正合公爵的胃口。他需要照顾，需要体贴……这女人甚至还有丈夫呢。”

“亲爱的朋友，”沙维尼语调欢快地对妻子说道，“用不着我送您。晚安，我要去公爵府上吃夜宵。”

朱莉没有应声。

“夏多福，”沙维尼接着说道，“您愿意同我一道去公爵府吗？对方刚才对我说，也邀请您去。您引起人家的注意，也讨人家的喜欢，好家伙！”

夏多福冷淡地谢绝了，他又向德·沙维尼夫人施礼告别。马车启动时，德·沙维尼夫人万分气恼，紧紧咬住手帕。

“哦，是这样，我亲爱的，”沙维尼说道，“至少，您会一直把我送到公爵府的门前吧？”

“好哇。”夏多福欢快地答道，“对了，您可知道，尊夫人最后还是知道身边坐的女人是谁了？”

“不可能。”

“一点不错，这事您可做得不像话。”

“哎！她气质很好。再说了，我对她还不怎么了解。公爵带她到处走。”

六

德·沙维尼夫人一夜辗转难眠。丈夫的各种过错，加上这次在歌剧院的行为，已经达到了顶峰，这似乎逼使她非得立即分居了。第二天她就要跟丈夫摊牌，向他表明自己的意图，再也不能和一个让她丢尽颜面的男人共同生活了。然而这种摊牌，她想想就心惊胆战。她同丈夫从来就没有严肃地交谈过。迄今为止，她心有不满，仅仅以赌气来表达，而沙维尼根本就没有理会，他给予妻子完全的自由，出了什么事也准备以宽容的态度对待，因此他怎么也想不到妻子不肯对他同样宽容些。德·沙维尼夫人尤其担心，自己如果在谈话中忍不住流下眼泪，会让沙维尼以为是情爱受到了伤害。于是她特别遗憾母亲不在身边，母亲如果在，一定能给她出个好主意，甚至会亲自出马去宣布女儿分居的决定。她左思右想，心下犹豫不决，直到要蒙眬入睡的时候，她才打定主意，去找一位她年少时就认识的女友商量，以便慎重地对沙维尼采取行动。

她怒气难平，就不禁比较起她丈夫和夏多福来：前者粗鲁无礼，越发显出后者雅人深致。她带着几分欣喜承认，情人更比丈夫关注她的名誉，但又为有这种想法而自责。通过这种道德品性的比较，她不由自主地看到，夏多福举止文雅，而沙维尼的行为则俗不可耐。她亲眼所见，丈夫挺着微微发福的肚子，在德·H公爵的情妇面前，笨手笨脚地大献殷勤；反之，夏多福对她比平时还要恭敬几分，仿佛力图维护丈夫可能使她丧失的尊严。人们的思绪有时就这么不着边际。她冥思已久，也不止一次想到自己可能成为寡妇，那时候她又年轻，又富有，也毫无障碍了，可以合法地接受年轻的骑兵队长一往情深的爱。一次不幸的尝试，绝不能得出万勿结婚的结论，假如夏多福的追求是真心实意的话……转念至此，她不由得满脸羞红，赶紧驱散这些念头，心下决定今后同他交往要更加矜持一些。

一觉醒来，头疼得很厉害，昨晚所想的彻底摊牌就被置于脑后了。她怕碰见丈夫，不愿下楼用早餐，便吩咐人将茶点端到卧室来，还让人备车，准备去拜访朗贝尔夫人，即她想要讨主意的那位女友。那位夫人此时正在P地的乡间别墅。

她一边用早餐，一边翻看报纸。首先映入眼帘的是这样一条新闻：

> 法兰西驻君士坦丁堡大使馆年轻的外交官、一等秘书达尔西先生，携带紧急外交文件，于前天返抵巴黎。到后当即谒见外交大臣阁下并长谈。

“达尔西回到巴黎啦！”她高声说道，“真高兴能再见到他。他变了吗？是否变得非常拘板、有了架子呢？年轻的外交官！达尔西，年轻的外交官！”她说着“年轻的外交官”这几个字，不由得哑然失笑。

这个达尔西，从前经常参加德·吕桑夫人举办的晚会，那时他在外交部仅仅是一名随员。在朱莉结婚前不久，他离开了巴黎。从那以后，朱莉就再也没有见过他，只听说他去过很多国家，而且连连升官。

她手上还拿着报纸，不料丈夫走了进来，一副满面春风的样子。朱莉一见是他，起身就要出去。可是，要去梳妆室，就必须从他身边走过，因此，朱莉就站在原地未动，但她的情绪特别激动，手扶在茶几上，连带着瓷器茶具也明显地颤动了。

“我亲爱的朋友，”沙维尼说道，“我要外出几天，特来向您告别。我要去德·H公爵那里打猎。我还要告诉您，公爵对您昨晚的接待特别满意。——我的事情也进展顺利，公爵答应我，尽快把我推荐给国王。”

朱莉听他这样讲，先是面失血色，接着又涨红了。

“这是德·H公爵先生欠您的情……”她声音颤抖着说道，“公爵就应该那么做，既然这个人为了讨好他的推荐者的情妇，不惜极其卑劣地损害自己妻子的名誉。”

然后，她竭力克制住自己，迈着庄严的步伐穿过卧房，走进梳妆室，砰的一声将门摔上。

沙维尼满面羞惭，低下头半晌无语。

“真见鬼，她是从哪儿知道的？”他心中暗道，“归根结底，这又有什么关系？反正木已成舟了！”

他这个人，没有久久陷于一种不愉快念头的习惯，这时他一个转身，伸手从糖罐里取出一块糖，放进口中，朗声对走进来的女仆说道：

“告诉夫人，我要在德·H公爵那里逗留四五天，我会派人给她送来野味。”

说罢便扬长而去，一心想着他即将猎杀的野鸡和狍子。

七

朱莉动身去P地，心中的怒气倍增。不过这次恼火的事由却不大：她丈夫前往德·H公爵的庄园，赶走那辆崭新的四轮大轿车，给她留下的这辆马车，据车夫说也该修理了。

德·沙维尼夫人思考了一路，如何把自身的遭遇对朗贝尔夫人讲述。她虽然伤心不已，但是还想一吐为快。她深知一个人能把心事有声有色地讲出来，就会有一种满足感，因此她要先想好开场白，一会儿要这么说，一会儿又要那么讲。翻过来掉过去，从各个角度看她丈夫的言行都觉得粗鲁，结果对她丈夫的憎恨就有增无减了。

大家知道，从巴黎市区到P地，有十六公里。德·沙维尼夫人对丈夫的怨恨再怎么一言难尽，即使恼恨到了极点，她也不可能在这十六公里长的路途中，只反复想这一件事。因此，她想着丈夫的过错，强烈的怨恨中不觉又掺杂进了甜美而忧伤的回忆：人的思想就有这种奇异的功能，往往会把一种欢快的情景同一种痛苦的感受连在一起。

空气非常清新，阳光也特别明媚，行人一个个看上去都无忧无虑，这些也都发挥作用，把她从怨愤的思索中拉出来。她忆起童年的场景，还忆起与同龄少女结伴冶游的日子。眼前重又浮现修女院寄宿学校同学的面容，恍若与她们一同游戏，一同吃饭。她在心中破解偶尔听到“师姐们”的神秘的悄悄话，想到那无数的小举动，早早就暴露出女人爱卖弄风情的本能，她就不禁微笑起来。

继而，她又回忆起当时进入社交界的情景。她恍若回到从修女院学校毕业那年，在她所见到的最豪华的舞会上跳舞。其他舞会都忘得一干二净。对多少事情，人们很快就会厌倦了，然而那是令她想起她丈夫的舞会呀。“那时候我真糊涂！”她心中暗道，“怎么没有一眼就看出，同他一起生活会痛苦呢？”就在他们结婚前一个月，那个可怜的沙维尼以未婚夫的身份，还瞪着眼睛对她胡言乱语，而那些庸俗乏味的话都深深刻在她的脑海中了。与此同时，她又不由自主地想起，那么多追求者一见她结婚，都感到大失所望，痛苦不堪，可是数月之后，他们也照样结了婚，或者找到了别种安慰。“如果跟另外一个人结婚，我就会幸福了吗？”她又自言自语，“A某无疑是个蠢货，但是他不那么凶，阿梅莉倒可以随意驾驭他。和一个百依百顺的丈夫生活总能过得去……B某有好几个情妇，他妻子心太善，只能黯然神伤。不过，他对妻子倒是十分敬重……诚能如此，我也别无所求了……还有那位年轻的C伯爵，总是阅读政治小册子，他不遗余力，想有朝一日成为一个好议员，也许还能成为一个好丈夫。是啊，然而，这些人个个都令人讨厌，又丑陋又愚蠢……”她就是这样，将少女时期所认识的青年在脑海里过了一遍，于是达尔西的名字又第二次出现了。

从前在德·吕桑夫人的社交圈子里，达尔西是个小角色，也就是说大

家清楚……做母亲的也都知道……他家产太薄，不能对她们的女儿有非分之想。而且，在那些小姐看来，达尔西身上也毫无值得她们回眸再顾的妙处。况且，他还缺文雅之人的名声，颇为愤世嫉俗，说话常带刺，很是自鸣得意，独有他这个男子，在大家闺秀的圈子里，敢嘲笑其他青年的可笑和自命不凡。就是他低声跟一位小姐说话，做母亲的也不会惊慌失措，因为女儿在咯咯大笑，露出漂亮的牙齿，做母亲的甚至说，达尔西先生非常可爱。

朱莉和达尔西两人趣味相投，因而关系也就靠拢了。他们经过几个回合交手之后，便签订了和平条约，建立起攻守同盟，相互关照顾惜，总是协调一致，嘲讽他们所认识的人。

一天晚上，有人请朱莉唱歌。朱莉也知道，自己的嗓音很好。她朝钢琴走去，在开始唱之前，瞧了瞧在场的各位女士，那神情颇为傲慢，仿佛在向她们挑战。不料那天晚上，不知是身体欠佳还是运气不好，她几乎尽失唱歌的能力。往常十分优美动听的歌喉，这次一开口就跑了调。朱莉顿时心慌意乱，整支歌都唱歪了，过渡音群全没有唱出来。总之，彻底唱砸了。可怜的朱莉惊慌失措，几欲流下眼泪，她离开钢琴，回到座位上，看到女伴们见她当众出丑都难以掩饰那份幸灾乐祸。就连在场的男士，也都似乎勉强忍住讪笑。朱莉又羞又恼，眼睛低低垂下，好久也不敢抬起来。她终于抬起头来的时候，看到头一张友善的面孔就是达尔西，只见他脸色苍白，眼里闪着泪花，好像出了这种倒霉的事儿他比她本人还难过。“他爱我呀！”朱莉心中暗道，“他是真爱我。”当夜，她几乎没有入睡，眼前总晃动着达尔西那张伤心的脸。一连两天，她一门心思想着达尔西，想着他对她热烈的暗恋。这段恋情刚有进展，德·吕桑夫人忽然收到达尔西先生的一张名片，上面只写了三个字母：P.P.C.，即“谨此告别”的缩写。

“达尔西先生要去哪里呢？”朱莉问一个她认识的青年。

“他去哪里？您怎么还不知道呢？是去君士坦丁堡，今天夜晚他就上邮船走了。”

“这样看来，他并不爱我呀！”朱莉想道。一周之后，达尔西就被置于脑后了。达尔西这人更加浪漫些，过了八个月还没有忘记朱莉。如果要给朱莉开脱，那就必须想到，达尔西生活在野蛮人中间，而朱莉在巴黎，则被阿谀奉承和各种娱乐团团围住。

无论怎样，两人分手也有六七年之久，朱莉在乘车前往P地的路上，居然还想起她唱歌走调那天达尔西忧伤的表情，而且也应当承认，她同时想到了达尔西可能爱上她，也许至今还保存着这种感情。在两公里的路段上，这一切相当强烈地占据了她的思想。继而，达尔西又第三次被遗忘了。

八

朱莉乘车驶进P地的时候，看见朗贝尔夫人的庭院里有一辆马车正在卸套，心下不觉颇为扫兴，显见来访的还有其他人，因而她不可能深谈她对德·沙维尼先生的积怨了。

朱莉走进客厅时，只见朗贝尔夫人正和一位女士在一起。朱莉和那人在社交场合相遇过，但也就是略知姓名而已。她不得不克制一下情绪，以便掩饰到P地白折腾一趟的怏怏神色。

“哦，你好，亲爱的美人！”朗贝尔夫人一边同她拥抱，一边高声说道，“真高兴您没有忘记我！您来得再巧不过了，今天我不知道要招待多少狂热地爱您的人。”

朱莉回答的神情有点勉强，说她原以为朗贝尔夫人没有客人。

“他们见到您，都会喜出望外，”朗贝尔夫人又说道，“自从我女儿出嫁之后，这别墅就冷清极了，因此，朋友们愿意来这里聚会，真让我大喜过望。怎么，亲爱的孩子，您的好气色丢到哪儿去了？我看您今天脸色这么苍白。”

朱莉随口编了个小小的谎话，说是路途好远……尘土又大……太阳又晒……

“今天，我请来吃晚饭的客人中，恰巧有一位您的崇拜者，我要给他一个惊喜，此人就是德·夏多福先生，也许还有他那位忠实的阿卡特，佩兰少校。”

“最近我也招待过佩兰少校。”朱莉说着脸就微微泛红，因为她心里想的是夏多福。

“我还邀请了德·圣莱热先生。下个月在这里，无论如何也要请他组织一场谚语小喜剧晚会。我的天使，到时候您一定要扮演个角色。两年前，您还是我们谚语小喜剧的主角呢。”

“我的上帝，我有好久没有演谚语小品了，可不像两年前那么有把握了。到时候没法儿，我还真得借这句台词：‘我听见有人来了’，就溜之大吉。”

“唔！朱莉，我的孩子，您猜一猜，还有什么人来。可是这一位，还真得记忆力好一些，才可能想起他的姓名……”

达尔西的名字，当即出现在朱莉的脑海中。

“这名字，我还真挥之不去，”她心中暗想，接着她又高声说道，“要问记忆吗，夫人？……我倒记得很多。”

“不过，我说的是七八年前的事……您那时还是个少女，扎着发辫，是否记得注意您的人当中，有那么一位？”

“老实说，我猜不出来。”

“真是骇人听闻！我亲爱的……居然忘掉了一位可爱的男士。如果我记得不错的话，当时他可特别讨您的喜欢，几乎让令堂都慌了神儿。好吧，我的美人，既然您连崇拜您的人都遗忘了，那就只好向您提提他的名字了！您就要见到的是达尔西先生。”

“达尔西先生？”

“对，他终于从君士坦丁堡回来了，也是刚回来几天。前天他来看我，我就邀请了他。您可真够无情无义的，当时他向我打听您的情况时，您可知道他那表情多么说明问题吗？”

“达尔西先生……”朱莉言语迟疑，还装出一副漫不经心的样子，“达尔西先生？……是不是一个金发青年，个子高高的……在大使馆当一等秘书？”

“唔！我亲爱的，您见了他会认不出来的，他变化很大，现在脸色苍白了，确切地说，呈橄榄色，眼睛深陷下去，头发脱落不少，据他说是气候炎热的缘故。这种情况还继续下去的话，那么再过两三年，他就要完全秃顶了。然而，他还不过三十岁呀。”

讲到此处，在一旁倾听关于达尔西这种烦心事的那位夫人，就大力推荐卡利多生发灵，还以自身为例，说她闹了一场病，掉了很多头发，用了这种药又长了出来。她边说边用手指抚弄着那满头灰栗色的发卷。

“这么长时间，达尔西先生就一直在君士坦丁堡吗？”德·沙维尼夫人问道。

“也不完全如此，要知道，他经常出差，去过俄罗斯，后来，整个希腊都跑遍了。您不知道他交了好运吗？他叔父去世了，给他留下一大笔财产。他还去过小亚细亚……他说是什么地方来着？……是卡拉马尼亚。我亲爱的，他现在特别迷人，他有那么多美妙的故事，会让您听得入迷的。昨天他就对我讲了几个，简直妙极了，我只得一再对他说：‘留着明天吧，讲给那些夫人听，只讲给我这样一个老妈妈听就太可惜了。’”

“他救过一位土耳其女郎的故事，讲给您听了吗？”大力推荐卡利多生发灵的杜马努瓦夫人问道。

“他救过土耳其女郎？他救了一位土耳其女郎？他只字也没有向我提起过。”

“什么！那可是令人赞叹的举动，一部名副其实的小说。”

“啊！那就给我们讲讲吧，求求您了。”

“不行，不行，还是请求他本人讲吧。我只是从我妹妹那儿听来的，你们也知道，我妹夫曾是驻士麦那的领事。不过，她也是听一个英国人讲述的，那个英国人目睹了那个事件的全部经过。真了不起呀。”

“讲给我们听听吧，夫人。您怎么能忍心让我们一直等到晚饭的时候呢？听说有一个自己不知道的故事，比什么都令人焦急难耐。”

“那好吧，我讲得不精彩，要倒你们胃口了。不过，我怎么听来的，就原样讲好了。达尔西先生在土耳其海边，不知是考察什么古迹，忽然望见过来一支阴森可怖的队列。那是一群哑巴，扛着一只口袋，只见那口袋一直在蠕动，仿佛里面装着什么活物……”

“啊！我的上帝！”朗贝尔夫人读过《不贞的女奴》，不禁失声叫起来，“口袋里是个女人，要被抛进海里去！”

“一点不错，”杜马努瓦夫人继续说道，但是故事中最富有戏剧性的一处被人点破，心里便不大自在，“达尔西先生听见那只口袋发出低沉的呻吟，随即猜出那种可怕的真相。他就问那几个哑巴要干什么，那些人根本不回答，只是拔出匕首。达尔西先生幸好也带着武器，他将那些奴隶赶跑了，从口袋里拉出一个半昏迷的绝色女子，并且带回城去，安置在一所安全的房子里。”

“可怜的女人！”朱莉叹道，她对这故事开始感兴趣了。

“您以为她得救了吧？根本没有。她是有丈夫的，那个忌妒的丈夫煽动一群暴民，他们举着火把，攻击达尔西先生的住宅，要把他活活烧死。我不大清楚那个事件是如何了结的，只知道他顶住了围攻，最终把那女子转移到了安全地点。甚至说，”杜马努瓦夫人突然变了一副表情，以“非常虔诚的鼻音”补充说道，“甚至说，达尔西先生好像还特意让人为她改宗，给她洗了礼。”

“达尔西先生还娶她为妻了吧？”朱莉微笑着问道。

“这我可就说不好了。不过，那名土耳其女郎……她起了个挺怪的名字，叫作爱迷妮……她热恋着达尔西先生。我妹妹告诉我，她一直称达尔西先生为‘索蒂尔’……‘索蒂尔’这个词……是土耳其语或者希腊语‘我的救命恩人’的意思。厄拉莉还对我说，那是一位世间少见的大美人。”

“咱们就冲他的土耳其女郎向他开仗！”朗贝尔夫人高声说道，“好不好啊，两位夫人？一定要给他点颜色看看……况且，达尔西的这种行为，丝毫也不令我惊讶。在我认识的人当中，他是最慷慨仗义的一位。他的所作所为，我了解一些，每次讲述都要潸然泪下……他叔父去世了，留下一个始终没有相认的私生女，而且临终也没有立遗嘱，私生女儿根本无权继承遗产。达尔西是唯一的财产继承人，可是他情愿分给她一份，就是他叔父立遗嘱，恐怕也不会给她那么多。”

“那位私生女容貌很美吧？”德·沙维尼夫人一副坏样子问道，只因她开始感到这个达尔西先生既然挥之不去，那就有必要讲点他的坏话了。

“哎！亲爱的，您怎么能这样推测呢？……何况他叔父去世的时候，达尔西先生还在君士坦丁堡呢，他很可能就没有见过那个私生女。”

这时，夏多福、佩兰少校和其他几位客人到了，打断了这场谈话。夏多福就坐在德·沙维尼夫人的旁边，他趁着众人高声谈话之际，对德·沙维尼夫人说道：

“夫人，看来您挺伤心，假如是由我昨天对您讲的话所引起的，那我万分抱歉。”

德·沙维尼夫人没有听见，抑或就不想听他讲话。遭此挫折，夏多福只好重复一遍他的话，可是这种受挫感就更厉害了。朱莉颇为冷淡地回答一句，就加入了大堆人的谈话，而且还换了座位，躲开她那位可怜的崇拜者。

夏多福并不气馁，说了许多富有风趣的话，只想取悦于德·沙维尼夫人。怎奈德·沙维尼夫人心不在焉：她一直在想达尔西先生要到了，心里总是纳罕，何以如此惦念一个她早该忘记，人家也可能早把她遗忘的男子。

终于传来隆隆的马车声响，客厅的门打开了。

“哦！他到啦！”朗贝尔夫人高声说道。朱莉却不敢回头，但是脸色立时煞白了。她突然强烈感到浑身发冷，必须集中全身气力，以便镇定下来，免得夏多福看出她失态了。

达尔西吻了朗贝尔夫人的手，站着同她说了一会儿话，然后坐到她的身旁。一时间全场肃静。朗贝尔夫人似乎在等待，给老熟人彼此相认的机会。夏多福和其他男子都好奇地打量达尔西，除了善良的佩兰少校之外，好奇中无不掺杂几分忌妒。达尔西刚从君士坦丁堡归来，这就有了很大的优势。而在场的男士单凭这一点，就要端起架子，摆出一副矜持的神态，就像通常对待陌生人那样。达尔西则没有注意看任何人，他首先打破沉默，说到天气和旅途。总之随便说点什么，那声音温婉而动听。德·沙维尼夫人壮起胆子瞧了他一眼，只看见他的侧身，觉得他消瘦了，神态也变了……大体来说，觉得他很好。

“我亲爱的达尔西，”朗贝尔夫人说道，“您仔细瞧瞧四周，能不能找见您的一个老熟人？”

达尔西转过头去，发现一直用帽子遮住脸的朱莉，不由得惊喜地叫了一声，急忙站起身，伸出手朝朱莉走去。他随即又戛然止步，似乎后悔不该过分表现亲热，于是向朱莉深施一礼，并以十分“得体的”话表示，再次见到她真是不胜欣喜。朱莉则讷讷地讲了几句客套话，看见达尔西仍然站在面前，定眼凝视她，她不禁满脸通红。

但是，朱莉马上又镇定下来，她用漫不经心却又不失细察的目光，注视达尔西。须知在社交圈子里，只要愿意，都可以用这种目光观察人。达尔西高挑个头儿，是个脸色苍白的年轻人，外表看来很沉静，但是这种沉静似乎不是来自他一贯的心态，而是内心能够控制表情的结果。他的额头明显有了皱纹，眼睛往里深陷，嘴角往两侧垂下，虽然还不过三十岁，却已经有点谢顶了。达尔西衣着很随意，却有那种潇洒的风度，表明他是出入上流社会的人士，又不同于为自己的穿戴大伤脑筋的那些时髦青年。朱莉观察到这一切，心下十分高兴。她还注意到达尔西脑门上有一道挺长的伤疤，没有完全被头发盖住，好像是被马刀砍的。

朱莉坐在朗贝尔夫人身边，在她和夏多福之间有一把空椅子。但是达尔西刚一站起来，夏多福便一把按住椅背，让椅子单腿独立，显然要看住这把椅子，如同园丁的狗看守燕麦箱那样。因此，达尔西就一直站在德·沙维尼夫人的面前。朗贝尔夫人看着不忍心，就在自己坐的沙发上让出一个座位，请达尔西坐下来。这样，达尔西就挨近了朱莉，他赶紧利用这个有利的位置，开始同朱莉促膝长谈。

不过，朗贝尔夫人和另外几位客人，照例问起他的游历，达尔西一一应答，但总是很简短，再抓紧一切机会，继续同德·沙维尼夫人交谈。别墅的钟敲响了用晚餐的时间，朗贝尔夫人对达尔西说道：

“请您挽住德·沙维尼夫人的胳臂吧。”

夏多福咬了咬嘴唇，不过，他仍然设法在晚宴席上坐到靠近朱莉的座位上，以便细细观察她。

九

晚饭后，月色皎洁，而天气又热，大家便来到花园，围着一张粗木桌子喝咖啡。

夏多福注意到，达尔西对德·沙维尼夫人关心备至，就越发感到气恼。他还观察到，德·沙维尼夫人对新来者的谈话似乎也兴趣渐浓，于是他的态度就变坏了。他这种忌妒情绪产生的唯一效果，就是剥夺了他取悦的手段。大家都坐在露台上，他却走来走去，不能安稳地待着，就像心神不宁的人通常的表现。他不时地眺望远天，只见那里乌云聚积，预示着暴风雨，但他更经常注视那个同朱莉窃窃私语的情敌。他看到朱莉时而微笑，时而表情变得严肃，时而还羞怯地垂下眼睛。总之，他看到达尔西对她讲的话，句句都产生明显的效果。而且，尤为令他伤心的是，朱莉脸上那丰富变化的表情，正是达尔西不定的神态忠实的写照和反映。终于，夏多福再也忍受不了这种折磨，他趁着达尔西给一位客人讲解马哈茂德苏丹的胡子之机，赶紧靠近朱莉，从她的椅背俯下身去，口气酸溜溜地说道：

“夫人，达尔西先生看来是个非常可爱的人啊！”

“唔，是啊！”德·沙维尼夫人回答，她掩饰不住那种热烈的语气。

“看来是这样，”夏多福继续说道，“这不，他让您忘掉了您的老朋友。”

“我的老朋友！”朱莉声调有几分严厉地说道，“我不明白您这话是什么意思。”说罢，她就抓住朗贝尔夫人拿着的手帕一角，又说道：“这条手帕的刺绣多么典雅！真是好手艺啊！”

“您这么看呀，亲爱的？这是达尔西先生送我的一件礼物，他从君士坦丁堡也不知给我带回来多少绣花手帕……对了，达尔西，是不是您那位土耳其女郎给您绣的呀？”

“我那位土耳其女郎！哪个土耳其女郎？”

“对呀，就是您救了一命的那位美丽的苏丹公主，她称您为……哦！我们全知道了……她称您为……她的……她的救命恩人吧，土耳其语该怎么说，您一定知道。”

达尔西笑起来，他拍了拍脑门，高声说道：

“怎么可能呢，我那次倒霉的事件闻名遐迩，已经传到巴黎啦！”

“那个事件根本谈不上倒霉。也许认倒霉的只有马马穆齐，他失去了自己的宠姬。”

“唉！”达尔西答道，“我明白了，你们仅仅知道事情的一半，因为对我而言，这个事件相当惨，就像唐·吉诃德大战风车。我鬼使神差，当了一回游侠骑士，受尽了法兰克人的嘲笑，难道这事还不算完，回到巴黎还得受讥讽啊！”

“什么！可是，我们一无所知啊，把这情况讲给我们听听吧！”在场的所有夫人都高声说道。

“我就不该多嘴，”达尔西说道，“你们听说多少就算多少，用不着我来补充完整，而且我一点也没有留下愉快的记忆。对了，我的一位朋友……朗贝尔夫人，请允许我向您介绍一下，他就是约翰·蒂莱尔爵士，在那场悲喜剧中也扮演了主要角色，他不久就要前来巴黎。他要讲述这个事件，准得搞搞恶作剧，给我安排一个角色，要比我实际扮演的可笑得多。事情是这样的：

“那位不幸的女子，一旦在法国领事馆安顿下来……”

“哎！您还是从头讲起吧！”朗贝尔夫人高声说道。

“你们不是已经知道了吗！”

“我们一无所知，并且希望您能从头至尾，把整个故事对我们讲一遍。”

“那好吧！各位夫人，你们也知道，我一八××年在拉纳卡，有一天出城去写生，约了一个英国青年同行。他那人非常可爱，是个性情开朗的好小伙子，名叫约翰·蒂莱尔爵士，是一位难得的旅伴，因为他那种人总想着晚餐，不会忘记带食品，而且总是乐乐呵呵的。再说，他旅行并没有什么目的，他既不懂地质学，也不懂植物学，一位旅伴若是懂这两门科学，那就太讨厌了。

“我坐在一间破房子的背阴处，离大海约有二百步远，而那一带的海岸上全是陡峭的悬崖。当时，我正全神贯注，画一座古墓的废墟，而约翰爵士则躺在旁边的荒草上，一面吸着拉塔基亚芳香的烟草，一面嘲笑我不幸爱上了美术。我们雇用的一位土耳其翻译，在一旁给我们煮咖啡。我所认识的土耳其人当中，数他咖啡煮得最好，可是胆子也最小。

“突然，约翰爵士欢叫起来：‘有人从山上运雪下来了，咱们买一些，好做橘肉冰激凌。’

“我抬头一望，果然看见一头驴朝我们走来，背上驮着一个大包裹，两侧各有一名奴隶扶着。驴夫牵着驴走在前头，殿后的一位白胡子的土耳其老者，则骑着一匹相当英俊的良驹。这队人马行进缓慢，也特别庄严肃穆。

“我们那名土耳其翻译一边吹火，一边朝驴子驮的东西瞥了一眼，然后冲我们诡异地笑了笑，说道：‘那不是雪。’说罢就忙着给我们煮咖啡，又照常沉默无语了。‘那到底是什么？’蒂莱尔问道，‘总归是吃的东西吧？’

“‘给鱼吃的。’土耳其人答道。

“这工夫，骑马的那个人纵马跑向海边。从我们旁边经过时，还轻蔑地瞪了我们一眼：穆斯林碰见基督徒，总会投去这种目光。他策马一直跑到我前面提过的悬崖峭壁，猛地停在最陡峭的地点，在那里察看大海，就仿佛在挑选哪处最适合跳下去。

“于是，我们就更加仔细地观察驴子背上的那个驮包，发现那驮包形状很怪，不免十分诧异，当即想起那么多忌妒的丈夫淹死妻子的故事。我和约翰爵士交换了一下想法。

“‘去问问那些坏蛋，’约翰爵士对我们的土耳其翻译说道，‘他们让驴驮的是不是一个女人？’

“那土耳其翻译惊恐地睁大了眼睛，却没有张口说话。显而易见，他觉得我们的问题太离谱了。

“这时候，那口袋离得很近了，我们清楚地看到口袋在蠕动，甚至还听见里面传出呻吟声。

“蒂莱尔虽然讲究美食，但是更有骑士精神。他怒不可遏，跃身起来，冲到驴夫面前，而且一时气昏了头，竟然用英语质问那驴夫驮运的是什么，打算如何处理。驴夫当然不回答，可是口袋却剧烈扭动，还传出女人的喊叫。那两个奴隶见状，就用赶驴的皮鞭猛抽口袋。蒂莱尔忍无可忍，熟练地用力一拳，便将驴夫打倒在地，又一把扼住一名奴隶的喉咙。在搏斗中，那口袋被猛然一碰，便重重地跌落到草地上。

“我也冲了过去。另一名奴隶正在捡石块，这时驴夫也从地上爬起来了。我是最不爱管闲事的人，但自己的伙伴遭攻击，就不能不出手相助。我操起写生时用来支阳伞的木棍，挥动着威胁那两名奴隶和驴夫，尽量摆出一副极为凶狠的架势。局面本来就要被控制住了，不料那个骑马的土耳其鬼东西察看完了海，听见我们的打斗声，立刻掉头回来，没等我们反应过来，就像箭一般飞奔到我们面前，手中挥着一把寒光闪闪的大刀……”

“是一把阿塔汉弯刀吧？”夏多福喜欢地方色彩，接口说道。

“是一把阿塔汉弯刀，”达尔西赞同地微微一笑，继续说道，“他冲到我身旁，照我的脑袋就是一刀，拿我的朋友德·罗斯维尔侯爵雅趣的话来说，劈得我眼前出现了三十六支蜡烛。然而，我也当即还击，拦腰给了他一木棍。接着我又将木棍抡圆了，劈头盖脸打向驴夫、奴隶、那匹马和那个土耳其人，比我的朋友约翰·蒂莱尔爵士还要凶猛十倍。我们的处境显然不妙了。我们的土耳其翻译袖手旁观，而我们只有一根木棍，要反击三名步兵、一名骑兵以及一把阿塔汉弯刀，坚持不了多久。幸好约翰爵士想起我们带了两把手枪，于是，他拔出手枪，抛给我一把，并立刻举起另一把枪，瞄准给我们制造极大麻烦的那名骑手。一亮出两把手枪，又发出扣动扳机的咔嗒声，这对我们的敌人就产生了神奇的效果。他们都抱头鼠窜，丢下那口袋，甚至连驴子也不管了。我们虽然义愤填膺，却没有开枪，这乃是不幸中之万幸，因为杀死一个虔诚的伊斯兰教徒就必须偿命，即使打他一顿，也得付出很大代价。

“我稍微擦了擦额头的血，诸位可以想象得出来，我们要做的头一件事，就是急忙跑去打开口袋。只见里面装的是一位颇有姿色的女子，长着一头美丽的黑发，身体稍嫌肥胖，只穿一件蓝色的薄呢衬衫，但不像德·沙维尼夫人的披肩那么透明罢了。

“她动作敏捷地钻出口袋，并不显得多么难为情，她对我们讲了一通话，想必十分哀婉动人，可惜我们一句也听不懂。她说完还吻了我的手。各位夫人，一位女士给我这份荣幸，这是绝无仅有的一次。

“这工夫，我们也冷静下来，看见我们的翻译直揪自己的胡子，好像陷入绝望。我用自己的手帕凑合着包扎了一下额头。蒂莱尔则说道：‘真见鬼，怎么安置这个女人呢？假如我们留在这里，那个当丈夫的准要拉一大帮人回来，把我们打死；假如我们带她回拉纳卡，那些老百姓一看到她这漂亮的行头，就非投石块砸我们不可。想来想去也一筹莫展，最后蒂莱尔又恢复了美国人那种平静态度，感叹一声：‘您怎么鬼迷心窍，非得今天出来写生呢？’他这声感叹，把我逗得哈哈大笑，而那女子丝毫也不明白，也跟着笑起来。

“总得想出个解决办法。我想到最好是去法国领事馆寻求保护，不过，最难办的还是如何回拉纳卡。太阳快要落了，这对我们来说时机倒很有利。土耳其翻译带我们绕了个大弯子，也多亏采取了这种措施，我们趁天黑顺利到达坐落在城外的领事家。我忘记交代一句，我们用那只口袋和翻译的头巾，给那女子改了一身近乎得体的衣服。

“领事十分冷淡地接待我们，他说我们全是疯子，到什么地方旅行，就得尊重那里的风俗习惯，而不应该去捅人家的马蜂窝……总之，他狠狠训斥了我们一顿。他讲得有道理，因为光凭我们这种举动，就足以引起一场大暴乱，塞浦路斯岛上的所有法兰克人就要被杀光了。

“领事的妻子更讲点人道，她读过许多小说，认为我们是见义勇为。

事实上，我们的行为类似小说中的主人公。这位杰出的夫人十分虔诚。她觉得让这个土耳其女子改信基督教是件轻而易举的事，而这个事例在《箴言报》上一刊登出来，她丈夫就会被任命为总领事了。这一整套计划，转瞬间就在她头脑里形成了。她拥抱了那位土耳其女子，给了她一件连衣裙，还责怪领事先生心肠太狠，并打发他去见帕夏妥善解决这件事。

“帕夏火冒三丈。那个忌妒的丈夫是个有头有脸的人物，他已经到处煽风点火，还扬言说，是可忍孰不可忍，基督徒那些狗东西，竟敢阻拦像他那样的人将奴隶投进海中。领事十分担忧，他多次谈起他的主公法国国王，更加强调一艘装有六十门火炮的战舰，已经出现在拉纳卡海域。但是，最有说服力的理由，还是他以我们的名义建议，以公平的价钱买下那名女奴。

“唉！诸位哪里知晓，一个土耳其人提出的公平价钱！必须赔偿那位丈夫，赔偿帕夏，赔偿被蒂莱尔打掉两颗牙的驴夫，平息事态要赔偿，一切都要赔偿。不知有多少回，蒂莱尔沉痛地感叹：‘活见鬼，去海边写生干什么！’”

“多危险的经历，我可怜的达尔西！”朗贝尔夫人高声说道，“您就是那次挨了一刀，才落下这一大道伤疤的吧？劳驾，您把头发撩起来看看。他没有把您的脑袋劈开，真是个奇迹啊！”

在达尔西叙述的全过程中，朱莉目不转睛，一直盯着他的额头。最后，她怯声怯气地问道：“那位女子后来怎么样了？”

“我的这段经历，恰恰这部分不愿意讲。接下来的情况，对我而言就太可悲了，直到此刻，我向诸位讲述的时候，还有人嘲笑我们的侠义行为呢。”

“那位女子容貌美吗？”德·沙维尼夫人问道，脸不觉微微一红。

“她叫什么名字？”朗贝尔夫人也问道。

“她叫爱迷妮。——容貌是否美？……是的，她长得还相当美，但是太胖了，而且涂了厚厚的脂粉，那也是当地人的习俗。必须看习惯了，才会欣赏土耳其美人的魅力。爱迷妮就是被那样安置，住在了领事家中。——她是明格列利人，她对领事的妻子C夫人说她是王爷的女儿。在那个国度，随便一个无赖，只要指挥另外十个无赖，就可以称王了。于是，大家就把她奉为公主。她与主人同桌用餐，她食量抵得上四个人。可是，一跟她谈宗教信仰，她就总是打瞌睡。这情况持续了一段时间，最后他们给她定了洗礼的日期。C夫人自任她的教母，并且希望我做教父。还要买各种糖果，准备礼物，一应所需，什么都得齐全！……这个该死的爱迷妮，注定要把我搞破产！爱迷妮每次给我端咖啡，总要洒到我的衣服上，C夫人还说她爱我超过爱蒂莱尔。我怀着痛改前非的虔诚态度，一丝不苟地准备这次洗礼。讵料在举行仪式的前一天，美丽的爱迷妮忽然失踪了。事情的全部真相，还有必要告诉各位吗？领事的厨子也是明格列利人，不用说是个大浑蛋，可他大米菜粥做得特别好。爱迷妮一定有自己的爱国方式，她爱上那个明格列利厨子，就同他私奔了。那厨子拐走了人，还拐走了C先生一大笔钱，永远也追不回来了。事情就是这样，领事破了财，他妻子白送了爱迷妮全套行头。而我呢，则赔上了手套，赔上了糖果，还不算为救她挨打受了伤。更有甚者，这个倒霉的事件，大家都多少归罪于我，说是我想解救这个坏女人，是我想从海底把她救上来，结果给我的朋友招来了灾祸。蒂莱尔倒把自己撇得一干二净，其实正是他挑起了那场争斗。而我呢，落下个唐·吉诃德的名声，还落下你们看到的这道伤疤，害得我难得美人的青睐。”

讲完故事，大家又回到客厅。达尔西仍旧同德·沙维尼夫人交谈了半响，随后他不得不离开，因为要去见一个精通政治经济的年轻人。那个人想当议员，渴望获取有关奥斯曼帝国的统计资料。

十

达尔西离开之后，朱莉就不时地看挂钟了。她心不在焉地听夏多福说话，眼睛却不由自主地投向客厅的另一端，寻找与别人交谈的达尔西。达尔西在那边同一位统计的爱好者交谈，也时而朝她瞥来一眼，平静而深邃的目光让她受不了。她感到达尔西对她有一种异乎寻常的影响力，想怎么摆脱也不可能。

朱莉终于去叫她的马车了，要车的时候，不知是有意还是出于关心，她远远望着达尔西，那目光分明在表示："您虚掷了半小时，我们本来可以一起度过的。"马车赶来了。达尔西还在同人谈话，不过已经显得怠倦了，似乎厌烦了缠住他不放的询问者。朱莉缓慢地站起身，同朗贝尔夫人握了手，这才朝客厅的门口走去。她见达尔西始终待在原地未动，不免惊讶，几乎有些气恼了。夏多福就在她身边，递给她胳臂，朱莉机械地挽上他的手臂，但没有听他说什么，几乎没有留意他的存在。

朱莉穿过前厅，朗贝尔夫人和另外几位客人一直送她上了马车。达尔西仍然留在客厅。等朱莉在四轮轿车上坐定，夏多福微笑着问她，独自黑夜赶路是否害怕，接着又补充一句，只等佩兰少校打完那局台球，他就立刻驾自己的轻便马车追上去。朱莉驰心旁骛，听见他的声音才回过神儿来，但是什么也没有听明白。于是她微微一笑，像所有碰到类似情况的女人那样。然后，她点头向聚在台阶上的人道别，乘车疾驶而去。

不过，就在马车启动的当儿，朱莉发现达尔西从客厅里走出来，只见他面无血色，神态忧伤，眼睛凝望着她，仿佛在央求她单独向他道个别。

可是她却走了，怀着没有单独向他点一下头的遗憾，心里甚至想他会因此而气恼。她把刚才达尔西容忍别人代劳送她上车一事，完全置于脑后，反倒觉得错全在自己，于是她严厉自责，就好像罪莫大焉。几年前那个晚会上她唱歌唱砸了，离开时对达尔西所产生的感情，远远没有这次来得强烈。这不仅是因为相别数年加深了她的印象，还因为她对丈夫的积怨也相应增强了这种感情，甚至她对夏多福所感到的倾心，尽管此刻她已经把人家忘得一干二净——也使她决心让她对达尔西更加强烈的感情任意放纵，而不必太过内疚了。

至于达尔西，他的头脑天生就很冷静。他遇见一位美貌女子，由此勾起幸福的回忆，当然是件快事。而且认识这样一位女士，这个冬天他在巴黎，没准会过得更愉快些。不过，朱莉一旦不在眼前了，他顶多只留下愉快地度过了几小时的记忆，而这种记忆虽然甜美，但一想到要很晚才睡觉，还要赶十六公里的路才能上床，也就大打折扣了。他用斗篷紧紧裹住身子，舒舒服服地斜躺在租用的马车里，思绪从朗贝尔夫人的客厅飞到君士坦丁堡，又从君士坦丁堡飞到科孚岛，再从科孚岛转入半睡眠状态。他所思所想无非是些俗事，暂时按下不表。

亲爱的读者，如果愿意的话，还是跟随德·沙维尼夫人的马车吧。

十一

德·沙维尼夫人乘车离开朗贝尔夫人的别墅时，夜色漆黑，伸手不见五指，天气闷热，令人窒息。闪电不时划破天空，照亮周围的景物，只见浅橘黄色的背景衬出黑黝黝的树影。每次闪电过后，天地就倍加黑暗，车夫连马头都看不见了。一场疾风暴雨即将来临，稀稀落落的大雨滴很快就变成瓢泼大雨。天空四面八方都仿佛着了火，天上的炮队开始轰击，隆隆声震耳欲聋。马儿惊了，大声地喘息，竖起前蹄，就是不肯前行了。然而，车夫已经饱餐了一顿，身上又穿着厚厚的外套，尤其还喝了酒，也就不怕雨大道路泥泞。他狠命鞭打可怜的牲口，那种勇往直前的气魄，并不亚于当年的恺撒。恺撒在海上遇到暴风雨，就对他的舵手说："你运载的是恺撒和他的远大前程！"

德·沙维尼夫人不怕打雷，不大在乎暴风雨。她在回想达尔西对她讲的每句话，后悔心中有千言万语本可以讲而没有对他讲。正遐想间，马车突然遭到猛烈撞击，打断了她的思路。车窗玻璃都一齐震得粉碎，车身咯吱山响，好像要散架——马车掉进沟里了。朱莉有惊无险，倒安然无恙。可是雨下个不停，一个车轮折断，车灯全熄灭了，周围看不到一座房子可以避雨。车夫咒骂鬼天气，跟班则斥骂车夫太笨。朱莉待在车厢里，忽而问怎么能返回P地去……忽而问该怎么办。怎奈她每提一个问题，得到的总是这句令人失望的回答："这不可能！"

这工夫，远处隐约传来马车声，越来越近。过了片刻，德·沙维尼夫人的车夫就喜出望外，认出他在朗贝尔夫人的膳房结下牢固友谊的一位同行，便立刻叫那人停车。

那辆马车停下了，这边的车夫刚一报出德·沙维尼夫人的名字，就看见乘坐那辆车的一个年轻人马上打开车门，高声问道："伤着她了吗？"他一个箭步，冲到朱莉的马车前。朱莉已认出是达尔西，她正等待他来呢。

两人的手在黑暗中摸在一起，达尔西似乎感到德·沙维尼夫人用力握住他的手，但这有可能是害怕的缘故。达尔西问了几句话，自然是请朱莉上他的马车。朱莉没有当即回答，她还拿不定主意，心想要回巴黎市区，就得同一位年轻男子单独乘一辆车，走十几公里路。可是另一方面，如果再回到朗贝尔夫人的别墅求宿，那又得讲述如何翻车、达尔西如何相救的这段浪漫遭遇，想想就不寒而栗。在客人打牌的客厅再次现身，还像那个土耳其女人那样被达尔西搭救……实在不堪设想。回巴黎又那么远，十几公里的路程！……她正在举棋不定，笨口拙舌地讲了几句怕给达尔西添麻烦的套话。达尔西似乎看透了她的心思，便冷冷地对她说道："您就上我的车吧，夫人，我留在您的车里，等有人回巴黎经过这里。"朱莉不免担心自己显得过于忸怩拘板，就赶紧接受他提议的头一点，但是不同意第二点。这一决定突如其来，朱莉还没有来得及解决这个重要问题，是再去P地还是回巴黎，她就已经披上达尔西殷勤递给她的斗篷，登上人家的马车了，而马车也不等她想好去哪里，就轻快地驶向巴黎。她的仆人已经抢先替她选择，对那车夫讲了他的女主人的姓氏和所住的街道。

开始交谈时，彼此都颇为尴尬。达尔西声调短促，显出有几分不快。朱莉猜想她犹豫不决的态度惹他气恼了，他准把她看成一个可笑的假正经女人了。现在，这个男人对她有极大的影响力，致使她在内心里强烈自责，只想如何化解人家由她引起的这种恼怒的情绪。她发现达尔西的礼服被雨淋湿，就立刻脱下斗篷，一定要让他披上。于是，两人你推我让，争执不下，最后只好各披一半。这种行为十分轻率，如果不是为了让达尔西忘掉她迟疑不决的那一刻，她绝不会做出来。

他们俩挨得很近，朱莉的面颊能感到达尔西呼出的热气。马车有时颠簸，让他们靠得更近了。

"我们俩披这一件斗篷，"达尔西说道，"这让我想起我们从前做的猜字游戏。我们俩一起穿上您祖母的短外套，您扮作我的薇吉妮，都还记得吗？"

"记得，为此祖母还狠狠说了我一顿。"

“啊！”达尔西高声叹道，“那段时光该有多么幸福啊！我们在贝勒沙斯街那些妙不可言的晚间聚会，有多少回我想起来，真是百感交集，又忧伤又幸福！您在肩上用粉红丝带系上秃鹰的美丽翅膀，还戴上我用金纸给您做的十分精巧的鹰喙，您都还记得吧？”

“记得，”朱莉答道，“您那时扮演普罗米修斯，我则扮演老鹰。您的记忆力可真好啊！所有那些荒唐的游戏，您怎么能还记得呢？要知道，我们很久没有见面了啊！”

“您是要我恭维您一句吗？”达尔西微笑道，同时往前挪了挪身子，好能面对面看着她。接着，他语气变得严肃些，继续说道：“老实说，我保留毕生最幸福的时光的记忆，没有什么可大惊小怪的。”

“您猜字谜真有天赋！……”朱莉引开话题，生恐这种谈话感情色彩太浓。

“要不要我再给您举个事例，证明我的记忆力呢？”达尔西接口说道，“您是否记得，我们在朗贝尔夫人府上订的盟约？我们俩约定要讲天下所有人的坏话，而且相互支持对付任何人……然而，我们的盟约和太多盟约命运一样：束之高阁而未执行。”

“您怎么知道呢？”

“唉！可以想象，您并没有多少机会来维护我。因为，我一旦离开了巴黎，还有谁闲着没事关心我呢？”

“维护您……倒没有……但是，向您的朋友谈起您……”

“唔！我的朋友！”达尔西略带伤感地微微一笑，高声说道，“那个时期，我没有什么朋友，至少您认识的没有几个。经常去拜访令堂的那些年轻人，不知道为何都恨我。至于那些女士，她们也难得想到外交部的一个随员。”

“那是因为您不理睬她们。”

“倒也是。我见了不喜欢的人，从来就不会装出可亲的样子。”

假如夜不那么黑，能看得见朱莉那张脸的话，达尔西就会看出朱莉听了最后这句话，不禁满脸通红，只因她赋予了这句话一种也许达尔西没有想到的意思。

无论如何，朱莉也要放下彼此都保存得过分清晰的记忆，想引对方再讲讲他的旅行，希望通过这种方法就只需要聆听而无须说话了。这一招对付经常旅行的人，尤其对付那些游历过遥远国度的人，几乎每次都很灵验。

“您能旅行多有意思啊！”朱莉说道，“太遗憾了，像您那样一趟旅行，我是永远也不可能有了。”

可是，达尔西已没有讲述的兴致了。

“刚才那会儿，”他突然问道，“跟您说话的那个蓄胡子的年轻人是谁？”

这一问，朱莉的脸更红了。

“他是我丈夫的一位朋友，”她回答说，“是同一个团队的一位军官……听说，”她不愿意放弃关于东方的话题，继续说道，“见过东方美丽的蓝天的人，再到别的地方就没法儿生活了。”

“我可讨厌透了，也不知道为什么……我指的是您丈夫的那个朋友，而不是蓝天……至于蓝天嘛，夫人，求上帝让您免遭那份罪吧！天天望那蓝天总是一成不变，总是一个样子，久而久之，您就会深恶痛绝，甚至觉得巴黎的迷雾也是最美的景色。请相信我好了，那种美丽的蓝天，昨天那么蓝，明天还是那么蓝，比看什么都让人心烦。您哪儿知道，人们多么焦急地等待，多么热切地期盼，天空出现一朵云彩，可是不断希望又不断失望！”

“然而，您在那蓝天下，却生活了很长时间呀！”

“要知道，夫人，对我而言，换种生活相当难。假如真能完全按照自己的心愿去做，那么，东方的奇风异俗势必引起的那一点点好奇心，一旦得到满足之后，我就会尽快回到贝勒沙斯街一带。”

“我相信许多客居他乡的人，如果像您这么坦率的话，也一定会这样说……对了，在君士坦丁堡，以及在东方的其他城市，人们是如何打发时间的呢？”

“那里也同所有地方一样，有五花八门消磨时间的办法。英国人喝酒和茶，法国人赌博，德国人抽烟，也有一些脑袋瓜灵的人，变换花样找乐子，爬上房顶，用望远镜窥视当地女人，但不免招来枪击。”

“您大概最喜爱这后一种娱乐吧？”

“绝非如此。我嘛，把时间都用来学习土耳其文和希腊文了，成了别人取笑的对象。我处理完使馆的文件之后，就去写生，或者到淡水河畔骑马。有时还去海边瞧瞧，有没有从法国或者其他地方来的人。”

“在离法国那么遥远的地方，能见到一个法国人，您一定特别高兴吧？”

“当然了，那得是见到一个聪明人，而去的尽是贩卖假首饰或者开司米衣料的商人。更糟糕的是碰到青年诗人，他们远远望见大使馆人员，就会冲人家叫喊：‘带我去参观古迹废墟吧，带我去圣索菲大教堂吧，带我去山区吧，带我去蓝色海岸吧，我想去看看海洛哀叹的地方！’稍后，他们就中暑了，只好躲在房间里，除了最近几期的《立宪报》之外，再也不想看什么了。”

“您仍不改老习惯，把什么都看得那么糟。一点儿也没有改变，您知道吗？因为，您还是那么爱嘲笑人。”

“哦！夫人，您说说看，一个受惩罚的人下了油锅，难道还不能寻点儿开心，损一损自己的难友吗？千真万确！您并不知道，我们在那边的生活有多悲惨。我们大使馆的这些秘书，好似燕子一般飞来飞去，永远也不停歇。对我们而言，根本没有给生活增添幸福的那种亲密交往……我想是这样的。（他说到最后这句话，声调有些异样，身子越发靠近朱莉。）这六年来，我就没有找到一个能说说心里话的人。”

“怎么，您在那边没有朋友吗？”

“我刚才对您说了，在外国不可能交上朋友。我离开法国时留下两个朋友，一个已经去世，另一个目前在美洲，假如不被黄热病留在那里的话，要过几年他才能回国。”

“这么说，现在您孤单一人？……”

“孤单一人。”

“妇女圈子呢，东方那里妇女圈子如何？就不能向您提供一些机会吗？”

“噢！提起这个嘛，那可糟糕到了极点。要说土耳其妇女，连想都不要想。至于希腊和亚美尼亚女子，对她们最好的称赞，就是她们长得很美。还有，各国领事和大使夫人，您就别让我谈了。这是个外交问题，我把心里想的都讲出来，那在外交部就要给自己招来麻烦。”

“看来您不太喜爱您的职业。可是从前，您那么渴望进入外交界啊！”

“那时我还不了解这一行。现在嘛，就是当巴黎检察员我也干！”

“噢，上帝！您怎么能这样讲？巴黎！这是人间生活最乏味的地方了！”

“您不要讲亵渎的话。您去意大利试试，住上两年之后，我倒要在那不勒斯听听您怎么推翻这种想法。”

“去看看那不勒斯，这是我最渴望的一件事……”朱莉叹口气回答道，“只要和朋友们一道前往。”

“唔！真有这种条件，我情愿周游世界。和朋友一道旅行，那就等于坐在客厅里，观看世界在窗前移过，犹如渐渐展开的一幅长长画卷。”

“好吧！如果那样要求过高，那么我就只求同一位……同两位朋友一道旅行。”

“我可没有那么大奢望，只求有一位男友，或者一位女友相伴。”达尔西微笑着附和道，“不过，这种幸运的事，我从来没有碰到过……将来也不会落到我头上。”他叹口气又补充道。接着，他语气轻快地说道，“老实说，我总是扮演倒霉的角色。我一生热烈渴望的，无非两件事，却未能得到。”

“究竟哪两件事？”

“唔！也没有什么特别的。譬如，强烈渴望能同一个人跳华尔兹舞……我深入研究了华尔兹。我还独自一人抱着把椅子，足足练习了几个月，以便克服一旋转就免不了产生的眩晕。等我终于不再头昏眼花了……”

“那您渴望同谁跳舞呢？”

“如果我说是同您呢？……老天不负有心人，我终于成为跳华尔兹舞的能手。可是恰巧那时，您的祖母请了一位冉森派教士当忏悔师，于是下令禁止跳华尔兹舞，而对那道命令，至今我还耿耿于怀。”

“您的第二个愿望呢？……”朱莉一时心慌地问道。

“我的第二个愿望嘛，我这就告诉您。我曾经希望，这也是我的非分之想吧，曾经希望被人爱上……真正被人爱上……这个心愿产生于学华尔兹舞之前，我没有按时间顺序讲……我是说，曾经希望被一位好女子爱上。她爱我要胜过爱舞会——我的最大情敌。我穿着沾满泥浆的靴子去看她的时候，她正要上车去参加舞会，一身盛装打扮，然而她还是对我说：‘咱们不去了。’真的，那是想入非非。一个人只应追求可能实现的事。”

“您这张嘴太尖刻了！总是冷嘲热讽挖苦人！什么也不放过，就是对女人也总这么口下无情。”

“我呀！上帝保佑，我可不是那种人！我主要还是讲自己的坏话，我认为女士们更愿意去参加一场愉快的舞会……而不是与我单独促膝交谈，这难道是说她们的坏话吗？”

“舞会！……盛装！……噢！我的上帝……如今谁还会喜爱舞会呢？……”

朱莉不大想为受责难的全体女性辩护，她觉得自己领会了达尔西的想法，而其实，这个可怜的女人所听到的仅仅是自己的心声。

“说起盛装和舞会，多遗憾啊，现在不是举行狂欢节的时代了！我带回来一套希腊女装，非常好看，您穿上一定很合身。”

“您把它画下来吧，收进我的画册里。”

“非常乐意。您会看到我的绘画，从我在令堂的茶几上用铅笔画小人的时候起，到现在究竟有多大进步。——对了，夫人，我还要向您祝贺呢，今天上午我在部里听人说，德·沙维尼先生就要被任命为御前侍卫了。这消息令我十分高兴。”

朱莉不由得打了个寒战。

达尔西没有发觉这种反应，继续说道：

“从现在起，还得请求您多多庇护……不过，对您这新的身份，我从内心里不太欣喜，怕的是整个夏天您要搬到圣克卢去住，我也就不会有多少机会见到您了。”

“我绝不去圣克卢！”朱莉声音十分激动地说道。

“哦！那再好不过了，要知道，巴黎就是天堂，千万不要离开，除非时而去朗贝尔夫人乡下别墅用晚餐，还得当天夜晚就返回。您生活在巴黎，夫人，该是多么幸福啊！而我呢，在巴黎也许不会久留。您想象不出，我住在姨母给我的那个小套房里，感觉多么幸福。听说您住在圣奥诺雷城郊区，有人指给我看过您的宅邸。您一定有一座赏心悦目的花园，假如建房的狂热没有把您的花园变成店铺的话。”

“谢天谢地，还没有占用，我的花园还完好无损。”

“那么，您是哪天接待客人，夫人？”

“差不多每天晚上我都在家，您时而去看看我，我会非常高兴。”

“您看到了，夫人，我的做法一如我们从前所订的盟约仍然存在。我会不请自到，既不拘礼，也无须正式通报。您会原谅我的，对不对？……巴黎已无熟人，我只认识您和朗贝尔夫人了。所有人都把我忘记了，而你们两位的府邸，是我在异国他乡唯一怀念的地方。尤其是您的沙龙，肯定非常温馨。您那么善于选择朋友！您从前所订的计划还记得吗，打算一旦做了家庭女主人就实行？主持一座沙龙，有时弹奏点音乐，大家可以促膝交谈。但不接待无聊讨厌的人，也绝不接待自命不凡的人，只有少数几个完全相知的人，因此谁也不必说假话，无须装腔作势……再有两三位聪明的女士（您的女友不可能不如此……），而您的府邸就是全巴黎最惬意的住宅。对，您是最幸福的女人，您也让接近您的所有人感到幸福。”

朱莉边听达尔西讲，心里边想，达尔西如此绘声绘色描述的这种幸福，原本她可以得到，假如她嫁给另一个男人……譬如嫁给了达尔西。此刻，她非但不考虑想象中那座无比雅致、无比怡人的沙龙，反而想到沙维尼给她招来的那帮讨厌的家伙……她非但不考虑那种无比快乐的谈话，反而回想起夫妻的争执，就像这次气得她来P地的争执……总之，她看到自己要不幸一辈子，终生同她又憎恨又蔑视的一个男人的命运连在一起。另一方面，她觉得最可爱的这个男人，她渴望寄托自身幸福的这个男人，同她注定要永成陌路。她的职分，就是避开这个人，远远离开他……然而，他却靠得这么近，连自己的衣袖都被他礼服的卷边弄皱了！

达尔西很久没有这样显示口才了，他巧舌如簧，继续描绘巴黎生活的乐趣。这工夫，朱莉已经感到眼泪沿着面颊往下滚，真害怕被达尔西发现。但是，她越强行克制，心情就越激动，就觉得喉咙哽咽，一动也不敢动了。最后，她还是没忍住，失声痛哭，这下子全完了。她双手捂住面孔，因为流泪而无地自容，一时几乎透不过气来。

这种场面完全出乎达尔西的意料，他万分惊讶，半晌没有说出话。可是，朱莉哭得更厉害了，达尔西就认为自己该说点儿什么，询问她为何这么突然伤心落泪了。

“您怎么了？看在上帝的分上，夫人，您回答我。您出什么事儿了？……”他越是问，可怜的朱莉就越发用手帕紧紧捂住眼睛。达尔西只好抓住她的手，轻轻拉开手帕，又说道，“我恳求您，夫人，”他说话都岔了声，这深深打动了朱莉的心，“恳求您了，您究竟怎么啦？难道是我无意中得罪您了吗？……您这么不讲话，真叫我不知如何是好。”

“噢！”朱莉再也控制不住了，高声说道，“我很不幸啊！”随即哭得更厉害了。

“不幸！怎么了？……为什么？……谁能使您不幸呢？请回答我。”

达尔西说着，就紧紧握住朱莉的手，两人的头也几乎碰到一起了。朱莉哭个不停，没有回答。达尔西手足无措，但是被她的眼泪所打动，觉得自己又年轻了六岁。他开始隐约地看到，在他的想象中尚未呈现的未来里，他可能从扮演知心人的角色进入更高的角色了。

由于朱莉始终不肯应声，达尔西怕她不舒服，便放下一扇车窗，给她解开帽子的缎带，还给她掀开斗篷和披肩。男人帮这种忙总难免笨手笨脚。正好到了一座村庄附近，他想叫马车停下。但是朱莉突然抓住他的胳臂，恳求他不要叫停车，向他保证说现在感觉好多了。车夫什么也没有听见，还继续快马加鞭驶向巴黎。

“真的，我恳求您了，我亲爱的德·沙维尼夫人，”达尔西说着，又抓起他刚才放下的朱莉那只手，“我恳求您，告诉我吧，您究竟怎么了？我担心……我实在不明白，我怎么会如此莽撞，惹您这样难过。”

“唉！不关您的事！”朱莉高声说道，她稍稍握紧达尔西的手。

“那好！请您告诉我，谁能惹您这么伤心流泪呢？您就放心对我说说吧。咱们俩不是老朋友吗？”他又微笑着补充一句，同时也紧紧握住朱莉的手。

“您刚才对我说，您认为我生活在幸福之中……而其实，这种幸福离我多么遥远啊！……”

“怎么，您不是具备幸福的所有条件吗？……您年轻、富有、美丽……您丈夫在社会上地位显赫……”

“我憎恶他！”朱莉怒不可遏，高声说道，“我鄙视他！”说罢，她的脸埋在手帕里，哭得越发厉害了。

“唔！唔！”达尔西心中想道，“这事儿可变得十分严重了。”于是，他巧妙地借着马车每次颠簸之势，身子更加靠近痛苦不堪的朱莉。

"为什么，"他问道，声音无比温柔，又无限深情，"为什么您如此伤心呢？您所鄙视的一个人，难道对您的生活影响就如此之大吗？您为什么允许他来毒害您的幸福呢？难道这种幸福，非得请求他给予不成？……"他这样说着，就吻了吻朱莉的指尖。但是朱莉非常惊恐，立刻把手抽回去，达尔西也担心自己做得太过分了……不过，他决意要看看这场际遇会如何了结，便假惺惺地叹息一声，又说道：

"当初我怎么就看错了！我得知您结婚的消息，还以为您真的喜欢德·沙维尼先生呢。"

"噢！达尔西先生，您从来就不了解我啊！"她那声调表达得明明白白：我一直爱您，而您就是视而不见。这个可怜的女人，此时真心诚意地相信，在这过去六年间，自己一直像现在这样深深爱着他。

"可是您呢！"达尔西一阵兴奋，高声说道，"您呢，夫人，您又何曾了解过我？您何曾知晓我的感情呢？唉！假如当初，您了解我多一些，那么现在咱们两人一定会生活得很幸福。"

"我真不幸啊！"朱莉重复说道，她更加用力地握住达尔西的手，哭得也更厉害了。

"不过，夫人，当初您即使理解我，"达尔西以其惯有的略带揶揄的忧伤腔调，继续说道，"那又能有什么结果呢？我没有财产，而您却极为富有，令堂会无比轻蔑地将我拒之门外。——不待表示，我就注定要遭拒绝。——您本人呢，对，您呢，朱莉，如果您不经历一场痛苦的体验，弄明白自己真正的幸福在哪里，那么您也一定会嘲笑我自不量力。而那时能赢得您芳心的最有效办法，恐怕就是呈上一辆漆得金碧辉煌、车厢上绘有伯爵冠冕的马车了。"

"噢！天啊！您也这么说！难道谁也不会可怜我吗？"

“请原谅，亲爱的朱莉！”达尔西也非常激动，高声说道，“我恳求您，原谅我吧，忘掉这些责备的话吧。我呀，真的，我没有权利责备您。——论罪过，我比您的要大……我未能正确地评价您，还以为您生活在上流社会，同那些女士一样软弱。亲爱的朱莉，那时我对您的勇气持怀疑态度，因而现在我受到了残酷的惩罚！……”他边说边狂吻朱莉的双手，而朱莉的手也不再抽回去了。他还要紧紧搂抱朱莉……朱莉大惊失色，一把将他推开，躲到了车厢的死角。

见这情景，达尔西说话的声调，因温和而更加令人心碎：

“请您原谅，夫人，我忘记了巴黎。现在我想起来了，在巴黎结婚，根本不必相爱。”

“唔！是啊，我爱您。”朱莉抽噎着喃喃说道，她的头随即倚在达尔西的肩上。达尔西非常激动，立刻搂住她，极力用亲吻止住她的泪水。她还试图挣脱他的怀抱，不过这也是她最后一试了。

十二

达尔西误解了自己冲动的性质——应当实话实说，他并没有坠入情网。这是一次天赐良机，不应白白放过，于是他抓住了，得享这种艳福。况且，他同所有男人一样，求爱时说得娓娓动听，论到感情时就有一搭无一搭了。不过，他毕竟很讲礼貌，而礼貌往往可以替代更为可敬的情感。一阵情迷陶醉过后，他就对朱莉甜言蜜语，而这种话讲来无须费力，他还频频吻朱莉的手，这就相应地少讲一些话。看到马车已经行驶到城关，很快就要同他所征服的女人分手，他也不觉得有什么遗憾。面对他的表白和逊谢，德·沙维尼夫人始终沉默不语，这把她的新情人置于非常难堪甚至可以说相当无趣的处境。

朱莉一动也不动，蜷缩在车厢的一角，机械地用大披肩紧紧捂住胸脯。她不再流泪了，眼睛直愣愣的，达尔西每次拉起她的手吻一下再放下时，那手就像死人的手一样又跌落到膝盖上。她不讲话，也几乎听不进对方说什么，头脑里思绪纷乱，令她肝肠寸断，想表达一个念头，刚到嘴边，又立即被另一个念头封堵了。

思绪如此纷乱，换言之，这些意象犹如心跳一般迅疾地闪过，怎么能一下子表达清楚呢？她耳畔恍若听见一些话语，不相关联也不连贯，但是每句的意思都很可怕。早上，她还指责她丈夫，在她的眼里丈夫卑鄙无耻；可是现在，她比丈夫更是可耻百倍。她觉得自己的丑事已经公之于众。——就连德·H公爵的情妇也要厌恶她。——朗贝尔夫人以及她所有的朋友，恐怕都不愿意再见她的面了。——那么达尔西呢？——达尔西爱她吗？——他并不怎么了解她。——人家早把她给遗忘了。——这次见面，他并没有立即认出她来。——也许觉得她变化很大。——他对她的态度颇为冷淡：这正是致命的一击。她竟然对一个她不太了解的男人倾心，而这个男人并没有向她表示爱情……仅仅向她表示了礼貌。人家不可能爱她。她本人呢，难道爱他吗？——不爱，当初他刚出国任职，她就结婚了。

马车驶进巴黎市内，报时钟敲响了下半夜一点。她第一次见到达尔西是下午四点钟，不错，是“见到”——她不能说“重又见到”……她已然忘记了达尔西的音容笑貌。在她看来，他已经成陌路人……然而九个小时之后，她就做了人家的情妇！……九小时就足以陷入这种奇特的诱惑中……就足以让她在自己眼里，也在达尔西眼里名誉扫地。他会怎么看意志如此薄弱的女人呢？人家怎么能不蔑视她呢？

达尔西温柔的声音、缠绵的话语，有时也让她稍微振作一点。于是，她竭力相信达尔西所说的真的爱她。——她也不是那么轻易地就以身相许。——达尔西离开她的时候，他们已经相爱了。——达尔西也一定知道，她是因他离去，一气之下才结婚的。——因而错在达尔西。——然而，在久别的过程中，达尔西一直爱着她。——这次他回国就高兴地发现，她还和他一样不忘旧情。——她坦率地承认——甚至她的软弱，应当让憎恶遮遮掩掩的达尔西欢喜才是。——但是她很快就觉出，这样推理真是荒唐透顶。——寻求自慰的意念忽又烟消云散，她依然受羞愧与绝望的折磨。

有一阵，她还真想把心中的感受都讲出来。她想到自己会被逐出社交界，又被自己的家庭抛弃。她如此严重地伤害了她丈夫，就再也没有颜面见他了。“达尔西爱我，”她心中暗道，“我也只能爱他。——没有他，我就谈不上幸福。——我和他在一起，无论到哪里都会幸福。我们一道远走高飞，就再也看不见一张令我脸红的面孔。干脆让他带我去君士坦丁堡吧……”

达尔西的猜想，与朱莉心中的念头相距千里。他已经注意到，马车驶进了德·沙维尼夫人居住的街道，于是他十分冷静地重又戴上冰凉的手套。

“对了，”他说道，“一定要把我正式介绍给德·沙维尼先生……我推测，我们很快就会成为好朋友。——由朗贝尔夫人引见，我在贵府就能立稳脚跟。眼下嘛，既然他在乡间，我能去看您吗？”

朱莉话到嘴边又咽了回去。达尔西每句话都像是捅了她一刀子。这个男人如此平静，如此冷淡，一心只想如何最妥善地安排这个夏季的交际，因此，怎么和他谈逃走，一道私奔呢？她一股怒火上来，一把扯断颈上的金项链，又狠命地揪扯这条链子。马车停在她居住的楼房前面。达尔西十分殷勤，给她拉好披肩，正了正帽子。等车门一打开，达尔西又毕恭毕敬地伸手扶她，但是朱莉不愿意让人搀扶，自己跳下车。“夫人，我请求您允许，”达尔西深鞠一躬说道，“让我时常来问候您。”

“再见！”朱莉说道，声音都哽咽了。达尔西重又上车，吩咐车夫拉他回住所。一路上他吹着口哨，显然这一天过得非常满意。

十三

达尔西一回到自己的单身套房，便换上一件土耳其睡袍，穿上拖鞋，烟斗里装满拉塔基亚烟叶：那烟斗的长管是用波斯尼亚樱桃木制作的，而烟嘴则是白琥珀。他坐在一张又厚又软的皮圆椅上，头往后一仰，优哉游哉地细细品烟。在这种时刻，按说他应该更富有诗意地梦想一番，他却干这种俗事，有人见了会感到诧异。要我说则不然，好好吸一烟斗的烟，对畅想即使并非必需，也一定很有助益。真正享受一种幸福的办法，就是同另一种乐事相结合。我的一位朋友特别看重感官的享乐，他每次接到一封情书，就总是先解开领带，如果在冬天就拨旺炉火，舒舒服服地躺在靠背椅上，然后才拆看情妇的书信。

“老实说，”达尔西自言自语，“我若是听从蒂莱尔的主意，买一名希腊女奴带回巴黎，那我就成了一个大傻瓜了。没错！那就像我朋友哈莱布-埃方迪所说的，去大马士革还带什么无花果。感谢上帝！我出国的这段时间，文明可是大踏步前进了，看来道德风化还没有僵化到无可挽回的地步……这个可怜的沙维尼！哈！哈！假如几年前，我有足够的家产，就会娶了朱莉，那么这个夜晚送她回家的人，也许就是沙维尼了。我一旦结婚，就一定叫人经常检修我妻子的马车，那她就不会掉进沟里让游侠骑士救起来了……好了，咱们就回顾一下吧。总体来说，这个女人长得很美，人也聪明，假如我还没有到现在的年龄，那么我就会相信自己有惊人的优点，才能赢得她的芳心！……哈！我的惊人优点！……唉！可叹啊！我的优点，也许一个月之后，就跟那个蓄小胡子的先生一个水平了……真见鬼！我特别喜欢的小纳斯塔西娅，多希望她能看书，会写字，能跟上流社会人士交谈，因为我认为，她是唯一爱我的女人……可怜的女孩！……”

他的烟斗熄灭了，他很快就进入梦乡。

十四

德·沙维尼夫人回到自己的套房，使出全身解数，才装出若无其事的样子，对侍女说不需要她做什么，让她退下。那姑娘刚一走出屋子，德·沙维尼夫人就扑到床上，又哭起来。在车上有达尔西在面前，她不得不克制，现在回房间独自一人，哭得就更加伤心了。

毫无疑问，黑夜无论对肉体的痛苦还是精神的痛苦，都产生很大影响。黑夜给一切蒙上一层凄惨的色调。白天没人注意的，甚至悦目的景象，一到了夜晚，就会让我们不安，乃至不胜烦扰，如同只有在黑暗中才威吓人的鬼魂。思想在夜间，似乎倍加活跃，而理智则丧失其控制力了。在夜间，内心出现的幻觉就会搅扰我们、惊吓我们，而我们却无力认清我们恐惧的起因，也无力冷静地察看它是否真实存在。

我们想象一下吧，可怜的朱莉和衣躺在床上，不断地辗转反侧，时而燥热难耐，时而又寒冷透骨，只要护板微有响动就惊悸一下，而且清晰地听见自己的心跳。她陷入这种处境，只隐约保留一种惶恐，但是怎么也找不出原因。继而，她猛然忆起这个倒霉的夜晚。这种记忆在头脑中一过，疾如闪电，但是却唤醒一种钻心的剧痛，就像一块烧红的烙铁去烫结了痂的伤口。

有时，她注视着那盏灯，目光呆滞，死盯着摇曳的火苗，直到不知何故，泪水模糊了眼睛，看不见灯光为止。“为什么流泪呢？”她自言自语，“唔！我的名誉败坏啦！”

有时，她就数幔帐上的流苏，但是数到后来总记不住数目。“这是何等的荒唐事啊！”她心中暗道，“荒唐事？对，因为就在一小时之前，我就像一个下贱的妓女，委身于一个我并不了解的男人。”

继而，她那迟钝的目光又盯着挂钟的时针，那种惶恐之状，正像一名囚犯眼看自己的行刑时刻临近。忽然，挂钟又打点了。“三小时之前，”她突然抖了一下，说道，“我和他在一起，我的名誉败坏了！”

整个后半夜，她就在这种躁动惊悚中度过。天亮了，她打开窗户，凌晨清新的空气，给她带来一点儿轻松感。她倚在对着花园的窗栏上，畅快地呼吸凉爽的空气。一团乱麻的思绪渐渐消散，现在不是不可名状的苦恼和躁动的神经昏乱在搅扰她，而是一种内心深处的绝望。而从表面比较起来，这种绝望倒是一种休息。

无论如何也要拿个主意。于是她冥思苦想，自己究竟该怎么办。她连想也没有想再同达尔西见面，觉得这根本不可能。因为一见到达尔西，她必然羞愧而死。她必须离开巴黎，否则两天之后，人人都要戳她的脊梁骨了。她母亲现在在尼斯，她要去那里，把事情全部告诉母亲。在母亲怀里倾吐了心事之后，就只剩下一件事要做了，那就是前往意大利，找一处偏僻的地方，离群索居，尽早一死。

一旦下定决心，她的心情反倒平静下来。她坐到一张冲窗户的小桌前，头埋在手中哭泣，但是这次流的不是苦涩的泪水。她实在疲惫不堪，终于睡着了，确切说来停止思考了，差不多眯了一小时。

她醒来时身子发烧，打了个寒战。变天了，天空一片灰蒙，霏霏冷雨预告，这一整天都要又寒冷又潮湿。朱莉摇铃唤来侍女。

“我母亲病了，”她对侍女说道，“我必须马上动身赶往尼斯。给我收拾旅行箱，过一小时我就走。”

“可是，夫人，您这是怎么啦？您不会是病了吧？……夫人没有上床睡觉呀！”侍女高声说道，她见女主人神态失常，不禁诧异，一时惊慌失措。

“我要走，”朱莉口气不耐烦地说道，“非走不可。您就给我收拾箱子吧。”

在我们现代文明社会中，要从此地去彼地，单纯有个愿望是远远不够的，必须办个护照，必须打行李，带上包裹，要做难以计数的准备，能把人烦死，足以消耗掉人出行的兴致。不过，朱莉急不可待，因而大大简化了各种缓慢的准备事宜。她从一间屋走到另一间屋，亲自上手帮着打箱子，平时精心料理的帽子和连衣裙，现在就胡乱堆在一起。她一上手只会帮倒忙，反而拖慢了仆人的准备。

“夫人大概通知先生了吧？”侍女小心翼翼地问道。

朱莉也不回答，她摆上信笺，写道：“我母亲在尼斯生病。我要去探望。”她将信纸折为两折，但是还未拿定主意，是否写上地址。

在出行的准备过程中，一名仆人进来禀报：“德·夏多福先生求见夫人。另外还有一位先生，是同时来的，我不认识，不过，这有他的名片。”

朱莉接过去一看：“厄·达尔西，大使馆秘书。”

她险些失声叫起来，但只是高声说道：“我不接待任何人！就说我生病了。不要讲我要动身。”她弄不明白，夏多福和达尔西怎么会在同一时间来看她，她在心慌意乱中，居然毫不怀疑地认为达尔西已选定夏多福作为知心密友。其实，他们同时来拜访，是再简单不过的事了。他们受同样的动机驱使，在门口相遇，并彼此极为冷淡地问候一声后，就在内心咒对方见鬼去。

他们听到仆人传达的回话，便又一同下楼，彼此更为冷淡地道别，然后分道扬镳了。

原来，夏多福早已注意到，德·沙维尼夫人对达尔西表现出了特殊的兴趣，而且从那一刻起，他就恨上了达尔西。至于达尔西，他向来自诩善于察言观色，见那夏多福又尴尬又不快的样子，不难得出结论，夏多福爱朱莉。另一方面，他作为外交家，无事不首先往坏的一面揣度，也十分轻率地断定，朱莉对夏多福也未必残酷无情。

“这个风流娘儿们可真怪，”他往外走时，心里嘀咕道，“她是不愿意同时接待我们两人，怕出现尴尬的场面，扮演《恨世者》中的那个角色……说来我也太傻了，何不找个借口留一留步，让那小子先走。可以肯定，只要等他一转身，人家的门就会为我敞开，因为比起他来，我是新人，具有不容置疑的优势。”

他心中这样盘算，便停下脚步，一掉头又回到德·沙维尼夫人的府邸。夏多福也多次回头观察，见他转身回去，自己也回转几步，在不远的地方踱步监视他。

达尔西对见他回来十分惊讶的仆人说，他忘了给府上女主人留张字条，有一件急事，是一位夫人托他捎话给德·沙维尼夫人。他想起朱莉懂英语，便拿铅笔在自己的名片上写道：“请问在下的土耳其画册，何时能呈给德·沙维尼夫人玉览。”他将名片交给仆人，说他恭候回话。

可是回话久等不来。仆人终于回来了，他神色十分不安，说道：“夫人刚才身体不适，现在还非常难受，不能答复您了。”

这样一来一往就耗去了一刻钟。达尔西不大相信德·沙维尼夫人会昏迷过去，显然是不愿意见他。事已至此，他就泰然处之，何况他又想起要拜访其他几处，正好在这个街区。于是他转身离去，并没把这件不快之事放在心上。

夏多福惴惴不安地等着达尔西，心中愤恨不已，终于看见那家伙走了，毫不怀疑那是个幸运的情敌。于是他暗下狠心，一有机会就要报复那个不忠的女人及其同谋。他碰巧遇见佩兰少校，便倾吐了心事。少校竭力劝慰，还向他指出他的怀疑看来缺乏根据。

十五

朱莉接到达尔西第二张名片后，确实昏迷过去了。随后她还吐了血，身体大大虚弱了。侍女还让人请来家庭医生，可是朱莉执意拒绝看病。将近下午四点钟，驿车驶到，接着捆好旅行箱，一切准备就绪，可以起程了。朱莉上了车，她咳得很厉害，身体状况实在堪忧。从黄昏到整个夜晚，她只跟坐在赶车座位上的仆人说过话，也无非让他告诉车夫加快速度。她咳嗽不止，看样子胸部非常疼痛，然而她没有呻吟一声。到了早晨，她身体虚弱到了极点，车门刚一打开，她就不省人事了。大家把她抬进一家简陋的客店，放到床上，又请来一名乡村医生。医生诊断她发了高烧，不准她继续赶路。然而，她还一直坚持要走。到了晚上，她就神志不清了，症状越来越严重。她不停地说胡话，而且滔滔不绝，很难听明白她讲些什么。在意思不连贯的话语中，经常出现达尔西、夏多福和朗贝尔夫人的名字。侍女给德·沙维尼先生写信，说他妻子病倒了，但是这里离巴黎可能有一百二十公里远，而沙维尼又在H公爵的庄园打猎，病情这么快恶化，恐怕他来不及赶到了。

仆人骑马就近到城镇请来一名医生。这位医生指责说前面那个同行方子开得不对，请他来也太晚了，病情已经很严重了。

黎明时分，呓语终于停止了，朱莉才沉沉睡着了。过了两三个小时她醒来了，想不起究竟发生了什么事，自己何以躺在一家小客店肮脏的客房里。不过，她的记忆很快就恢复了，并说自己感觉好多了，甚至说第二天就重新上路。接着，她双手托住前额，似乎沉思了许久，然后就让人拿来笔墨纸张要写信。侍女看见她一连数次刚写几个字就撕毁，同时还吩咐把撕了的信纸烧掉。侍女注意到好几张纸片上都写有“先生”这两个字。她说当时觉得特别奇怪，原以为夫人是给母亲或者丈夫写信。她还在一片纸上看到：“您一定非常瞧不起我……”

这封信仿佛是朱莉的一桩心事，她愿望十分强烈，但试了将近半小时也没有写成。最后精疲力竭，实在写不下去了，她就推开放在床上的小桌，六神无主地对侍女说道：

“您来给达尔西先生写吧。”

“要写些什么呢，夫人？”侍女问道，她确信女主人的神志又要昏乱了。

“您就写上，他不了解我……我也不了解他……”说罢她支撑不住，便倒在枕头上了。

这是她连贯说的最后几句话。她又进入昏迷状态，再也没有清醒过来。第二天，她就去世了，看样子临终没有多大痛苦。

十六

朱莉下葬三天之后，沙维尼才赶来。他那种悲痛显然发自内心——他伫立在公墓里，凝视着埋葬他妻子的新翻的泥土，村里人见了无不伤心落泪。起初，他打算起葬，将妻子的遗体运回巴黎。但是村长反对，公证人也对他说，手续烦琐，办起来没完没了。他这才作罢，仅仅定做了一块质地坚硬的石灰石墓碑，还吩咐修一座朴素的但是体面的坟墓。

朱莉突然玉殒香消，夏多福也伤心不已，他多次谢绝参加舞会，在一段时间还服丧，穿一身黑衣裳。

十七

关于德·沙维尼夫人之死，社交界有好几种说法。有人说，她做了一个梦，也可以说她产生了一种预感，以为母亲病了，她受到极大的打击，立即上路赶往尼斯，也顾不得她从朗贝尔夫人别墅回家的路上患了重感冒，结果感冒又转为肺炎了。

另一些人则更加心明眼亮，他们神色诡异地肯定说，德·沙维尼夫人无法掩饰她对德·夏多福先生的爱情，就打算到她母亲身边寻求抵御的力量，但是走得过于匆忙，结果患了感冒和肺炎。

达尔西则绝口不提德·沙维尼夫人。在她去世三四个月之后，达尔西就结婚了，女方条件十分优越。他向朗贝尔夫人宣布他要结婚的时候，朗贝尔夫人向他祝贺，说道：

“老实说，您妻子很可爱，只有我那可怜的朱莉和她一样，能够配得上您。多遗憾啊，朱莉结婚那时候，您太穷了！”

达尔西一句话也没回答，只是像惯常那样，戏谑地微微一笑。

这两颗彼此不解的心，也许正是天造地设的一对吧。

炼狱中的灵魂

西塞罗在哪篇文章里，想必是在他的论文《诸神本性论》中讲过，朱庇特有好多个，一个朱庇特在克里特岛，另一个在奥林匹亚，还有的在别的地方。结果希腊但凡小有名气的城市，无不拥有自己的朱庇特。所有这些同名的朱庇特，每位的际遇都定在一个人的头上，从而塑造出一个唯一的朱庇特。这就不难理解，这位天神何以处处走桃花运。

同样的混乱情况，也出现在唐璜身上。就知名度而言，唐璜这个人物和朱庇特几乎难分伯仲。仅仅塞维利亚一个城市，就曾有过好几个唐璜，而其他许多城市，也都能举出自己的来。而且，每个唐璜从前也都各有各的传说。但是久而久之，各种传说混杂，也就合而为一了。

然而，稍微细心看一看，就很容易发现每个人的差异，至少在这些人物中，能区分开这两个，即唐璜·泰诺里奥和唐璜·德·马拉纳。众所周知，前者被一尊石像拖走，而后者的结局却迥然不同。

两个人的生活经历，在传说中大体一致，唯独结局各不相同。有迎合各种口味的结局，如同杜西斯的剧本，结果是好是坏，随同读者的感受而定。

至于这个故事或者这两个故事，真实性则不容置疑。这两个浪荡公子，败坏了贵族的门庭，谁若怀疑是否确有其人，那就会极大地伤害塞维利亚人热爱家乡的感情。他们要指给外地人和外国人看唐璜·泰诺里奥的故居，而任何艺术之友，只要途经塞维利亚，就必定会去参观慈善教堂。在那教堂里就会看到马拉纳骑士的墓，而骑士出于谦虚，或为标示骄傲，自撰了这样的碑文："这里长眠着世间最坏之人。"坟墓碑文俱在，还怎么怀疑呢？导游带您参观了这两处古迹之后，还要向您讲述唐璜（不知是哪一个）如何提出十分古怪的建议，而大教堂摩尔式尖塔上的那尊吉拉尔达铜像，又如何全盘接受了。导游还会向您讲述，唐璜喝得醉醺醺的，在瓜达尔基维尔河左岸散步，如何向右岸的一个行人借火，而那人（并非别人，恰恰是魔鬼）则把手臂伸长再伸长，还真跨越河流，将雪茄递给了唐璜。唐璜眉头皱也不皱，接过来点燃自己的雪茄。他早已铁石心肠，根本不理会这一警告……

这两个唐璜，犯罪作恶的老底儿一样，但我还是力图区别对待，各走各的账。也没有更好的办法，我只能单讲本故事的主人公唐璜·德·马拉纳，叙述非他莫属的经历，而且因时效的关系，那个仰仗莫里哀和莫扎特的杰作，成为大名人的唐璜·泰诺里奥，则绝不可能有这种经历。

唐卡洛斯·德·马拉纳伯爵，在塞维利亚跻身最为富有，又最受敬重的贵族之列。他出身高贵，在镇压摩尔人起义的战争中，表现得十分英勇，无愧于他的先人。在攻陷阿尔普哈拉斯峡谷的战役之后，他额头带着一道刀伤，身边带着从异教徒那里抢来的一大帮孩子，回到塞维利亚。他设法给那些孩子洗礼，再卖给基督教家庭，获取丰厚的报酬。他虽受刀伤，好在没有破相，不妨碍他赢得一位大家闺秀的青睐。在众多求婚者中，那位小姐却把他作为首选。两人婚后生了好几个女儿，女儿长大有的结了婚，有的当了修女。唐卡洛斯·德·马拉纳一直没有子嗣，正万念俱灰，不料老年得子，真是喜出望外，他这古老世家长房的财产，也就不至于落入旁支的手中了。

这个盼望已久的儿子，名叫唐璜，正是这个真实故事的主人公。他这个大贵族、大富豪的继承人，又是独子，一生下来就受到父母过分的溺爱。他从小就养成习惯，为所欲为，他想做什么，全府上下谁也不敢违拗。不过，母亲倒希望儿子同她一样虔诚，父亲则希望儿子同他一样勇敢。母亲频频以爱抚和糖果为诱饵，迫使孩子学会祈祷文、大念珠经。总之，要他学会所有经文，不管必要还是不必要的。就是哄孩子睡觉时，也给他念圣徒传记。父亲那边，则教他念讲述熙德和贝尔纳·德·卡皮奥英雄事迹的八音节诗，给他讲摩尔人造反的故事，鼓励他终日习武。老伯爵命人在花园尽头竖立一个着摩尔人服饰的模拟像，作为儿子投标枪、射弩箭，乃至打火枪的攻击目标。

德·马拉纳伯爵夫人的祈祷室中，挂着一幅莫拉莱斯的油画，画的是炼狱中的刑罚，风格生猛，气势逼人。画家把所能想象出来的各种酷刑，画得十分逼真，就连宗教裁判所的刑讯打手，也挑不出一点儿毛病。灵魂在炼狱中，就是在一个极大的洞穴里。只见洞穴上方的一个气窗旁边，站着一位天使，正伸手去拉一个即将脱离苦海的灵魂。天使旁边的一位老者，合十的双手拿着念珠，似乎正极为虔诚地祈祷。此人正是施主，他让画家作这幅画赠给韦斯卡尔的一座教堂。摩尔人叛乱时，纵火焚城，也将教堂焚毁，然而，这幅画却保存了下来，真是个奇迹。德·马拉纳伯爵将画带回府里，装点了他妻子的祈祷室。小唐璜每次进母亲的房间，总要站到这幅画前，一动不动观看许久，感到这幅画又吸引他又令他惧怕。孩子的目光尤其盯住一个人物，难以移开。只见那人由铁钩挂着肋骨，悬空吊在一堆炽热的炭火之上，而他的五脏六腑，似乎正挨一条蛇的咬啮。那受刑之人惊恐万分，目光投向气窗，仿佛恳求施主为他祈祷，把他从大苦大难中解救出去。伯爵夫人不失时机，每次总向儿子解释这个人受这种刑罚，只因没有学好基督教教理，还嘲笑一位神甫，以及在教堂里不专心。那个飞往天堂的灵魂，则是马拉纳家的一位亲戚，生前当然也犯了一些小过失，但是德·马拉纳伯爵曾为他祈祷，还捐给教职人员不少钱，赎其免受火刑和其他刑罚。能把自家亲戚的灵魂送往天国，不让他在炼狱里长时间苦熬，使伯爵有一种满足感。

“不过，璜儿啊，”伯爵夫人还补充说道，“也许有一天，我也会遭受同样的苦难。如果你不想着让人为我做几场弥撒，那么我就要万世留在炼狱中！让生你养你的母亲受这样的煎熬，那多没良心啊！”

孩子听她这样一讲就哭了，假如在这种时候，他兜里只要有几枚小银币，一碰见为炼狱里的灵魂募捐的人，就准会投进钱箱里。

小唐璜每次走进父亲的书房，就看见几副被火枪子弹打得变了形的胸甲，以及德·马拉纳伯爵攻打阿尔梅里亚时戴过的一顶头盔，上面还有被回教徒的斧子砍过的痕迹。还有从异教徒那里缴获的长枪、摩尔式大刀和好几面战旗，装饰着父亲的房间。

“这把弯刀，”伯爵说道，“还是我在贝哈尔从一个回教法官的手中夺取的。他砍了我三刀，最后还是被我结束了性命。——还有这面战旗，是埃尔维尔山的叛乱者高举的。当时，他们刚刚洗劫了基督徒的一座村子。我率领二十名骑兵飞驰赶到。我四次冲进他们的队列，要夺取这面战旗，但是四次都被逼退了。到了第五次，我画了个十字，高呼一声：'圣雅各！'冲进异教徒的阵列中。——在我纹章上的这只金圣餐杯，你看见了吧？这只金圣餐杯，是被摩尔人的一个军官抢走的，他在教堂为非作歹，干尽坏事。他让人在祭坛上用大麦喂马，让他的士兵乱抛圣徒的遗骨。那个军官用这只圣餐杯喝冰冻果子露，他在营帐里正举杯饮用，我猛然冲进去。他还来不及叫一声'真主'，果子露还在嗓子眼没咽下去，那狗娘养的光头，一下子就被我这把宝剑劈开，剑锋一直劈到牙齿。国王表彰我护教有功，允许我将这圣餐杯加在我们家族的纹章上。璜儿啊，我给你讲事情的原委，好让你将来告诉你的孩子，你的纹章和你祖父唐迪埃戈的纹章，为什么像你看到的这样，在他们肖像下面的图案不完全一致。"

唐璜自小受尚武精神和宗教信仰的双重教育，整天不是用木板条钉小十字架，就是在菜园里挥舞木刀，劈砍罗塔产的南瓜。照他的说法，那南瓜形状活似摩尔人缠着头巾的脑袋。

长到十八岁，唐璜拉丁文还未学好，但是做弥撒当助手却很像样，不过武艺比熙德还要高，能左右双手使用细长剑和重剑。他父亲认为，马拉纳家族的一个贵绅，还必须练就其他本领，于是决定送他去萨拉曼卡读书。很快就打好了行装。母亲给了他大量念珠、受过祝福的圣带和圣像牌，还教会他好多段祈祷文，能应对生活中碰到的许多情况。唐卡洛斯给他的那把剑，剑柄镶银，还饰有家族的纹章。

"时至今日，"父亲对他说道，"你还仅仅生活在孩子的圈子里，现在，你要进入成年人的圈子生活了。千万要记住，一位贵族最宝贵的东西，就是自己的名誉；而你的名誉，也就是马拉纳家族的名誉。我们家族哪怕断子绝孙，也不能让家族的名誉受到一点儿污损！你拿上这把剑，如遭受攻击，就用它来防身。永远也不要首先拔剑，不过要记住，在没有取胜和复仇之前，你的先人也绝不会把剑插回鞘中。”

马拉纳家族的这个后代，就是配备了这种精神的和世俗的武器之后，才上马离开祖祖辈辈生活的家园的。

萨拉曼卡大学当时正处于鼎盛时期。学生的数量超过以往，教授的学问也更为渊博，然而市民所吃的苦头也是史无前例。那些年轻人居住在城里，确切地说成为全城的主宰，他们飞扬跋扈，简直是无法无天。他们的日常生活，就是看上什么人便去唱小夜曲，嘲笑什么人家便去喧闹起哄，夜晚更是闹翻了天。有时，他们会打破这种单调的生活常规，拐走良家妇女或者人家的姑娘，窃夺财物或打架斗殴。唐璜到了萨拉曼卡，头几天先持推荐信去拜见父亲的几位朋友，拜访老师，参观教堂，瞻仰各个教堂所珍藏的圣人遗物。他还遵照父亲的意愿，将一笔数目可观的捐款交给一位教师，由教师分发给穷苦学生。这一慷慨之举取得极大成功，马上为他赢得许多朋友。

唐璜的求知欲非常强烈，认为师长口中讲出的每句话，都像福音书那样是至理名言，他一定要仔细聆听，一句也不愿意漏掉，因而他就要坐到离讲台最近的座位。他走进教室，看到一个空座位，离教师很近，正合他心意，于是过去坐下。旁边一个蓬头垢面、身穿破衣烂衫的学生——这种样子的学生在各大学数量很多——这时从书本上抬起眼睛，一副惊讶而痴呆的神情，瞧了唐璜一会儿，他几乎以恐惧的声调说道：

“您坐到这儿啦？难道您还不知道，这是唐加西亚·纳瓦罗通常坐的座位吗？”

唐璜则回答说，他只知道有个先来后到，先来先坐。他看到这个座位空着，就认为可以坐下，而且那位唐加西亚·纳瓦罗大人并没有让旁边的人替他占座位。

“看来您是外地人，”那个学生又说道，“到校时间很短，因而不认识唐加西亚。要知道，他那人可是最……”他说到这里，便压低声音，似乎害怕别的学生听见，“唐加西亚那人很可怕，谁惹他谁倒霉，他性子急，剑又长。要知道，唐加西亚坐过两次的座位，如果谁贸然坐了，那就足够吵一架的了，只因他性情暴躁，动不动就发火。他一吵架就动手，一动手就要人命。现在，我可警告过您了，您自己看着办吧。”

唐璜觉得唐加西亚这个人太过分了，居然占据了最好的位置，而又不肯准时来。他这样想的同时，看见好几个同学的眼睛都盯着他，于是心想既然坐下了，再让出座位，那就太丢面子了。再说了，他根本不在乎刚入学就吵架，尤其不怕那个唐加西亚，即使他是相当危险的一个人物。他一时举棋不定，难以决断，但始终待在原来的座位上，忽见一名学生进了教室，径直朝他走来。旁边的学生对他说一句：“唐加西亚来了。”

唐加西亚长着一副宽肩膀，身材十分匀称，肌肤晒得黑黑的，眼神傲慢，嘴角则带着一副鄙夷的表情。他穿一件磨损了的短外衣，当初可能是黑色的，还披了一件破了洞的斗篷。可是这身打扮的外面，却挂着一条长长的金链子。众所周知，无论什么时代，萨拉曼卡的大学生和西班牙其他地方的大学生，都以褴褛的衣衫为荣，想必以此来表明，真正的价值用不着借助财富来装饰。

唐加西亚走近唐璜还坐着的椅子，彬彬有礼地向他鞠了一躬，对他说道：

“阁下，您是新同学，刚来到我们中间学习，可是您的大名我早就知道了。我们父亲当初是极好的朋友，假如您不嫌弃，我们这辈人也同样会成为好朋友。”

他说着，还把手伸给唐璜，态度极为诚恳。唐璜本以为要碰到麻烦，一见唐加西亚如此客气，就忙不迭地还礼，回答说能得到这样一位骑士的友谊，他感到万分荣幸。

“您还不熟悉萨拉曼卡，”唐加西亚接着说道，“如果您愿意让我做您的向导，那么我乐意效劳，带您游个遍，让您从大处到小处，完全了解您将要生活的地方。”

然后，他又对坐在唐璜身边的那个学生说道：

“喂，佩里科，还不快滚蛋！你这样一个笨伯，还以为配得上坐在唐璜·德·马拉纳大人的身边吗？”

他边说边粗暴地一推那个学生，然后就大模大样地坐到那学生急忙腾开的座位上。

下课时，唐加西亚将住址告诉了这位新朋友，让唐璜保证一定光临。接着，他又潇洒地挥了挥手，亲热地向唐璜告别，将百孔千疮的斗篷往身上一披，便走出教室。

唐璜将书本夹在腋下，在学校回廊上走走停停，仔细观赏墙壁上的古老题词，忽见头一个跟他说话的那个学生走过来，似乎也想观赏。唐璜冲他点了点头，表明自己认出他来了。不过，唐璜正要离开，却被那个同学拉住斗篷，请他留步。

“唐璜大人，”那学生说道，“您若是没有急事儿，能否给我一分钟说两句话？”

“当然可以，”唐璜回答，身子同时往廊柱上一靠，“请讲吧。”

佩里科神色不安，游目四下望望，就好像害怕有人盯着，然后他凑到唐璜耳边说话。而这样小心翼翼似乎并不必要，因为宽敞的哥特式回廊里，这时除了他们空无一人。那学生又沉吟了片刻，才悄悄地，声音几乎发抖地问道：

“唐璜大人，您能否告诉我，能否告诉我令尊是不是真的认识唐加西亚·纳瓦罗的父亲？”

唐璜感到非常惊讶：

“唐加西亚刚才说的时候，您已经听到了。”

“是听到了，”那学生回答，而且声音压得更低了，“不过还要问一句，您是否听到令尊提起，他认识纳瓦罗大人呢？”

“当然提过，他们并肩同摩尔人打过仗。”

“很好，那么，您是否听说过，那位贵绅有个……有个儿子呢？”

“老实说，家父谈起这类事，我从来就不大留心听……不过，怎么会这样问呢？难道唐加西亚不是纳瓦罗大人的儿子吗？……莫非他是私生子？”

“上天明鉴，我可绝没有这样讲。”那学生大惊失色，高声说道，还急忙瞧了瞧唐璜背靠的廊柱后面，“我只是想问问您，是否知道许多人传说的事关唐加西亚的一段奇闻。”

“我一无所闻。”

“据说……请您注意，我仅仅是重复听人讲过的话……据说，唐迪埃戈·纳瓦罗有个儿子，六七岁时得了一种怪病，病情严重，连医生都不知道开什么方子了。而家中又没有别的孩子，父亲就到处求神保佑，去了好多圣教堂，献了大量供品，还让病儿触摸圣人遗物，但全都徒劳无益，病情不见起色。父亲绝望了，有一天，这也是别人对我讲的……有一天，他看着圣米歇尔的一幅画像，不禁说道：‘既然你救不了我儿子，我倒想看看你脚下的那位会不会有更大的魔法。’”

“可恶至极，讲出这种亵渎神灵的话！”唐璜高声说道，一时气愤到了极点。

“过了不久，孩子的病还真好了……而那孩子……正是这个唐加西亚！”

“因此，从那以后，唐加西亚就有魔鬼附身了。”唐加西亚哈哈大笑，从旁边一根廊柱后面闪身出来说道，显然他偷听到了他们的谈话，“真的，佩里科，”他对那个惊呆了的学生口气冷淡而轻蔑地补充道，“假如你不是个胆小鬼，那我一定要让你后悔，胆敢背后议论我——唐璜大人，”他又转身对唐璜说道，“等您对我有了进一步了解之后，您就不会花时间听他胡说八道了。好吧，为了向您证明我不是个恶魔，就请您赏光，这就陪我去圣彼得教堂。等我们祈祷完了，我再求您赏脸，和几位同学吃顿便饭。”

唐加西亚这样说着，就挽上唐璜的胳臂。唐璜由于被他撞见听佩里科讲那件奇闻，正汗颜无地，也就痛快地接受了这位新朋友的邀请，以便向对方表明，自己并不相信刚才听到的流言蜚语。

唐璜和唐加西亚走进圣彼得教堂，就在一座小祭台前跪下，而祭台周围则有大批善男信女。唐璜喃喃祈祷，这样虔诚的功课做了相当长一段时间，等抬起头来，却看见唐加西亚仍在祈祷。他似乎完全入定了，嘴唇轻轻翕动，显然他那默祷还未进行到一半。唐璜这么快就完事，不免有点儿惭愧，于是又继续喃喃背诵想得起来的经文。经文全念完了，而唐加西亚还是一动未动。唐璜无奈，又心不在焉地念了几段祈祷短文，看看他的同学始终不动弹，就觉得不妨观望一下周围，借以消磨时间，等他同学结束这种没完没了的祈祷。三位女子跪在土耳其地毯上，首先引起他的注意。其中一位，从她所戴的眼镜以及大得出奇的帽子来判断，那只能是个保姆。另外两位则既年轻又美丽，她们的眼睛看着念珠，但是垂得并不很低，仍能让人窥见其又大又亮，形状又好看。唐璜看中其中一位姑娘，心生极大的欢悦，而如此欢悦本不该在教堂圣地里产生。他不顾同学还在祈祷，拉了拉他的衣袖，悄声问道："那位手执黄琥珀念珠的姑娘是谁？"

"那姑娘嘛，"唐加西亚回答，似乎并不责怪唐璜打断他的默祷，"就是唐娜·特蕾莎·德·奥赫达；另外那位，则是她姐姐，唐娜·福丝塔，她们是卡斯蒂利亚高等法院大法官的两位千金小姐。我爱上了那个姐姐，您就设法爱那个妹妹吧。您瞧，"他又补充说道，"她们站起来了，要走出教堂。咱们也快点儿，赶去瞧她们上车。她们的裙子也许会被风掀起来，露出一条或者两条曼妙的腿，以饱咱们的眼福。"

唐璜看到唐娜·特蕾莎的美貌，不由得方寸大乱，也就没有注意这种话多么不体面。他跟随唐加西亚，一直走到教堂门口，望见那两位贵族小姐上了马车，乘车离开教堂，进入一条繁华的街道。等她们一离去，唐加西亚将帽子斜着往脑袋上一扣，欢快地嚷道：

"多迷人的姑娘啊！十天之内，如果我还没有把那个姐姐搞到手，那就让魔鬼把我抓走！您呢，您同那妹妹的好事有进展吗？"

"什么！我的好事有没有进展？"唐璜一副天真的样子，回答道，"我这可是头一次见到她呀！"

"真的，好充足的理由！"唐加西亚高声说道，"您以为我认识福丝塔那姑娘有很长时间了吗？然而就在今天，我塞给她一封信，她果断地收下了。"

"一封信？我怎么没有看见您写呀！"

"信早就写好了，我总带在身上，只要不写上名字，给哪个女人都行，只不过眼睛和头发的颜色，千万当心别用错了形容词。至于什么叹息呀，流泪呀，心慌意乱呀，不管棕发女郎还是金发女郎，也不管是千金小姐还是已为人妻，她们见了都同样会动心的。”

唐加西亚和唐璜就这样边走边聊，不知不觉来到他们要在那儿用餐的饭馆门口。他们吃的是学生餐，倒还丰盛，但是菜肴做得不精，花样也不多。如滋味很浓的蔬菜炖大肉、咸肉，以及各种各样引起口渴的食物。当然，还有大量拉曼查和安达卢西亚产的葡萄酒。几名大学生——都是唐加西亚的朋友，正在那里等他呢。大家马上入座，一时间，只听一片咀嚼声和杯子碰酒瓶的声响。他们很快酒酣耳热，兴致大发，话开始多起来，都扯着大嗓门嚷嚷，所谈的离不开决斗、偷情、学生的恶作剧。一名学生讲他如何骗了女房东，在该交房租的前一天溜之大吉。另一个则打着一位最严肃的神学教授的旗号，向酒商订购了几坛上等的葡萄酒，再从半路巧妙地把酒接走，让那位教授付酒钱——如果那位教授肯付钱的话。这个说他夜间揍了巡逻警，那个说他不顾一个吃醋的丈夫小心防范，借助绳梯钻进了情妇的卧室。唐璜听人讲述这些胡作非为，起初不胜惊愕，但是几杯酒下了肚，同伴们兴致又那么高，他也就逢场作乐，抛掉一本正经的神态了。他听了那些故事哈哈大笑，甚至颇为羡慕那几人因诡计多端、骗术高明而赢得的名声。他之前的那些道德规范渐渐被置于脑后，反倒欣赏起学生的行为准则来。这种准则简单易行，也就是说可以不择手段地对付那些坏蛋，即没有在大学注册的那些人。学生身处坏蛋中间，犹如身在敌国，有权像希伯来人对付迦南人那样对待他们。只可惜，行政长官先生不大尊重大学的神圣法律，总是伺机加害这种神圣法律的信徒。因此，大学生们就要团结起来，亲如兄弟，相互帮助，尤其要保守内部秘密，绝不向外泄露。

这场富有教益的谈话持续了很久，直到所有酒瓶都喝空，脑子的判断力全部被搅得一塌糊涂，每个人都困得要命，只想睡觉为止。这时，烈日正当头，火辣辣的，大家就各自散去，睡个午觉。唐璜接受邀请，睡到唐加西亚的床上。他趁着疲倦和酒劲儿，一倒在褥子上便呼呼大睡。他接连做梦，但是梦境怪异，又十分混乱。在很长一段时间，只是隐隐感到不舒服，却弄不清是什么形象，或者什么念头引起的。后来，他在梦境中，逐渐看清楚了一些，换言之，他梦到的景物有了连续性，恍若乘坐一叶扁舟，漂流在一条大河中。河面特别宽阔，水流特别浑浊，远远超过他在冬季所见的瓜达尔基维尔河。他的小船无帆无桨，也没有舵，河岸荒无人烟。小船受激流的冲击，颠簸得非常厉害，从他感到的眩晕的程度来判断，就觉得到了瓜达尔基维尔河的入海口，正像塞维利亚的游客到了加的斯时，开始有晕船的感觉那样。不久，他就到了水面窄得多的河段，两岸清晰可辨，呼声甚至可以相闻。这工夫，两岸各有一个闪亮的人形同时出现，都向他靠拢，仿佛前来搭救他。他先是扭头望右岸，只见一位形貌庄重而严峻的老者，赤着双脚，身上只穿着满是荆棘的宽袖外套，伸着手似乎在呼唤唐璜。他又扭头望左岸，只见一位身材苗条、容貌极为高贵又极为迷人的女子，手上举着花冠要献给他。与此同时，他还发现这只小舟虽无桨，但是用意念便可操纵方向。他正要驶向那女子，右岸一声呼喊，又引他扭过头去，小船随即靠向右岸。那老者神态更加严峻了，只见他遍体鳞伤，肌肤惨白，好多血痂。他一只手拿着一顶荆冠，另一只手拿着一条缀满铁钉的鞭子。唐璜见那景象，大惊失色，又迅速返回左岸。令他心荡神迷的那个美人还在岸边，她那秀发随风飘舞，明眸闪烁着异常的光芒。这会儿，她手里拿的不是花冠了，而是一把剑。唐璜略微迟疑一下才上岸，再仔细一瞧，就发现剑刃上鲜血淋漓，而美人的手也被血染红了。唐璜惊骇万分，猛然吓醒了。他睁开眼睛，又不禁惊叫一声，看见离床铺两尺远处，有一把寒光闪闪的利剑。不过，手持利剑的并非那美人，而是唐加西亚。他过来是想唤醒唐璜，忽见床边有一把剑，做工很精细，就不免以行家的眼光，拿起剑来把玩一番。他看到剑身刻有一行字："忠贞不渝"，剑柄正如上文所述，有马拉纳家族的姓氏、族徽和座右铭。

"同学，您这把剑真精美。"唐加西亚说道，"睡到这会儿，您也该休息好了。——天也黑了，咱们去散散步吧。等这座城里的老实人全回了家，如果您愿意，咱们就去给中意的女神唱一段小夜曲。"

唐璜和唐加西亚在托尔梅斯河畔走了一阵，观看来来往往的女人。她们是出来透气的，或者偷窥情郎的。漫步的人逐渐稀少，最后完全消失了。

"时机到了，"唐加西亚说道，"现在，整个城市就是学生的天下了。谅那些坏蛋也不敢来打扰咱们正当的娱乐。至于夜间巡逻队，不用我说，他们全是下贱东西，一旦发生冲突，对他们就不要手软。假如那帮家伙人多势众，咱们就得练腿了。您丝毫也不必担心，我熟悉街道的所有拐角弯道，您就只管跟着我跑，一百个放心，什么事也不会有。"

唐加西亚这样说着，将斗篷往左肩上一搭，遮住大半张脸，留出右手臂自由活动。唐璜也照样遮掩起来，然后，两人就朝唐娜·福丝塔姐妹俩住的那条街走去。经过一座教堂的大门时，唐加西亚打了声呼哨，他的侍童便应声出来，将一把吉他交给主人，就被主人打发走了。

"用马拉纳家族的名誉。我们家族哪怕断子绝孙，也不能让家族的名誉受到一点儿污损！就由我来给您放风。请放宽心，我绝不辜负您的重托。假如有人来捣乱，我连一条街道都守不住，那就有辱家乡，枉为塞维利亚人了！"

“我并不想让您站岗放哨，”唐加西亚说道，“这里住着我的心上人，也住着您的心上人。咱们分别有猎取的目标。嘘！就是这座楼房。您注意这扇百叶窗，我看着那扇百叶窗。当心！”

唐加西亚调好了吉他琴弦，开始边弹边唱一支浪漫曲，歌喉还相当悦耳。同一般的浪漫曲一样，歌中也少不了眼泪、叹息，以及诸如此类的内容。我不知道这首歌是不是他作的。

唱到第三段或第四段时，那两扇窗户上的百叶窗微微往上掀了掀，还传出轻咳的声音。这表明屋里的人在聆听。据说，如果没人恳请或者没人倾听，音乐家是从来不肯演唱的。唐加西亚将吉他放在一块界石上，同一位听他演唱的女子小声交谈。

唐璜抬头观瞧，看见头上方的窗口有一位女子似乎在注视他，并断定那准是唐娜·福丝塔的妹妹，是由他朋友给他选定，也正合他口味的意中人。但是，他很害羞，又无经验，真不知道该从何处下手。忽然间，一条手帕从窗口飘然而落，一个娇滴滴的声音传来：

“噢！上帝呀！我的手帕掉下去啦！”

唐璜急忙上前拾起，将手帕挑在剑尖上，举到窗口，这便是相互攀谈的由头。那娇声先是道谢，接着又问，这位特别彬彬有礼的骑士阁下，是否今天早晨在圣彼得教堂见过。唐璜回答，他的确去了，结果就寝食难安了。

“这怎么会呢？”

“只因目睹了芳容。”

冰层已经打破。唐璜是塞维利亚人，熟知爱情语言十分丰富的所有摩尔情歌，因而进入这个话题，他自然巧舌如簧。交谈持续了大约一小时。特蕾莎终于高声警告，说她听见了父亲的动静，叫他们赶紧离开。两位风流公子还不甘心，等到两只雪白的纤手从百叶窗伸出来，扔给他们每人一枝素馨花，他们才肯离开那条街。唐璜返回住所安歇，头脑里还充满了甜美的憧憬。唐加西亚则去泡酒馆，消磨了大半夜。

第二天老调重弹，又是小夜曲加感叹，此后每天夜晚都是同样的场面。经过适当的推托之后，两位大小姐终于同意和他们互换发卷。采用线绳传递的办法，先将姑娘剪下的发卷放下去，再将对方的信物提上去。然而，唐加西亚岂是随便就能打发的人，他又提出用绳梯或者偷配钥匙幽会。可是，姑娘却认为他胆子太大，虽未否定，至少无限期推迟考虑他这种建议。

唐璜和唐加西亚到情人的窗下，叽叽咕咕谈情说爱，磨了差不多一个月，也没有尝到什么甜头。且说一个漆黑的夜晚，他们一如既往，还守在老地方，已经交谈了一段时间，大家都挺满意，不料街口出现七八个人，都披着斗篷，有半数拿着乐器。

“天啊！”特蕾莎惊叫道，“唐克里斯托瓦尔来给我们唱小夜曲了。看在上帝的分上，你们快走吧，否则就要出大乱子了。”

“我们这么好的位置，谁也不让！”唐加西亚嚷道。接着，他又提高了嗓门，“骑士，”他对走在前头那个人说道，“这个位置有人占了，而这里的小姐，也不大想听你们的音乐。请吧，还是到别处撞大运去吧。”

“又冒出个无赖学生，要挡我们的路！”唐克里斯托瓦尔嚷道，“我要让他知道知道，来找我的心上人得付出多大代价！”

说话间，他已拔剑在手，他的两个同伙也随即亮出剑来。唐加西亚动作极其神速，将斗篷往胳膊上一缠，剑已迎风扬起，还大喊一声：

“学生们，跟我上！”

然而，周围连个学生的影儿也不见。至于那些乐师，大概害怕混战中弄坏乐器，就连声喊执法者，都撒腿跑掉了。站在窗口的两位姑娘，这时就祈求天上的神仙都来保佑。

唐璜所在的位置，离唐克里斯托瓦尔最近，他就首当其冲，只好迎战这个对手。而这个来犯者身手不凡，左手还有一个小铁盾护身，唐璜则只有剑和斗篷。唐克里斯托瓦尔步步紧逼，唐璜情急之下，猛然想起他的剑术教师乌贝尔蒂的一个绝招。他身子往左一倒，右手顺势一剑，从唐克里斯托瓦尔的小铁盾下面刺过去，正中软肋，而且用力极猛，刺进去约一掌深，剑就折断了。唐克里斯托瓦尔大叫一声，便倒在血泊中。说时迟，那时快，一招致命，只是眨眼工夫。与此同时，唐加西亚战两个对手也没有吃亏，而那两个人一见带头的倒在街头，就撒腿逃掉了。

“咱们也赶紧跑吧，”唐加西亚说道，“现在可不是寻开心的时候。再见，我的美人儿！”

说罢，他拉起唐璜就走。唐璜虽然胜了，却吓得要命。刚跑出二十步远，唐加西亚又停下了，问他的伙伴剑哪儿去了。

“我的剑吗？”唐璜说道，这时他才发现剑已不在手上了……“我也不知道……很可能失落了。”

“真该死！”唐加西亚叫了起来，“您的姓名就刻在剑柄上啊！”

这时候，只见不少人举着火把，从附近民宅里跑出来，围住那个奄奄一息的人。街道的另一头，也有一小队武装人员匆匆赶过来，显然是一支巡逻队，被乐师的呼叫以及打斗声吸引过来的。

唐加西亚将帽子往眼睛上一压，再拉住斗篷遮住下半张脸，以免让人认出来。他冒险冲进人群，希望找回那把剑，以免被拿去指认凶手。唐璜看见他左右开弓，扑灭所有火把，撞开所有挡道的人。不大工夫，他双手各执一把剑，拼命跑回来，身后则有整支巡逻队在追赶。

“唔！唐加西亚，”唐璜接过唐加西亚递给他的剑，高声说道，“我对您感激不尽！”

“咱们快逃！快逃啊！”唐加西亚嚷道，“跟我来，那帮浑蛋，如果有谁逼得太紧，您就给他一剑，就像您刚才撂倒那家伙一样。”

于是，两人开始全速逃跑。他们本来就年轻力壮，况且又害怕本城的行政长官，只因那行政长官对付学生的手段，比对付窃贼还要厉害。

唐加西亚熟知萨拉曼卡的街道，就像饭后讲“愿上帝赐予”的祷文那样熟悉。他身体灵便，到街口急拐弯，钻进狭窄的小巷中。他的同伴可是新手，跟在后面十分吃力。两个人跑得开始喘不上气来，幸好跑到一条街口，碰到一群随便闲逛、抱着吉他边弹边唱的学生。那些学生一发现两名同学被人追赶，就纷纷抓起石头、木棍，抓起一切能当作武器的东西。那些巡逻兵已经跑得气喘吁吁，看看难以应付一场大冲突，好汉不吃眼前亏，便退了回去。两名肇事者赶紧到附近的一座教堂先躲一会儿，稍微喘口气。

来到教堂的拱门下，唐璜要把剑插回鞘中，他觉得手执武器进教堂不合适，何况自己又是基督徒。然而，剑与鞘不合，勉勉强强才插进去。总之，他看出他拿的这把并不是自己的剑。唐加西亚刚才匆忙中从地上拾起一把剑就走，不料拿回来的剑不是他的同伙的，而是死者的。这下事情可严重了，唐璜赶紧把这一情况告诉了他的朋友——打了这一段交道后他就确信，他这朋友是个足智多谋的人。

唐加西亚皱起眉头，咬住嘴唇，双手翻卷着帽檐儿，来回踱了一会儿步，而唐璜则感到刚发现的情况后果严重，一时吓蒙了，心里着实不安，又十分懊恼。唐加西亚考虑了一刻钟，而在考虑的过程中，他很体谅人，一次也没有讲：“您的剑为什么失落了呢？”他考虑好了，便抓住唐璜的胳臂，说道：

“跟我来，您这事我有办法了。”

恰好这时候，一名教士从教堂圣器室走出来，准备上街。唐加西亚上前叫住他：

“请问，您就是知识渊博的学士戈麦斯吧？”唐加西亚向那人深鞠一躬，问道。

“我还不是学士，”那教士被人称为学士，心里显然很受用，“在下名叫马努埃尔·托尔多亚，十分乐意为您效劳。”

“神甫，”唐加西亚又说道，“您正是我渴望与之倾诉的人，事关我的良心。您鼎鼎大名，如果我没认错的话，正是您写了《论良心问题》那本书，在马德里引起了巨大轰动。”

这位教士把持不住虚荣心，不觉犯了戒，结结巴巴地回答说，他并不是那本书的作者（其实，根本就不存在那样一本书），不过，他正研究这一课题。唐加西亚心中有事，不想听他讲下去，便接着说道：

“神甫，我三言两语就能讲明白要向您请教的问题。就是今天的事，还不过一小时，大街上有一个人，来到我的一位朋友面前，对他说：‘骑士，我就要在这附近决斗，我那对手的剑比我这把长，您的剑能否借给我，这样，我们双方的武器就对等了。’于是，我朋友就同这个人换了剑，在街角等他们完事。过了一会儿听不见击剑声响了，他就跑过去瞧瞧，结果看到什么啦？一个死人，是用他的那把剑刺死的。从那一刻起，他就悔恨交加，责怪自己太好说话，担心因此作了大孽。我呢，就尽量安慰他。我认为他的过错不算大，假如他不把剑借给人家，那么势必造成两个人使用不对等的武器决斗了。神甫，这事您怎么看呢？您是不是和我有同感呢？”

那教士正在修习决疑神学，就侧耳细听这件事的经过，他用手搓了一会儿额头，仿佛在想一条贴切的语录。唐璜不知道唐加西亚要搞什么名堂，就没敢插言，生怕说漏了嘴。

“神甫，”唐加西亚继续说道，“就连您这样的大学问家，都迟疑不决，那么这问题一定很棘手了。如果您允许的话，明天我们再来，听听您的想法。在这段时间，还得请您做几次弥撒，超度死者的灵魂。”

他说着，就把两三枚金币塞进教士手中，这才彻底改变了教士的态度，使他对这两个如此虔诚、如此严于律己，尤其如此慷慨的年轻人产生了好感。教士向两个人保证，次日他还来这个地方，将自己的看法以书面形式交给他们。唐加西亚又对他千恩万谢，然后他又换成随意的口气，就仿佛补充无足轻重的一点：

“这次出了人命，但愿司法当局别让我们担负罪责！我们也全指望您祈求上帝宽恕我们了。”

“司法当局嘛，”教士说道，“您丝毫也不必担心。您的朋友只是把剑借给了别人，这在法律上并不构成同谋。”

“不错，神甫，然而凶手逃跑了。到时候会检验伤口，就可能发现那把染上鲜血的剑……我怎么知道还会出现什么情况？据说，司法人员非常厉害。”

“不是还有您吗？”教士说道，“那把剑借给了人，您不是见证人吗？”

“当然了，”唐加西亚答道，“我敢上全国所有法庭确证这一点。况且，”他又以极富暗示的口气继续说道，“也还有您啊，神甫，到时候您也可以出面证明这个事实。在这案件公开之前，我们就来向您请教良心上的问题了。您甚至可以证明交换剑的事……这就是证据。”他说着，就把唐璜那把剑拿过来。“您瞧这把剑就明白了，”他又说道，“插进鞘里成什么鬼样子！”

教士点了点头，表示相信对方讲的事是真实的，他还默默掂了掂手里的金币，总觉得这其中包含一种不容置疑的、对两个年轻人有利的证词。

“况且，神甫，”唐加西亚换了十分虔诚的声调，又说道，“人间司法对我们算得了什么？我们主要还是想祈求上天的宽恕。”

“明天见，孩子们。”教士说罢就走开了。

“明天见。”唐加西亚应声答道，“我们吻您的手，这件事就拜托给您了。”

教士一走，唐加西亚就乐得跳起来。

“通神的钱万岁！”他高呼，“照我的希望，咱们的处境改善多了。假如司法当局真要找您的麻烦，这位好心的教士就可以出面做证。他既然收下金币，还有望从咱们这里捞到钱，就愿意证明咱们跟初生的婴儿一样清白，同您干掉那个骑士的命案毫无关系。现在，您可以回住处了，但始终要保持警惕，问清楚了之后才给开门。我再到城里各处转转，打听打听情况。”

唐璜回到住房，和衣而卧，躺在床上通宵未眠，满脑子想着刚杀了人的事，尤其想着犯了命案的后果。街上每次传来脚步声，他就想象是执法人员来抓他了。不过，他实在疲倦极了，而且在那个学生会餐之后，脑袋昏沉沉的，到太阳升起来时便睡着了。

他睡了已有几小时了，他的仆人忽然进来把他唤醒，说是有一位戴着面纱的夫人要同他谈谈。话音未落，一个女人就走进房间，只见她从头到脚都裹着一件大黑斗篷，只露出一只眼睛。那只眼睛转向仆人，再转向唐璜，分明是要求单独和他谈话。仆人立即退了出去。那夫人坐下来，全神贯注地打量唐璜。她沉吟了一会儿，才开口说道：

“骑士大人，我的行为确实有些冒昧，一定会让您对我产生一种不大好的看法；然而，一旦了解了我来访的动机，您也就一定不会怪我了。昨天，您同本城的一位骑士打斗了……”

“我嘛，夫人！”唐璜面失血色，高声辩驳，“我根本就没有走出这个房间……”

“没必要跟我弄虚作假，我也应当给您做出坦率的榜样。”

她说着，就一下子敞开大斗篷，唐璜当即认出是唐娜·特蕾莎。

“唐璜大人，”姑娘满脸飞红，继续说道，“不瞒您说，您真勇敢，令我敬佩到了极点。当时我心慌意乱，不过我还是注意到，您的剑折断了，并且扔在我家门口。趁着众人围住受伤的人要救护的时候，我下楼去拾起这把剑柄，拿回屋仔细察看，就见到您的姓名，我当即明白，这若是落到您的仇人手中，您就会有极大的危险。给您吧，我很高兴能把剑给您拿回来。”

自不待言，唐璜立刻双膝跪下，对她说他这条命是她救的，可是要这条命有什么用，他还会因为得不到她的爱而死去。唐娜·特蕾莎心中很急，想马上就离去，但是她又特别爱听唐璜讲话，还下不了决心转身走开。差不多一小时就这样度过，两个人海誓山盟，软语温存，频频吻手，这一个苦苦央求，那一个则半推半就。这时，唐加西亚突然进屋，打断了两人的柔情蜜意。不过，他可不是个少见多怪的人，头一个举动就是安抚特蕾莎，极力称赞她又勇敢，又机警，最后还恳求她在姐姐面前，多多替他美言，以便唐娜·福丝塔接待他时多点人情味儿。唐娜·特蕾莎一一答应了他的请求，然后又用斗篷将身子严严实实地裹起来，还答应当天晚上，她和姐姐到她指定的地方散步，这才离去。

“咱们的事情还挺走运。”等姑娘一走，屋里只剩下两个青年了，唐加西亚就立刻说道，“谁也没有怀疑到您头上。行政长官是不想让我好过，承蒙他看得起，一开始就想到是我干的。他说他确信，唐克里斯托瓦尔一定是我杀的。您知道是什么使他改变了看法吗？那是有人对他说，整个晚上我都同您在一起。而您呢，我亲爱的，您圣洁的名声太大了，还惠及别人。不管怎样，他们没有往我们身上想。特蕾莎这个小妞儿真勇敢，还是个鬼机灵，保证了咱们以后平安无事。因此，咱们就别再想这事儿了，只考虑怎么寻开心吧。”

“唉！唐加西亚啊，”唐璜神色凄然，说道，“杀了一个同胞，真是一件很可悲的事！”

“还有更可悲的事呢，那就是一个同胞把咱们杀掉。不过，还有第三件事，可悲的程度超过头两件，那就是过了一整天没吃上饭。因此，我来邀请您，今天同几个快活的家伙共进晚餐，他们会很高兴与您幸会。”

说完这番话，他就扬长而去。

爱情的力量，已经大大冲淡了我们主人公的愧疚心情，而虚荣心更是将愧疚一扫而光。在唐加西亚的住所吃饭的大学生，已经从唐加西亚的口中了解到，杀死唐克里斯托瓦尔的真凶是谁。那个唐克里斯托瓦尔，是以勇武和敏捷著称的一名骑士，是学生们的克星。因此他一死，学生们都兴高采烈，都热烈祝贺他那幸运的对手。听他们的言谈话语，这位真凶简直成了学校的光荣，成了学校的精英和臂膀。大家都满怀激情，为他的健康干杯。从穆尔西亚来的一名大学生，还即席写了一首十四行诗赞美他，在诗中把他称为熙德，称为贝尔纳·德·卡尔皮奥。离开餐桌的时候，唐璜的心情还有几分沉重。然而，他即使有起死回生之术，是否愿意救活唐克里斯托瓦尔也很难说。毕竟这一命案，为他在萨拉曼卡大学全校赢得了敬重和名声，一旦丧失岂不可惜？

暮晚时分，双方都准时来到托尔姆斯河畔的约会地点。唐娜·特蕾莎拉着唐璜的手（当时还没有女子挽男人手臂的习惯），唐娜·福丝塔则拉着唐加西亚的手。两对情侣兜了几圈之后，都心满意足，分手时都一致保证，今后不放过一次再见面的机会。

两个青年离开姐妹俩之后，又遇见了几位波希米亚女郎。她们打着手鼓，在一群大学生中间跳舞。他们两个也投身进去。唐加西亚挺喜欢几位跳舞的女郎，便决定带她们去吃夜宵。她们立刻接受邀请。作为忠实的阿卡特，唐璜自然也陪同前往。一位波希米亚女郎对他坦言，说他的样子像刚修行的僧人。唐璜听了很生气，就有意放浪形骸，以便证明这一绰号很不贴切。于是他就出言不逊、跳舞、赌博、大量饮酒，酒量都抵得上两个二年级大学生了。

闹到午夜过后，唐璜已有十一二分醉意，耍起酒疯，说要放火焚毁萨拉曼卡全城，还要喝干托尔姆斯河水，让人无法救火。大家费了九牛二虎之力，才算把他送回住处。

唐璜天生的和从教育中所获取的所有优秀品质，就这样逐渐丧失了。多亏唐加西亚的指点，他到萨拉曼卡仅仅三个月，就完全把可怜的特蕾莎给迷住了。他的伙伴先就得手了，比他早了八九天，乃至十天。起初，唐璜很爱自己的情妇，一如他那年龄的孩子爱头一个委身于他的女子。但是，经唐加西亚稍一点拨，他就明白，忠贞的爱情纯粹是一种虚无缥缈的道德。况且，在大学这种放荡的生活中，假如他是另类，行为与同学们相左，那么他倒会损害特蕾莎的名誉。“因为，”唐加西亚如是说，“一个男人，只有爱情十分强烈又得到满足时，才会只倾心于一个女人。”再说，这一圈子的纨绔子弟，一分钟也不容唐璜闲着。课堂上几乎不见他的人影儿，他即使去上课，也因为耽于酒色、连连熬夜而无精打采，哪怕最有名的教授传授最精彩的知识，他也直打瞌睡。反之，只要是冶游，他总是头一个到场，最后一个离开。唐娜·特蕾莎不能陪伴他的那些夜晚，他就去泡酒吧，或者去下流的场所。

一天早晨，唐璜收到情妇的一封便函，说很抱歉要取消当晚的约会，只因家里来了一位亲戚，是到萨拉曼卡来的一位老妇人，安排在特蕾莎的房间里过夜，让特蕾莎睡到母亲的房间。取消这次幽会，唐璜也并不怎么在意，反正他有法儿消遣，打发这个夜晚。他正盘算如何打发这一晚，出门来到街上，忽然一个蒙面纱的女子交给他一张便条。是特蕾莎写来的，说她设法儿另找了一间屋，并和她姐姐完全安排好了幽会。唐璜让唐加西亚看了信，两人犹豫了片刻，最终还是照老习惯，机械地爬上了他们情妇的阳台。

唐娜·特蕾莎胸脯上有一颗相当显眼的痣，让唐璜头一个看到，这似乎给了他一种天大的恩惠。而且，在一段时间里，他一直把这颗痣看作世间最美妙的东西，时而把它比作一朵蝴蝶花，时而比作银莲花，抑或紫苜蓿花。这颗痣美是很美，却很快被看腻了，也就失去了魅力。

“这不过是个大黑点而已，”唐璜叹口气，自言自语，“真可惜长在这儿了。对了，还真像个血痂。这颗痣让魔鬼带走吧！”

甚至有一天，他问特蕾莎有没有看过大夫，用什么办法把痣除掉。可怜的姑娘一听，脸一下红到耳根子，回答说除了他，这颗痣没有给任何男人看过，而且当年她奶母总跟她讲，长这样的痣有福气。

且说这天晚上，唐璜前来赴幽会，情绪却相当糟。他又见到这颗痣，觉得比以往哪次见到的都要大。

“老实说，真像一只大老鼠了，”他注视着这颗痣，自言自语道，

“简直难看极了。真像该隐身上受永罚的标记。一定是魔鬼附了身，才挑这样一个女人当情妇。”

他这样一想，情绪就糟透了，无缘无故就跟可怜的特蕾莎吵架，把她气哭了。拂晓分手时，甚至不想吻吻她就走。唐加西亚和他一起出来，两人默默地走了一会儿，唐加西亚忽然站住：

“唐璜，”他说道，“您得承认，这一夜咱们真够无聊的。至于我，就更是烦死了，我的一大心愿，就是彻底把这位公主打发掉！”

“此言差矣，”唐璜则说道，“福丝塔是个妙人儿，肌肤同天鹅一样白皙，而且总是那么喜兴。再说了，她多么爱您啊！老实说吧，您真是非常幸运。”

“肌肤白呀，不错，我承认她很白，然而没有血色呀，跟她妹妹一比，就像一只猫头鹰落到一只鸽子旁边。您才是个非常幸运的人。”

“您说得也对，”唐璜答道，“那个小的相当可爱，但还是个孩子。跟她就根本没法正经谈话。她满脑子装的全是游侠骑士的故事，对爱情的看法荒唐到了极点。您根本就想象不出来，她究竟要什么。”

“也怪您太年轻了，唐璜，您不懂得如何调教自己的情妇。要知道，一个女人呀，就像一匹马。假如您放任自流，由着她养成坏毛病，假如您不让她确信，您绝不会宽恕任性行为，那么在她身上，您永远也得不到任何好处。”

“那您告诉我，唐加西亚，您对待自己的情妇，就像对待自己的马匹吗？您是不是也经常鞭打，让她们不敢使性子呢？”

“极少有这种情况，我的心肠太好了。这么着，唐璜，您的特蕾莎，肯不肯让给我？我向您保证不出半个月，就能把她调教得像手套一样柔软。作为交换，我把福丝塔送给您。您看不划算的话还要加点儿什么吗？”

“这笔交易倒挺对我的心意，”唐璜微笑着答道，“两位大小姐，如果她们也同意的话。不过，唐娜·福丝塔是绝不肯把你让出来的。这种交换，她会觉得亏吃大了。”

“您也太谦虚了。真的，请您放宽心。昨天，她让我给气坏了，认为我该下地狱，说任何人跟我比，都像光明的天使。唐璜，”唐加西亚继续说道，“我这样讲可是非常认真的呀，您知道吗？”

这样荒唐透顶的话，他的朋友却讲得那么一本正经，唐璜见了不由得哈哈大笑。

这场富有建设性的谈话，忽然被打断了。来了好几个同学，又把他们的思想引上别的方面。不过到了晚上，两个朋友坐下来，面前摆上一瓶蒙蒂利亚葡萄酒、一小篮瓦伦西亚的橡栗，唐加西亚又抱怨起他的情妇来。他刚收到福丝塔的一封信，满页都是温柔的话语、委婉的责备，从而显露她的乐观精神，说明她习惯于抓住每件事物可笑的一面。

“给您，”唐加西亚说道，就把信递给唐璜，同时打了一个超大的哈欠，“您念念这篇美文吧。今晚又是约会！真的，我见鬼去，也不愿赴约会了。”

唐璜看了信，认为写得很优美。

“老实说，”他说道，“我能有这样一位情妇，就会一心一意给她幸福。”

“那您就拿去吧，亲爱的，”唐加西亚高声说道，“您拿去当情妇，随便您怎么快活吧。我的权利让给您了。咱们就玩得再漂亮些，”他灵机一动，仿佛突发奇想，站起来补充道，“就赌咱们的情妇吧，这有纸牌，咱们就赌一局。唐娜·福丝塔是我的赌注；您呢，就把唐娜·特蕾莎押上吧。”

听了同学这样荒诞的想法，唐璜笑出了眼泪，他拿起纸牌洗了洗。他的心思几乎不在牌上，结果却赢了。唐加西亚输了牌，也不显得伤心，他还问如何写赌债欠条，还真写了一张要支付唐娜·福丝塔的本票，命令她听从持票人的安排，完全像给管家写一张条子，让他付给债权人一百金币。

唐璜大笑不止，主动提出给唐加西亚翻本的机会，唐加西亚却一口回绝。

“如果您还有点儿勇气的话，”他说道，“那就披上我这件斗篷，到您非常熟悉的那道小角门去。您只会见到福丝塔，因为特蕾莎没约您，也就不会等您。您跟着她走，一句话也不要讲。到了她房间，她可能先是惊讶，甚至流几滴眼泪。但是，您见到这种情景不要罢手，请相信她绝不敢喊叫。您在这节骨眼儿上，就向她出示我的信，对她说我是个十恶不赦的家伙，是个恶魔，随便骂我是什么都成。您再对她说，她可以立即进行报复，而且非常容易，您也尽管相信，这种报复，她会觉得很甜美。”

唐加西亚每讲一句话，魔鬼就往唐璜心里钻进一分，并且对他说，他一直认为是没心没肺的笑谈，现在可能要给他一个无比惬意的结局。他不再笑了，喜悦的红晕开始爬上他的额头。

“如果我能确切知道，”唐璜说道，“福丝塔真会同意这样交换的话……”

“福丝塔肯定同意！”这个浪荡公子朗声说道，“说您是雏儿，还真是个雏儿，我的同学，您竟然以为在半年情人和一夜情人之间，一个女人选择哪个还会犹豫！算了吧，我毫不怀疑，明天你们两个都会来感谢我。而我向您要求的回报只有一点，就是允许我追求小特蕾莎，以便弥补我的损失。”

他看出来唐璜多半已经被说服了，就又接着说道：

“您得赶紧拿主意，反正今天晚上，我不想见福丝塔了。如果您也不愿意要，那么这张字条，我就给胖子法德里克，让他意外捡一个大便宜。”

“好吧，我也豁出去了！”唐璜高声说道，一把抓过字条。他为了壮胆，还一口气干下一大杯蒙蒂利亚葡萄酒。

时间快到了，唐璜迟迟不动身，良心上还有点儿不安，他就连连喝酒麻醉自己。挂钟终于打点了。唐加西亚将自己的斗篷披到唐璜肩上，带着他一直走到自己情妇的门口。然后，他发出约定的信号，向唐璜道声晚安，便扬长而去，丝毫也不悔恨他干的这件坏事。

小门随即打开——唐娜·福丝塔已经等了半晌了。

“是您吗，唐加西亚？”姑娘小声问道。

“嗯。”唐璜回答，声音更小了，而面孔也完全用大斗篷遮住了。他走进去，门随后又关上。唐璜跟随着领路人，摸黑登上一座楼梯。

“您抓住我头巾的边角，”姑娘又说道，“跟着我走，脚步越轻越好。”

不大工夫，唐璜便来到福丝塔的闺房。屋里只点着一盏灯，光线昏暗。唐璜刚进屋，没有脱斗篷，也没有摘帽子，只是背向门口站在那里，一时还不敢亮相。唐娜·福丝塔一言不发，打量他一会儿。继而，她突然张开双臂，朝唐璜走过去。唐璜于是抖掉斗篷，也同样张开双臂。

“怎么！是您吗，唐璜大人？”姑娘高声问道，“唐加西亚莫非生病了？”

“生病？没有，”唐璜回答……“可是他来不了，于是打发我来见您。”

“噢！成心惹我生气！不过，请告诉我，他来不了，是不是让另外一个女人给绊住了？”

“看来您也知道他风流成性？……”

“我妹妹见到您会有多高兴！可怜的孩子！她还以为您不来了呢……让我过去，我去告诉她一声。”

“不必了。”

“您的神色这么怪，唐璜……您是有坏消息告诉我……说吧，唐加西亚出什么事了吗？”

唐璜难以答对，干脆将唐加西亚无耻的字条交给可怜的姑娘。她匆忙浏览一遍，一时没看懂。她又看了一遍，简直不相信自己的眼睛。唐璜则注意观察她，见她擦了擦脑门儿，又揉了揉眼睛，嘴唇直发抖，脸色变得死人一样惨白。她不得不双手拿住纸条，以免失落到地上。终于，她拼命挣扎着站起来，高声说道：

“这全是假的！全是骇人听闻的伪造！唐加西亚绝不会写出这样的东西！”

唐璜则回答：

“您熟悉他的笔迹。他不知道自己拥有的珍宝有多大价值……而我接受了，因为我崇拜您。”

唐娜·福丝塔以极其鄙夷的目光瞥了他一眼，又开始看这封信，看得非常仔细，就像一位律师在怀疑一份伪造的文件。她的眼睛睁得老大，死死盯住信纸，一眨也不眨，不时漾出一大滴泪水，沿着面颊滑落。突然，她微笑起来，笑态跟疯子一样，高声说道：

“这是开的一场玩笑，对不对？就是开玩笑吧？唐加西亚就在外边，他马上就来！……”

“唐娜·福丝塔，根本就不是开玩笑。再也没有什么比我对您的爱更真实的了。您若是不相信，就太让我伤心了。”

“无耻之徒！”唐娜·福丝塔嚷道，“而且，假如你讲的是真话，那你比唐加西亚还卑鄙，是个更大的恶棍！”

“爱情可以原谅一切，美丽的福丝塔。唐加西亚抛弃了你，您就接受我来安慰自己吧。我看见壁板上画有巴克科斯和阿里阿德涅，就让我来做您的巴克科斯吧。”

福丝塔一声不吭，她抓起桌子上的一把刀，举到头顶，朝唐璜逼过去。唐璜已经瞧见她的举动，就一把抓住她的胳臂，毫不费力就把刀夺下来。他认为自己有权惩罚这种敌对行为，强行吻了她三四下，还想把她拖到一张小躺椅上。唐娜·福丝塔虽是柔弱女子，但激愤中增添了力量，她拼命抗拒，时而抓住家具，时而双手乱打，两脚乱蹬，甚至用牙齿来自卫。唐璜挨了几下打，开始还笑嘻嘻的，但是很快，怒火和欲火都同样强烈了。他再也不顾惜姑娘细嫩的肌肤，用力地抓住福丝塔，犹如一名怒不可遏的角斗士，要不惜一切代价战胜对手，就是将其掐死也在所不惜。福丝塔也就只好使出最后一招了，此前她碍于女人的羞愧心理，没有高呼救命，但是现在感到要被人制服了，便呼叫起来，声震整座楼房。

唐璜这时感到，首先要考虑的是自身的安全，而不是占有这个女子了。他想推开福丝塔，冲向房门，可是姑娘死死揪住他的衣服不放，让他无法脱身。而这工夫，传来惊慌地打开房门的声响，人声、脚步声由远及近。一分钟也不能耽搁了。他猛一用力，想把福丝塔远远摔出去。不料姑娘揪住他的衣服，死命不放，结果唐璜没有摆脱，只是原地旋转，同纠缠在一起的福丝塔掉换了一下位置。于是，福丝塔转到朝里开的房门一边，继续呼叫。与此同时，房门打开，门口出现一个端着火铳的男子，他惊叫一声，随即开枪了。屋里的灯灭了，唐璜感到唐娜·福丝塔的双手松开了，热乎乎的液体流到自己手上。她倒下了，准确地说，是缓慢滑落到地板上。刚才一枪打断了她的脊椎骨——她父亲没有打死入室的凶徒，却误杀了自己的女儿。唐璜感到摆脱了羁绊，就冒着火铳的硝烟冲向楼梯，他先是挨了那位父亲一枪托，接着又被追赶的仆人刺了一剑，不过这两下都伤得不重。他手持佩剑，要杀开一条路，还想打灭仆人手中的火把。仆人见他要拼命的样子，吓得连连后退。然而那位父亲，唐阿隆索·德·奥赫达，却是个无所畏惧的硬汉，他毫不犹豫地冲向唐璜。唐璜接了几招，本意也只是想自卫。可是，击剑养成了习惯，招架之后必然回击，纯粹是机械的动作，几乎是不由自主地出招。斗了片刻，唐娜·福丝塔的父亲便一声哀吟，受了致命伤倒下了。唐璜打通了道路，就像箭一般冲向楼梯，下了楼梯又冲向小角门，转瞬间便到了街上。那些仆人哪里顾得上追赶，都围着救护奄奄一息的主人。唐娜·特蕾莎听见枪声就跑来，一见这惨绝人寰的场面，一下子就昏倒在父亲的身边。但是她对自己的不幸，也才知道一半。

唐加西亚正在消灭最后一瓶蒙蒂利亚酒，忽见唐璜冲进他的房间。他脸色煞白，浑身是血，眼神怔忡，上衣撕破了，胸襟拉得露出半尺，进屋来气喘吁吁，一屁股坐到扶手椅上，连话都讲不出来了。唐加西亚顿时明白，一定出了大乱子。他容唐璜费力地喘了几口气，这才问他事情的经过。唐加西亚听了两三句，就明白出了什么事，但是他不会轻易就丧失一贯的冷静，连眉头也不皱一皱，仔细听他朋友断断续续地讲述。然后，他倒了一杯酒，递给唐璜：

“喝下去，”他说道，“您需要喝下去定定神儿。这件事很糟糕，”

他本人也喝了一口酒，补充说道，“杀死人家的父亲，这就严重了……不过，也有不少先例，首先就可以举出熙德。最糟糕的是，您可没有五百名白衣骑士，全是您的表兄弟，肯出来保护您，抗击萨拉曼卡的巡逻队和死者的亲属……咱们先来考虑最急迫的事情……”

唐加西亚在房间里转悠了两三圈，仿佛要聚拢一下自己的思绪。

“捅了这么大娄子，还留在萨拉曼卡，那敢情是疯了。”唐加西亚又说道，“唐阿隆索·德·奥赫达，可不是等闲之辈，而且，那里的仆人，也肯定都能认出您来。就算一段时间里，没有指认出您来，现在您在大学里，赢得了多么显赫的名声，出了什么无头公案，都短不了安到您的头上。喏，请相信我这话，千万离开这里，越早越好。世家子弟应有的学识，比您在这里所学的高出两三倍。现在，您要放下密涅瓦，试一试马尔斯吧。您这方面有天赋，会有很大的成就。佛兰德那里正在打仗。咱们就去杀那些异端分子，咱们要赎在人世的罪孽，去打仗比干什么都有效。阿门！我的话讲完了，比得上布道吧？”

佛兰德一词好似咒语，让唐璜豁然开朗。他认为离开西班牙不失为一种解脱。身处战争的劳顿和危险之中，他就无暇顾及愧疚的心理了！

“去佛兰德！去佛兰德！”他连声嚷道，“咱们就去那里，死在战场上吧！”

“从萨拉曼卡到布鲁塞尔，路途很遥远，”唐加西亚口气严肃，又接着说道，“而且，您这种处境，也不宜匆忙出走。您想想看，如果本城的行政长官派人半路把您抓回来，那您就休想上什么战场，只能上国王陛下的苦役船上服苦役了。”

唐璜和朋友商议了一阵之后，他就迅速脱掉学生装，换上当时军人穿的绣花皮外衣，脑袋上低低地扣了一顶大帽子。钱当然不会忘带，唐加西亚给他的腰包塞满了金币。所有这些准备，几分钟便就绪了。唐璜徒步上路，走出了城，没有被人认出来。整整一夜，乃至次日上午，他都在赶路，直到烈日当头，他才不得不停下来。他一到另一座城市，便买了一匹马，加入了一队商旅，一路毫无阻碍，到达了萨拉戈萨。他化名唐璜·卡拉斯科，在那里逗留了几天。唐加西亚在唐璜走后第二天，也离开了萨拉曼卡，但是取另外一条路线，赶到萨拉戈萨与唐璜会合。两人并未久留，到石柱圣母教堂匆匆做了祈祷，还忙里偷闲看了几眼阿拉贡的美女。然后，他们每人配了一名得力的仆人，便动身前往巴塞罗那，再从那里的港口上船去维契塔-韦基亚。唐璜天生轻浮，再加上旅途的劳顿、晕船以及新奇的景物，他也就很快忘掉了刚经历的那种骇人的场面。两个朋友到了意大利，一连数月寻欢作乐，将此行的主要目的置于脑后了。然而钱禁不住花，不久就囊中羞涩了，于是他们就会聚了一群同胞，都是和他们同样勇敢、同样身无长物的人，结伴前往德国。

他们到了布鲁塞尔，看哪个连长好，就加入那个连队。两个朋友投入唐马努埃尔·戈马尔上尉的连队，开始了戎马生涯。首先一点，上尉是安达卢西亚人，其次一点，他在纪律上约束不严，只要求部下作战勇敢，枪械擦得亮亮的，保养得好就行。

上尉见他们二人很精神，心下欢喜，于是投其所好，换言之，凡有危险的任务，就派他们去完成。他们却总是福大命大，好多战友阵亡了，而他们二人则一点儿没伤着，这就引起了将军们的注意，他们在同一天擢升为连副了。从这时候起，他们深信赢得了长官的器重和友谊，便公开了自己的真名实姓，又恢复了他们通常的生活方式，也就是说，他们在冬季驻防的城市里，白天喝酒赌博，夜晚给最美丽的女人演唱小夜曲。他们也得到了父母的宽恕，对此他们并不怎么感动。他们最用得着的，还是父母寄来的信用证，能在安特卫普各家银行支出钱来。他们年轻、富有、勇敢而又放浪，以极快的速度赢得众多女子的欢心。这类行为我就不细表了。读者只需知道，他们每见到一位有姿色的女子，就不择手段，必满足淫欲而后快。什么许诺保证，什么海誓山盟，对这两个无耻的浪荡公子来说，不过是一种游戏。那些女人的兄弟或者丈夫，对他们的行为胆敢说三道四，他们就用利剑和无情的心来回敬。

冬去春来，战事又起。

西班牙人不幸中了一次埋伏，戈马尔上尉身负重伤。唐璜眼见他倒下去，急忙跑过去救护，招呼几名士兵要抬着他走。然而，勇敢的上尉使尽最后的气力，对唐璜说道：

“就让我死在这里吧，我感到自己不行了。还不如死在这里，何必抬到两公里之外呢？留着您的人手吧，这些士兵要忙起来了，因为我望见荷兰人又大举进攻了。——孩子们，”他又对围在他身边的士兵们说道，“你们不要管我，要聚拢在你们的战旗周围。”

这时，唐加西亚来了，他问老连长还有什么遗愿，死后让人实现。

“真见鬼，在这种时刻，我还能有什么愿望？……”

他似乎考虑了片刻。

“我从来就没有想到死，”他又说道，“我总以为死亡不会离得这么近……如能有个教士，此刻来到我身边，我是不会生气的……只可惜，随军的所有神职人员全在辎重队那儿……不作忏悔就死去，怎么受得了！”

“这是我的祈祷书，”唐加西亚说着，就递给他一小瓶葡萄酒，“拿出勇气来。”

老军人的视觉越来越模糊了。唐加西亚开这种玩笑，他虽没有注意，却引起他周围老兵的反感。

“唐璜，”垂死的连长说道，“近前来，我的孩子。过来，我指定您作为我的继承人。拿着这个钱袋，这里装着我的全部财产，还是给您吧，免得落入那些被逐出教门的人手中。我只要求您做一件事，安排做几个弥撒，让我的亡灵安息。”

唐璜握住老连长的手，连声答应了，在一旁的唐加西亚却低声提醒他注意，一个临死而意志衰弱的人表达的想法，同一个面对餐桌摆满酒瓶的人的高谈阔论，有天壤之别。几颗子弹从耳边呼啸而过，向他们表明荷兰人逼近了。士兵们又急忙排队，每个人都向戈马尔上尉诀别，然后就有秩序地撤退。整队撤退并非易事，不但敌众我寡，而且雨后道路泥泞，坑洼不平，士兵又长途行军，都疲惫不堪了。然而，荷兰人还是未能重创这支队伍，追到天黑只好放弃，没有缴获一面战旗，也没有抓住一个不是伤员的俘虏。

夜晚，两个朋友同几位军官坐在帐篷里，议论当天发生的战事，都谴责指挥部署不当，事后人人都成了高明的指挥官。继而，话题又转向死伤人员。

“至于戈马尔上尉，”唐璜说道，“很久时间我都要怀念他。他是一位勇敢的军官，一个和气的伙伴，对他的士兵来说也是一位名副其实的父亲。”

“是啊，”唐加西亚说道，“不过，我也实话对你们说吧，我万万没有想到，看见他临死时那么难过，只因身边没有一个穿黑袍的教士。这只能证明一件事，勇敢说说容易，做起来就难了。危险离我们很远的时候，可以满不在乎，一旦临近了，脸就吓白了。对了，唐璜，您既然成了他的继承人，那就告诉我们，他留给您的钱袋里都装了些什么。”

唐璜这才头一次解开钱袋，看到里面装着金币，估计有六十来枚。

“咱们既然有钱了，”唐加西亚说道，他一向把朋友的钱看作自己的钱，“为什么不拿出纸牌来赌一局呢？也省得这样伤心落泪，思念咱们那些阵亡的战友。”

这一提议正合大家的心意。于是，他们拿来几面军鼓蒙上一件斗篷，就成为牌桌了。唐璜先赌，由唐加西亚在一旁做参谋。不过，他先从钱袋里拿出十枚金币，用手帕包起来，放进衣兜里，然后才开始下注。

“真见鬼，您留这个干什么？”唐加西亚嚷道，“当兵的攒什么钱！还是在战斗的前夕！”

“您也知道，唐加西亚，这些钱并不是我的。唐马努埃尔给了我这份遗赠，正如咱们在萨拉曼卡大学所讲的，是‘有附加条件的’。”

“别装腔作势了！”唐加西亚嚷道，“我敢肯定，这十枚埃居，一碰见神甫准会给人家，不然我就见鬼去。”

“给神甫有何不可？这事儿我答应了。”

“住口，我以穆罕默德的名义发誓！我真替您脸红，您这样都叫我认不出来了。”

赌博开场，起初各有输赢，然而不久，唐璜手气就背了。唐加西亚接过牌，想换换手气，结果也是徒然。一个钟头赌下来，两个朋友所有的钱，以及戈马尔上尉那五十埃居，全部转到庄家的手中。唐璜要去睡觉，可是唐加西亚还在兴头上，总想翻本，把输掉的钱再捞回来。

“好了，‘谨慎’先生，”他说道，“最后那十埃居何必攥得那么紧，拿出来瞧瞧吧。我敢肯定，这些钱会给咱们带来运气。”

“唐加西亚，您想一想，我是答应了的呀！……”

“得了吧，得了吧，您真是个孩子！现在还谈什么弥撒。上尉如果还健在，那他宁肯抢劫一座教堂，也不会干看着一副牌而不下注。”

“这是五埃居，”唐璜说道，“不要一注全押上了。”

“绝不能手软！”唐加西亚说道。他把五埃居全押在老K上。结果他赢了。他又把赌本和赢来的钱全押上，这一次却输掉了。

“最后五枚全拿出来！”唐加西亚嚷道，脸都气白了。唐璜争辩了几句，但是口气很软，最终还是让步了，拿出去四埃居，当即又输掉了。唐加西亚将牌摔到庄家的脸上，气冲冲地站起来，对唐璜说道：

“您呢，手气一向很好，我也听说最后一枚埃居具有巨大的魔力，能保证大翻盘。”

唐璜也怒不可遏，至少也跟他朋友一样气昏了头。他不再考虑什么弥撒，也不再考虑自己的誓言，把唯一剩下的一枚埃居押在A上，但立刻输掉了。

“让戈马尔上尉的灵魂见鬼去吧！”他嚷道，“依我看，他的钱肯定中了邪！……”

庄家问他们还赌不赌，但是，他们已经身无分文，又没有人肯随便赊账给脑袋每天都有可能被打开花的人。他们无奈，只好离开牌桌，去喝酒的人群中寻求自我安慰。可怜上尉的灵魂，已经被他们抛到九霄云外了。

过了几天，援军到了，西班牙人又发起攻势，往前推进。他们又穿过曾经战斗过的地点，之前阵亡的将士尸体还没有掩埋。唐加西亚和唐璜催马疾行，不想目睹那些触目惊心而又臭味扑鼻的尸体。走在他们前面的一名士兵，忽然大叫一声，他看见战壕里躺着一具尸体。他们走近，认出是戈马尔上尉。上尉的遗体几乎变形了，五官扭曲而僵硬，表明临死时全身剧烈痉挛，经受了十分惨烈的痛苦。这种惨景虽说司空见惯，唐璜见了这具尸体，还是不由得心颤不已。那双暗淡无光、充满血斑的眼睛，似乎以威胁的神态注视他。于是他想起了可怜的上尉临终的嘱托，自己又如何没有执行。但他恶行累累，心已铁石般冷酷，很快就消除了这种愧疚。他命人迅速挖坑，埋葬了上尉，而一名嘉布遣会修士又恰巧在场。大家匆匆向前行进，比平时沉默多了。不过，唐璜注意到，一名火枪手老兵翻了很久口袋，终于搜出一枚金币，递给那名修士，并对他说道：

“这钱拿着，给戈马尔上尉做几场弥撒吧。”

那一天在交战中，唐璜表现得异常勇敢，冒着敌人的炮火，根本不顾危险，他就好像成心要死在战场上。

“人啊，口袋里一文钱也没有了，就变得异常勇敢。”他的战友都纷纷说道。

戈马尔上尉阵亡之后不久，唐璜和唐加西亚所在的连队来了一名年轻的新兵，表面上看是个果敢而坚定的人，但是性情阴险而诡秘。谁也没有见他同连队的人喝酒或者赌博。他往往坐在连队驻地的长凳上，一连几小时观看苍蝇飞舞，或者抚玩他那支火枪的扳机。连里的士兵都嘲笑他是个闷葫芦，便给他起个绰号叫“谦谦君”。全连的人都这样叫他，就连各级长官对他也不用别的称呼。

战役最后阶段，就是围困贝亨奥普佐姆。众所周知，这次围城战，是这场战争中伤亡最惨重的一次战役，只因守城的敌方拼死抵抗。一天夜晚，两个朋友正好一同在战壕里值勤，而战壕离城墙特别近，值勤也极其危险，城里守军时常出击偷袭，火力既猛，命中率又很高。

上半夜，不断有敌情警报。后来，守城和攻城的双方都似乎疲倦了，不约而同地停止射击，整个原野一片沉寂，偶尔枪响几声，也只为表明虽然停止战斗，但是双方仍然高度戒备。约莫到了凌晨四点钟，正是守夜之人寒冷难耐，疲惫困倦不堪，精神格外委顿的时刻。诚实的军人无不坦言，人的身心处于这种状态，就很难把握自己，可能会做出日出之后要感到脸红的懦弱之举。

"他妈的！"唐加西亚把斗篷紧紧裹住身子，边跺脚取暖边怨道，"我觉得连骨髓都冻硬了。现在我相信，就连一个荷兰小孩，拿一瓦罐啤酒，也能把我打倒。老实说，自己是什么德性，我都认不出来了。刚才一阵枪声，就吓得我直打哆嗦。真的！假如我是个信徒，那就完全看我怎么想了，我处于这种异常的状态，可以视为上苍的一种警示。"

所有在场的人，尤其唐璜，听他提起上苍，都惊讶到了极点。因为，他根本就不在乎什么苍天，即使随口提到，也是一种嘲笑的口吻。他讲了这话，发觉好几个人听了都微微一笑，他的虚荣心又骚动起来，便朗声说道：

"谁也不要胡猜，以为我害怕了荷兰人，害怕了上帝或者魔鬼，因为在站岗的时候，我们大家都一样，各自有账要清算！"

"荷兰人倒也罢了，可是上帝和另外那一位就是应该惧怕。"一位花白胡子的老上尉说道，他的佩剑旁边还挂着一串念珠。

"他们又能把我怎么样？"唐加西亚反问道，"天雷打下来，还没有新教徒的火枪准呢。"

"那么，您的灵魂呢？"老上尉听了这句亵渎神灵的话，就边画十字边说道。

"哦！我的灵魂……首先，必须让我确知，我有一个。谁又明确对我说过，我有一个灵魂呢？那些神甫教士。然而，发明出灵魂来，给他们带来如此丰厚的收益，毫无疑问他们就是发明人，同样，糕点师发明出果酱饼为了卖钱，也是这个道理。"

"唐加西亚，您不会有好结果，"老上尉又说道，"在战壕里就不应该讲这种话。"

“管他在战壕还是别的地方，我怎么想就怎么说。算了，我不讲了，快瞧我这伙伴唐璜，头发都竖起来，要把帽子顶掉了。他不仅相信人有灵魂，而且还相信灵魂会下地狱。”

“我绝不是个超凡脱俗的人，”唐璜笑道，“有时候我还真羡慕您，那么不在乎另一个世界的事情。不管您会怎么嘲笑我，我也必须向您承认，每次听人说起被打入地狱的人，我就会产生很不痛快的遐想。”

“魔鬼的法力有限，最有力的证明，就是您今天还站在这战壕里。诸位，请相信我这话，”唐加西亚拍了拍唐璜的肩膀，补充说道，“魔鬼，果真有的话，早就把这个小伙子抓走了。别看他这么年轻，我可敢向你们断言，他早已叛教，是个地地道道的邪恶之徒。他玩弄过的女人之多，杀害的男人之多，是一名方济各会修士所为的两倍，也是一个瓦伦西亚的凶悍之徒所为的两倍。”

他的话音未落，一颗子弹从邻近西班牙军营的一道战壕那边飞来。唐加西亚抬手捂住胸膛，嚷了一声：

“我受伤了！”

他身子晃了一晃，随即倒下去。与此同时，大家瞧见一个人逃跑，而且趁着漆黑的夜色，很快就摆脱了人们的追赶。

唐加西亚看来受了致命伤，因为开枪的距离不但很近，而且一枪打出好几颗子弹。然而，这个浪荡公子已经心如铁石，表现得十分顽强，一刻也不反悔这一生。他赶走那些劝他做忏悔的人，只对唐璜说道：

“只有一件事我死不瞑目，就是那些嘉布遣会修士要千方百计说服您相信，这是上帝对我的惩罚。您一定得信我的话：一名士兵中弹身亡，是再自然不过的事情。他们说子弹是从咱们这边射来的，估计是哪个忌妒的家伙怀恨在心，买通人来暗杀我。您若是抓到那家伙，就立刻把他吊死。

您听着，唐璜，我在安特卫普有两个情妇，在布鲁塞尔有三个，在其他地方还有，我就记不清了……我的记忆开始模糊……那些情妇，我都遗赠给您……实在没有更好的念头了。我这把剑您也拿着……千万不要忘记我教您的那个招式……别了，不要做什么弥撒，把我埋了之后，让我的伙伴们聚餐，大吃大喝一顿。”

唐加西亚临终，大致讲了这番话。他还像身强力壮、生命力旺盛的时候那样，根本不理会上帝，不理会另一个世界。他含笑死去，借助虚荣心赋予的力量，对他长期扮演的卑鄙的角色坚持扮演到底。“谦谦君”没有再露面，部队里的人都深信不疑，他是杀害唐加西亚的凶手。至于这次谋杀的动机，只是纷纷猜测，谁也没有根据。

唐璜痛失唐加西亚，比死了亲兄弟还哀伤。他这糊涂虫！总认为他的一切都亏了唐加西亚。正是唐加西亚带他领悟了人生的奥秘，揭开了蒙住他双眼的厚厚的云翳。“认识他之前，我是什么样子呢？”他暗自发问，而他的自尊心总向他断言，他已经变成了超群绝伦的人。总而言之，结识这个无神论者，实际上给他带来的种种害处，他全部当成了好处，因而对唐加西亚，就像对恩师那样心存感激。

唐加西亚这样突然死亡，给唐璜留下了凄惨的印象。这种印象滞留在他脑海中，久久挥之不去，在数月之间，迫使他改变了生活方式。然而，他养成的那些老习惯，现在已经根深蒂固，绝非一个意外事件就能改变，渐渐地他故态复萌，重又开始赌博、酗酒、追女人，跟那些做丈夫的决斗。天天有新的艳情奇遇。今天爬上围墙一个豁口，明天则攀登上一座阳台；早晨同一个丈夫兵刃相见，晚上则同交际花宴饮。

他正这样花天酒地、荒淫无度，忽闻父亲谢世，没过几天母亲也与世长辞，两个噩耗同时传到。公证人投其所好，劝他返回西班牙，继承长子权和大批遗产。杀死唐娜·福丝塔的父亲唐阿隆索·德·奥赫达的罪行，他早已获得赦免，认为此事完全结案了。再说，他也非常渴望到更大的舞台上施展身手。他想起了塞维利亚有那么多欢乐，也想起了一定有无数美女只待他一到就供他挑选。于是，他解甲返回西班牙，在马德里逗留了一段时间，还在一场斗牛中大出风头，显示了他那华丽的服饰和刺公牛时矫健的身手。他搞到了几个女人，但是没有停留更多时间。他回到塞维利亚，以其豪华排场、穷奢极侈，令大小人物目眩神摇。他天天大摆盛宴，邀请安达卢西亚最美丽的名媛。在他那富丽堂皇的府邸，天天有新的欢乐、新的酒宴。他成为一大批纨绔子弟的君王。那些公子哥儿胡作非为、无法无天，对他却唯命是从，须知这种俯首听命的关系，往往存在于匪帮恶势力的组织中。总而言之，他穷奢极欲，荒淫无度。一个过着荒淫生活的富人，不仅害他本人，也以其榜样腐蚀安达卢西亚的青年一代，因为安达卢西亚的青年把他捧上了天，当成效法的典范。毫无疑问，如果上苍还继续容忍他这种放荡行为，那就必须下一场天火，才能荡涤塞维利亚的混乱和罪恶。唐璜病了一场，卧床数日，然而，病痛并没有使他醒悟。反之，他要求医生尽快给他治好病，只是为了重过那种穷奢极欲的生活。

他在身体康复期间，兴趣盎然地列了一张表，记录了所有受他诱惑的女子、被他欺骗的丈夫。这张表规范地分成两栏，一栏里列出那些女子的姓名和主要特征，另一栏里相应列出她们丈夫的姓名和职业。他费了九牛二虎之力回忆所有那些不幸女子的姓名，而这一名单远不齐全，也是可以理解的。有一天，他给一位来探望他的朋友看了这份名单。由于在意大利，他曾经赢得一位女子的芳心，而那女子夸口是教皇的情妇，因此他在名单中，将该女子排在首位，教皇的名字则对应列入丈夫一栏。接下来是一个在位的君主，然后才是公爵、侯爵，一直到普通的工匠。

“你瞧，亲爱的，”他对朋友说道，“你瞧，从教皇一直到鞋匠，谁也休想逃脱我的手掌，哪个阶层都必须向我进贡。”

这位朋友名叫唐托里比奥，他仔细看了名单，然后还给唐璜，不免得意扬扬地说道：

“这名单还不全啊！”

“什么！还不全？在我列的丈夫这栏里，还缺少谁呢？”

“上帝。”唐托里比奥回答。

“上帝？这倒是，名单上没有修女。真是这么回事！感谢你提醒我这一点。那好，我拿贵族的名誉向你保证，不出一个月，上帝就会出现在我这名单上，排在教皇大人的前面，我会请你来同一位修女共进晚餐。在塞维利亚，哪所修道院的小修女漂亮？”

几天之后，唐璜开始活动了，经常光顾修女院的教堂，跪在铁栅栏近前，而那铁栅栏恰恰隔开了上帝的妻室与其他信徒。他跪在那里，淫荡的目光投向那些羞怯的处女，好似闯进羊圈的一匹狼，要找准最肥的羔羊扼杀而食。他在玫瑰圣母教堂，不久就瞄准了一个年轻的修女。那修女天生丽质，整个神态透着忧伤，显得楚楚动人。她从不抬起眼睛，也从不左顾右盼，仿佛完全沉浸在神秘的祭拜中。她那双唇微微翕动，而且不难看出，比起所有的同伴来，她祈祷更为热忱，更为虔诚。唐璜看见她，就隐约想起前尘往事，恍若在别的什么地方见过这个女子，但是根本想不起来究竟在何时何地。那么多形象，都程度不同地刻在他的脑海中，不可能不混淆起来。他接连两天，都来到这座教堂，靠近栅栏跪下，但始终无法使这位修女抬起眼睛。他倒是已经打听出她被称为阿加特嬷嬷。

引诱一位出家修行、毫无尘念的女子，真是很难得手，而她那样含蓄内敛，更加拨旺唐璜的欲火。最关键的一点，也是最难办到的，就是引起她的注意。他虚荣心作祟，认为只要能引起阿加特嬷嬷的注意，事情就大半成功了。他想出一个妙法，要迫使这位美人抬起眼睛。他跪在离这位修女最近的地方，趁主持弥撒的神甫扬圣体、人人都下跪之际，手探过铁栅栏，将一小瓶香水洒在阿加特嬷嬷面前。扑鼻的香气突然散发开来，迫使年轻的修女抬起头，由于唐璜正在她对面，她一抬头自然就瞧见了。她那张脸先是万分惊讶，继而变得像死人一般惨白。她低低叫了一声，随即昏倒在石板地上。女伴们纷纷跑过来，把她抬回单人寝室。唐璜离开教堂，心中踌躇满志，不禁想到：这位修女着实喜人，可是越看越觉得，她应该已经纳入我这名单里了。

第二天做弥撒时，唐璜又准时来到铁栅栏近前，却不见阿加特嬷嬷。她不在对面修女第一排原先的位置上，反而到女伴们的后面，几乎躲藏起来。不过，唐璜还是发现她时时偷窥他，从而断定这是个好兆头。他思忖道：这小妞儿怕我……很快就会驯服的。弥撒做完之后，唐璜注意到，她要走进一间忏悔室，但必须从铁栅栏旁边走过，而她经过时仿佛无意中失落了念珠。唐璜是情场老手，见识多了，这种无心的举动岂能骗过他的眼睛。他最初认为，当务之急就是拿到这串念珠，但是隔着铁栅栏，他觉得必须等所有人都离开教堂，他才好伸过手去拾取。在等待的工夫，他就背靠一根柱子，摆出一种冥思苦想的姿态，一只手捂住眼睛，但手指微微张开，能从指缝中注视阿加特嬷嬷的一举一动。无论谁见到他那种姿态，都会以为他在虔诚地冥思默祷。

那位修女从忏悔室出来，要回修道院内，可是走了几步又忽然发觉，准确地说装作发觉念珠丢了，便游目四望，瞧见念珠就在铁栅栏旁边，于是返回来，俯下身准备拾起。就在这工夫，唐璜一直在观察她，注意到有一个白色的东西从铁栅栏下递出来。那是叠成四折的一张小纸片。修女当即转身就走了。

这位浪荡的公子哥儿深感意外，没想到这么快就得手，不免遗憾没有碰到更大的阻力。如同一个猎人追捕一头鹿，本以为要追逐很长时间，十分艰巨，不料刚一追赶，猎物就突然倒下去，实在大煞风景。猎人丧失了追逐的乐趣，也无从显示打猎的本领了。不过，唐璜还是迅速拾起纸条，出了教堂，以便从容地看一看。这张短笺的内容如下：

原来是您，唐璜！莫非这是真的，您并没有忘记我？我多么不幸啊，可是，我已经开始习惯自己的命运。而现在，我的不幸又要增加百倍。我本该痛恨您……是您杀害了我父亲……然而我对您，既恨不起来，又无法忘怀。对我发点儿善心吧，您不要再来这座教堂了。您给我带来难以承受的痛苦。永别了，永别了，我在这人世已经死去。

特蕾莎

“唔！原来是特蕾莎这个小妞儿！”唐璜心中暗道，“我就知道在什么地方见过。”接着，他又把短笺念了一遍：“‘我本该痛恨您’，言下之意，就是我深深地爱您。‘是您杀害了我父亲！……’施曼娜对罗德里克也是这样讲的……‘您不要再来这座教堂了’，言下之意，就是明天我等候您。很好，她是我的了。”转念至此，他就去用晚餐了。

第二天，他写好一封信揣在兜里，准时来到教堂，却根本不见阿加特嬷嬷露面，心中万分惊讶。他从未觉得弥撒会这么长，心中又十分恼火，上百遍咒骂特蕾莎顾忌太多。他只好到瓜达尔基维尔河边溜达，要想出个万全之策，想来想去，最后决定这么办。

玫瑰圣母堂修道院在塞维利亚各修道院，以其修女制作的美味可口的蜜饯而著称。唐璜来到接待室，求见知客嬷嬷，并且要来修女院制作出售的各种蜜饯的货单。

“您这里就没有马拉纳法制作的柠檬蜜饯吗？”他问道，神态十分坦然。

“马拉纳法制作的柠檬蜜饯，骑士老爷？这种蜜饯，我还是头一回听说。”

“这是现在最流行的，我真奇怪，像你们这样一家作坊，怎么没有大批制作。”

“马拉纳法制作的柠檬蜜饯？”

“马拉纳法制作的，”唐璜字字咬得真切，重复一遍，“你们这里的嬷嬷，不可能没人懂得这种蜜饯的制作方法。劳您驾，问一问那些嬷嬷，会不会制作这种蜜饯。明天我再来。”

几分钟之后，在整个修女院中，大家都在议论马拉纳法柠檬蜜饯了。几位修女是制作蜜饯的高手，也从未听人讲过这种蜜饯。唯独阿加特嬷嬷懂得制作的方法，就是在寻常的柠檬中，加上玫瑰香精、香薰等等，然后……总之，完全由她一手制作。第二天，唐璜又来了，买到一罐马拉纳柠檬蜜饯。其实不过是一种大杂烩，味道糟极了。但是在蜜饯罐的封口下面，唐璜发现一张短笺，是特蕾莎亲笔写的，再次恳求唐璜断此念头，将她忘记。可怜的姑娘，她还在自欺欺人。宗教、孝道和爱情，都在争夺这个不幸女子的心，而且不难看出，爱情的力量最强大。第三天，唐璜派一名仆人去修女院，送去一箱柠檬要求做成蜜饯，并指定昨天制作他所买的蜜饯的修女来制作。他给特蕾莎写了一封回信，巧妙地藏在箱底，信中写道：

我一直很痛苦。当时是命运指挥我的手臂。那天不吉利的一夜过后，我时时刻刻在想你。我不敢奢望你不恨我。现在，我终于又找到你了。不要对我讲你已发过誓言。你在祭坛脚下发愿修行之前，原本是属于我的。您的心既已属于我，就不能再随意支配了……我来讨回一件重于我生命的财宝。你不回到我身边，我只有一死。明天，我去接待室请求见你。在通知你之前，我未敢贸然前去求见，唯恐你一时慌乱，就暴露出我们的关系。你要鼓起勇气。告诉我，知客嬷嬷能否收买。

两滴水巧妙地洒落在信纸上，看似写信时流下的眼泪。

几小时之后，修女院的园丁带来了回音，并说愿意做他们的中间人；知客嬷嬷是收买不了的，而阿加特嬷嬷同意到接待室见面，但是有个条件，即要同他互道永别，此生再不相见。

可怜的特蕾莎来到接待室，人已经半死不活，她双手不得不扶住铁栅栏才能够站得住。唐璜则不动声色，镇定自若，美滋滋地玩味特蕾莎见到他时惊慌失措的神态。刚一开始，为了骗过知客嬷嬷的耳目，他言谈自如，提起特蕾莎在萨拉曼卡的朋友，说他们都托他问候她。继而，他趁知客嬷嬷离开一会儿，就把声音压得很低，急速地对特蕾莎说道：

“我意已决，不惜一切也要把你救出去。哪怕要放火烧毁修女院，也在所不惜。什么话我也不想听。你是我的人。过几天你还不回到我身边，我就一死了之，当然也要有好多人陪我搭进性命。”

知客嬷嬷又走过来了。唐娜·特蕾莎喉头哽咽，连一句话也说不出来。然而，唐璜却若无其事，大谈修女日常的营生，即制作蜜饯和手工绣活，许诺派人给知客嬷嬷送来几串在罗马受过祝圣的念珠，还会送来一件织锦绣袍，好给本区的主保圣母过节时穿上。这种谈话进行了半小时，他才以一副恭敬而严肃的神态，向特蕾莎告辞。特蕾莎心乱如麻，又悲痛欲绝，那种心态真是难以描述。她跑回自己的小寝室，关起门来。她的手比舌头听话，匆忙写了一封长信，尽是责备、恳求和哀怨之词。然而，她又不得不承认她还爱他，但是认为这种过错情有可原，只要不答应情夫的恳求，便可抵消这一错误了。园丁情愿跑腿，为这种罪恶传情递信，他很快就送来回音。唐璜一直威胁要采取极端方式，有上百名勇士会为他效命，他也不怕亵渎神灵，只要能再次将他的情人搂在怀中，就是死了也幸福。这个柔弱的姑娘，对她深爱的男人一向百依百顺，现在又能怎么样呢？只好整夜整夜哭泣，白天也静不下心来祈祷，走到哪儿也摆脱不掉唐璜的形影，即使同女伴们做圣事的时候，她的形体仅仅机械地摆出祈祷姿势，可是满脑子想的却是她那罪孽的情欲。

这样几天下来，她再也无力抵制了。她明确告诉唐璜，她完全豁出去了。自己这一生反正已经毁了，心想怎么也是一死，还不如死前享受片刻的欢乐。唐璜乐坏了，赶紧做好一切准备，要将她劫走。他挑选了一个月黑的夜晚。园丁给特蕾莎送去一条丝绸编扎的软梯，让她用来翻越修女院的围墙。穿着修女服上街是不可想象的，因此准备好了一包常人的衣装，藏在花园约定的地点。唐璜就在外面墙根接她。离那儿不远的地方，则停着一辆轿车，由几匹健壮的骡子拉着，能把她迅速送到乡间别墅。一到那里，就再也不怕任何人追赶了，她跟情人一起，能过上安宁而幸福的生活。这就是唐璜亲手勾勒的蓝图。他吩咐人制作了合适的衣服，还亲自试了试软梯，并且指示如何悬挂。总之，为确保一举成功，他不忽略任何细节。园丁靠得住，而且忠心效命，是为了能得到大笔奖赏，对园丁不必怀有疑虑。况且，另外还采取了措施：行动结束之后，当天晚上就把园丁除掉。总而言之，这一阴谋策划得十分周密，中间不会出现一点疏漏。

为避免引起怀疑，准备动手劫人的两天前，唐璜便起程前往马拉纳庄园。童年大部分时间，他都是在那座庄园度过的，自从返回塞维利亚，他还没有踏进庄园一步。他到达时，夜幕降临了，头一件事，就是美餐一顿。然后，他由仆人服侍宽衣，上床躺下。房间里早已按照他的指示，点上了两支大蜡烛，桌子上还放了一本艳情小说集。他看了几页，便有了困意，于是合上书本，吹灭一支蜡烛，正要接着吹灭另一支时，又随意扫视了一下整个房间，忽然发现壁龛里挂的那幅油画，正是他小时候经常盯着看的那幅炼狱图。他的眼睛又不由自主地注视那个内脏被蛇吞噬的男子。比起从前来，此刻这一画面引起他更大的恐惧，尽管如此，他的目光却难以移开。与此同时，他又忆起戈马尔上尉的那张面孔，以及刻在那脸上的死亡的狰狞。这一联想令他心惊肉跳，他感到头发都竖起来了。不过，他还是鼓起勇气，吹灭了最后这支蜡烛，希望借助黑暗，能够摆脱那种恐吓他的丑恶的形象。可是，黑暗反而又增加了他的恐惧。他的视线一直盯在那幅画上，现在虽然看不见了，但是那画面他太熟悉了，在想象中，看得简直同白天一样真切。有时他甚至觉得，那些人物闪闪发亮，变成了发光体，就好像画家笔下的炼狱之火，成为实实在在的火焰了。最后，他惊恐万分，高声呼唤仆人拿走这幅使他惶恐的炼狱图。仆人都应声来到他的卧室，他一时为自己的软弱感到羞愧，心想下人如若知道他害怕一幅画，背后准会嘲笑他，于是，他尽量以自然的声调吩咐他们重新点着蜡烛，然后就退下。唐璜重又捧起小说，但是眼睛浏览着书页，心思还停留在那幅画上。他就这样一夜无眠，始终处于难以名状的惶惶不安中。

天刚一放亮，他就匆匆起床，出去打猎。到林间野地一运动，呼吸早晨清新的空气，他的心情就逐渐平静下来。他再回到庄园时，由炼狱图引起的恐怖印象也已烟消云散了。他在餐桌上饮了不少酒，睡觉时，脑袋已经晕晕乎乎了。遵照他的指示，在另一间屋里安了一张床，可以想见他不会特意让人把那幅画也搬过去。然而，那幅炼狱图给他留下相当深刻的记忆，又搅得他大半夜难以成眠。

不过，他虽然产生了这种惶恐心理，但是并不痛悔过去的生活。他的心思还一直扑在这次策划的劫持行动上。他向仆人一一吩咐停当，然后他独自前往塞维利亚，顶着烈日出发，打算在天黑之后到达。他到达金塔附近时，天果然大黑了。他将马交给在那里等候的一名仆人，询问骡子和轿车是否备好。遵照他的吩咐，骡子轿车安排在修道院旁边一条街上等候，不远不近，唐璜既能带特蕾莎快步赶到那里，巡逻队若是发现轿车也不会产生怀疑。一切准备就绪，他的指示仆人全都一丝不苟地照办了。看看时间，还要等一小时，才能给特蕾莎发出约定的信号。仆人给他披上一件肥大的棕色斗篷，他走特里亚纳门，独自进塞维利亚城。他用斗篷遮住脸，以免被人认出来。他又热又累，只好走进一条僻静的小街，坐在一张街椅上休息。他吹起口哨，哼唱起浮现在记忆中的小曲，还不时瞧瞧怀表，看到表针并不因为他焦急而加速，不由得愁眉苦脸……突然，耳畔响起庄严的哀乐。他首先听出是教堂举行葬礼时唱的挽歌。不大工夫，送殡的队列拐过街角，朝他走来。举着点燃的蜡烛的赎罪者，排成长长的两列，引导着一口覆盖着黑天鹅绒的棺木。抬棺木的几个人身着古装，腰挎佩剑，都蓄留着白胡子。殿后的两行队列也是赎罪者，他们身穿丧服，也像前面两列那样举着蜡烛。整个队列庄严肃穆，缓缓地行进。石路上没有一点点脚步声，每个人就仿佛在往前滑动，而不是一步一步行走。那些长袍和斗篷长长的皱褶直挺挺的，就像大理石雕像的服饰那样纹丝不动。

唐璜一见这种场景，先是一阵厌恶，一个享乐主义者一接触死亡的事，就必然产生这种反应。他起身想走开，但是看到送葬的人数目这样多，送殡的仪式又是如此豪华，万分惊讶之余，又产生了好奇心。队列向邻近的一座教堂走去，只听教堂的门吱吱咯咯地打开了。唐璜拉了拉队列里一个举蜡烛的人的衣袖，彬彬有礼地问他要埋葬的是什么人。那个送殡者抬起头，只见那张脸惨白惨白，瘦成皮包骨头，似乎沉疴初愈，他答话的声音仿佛发自墓穴：

“就是唐璜·德·马拉纳伯爵。”

这一回答实在怪异，唐璜一听便毛发倒竖，但是，他随即又镇定下来，微微一笑，心中暗道：

“大概我听错了，再不就是这老头儿搞错了。”

唐璜随同队列走进教堂。众人又唱起挽歌，由洪亮的管风琴伴奏。一些身穿丧服的教士则唱起《从深渊里》。唐璜虽然竭力装作泰然自若，但还是感到周身的血液逐渐凝固了。他又凑到另一个赎罪者面前，问道：

“要埋葬的死者是谁？”

“就是唐璜·德·马拉纳伯爵。”那个赎罪者回答，空空的声音实在骇人。唐璜赶紧靠到一根柱子上，以免跌倒，只觉得浑身的勇气丧失殆尽，身子瘫软了。这工夫，仪式还在继续进行，教堂的拱顶回荡着管风琴的响亮乐声，以及可怕的《天主震怒之日》的歌声。他恍若听见在最终审判中天使的合唱。终于，他又鼓起勇气，抓住经过他面前的一名教士的手。这只手冰凉，跟大理石一样。

“看在上天的分上，神甫！”他高声问道，“请告诉我，你们在这里是为谁祈祷？你们又是谁？”

“我们是为唐璜·德·马拉纳伯爵祈祷，”教士回答道，同时以痛苦的表情凝视他，“我们为他罪恶的灵魂祈祷，而我们都是炼狱中的灵魂，被他母亲用弥撒和祈祷从烈火中拯救出来。我们现在向儿子偿还欠他母亲的债。不过，我们能为唐璜·德·马拉纳伯爵的灵魂所做的弥撒，这是最后一场了。”

这时候，教堂的大钟敲了一下，这是同特蕾莎约定私奔的时刻。

“时间到了！”一个声音从教堂的阴暗角落嚷道，“时间到了！他该落到我们手里了吧？”

唐璜猛一回头，便瞧见一幕骇人的场景：唐加西亚和戈马尔上尉一起走来，一个脸色苍白，浑身血污，而上尉的脸还是那样因剧烈抽搐而面目狰狞。他们两人径直走向棺木，唐加西亚掀起棺材盖，猛地扔到地上，一再重复：

“他该落到我们手里了吧？”

与此同时，一条巨蛇从他身后蹿出，高于他的头有数尺，趁势要冲进棺木里……唐璜大叫一声：“耶稣啊！”便昏倒在石板地上。

直到深夜，巡逻队经过时，发现一座教堂门口直挺挺地躺着一个男人。巡逻兵走到近前，以为是一具遇害男子的尸体。他们马上认出是德·马拉纳伯爵，便往他脸上泼凉水，设法把他从昏迷中唤醒，见他迟迟没有恢复知觉，就把他抬回府邸。于是众说纷纭，有人说他喝得烂醉如泥，还有的说他挨了一个吃醋的丈夫一顿棍棒。在塞维利亚，没有一个人，至少没有一个正派人喜欢唐璜，每个人都要挖苦几句。这个人祝福把他打成深度昏迷的那根棍子，那个人则问这个动不了窝的酒囊饭袋到底能装多少瓶酒。唐璜的仆人从巡逻兵手中接过主人，赶紧去找外科医生。医生给他放了大量的血，没过多久他就苏醒过来。起初，他说话不连贯，喊叫声也含混不清，时而哭泣，时而又哀吟。慢慢地，他似乎注意观看周围的事物了。他问旁边的人自己身在何处，又问戈马尔上尉和唐加西亚怎么样了，送殡队伍去了哪里。手下人都以为他神经错乱了。然而，他吃了一剂强心补药之后，就让人拿来一副耶稣受难十字架，他接过来亲吻了好一会儿，同时涕泪交流。接着，他又吩咐人给他请来一位忏悔师。

人人都惊诧不已，因为他那么张扬不信宗教是众所周知的。他手下人前去邀请，好几位神甫都拒绝来见他，断定他要搞什么恶作剧，拿他们开涮。最后，一名多明尼各会的教士总算答应见一面。众人全部退下，屋里只剩下他们两人。唐璜跪到教士的脚下，讲述了他目睹的幻象，随后又开始忏悔他所犯下的罪行，每讲一件都要停下问一声，像他这样一个大罪人，还有可能得到上天的宽恕吗？教士则总是回答，上帝的仁慈是无止境的，激励他坚持悔罪，还尽量安慰他，须知罪大恶极的人只要痛悔，宗教从不拒绝给予安慰。多明尼各会的教士告辞时，答应晚上再来。唐璜祈祷了一整天，等多明尼各会的教士又来的时候，他就郑重地向教士宣布，他决定离开他作恶多端的尘世，出家修行，竭力补赎玷污他灵魂的滔天大罪。教士被他的眼泪所打动，也尽量鼓励他，而且，为了试探他是否有勇气将决心贯彻到底，还向他描绘了修道院戒律严酷、苦修苦行的可怕景象。可是，教士每描述一种禁欲、严规，唐璜总高声说那不算什么，他理应受到更加严厉的惩处。

第二天，他将家产分出半数赠给穷苦的亲戚，另外分出一部分建立一所济贫院，建造一座礼拜堂，还向穷人散发了大量钱财，并安排了好多场弥撒，超度炼狱中的灵魂。还特意为戈马尔上尉，为同他决斗丧命的可怜人的灵魂安排了多场弥撒。最后，他召来所有朋友，当面谢罪，痛悔长期以来，自己为他们做了极坏的榜样。他还痛心疾首，向他们描述他对自己过去的行为多么愧疚，但对未来又敢于抱有希望。那些浪荡公子听了，有不少人深受触动，都幡然悔悟；另外一些则不可救药，冷嘲讪笑着扬长而去。

唐璜选定了遁世的修道院，隐修之前给唐娜·特蕾莎写了一封信，向她承认他那劫持行动的可耻打算，还向她讲述了他所过的生活与悔悟，并且恳求她宽恕，并以他为鉴，力求在痛悔中拯救自己的灵魂。这封信的内容，唐璜让多明尼各会的教士看了之后，就委托其转交。

且说那天夜晚，可怜的特蕾莎在修女院花园里，久久等待不见信号，那种焦灼不安难以名状，熬了几小时快到拂晓时，只好返回小寝室，真是心痛欲碎。对于唐璜爽约，她归咎为千百种原因，但是每一种都远离事实。唐璜没有一点儿音讯，没有片言只语来抚慰她这颗悲痛欲绝的心，就在这种状态下，好几天过去了。多明尼各会的教士来同修女院院长商谈，获准同特蕾莎见面，说明他受曾经诱惑她并已悔过之人的委托，转交给她一封信。特蕾莎看信时，额头沁出豆大的汗珠，脸色时而通红似火，时而惨白如死人。不过，她还是鼓起勇气看完了信。接着，多明尼各会教士又向她描述唐璜如何悔改，并且祝贺她逃脱了可怕的危险，如果不是上天干预，让他们两人的计划流产，那么后果就不堪设想了。然而，无论怎样劝导，唐娜·特蕾莎总是高声重复那么一句：“他从来就没有爱过我！”这个可怜的女人发起高烧，虽不遗余力地对她进行医学治疗、宗教劝导，但是都无济于事。她拒绝治疗，也听不进劝导。没过几天她就死了，临死还反复念叨：“他从来就没有爱过我！”

唐璜穿上了见习修士袍，表明他诚心悔改，皈依宗教。无论什么苦行，无论什么赎罪的惩罚，他都嫌过轻。而修道院院长往往不得不命令他节制苦修，不要过分折磨自己的肉体。院长还让他明白，他这样是在缩短自己的生命，但一下子了断性命而结束苦修倒容易，长期忍受有节制的赎罪之苦，则需要更大勇气。修士见习期满，唐璜发愿修行，取号为安勃鲁瓦兹，以其苦修苦行继续给全修道院做出榜样。他那件棕色粗呢修士袍里面，只穿一件马鬃织的衬衣。他睡觉的床铺，是一只比他身高还短的窄木箱。每餐都吃水煮蔬菜，只有在过节时，还得修道院院长下特别命令，他才肯吃点儿面包。夜晚大部分时间，他都不睡觉，张开双臂呈十字架状祈祷。总而言之，他从前是同龄的浪荡公子效仿的榜样，现在又成了整个宗教团体苦修的典范。这个时期，一种传染病在塞维利亚流行蔓延，这给了他一个机会，使他能够把他皈依后的新品德付诸实践。他创办的医院接收患者，他亲自照护穷人，终日守在病床前，对他们又是劝导，又是鼓励，又是安慰。这种病传染的危险性极大，花钱也雇不来人埋葬死者。唐璜就甘愿履行这项圣职。他走进被遗弃的房舍，掩埋死在屋里多日而正腐烂的尸体。他所到之处，人们都祝福他。而且在瘟疫肆虐期间，他始终没受感染，因此，有些迷信的人便断言，这是上帝庇护他，又创造了一个奇迹。

在这座修道院里，唐璜，或者说安勃鲁瓦兹修士，一住就是几年，他的每日生活，就是从不间断地做功课和苦行苦修。对以前的放荡生活，他始终记忆犹新。不过，他愧疚的心情也有所减轻，这也是改过自新给他的良心带来的满足感。

一天午后，正是最炎热的时刻，全院所有修士照例休息一会儿，唯独安勃鲁瓦兹修士还在园子里干活，在烈日下光着头，这是他给自己规定的一种赎罪的苦修方式。他正弯腰锄草的时候，忽见一个人的身影停在他旁边。他还以为是哪位修士来到园子里，便说了一声“圣母马利亚”。可是，对方却不回答。见那影子还是一动不动，他便觉惊奇，抬头一看，原来是一个高个子青年站在他面前。那人披着一件拖地的斗篷，戴一顶插有黑白羽饰的帽子，半遮住面孔，一声也不吭，只是定睛凝视他，那表情既带有幸灾乐祸，也带有深深的鄙夷。两个人对视了几分钟。终于，那陌生人朝前跨了一步，掀起帽子，露出脸庞，对唐璜说道：

“您还认得我吗？”

唐璜更加仔细地打量对方，还是认不出是谁。

“您还记得贝亨奥普佐姆围城战吧？”那陌生人问道，“有一名士兵叫‘谦谦君’，难道您忘记了？……”

唐璜打了个寒战，那陌生人声调冷冷的，接着说道：

“一名绰号叫‘谦谦君’的士兵，他本来是瞄准您的，却一枪打死了您的好友唐加西亚，您还记得吗？……‘谦谦君’就是我呀！我还有一个名字，唐璜，我叫唐佩德罗，是您杀害的唐阿隆索·德·奥赫达的儿子；我也是您杀害的唐娜·福丝塔的兄弟；我还是您害死的唐娜·特蕾莎的兄弟。”

“我的兄弟，”唐璜跪到他面前，说道，“我是个恶人，罪行累累。正是为了赎罪，我才放弃尘世，穿上这身修士袍。假如有什么办法能得到您的宽恕，那就请您明示，多么严厉的惩罚我都不怕，只要您能放我一马，不再诅咒我了。”

唐佩德罗苦笑了一下：

“放下虚伪的那一套吧，德·马拉纳老爷。我绝不饶恕，而我诅咒您，也是您自作自受。但是，我没有那份耐心，等待诅咒产生效果。我随身带来的东西，比诅咒更有效。”

他说着，就抖掉斗篷，亮出他佩带的两把搏斗用的长剑。他从鞘里抽出两把剑，往地上一插，说道：

“您挑吧，唐璜。据说您是剑术高手，而我呢，也自诩身手不凡。咱们就瞧瞧您的本事吧。”

唐璜画了个十字，说道：

“我的兄弟，您忘了我已经发过誓愿，我已经不是您从前认识的那个唐璜了，现在是安勃鲁瓦兹修士。”

“那好哇！安勃鲁瓦兹修士，您是我的仇人，不管您换什么名字，我都痛恨您，一定要找您报仇。”

唐璜重又给他跪下。

“假如您是想要我这条命，我的兄弟，那您就尽管取走吧，随您的意愿，怎么惩罚我都可以。”

“虚伪的懦夫！你以为能骗得了我吗？我若是想把你当作疯狗一样杀掉，还何必费劲带这些武器来呢？好了，您快挑选一把剑，准备自卫吧。”

“我再说一遍，我的兄弟，我不可以决斗，但是可以一死。”

“无赖！”唐佩德罗火起来，嚷道，“有人对我说你勇气过人。今天见面，我看你是个十足的胆小鬼！”

“勇气吗，我的兄弟？我还要祈求上帝给我勇气，因为没有上帝的救援，我回忆起自己的罪恶，就势必深陷绝望之中而不能自拔。别了，我的兄弟，我离开这里，看得出来，您一见我就恼火。但愿有朝一日，在您看来，我的痛悔的确是诚心诚意的！”

唐璜正要离开园子，走出几步，却被唐佩德罗一把揪住袍子。

“不是您就是我，”唐佩德罗嚷道，“咱俩必有一个不是活着离开这园子的。这两把剑，您拿上一把，我若是相信您这些哼哼呀呀的鬼话，那才是活见鬼呢！”

唐璜用哀求的目光看了他一眼，又迈出一步要走开，但是唐佩德罗却用力扯住他，一把揪住他的脖领，嚷道：

“无耻的杀人凶手，你以为能逃脱我的手掌吗？妄想！我要扯烂你这虚伪的长袍，露出你这魔鬼的马脚，这样你也许就有足够的勇气同我决斗了。”

他这样说着，粗暴地把唐璜推到墙上。

“佩德罗·德·奥赫达老爷，”唐璜朗声说道，“要杀要砍，随你的便，我就是不决斗。”说罢，他干脆叉起胳臂，眼睛盯着唐佩德罗，那副神态虽然不失高傲，却始终非常平和。

“对，我是要杀掉你，坏蛋！不过杀你之前，你既然这副熊样，那我也就把你当作懦夫对待。”

他说着，扬手就给唐璜一记耳光。唐璜有生以来，这是头一回挨嘴巴子，他的脸顿时红了，青年时代的傲慢和怒火，重又涌上心头。他一言不发，冲过去抓起一把剑。唐佩德罗则操起另一把，拉开招架的姿态。两个人都怒气冲冲，交起手来，无比凶猛地厮杀在一起。唐佩德罗一剑刺进唐璜的粗呢袍子，擦皮而过，没有伤着肌肤。与此同时，唐璜则一剑刺进对手的胸膛，深至剑柄。唐佩德罗当场毙命。唐璜见仇敌倒在脚下，不觉呆立半晌，愣愣地注视着尸体。继而他慢慢回过神来，认识到新犯的罪行太大了。于是，他扑到尸体上，试图把人救活。然而，他目睹过太多的创伤，这次一看就知道是致命伤。掉在他面前的剑血淋淋的，似乎是给他预备用来自我了断的，但是，他很快就鄙弃了魔鬼的这种诱惑，赶紧跑去见院长。他冲进院长的禅房，完全惊慌失措了。他匍匐在院长脚前，一时泪如雨下，讲述了刚发生的可怕场面。院长起初还不相信，他以为安勃鲁瓦兹修士苦修过严，导致精神失常了。然而，唐璜身上和双手都沾满了鲜血，这让他无法怀疑可怕的真相。院长这个人头脑转得非常快，他当即明白，这个事件万一传扬出去，就会大大损害修道院的名誉。这次决斗没有一个目击证人。他设法隐瞒这件事，不让修道院里的人知道。他让唐璜跟他走，两人配合，将尸体抬进一间地下室，锁上门并把钥匙拿走。然后，他让唐璜回自己寝室，闭门不出，自己则前去知会行政长官。

读者也许要奇怪，唐佩德罗已经有过暗杀唐璜的企图，怎么又摒弃暗杀的念头，反而要以武器对等的决斗来除掉仇敌呢？其实，他这样报仇自有恶毒的打算。他早已听说，唐璜苦行苦修，圣洁的名声不胫而走，因而毫不怀疑，在这种情况下暗杀唐璜，就等于把唐璜直接送上天堂。于是，他就蓄意挑衅，逼唐璜决斗，希望像杀死一个恶贯满盈的罪人那样除掉对手，同时毁掉唐璜的肉体和灵魂。大家看到，这种恶毒的图谋反而自食其果。

压住这个事件并不难。行政长官和修道院院长达成共识：必须转移怀疑的视线。其他修士都以为，这个人同一个不明身份的骑士决斗，受了重伤，被抬进修道院后不久便断了气。至于唐璜有多么懊恼和悔恨，在此就不必细表了。他欣然接受院长给予他的所有赎罪惩罚。他终生保存刺死唐佩德罗的那把剑，悬挂在床脚上方，他每次看到，就必为唐佩德罗及其家人的灵魂祈祷。为了彻底清除唐璜心中残留的世俗的傲气，院长命他每天早晨去让修道院的厨子打一个耳光。安勃鲁瓦兹修士被打过一侧脸颊之后，再伸过去另一侧脸颊，还感谢厨子这样凌辱他。他在这座修道院又生活了十年，一直苦行苦修，从未再出现年轻时的那种冲动行为。他死时被尊为圣徒，甚至赢得了了解他早年放荡生活的那些人的敬重。他临死还请求最后的恩赐，恳请把他埋葬在教堂的门槛下，好让进出教堂的人都踏他一脚。他还恳请在他的墓石上刻上这样的碑文：“世间最坏的人在此长眠。”但是大家认为他谦卑过分，不应完全执行他临终口授的遗嘱。于是，他的遗体还是被埋葬在他所修建的礼拜堂主祭坛旁边。不过，倒也遵照他的遗愿，在墓石上刻了他自撰的那句碑文，但也补加了一段文字，叙述并赞扬他如何脱胎换骨，重新做人。他创办的济贫院，尤其他坟墓所在的礼拜堂，是所有途经塞维利亚的外国人和外乡人必定参观的景点。牟利罗以他的多幅杰作装饰了那座礼拜堂。现在到苏尔特元帅府，在他的画廊欣赏到的两幅画——《浪子回头》和《杰里科的洗礼池》，从前就装饰着那座济贫院的墙壁。

卢克莱齐亚夫人街

我二十三岁时去闯荡罗马，身带父亲给我的十二封推荐信，只有一封打了封印，少说有四页长，上面写着：“阿多勃兰第侯爵夫人玉展”。

“你要写信告诉我，”父亲对我说，“侯爵夫人是否还那么漂亮。”

我打从小时候起，就看见父亲书房的壁炉上方，挂着一小幅肖像画，画上是一位十分美丽的女子，秀发扑了粉，头戴荆冠，肩上披着虎皮巾。画像下面写有“一八××年于罗马”的字样。我觉得她衣着打扮很特别，多次问起这位夫人是谁，得到的回答却是：

“一个荡妇。”

对这种回答，我难以满意，甚至怀疑这背后有秘密，因为，听到如此简单的问题，我母亲就抿起嘴唇，我父亲则板起面孔。

这次，父亲给我的信打上封印时，还偷偷望了望肖像，我也不由自主地瞥去一眼，心想这个头发扑粉的荡妇，多半就是阿多勃兰第侯爵夫人了。当时我开始稍通人道了，从母亲的脸色和父亲的眼神中，也看出了个究竟。

抵达罗马后，我最先递交了写给侯爵夫人的信。她住的那座漂亮的府邸，坐落在圣马可广场旁边。

一名身穿黄色号服的仆人接过我的信和名片，带我走进一座宽敞的大厅。客厅幽暗而凄清，陈设相当简陋。在罗马所有公馆豪宅中，无不陈列一些绘画大师的作品。这座客厅藏画相当多，好几幅堪称佳作。

我首先注意到一幅女子肖像，估计是达·芬奇所作。看那华丽的画框和红木架子，我便毫无疑问地断定是府内珍藏的极品。趁侯爵夫人还未来，我从容地观赏了这幅画像，甚至挪到窗口亮地儿细看。显而易见，这是一幅真人肖像，而不是凭想象创作的人头像，因为这种面容是臆想不出来的：一位美妇，嘴唇略厚，两道蛾眉几乎相连，高傲的目光又含几分温柔。背景是她的盾形纹章，纹章上有公爵冠冕。不过，令我最感惊讶的是她那服饰，除了没有扑粉之外，整个儿看上去，同我父亲的那幅画上的荡妇一模一样。我手上还捧着肖像，侯爵夫人就进来了。

“跟他父亲一个模样儿！”侯爵夫人朝我走来，高声说道，“啊！法国人！真是法国人！刚到这里，就捧起《卢克莱斯夫人像》了！”

我赶紧道歉，请她恕我冒昧，斗胆移动了画像，随即大加赞赏达·芬奇的这幅杰作。

“这的确是达·芬奇的作品，”侯爵夫人说道，“也正是那位大名鼎鼎的卢克莱齐亚·博尔吉亚的肖像。在我所有的藏画中，令尊最欣赏这一幅了……真的，仁慈的上帝！相貌长得这么像！恍若回到二十五年前，我见到了令尊。他身体可康泰？现在做什么呢？会不会有一天，他来罗马看我们呢？”

侯爵夫人虽然没有敷粉，也没有披虎皮巾，但是我一下子就看出她正是我父亲那幅画上的荡妇。二十五年的光阴，还未能完全抹杀她那绝世的姿容，只是她的服饰变了，表情也同样改变了。她穿了一身黑色衣裙，在下颏儿那儿打了两个褶，一副郑重的笑容，表情庄严而神采奕奕，这一切都向我表明，她已经成为信徒了。

不过，她接待我可是亲热极了，刚说上三两句话，她就提出让我支配她的府邸、她的钱财、她的朋友们。她的朋友中有好几位红衣主教，她还一一向我道出了姓名。

“您就把我视为您母亲好了……”她说道。

说着，她谦抑地垂下眼睛。

“令尊托我照顾您，给您出出主意。”

为了向我证明她绝不小视这一使命，她当即提醒我，当心我这年龄的青年在罗马可能碰到的危险，力劝我尽量规避。我务必远离坏人，尤其不跟那些搞艺术的人打交道，只能结交她指定给我的人。总之，我聆听了这三方面说教，并且恭恭敬敬地回答，适当假惺惺地称是。

我正要起身告辞，侯爵夫人又对我说道：

“可惜侯爵，也就是我的长子，去了罗马涅，眼下在我们的庄园里。不过，我还是想把我的次子唐奥塔维奥介绍给您。他不久就要当主教了，希望您能喜欢他，你们俩也理应成为好朋友……”

她又连忙加了一句：

“因为，你们两人年龄相仿，他也跟您一样，是个性情温和、守规矩的青年。”

她随即派人去叫唐奥塔维奥。我看到来了一个高挑的年轻人，脸色苍白，神态忧郁，始终低垂着双眼，显见是在作秀。侯爵夫人不容他说话，就替他满口答应给予我各种各样最热情的帮助，而他则深深施礼，认可他母亲的每一句话。于是我们说定，次日他就去接我，陪我游览全市，然后再带我回阿多勃兰第府参加晚宴。

我沿着街道刚走出去二十多步，就听见身后有人语气严厉地问道：

“这个时候了，您独自一个人去哪儿啊，唐奥塔维奥？”

我回头看去，只见一位肥胖的神甫正瞪大眼睛从头到脚打量我。

“我不是唐奥塔维奥。”我对他说道。

那神甫一躬到地，连声道歉。片刻之后，我就望见他走进了阿多勃兰第府。我又接着往前走，被人看作是未来的主教，心里颇不是滋味。

尽管侯爵夫人警告——也许正因为她这样警告，我才心急火燎，要找到我认识的一位画家的住所。我和他在画室聊了有一小时，谈论罗马能向我提供什么样的娱乐方式，无论合法的还是不合法的。我还让他谈了阿多勃兰第那家人。

他告诉我，侯爵夫人从前特别轻浮，后来认识到自己过了争风吃醋的年纪，就一心投入宗教信仰了。她那长子桀骜不驯，终日只知道打猎，并搜刮他农场里的佃户的钱财。次子唐奥塔维奥，将来要被培养成为红衣主教，交给耶稣会教士来调理，逐渐被调理得傻傻恭恭了。他从不一个人出门，也不准他看女人。他每走一步，总有一位神甫跟着：那神甫是侯爵夫人最后一位“朋友”，早就致力于把二公子培养成上帝的仆人，现在他掌管全府，相当专断。父亲特意拜托照顾我的，就是这样一家人。

次日，唐奥塔维奥乘坐马车如约来接我，自告奋勇充当我的向导。他身边自然跟着内格罗尼神甫，也正是这位神甫，昨天把我错当成他监护的人了。

我们停下来参观的第一座建筑是一座教堂。唐奥塔维奥效仿那神甫，跪下去捶胸，画了数不清的十字。他起身之后，就指给我看壁画和雕像，向我讲解，显得深明事理，也很有鉴赏力，倒让我感到一阵惊喜。我们开始交谈；他的谈吐我也挺喜欢。我们用意大利语谈了一会儿，他忽然用法语对我说：

"我的监护人一句也听不懂你们的语言，咱们就讲法语吧，可以更随便一些。"

语言一换，这青年似乎也换了一个人，话语毫无教士的味道了。我仿佛听见我们外省一位自由派人士在讲话。我发觉他无论谈到什么，语气都很单调，同他生动的表情往往形成奇特的对照。看来这是他惯用的手法，显然要迷惑那个内格罗尼。神甫也不时问问我们在谈什么。我们的"翻译"，当然是胡编一通。

我们瞧见一个穿紫色长袜的年轻人走过去。

"这就是我们今天的贵族，"唐奥塔维奥对我说道，"这种制服真恶心！过几个月，我也要换上那套装束了！"他沉吟了一下，随后又补充道，"能在你们那样的国家生活，该有多幸福啊！假如我是法国人，说不定有朝一日，我能当上议员呢！"

他这种宏大的抱负，几乎引我大笑起来。那位神甫看出来了，我就只好对他解释说，我们谈到一位考古学家，那人见到贝尔宁的一尊雕像，就误认为是古代的作品。

我们返回阿多勃兰第府用晚餐。几乎刚喝完咖啡，侯爵夫人就替他儿子向我告罪，说他该回房间做功课了。客厅里只剩下我和侯爵夫人，以及仰在太师椅上呼呼大睡的内格罗尼神甫。

直到这时，侯爵夫人才详细询问我父亲和巴黎的情况，询问我过去的生活和将来的打算。我觉得她很亲热，心肠也好，只是有点过分好奇，尤其过分关心我的灵魂的救赎。而且，她的意大利语讲得非常标准，我等于跟她上了一堂发音课，效果不错，打算要好好复习。

我经常去看她。几乎每天上午，我都同她儿子去参观古迹，当然总伴随着形影不离的内格罗尼；晚上回到阿多勃兰第府，同他们共进晚餐。侯爵夫人接待的客人不多，几乎清一色是神职人员。

然而有一次，她把我介绍给了她的密友，一位刚刚皈依的德国夫人。这位德·斯特拉莱恩海姆夫人仪容修美，她移居罗马已经很久了。两位夫人谈起一位著名的传教士，我在一旁借着灯光，观赏着卢克莱斯的肖像，认为自己该插话了。

“好一双眼睛！”我高声赞叹道，“眼皮就仿佛要眨动似的！”

我贸然用这种有点做作的夸张说法，本想在德·斯特拉莱恩海姆夫人面前确定自己行家的地位，岂料她听了大惊失色，急忙用手帕掩面。

“您怎么了，亲爱的？”侯爵夫人问道。

“哦！没什么，就是听了这位先生刚才讲的话！……”

大家连连追问，而她一旦告诉我们，我的这句话令她想起一个骇人的故事，她就不得不讲述了。故事内容简略如下：

德·斯特拉莱恩海姆夫人有个小姑，名叫维勒海尔明娜，同威斯特法伦的一个青年订了婚。那青年名叫朱利乌斯·德·卡茨奈伦博根，是克莱斯特将军那个师中的志愿兵。这么多拗口的名字，复述起来真叫我恼火，不过，美妙的故事从来都是发生在名字难念的人物身上。朱利乌斯是个可爱的青年，喜欢空想，满怀爱国主义精神。他从军出发前，将自己的一幅肖像给了维勒海尔明娜，对方也回赠了他一幅肖像，而他把姑娘的肖像始终挂在心口窝儿上：这种做法在德国很流行。

一八一三年九月十三日，大约下午五点钟，维勒海尔明娜在卡塞尔，同母亲和嫂子一起坐在客厅正打毛线。她手上做着活儿，眼睛望着对面缝纫桌上未婚夫的肖像。突然，她惨叫一声，手捂胸口，昏厥过去。大家好一阵救护，才使她苏醒过来。她一能说出话来，就嚷道：“朱利乌斯死了，朱利乌斯被人打死啦！”

她满脸惊恐的神色，足以证实她对此深信不疑，她还肯定地说，她看见肖像合上了眼睛，同时就感到一阵剧痛，仿佛烧红的烙铁穿透了她的心脏。

人人都极力劝她，说那是她的幻觉，绝非真事，千万不要放在心上，可是无论怎么说都无济于事。可怜的姑娘伤心不已，哭了一整夜。第二天，她就要戴上黑纱，仿佛已经确信了向她显露的不幸。

两天之后，莱比锡血战的消息传来了。朱利乌斯给未婚妻写了一封短信，日期标明是十三日下午三时。他没有受伤，战斗中表现英勇，已经进入莱比锡，准备在师部过夜，因而远离了任何危险。这封安定人心的信，也未能安抚维勒海尔明娜，她注意到信是下午三时写的，便认定她的未婚夫死于五时。

不幸的姑娘并没有搞错。不久他们就获悉，朱利乌斯被派去传送一道命令，于四点半离开莱比锡，出城走了三公里，过了埃尔斯特河，被冷枪打死。敌军中的一名掉队的士兵埋伏在壕沟里，一枪射穿他的心脏，击碎了维勒海尔明娜的肖像。

“那位可怜的姑娘后来怎么样了？”我问德·斯特拉莱恩海姆夫人。

“噢！她大病了一场。现在结婚了，嫁给了法院推事德·维尔奈先生。您若有机会去德绍，她就会拿出朱利乌斯的肖像给您看。”

“这件事肯定是魔鬼在作祟，”神甫说道，在德·斯特拉莱恩海姆夫人讲述的过程中，他只是处于半睡眠状态，“能引述异教徒魔语的人，就能随意让肖像的眼睛眨动。话说还不到二十年前，一个英国人在蒂沃利，就被一尊雕像给掐死了。”

“被一尊雕像掐死了！”我大声问道，“那是怎么回事儿？”

“那是一位英国绅士，到蒂沃利发掘文物，挖出了一尊皇后雕像，是阿格丽品娜，还是梅萨利纳……这无关紧要。总之，他让人把雕像搬到他的住所，百看不厌，欣赏不够，结果为之神魂颠倒。所有那些信奉新教的先生，也都已经半疯了。他称雕像为妻子、夫人，还拥抱亲吻，尽管那雕像全身都是大理石的。他说每天晚上，雕像都变为活人陪伴他。终于有一天早晨，有人发现那位爵士死在床上，身体都僵硬了。怎么样！说起来您相信吗？又有一个英国人，居然买走了那尊雕像。换了我，早就让人把石像烧成石灰了。”

神怪故事一旦开了头，也就打不住了，人人都有一段要讲出来。在这种骇人听闻的故事大合唱中，自然也有我的一个声部。结果到了分手的时候，我们所有人都异常兴奋，对魔鬼的力量十分敬畏了。

我步行回住所。为了抄近道回科尔索街，我就走了一条从未经过的小街。街道弯弯曲曲，阒无一人，唯见两侧花园的一道道长长的围墙和几间没有灯火的小房子。午夜过了，天色黑沉沉的。我走在小道中间，步履匆匆，忽听头上有轻微的响动，嚓的一声，一朵玫瑰落到我的脚前。我抬头一望，黑暗中只见一位白衣女子倚在窗口，朝我伸出手臂。我们法国人到外国，总觉得高人一等，继承了征服过欧洲的父辈的传统，得意地充满民族自豪感。我由衷地相信，德国、西班牙和意大利女子只要一见到法国男人，就会立刻春心荡漾。总之，在那个时期，我还大大地保留法国人的本色，况且，这朵玫瑰花不是很能说明问题吗？

“夫人，”我低声说着，弯腰拾起玫瑰，“您的花失落了……”

可是，那女子已经不见，窗户也无声无息地关上了。换了任何人，也会像我当时那样做，就是寻找最近的一扇门。离窗户只有两步远，我就找到了那扇门，于是等着有人来打开。周围一片沉寂，五分钟过去了，我只好咳嗽了一声，接着又轻轻敲了敲门，但是门始终未开。我更加仔细地察看一下，盼望能找到一把钥匙或者门闩，却大大出乎我的意料，找到了一把挂锁。

“看起来，忌妒的丈夫还没有回家。”我心中暗道。

我拾起一块小石子，投向窗户。石子撞上挡风板弹回来，落到我的脚下。

“见鬼！”我心中想道，“罗马女人难道以为，人家口袋里都装着梯子吗？可是没有人跟我谈过这种风俗啊。”

我又白白等了好几分钟，还是毫无动静。不过，有那么一两次，我仿佛看见百叶窗微微颤动，就好像里面有人拨开一点缝儿朝街上张望似的。等了一刻钟之后，我不耐烦了，便点着一支雪茄，仔细辨认了那座上挂锁的房子的方位，便继续赶路了。

到了次日，想想这段奇遇，我得出如下结论：一位年轻的罗马女子，估计也十分美丽，见我在街上游荡，便迷上了我这少许的魅力。她仅仅借一朵神秘的小花，来向我表达她燃起的欲火，恐怕也是因为羞于启齿，或者碍于身边的女管家，还兴许像罗西娜那样，有可恶的霸尔多洛的监护。我决定按照习俗，去那位少女居住的房前蹲守。

我梳了梳头，然后以征服者的姿态，抱着这种寻花问柳的打算出门了。我穿上了新礼服，戴上了黄手套。有了这身打扮，再把帽子扣到耳根上，那朵凋谢的玫瑰插在扣眼里，我就直奔那条还不知道名称的小街。一块立在圣母像上面的牌子向我表明，这条街叫“卢克莱齐亚夫人街”。

这个街名令我惊讶。我当即想起达·芬奇那幅肖像画，还想起昨天夜晚在侯爵夫人府，大家讲述的那些有关感应和鬼怪的故事。继而我又想道，爱情的缘分上天早已注定，而我所追求的女子，为什么就不能叫卢克莱斯呢？她的容貌，为什么就不能像阿多勃兰第府那幅藏画上的卢克莱斯呢？

天色已经大亮，我距离一位美人仅有两步之遥，内心激动，却没有半点不祥的感觉。

我来到这所房子近前，看看门牌是十三号。不祥之兆……唉！这房子不大符合我昨夜见到时产生的想法。并非什么豪宅府邸，差远了。一座院落，因年代久远，围墙黑黢黢的，长满了苔藓，墙里探出了几根爬有毛虫的果树枝条。一座两层小楼，坐落在庭院的一隅，有两扇窗户临街，防风窗板已经很旧了，外面用许多根铁条加固。楼门低矮，门楣上的盾形纹章已然模糊难辨。还像昨夜那样，门上的铁链上挂着一把大锁。门板上用粉笔写着：“房屋出租或出售”。然而，我不会认错。街道这一侧窗户寥寥无几，绝不可能搞混。大锁也是我见过的那一把，门旁边的石条路上还有两片玫瑰叶子，表明这里正是我心上人向我示爱的地点，也证明她家门前难得打扫。

我向附近的几个穷人打听，看守这所神秘房子的人住在哪里。

“不住在这里。”有人粗声粗气地回答。

看起来，他们并不喜欢我询问这件事，这就越发激起我的好奇心。我挨家挨户找去，最后走进一个黑洞洞的地下室，里面住着一个老妇，让人怀疑很可能是巫婆，因为她养了一只黑猫，还在一口大锅里熬着不知什么东西。

“您想瞧瞧卢克莱斯夫人的房子吗？”她说道，“钥匙在我手上。”

“那好，让我瞧瞧吧。”

“您想租吗？”她微笑着问道，满脸疑惑的神色。

“想租啊，如果合适的话。”

“肯定不合适。这么着吧，您给我一枚保罗银币，我就带您去瞧瞧，好吗？”

“好啊。”

有了这句保证，老妇敏捷地从板凳上站起身，从墙上摘下一把锈迹斑斑的钥匙，带我走到十三号房子门前。

“这所房子，为什么叫卢克莱斯宅呢？”我问老妇。

老妇嘿嘿冷笑，答道：

“别人为什么叫您老外呢，不就是因为您是外国人吗？”

“就算是吧，那么卢克莱斯夫人又是谁呢？是罗马一位贵妇吗？”

“怎么！您来到罗马，连卢克莱斯夫人都没有听说过吗？等我们进屋去，我再跟您讲讲她的故事吧。咦，这儿怎么又闹鬼啦！这把钥匙多么邪门儿，怎么也拧不动。您来试试吧。”

的确，挂锁和钥匙已经很久不用了。不过，我咒骂了三声，又连着咬牙切齿，终于拧动了钥匙，可是我的黄手套撕破了，手骨节也脱臼了。我们走进昏暗的过道，两侧有好几间低矮的屋子。

奇怪的是，天棚倒是镶了木板，但是挂满蜘蛛网，很难看出当年漆金的痕迹。每间屋都散发出霉味，显而易见久无人居了。一件家具也没有，只有几块旧皮革残片，还挂在起硝的墙上。根据几根撑柱上的雕刻和壁炉的式样，我能得出结论，这小楼是十五世纪的建筑，当年的装饰可能相当豪华。小方格窗户上大部分的玻璃已经破碎。窗外是花园，我看见有一株开得正茂的玫瑰，还有几棵果树以及大量的花椰菜。

楼下每间屋都看了看后，我就要上二楼，那是我曾看见那个陌生女子的地方。老太婆想拦住我，说楼上没有什么可看的，而且楼梯也不结实了。她见我态度很坚决，就老大不情愿地跟在后面。楼上的房间跟楼下差不多，只是没有那么潮湿，地板和窗户也更完好。在我走入的最后一个房间里，摆着一把宽大的黑皮面太师椅，事情怪在椅子上没有灰尘。我坐上去，觉得挺舒服，听故事正合适，于是求老妇给我讲一讲卢克莱斯夫人的故事。为了唤起她的记忆，我先给了她几枚小银币。她清了清嗓子，又擤了擤鼻涕，便这样讲起来：

“那是异教徒时代，亚历山大当了皇帝，他有一个美若天仙的女儿，称为卢克莱斯夫人。瞧，就是那位！……”

我猛然回身。老妇指给我看主梁的一根撑柱上，刻有一条做工粗糙的美人鱼。

“唉！”老太婆接着说道，“她喜欢玩乐，怕挨父亲训斥，就叫人盖了这所房子。每天夜里，她都溜出吉里纳尔宫，来到这里寻欢作乐。她就站在这扇窗前，望见像先生您这样英俊的骑士经过这条街，便招呼上来，给予极好的接待，怎么个好法儿由您想去吧。可是，男人总好夸夸其谈，至少有些人如此，言谈中有些话就伤害了公主。于是她就要整顿了，每次对情人说了再见之后，她那些侍卫就在这楼梯上干掉那个人，然后拖到花椰菜地里埋了。对了，这园子里还挖出过枯骨呢！

“这种游戏持续了好长一段时间，不料有一天夜晚，她哥哥西斯托·塔尔基诺从她窗下经过。她没有认出，也招呼他上楼来。黑夜里谁也看不清谁。结果，她哥哥也遭遇了其他人那种命运，但是他遗留了一块手帕，上面写有他的名字。

“她一发现真相，罪恶已成事实，绝望之下，当即解下腿上的袜带，就在这儿悬梁自尽了。唉，这种例子，年轻人就应当引以为戒！”

老太婆把各个时期全弄混了，将塔尔干和博尔吉亚也全搞错了。在她颠三倒四的叙述过程中，我定睛凝视着地板，发现有几片还新鲜的玫瑰花瓣儿，就不免浮想联翩了。

“这座园子由谁经管？”我问老妇。

“由我儿子经管，先生，他是瓦诺兹先生的园丁。瓦诺兹先生是隔壁那座园子的主人，他总待在马雷马，不常回罗马，因此，园子侍弄得不太好。我儿子和他在一起，我特别担心，他们短期内回不来。”她叹息一声补充道。

“这么说，他跟着瓦诺兹先生很忙碌啊？”

“噢！瓦诺兹先生是个怪人，让我儿子干那么多事儿……我担心他别干什么坏事，害他自己，也会害了我那可怜的儿子！”

她朝房门迈了一步，仿佛要中止谈话。

“这里真的没人住吗？”我叫住她，又问道。

“一个人也没有。”

“那么怎么会有这个呢？”

她耸了耸肩。

“您听着，”我递给她一块大银元，说道，“对我讲真话！有一个女人常来这里。”

“一个女人，神圣的耶稣啊！”

“不错，昨晚我看见她了，还跟她说过话。”

“圣母啊！”老妇高声念道，就冲向楼梯，“难道您看见了卢克莱斯夫人？赶紧出去！我们快走吧，我的好先生！我早就听人说过，她夜里总回来，但是我不想告诉您，怕耽误了房主的生意，因为我以为您有意租下这所房子。”

我再也拉不住她了。她急匆匆离开这所房子，说是去最近的教堂，点一根蜡烛消灾。

无望了解更多的情况，就由她走了，我自己也离开了这所房子。

大家一定猜得出来，我这段经历在阿多勃兰第府没有提起，只因侯爵夫人太过一本正经，而唐奥塔维奥又专注于政治，都不会给这种拈花惹草的事出什么好点子。不过，我还是去找了那位画家，问问他怎么看这件事，他对罗马可是无所不知，无所不晓啊。

“依我看，”他说道，“您是撞见了卢克莱斯·博尔吉亚的幽灵。您遇到多大危险啊！她生前那么狠毒，死了之后，您想想她该是什么样子！真叫人不寒而栗！”

“玩笑话就免了，究竟会是什么样子呢？”

“这就是说，先生是无神论者，也是哲学家，不相信最值得敬重的事物。那好吧，请问，您对另一种假设又持什么看法呢？假如那老太婆把房子借给一些女人，而那些女人就在那里勾引过路的男人。我见过，有些伤风败俗的老太婆专干那种勾当。”

“好极了，”我说道，“看来，我一定像个圣徒了，连那老太婆都不敢向我兜售服务。这太欺侮人了。不过，亲爱的，您也别忘了那房子的陈设，只有魔鬼附身的人才会喜欢那里。”

“那就毫无疑问，肯定是鬼魂了。别忙着下定论！最后还有一种假设。您很可能认错房子了。真的！我就想啊：是在一座花园旁边吧？有一扇小矮门吧？……那正是我那位好友罗西娜家呀。将近一年半之前，她还是这条街的一朵花，后来变成独眼龙了。这也是真的，但这是局部问题……她的身影还是很美的。”

这么多解释也丝毫不能让我满意。到了晚上，我缓步来到卢克莱斯宅院门前，可什么也没有见到。我又从门前走了一趟。还是悄无声息。一连三四天晚上，我从阿多勃兰第府回旅馆，总要在这所房子的窗下驻足，始终一无所获。十三号院那位神秘的女住客，开始从我的记忆中淡出了。不料有一天，将近午夜时分，我走在那条小街上，忽然清晰地听见百叶窗里面女子的窃笑声：正是那扇窗户，赠给我花的女子曾在那儿现身。有两次我听见这种窃笑声，而且同时我恰巧望见一队头戴风帽、手持蜡烛的修士，从街口走来，抬着一个死人去下葬，我不由得毛骨悚然。等队列走过去，我就守在窗下，可是再也听不见一点动静了。我试着投过去几颗石子，甚至还叫了几声，仍然没有人出现；忽又下起一阵急雨，我只好撤退了。

说来十分惭愧，我在那该死的房子前面，守望了多少回，始终未能解开萦绕我心头的谜团。唯独有一次，我同唐奥塔维奥以及那位如影随形的神甫，一起走进卢克莱齐亚夫人街。

“瞧，这就是卢克莱斯的宅院。”我说道。

我看见唐奥塔维奥那张脸突然变色。

“不错，”他应声道，“这是一种民间传说，无法证实，据说卢克莱斯·博尔吉亚在这儿有过一座小宅子。这些墙壁假如能够说话，那会向我们透露多少骇人听闻的事情啊！然而，我的朋友，我一拿那个时代来比较我们的时代，就不免感到非常惋惜。亚历山大六世在位时期还有罗马人，现在根本没有了，恺撒·博尔吉亚是个魔鬼，可又是个伟人。他想要把野蛮人赶出意大利，这一伟大计划，如果他父亲在世，他还有可能完成。

噢！但愿老天给我们派一个像博尔吉亚那样的暴君，但愿他能让我们摆脱愚弄我们的这些独裁者！”

唐奥塔维奥一旦冲进政治领域，就很难让他停下来。我们走到了人民广场，他还没完没了地颂扬开明专制制度，但是于我这个卢克莱斯的话题，已经差之千里了。

一天晚上，我很晚才去拜访侯爵夫人，她对我说，她儿子身体不舒服，请我上楼去看看他。我见他和衣卧床，正在看一份法文报纸，那报纸是我仔细夹在一册《教会圣师传》中，当天早晨寄送给他的。一段时间以来，我们就是利用这套《教会圣师传》来传递消息，避开了神甫和侯爵夫人的眼睛。有法国邮班的日子，就有人给我带来一本对开本书。我把另一本还回去，就在里面夹带了一份使馆秘书借给我的报纸。这样一来，侯爵夫人和神甫高度评价我的虔诚，那位神甫有时还想让我讲讲神学呢。

我同唐奥塔维奥聊了一会儿，发现他情绪很激动，就连政治都吸引不了他的注意力，于是，我就让他脱了衣服休息，向他告辞。天气很冷，我没有穿斗篷，唐奥塔维奥非让我穿上他的。我接受了，还趁机上了一课，学会了地道的罗马人披斗篷的难掌握的技巧。

我披上斗篷，一直裹到鼻子，这才走出阿多勃兰第府，踏上圣马可广场的人行道。刚走几步，就有人凑到近前，递给我一张揉皱的纸条。那是个平民百姓，刚才我注意到他坐在府门旁边一张街椅上。

“上帝保佑，看看这个吧。”他说道。

说罢，他撒腿就跑，转眼就没影了。

我接下纸条，想找点亮光看纸条上写的是什么。一尊圣母像前点着一盏灯，我借着微光看到，纸条上是用铅笔写的字，写的时候手似乎在发抖。我费了好大劲儿，才辨认出这样的字句：

“今晚别来，否则我们就完了！他们全知道了，只差你的姓名。什么也不能把我们拆散。你的卢克莱斯。”

“卢克莱斯！”我不禁叫起来，“又是卢克莱斯！这么神神秘秘的，背后究竟隐藏着什么鬼名堂？‘别来’，可是，我的美人，要走哪条路，才能到达您那儿呢？”

我边走边琢磨这张字条，不知不觉走上卢克莱齐亚夫人街，很快到了十三号宅院门前。同往常一样，街上阒无一人，唯有我的脚步声打破了周围的寂静。我停下脚步，举目望了望那扇熟悉的窗户。这回我没有看错，防风窗板正渐渐打开。

瞧，窗户敞开了。

我仿佛看见，幽暗的屋中闪动着一个人影。

“卢克莱斯，是您吗？”我小声问道。

没有人应声，但是我听见轻微的咔嚓一响，还不明白是怎么回事。

“卢克莱斯，是您吗？”我提高声音，又问了一句。

话音未落，我当胸就挨了重重一击，只听一声枪响，我就倒在街上。

一个粗哑的嗓门冲我嚷道：

“是卢克莱斯夫人赏给你的！”

防风窗板随即无声无息地关上了。

我摇摇晃晃，马上挣扎着站起来，先摸摸胸口，就觉得当中打开了一个大洞。斗篷打穿了，礼服也穿透了，但是由于呢子皱褶阻挡，子弹得到缓冲，只是被重击了一下，没有伤多重。

我忽然想到，很可能还有第二枪在等着我，我就立刻拖着身子，移向这所充满敌意的房子，紧贴着墙根挪动，让人无法瞄准。我要尽快远离这地方，正气喘吁吁之时，忽然有人从背后拉住我的胳膊，关切地问我是否受伤了。刚才我没有注意到有人，但是听声音便知是唐奥塔维奥。时间这么晚，我见他独自一人出现在这条街上，尽管感到很惊讶，但此刻不是问问题的时候，便三言两语告诉他，有人从那扇窗户朝我开了一枪，不过，我只是受了一点擦伤。

“这是场误会！”他高声说道，“哎呀，我听见来人了。您走得了路吗？如果让人瞧见咱们俩在一起，那我就完了。当然，我也不会把您丢下。”

他挽上我的胳臂，扶着我快走。我们走起来就跟跑似的，速度完全看我的可能。不大工夫，我就不得不停下，坐到墙角石上喘口气。幸亏不远处有一座大宅，正举行舞会，门前停了许多辆马车。唐奥塔维奥去找了一辆来，让我坐上去，送我回旅馆。我喝了一大杯水，完全镇定下来，这才详详细细向他讲述我在那所不祥的房子前面的遭遇，从赠送的一朵玫瑰花直到挨了一颗铅弹。

他垂头听我讲述，用手捂住半张脸。我把收到的纸条拿给他看时，他一把抓过去，贪婪地看了之后，又高声说道：

“这是场误会！一场可怕的误会！”

“亲爱的，”我对他说道，“您也会认为，这场误会对我对您都极不愉快。我差一点被人打死，您这件漂亮的斗篷也打了十来个洞。真该死！您的同胞就这么忌妒！”

唐奥塔维奥一脸歉意，紧握我的双手，又看了一遍纸条，没有回答我的话。

“这件事的来龙去脉，”我对他说道，“您总得给我解释解释。鬼知道我能弄明白点什么。”

他耸了耸肩。

“至少告诉我，我该怎么办呢？”我又对他说道，“那位先生连姓名也不问一问，就朝过路人开枪，在你们这座圣城，我该找谁去说理呢？坦率地告诉您，把那家伙吊死我才高兴呢。”

“您可不要乱来！”他高声说道，“您不了解这个国家。您遭遇的事，对任何人都不要吐露半句，否则还会有大麻烦。”

“怎么，我还有麻烦？真见鬼！我还想出这口气呢。我若是得罪了哪个粗野的家伙，那也没话可说。可是，就因为拾了一朵玫瑰……凭良心讲，总不该给我一颗子弹啊。”

“这事儿交给我吧，”唐奥塔维奥说道，“这其中的奥秘，也许我能弄清楚。不过，我还得向您求个情，就算是您对我的友谊的一种明证吧：不要对任何人提起这件事。您能答应我吗？”

看他恳求我的凄然神色，我不忍心拒绝，便答应了他的一切要求。他对我自是千恩万谢，将一块浸了消炎水的纱布贴在我的胸口，然后同我握手，告别而去。

“对了，”在他开门时我又问道，“您向我解释一下，您怎么碰巧在那儿，及时救助我呢？”

“我听见枪声了，”他颇为尴尬地回答道，“担心您出事儿，就马上跑出去。”

他再次叮嘱我保守秘密，然后才匆匆离去。到了早晨，一位外科大夫来给我疗伤，想必是唐奥塔维奥派来的。他给我开了一贴药膏，见我胸前白皙的皮肤紫了一块，并没有询问什么缘故。罗马人一向慎言，我倒很愿意入乡随俗。

几天过去了，我始终没有机会同唐奥塔维奥畅谈。他心事重重，脸色比往常还要阴沉，而且看样子有意躲避我的问题。即使难得同我单独待一会儿，他也只字不提卢克莱齐亚夫人街那古怪的住户。他受任圣职典礼的日子迫近，我想他愁眉不展，是因为他要被迫从事自己不喜爱的职业。

而且，我还另有计划，准备离开罗马，前往佛罗伦萨。我要走的事，一告诉阿多勃兰第侯爵夫人，唐奥塔维奥就随便找了个借口，请我上楼到他房间去。到了那里，他就紧紧握住我的双手，说道：

“我亲爱的朋友，我还有一个不情之请，因为我没有别的办法摆脱困境，假如您不答应，那我就照自己的头来一枪结果性命。我意已决，永远不穿别人要我穿的那身讨厌的教袍。我想逃离这个国家。我要请求您做的事，就是把我带走。您可以让人以为我是您的仆人，只要在您的护照上填上一笔，就能为我逃走提供方便。”

我先是试图劝阻，说他这样做会让他母亲伤心，想劝他放弃这种打算，可是看到他的决心不可动摇，我最终答应带他走，并相应处理一下我的护照。

“还有呢，”他说道，“我能不能走，还取决于我所致力的一件事能否成功。您想后天动身。到后天，我也许干成了，那我就完全听您的安排了。”

“您是不是头脑发了昏，参与了什么阴谋行动？”我不无担心地问他。

“不是的，”他回答道，“这件事并不像祖国的命运那么关系重大，但是成功与否，却决定我的生命与幸福。现在我不能对您多讲了。两天之后，您就什么都知道了。”

我对他这种神神秘秘的做法已经开始习惯了，也就由他去吧。我们说定凌晨三点起程，一直行驶到托斯卡纳地界再停车。

要早早动身，我在罗马的最后一个夜晚肯定睡不成觉了，我就用来拜访接待过我的各家。我前去向侯爵夫人告别，也按照规矩，正正经经同她儿子握手。我感到他的手在我的手中发抖。他悄声对我说：

“此刻，我的生命要进行最后一搏。您回到旅馆，就能收到我一封信。到了三时整，如果我还没有去找您，那您就不必等我了。”

他讲这话时，脸色都变了，我不免吃惊，但是考虑到他也许要永远离开家人，心情激动也是很自然的。凌晨一时左右，我要回旅馆，还想再次经过卢克莱齐亚夫人街。就在我见过出现两个不同身影的窗口上，挂着一件白色的东西，我小心翼翼，走近前才看清是一挂绳梯。莫非邀请我去向夫人道别？看情形应该就是此意，诱惑力相当大。然而我并不动心，当时我不仅想起对唐奥塔维奥的许诺，还应当说，想起了几天前的遭遇：那时还一点未敢造次，就受到极不愉快的接待。

我还是继续往前走，但是步履缓慢，丢掉探索十三号宅院奥秘的最后一次机会，心下颇感惋惜。我一步一回首，总期望看见有个人影顺着绳梯上去或者下来。可是，什么也没有出现。我终于走到街道的尽头，要进入科尔索大街了。

“别了，卢克莱斯夫人，”我摘下帽子，对着还望得见的那所房子说道，“您要报复把您囚禁起来的那个忌妒的男人，还是另请高明吧。”

我回到旅馆已是两点钟了。马车停在院子里，已经装好了行李。旅馆一名伙计交给我一封信。正是唐奥塔维奥写来的信，我拿到手觉得信挺长，就想回客房去看，于是让那个伙计给我照亮。

“先生，”他对我说道，“您向我们宣布的那名仆人，就是要同先生一道旅行的那个……”

“怎么样，他来了吗？”

“没有，先生……”

“他去驿站了，要牵几匹马来。”

“先生，刚才来了一位夫人，要同先生的仆人说话。她坚持要上楼到先生的客房里，还让我等先生的仆人一来就告诉他，卢克莱斯夫人就在您的客房里。”

“在我的客房？”我用力抓住楼梯的栏杆，高声问道。

“是的，先生。看样子她也要走，她交给我一个小包裹，我已经放到车顶行李筐里了。”

我的心剧烈地跳动，好奇和迷信的恐惧混杂在一起，说不清是一种什么情绪一下子占据了我的心。我一级一级登上楼梯。到了二楼（我的客房在三楼），在前面给我照亮的伙计一脚踏空，手中的蜡烛掉下去熄灭了。他连声请我原谅，下楼去重新点着。这工夫，我继续往上走。

我已经摸到房门钥匙了，却犹豫起来。我眼前又会出现什么幻象呢？在漆黑的夜晚，我的脑海不止一次浮现出血淋淋的修女的故事。莫非我也像阿隆索那样，魔鬼附身了吗？我觉得那伙计迟迟不来，时间长得要命。

我推开房门。谢天谢地！我的卧室里有灯光。我急步穿过小客厅，一眼便看清卧室里没有人。几乎同时，我听见身后有轻微的脚步声和窸窣的衣裙声，只觉得头发立时竖了起来。我猛然转过头去。

一位身穿衣裙、头戴黑纱的女子张开双臂迎了上来：

“你终于来了，我亲爱的！”她抓住我的手，高声说道。

她的手冰凉，脸色像死人一样苍白。我不由得一直退到墙根。

“圣母啊，不是他呀！……哦！先生，您是唐奥塔维奥的朋友？”

听了这句话，我恍然大悟了。年轻女子虽然脸色苍白，却根本不像个鬼魂。她垂下眼睛，这也是鬼魂从来没有的动作；她双手交叉放在腰带上，那副谦恭的姿态让我认为：我的朋友唐奥塔维奥并不像我想象的那样，是个什么伟大的政治家。总之，这正是携卢克莱斯私奔的绝好机会，然而不幸的是，在这场冒险中，仅仅安排我扮演了知情者的角色。过了一会儿，化了装的唐奥塔维奥赶到了。驿马都牵来了，我们便起程。卢克莱斯没有护照，不过，一位美貌的女子不大可能引人怀疑。可是，有个警察不肯行方便。我就对他说，他是个勇敢的人，肯定在伟大的拿破仑手下当过兵，他承认是的。于是，我就将这位伟人的一幅肖像送给他，是纯金铸的，并且对他说，我旅行中习惯带一位“女友”同行，由于经常换人，我就认为没有必要将她们的名字全写在我的护照上。

“这一位，”我又补充道，“陪我到下一座城市。有人告诉我说，在那儿能找到同样美妙的女伴。”

“您若是换人可就错了。”那警察说着，就很礼貌地给我关上车门。

夫人，现在应当向您和盘托出了：唐奥塔维奥这个小滑头，早就认识了这个可爱的姑娘。姑娘的哥哥名叫瓦诺兹，是个富有的农民，名声不好，有点自由主义思想，很喜欢走私活动。唐奥塔维奥心里完全清楚，他的家庭即使不送他进教会，也绝对不会同意他娶一个门第如此悬殊的姑娘。

心中有爱，就总有办法。内格罗尼神甫的这位学生，终于和他心爱的姑娘建立了秘密联系。每天夜里，他都溜出阿多勃兰第府，由于翻墙进入瓦诺兹家不大保险，这对情人就约定在卢克莱斯夫人的宅子幽会，而这座凶宅的名声倒可以保护他们。一扇小门连通两座花园，在一棵无花果树下很隐蔽。屋里的陈设特别简陋，只有一张旧的皮沙发，这一点我前面已经讲过了，但是卢克莱斯和唐奥塔维奥很年轻，正在热恋中，也就不以为苦了。

一天夜晚，卢克莱斯等待唐奥塔维奥，把我误认作他了，送给我那朵花，我把它当作礼物带回去了。我和唐奥塔维奥的身材和举止，的确有点相像，而从前在罗马认识我父亲的几个饶舌之徒，断言这种相像是有缘故的。不料那个可恶的哥哥发现了他们的秘密关系，可是不管如何威逼，卢克莱斯也绝口不讲出情人的名字。那个瓦诺兹如何报复，我又怎样为所有人付出代价，大家都知道了。这对情侣如何分头逃出家门，也无须我赘述了。

结局——我们一行三人抵达佛罗伦萨。唐奥塔维奥娶了卢克莱斯，立刻偕妻子前往巴黎。家父接待他的盛情，也不逊于侯爵夫人对我的招待。他还从中调解，虽然颇费周折，但是终究促使母子重归于好。阿多勃兰第侯爵又正巧染上疟疾，不治身亡。唐奥塔维奥继承了爵位和家产，而我则当了他长子的教父。

1846年4月27日

蓝色房间

谨以此小说敬献给德·吕纳山夫人

一个青年人焦急不安，在火车站前厅里来回踱步。他戴着一副蓝色眼镜，虽然并未感冒，却拿着手帕不断地捂鼻子。他左手拎着一只小黑袋，后来我才得知，袋里装有一件丝绸睡袍、一条土耳其样式的长裤。他不时走到入口处，朝街上张望，接着又掏出怀表，跟车站的大钟对了对时。还有一个钟头火车才开，而乘客总怕来晚了。这趟列车不是忙碌之人乘坐的列车：头等车厢很少。现在还不到证券经纪人办完业务，赶回乡间别墅吃晚饭的时候。旅客开始进站，看他们的举止神态，巴黎人便认出他们是庄稼汉，或者是城郊小商贩。然而，每次有一位女子走进车站，每当有一辆马车停到门前，蓝眼镜青年的心就好似气球膨胀起来，双膝微微颤抖起来，小口袋差一点从手中失落，眼镜也险些从鼻子上滑掉。顺便说一句，那眼镜本来就戴歪了。

情况更加糟糕的是，等了这么许久，恰恰从唯一他没有始终盯着的地点，从一扇角门走进来一个女人。那女子身穿黑衣裙，脸上罩着厚厚的面纱，手中拎着一只棕色羊皮提包，后来我才发现，提包里装有一件华丽的睡袍、一双蓝缎子高跟拖鞋。那女子和那青年相互朝对方走去，但是眼睛左顾右盼，根本不注视前方。两个人走到一起，四只手相触摸，停在那里好几分钟，谁都没讲一句话，心怦怦直跳，呼吸也很急促：这种令人销魂的激动，我宁愿拿一位哲学家的百岁生命去换取。

等到稍微平静下来，能够说话了，那年轻女子（我忘记讲了，她年轻而貌美）便说道：

“莱翁，莱翁，多幸福啊！你戴上了这副蓝眼镜，我简直就认不出你来了。”

“多幸福啊！”莱翁也说道，“你戴上了黑面纱，我也根本认不出你来了。”

“多幸福啊！”那女子又说道，“咱们快上车吧，万一还没有上去，车就开了呢！（她紧紧搂一下那青年的胳臂。）谁也想不到，还都以为这个时候，我和克拉拉夫妇同行，去他们的乡间别墅，‘明天’才向她告别呢……而且……”她垂下头，笑着补充道，“她走了有一小时了，到了明天……我和她一起度过‘最后一个晚上’之后……（她又紧紧搂一下他的胳臂。）到了明天，上午……她就送我去车站，我已经打发于絮尔去了我姨妈家，让她明天在车站同我会合……唔！我全都预计好了！……咱们买票吧……谁也不可能猜出咱俩在一起！……哦！到了旅馆，要是问起咱们的姓名呢？我已经忘了……”

“杜律先生和夫人。”

“嗳！不好，别叫杜律。从前在寄宿学校那儿，有一个鞋匠就叫这个名字。”

“那就叫杜蒙，好吗？……”

“叫多蒙吧。”

“那好吧。其实，别人什么也不会问我们。”

摇铃了，候车室的门打开了。那年轻女子始终小心地蒙着面纱，她和旅伴冲上一节头等车厢。第二次摇铃时，车厢门就关上了。

“只有咱们两个人呀！”他们欢声说道。可是话音未落，就走进来一个男子。那男子五旬左右，穿一身黑礼服，一副严肃而烦恼的神情，他坐到车厢一个角落。这时汽笛长鸣，列车启动了。

有了一位不速之客，两个年轻人就尽可能躲远一些，开始窃窃私语，而且为谨慎起见，特意讲英语。

“先生，”那位旅客也用英语说道，而且英国口音纯正得多，“二位若是有什么秘密事要交谈，在我面前最好不要讲英语。我是英国人，很抱歉妨碍你们了。我本来可以坐在另一个车厢，但是里面只有一个男人，而我旅行有一条原则，绝不同一个单身男人坐在一起。那人一脸于德相，我这行李，很可能让他见财起意。”他说着，就指了指放在他面前座位上的旅行袋。

“再说了，我睡不着觉，就看看书。”

他的确想试着睡觉，打开旅行袋，取出一顶便帽戴上，合起眼睛静养了几分钟，随后又颇不耐烦地睁开眼睛，伸手往旅行袋里摸出眼镜，又掏出一本希腊文书，终于全神贯注地看起来。刚才找书时，要随手从袋子里翻腾出好多东西，还从最底层掏出一捆英国钞票，放到面前的座位上。他指给年轻人看了看，问对方到N镇有没有兑换外币的地方。

“大概有。这是通往英国的路线。”

N镇正是两个青年要去的地方。那里有一家小旅馆，相当洁净，只有星期六晚上才会有人下榻。据说客房挺好。老板和服务人员也都不那么好奇，因为离巴黎还不算太远，尚未感染上外地人那种恶习。前面说过，这个年轻人名叫莱翁，几天前他亲自来考察过小旅馆，那时没有戴眼镜。女友听了他的报告，表示也想走一趟看看，而且那天她的心情极佳，哪怕那是监狱，只要能同莱翁关在一起，她也会觉得充满魅力。

列车一直在奔驰，英国人也一直在看他那本希腊文书，连头也不扭一扭，瞧瞧两个年轻人。两个人私语，声音极低，唯独情人彼此才听得到。我说他们是不折不扣的情侣，大概不会让读者诸君感到惊讶吧。可惜的是他们还没有结婚，阻碍他们结婚也事出有因。

抵达N镇车站，那个英国人头一个下车。莱翁搀他女友走出车厢，小心翼翼地不让她露出小腿。这时，一个男子从隔壁车厢冲到月台上。那人脸色苍白，甚至还有些发黄，眼窝凹陷，眼睛带有血丝，胡子乱糟糟的，而那往往被人视为重大罪犯的标志。他的服装倒还干净，但是线缝都磨白了。原本的黑礼服，现在后背和两肘都褪成灰色；扣子一直扣到领口，也许是为了遮掩里边那件更加破旧的背心吧。他朝那个英国人低声下气地叫了一声：“叔叔！……”

“滚开，你这个无赖！”英国人应声说道，灰色的眼睛燃起怒火，他举步就要走出车站。

“可不要把我推入绝境。”那人又说道，哀求的语气中，还隐约掺杂着威胁。

“劳驾，旅行袋替我看一会儿。”年老的英国人说着，就把旅行袋往莱翁脚下一扔。

说话间，那男子已经走到跟前，英国人立刻挽起他的胳臂，连推带搡地把他带到一个角落，想必不愿意让人听见他们的谈话。他对那男子说了一会儿，看样子口气很粗暴。继而，他从兜里掏出几张票子，揉搓了几下，塞到那个管他叫叔叔的人手中。那人接过去，谢也不谢一声，当即走掉了。

N镇只有一家旅馆，因此几分钟之后，这个真实故事中的所有人物又到旅馆相聚，是不足为奇的。在法国出行的人，如果有福气挽着一位衣着讲究的女子，到任何旅馆都肯定能住上最好的客房，因此在全欧洲，法国被公认为是最讲礼貌的民族。安排给莱翁的固然是最好的房间，但由此得出结论，说那客房条件好极了，那也未免太武断了。房间摆着一张胡桃木大床，挂着仿波斯印花的帷幔，上面印着紫色的关于庇拉姆和蒂斯贝的悲惨故事的图画。壁纸的图案有那不勒斯的景色，有许多人物，可惜无论男女，都添上了胡子和烟斗，全是无聊而胡闹的顾客所为；在海洋和天空的位置上，还用铅笔写了不少蠢话和歪诗。房间靠里侧的墙壁上，挂着好几幅版画：《路易·菲利浦对着1830年宪章宣誓》《朱莉和圣普乐初次相会》，以及杜比夫先生所作的《期待幸福》和《遗恨》。这间客房称蓝色房间，只因壁炉两侧的扶手椅是乌德勒支蓝色天鹅绒绒面的，不过多年来，一直罩着红色条纹的灰细布椅套。

沉浸在爱情中的莱翁并没有完全昏头，他趁着旅馆女佣殷勤接待新到的女客的工夫，下到厨房订晚餐。他必须施展三寸不烂之舌，还使了点钱，才获准在客房用餐。不料，N镇驻防军第八猎骑兵团要调走，来换防的第三轻骑兵团的军官要为调走的军官送行，当晚在旅馆大餐厅举行送别宴会，要大大热闹一番，而大餐厅就在莱翁他们客房的隔壁。莱翁听到这个消息，不禁大惊失色。老板则指天发誓，说快乐虽然是法国军人共有的天性，但是骑兵团那些军官先生，在全镇素以态度温和、守规矩著称，而且他们在习惯上，也是午夜前一定散席，因此即使在隔壁，也丝毫不会打扰夫人。

有了这种保证，莱翁心中稍安，在回蓝色房间的路上，他发现那英国人就住在隔壁。房门大开，桌子上摆着一只杯子和一瓶酒，英国人坐在桌前，正全神贯注地凝望天花板，就仿佛正计数在上面乱爬的苍蝇。

“在隔壁也无所谓！”莱翁心中暗道，“英国人很快就会喝醉，而那些轻骑兵午夜之前也全撤了。”

他走进蓝色房间，首先检查了一下与隔壁相通的门是否关严，并插上插销。

靠英国人客房的一侧是双重门，墙壁也很厚。挨着轻骑兵的那一侧，墙壁较薄，还好门上有锁，还有插销。总的看来，这道屏障对付好奇者的偷窥，要比马车的篷布遮帘有效得多：多少人坐进马车里，就以为与世隔绝了！

这对情侣经过长期等待，终于得以单独幽会，远离了那些忌妒者和好事之徒，可以畅诉双方经受的痛苦，品味完美结合的欢乐，就连最富想象力的人，也不可能描绘比他们此刻更美满的幸福。然而，魔鬼总有办法作祟，往幸福的酒杯里倒进苦酒。约翰逊并非第一人，而是借用一个希腊人的话写道：“任何人都不能在心里断言：‘今天，我必定幸福。’”这条真理，在很久远的时期，就已被最伟大的哲学家所承认，如今却还不为许多世人所认识，尤其是大部分恋人。

莱翁和女友在蓝色房间用餐，几道菜还是从骑兵团军官的宴席菜肴中克扣下来的，相当差劲，还得忍受那些军爷在隔壁房间里的欢声笑语。

军官们谈的当然不是战略战术问题，否则我哪敢在此转述。他们讲的全是些无聊的故事，而且都特别色情，还伴随着纵声大笑；而我们这对情侣想充耳不闻，有时也很难做到。莱翁的女友并不是个假正经的女人，但有些话确实不堪入耳，即使是跟自己所爱的男人单独在一起。局面越来越叫人难堪了。到了要给那些军官先生上甜食的时候，莱翁就认为有必要下到厨房，请老板转告那些先生，隔壁客房还有一位身体不舒服的女士，希望他们讲点礼貌，嗓门放小一点儿。

旅馆老板一碰到几拨人吃饭和聚餐，脑袋就全晕了，应接不暇。莱翁来请他向那些军官传话的时候，正好一名伙计来给轻骑兵要香槟葡萄酒，一名女佣也来给那英国客人要波尔图葡萄酒。

"我对他说了，旅馆里没有这种酒了。"女佣还补充一句。

"你真笨，我这店里什么葡萄酒都有。波尔图酒，我来给他弄出来！把果子酒给我拿来，就是十五苏一瓶的，再拿来一瓶烧酒。"

转瞬间，他就把波尔图葡萄酒调出来了，随即又走进大餐厅，去转达莱翁对他说的话。老板一讲，就引起一阵暴风雨般的抗议声。接着，一个男低音压过其他所有声音，询问住在隔壁的是怎样一名女子。于是，大家都静下来。老板回答：

"真的！先生们，我不知道对你们怎么说才好。那女子很可爱，也很腼腆，玛丽－雅娜说她手指戴着结婚戒指。那很可能是位新娘，旅行结婚来到这里，这种情况时常有。"

"新娘！"四十个人不约而同叫起来，"她应该来同我们干杯才是！我们去为她的健康干杯，并且教导那位新郎如何担负起丈夫的责任！"

话音刚落，只听马刺一阵噼啪山响，我们这对情侣不寒而栗，心想他们的客房准要被攻占了。这时，突然有人嚷了一嗓子，制止了这一行动。显然是一位长官发话了。他责备军官们缺乏礼貌，命令他们重新坐下，要他们说话文雅点儿，不得喧哗。接着，他又讲了几句话，但是声音压得很低，从蓝色房间根本听不清。那些军官都恭敬地聆听，不过有时想笑又憋住了。从这一刻起，军官们在餐厅相对安静一些了，两个情人不免赞美纪律的有效约束，这就可以更加放松地谈情说爱了。然而，他们此行担惊受怕，旅途又很无聊，尤其隔壁那帮军官饮酒作乐，粗俗不堪，这些都大煞风景，再找回脉脉柔情得需要点时间。不过，在他们这种年龄，这并不算很难的事儿：对这次冒险出行的种种不快，他们很快就置于脑后，只想此行取得的最重要的成果。他们以为轻骑兵那边总算消停下来了；唉，其实那只是暂歇。他们已经携手游进太虚幻境，却万万没有料到，猛然间，法国士兵熟悉的曲调——《胜利属于我们》，由二十四支军号和几把长号一齐演奏起来。势如暴风骤雨，谁抵挡得了呢？这对可怜的情侣真是叫苦不迭。

不，还不至于那么惨，因为，那些军官最终还是离开了餐厅，军刀和马刺响成一片。他们列队从蓝色房间门前走过，每个人都高喊一声：“晚安，新娘太太！”

继而，一切喧闹声都停止了。我说错了。那英国人又走出房间，在走廊里大喊：“伙计！再给我拿同样一瓶波尔图酒来！”

N镇的旅馆又恢复了安静。月轮盛满，夜色温馨。不知从什么年代起，情侣都喜欢赏月了。莱翁和女友打开窗户，面对小花园，畅快地呼吸着铁线莲散发的清香。不过，他们在窗前没有伫立很久。园子里有个叼着雪茄的男子，抱臂低头走来走去。莱翁认出，他正是那个爱喝波尔图酒的英国人的侄子。

我讨厌无用的细节，凡是读者很容易就能想象出来的情景，我就认为不必赘述，也不必一小时一小时地讲述N镇这家旅馆发生的一切。我只想说蓝色客房那根蜡烛，在没有生火的壁炉上燃了一半的时候，从原本静悄悄的英国人的客房里，忽然传来一种奇特的声响，仿佛一个重物落地发出来的。伴随着这种声响，还有同样奇特的咔嚓一声，随即又是一声沉闷的呼叫、几句含混不清的话，好像是在咒骂。蓝色房间里的两位年轻客人都吓了一跳。也许他们是惊醒的。这阵响动莫名其妙，几乎给他们一种凶险的感觉。

“是那英国人在做梦呢。”莱翁强颜一笑，说道。他很想让女伴放心，但自己却不由得战栗。过了两三分钟，走廊的一道门忽然打开，似乎非常匆忙，接着又轻轻地关上了。继而又听见缓慢的脚步声，下脚十分小心，显然要极力掩饰。

“该死的旅馆！”莱翁高声说了一句。

“嗳！这是天堂！……”年轻女子把头往莱翁肩上一靠，应声说道，“我困死了……”她叹了口气，随即又睡着了。

一位杰出的伦理学家说过，男人一旦无所求了，绝不愿意多说话。无怪乎莱翁丝毫也不试图再拉起话题，或者议论N镇旅馆的这阵响动。他不由自主地多了一层担心，在想象中萦绕着一丝情景，而若换一种心态，他根本就不会在意。英国人的侄子的那副狰狞的面孔，不断浮现在他的脑海中。那家伙跟他叔父说话那样低声下气，无疑是为了要钱，可他射向叔父的目光却充满仇恨。“一个人身强力壮，还相当年轻，又走投无路，从花园爬上隔壁房间的窗口，那不是易如反掌吗？何况，他夜晚在花园里散步，显见就住在这家旅馆。或许……甚至很可能……应该毫无疑问，他知道叔父的黑色旅行袋里有一大捆钞票……还有，那重重的一声闷响！好似大棒击打秃顶的脑壳……那种闷声闷气的呼叫！……那种可怕的咒骂！……随后，那阵脚步声！那个侄子的凶相，就像个杀人犯……不过，在一家住满军官的旅馆，总不至于干起杀人的勾当。英国人也一定会当心，将房门插上，尤其是知道那坏家伙就在附近转悠……他在车站跟侄子说话时，没有拿着旅行袋，说明他早有戒心……自己现在这么幸福，何苦净想这些丑恶的事情呢？”

莱翁就这样浮想联翩，而种种念头，差不多跟梦境似的朦朦胧胧，我这里也就不详加分析了。他那双眼睛机械地凝望那道门：那道门连通了蓝色房间和英国人的客房。在法国，房门都不严实。那道门和地板之间，少说有两厘米的缝隙，只是地板反光微弱，不易看清。猛然间，门缝里出现了一个黑乎乎的东西，扁扁的像一把刀刃，因为那东西的边缘由烛光映照，呈现出一条明晃晃的细线。那东西缓慢地移动，逐渐靠近不慎丢在离门不远的一只蓝缎子高跟拖鞋。那是不是蜈蚣之类的昆虫呢？……不对，那不是昆虫。形体不固定……有两三条带状的褐色东西钻进房间，每一条边缘的线条都明晃晃的。正巧地板有坡度，爬行的速度加快了，碰到了那只小巧玲珑的高跟拖鞋。可以确信无疑了，那是一种液体，现在借着烛光，颜色也看得清清楚楚了：那是鲜血！莱翁一动不动，恐惧地注视着几条可怕的血流，而年轻的女子仍在安睡，均匀的呼吸吹得情人的脖子和肩头暖洋洋的。

莱翁一到N镇旅馆，就订了晚餐，仅此一点就可以证明，他脑子相当好使，人很聪明，有一定的预见性。碰到这种情况，他也没有失态，仍保持我们已经承认他的这种性格。面临威胁着他的巨大的不幸，他声色不动，集中全部思考能力，要做出一种决策。

我能想象出来，我的大部分读者，尤其是女性读者，都充满见义勇为的情感，她们一定会谴责莱翁在这种情况下的无所作为，蛰伏不动。她们会对我说，他应当冲进英国人的客房，抓住凶手，至少应当拉铃，将旅馆的人叫起来。对此，我首先要回答，法国的旅馆，客房里的铃只是一种装饰，毫无相连接的机械装置。其次，我还要恭敬地，而且坚决地补充一点：见死不救，眼看着一个英国人在自己旁边丧命，这固然不可取；然而为了一个英国人，就不顾一个偎在你肩头睡觉的女子，这也同样不值得赞扬。假设莱翁大喊大叫，将旅馆的人全闹起来，那又会出现什么情况呢？警察、皇家检察官和他的文书立刻就会赶来。那些先生出于职业的好奇心，一上来并不会询问他看见了什么，听到了什么，而会首先问他："您叫什么名字？身份证件呢？这位夫人呢？案发时，你们在蓝色房间里干什么呢？你们必须出庭做证，说明某月某日，夜间某时，你们目击了某事实。"

因此，莱翁头脑里首先想到的，恰恰就是皇家检察官和司法人员。人生中有时会遇到一些难以解决的良心问题：究竟是让一个陌生的旅客被人杀害好呢，还是让自己的女友身败名裂好呢？不得不面对这样的问题，实在是很讨厌的事情。我可以打赌，就是最机灵的人也难以决断。

谁碰到这种情况大概都会这样，因此莱翁也不例外，他一动不动，定睛看着那只蓝缎子拖鞋，以及抵达拖鞋的红色水流。他这样待了很久，仿佛中了魔法，太阳穴渗出了冷汗，心狂跳不已，就觉得要炸开似的。各种念头和稀奇古怪的可怕的幻象，也都蜂拥而至，搅得他心神不宁。内心一个声音时刻都在冲他喊："再过一小时，大家就全知道了，而这正是你的过错！"不过，他心中反复地想："陷入这种困境，我该怎么办呢？"这样不断思索，终于瞥见几缕希望的曙光。最后，他心中这样盘算：

"隔壁客房所发生的事情，如果在被人发现之前，我们就离开了这家该死的旅馆，也许就能藏踪匿迹了。这里谁也不认识我们，见过我们的人，也只是看到我戴着蓝眼镜，看到她戴着面纱。车站近在咫尺，只要一小时，我们就远离了N镇。”

接着，他又想起早晨八点钟就有一班开往巴黎的火车，因此行之前，他详细研究过火车时刻表。巴黎这座大都市，藏匿着多少罪犯，一到那里就淹没在人群中了。谁会大海捞针，去找两个无辜的人呢？可是，八点钟之前，会不会有人进入英国人的客房呢？这就是全部问题的关键。

他一确信舍此别无他法，便竭尽全力，要从持续已久的呆滞状态中挣扎出来。可是他刚动一动，年轻的女伴便醒了，又紧紧搂住他，令他心荡神摇。不料一接触到他冰冷的面颊，女伴就失声轻轻叫起来：“你怎么啦？”她不安地问道：“你的额头冰凉，跟大理石一样！”

“没什么，”莱翁答道，语气却不够坚决，“我听见隔壁房间有奇怪的响动……”

他轻轻挣脱女伴的搂抱，先去把那只蓝缎子的拖鞋拿开，接着搬了一张扶手椅，放在连通两间客房的那道门前，免得女友瞧见那骇人的液体。不过，那液体已不再流淌，而是在地板上聚了一摊。然后，他打开房门，仔细听听走廊的动静，甚至还壮着胆子，走到英国人的门口，只见房门关着。旅馆里开始有人走动了。天亮了。马夫们在院子里给马匹刷身子；一名军官从三楼下来，马刺叮当乱响，他要去指导行话称之为“喂料”的活儿：那是人受累、马享受的有趣的差使。

莱翁回到蓝色客房，他以爱情所能创造的各种巧妙方式，并且充分借助于委婉和迂回的修辞手法，向他的女友摆明他们当下的处境：留下来有危险，过于匆忙离开也有危险，在旅馆里等到隔壁客房的惨案被发现就更加危险。自不待言，这番通报把女友吓坏了，眼泪随即流了下来。接着，她又提出许多丧失理智的建议。

这对不幸的情侣，不知多少次彼此投入对方怀抱，反反复复地说：

"原谅我吧！原谅我吧！"每个人都认为自己的罪过最大。他们相互保证，死也要死在一起，因为这个年轻女子毫不怀疑，法院会认定他们是杀害英国人的元凶。他们走上断头台时，难说能否允许他们吻别，于是现在就抱在一起不放，连连亲吻，都喘不上气来，眼泪籁籁地淌得满脸都是。两人又说了许多荒唐话，说了许多撕心裂肺的温柔话，并且在数以千计的亲吻中，终于认识到莱翁的计划，即乘坐八点的火车离开，的确是唯一可行的最佳方案。然而，还有两个小时，难熬死了。每次听见走廊上传来脚步声，他们就吓得浑身发抖。咔咔的每声皮靴响，他们都以为皇家检察官来了。转瞬间，他们小小的旅行包就收拾好了。年轻女子拿起那只蓝缎子高跟拖鞋，本想扔进壁炉里烧掉算了，可是莱翁又拾起来，在床前小地毯上擦干净，吻了吻便揣进兜里。他闻到拖鞋有香子兰的香味，不免惊讶，因为他的女友和欧仁妮皇后使用同样的香水。

这工夫，旅馆的人都起来了，只听伙计们在说笑，女佣们在唱歌，士兵则在给军官刷衣服。钟刚敲七点钟，莱翁想让女友喝一杯牛奶咖啡，而女友却断言，她嗓子眼发紧，勉强喝点什么非送命不可。

莱翁戴上蓝眼镜，下楼结账。老板为夜里的喧闹向他道歉，说他始终闹不清是怎么回事，那些军官一贯都是特别文静的。莱翁向老板保证说，他睡得死死的，什么也没有听见。

"真的呀，"老板又接着说道，"隔壁那位客人，看来没有打扰您。他没有怎么吵闹。我敢打赌，他一定还在呼呼大睡呢。"

莱翁闻听此言，用力靠住柜台才没有瘫倒；坚持跟他下楼来结账的年轻女子，则紧紧搂住他的胳臂，还用力拉紧面纱遮住脸。

"他是英国大阔佬，"老板无情地继续说道，"什么都要最好的。嘿！真是个有身份的人啊！并不是所有英国人都像他那样。有一个就抠门儿极了，觉得什么都太贵，房钱、饭钱，没有一样不嫌贵。拿一张英国钞票，就要给我算成一百二十五法郎，那不过是一张五英镑的……但愿这不是假钞！喏，先生，您一定认得，因为我听见您和夫人讲英语来着……您看是真的吗？”

他说着，就递给莱翁一张五英镑的钞票。钞票一角有一个小红点，莱翁一看就知道是怎么回事儿。

“我看完全是真的。”他声音哽咽地答道。

“唔！你们时间很富余，”老板又说道，“八点钟火车才经过这里，而且总晚点。您请坐一坐吧，夫人，看样子您很疲倦……”

这时，一名胖胖的女佣走进来。

“快点儿，要开水，”女佣说道，“给英国老爷沏茶！再拿块海绵来！他那酒瓶子打碎了，红酒流了满地。”

听了这话，莱翁一屁股坐到椅子上，女伴也同样坐下。两个人真想大笑一场，勉强才憋住了。年轻女子欢快地用力握了握他的手。

“我们决定，”莱翁对老板说道，“干脆乘下午两点的火车吧。请给我们准备一顿丰盛的午餐。”

1866年9月于比阿里茨

梅里美生平和创作年表

1803年　9月28日生于巴黎先贤祠区圣热纳维夫广场7号。父亲是综合工科学院绘画教师。母亲擅长绘画。

1812年　就读于拿破仑中学（后改为亨利四世中学）。

1820年　入巴黎大学攻读法律。同时学习外国语言文学，阅读塞万提斯、莎士比亚等人的作品。

1822年　认识司汤达，两人结成忘年交。

1823年　获得法学学士学位。

1824年　经常参加文艺沙龙和巴黎知识分子集会，结识雨果、缪塞等作家。在《环球》上发表了四篇关于西班牙戏剧的未署名的文章。结识画家德莱克吕兹。

1825年　到英国和西班牙旅游并做研究工作，在西班牙见到欧仁妮·德·蒙蒂霍伯爵夫人。开始写《克拉拉·加苏尔戏剧集》，后来以翻译形式出版，以迷惑读者。画家德莱克吕兹为扮成女子的梅里美画像，冒称是西班牙女演员克拉拉·加苏尔，并刊登在《克拉拉·加苏尔戏剧集》中。

1827年　出版《独弦琴》，又一个迷惑读者之作。歌德非常欣赏《克拉拉·加苏尔戏剧集》，梅里美送给歌德一本《独弦琴》。

1828年　梅里美同情人的丈夫费利克斯·拉科斯特决斗，梅里美身中三枪而没有还手。出版历史剧《雅克团》。

1829年　发表《查理第九时代逸事》、《马铁奥·法尔科恩》（《巴黎杂志》）、《查理十一世的幻视》（《巴黎杂志》）、《勇夺棱堡》（《法国杂志》）、《塔曼戈》（《巴黎杂志》）、《菲德里哥》（《巴黎杂志》）。与屠格涅夫初次见面。

1830年　赴西班牙及英国做调查研究工作。发表《古花瓶》（《巴黎杂志》）。

1831年　2月，被任命为海军总秘书处办公室主任。3月，随同阿尔古伯爵转入商业及公共工程部任办公室主任。5月，被授予荣誉团勋章。10月，珍妮·达坎第一次给梅里美写信。

1832年　巴黎发生霍乱，梅里美被任命为卫生检查特使。阿尔古伯爵被任命为内政部长，梅里美随其前往内政部任办公室主任。年底，梅里美同珍妮·达坎第一次见面。

1833年　出版《镶嵌画》和短篇小说《阴错阳差》（《巴黎杂志》）。

1834年　被任命为历史文物督察员。《炼狱中的灵魂》出版。

1836年　他将视察全国历史文物的结果发表在报告、回忆录及论文中。发表《法兰西西部旅行笔记》。

1837年　出版《伊勒的维纳斯》（《两世界杂志》）。

1838年　出版另一册视察全国文物结果。发表《奥弗涅旅行笔记》。

1839年　到科西嘉和意大利旅行。

1840年　发表《科西嘉旅行笔记》《高龙芭》。

1841年　漫游雅典、君士坦丁堡等地。

1842年　出版《梅里美作品集（1827—1833年）》。

1843年　被碑铭与美术科学院选为院士。

1844年　当选为法兰西学院院士。

1845年　发表小说《卡门》。在法兰西学院做入院演说。

1849年　翻译出版普希金的《黑桃皇后》。

1850年　出版司汤达的小册子。公民普选权被废除。

1851年　发表《俄国文学与果戈理》。

1852年　获得骑士团勋章。他为友人——偷书贼纪尧姆·里布利辩护，被判藐视法庭罪，入狱15天，罚款1 000法郎。拿破仑三世登位为法国皇帝。

1853年　被任命为参议院议员。拿破仑三世立欧仁妮·德·蒙蒂霍为皇后。

1856年　翻译普希金的《枪击》。

1860年　为拿破仑三世找资料，帮他写一部《恺撒史》。

1866年　翻译屠格涅夫的《幻影》。

1867年　发表《罗基斯》及《祖玛纳》。

1870年　9月23日，梅里美在戛纳病逝。